Perry Rhodan

Kontrollstation Modul

Perry Rhodan

Kontrollstation Modul

Verlag Arthur Moewig GmbH,
Rastatt

Redaktion: Horst Hoffmann
Beratung: Franz Dolenc
Satz: Utesch Satztechnik, Hamburg
Druck und Bindung: Mohndruck
Graphische Betriebe GmbH, Gütersloh
Printed in Germany
ISBN 3-8118-2040-0

Einleitung

Mit dem vorliegenden Buch der PERRY RHODAN-Bibliothek geht die erste Hälfte einer Mammutstrecke zu Ende, wie sie bislang in der RHODAN-Serie ohne Beispiel war. Nun kann ich es ruhig eingestehen: Franz Dolenc und ich hatten mehr als nur „gewisse" Zweifel daran, daß aus der in der Heftserie oft chaotischen ersten Hälfte des Andromeda-(oder MdI-)Zyklus ein geschlossenes Ganzes werden könnte, eine runde, straffe Handlung ohne Auslassung von für die „Atmosphäre" wichtigen Separathandlungen, wie sie der Leser und Sammler der PERRY RHODAN-Bücher von uns erwarten kann und soll.

Selten zuvor gab es eine solche Häufung von Widersprüchen in den Originalbänden (nie zuvor wurde aber auch ein solches Opus in Angriff genommen); selten zuvor schufen die Autoren so starke und unterschiedliche Persönlichkeiten wie einen Icho Tolot, einen Don Redhorse oder einen Omar Hawk. Stellvertretend für alle sei hier nur H. G. Ewers erwähnt, der, fast noch ein Newcomer, den RHODAN-Kosmos mit so ausgefallenen Wesen bereicherte wie dem Dull oder – in diesem Buch erstmals agierend – Baar Lun, dem letzten der Moduls.

Wir haben Halbzeit im MdI-Zyklus. Der Schauplatz des nächsten Buches wird bereits Andromeda sein. In den Folgebänden wird nicht nur das Geheimnis der Meister der Insel gelöst werden. Perry Rhodan wird der Ersten Menschheit begegnen und mehr über die noch rätselhafte Geschichte der Haluter erfahren.

Doch genug der Vorschau. Der vorliegende 26. Band der PERRY RHODAN-Bibliothek enthält – in der Reihenfolge ihres Erscheinens und ungeachtet der vorgenommenen Kürzungen – die Originalromane *Fünf von der CREST* und *Das Rätsel des Sumpfplaneten* von *William Voltz; Raumaufklärer 008* von *Kurt Mahr; Die Kugel aus Zeit und Raum* von *Clark Darlton; Notrufe aus dem Nichts* von *K. H. Scheer; Kontrollstation Modul* und *Der Herr der Androiden* von *H. G. Ewers.*

Was mir bleibt, ist der obligatorische Dank an Franz Dolenc und alle die Leser, deren Anregungen und Kritiken die PERRY RHODAN-Bibliothek in der vorliegenden Form erst ermöglichen. Auch hier sei, stellvertretend für alle, ein Name besonders hervorgehoben: Andreas Lipka aus Bremen.

Rastatt, im Frühsommer 1986 Horst Hoffmann

Zeittafel

1971 Perry Rhodan erreicht mit der STARDUST den Mond und trifft auf die Arkoniden Thora und Crest.

1972 Mit Hilfe arkonidischer Technik Aufbau der Dritten Macht und Einigung der Menschheit.

1976 Das Geisteswesen *ES* gewährt Perry Rhodan die relative Unsterblichkeit.

1984 Galaktische Großmächte versuchen, die Menschheit zu unterwerfen.

2040 Das Solare Imperium ist entstanden. Der unsterbliche Arkonide Atlan taucht auf.

2102 Entdeckung der Akonen im Blauen System.

2103 Perry Rhodan erhält von *ES* einen Zellaktivator.

2104 Entdeckung des Planeten Mechanica und Ende des Robotregenten.

2114 Bündnis mit den Posbi-Robotern nach Kampf um die Hundertsonnenwelt.

2326 *ES* verstreut 25 Zellaktivatoren in der Galaxis.

2327 Terraner entdecken das Zweite Imperium der Blues.

2328 Sieg über die Blues und Friedensvertrag zwischen den galaktischen Imperien.

2329 Perry Rhodan heiratet die Plophoserin Mory Abro.

2400 Entdeckung der Transmitterstraße nach Andromeda und Kampf gegen die Maahks. Perry Rhodan hört erstmals von den geheimnisvollen Herren Andromedas, den Meistern der Insel.

2401 Fünf Agenten Terras werden im Andro-Alpha-Nebel durch Multiduplikatoren dupliziert. Abwehr der Invasion der Milchstraße durch die Maahks.

2402 Terranischer Vorstoß in den Andromeda vorgelagerten Betanebel und Begegnung mit dem Wächtervolk der Twonoser, die nach ihrem „Versagen“ einer grausamen Strafexpedition der Meister der Insel zum Opfer fallen.

Prolog

Seit jenem Tag im Jahr 2400, an dem Icho Tolots vage Hinweise zur Entdeckung des galaktischen Sonnentransmitters aus sechs blauen Riesensternen führten, ist vieles geschehen. Von ungeheuren Gewalten ins Nichts zwischen den Galaxien geschleudert, mußten Perry Rhodan und seine Begleiter mit der CREST II in den Fallensystemen der Unbekannten um ihr Leben kämpfen, die von ihren Hilfsvölkern geheimnisvoll „Meister der Insel" genannt werden.

Genaueres weiß selbst Grek-1, der zu den Terranern übergelaufene Geheimdienstchef der Maahks, nicht über die Beherrscher Andromedas auszusagen.

Die Maahks, wasserstoffatmende Intelligenzen und vor 10 000 Jahren von den Arkoniden aus der Milchstraße vertrieben, leben als unfreiwilliges Hilfsvolk der Meister der Insel im Zwergnebel Andro-Alpha. Ihr mit Hilfe von Duplos vorgetragener Invasionsversuch der Milchstraße konnte nicht zuletzt durch den Einsatz der Parasprinter verhindert werden.

Greks Hinweisen ist es zu verdanken, daß die Terraner im Jahr 2402 in einem weiteren intergalaktischen Transmittersystem Fuß gefaßt haben. Von dort aus dringt Perry Rhodan mit dem „Geheimsatelliten Troja" in den zweiten Andromeda vorgelagerten Zwergnebel, Andro-Beta ein, um mehr über die Pläne des Gegners zu erfahren. Die Terraner haben alle Hände voll zu tun, um ihre Identität vor dem Wächtervolk der Twonoser zu verbergen, und erleben phantastische Abenteuer mit den Mobys, planetengroßen Weltraumwesen, die sich von Energie ernähren. Weiterhin kommt alles darauf an, die Anwesenheit von Menschen im Vorfeld Andromedas vor den Meistern der Insel geheimzuhalten.

Perry Rhodan kann nicht verhindern, daß die scheinbar toten Mobys durch unbekannte Hyperimpulse aktiviert werden, um in einer beispiellos grausamen Strafaktion Tod und Verderben über die Welten der Twonoser zu bringen.

Die terranischen Schiffe müssen sich aus Andro-Beta vorerst zurückziehen, um zunächst einmal zu beobachten. Doch zusehen, wie Milliarden unschuldiger Wesen sinnlos vernichtet werden – das ist nicht Perry Rhodans Sache . . .

1.

Mit einem Ruck stieß Captain Don Redhorse die Kabinentür auf. Vor ihm, auf einem einfachen, aber sauberen Bett, lag Sergeant Whip Gilliam. Gilliam hatte die Hände hinter dem Kopf verschränkt und schaute zur Decke.

„Hallo, Captain!" Er hatte die Begrüßung fast geflüstert, als wollte er auf diese Weise zeigen, daß er müde und an Gesprächen nicht interessiert war.

„Es gibt Arbeit, Whip", sagte Redhorse und lehnte sich gegen den Türrahmen. Der Captain war groß und sehnig. Sein hartes Gesicht mit der Hakennase zeigte deutlich, daß er indianischer Abstammung war.

Whip Gilliam zog die Hände hinter dem Kopf hervor und blickte Redhorse an. Ein aufmerksamer Beobachter konnte erkennen, daß Gilliam nur noch *ein* echtes Auge besaß – und Redhorse *war* ein aufmerksamer Beobachter.

„Es kommt selten vor, daß ich für irgendwelche Arbeiten ausgewählt werde", stellte Gilliam leidenschaftslos fest.

„Vielleicht weiß niemand Ihre Qualitäten zu schätzen", meinte Redhorse mit Nachdruck.

Gilliam grinste, schwang seine langen, mageren Beine aus dem Bett und stand auf. Er war fast so groß wie Redhorse. Redhorse schaute zu, wie sich Gilliam langsam durch die Kabine bewegte und schließlich vor dem Warmwasserzubereiter haltmachte. Als der Sergeant sich bückte, traten seine Rückenmuskeln hervor. Redhorse hörte das Wasser aus dem Zapfhahn strömen. Gilliam ließ einen Becher vollaufen und trank.

Dann erst blickte er wieder zur Tür.

„Was soll's denn sein?" fragte er.

„Ein Ausflug", erwiderte Redhorse. „Mit einer Space-Jet."

Gilliam begann sich unter der rechten Achselhöhle zu kratzen. „Im Raum von Andro-Beta wimmelt es von tollgewordenen Mobys, Sir."

„Das stimmt", gab Redhorse zu.

Gilliam zerknüllte den Becher und warf ihn in den Abfallschacht.

Redhorse bewegte sich nicht. Whip Gilliam war kein Mann, der sich drängen ließ. Natürlich hätte Redhorse ihm den Befehl zum Mitkommen geben können, doch Gilliam war nur halb soviel wert, wenn er etwas nicht freiwillig tat. „Also gut", seufzte Whip Gilliam schließlich. „Sagen Sie mir Bescheid, wenn's soweit ist."

Redhorse lächelte und schloß die Tür. Gemächlich ging er an den einzelnen Kabinen vorbei. Wenn Redhorse eine Mannschaft zusammenstellte, dann tat er das auf ungewöhnliche Art. Nicht immer besaßen Redhorses Begleiter einen guten Ruf, doch das kümmerte den Cheyenne wenig.

Als Redhorse abermals vor einer Kabine anhielt, stieß er nicht einfach die Tür auf, sondern klopfte behutsam an. Erst als ihn eine Stimme zum Eintreten aufforderte, öffnete er und trat ein.

Ein kleiner, schwarzhaariger Mann, der lesend am Tisch saß, sprang auf und salutierte, als er Redhorse erkannte.

„Captain!" rief er überrascht. „Es ist eine Freude, Sie hier zu sehen."

Redhorse dankte lächelnd. Er wußte, daß Olivier Doutreval ein höflicher Mann war und viel Wert darauf legte, höflich behandelt zu werden. Doutreval war schwarzhaarig und wirkte gepflegt. Nur in den schwarzen Augen des Mannes lag etwas verborgen, das davor warnte, in ihm nur einen gutaussehenden Mann zu sehen.

„Nehmen Sie doch Platz, Captain", forderte Doutreval seinen Besucher auf.

Ohne Hast ließ sich Redhorse nieder. Er streckte die Beine unter den Tisch und wartete, bis Doutreval ihm den unvermeidlichen Kaffee gebracht hatte.

Schließlich sagte Redhorse: „Ich möchte, daß Sie mir helfen, Olivier."

„Aber natürlich. Sie wissen, daß Sie immer mit mir rechnen können, Captain", sprudelte der Funker hervor.

Redhorses hageres Gesicht blieb ausdruckslos. „Es handelt sich um eine schwierige Aufgabe, bei der ich nur Männer brauchen kann, auf die ich mich vollkommen verlassen kann. Sie sind ein solcher Mann, Olivier."

Doutreval war viel zu erfahren, um zu zeigen, daß ihn die Worte des Captains erfreuten. So fragte er nur: „Wobei kann ich Ihnen helfen, Captain?“

„Wir müssen nach Andro-Beta zurück“, sagte Redhorse langsam. „Mit einer Space-Jet.“

Olivier Doutreval stieß einen leisen Pfiff aus. Nach Redhorses Meinung sprach es nicht gegen Doutreval, daß dieser sich zurücklehnte und mit geschlossenen Augen nachdachte. Jeder vernünftige Mann überlegt es sich zweimal, bevor er sein Leben riskiert.

„Das kann ziemlich wild werden“, bemerkte der Funker nach einer Weile.

„Ich dachte, das gefällt Ihnen“, sagte Redhorse.

Doutreval zeigte seine makellos weißen Zähne. Da wußte der Captain, daß Olivier Doutreval mitmachen würde. Die folgenden Minuten blieb er nur noch aus Höflichkeit bei Doutreval. Sie sprachen über belanglose Dinge, bevor Redhorse die Kabine des Funkers wieder verließ.

Redhorse benutzte den nächsten Antigrav-Schacht zum Versorgungslager. Als er das Waffenmagazin betrat, traf er Major Bernard inmitten von halbleeren Munitionskisten an.

„Guten Tag, Major“, grüßte Redhorse freundlich. „Machen Sie Inventur?“

Von allen Menschen, die Bernard zu sehen wünschte, war Redhorse der letzte.

„Woher wollen Sie wissen, daß jetzt Tag ist?“ giftete er Redhorse an. „Und selbst wenn Ihre Unterstellung zuträfe – warum sind Sie so sicher, daß es ein *guter* Tag ist?“

„Ihr fröhlicher Gesichtsausdruck hat mich zu dieser Feststellung bewogen, Major“, erklärte Redhorse. „Darf ich Sie jetzt bitten, mir über den Verbleib Ihres Assistenten Chard Bradon Auskunft zu geben?“

„Reden Sie immer so geschwollen?“ erkundigte sich Bernard gereizt.

„Nur beim Umgang mit höhergestellten Offizieren, Sir“, sagte Redhorse respektvoll.

„Bradon ist in der Kleiderkammer“, sagte Bernard bereitwillig.

Redhorse setzte sich in Bewegung. „Versuchen Sie nicht, ohne Anforderungsschein irgend etwas bei ihm herausholen!“ rief Bernard ihm nach.

„Ja, Sir", seufzte Redhorse.

Captain Don Redhorse fand Bernards Assistenten beim Sortieren von Uniformjacken. Bradon war ein junger Mann von vierundzwanzig Jahren, und die Arbeit, die Major Bernard ihm übertragen hatte, schien ihm keinen besonderen Spaß zu machen.

„Verwechseln Sie die einzelnen Größen nicht, Chard", sagte Redhorse anstelle einer Begrüßung. Bradon ließ das Kleiderpaket aus seinen Händen fallen und ging auf Redhorse zu. Sein Gesicht rötete sich.

„Captain!" rief er. „Wie ist es möglich, daß der Major Sie ohne Sonderbewachung zu mir läßt?"

„Wahrscheinlich ist er der Überzeugung, daß mein Bedarf an Einheitshosen der Solaren Flotte hinreichend gedeckt ist", antwortete Redhorse lächelnd. „Chard, hätten Sie Lust, diesen Laden für ein paar Tage zu verlassen?"

„Jip-Jip-Jip!" schrie Bradon. „Entschuldigen Sie die Frage, Sir: sind Sie ein Engel?"

„Vielleicht halten Sie mich für das Gegenteil, bevor wir zurückkommen", sagte Redhorse. „Wir starten mit einer Space-Jet zu einem gefährlichen Unternehmen."

„Ist die Mannschaft schon komplett?" fragte Bradon.

„Einer fehlt noch", sagte Redhorse.

„Wer ist das, Sir?"

„Brazos Surfat", antwortete Redhorse ruhig.

Chard Bradon richtete seine Blicke dorthin, wo sich auf der Erde der Himmel befindet und rief erschüttert: „Ach du meine Güte!"

Redhorse verließ grinsend die Kleiderkammer und ging mit einem kurzen Gruß an Major Bernard vorbei. Der Versorgungsoffizier würde noch früh genug erfahren, daß ihm Bradon für einige Zeit fehlen würde.

Redhorse gelangte durch den nächsten Antigrav-Schacht in den oberen Teil des Flaggschiffes. Dort durchquerte er einige Gänge, bis er vor einer kleinen Kabine von einem Posten angehalten wurde.

„Halt, Sir!" sagte der bewaffnete Sergeant. „Ohne Ausweis darf ich Sie nicht durchlassen."

Redhorse kannte die Befehle des Mannes, aber er heuchelte Erstaunen.

„Warum so streng, Sergeant?"

Der Raumfahrer deutete mit dem Daumen auf die Kabinentür. „Surfat hat drei Tage Bordarrest. Während dieser Zeit darf er mit niemand sprechen."

„Es sei denn", fügte Redhorse hinzu, „er würde zu einem dringenden Sondereinsatz abberufen."

Der Sergeant lachte schallend. „Wer wollte Brazos Surfat schon zu einem Sonderauftrag abberufen?"

„Ich, zum Beispiel", eröffnete Redhorse und schob den Sergeant zur Seite. Bevor der verblüffte Mann etwas unternehmen konnte, hatte der Captain bereits die Kabinentür hinter sich geschlossen. Im Innern des kleinen Raumes war es vollkommen dunkel, doch Redhorse konnte das beinahe asthmatische Schnauben eines Mannes hören. Seine tastenden Hände fanden den Lichtschalter neben der Tür.

Das Licht flammte auf, und Redhorse sah einen unglaublich dikken Mann auf dem Bett liegen. Er war unrasiert. Seine Uniform sah aus, als hätte er darin geschlafen. Der Mann blinzelte und verzog unwillig das Gesicht.

„Ich will schlafen", erklärte er mürrisch. „Meine Zeit ist noch nicht um."

Schweigend ging Redhorse zum Waschbecken und zapfte einen Becher kaltes Wasser ab. Er schüttelte dem Dicken die Flüssigkeit ins Gesicht. Prustend kam der Mann hoch. Mit aufgerissenen Augen schaute er Redhorse empört an. Schließlich stellte er sich ächzend und stöhnend auf die Beine.

„Gefängnis", sagte Redhorse dozierend, „ist so ziemlich der größte Gefallen, den man Ihnen tun kann, Brazos. Ich an Oberst Rudos Stelle hätte Ihnen befohlen, das gesamte Oberdeck zu reinigen."

Brazos Surfat wischte die Wassertropfen von seinem Doppelkinn und begann sein Hemd in den Hosenbund zu stopfen.

„Ich hatte eine kleine Meinungsverschiedenheit mit Leutnant Orson", berichtete er. „Orson behauptete, ich hätte mir eine doppelte Hauptmahlzeit ergaunert."

„Zum drittenmal", nickte Redhorse bekräftigend. „Nach zwei Verwarnungen bedeutet das eine dreitägige Arreststrafe. Lange genug, um die doppelte Mahlzeit zu verdauen."

„Sie scheinen mich ebenfalls zu verkennen, Sir", sagte Surfat bekümmert. „Den größten Teil meiner Lebensenergie muß ich damit verschwenden, ungläubige Menschen von meiner Ehrlichkeit, Treue und Aufrichtigkeit zu überzeugen."

Redhorse hockte sich auf den Bettrand und schlug die Decke zurück. Eine fast vollständig geleerte Flasche kam zum Vorschein. Redhorse entkorkte sie und schnupperte am Flaschenhals.

„Und wieviel Energie gedenken Sie zu verschwenden, um mir begreiflich zu machen, daß *Kaffee* in dieser Flasche ist und kein Alkohol?"

Surfat kicherte. „Sie würden keinen unschuldigen, armen Mann verraten, Captain", sagte er.

„Das kommt darauf an", meinte Redhorse betont.

Surfat kämpfte noch immer mit seiner Hose. Er blickte den Captain mißtrauisch an, als ahnte er, daß ihm eine unangenehme Eröffnung bevorstand.

„Sie werden den Arrest unterbrechen und mit mir und einigen anderen Männern einen Spezialauftrag ausführen", erklärte Redhorse.

„Ich bin Korporal", sagte Surfat mit einer Stimme, als habe er einen beeindruckenden militärischen Rang inne. „Ich bin kein Spezialist, der irgendwelche besonderen Aufgaben durchführt. Es genügt mir, in aller Stille und Bescheidenheit meinen Vorgesetzten an Bord der CREST zu dienen, und ihr Dank ist mir Lohn genug. Mich gelüstet nicht ..."

„Brazos!" unterbrach ihn Redhorses scharfe Stimme. „Sie werden mich begleiten."

„Wenn Sie es sagen, Captain", seufzte Surfat unglücklich.

„Wissen Sie überhaupt, was in den letzten Tagen passiert ist?"

„Nur ungefähr", gestand Brazos Surfat. „Ich habe fast nur geschlafen."

„Wir haben den Eisplaneten Arctis nicht länger halten können", berichtete Redhorse. „Da die Gefahr weiterer Angriffe durch Mobys bestand und die Raumschiffe nicht mehr genügend STOG-Säure an Bord hatten, um weitere auftauchende Ungeheuer zurückzuschlagen, mußten wir die Höhlen unter dem Eis verlassen. Sämtliche Schlupfwinkel wurden zerstört. Bei unserem Aufbruch wurde Andro-Beta noch immer von schweren Impulsstößen einer unbekannten Hyperstation erschüttert. Trotz unserer empfindlichen Geräte war es uns unmöglich, den Standort des Senders anzupeilen."

„Das verstehe ich nicht“, meinte Surfat erstaunt. Er zupfte an seinem verwildert aussehenden Bart. „Für unsere Funker müßte das doch eine Kleinigkeit sein.“

„Eben nicht. Die Fachleute stellten vor kurzem fest, daß es innerhalb Andro-Betas zahlreiche Echostationen geben muß, die die Hyperwellenflut der unbekannten Station nach allen Richtungen reflektieren. Eine Standortbestimmung ist deshalb innerhalb der kleinen Galaxis völlig unmöglich.“

„Das bedeutet, daß die Mobys weiterhin verrückt spielen“, warf Surfat ein.

Redhorse nickte zustimmend. „Sie vernichten alles, was ihnen in die Quere kommt. Die Twonoser-Zivilisation dürfte inzwischen nicht mehr existieren, obwohl es in Andro-Beta noch immer von Wachschiffen der Blaurüssel wimmelt. Offensichtlich werden diese Wachschiffe – bis auf wenige Ausnahmen – von den Mobys nicht behelligt, so daß sie weitgehendst ungehindert agieren können. Es liegt auf der Hand, daß die Meister der Insel die Blaurüssel noch für irgendwelche Zwecke benötigen, denn anderenfalls hätten sie sie ebenfalls getötet. Die Meister dürften die Blaurüssel der Wachflotte unter Kontrolle gebracht haben, so daß sie trotz des Massakers, das an ihren Völkern verübt wird, ihrer Aufgabe nachkommen und nicht rebellieren. Als wir vor drei Tagen Arctis verließen und uns hierher, 500 Lichtjahre vom Rand Andro-Betas entfernt, zurückzogen, war der Vernichtungsfeldzug der Mobys voll im Gange.“

Surfat schluckte heftig, dann raffte er sich zu der Frage auf: „Warum hat mich niemand geweckt?“

„Wir waren mit anderen Dingen beschäftigt. Vermutlich hat niemand daran gedacht, daß ein Mitglied der Besatzung unter Arrest stand. Es ist schließlich kein alltäglicher Fall.“

Man konnte Surfat ansehen, daß er keine Absicht hatte, anders als alltäglich zu sein.

„Wo befinden wir uns jetzt?“ erkundigte er sich.

„Innerhalb des Leerraums“, sagte Redhorse.

„Verfolger, Sir?“

„Keine, zum Glück. Als wir in den Linearraum verschwanden, kümmerten sich weder Mobys noch Blaurüssel um uns.“

„Und was geschieht jetzt?“

Redhorse glättete die Decke. Er stand auf. Surfat verfolgte jede seiner Bewegungen.

„Wir kehren nach Andro-Beta zurück“, sagte der Cheyenne. „Mit einer Space-Jet. Wir werden jedoch nicht die einzigen sein. Acht weitere Jets werden starten. Alle werden sie durch verschiedene Veränderungen der Außenhülle unkenntlich gemacht. Sollte eines der Schiffe beim Einsatz beobachtet werden, wird der Beobachter kaum Rückschlüsse auf ihre Erbauer ziehen können. Kommandanten sind die Leutnants Orson, Eyseman und Nosinsky. Dazu kommen die Captains Kagato, Henderson und ich. Die drei übrigen Jets werden von Offizieren des USO-Schlachtschiffes IMPERATOR kommandiert.“

Brazos Surfat fuhr mit der Zunge über seine wulstigen Lippen. Seine Augen verschwanden fast hinter den Fleischwulsten seines Gesichtes.

„Glauben Sie wirklich, daß Sie einen einfachen Korporal bei dieser Aufgabe brauchen können, Captain?“

„Ich denke schon“, sagte Redhorse. „Man wird Sie in den Hangar bestellen, wenn es Zeit wird. Rasieren Sie sich vorher.“

Seufzend kehrte Surfat zu seinem Bett zurück und ließ sich darauf niedersinken. Redhorse ging hinaus, achtete nicht auf die bösen Blikke des Wächters und beeilte sich, in die Zentrale zu gelangen.

Whip Gilliam, Olivier Doutreval, Chard Bradon und Brazos Surfat, dachte er befriedigt.

Seine Mannschaft war komplett.

Eine Mannschaft, auf die sogar Dull Knife oder Little Wolf stolz gewesen wären, hätten sie die Männer sehen können. Obwohl der Anblick der Raumfahrer bestimmt nicht genügt hätte, um die berühmtesten Häuptlinge der legendären Powder-River-Cheyennes von den Qualitäten der Männer zu überzeugen, überlegte Captain Don Redhorse belustigt.

Man konnte es betrachten, wie man wollte: die Flucht aus Andro-Beta war, auch wenn man ihr den Namen *Rückzug* gab, ein Rückschlag für die Terraner.

Nach dem Verlust des Eisplaneten Arctis würde es einige Zeit dauern, bis es gelang, erneut einen sicheren Stützpunkt innerhalb

Andro-Betas zu finden. Rhodan wußte, daß sie dazu zunächst einmal den Sender finden mußten, der die totgeglaubten Mobys aktiviert und zu ihrem mörderischen Treiben veranlaßt hatte.

Die hyperenergetischen Stoßfronten, von denen man ursprünglich angenommen hatte, daß sie wahrscheinlich nicht über die Grenzen Andro-Betas hinausreichten, drangen nach neuesten Erkenntnissen doch einige hundert Lichtjahre weit in den Leerraum – bis zu jenem Standort, an dem sich die terranischen Schiffe befanden. Rhodan hatte befohlen, noch einmal genaueste Messungen vorzunehmen. Die Spezialisten hatten herausgefunden, daß die Impulse von präparierten Sternen hervorgerufen wurden, aber es gab Tausende dieser Sterne, und es war unmöglich, sie alle zu untersuchen, ohne große Verluste dabei zu erleiden.

Die Mobys verbreiteten Tod und Verderben, ohne daß sie jemand aufhalten konnte.

Als Rhodan schon aufgeben wollte, fanden die Wissenschaftler mit Hilfe der Bordrechenanlage neun markante Punkte, bei denen gewisse Übereinstimmungen in der Impulsstärke festzustellen waren. Diese neun Schockbasen, wie man sie nannte, unterschieden sich von den unzähligen anderen Sendequellen auch durch eine geringfügige Stabilität in ihren Sendungen. Die Intervalle schienen weniger willkürlich ausgestrahlt zu werden als die anderer Stationen.

Rhodan hielt sich nicht damit auf, mit den Spezialisten über diese Entdeckung zu diskutieren. Er wußte, daß es nur eine Möglichkeit gab, diese Punkte innerhalb Andro-Betas zu kontrollieren: man mußte sie anfliegen.

Ein solches Unternehmen war bei den augenblicklich innerhalb der kleinen Galaxis herrschenden Verhältnissen ein Risiko für Menschen und Raumschiffe. Größere Flugobjekte hatten keinerlei Chancen, einen Sender anzufliegen, da sie von den Mobys oder den Schiffen der Blaurüssel geortet werden würden.

Deshalb hatte Rhodan den Entschluß gefaßt, sämtliche neun entdeckten Sendestationen von Space-Jets anfliegen zu lassen. Nicht ohne Grund wählte er fähige Offiziere aus, die die Diskusschiffe befehligen sollten.

Es hing viel davon ab, ob diese Männer den Sender entdecken konnten.

Perry Rhodan blickte die sechs Raumfahrer an, die von Bord der

CREST II aus starten würden, um ihnen die letzten Anordnungen zu geben. Sie hatten sich in der Zentrale des Flaggschiffes versammelt. Der Terraner wußte, daß zur gleichen Zeit Lordadmiral Atlan an Bord der IMPERATOR drei weitere Offiziere über ihre Aufgaben instruierte.

„Sie haben lediglich die Aufgabe, den Standort des Hypersenders zu finden", sagte Rhodan. „Sie sollen auf keinen Fall versuchen, irgendeine Anlage anzugreifen oder irgendwo zu landen. Jede Space-Jet wird einen markanten Ortungspunkt anfliegen, und die Mannschaft wird sich die Sache aus sicherer Entfernung ansehen. Nach Durchführung der Messungen müssen Sie sofort zurückkehren. Niemand darf nach eigenem Ermessen handeln, auch dann nicht, wenn jemand glaubt, die eigentliche Sendestation für die Reizimpulse der Mobys gefunden zu haben."

Rhodans Blicke wanderten die Reihe der Männer entlang, bis sie schließlich bei Don Redhorse haften blieben.

„Captain Redhorse, jeder Kommandant hat inzwischen seine Mannschaftsliste vorgelegt", sagte Rhodan. „Sie sind der einzige, der offenbar glaubt, darauf verzichten zu können."

Redhorse räusperte sich. Sein Gesicht blieb unbewegt.

„Das stimmt, Sir", sagte Redhorse.

„Die Liste, Captain!" Rhodan streckte eine Hand aus und ging auf Redhorse zu. Umständlich, als sei es die schwierigste Sache der Galaxis, zog Redhorse einen Zettel aus seiner Brusttasche.

Rhodan nahm das Papier entgegen und las die darauf aufgeführten Namen.

„Eine illustre Gesellschaft", sagte Rhodan und wandte sich zum Kommandositz um. „Ist Ihnen der Name Brazos Surfat ein Begriff, Oberst Rudo?"

Der Epsaler schwang sich mit seinem Sitz herum und schaute Redhorse an.

„Der Mann steht unter Arrest!" rief er mit dröhnender Stimme.

„Es gibt bestimmte Umstände, die es rechtfertigen, den Arrest zu unterbrechen", sagte Redhorse gelassen.

„Ich möchte die Meinung des Captains unterstützen", meldete sich Leutnant Orson zu Wort. „Brazos Surfat wurde auf mein Betreiben hin verurteilt. Sein Vergehen war jedoch keineswegs so schwer, daß man ihn von dieser Liste streichen sollte."

„Danke“, sagte Redhorse.

„Whip Gilliam, Chard Bradon und Olivier Doutreval“, las Rhodan die anderen Namen vor. „Ich stimme mit Ihnen überein, daß Doutreval ein ausgezeichneter Funker ist und Chard Bradon ein hoffnungsvoller Offiziersanwärter.“

„Das stimmt, Sir“, bestätigte Redhorse.

„Das schließt allerdings nicht aus, daß Sie einmal mehr sämtliche Taugenichtse der CREST zu Ihren Begleitern erwählt haben“, fügte Rhodan hinzu, während Redhorses Lächeln gefror.

„Nun, Sir, ich möchte sie als Individualisten bezeichnen“, sagte der Cheyenne.

Die Offiziere lachten. Redhorse wußte, daß er gewonnen hatte.

„Die Jets wurden inzwischen startbereit gemacht“, sagte Rhodan. „Sie können sich in die Hangars begeben.“

Don Redhorse erhielt das Kommando über die SJ-4C, und er beeilte sich, in den Hangar zu gelangen. Die Techniker waren bereits damit beschäftigt, die Halterungen der Space-Jet zu lösen.

Redhorse kletterte durch die Schleuse ins Innere des Diskusschiffes. Die Jet war überlichtschnell und besaß einen großen Aktionsradius. Sie durchmaß 35 Meter in der Horizontalen und war 20 Meter hoch. In Flugrichtung besaß sie eine starr eingebaute Impulskanone. Die Kommandokanzel lag oberhalb des gewölbten Diskusrumpfes.

Redhorse stellte fest, daß sich seine Mannschaft versammelt hatte. Den Kommandositz hatte man für ihn freigelassen. Gilliam saß mit verschlossenem Gesicht im Hintergrund. Er sah aus, als friere er. Brazos Surfat wirkte unglücklich, war aber rasiert und trug eine gebügelte Jacke. Doutreval lächelte Redhorse entgegen und Chard Bradon hockte im Sitz des Zweiten Offiziers.

„Ich hoffe immer noch, daß man uns befiehlt, diesen Flug nicht zu beginnen“, klang Surfats Stimme auf. Redhorse blickte zurück. Der dicke Korporal füllte den bequemen Sitz vollkommen aus.

„Hören Sie auf zu jammern, Brazos“, ordnete Redhorse an. „Wir starten in wenigen Minuten.“

„Das geht mir alles viel zu schnell“, fuhr Surfat fort zu klagen. „Ein Mann sollte Zeit haben, sich auf sein Ende vorzubereiten.“

Je näher die SJ-4C an Andro-Beta herankam, desto stärker wurden die Störgeräusche der unzähligen Hyperimpulse in den Empfängern des Diskusschiffes. Es wurde immer schwieriger, den markanten Punkt, den Redhorse anfliegen sollte, in diesem Durcheinander festzuhalten.

Das war Oliver Doutrevals Arbeit. Der kleine Funker saß schweigend vor seinen Geräten und nahm ab und zu einige Einstellungen vor. Manchmal blickte er auf und lächelte Redhorse zu – ein Zeichen, daß sie die Spur noch nicht verloren hatten. Der Einsatzpunkt der SJ-C4 lag vom Standpunkt der Männer aus gesehen über dem Zentrumskern des Betanebels.

Redhorse saß bequem im Pilotensitz. Im Augenblick konnte er der Steuerautomatik die Führung der Jet überlassen.

„Das ist ein Flug, von dem ich meinen Kindern erzählen werde“, ereiferte sich Brazos Surfat. „Ohne mich von den überall lauernden Gefahren abhalten zu lassen, stürze ich mich in das Abenteuer meines Lebens.“ Er schnalzte genießerisch mit der Zunge.

„Die einzige Gefahr besteht im Augenblick darin, daß wir Sie aus der Schleuse werfen, Brazos“, meinte Redhorse gedehnt.

„Dazu benötigen wir allerdings einen Kran“, bemerkte Chard Bradon.

„Sie sind ein mageres, unerfahrenes Jüngelchen“, sagte Surfat milde. Er streckte Bradon seine fleischigen Hände entgegen. „Damit habe ich schon Ungeheuer erledigt. Ich würde Sie wie eine Mücke zerdrücken, bevor Sie nur Hand an mich gelegt hätten.“

„Schließen Sie Ihren Gürtel, Korporal!“ befahl Redhorse mit einem Seitenblick auf Surfats Hemd, das im Begriff war, über den Hosenbund zu rutschen.

„Diese vermaledeite Hose ist zu eng, Captain“, beschwichtigte Surfat den Offizier. „Im Sitzen muß ich den Gürtel öffnen, sonst kracht sie in allen Nähten.“

Chard Bradon drehte sich auf seinem Sitz herum und blickte den schweigenden Whip Gilliam an.

„Was meinen Sie dazu, Whip?“

Gilliams Augen funkelten. Sie richteten sich auf Bradon, und es war schwer zu sagen, welches davon das künstliche war. Dann hob Sergeant Gilliam die Schultern. Eine Strähne weißblonden Haares hing in seiner Stirn. Irgendwie wirkte Gilliam geheimnisvoll.

„Reden Sie immer so viel?“ erkundigte sich Bradon sarkastisch.

Gilliam lächelte ohne Wärme. Er bewegte sich kaum merklich auf seinem Sitz, aber diese Bewegung wirkte so konzentriert, daß sie Bradon wie eine Drohung erschien.

„Er ist noch ziemlich jung, Whip“, sagte Redhorse in diesem Augenblick.

„Ja“, bestätigte Gilliam verdrossen. „Das spürt man.“

Bradon errötete und sank in seinen Sitz zurück. Innerhalb des Kommandoraumes war eine fühlbare Spannung entstanden, die sich erst mit dem Aufklingen von Surfats Stimme wieder auflöste.

„Ich erinnere mich an ein ähnliches Unternehmen im Plejaden-Gürtel“, sagte der dicke Korporal. „Ich war allein in einem Shift eingeschlossen und mußte mich gegen hundert meuternde Eingeborene verteidigen.“ Er schloß die Augen und schnippte mit den Fingern. „Da kam es darauf an, die Ruhe zu bewahren.“

„Was ist passiert?“ fragte Doutreval höflich.

Brazos Surfat richtete sich auf und begann mit den Armen zu fuchteln. „Ich ging in die Schleuse“, berichtete er mit hallender Stimme. „Als sie mich erblickten . . .“

„Bekamen sie einen Lachanfall und lachten sich zu Tode“, mischte sich Redhorse ein. „Brazos, hören Sie auf, uns Ihre Lügengeschichten zu erzählen. Ihr einziger Kampf im Plejaden-Gürtel fand in der Kantine eines Flottentenders statt, als Sie mit dem Koch um eine zusätzliche Mahlzeit rangen.“

Surfat ließ sich beleidigt zurücksinken.

„Ganz ungefährlich war das schließlich auch nicht“, sagte Bradon. „Die Köche auf Flottentendern sind wilde Kerle. Sie tragen Tranchiermesser und Knochenbeile mit sich herum.“

„Und Brotschneidemaschinen“, fügte Doutreval mit ernster Miene hinzu.

„Ich hege für Sie alle freundschaftliche Gefühle“, erklärte Surfat würdevoll. „Setzen Sie diese Freundschaft nicht aufs Spiel. Eines Tages, wenn der eine oder andere von Ihnen in einen Kampf verwikkelt ist, wird er froh sein, wenn der gute Brazos Surfat ihm zu Hilfe eilt.“

„Das wird ein historischer Moment“, sagte Bradon begeistert. „Wer könnte von sich behaupten, Korporal Brazos Surfat jemals in Eile gesehen zu haben?“

Surfat zog es vor zu schweigen. Redhorse kontrollierte die Steuerautomatik und wandte sich an Doutreval.

„Können Sie die Peilung halten, Olivier?“

Der schwarzhaarige Funker nickte. „Natürlich, Sir. Die Überlagerungen werden zwar stärker, aber die markanten Impulse kommen immer wieder durch. Allerdings hätten wir die neun Schockbasen nie gefunden, wenn wir Andro-Beta nicht verlassen hätten.“

So betrachtet, war ihre Flucht aus dem System von Alurins Stern doch zu etwas gut gewesen, überlegte Redhorse. Von Arctis aus hätten sie niemals jenen Hypersender orten können, der die Mobys aktiviert hatte. Jetzt besaßen sie immerhin eine geringe Chance, die Station zu entdecken.

Jede der neun Space-Jets flog einen bestimmten Punkt an. Redhorse hoffte, daß alle Diskusschiffe ihr Ziel erreichten. Einer der neun Sender mußte der richtige sein. Welcher, das würde sich nur durch genaueste Messungen herausfinden lassen.

„Es ist möglich, daß alle neun Stationen bewacht werden“, sagte der Captain. „Wir müssen also bei der Annäherung vorsichtig sein.“

„Vielleicht haben die Meister der Insel nur den Hauptsender abgesichert“, vermutete Doutreval. „Dann müßte also nur die Jet einen Angriff befürchten, die die richtige Station findet.“

Obwohl die Aussichten der Besatzung der SJ-4C, die getarnte Sendestation zu finden, nicht größer waren als die der anderen Mannschaften, machte sich Redhorse mit dem Gedanken vertraut, daß *sie* die Hyperanlage entdecken würden. Es war immer gut, auf alle Eventualitäten vorbereitet zu sein.

Redhorse bedauerte, daß Rhodan nicht gestattet hatte, nähere Untersuchungen durchzuführen. Die Kommandanten der Jets hatten nur den Auftrag, den genauen Standort des Senders festzustellen.

Redhorse umklammerte die Steuerung und schaltete die Automatik aus. Er mußte sich mit irgend etwas beschäftigen, denn seine Gedanken begannen in gefährlichen Bahnen zu verlaufen.

Befehl war Befehl, dachte Redhorse. Sie würden sich daran halten, auch wenn das Ziel, das sie anflogen, noch so verlockend sein sollte.

Redhorse konnte nicht ahnen, wie groß die Lockung sein würde – und wie ausgeprägt die Bereitschaft seiner Begleiter, ihr nachzugeben.

2.

Die SJ-4C glitt in das normale Raum-Zeit-Kontinuum zurück. Das Diskusschiff war bereits in den Sternennebel von Andro-Beta eingedrungen. Redhorse beugte sich auf seinem Sitz nach vorn. Auf den Ortungsgeräten erschienen zahlreiche bewegliche Impulse, die entweder von Mobys oder von Schiffen der Blaurüssel kamen. Sie waren jedoch alle zu weit entfernt, um der Jet gefährlich werden zu können. Der Lärm, der aus den Empfängern der Hyperfunkanlage drang, ließ Redhorse bezweifeln, daß es Doutreval gelingen würde, die Peilung ihres Zieles zu halten. Er blickte zu Doutreval hinüber. Der Funker machte einen angespannten Eindruck, doch er winkte Redhorse zu, zum Zeichen, daß sie den Peilimpuls noch nicht verloren hatten.

„Fremdobjekte von rechts, Sir!“ rief Whip Gilliam, der die Raumortung beobachtete.

Redhorse fuhr herum. Ein glitzernder Punkt huschte über die Bildschirme. Redhorse sah, daß das Ding rasch näher kam.

„Wahrscheinlich ein Moby“, sagte er ruhig. Er beschleunigte die Jet und jagte sie in den Linearraum zurück. Die Bildschirme wurden dunkel.

„Zielgebiet weiterhin angepeilt!“ gab Doutreval bekannt.

Olivier Doutreval kannte bis auf Whip Gilliam jeden der Männer, die mit ihm in die SJ-C4 gekommen waren. Surfat war ein Original, das innerhalb des Flaggschiffes gut bekannt war. Auch Bradon war eine markante Persönlichkeit geworden, seit man ihn Major Bernard unterstellt hatte. Am besten kannte Doutreval Captain Redhorse. Doutreval war bei den Männern gewesen, die zusammen mit Redhorse einen Shift durch eine Eiszone im Innern des Planeten Horror gezogen hatten. Solche Erlebnisse konnten Männer aneinander binden.

Doutreval war achtunddreißig Jahre alt, und er hätte längst Cheffunker sein können, wenn er die Offizierslaufbahn eingeschlagen hätte. Er wußte jedoch, daß er nie von anderen das fordern konnte, was er selbst nicht in vollem Maße zu geben bereit war: Disziplin.

Olivier Doutreval war ein Mann ohne Vorurteile; er besaß zu viel Phantasie, um sein Denken ausschließlich Dingen zu widmen, die im Handbuch der Solaren Flotte niedergeschrieben waren.

Natürlich gab es Offiziere, die Doutreval glichen – Redhorse, zum Beispiel. Doch der Captain war ein Indianer; ein Mann, der nötigenfalls seine wahren Gedanken hinter der Maske eines unbewegten Gesichts verbergen konnte. Das war für Doutreval nicht möglich. Das Herz des Funkers lag auf der Zunge, wie man ihm nachsagte.

Doutreval nahm eine Feineinstellung an den Empfängern des Hyperfunkgerätes vor und lehnte sich dann aufatmend zurück. Die Gefahr, daß die Peilimpulse verlorengingen, war jetzt vorüber.

Unauffällig blickte der Funker zu Surfat hinüber. Äußerlich war dieser Surfat nur ein dicker, schlampig aussehender und schwitzender Korporal, der seine Angst vor der fremden Umgebung des Weltraums ständig in einer Flut von Worten zu ertränken suchte. Brazos Surfat war mindestens zehnmal Sergeant gewesen, und genausooft hatte man ihn wieder degradiert.

Und doch war Brazos Surfat ein zuverlässiger Mann. Ebenso wie Chard Bradon, der Tag für Tag mit den Eigenheiten Major Bernards zu kämpfen hatte. Er war noch ziemlich jung, dieser Bradon, überlegte Doutreval und versuchte sich an seine eigene Jugend zu erinnern, die unglaublich weit in der Vergangenheit zu liegen schien.

Der einzige Mann, über den sich Doutreval kein Urteil bilden konnte, war Whip Gilliam. Doutreval vertraute jedoch auf Redhorses Fähigkeit, einen Menschen richtig einzuschätzen.

„Wie sieht es aus, Olivier?“ drang Redhorses Stimme in Doutrevals Gedanken.

„Gut, Captain“, erwiderte Doutreval. „Wir fliegen jetzt direkt ins Zielgebiet hinein.“

Brazos Surfat kam zu den Bildschirmen. „Glauben Sie, daß man schon nähere Einzelheiten erkennen kann, wenn wir den Flug innerhalb der Halbraumzone unterbrechen, Captain?“ fragte er.

„Es kommt darauf an, was Sie erwarten“, entgegnete Redhorse. „Es ist immerhin möglich, daß die Sendestation auf einem kleinen Asteroiden montiert ist. Dann wird es noch einige Zeit dauern, bis wir sie finden. Auch dann, wenn wir auf ein größeres Sonnensystem stoßen sollten, wird es nicht einfach sein, den Sender bei den ständig durchdringenden Störgeräuschen zu lokalisieren."

„Es gefällt mir nicht, daß wir unter Umständen längere Zeit in der Nähe einer Hyperfunkanlage des Gegners verbringen sollen", sagte Surfat.

„Dann hätten Sie sich nicht freiwillig für dieses Unternehmen melden sollen", warf ihm Redhorse vor.

„Freiwillig?" schnaubte Surfat entrüstet. „Mit Händen und Füßen habe ich mich dagegen gewehrt, an diesem Kommando teilzunehmen. Glauben Sie wirklich, Sir, daß ich mein Leben freiwillig aufs Spiel setzen würde?"

Redhorse enthielt sich einer Antwort, denn die SJ-4C hatte inzwischen jenen markanten Punkt erreicht, den sie anfliegen sollte, und kehrte in den Normalraum zurück. Auf den Bildschirmen wurden wieder die Sternenballungen Andro-Betas sichtbar. Der Reliefschirm, auf dem während des Linearfluges die Zielsonne sichtbar war, erlosch.

Redhorse konzentrierte seine Aufmerksamkeit auf das Zielgebiet. Doch es war Doutreval, der etwas entdeckte, was zuvor auf dem Schirm nicht zu erkennen war. Der Zielstern entpuppte sich als eine Konstellation von drei Sonnen, die, wie an einer Perlschnur aufgereiht, in einer Linie angeordnet waren. Er machte Redhorse darauf aufmerksam.

„Drei rote Riesensonnen", äußerte Redhorse beeindruckt. „Bestimmt ist es kein Zufall, daß sie eine derart ungewöhnliche Konstellation bilden."

„Denken Sie an die verschiedenen Transmitter-Stationen, Captain", sagte Chard Bradon. „Auch dort fanden wir rätselhafte Sterngruppen."

„Ich denke immerzu daran", sagte Redhorse grimmig. „Wahrscheinlich haben sich die Meister der Insel auch für ihre Sendestationen einige Todesfallen ausgedacht."

„Zum Glück brauchen wir uns die Sache nur aus der Ferne anzusehen", sagte Surfat.

„Ein bißchen näher müssen wir noch heran", widersprach Doutreval. „Von hier aus ist der Standort nicht auszumachen."

Der Lärm, der aus den Funkempfängern der Space-Jet kam, hatte nicht nachgelassen. Die Störsender ächzten, pfiffen und heulten, so daß sich Redhorse fragte, wie Doutreval überhaupt die regelmäßigen Impulse in ihrem Zielgebiet registrieren konnte.

Mit annähernd Lichtgeschwindigkeit raste die SJ-4C auf die drei roten Sonnen zu. Weitere Berechnungen wurden durchgeführt. Der Computer ermittelte, daß der Abstand zwischen den Sternen genau acht Milliarden 577 Millionen Kilometer betrug.

Surfat gab der mysteriösen Konstellation den Namen Tri-System. Die Sonnen wurden mit Tri I bis III bezeichnet. Es war jedem Raumfahrer an Bord des Diskusschiffes klar, daß dieses System nicht auf natürliche Weise entstanden sein konnte. Alles deutete darauf hin, daß die mächtigen Meister der Insel auch hier ihre Hände im Spiel hatten.

„Glauben Sie, daß wir die richtige Sendestation gefunden haben?“ fragte Bradon bedrückt.

Redhorse konnte die Unsicherheit des jungen Mannes verstehen. Der Anblick der roten Riesen, die auf den Bildschirmen immer größer wurden, konnte den Glauben an die terranische Überlegenheit erschüttern. Ein Junge wie Bradon besaß diesen idealistischen Glauben.

„Warten wir ab“, beantwortete Redhorse Bradons Frage ausweichend. „Dies ist nur einer von neun markanten Punkten. Es kann sein, daß es in den Operationsgebieten der anderen Jets noch verrückter aussieht.“

„Das bezweifle ich“, sagte Gilliam. „Wir haben die Station gefunden, die für das Aufleben der Mobys verantwortlich ist.“

Bradon drehte sich verwundert zu dem Sergeanten um.

„Haben Sie plötzlich Ihre Sprache wiedergefunden?“ fragte er spöttisch.

„Was für eine blödsinnige Frage“, konterte Gilliam. „Dabei fingen Sie gerade an, mir sympathisch zu werden.“

Bradon wandte sich wütend von ihm ab.

„Warum sind Sie so sicher?“ fragte Doutreval den Sergeanten.

„Eine künstliche Konstellation von drei Sonnen ist auch für die Meister der Insel bestimmt eine gewaltige Arbeit. Das würden sie niemals für einen Pseudo-Sender tun.“

„Vielleicht hat Whip recht“, sagte Surfat. „Dann wird es Zeit, daß wir unsere Geschwindigkeit herabsetzen oder umkehren.“

„Setzen Sie sich, Brazos“, befahl Redhorse. „Oder versuchen Sie wenigstens, Ihre Angst für sich zu behalten.“

Für einige Minuten blieb es innerhalb der Kommandokanzel still. Redhorse ließ die Positronik ständig neue Berechnungen ausführen. Doutreval half ihm bei der Auswertung. Es bestanden jetzt keine Zweifel mehr, daß einer der neun Sender innerhalb des Tri-Systems montiert war. Redhorse überlegte angestrengt, wo sie die Station finden könnten. Vielleicht kreiste sie als künstlicher Satellit um eine der drei Sonnen. Doch dann hätte die Intensität der Impulse in regelmäßigen Abständen nachlassen müssen, wenn der Sender vom Standpunkt des Diskusschiffes aus hinter der Sonne verschwand. Dies war jedoch nicht der Fall. Eine weitere Möglichkeit war, daß der Sender still im Raum stand. Redhorse glaubte nicht daran, daß die Sonnen etwas mit den Funksignalen zu tun hatten, obwohl er diese Idee nicht außer acht lassen durfte.

Das Tri-System lag rund 2500 Lichtjahre vom Standort der terranischen Schiffe im Leerraum entfernt. Redhorse war fast sicher, daß die SJ-4C von allen neun Diskusschiffen die weiteste Strecke zurückgelegt hatte.

Er wandte sich an Doutreval. „Versuchen Sie, Verbindung mit einer anderen Jet herzustellen, Olivier."

Doutreval runzelte die Stirn. „Das wird nur mit Hyperfunk möglich sein", sagte er. „Halten Sie das nicht für zu gefährlich?"

„Im Augenblick droht uns keine Gefahr. Ich möchte wissen, ob eine der anderen Mannschaften etwas entdeckt hat, was mit den drei roten Sonnen zu vergleichen ist, die wir jetzt anfliegen."

Widerstrebend schaltete Doutreval den Hypersender ein. Kurz darauf strahlten die überlichtschnellen Impulse von der SJ-4C in den Raum hinaus. Redhorse hoffte, daß trotz der Störungen eine Verbindung zu anderen Space-Jets gelingen würde. Doutreval bemühte sich fast zehn Minuten, ehe die erste Antwort kam. Es war Captain Kagato, der sich meldete.

Doutreval berichtete kurz, was sie gefunden hatten, dann sprach Kagato.

„Ich glaube, daß die SJ-4C den Sender gefunden hat", kam die Stimme des Offiziers verzerrt aus den Empfängern. „Wir stießen lediglich auf einen einsamen Stern, der mit der vermeintlichen Sendestation identisch ist. Diese Sonne besitzt eine künstlich aufgeladene Hypersphäre. Es handelt sich um eine Art Großreflektor, offensichtlich nur zu dem Zweck gebaut, die von einer unbekannten Sendestation ausgehenden Hyperwellen zu reflektieren. Innerhalb der Hypersphäre werden die Impulse verstärkt und schauerartig durch das gesamte Gebiet von Andro-Beta verstreut."

„Sie fanden also keinerlei Hinweise auf einen echten Sender?" wollte Doutreval wissen.

„Nein", antwortete Kagato. Er sprach eine Weile, ohne daß er zu verstehen war. Nur einzelne Wortfetzen drangen durch. Die Männer innerhalb der SJ-4C warteten geduldig.

Schließlich konnten sie Kagato wieder besser verstehen. Er sagte: „Wir haben mit drei anderen Mannschaften gesprochen. Auch sie stießen auf hyperinstabile Sonnen. Es sieht so aus, als hätte Redhorses Mannschaft das eigentliche Sender-System gefunden. Wir wollen . . ." Die Stimme des Captains verlor sich in Störgeräuschen.

„Es ist besser, wenn wir Schluß machen, bevor man auf uns aufmerksam wird", entschied Redhorse. Erleichtert schaltete Doutreval die Anlage aus.

„Wir sind also genau richtig", stellte Surfat fest. „Ein unglücklicher Zufall führte uns an die gefährlichste von neun Stellen innerhalb Andro-Betas." Er strich unruhig über seinen kahlen Schädel. „Oh, Captain, denken Sie an unsere Sicherheit."

Redhorse beachtete den Korporal nicht. Er schaltete die Automatik ein und verließ seinen Platz. Er ging zu Doutreval hinüber.

„Können Sie den Sender lokalisieren?"

Doutreval schüttelte den Kopf. „Die Störgeräusche werden wieder stärker. Wir müssen näher an das System heran."

Redhorse dachte einen Augenblick nach. Er wußte, daß es ein Risiko war, den Flug in der bisherigen Richtung fortzusetzen. Wenn sie jedoch jetzt umkehrten, waren sie nicht viel klüger als zuvor. Zumindest mußten sie den genauen Standort der Station ausfindig machen.

Redhorse bezweifelte nicht, daß die Männer mit einer Fortsetzung des Fluges einverstanden waren; auch Surfat, der sich wie immer den Anschein eines Feiglings gab. Zwar war die Gefahr einer Entdeckung für ein so kleines Raumschiff, wie es die SJ-4C war, äußerst gering, doch wenn man auf sie aufmerksam wurde, hatten sie keine Chance.

Redhorse schaute zu Bradon hinüber, der abwartend hinter der Zieloptik der Impulskanone kauerte. Das war die gefährlichste Waffe der Jet. Doch die Kanone war starr eingebaut, und bei einem Gefecht hing es von der Zusammenarbeit zwischen Kanonier und Pilot ab, welchen Effekt sie erzielte. Sicher war Bradon ein ausgezeichneter Kanonier, der auch gute Nerven besaß, doch er und Redhorse waren kein geübtes Team.

Redhorse spielte einen Augenblick mit dem Gedanken, die Jet wieder in den Linearraum zu bringen. Das hätte jedoch jede exakte Beobachtung unmöglich gemacht.

Der Captain kehrte zum Pilotensitz zurück und zog die letzten Auswertungen aus dem Ausgabeschlitz der Positronik. Der erste Streifen bestätigte lediglich ihre bisher gemachten Entdeckungen. Der zweite jedoch ließ Redhorse einen Augenblick den Atem anhalten. Er blickte ein zweites Mal auf die Werte, die die Positronik ermittelt hatte. Die Wahrscheinlichkeit für die Richtigkeit der positronischen Angaben lag immerhin bei 85 Prozent.

„Das Tri-System", sagte Redhorse scheinbar gleichmütig, „besitzt einen Planeten."

Der Planet bot selbst auf die noch große Entfernung einen außergewöhnlichen Anblick. Er umkreiste den in der Mitte der Konstellation stehenden Stern, Tri II.

Die einzige Welt innerhalb des Tri-Systems besaß eine blau leuchtende Lufthülle, die stark fluoreszierte.

„Der Planet ist schön", sagte Surfat beeindruckt. „Wie eine Glaskugel an einem Weihnachtsbaum sieht er aus. Nur einmal in meinem ereignisreichen Leben habe ich eine Welt erblickt, die vom Raum aus einen schöneren Anblick bot. Das war im Wega-Sektor."

„Wer weiß, was sich unter dieser glitzernden Atmosphäre abspielt", gab Doutreval zu bedenken. „Dieser Planet ist wahrscheinlich ein Wolf im Schafspelz."

Redhorse bemühte sich, von den Worten seiner Begleiter nicht beeinflußt zu werden. Er bezweifelte nicht, daß sie den Standort des Senders gefunden hatten, wenn auch Doutreval mit seinen Geräten nicht feststellen konnte, ob die Hyperimpulse von dem Planeten kamen, der Tri II umkreiste.

Die Welt, die sich jetzt bereits deutlich auf den Bildschirmen abzeichnete, war nicht allein durch ihre Farbe beeindruckend. Der Planet besaß auch eine extreme Form. Vom Raum aus war deutlich zu sehen, daß er völlig plattgedrückt war und einen elliptischen Querschnitt besaß.

„Ich habe einen passenden Namen für unsere Neuentdeckung“, erklärte Chard Bradon. „Nennen wir ihn Gleam, das paßt zu seiner Lufthülle.“

„Einverstanden“, stimmte Redhorse zu. „Wenn wir zurückkommen, können Sie Major Bernard damit imponieren, daß Sie Ihren ersten Planeten getauft haben.“

Die ersten genaueren Messungen ergaben, daß Gleam an der Polachse 10480 Kilometer durchmaß, an der Äquatorachse dagegen auf 21000 Kilometer kam.

„Auf Gleam werden ziemlich unterschiedliche Schwerkraftverhältnisse herrschen“, sagte Doutreval. „Ich kann mich nicht erinnern, jemals zuvor einen so flachgedrückten Planeten gesehen zu haben.“

Gleam umlief Tri II in Richtung von Pol zu Pol. Dabei wandte er seiner Sonne stets den Äquatorrand zu.

„Warum fliegen wir weiter?“ wollte Surfat wissen. „Schließlich haben wir jetzt den Planeten gefunden und wissen, wo die Sendestation zu finden ist. Damit ist unser Auftrag erledigt. Wollen wir warten, bis wir entdeckt werden?“

„Wir müssen näher heran“, entschied Redhorse. „Noch steht nicht fest, ob die Hyperanlage auf Gleam stationiert ist.“

Surfat äußerte seine Bedenken. „Vermutlich müssen wir auf Gleam *landen,* wenn wir uns darüber Sicherheit verschaffen wollen.“

Weitere Fernmessungen wurden vorgenommen. Bald stand fest, daß Gleam eine Sauerstoffatmosphäre besaß, die durchaus mit der Terras konkurrieren konnte. Wie Redhorse vermutet hatte, schwankte die Schwerkraft auf der unbekannten Welt erheblich. In der Äquatorzone Gleams herrschte eine Schwerkraft von fast 3 Gravos. Nahe den Polargebieten betrug sie nur 0,98 Gravos. Es lag auf der Hand, daß dies nicht natürlichen Ursprungs sein konnte.

Gleam war ein bemerkenswerter Planet.

Nichts deutete darauf hin, daß die Annäherung der SJ-4C bemerkt wurde. Innerhalb des Tri-Systems hielten sich weder Mobys noch Raumschiffe der Twonoser auf.

„Was für ein wunderbarer Planet“, sagte Doutreval nachdenklich. „Wahrscheinlich wird ihn nie eines Menschen Fuß betreten.“

Redhorse wandte sich langsam zu dem Funker um.

„Olivier, Sie wissen so gut wie ich, daß wir nicht landen dürfen."

Doutreval breitete beschwörend seine Arme aus. „Natürlich, Captain, natürlich. Ich habe nur darüber nachgedacht, was eine solche Welt einem aufgeschlossenen Beobachter wohl alles zu bieten hätte."

„Wahrscheinlich existieren dort reizvolle Pflanzen", sagte Chard Bradon verträumt.

„Und Tiere", fügte Doutreval hinzu. „Eine kurze Landung müßte völlig ungefährlich sein."

Redhorse starrte auf den großen Bildschirm, wo Gleam leuchtete. In seinen Fingerspitzen kribbelte es. Captain Don Redhorse, der letzte reinrassige Nachkomme der Powder-River-Cheyennes, kannte dieses Anzeichen genau. Er kämpfte dagegen an.

„Eigentlich sieht Gleam ganz ungefährlich aus", klang Gilliams ruhige Stimme auf.

„Ich protestiere!" schrie Surfat. „Wir können nicht wissen, was uns auf Gleam erwartet."

„Der Captain hat überhaupt noch nichts gesagt", ermahnte ihn Bradon.

„Rhodans Befehl lautet, sofort nach Entdeckung des Senders umzukehren", erinnerte Redhorse.

In Doutrevals Gesicht ging eine Veränderung vor. Der kleine Funker lächelte zufrieden.

„Wir müssen also weitermachen", stellte er fest. „Theoretisch sind wir zwar sicher, daß die gesuchte Station auf Gleam zu finden ist, aber in der Vergangenheit hat sich schon oft genug gezeigt, wie schnell eine Theorie in die Brüche gehen kann, wenn es sich um einen Stützpunkt der Meister der Insel handelt." Er wurde ernst. „Wir sind einfach verpflichtet, uns von der Richtigkeit unserer Annahmen zu überzeugen."

„Das klingt ganz vernünftig", erklärte Bradon grinsend und stützte beide Arme auf die Halterung der Impulskanone. Seine Augen waren erwartungsvoll auf Redhorse gerichtet.

Der Captain vermied es, einen seiner Begleiter anzusehen. Dagegen blickte er immer wieder auf den Bildschirm. Diese fluoreszierende Atmosphäre, dachte er, diese plattgedrückte Form, die unterschiedlichen Gravitationsverhältnisse – welch ein Planet!

So etwas gab es in der heimatlichen Galaxis nicht.

Das Kribbeln in seinen Fingern verstärkte sich, breitete sich über die Arme aus und schien selbst auf die Kopfhaut überzugreifen.

„Wir können sofort wieder umkehren, wenn es brenzlig wird", meinte Chard Bradon, als stände es schon fest, daß sie wieder auf Gleam zufliegen würden.

Doutreval nahm diesen Vorschlag sofort auf. „Sobald wir in die Atmosphäre eintauchen, können wir zunächst einmal weitere Beobachtungen machen."

Ein klatschendes Geräusch kam aus dem Hintergrund der Kommandokanzel. Surfat erzeugte es, als er seinen gewaltigen Bauch tätschelte. Er sah aus, als hätte er Schmerzen.

„Der gute, alte Korporal Surfat", jammerte er. „Was wird ihn auf Gleam erwarten, wenn er stolz aus der Schleuse der Space-Jet schreitet?"

Don Redhorse faßte einen Entschluß.

„Wir sehen uns Gleam aus der Nähe an", sagte er.

Natürlich war Chard Bradon aufgeregt. Er hoffte, daß die anderen, vor allem jedoch Redhorse, es nicht bemerkten, wie er unruhig auf seinem Sitz hin und her rutschte. Das blaue Feuer der Atmosphäre Gleams schien hypnotische Kraft auszustrahlen. Chard Bradon mußte an sich halten, daß er nicht aufsprang und von Bildschirm zu Bildschirm ging. Es war nicht einfach für ihn, sich in der Mannschaft dieser erfahrenen und gelassenen Männer zurechtzufinden. Bradon hielt auch Surfat für einen Raumfahrer, den nichts erschüttern konnte, auch wenn er sich den Anschein gab, als könnte ihn das Wackeln eines Grashalms in Bewußtlosigkeit stürzen.

Bradon fühlte einen gewissen Stolz, daß Redhorse ihn ausgesucht hatte.

Seine Hände glitten über das kalte Metall der Zieloptik. Durch die Zielvorrichtung konnte er einen winzigen Ausschnitt Gleams erkennen, ein Fragment nur, das trotzdem die geheimnisvolle Leuchtkraft dieser Welt zeigte. Bradons Hände waren vor Aufregung feucht.

Jetzt, nachdem Redhorse zugestanden hatte, daß sie sich Gleam noch weiter nähern würden, zweifelte Bradon kaum an einer Landung. Vielleicht konnten sie mit der Impulskanone Jagd auf irgendein Ungeheuer machen.

Bradon erkannte, daß seine Phantasie mit ihm durchging. Er blickte zu Redhorse hinüber. Das Gesicht des Captains war angespannt. Redhorse ließ die Ortungsgeräte nicht aus den Augen. Offenbar befürchtete er, daß die Space-Jet plötzlich angegriffen werden könnte.

Bradon neigte seinen Oberkörper seitwärts, so daß er den großen Bildschirm überblicken konnte. Sie hatten sich Gleam so weit genähert, daß man bereits schattenhafte Umrisse auf der Oberfläche erkennen konnte. Wahrscheinlich gab es auf dieser Welt größere Gebirge.

„Die augenblickliche Entfernung Gleams von seiner Sonne beträgt fünfhundertzwanzig Millionen Kilometer“, gab Redhorse bekannt. „Es sieht so aus, als sei es eine exakte Kreisbahn, die der Planet beschreibt. Es wird also keine großen Temperaturschwankungen geben.“

Die gründlichen Untersuchungen, die mit den Fernmeßgeräten durchgeführt wurden, dauerten nach Bradons Ansicht viel zu lange. Redhorse schien jedoch nicht die Absicht zu haben, eine der vorgeschriebenen Maßnahmen zugunsten einer schnelleren Annäherung aufzugeben. Redhorse stellte fest, daß die mittlere Temperatur auf Gleam bei 26 Grad lag. Der Sauerstoffgehalt betrug 26,17 Volumenprozent und war damit um fünf Prozent höher als auf der Erde.

Es verstrich fast eine Stunde, bis Redhorse zufrieden war. Obwohl sie noch eine Million Kilometer von Gleam entfernt waren, wußten sie bereits alles über die Atmosphäre dieses Planeten.

Bradon erkannte, daß Redhorse immer noch zögerte, die unbekannte Welt anzufliegen. Auch Doutreval schien das zu spüren, denn er bemerkte: „Bisher haben wir keine besorgniserregenden Entdekkungen gemacht, Captain. Ich glaube, daß wir es riskieren können, noch ein bißchen dichter ranzugehen.“

Die Lockung des Unbekannten gewann schließlich die Oberhand. Redhorse beschleunigte die Space-Jet und steuerte sie direkt auf Gleam zu. Niemand sprach, als Gleam auf den Bildschirmen stetig an Größe gewann und sie schließlich fast vollkommen ausfüllte. Sogar Surfat war offenbar so beeindruckt, daß er sich jeden Kommentars enthielt.

Der blaue Schein der Atmosphäre wurde immer intensiver. Trotzdem war die Oberfläche gut zu erkennen. Bradon sah hohe Gebirge und kleinere Meere, auf denen gewaltige Pflanzeninseln schwammen.

Dazwischen gab es riesenhafte Ebenen, die Bradon für Savannen hielt. Dann jedoch, als sie noch näher herankamen, stellte er fest, daß es sich um Sumpfozeane handelte.

„Auf Gleam scheint es ziemlich feucht zu sein", durchbrach Redhorses Stimme die Stille. „Wenn nicht alles täuscht, gibt es rings um die Gebirge Festland, das allmählich in Sumpfgebiet übergeht. Die Pflanzenwelt scheint vor allem aus Moosen und Pilzen zu bestehen."

„Keinerlei Anzeichen für intelligentes Leben", stellte Doutreval fest. „Gleam wird wahrscheinlich nur von Wasserlebewesen bewohnt."

Skeptisch beobachtete Bradon die Oberfläche des Planeten. Doutrevals Ansicht erschien ihm ziemlich voreilig. Sie konnten nicht wissen, was sich innerhalb der Riesenwälder oder in den Gebirgen verbarg. Städte oder Bauwerke waren nicht zu erkennen, auch andere Anzeichen einer Zivilisation wurden nicht sichtbar. Wenn es dort unten wirklich denkende Wesen gab, dann hatten diese sich gut gegen eine Entdeckung aus dem Raum abgesichert. Leider besaß die Space-Jet keine Mentaltaster, die Hinweise auf die Existenz intelligenten Lebens liefern konnten.

Redhorse verlangsamte den Flug der Jet. Noch waren sie nicht in die Atmosphäre eingedrungen. Die einzelnen Landstriche waren jetzt deutlich zu unterscheiden. Den größten Teil der sichtbaren Oberfläche nahmen die Sumpfgebiete ein. Bradon konnte sehen, wie sich an den Randgebieten der Sümpfe ständig neue Pflanzeninseln lösten und aufs Meer hinaustrieben. In einigen tausend Jahren würden alle Meere damit bedeckt sein und allmählich versumpfen.

Die Moos- und Pilzwälder versuchten sich jedoch auch landeinwärts auszudehnen. Ihre Ausläufer wucherten in jedes erreichbare Bergtal hinein. Bradon vermutete, daß es in diesen Wäldern von Tieren nur so wimmelte. Gleam bot die idealen Möglichkeiten für Lebensformen, die gleichzeitig im Wasser und an Land beheimatet waren.

„Haben Sie den Standort des Senders gefunden?" erkundigte sich Redhorse bei Doutreval.

„Nein, Captain", erwiderte der Funker. „Die Impulse kommen kaum durch. Die Störgeräusche sind wieder stärker geworden. Ich glaube, daß die Atmosphäre Gleams die Schockwellen reflektiert, ebenso wie die Sonnen, die von den anderen Diskusschiffen angeflogen wurden."

Redhorse sah man die Enttäuschung deutlich an. „Das heißt, daß wir ebenfalls kein Glück hatten?“ meinte er.

„Doch, doch“, versicherte Doutreval. „Irgendwo muß dieser Sender sein. Seine Erbauer haben die Atmosphäre Gleams aus Sicherheitsgründen mit dem gleichen Reflektorschild ausgerüstet, den auch die anderen Schockbasen besitzen.“

„Den Meistern der Insel muß viel an diesem Sender gelegen sein“, sagte Bradon.

„Er ist der Schlüssel zu ihrer stärksten Waffe innerhalb Andro-Betas: den Mobys“, erinnerte Surfat. „Deshalb haben sie sich diese Sache etwas kosten lassen.“

„Was wollen wir unternehmen, Sir?“ wollte Doutreval wissen. „So kommen wir nicht weiter. Auch wenn wir Gleam ein paarmal umkreisen, werden wir die Station nicht finden.“

„Ich bin fast sicher, daß die Station irgendwo auf Gleam montiert ist“, sagte Redhorse. „Man wird sie jedoch nicht ohne Sicherheitsmaßnahmen dort aufgestellt haben. Wenn wir in die Atmosphäre eintauchen, kann es gefährlich für uns werden. Mit dem Triebwerk der Jet können wir keinem stärkeren Traktor- oder Ladestrahl entgehen.“

„Wir sind kurz vor dem Ziel“, klang Gilliams beherrschte Stimme auf. „Wir dürfen jetzt nicht umkehren.“

Mit einer hilflos wirkenden Geste zeigte Doutreval auf die lärmende Hyperfunkanlage. „Hören Sie selbst, Captain. Von unserem jetzigen Standort aus ist nichts zu machen.“

„Wir riskieren ein Eintauchen in die Atmosphäre“, entschied Redhorse. „Sollte sich das als ungefährlich erweisen, können wir vielleicht am Rand eines Sumpfgebietes landen, im Norden des Planeten, wo die Gravitation unseren Anforderungen entspricht.“

„Machen Sie die Kanone bereit, Jüngelchen“, sagte Surfat zu Bradon.

Die SJ-4C änderte ihre Richtung. Redhorse ließ das Kleinstraumschiff langsamer werden. Sekunden später drangen sie in die fluoreszierende Atmosphäre ein.

Mit einem Schlag verstummte der Lärm der Schockbasen.

Doutreval war blaß geworden. „Ein Schutzschirm . . .“, begann er.

Redhorse jagte die Space-Jet wieder in den freien Raum hinaus. Nichts geschah. Bradon sah, wie Doutreval erleichtert aufatmete. Das Krachen in den Geräten klang wieder auf.

„Kein Schutzschirm", sagte Redhorse zufrieden. „Wir durchstoßen lediglich das Reflektor-Feld."

Wieder ließ er die Space-Jet in die Atmosphäre des Planeten eintauchen. Sofort verstummten die Störgeräusche in der Funkanlage.

„Jetzt ist überhaupt nichts mehr zu hören", schimpfte Doutreval. Er nahm hastig einige Einstellungen vor. „Schade, Captain, von unserem Sender kann man nichts mehr vernehmen."

„Die Hyperfunksendungen für die Mobys sind nicht unterbrochen worden", sagte Redhorse. „Es hat etwas mit der Atmosphäre Gleams zu tun."

„Es sieht so aus, als befände sich der Sender nicht auf dieser Welt", bemerkte Bradon enttäuscht.

„Warten wir ab", sagte Redhorse. „Wir dürfen nicht erwarten, daß unsere unsichtbaren Gegner die Sendestation gut sichtbar auf einem Bergplateau präsentieren."

Surfat kam nach vorn und überblickte die Kontrollen. Er kratzte sich im Nacken.

„Wir verlieren an Höhe, Sir", stellte er fest.

Bradon blickte durch die Zieloptik auf die unbekannte Landschaft, der sie entgegenflogen. Er spürte ein komisches Gefühl in der Magengegend. Vielleicht war es Angst.

„Natürlich verlieren wir an Höhe", sagte Redhorse.

Surfat ging empört zu Doutreval hinüber und legte eine Hand auf die Schulter des Funkers.

„Bereiten Sie sich darauf vor, den Notruf auszustrahlen", sagte er. „Captain Redhorse ist offenbar zur Landung entschlossen."

„Allerdings", sagte Redhorse. „Niemand scheint sich um uns zu kümmern. Warum sollen wir uns nicht ein bißchen dort unten umsehen? Im Grunde genommen sind wir noch so unwissend wie zuvor. Doutreval kann die Impulse der Schockbasis nicht mehr empfangen."

Bradon sah die Pilzwälder jetzt deutlicher. Er konnte bereits Einzelheiten unterscheiden. An verschiedenen Stellen dampfte das brakkige Wasser. Ab und zu glaubte Bradon zwischen den Gewässern Tiere zu sehen, doch sie bewegten sich so schnell, daß der Raumfahrer ihre Körperform nicht erkennen konnte.

Redhorse steuerte die Space-Jet auf das Randgebiet eines kleineren Sumpfes in der nördlichen Hemisphäre Gleams zu. Dort wurde das Land bereits hügelig. In der Ferne sah Bradon gewaltige Berge auftauchen. Mit einem Schlag wurde sich der junge Terraner der Fremdartigkeit dieser Landschaft bewußt.

Ja, fremd war sie und voller Gefahren. Bradon ahnte, daß das friedliche Bild, das Gleam zu ihrem Empfang bot, sich schnell ändern könnte. Über den ausgedehnten Sümpfen trieben Nebelschwaden dahin.

Bradon fühlte die Drohung des Unbekannten. Er schüttelte das Unbehagen jedoch von sich ab. Nichts deutete darauf hin, daß man sie angreifen würde.

3.

Durch die offene Schleuse wehte die warme Luft der fremden Welt in die Kommandokanzel der Space-Jet. Redhorse stand innerhalb der Schleusenkammer und blickte auf das unbekannte Land, das sich vor seinen Augen ausbreitete. Er hatte die beiden Kampfroboter, die zur Ausrüstung der SJ-4C gehörten, bereits hinausgeschickt. Sie hatten sich beiderseits der Schleuse postiert, und ihre scharfen positronischen Ortungsgeräte suchten die Umgebung nach Gefahren ab.

Hinter Redhorse versammelte sich seine Mannschaft; die Männer hielten die schweren Kombistrahlgewehre schußbereit in den Händen.

Gleam war eine stille Welt. Außer dem kaum hörbaren Geräusch, das der heranstreichende Wind in der Schleusenkammer verursachte, konnte Redhorse nichts hören. Der Boden, auf den Redhorse hinausblickte, war mit fußhohem Moos bewachsen. Nur stellenweise hatte er sein ursprüngliches Aussehen bewahrt; vor besonders felsigem Untergrund hatten die vordringenden Pflanzen kapituliert. Der nackte Felsboden war mit Phosphatadern durchzogen, die im Sonnenlicht glitzerten. Zwischen dem Sumpfgebiet und dem unteren Bergland lag ein Pilzwald, der das Land in einer Richtung vor Redhorses Blicken abschirmte. Im Moos sah Redhorse einige kleinere Tiere, die wie Eidechsen aussahen. Sie huschten blitzschnell von einem Versteck ins andere. Größere Tiere konnte der Captain nicht erkennen.

Brazos Surfat schob sich an seine Seite. Der dicke Mann ächzte und trocknete sich das schweißnasse Gesicht ab.

„Wie sieht es aus, Captain?“ erkundigte er sich. Er hielt den Strahler lässig in den Händen, offenbar nur von dem Wunsch beseelt, so schnell wie möglich in eine kühlere Gegend zu gelangen.

„Ein paradiesisches Bild“, meinte Redhorse. Er deutete aus der Schleuse. „Die Roboter scheinen der gleichen Ansicht zu sein.“

„Gehen wir doch hinaus“, kam Doutrevals Stimme aus dem hinteren Teil der Schleusenkammer.

Redhorse wußte nicht, warum er zögerte. „Jemand muß in der Jet zurückbleiben“, entschied er. „Ich möchte den Diskus nicht ohne Wache zurücklassen.“

„Dazu bin ich der richtige Mann“, behauptete Surfat und machte Anstalten, sich ins Innere der Jet zurückzuziehen. Redhorse hielt ihn am Arm fest.

„Doutreval wird hierbleiben“, ordnete er an. „Er muß die Funkanlage im Auge behalten.“

Redhorse und seine drei Begleiter verließen die Space-Jet. Der Boden, den sie betraten, war weich, auf dem Moos konnten sie sich lautlos fortbewegen.

„Wir schlagen die Richtung zu den Bergen ein“, befahl der Captain. „Von dort aus haben wir einen besseren Überblick.“

„Ich bin kein guter Bergsteiger“, protestierte Surfat.

„Es wird Ihrer Figur guttun“, sagte Bradon.

Sie kamen gut voran. Redhorse behielt ständig den Wald im Auge. Nur von dort konnte ein überraschender Angriff kommen. Die Pilzbäume besaßen massive Stämme von dunkelgrüner Farbe. Die Form der großen Pilze war unterschiedlich. Am zahlreichsten waren Gewächse mit kuppelförmigem Oberteil. Dazwischen standen Exemplare in ovaler Form, deren Oberfläche rissig und von wucherndem Moos bedeckt war. Das Unterholz bestand aus einem Gewirr kleinerer Pilze und unzähligen Moosarten. Redhorse bezweifelte, daß ein Mensch sich durch dieses Dickicht einen Weg bahnen konnte.

Vor Redhorses Füßen krabbelte ein goldfarbener Käfer auf acht dürren Beinchen durchs Moos. Er zog ein kugelförmiges Gespinst hinter sich nach, was wie Watte aussah. Das Insekt war verhältnismäßig groß. Als Redhorse sich bückte, richtete es sich auf die Hinterbeine und bewegte aufgeregt seine Greifzangen. Dann geschah etwas

Eigenartiges. Das Gespinst löste sich auf und bildete einen Schwarm winziger weißer Flocken, die sich auf den Käfer herabsenkten. Innerhalb von Sekunden war das Insekt in einen Kokon eingehüllt. Seine Bewegungen erstarben, dann fiel es wie tot zwischen das Moos.

„Erstaunlich", sagte Redhorse. Er ergriff den eingehüllten Käfer und hob ihn hoch. Die Hülle, die das Tier umgab, erwies sich als steinhart und unzerbrechlich. Redhorse klopfte behutsam mit einem Finger dagegen.

„Ein ausgezeichneter Schutz", sagte er. Er legte den Käfer auf den Boden zurück. Als die Männer weitergingen, zerbrach der Kokon. Der Kopf des Insektes erschien. Bald darauf hatte es sich befreit. Der Schutzpanzer blieb zurück, doch während der Käfer seinen Weg fortsetzte, bildete sich hinter ihm bereits ein neues Gespinst.

„Wahrscheinlich irgendein Drüsensekret", sagte Redhorse.

Surfat rieb seinen Nacken. „Wenn auf Gleam alle Lebewesen so klein und passiv eingestellt sind, bin ich zufrieden", meinte er.

Gilliam lachte. „Weshalb, glauben Sie, besitzt der Käfer einen solchen Schutz?"

Surfat blickte sich ängstlich um. Sie hatten sich inzwischen etwa zwei Meilen von der Space-Jet entfernt. Der Diskus glänzte im Sonnenlicht. In seiner Umgebung war keine Bewegung zu erkennen. Unbeweglich standen die beiden Kampfroboter vor der Schleuse.

Die Männer setzten ihren Weg fort. Redhorse bezweifelte, daß sie irgendwo auf Hinweise stoßen würden, die ihnen die Suche nach dem Sender erleichtern konnten. Wenn nicht irgendein Zufall sie auf die richtige Spur führte, würden sie die Station wahrscheinlich nie entdecken. Redhorse glaubte nicht, daß ihnen auf Gleam unliebsame Überraschungen bevorstanden. Die Meister der Insel hatten sich in diesem Fall offenbar darauf beschränkt, ihre Anlage so zu tarnen, daß niemand dorthin vordringen konnte.

Vielleicht, überlegte Redhorse, wäre es mit der Ausrüstung eines größeren Schiffes möglich gewesen, eine erfolgreiche Suchaktion durchzuführen. Doch das würde bei den Gefahren im Raum von Andro-Beta ein Unternehmen sein, dessen Ausgang ungewiß war.

Als sie etwa fünf Meilen zurückgelegt hatten, blieb Surfat schweratmend auf einem großen Stein sitzen. Er lehnte seine Waffe gegen den Felsbrocken.

„Allmählich bekomme ich Blasen an den Füßen“, jammerte er. „Wenn wir wenigstens Flugaggregate hätten.“

„Niemand rechnete damit, daß wir eine fremde Welt betreten würden“, sagte Redhorse. „Wir können froh sein, daß die Handfeuerwaffen zur Ausrüstung der Space-Jet gehören.“

„Wollen Sie hier sitzen bleiben?“ erkundigte sich Bradon bei Surfat.

Der Korporal öffnete die oberen Knöpfe seines verschwitzten Hemdes. Er warf einen Blick zum Himmel. „Hoffentlich geht bald die Sonne unter“, sagte er.

„Bis dahin werden wir wieder bei der Jet sein“, sagte Redhorse. „Es ist zu gefährlich, sich während der Dunkelheit außerhalb der Jet aufzuhalten.“

Das Diskusschiff lag jetzt schräg unter ihnen, war aber immer noch deutlich zu sehen. Hinter dem Sumpfgebiet schloß sich das offene Meer an. Die dunkleren Stellen waren die vordringenden Pflanzen. Überall dort, wo sie die Wasseroberfläche noch nicht bedeckten, spiegelte sich das Licht von Tri II.

Es war ein wunderbarer Anblick, der noch an Eindruckskraft gewinnen mußte, wenn sie höher gestiegen waren. Redhorse konnte jetzt den Pilzwald überblicken. Doch seine Hoffnung, dahinter irgend etwas Interessantes zu entdecken, wurde enttäuscht. Auch dort schien es nur Sümpfe zu geben.

Obwohl sie sich schon in der Bergregion befanden, wucherte zu ihren Füßen noch immer ein dichter Moosteppich. Diese Pflanzen schienen unglaublich zäh zu sein und kamen offenbar mit einem Minimum an Grundstoffen aus.

Surfat stieß plötzlich einen erstickten Schrei aus, der Redhorse herumfahren ließ. Der Korporal war aufgesprungen und deutete entsetzt auf den Stein, den er als Sitzplatz ausgewählt hatte. Ein eigenartiges Lebewesen kam darunter hervorgekrochen. Es sah aus wie ein knorriger Ast, doch als es seine Höhle unter dem Felsen verlassen hatte, faltete es sich auf wie ein Regenschirm und rannte mit unglaublicher Geschwindigkeit über das Moos davon. Es schien unzählige Füße zu besitzen, die das Moos kaum berührten. Das Tier brachte eine Entfernung von dreißig Metern zwischen sich und die vier Männer, bevor es mit einem Ruck verharrte. Ungefähr in seiner Körpermitte glänzte ein längliches Auge, das boshaft zu den Terranern herüberstarrte.

Surfat setzte sich wieder.

Bradon ergriff einen Stein und warf ihn dem Tier nach. Hastig zog sich das Wesen weiter zurück. Es änderte während seiner Flucht manchmal blitzartig die Richtung, so daß Redhorse an die Bewegungen einer Wasserspinne denken mußte.

„Ein Moosläufer", sagte Gilliam und prägte damit den Namen für dieses eigenartige Tier.

Surfat beobachtete mißtrauisch den kleinen Höhlenausgang unter dem Stein. Das plötzliche Auftauchen des Tieres hatte ihn erschreckt.

„Dort unten im Tal bewegt sich etwas!" rief Bradon Redhorse zu, der noch immer den Moosläufer beobachtete.

Der Cheyenne blickte in die angegebene Richtung. Etwa fünfhundert Meter hinter der Jet war im Sumpfgebiet eine Bewegung entstanden. In der grünen Fläche glaubte Redhorse einen dunkleren Fleck zu erkennen, der einen Pflanzenteppich vor sich herschob.

„Was kann das sein?" fragte Surfat unruhig.

Redhorse kniff die Augen zusammen, um besser sehen zu können.

„Vielleicht ist es eine unterirdische Gasquelle, die den Sumpf aufbrodeln läßt", vermutete Bradon.

„Oder ein Tier", meinte Surfat.

„Dann ist es ein ziemlich großes Tier", sagte Redhorse. Sie sahen, wie der Sumpf auf einer größeren Fläche in Unruhe geriet. Der dunkle Fleck schob sich systematisch aufs offene Meer hinaus.

„Es sind Pflanzen", stellte Redhorse schließlich fest.

„Pflanzen?" wiederholte Bradon. „Wie können Sie so sicher sein, Sir?"

„Ich habe etwas Ähnliches bereits vor unserer Landung beobachtet", erklärte Redhorse. „Die dunklere Farbe dieser unruhigen Stelle deutet darauf hin, daß die Wasserpflanzen dort besonders dicht wachsen. Sie besitzen keine Ausdehnungsmöglichkeit, ihr Lebensraum wird immer mehr eingeengt. Also suchen sie sich den einzig möglichen Weg, und dieser führt aufs Meer hinaus. Die Pflanzeninseln, die wir von der Jet aus gesehen haben, lösten sich also nicht vom Rand der Sumpfgebiete, sondern bahnten sich vom Innern der Sümpfe aus einen Weg. Was wir dort sehen, sind Sumpfkriechwälder."

„Gleam wird mir immer unheimlicher“, gestand Brazos Surfat. So, wie er auf dem Stein hockte, erinnerte er Redhorse an die Statue einer asiatischen Gottheit. „Wir sollten umkehren, damit sich Doutreval nicht so einsam fühlt.“ Redhorse deutete auf eine spitze Felsnadel. „Bis dorthin wollen wir noch weitergehen“, sagte er. „Von dort können wir das gesamte Tal überblicken.“

Mürrisch stand Surfat auf. Er sah aus, als hätte er einen Tausend-Meilen-Marsch hinter sich. Was Expeditionen zu Fuß betraf, war Surfat nicht gerade der Ausdauerndste. Redhorse lächelte unmerklich. Wenn sie erst wieder an Bord der CREST II waren, würde es für Surfat viel zu erzählen geben.

„Unterhalb der Felsnadel liegt ein eigenartiger Stein“, sagte Gilliam, als sie ihr Ziel fast erreicht hatten.

Redhorse wußte, daß er sich auf die Beobachtungsgabe des Sergeanten verlassen konnte. Gilliam besaß zwar nur ein natürliches Auge, doch dieses verstand er zu nutzen.

Der Stein erwies sich als quadratischer Klotz, durch den schräg von oben ein kreisrundes Loch getrieben war. Es war deutlich zu erkennen, daß Unbekannte den Felsen mit primitiven Werkzeugen bearbeitet hatten. Der Stein sah verwittert aus. An allen Seiten wucherte Moos an ihm empor.

„Da haben wir unseren Hinweis“, sagte Surfat und entsicherte seine Waffe. „Auf Gleam gibt es intelligentes Leben.“

Redhorse strich mit den Fingerspitzen über die rauhe Oberfläche des Felsens. Wer hatte diesen Quader hierhergebracht, und – was noch wichtiger war – warum hatte man ihn ausgerechnet an diesen Platz gelegt?

Redhorse fühlte ein schwaches Prickeln auf seiner Kopfhaut. Der behauene Stein erschien ihm wie eine ausgesprochene Drohung.

Bradon ließ sich auf die Knie sinken und stocherte mit dem Lauf seines Strahlers in der Bohrung. Grauer Staub rann auf der Unterseite des Loches heraus. Redhorse vermutete, daß die Bohrung zum Transport des Steines gedient hatte. Wenn man einen längeren Holzstab hindurchschob, konnten einige kräftige Männer den Felsen tragen. Der Captain bezweifelte jedoch, daß menschliche Wesen den Quader an diesen Platz gebracht hatten.

Bradon begann, das Moos von der Außenfläche abzureißen. Dabei stieß er auf ein in den Stein eingeritztes Zeichen. Es war ein Kreis mit zwei gekreuzten Strichen darin, die wie ein X aussahen. Bradon machte Redhorse darauf aufmerksam.

„Das hilft uns nicht weiter“, sagte der Captain. „Wir wissen nicht, seit wieviel Jahren das Ding hier schon liegt.“

Surfat und Gilliam hatten inzwischen die nähere Umgebung abgesucht, ohne auf weitere Spuren einer Zivilisation gestoßen zu sein. Wie Redhorse erwartet hatte, konnte man von der Felsnadel aus das gesamte Tal überblicken. Er sah jedoch nichts, was auf eine Ansiedlung oder die Anwesenheit intelligenter Wesen hingedeutet hätte. Das machte den Stein noch geheimnisvoller.

„Ich schlage vor, daß wir umkehren“, meldete Surfat seine Bedenken an. „Doutreval ist allein dort unten in der Jet.“

Redhorse dachte nach. Wer immer den Felsen hierhergebracht hatte, schien seit langer Zeit diesen Platz nicht mehr aufgesucht zu haben. Trotzdem mußte der Stein eine Bedeutung haben. Kein intelligentes Wesen legte grundlos inmitten einer Berglandschaft einen behauenen Quader nieder.

„Vielleicht ist es ein Denkmal“, sagte Bradon.

Redhorse umrundete den Felsen. Noch einmal betrachtete er die Bohrung. Plötzlich bekam er eine Idee. Er schob den Lauf seiner Waffe in das Loch und trat einige Schritte zurück. Der Schatten des Karabiners fiel genau auf den eingeritzten Kreis. Er stand in einem bestimmten Winkel zu dem mysteriösen X.

„Es ist eine Sonnenuhr“, sagte Redhorse. „Das Holz, das in der Bohrung steckte, ist inzwischen vermodert und zerfallen.“

„Keine schlechte Theorie“, sagte Gilliam. „Aber warum sollte jemand hier eine Sonnenuhr aufstellen?“

„Die Felsnadel ist ein markanter Punkt in dieser Landschaft“, sagte Redhorse. „Ist es nicht möglich, daß dieser Platz einmal der Treffpunkt unbekannter Wesen war?“

Der Schatten des Kombistrahlers wanderte langsam über den Kreis hinweg. Redhorse zog die Waffe wieder heraus und säuberte sie. Allein das Alter dieses Felsens ließ ihn bezweifeln, daß sie noch mit den Wesen zusammentreffen würden, die ihn aufgestellt hatten.

„Wir werden nie erfahren, ob die Theorie des Captains stimmt“, sagte Surfat.

Redhorse blickte zur Sonne, die jetzt flach über dem Meer stand. Es wurde Zeit, daß sie umkehrten. Mehr würden sie sowieso nicht finden, und es war zu gefährlich, Doutreval noch länger allein zu lassen.

Redhorse gab den Befehl zum Aufbruch. Er hätte den Stein gern mitgenommen, doch er war zu schwer für sie.

Als sie mit dem Abstieg begannen, erfolgte der erste Angriff auf die Space-Jet. Er kam völlig unerwartet und mit solcher Schnelligkeit, daß er fast das Ende der Expedition herbeigeführt hätte.

Zum drittenmal wanderte Olivier Doutreval von der Funkanlage zur offenen Schleuse zurück. Er konnte nicht verstehen, daß die Hyperortungsgeräte nicht ansprachen. Wenn sich der Sender, der die Mobys aktiviert hatte, tatsächlich auf Gleam befand, dann hätten seine Impulse nicht von der Atmosphäre reflektiert werden dürfen, weil er *innerhalb* des Reflektorfeldes stand.

Vergeblich grübelte Doutreval darüber nach, wie er die abschirmenden Einflüsse der Atmosphäre aufheben konnte. Dazu hätte wahrscheinlich auch die Ausrüstung eines größeren Schiffes nicht genügt.

Doutreval erreichte die äußere Schleusenöffnung und blickte auf Gleam hinaus. Er konnte die vier anderen Männer der Besatzung nicht sehen. Sie waren zwischen den Felsen dort oben verschwunden. Die Stille hatte etwas Bedrückendes an sich. Doutreval blickte auf die beiden Kampfroboter. Solange sich die Maschinen nicht bewegten, bestand keine Gefahr. Doutreval hätte gern die SJ-4C verlassen, um die nähere Umgebung zu inspizieren. Das erschien ihm nicht gefährlich. Wenn er wirklich vom Wald aus angegriffen wurde, hatte er immer noch Zeit, sich zurückzuziehen. Von allen anderen Seiten konnte sich ihm niemand unbemerkt nähern. Doutreval glaubte nicht, daß er mit seinen Peilversuchen noch Erfolg haben würde.

Er schulterte seinen Strahler und verließ die Space-Jet. Gleichgültig blickten die Roboter zu ihm herüber. Tief atmete Doutreval die warme Luft ein. Der Wind führte einen modrigen Geruch mit sich, der von den Sümpfen kam. Doutreval ließ seine Blicke über das Gebirge gleiten. Diese Landschaft war zum größten Teil vulkanisch. In unmittelbarer Nähe schien es keine größeren Vulkane zu geben, doch Doutreval vermutete, daß Gleam noch nicht zur Ruhe gekommen war. Bestimmt waren stärkere Eruptionen keine Seltenheit. Es konnte auch zu schweren Erdbeben kommen.

Doutreval rupfte einige Moospflanzen heraus und zerriß sie zwischen den Fingern. Ein Geruch wie nach Pfefferminze breitete sich aus. Doutreval schnippte die Pflanzenreste davon. Hier, in der Nähe der Berge, war der Boden noch nicht sumpfig. Doutreval wußte jedoch, daß er nur wenige hundert Meter zurücklegen mußte, um das Sumpfgebiet zu erreichen.

Er fand eine Höhle eines der eidechsenähnlichen Tiere. Sie war offenbar unbewohnt und von Moos fast verwuchert. Doutreval preßte seine Fußspitze hinein und lockerte das Erdreich. Einige kleinere Insekten, die den verlassenen Bau zu ihrer Behausung erkoren hatten, flüchteten in aller Hast. Sie unterschieden sich kaum von terranischen Arten.

Doutreval ging weiter, bis er die Haut fand. Sie lag zwischen dem Moos, schon halb zerfallen, aber noch immer auf die erschreckende Größe ihres Trägers hinweisend. Doutreval bückte sich und riß ein Stück ab. Die Haut war mit Schuppen bedeckt. Es sah so aus, als hätte sich hier eine riesige Schlange gehäutet. Doutreval blickte sich nach allen Seiten um. Nichts war zu sehen. Er atmete erleichtert auf und fuhr mit der Untersuchung seines Fundes fort.

Die Haut war in der Sonne ausgetrocknet. Früher mußte sie besonders elastisch gewesen sein. Die Maserung wirkte fremdartig, die Schuppen besaßen eine dreieckige Form und waren von tiefblauer Farbe.

Doutreval maß die Länge der Haut mit Schritten ab und schätzte, daß das Tier, das sie abgelegt hatte, mindestens zwanzig Meter lang sein mußte. Sein Durchmesser mochte einen halben Meter betragen.

Ein gurgelndes Geräusch ließ Doutreval herumfahren.

Vom Waldrand kam in mächtigen Sätzen etwas auf ihn zu, was wie eine Riesenschildkröte aussah. Doutreval wußte nicht viel über Schildkröten, aber er hatte immer geglaubt, sie könnten sich nur langsam kriechend fortbewegen. Das Riesentier, das auf ihn zuhüpfte, ließ ihn seine Meinung rasch ändern.

Er machte einen Schritt zurück. Seine Füße verfingen sich in der Haut. Er stolperte und fiel ins Moos. Die Waffe entglitt seinen Händen. Plötzlich begann rings um ihn das Moos zu schäumen und sonderte einen klebrigen Schaum ab, der stark nach Pfefferminze roch. Entsetzt erkannte Doutreval, daß er sich nur langsam von dieser feuchten Masse losreißen konnte.

Wieder erscholl das Gurgeln. Doutreval glaubte Triumph darin zu erkennen. Er wandte den Kopf. Die „Schildkröte“ stieß sich vom Boden ab und segelte scheinbar schwerelos dreißig Meter über den Boden. Doutreval ächzte. Seine Hände streckten sich nach dem Strahler aus. Es gelang ihm, den Schaft zu berühren, doch er konnte die Waffe nicht zu sich heranziehen. Er war bereits über und über mit Schaum bedeckt. Der gesamte Moosteppich war in Aufruhr geraten.

Verzweifelt kämpfte Doutreval gegen die fürchterliche Umklammerung an. Endlich kam sein Oberkörper frei. Der Gestank betäubte ihn fast. Er dachte flüchtig daran, daß er wahrscheinlich nie mehr Pfefferminztee trinken würde, wenn er diesen Angriff überstand.

Die Schildkröte gurgelte und röhrte wie eine Dampfpfeife. Als Doutreval die Waffe ergriff und sich umblickte, war der Angreifer direkt über ihm. Der Funker riß die Kombiwaffe herum. Für einen Augenblick blendete ihn die Sonne. Mit einem dumpfen Platscher landete die Schildkröte zehn Meter hinter Doutreval. Aus den Augenwinkeln sah Doutreval die Kampfroboter heranstürmen. Sie wagten jedoch nicht zu schießen, weil der Funker sich in der Schußbahn befand.

Zum erstenmal sah Doutreval seinen Gegner in aller Deutlichkeit. Das Wesen hatte nur den Panzer mit einer Schildkröte gemeinsam. Sein Kopf war breit und massig, er ragte nur Zentimeter unter dem Panzer hervor. Doutreval erkannte, daß das Tier eine gewaltige Unterlippe besaß. Zwei kleine, starre Augen leuchteten in der dunklen Kopfhaut.

Das Wesen sprang jetzt nicht mehr, aber es schob sich so nachdrücklich auf Doutreval zu, daß an seinen Absichten kein Zweifel bestand. Der kleine Raumfahrer riß den Strahler hoch und feuerte. Das Untier brüllte auf, als sein Panzer an einer Stelle verschmorte, dann stampfte es in wahnsinnigem Tempo auf Doutreval zu. Doutreval ließ sich auf die Knie sinken und zielte auf den kaum sichtbaren Kopf. Da fuhr die Bestie herum und steuerte auf einen der Roboter zu. Doutreval schoß und fehlte. Die beiden Roboter begannen ebenfalls zu feuern, doch der Angreifer hatte die Gefahr geahnt und zu einem Sprung angesetzt, der ihn bis zur Space-Jet trug.

Doutreval rannte hinter dem Tier her. Voll Entsetzen dachte er daran, daß sein Widersacher die Schleuse zerstören könnte. Im Laufen begann er wieder zu schießen, doch viel zu unkonzentriert, um einen Treffer zu landen. Die Kampfroboter waren offenbar verwirrt und benötigten länger als Doutreval, um sich auf die neue Situation einzustellen. Außerdem würden sie mit dem Schießen wieder zögern, weil die Gefahr bestand, daß die SJ-C4 getroffen wurde.

Doutreval fluchte erbittert, als der Gigant auf die Schleuse losging. Er warf sich ins Moos und riß den Strahler nach vorn. Die Pflanzen begannen sofort ihren Klebstoff auszuscheiden, doch Doutreval hatte jetzt keine Zeit, sich darum zu kümmern. Er zielte bedächtig und drückte ab. Diesmal hatte er mehr Glück. Das schildkrötenähnliche Wesen wurde in der Nähe des Kopfes getroffen. Es trompetete wie ein zorniger Elefant. Halb verrückt vor Schmerzen sprang es etwa zehn Meter in die Höhe. Doutreval hielt den Atem an, weil er befürchtete, der tonnenschwere Körper könnte auf die Kanzel der Jet fallen und sie zertrümmern.

Doch das seltsame Tier warf sich im Sprung herum und donnerte unweit von Doutreval ins Moos. Keuchend rannte der Funker auf die offene Schleuse zu. Die kleinen Augen des Monstrums erspähten Doutreval. Der Terraner sah, wie sich sein Verfolger in die Luft erhob und diesmal mit großer Zielsicherheit auf ihn zusegelte. Doutreval fragte sich entsetzt, wie es möglich war, daß das schwere Untier sich einfach in die Luft erheben konnte. Er blieb im Moos hängen und fiel. Die Schildkröte, oder was immer es war, landete wenige Meter hinter ihm und erschütterte den Boden. Mit aufgerissenen Augen sah Doutreval, daß das Riesentier seine Unterlippe wie eine Schaufel vorgeschoben hatte und auf ihn losging. Der Raumfahrer wollte schießen, doch die Waffe versagte. Doutreval schleuderte sie von sich und kroch auf Händen und Knien davon. Wie er befürchtet hatte, war er viel zu langsam, um die Jet zu erreichen, bevor er eingeholt wurde. Ein bösartiges Zischen ließ ihn anhalten. Fast gleichzeitig wurde er von der vorgeschobenen Unterlippe des Ungeheuers aufgehoben. Einen Augenblick lag er in der wulstartigen Vertiefung und wartete auf den Tod, dann schleuderte ihn das Tier mit einem Ruck ein paar Meter in die Höhe und fing ihn geschickt wieder auf. Die fremde Welt drehte sich um Doutreval. Jet, Mooslandschaft, Berge und Kampfroboter wirbelten durcheinander, bis er mit einem Aufschrei wieder in der Lippe landete.

Er versuchte herauszuspringen, doch sein Peiniger stülpte den Lippenrand um und warf ihn nieder.

Plötzlich wurde die Lippe schlaff, und Doutreval kippte heraus, fiel in das aufschäumende, nach Pfefferminz riechende Moos. Der Gigant gab ein eigenartiges Geräusch von sich, und seine Bewegungen erstarben. Gleich darauf wurden die Kampfroboter sichtbar. Mit vorgehaltenen Waffen näherten sie sich dem toten Tier.

Doutreval kam auf die Beine. Sein Körper schmerzte. Er schien jedoch nichts gebrochen zu haben. Er suchte seinen Strahler und schwankte auf die Schleuse zu. Kurz davor brach er kraftlos zusammen. Die Kampfroboter hatten den Angreifer erledigt, doch Doutreval gab sich keinen Illusionen hin. Solche Wesen waren im allgemeinen keine Einzelgänger. Er richtete sich auf und sah, wie die anderen Mitglieder der Besatzung den Hügel herabgestürmt kamen. Redhorse und Gilliam rannten an der Spitze.

Doutreval seufzte erleichtert. Zum Glück gab es hier kaum Moos. Der Schaum, den die Pflanzen produzierten, genügte nicht, um den Funker einzuhüllen.

Redhorse erreichte den Verletzten. Er half Doutreval auf die Beine.

„Wie ich sehe, hatten Sie Besuch“, sagte er trocken.

Doutreval atmete heftig. Er wischte sich Dreck und Schweiß aus dem Gesicht.

„Ohne die Roboter hätte ich es nicht geschafft“, stöhnte er.

Jetzt war auch Gilliam heran und half dem Captain, Doutreval in die Space-Jet zu bringen. Dann kam Bradon. Surfat erreichte den Diskus erst, als Doutreval bereits auf der Tragbare im Innern der Jet lag und von Redhorse untersucht wurde.

Der Korporal schob seinen schweren Körper keuchend in die Kommandokanzel. Mit einem Blick erfaßte er die Lage. Dann begann er hoffnungsvoll zu schnüffeln.

„Ah!“ machte er. „Pfefferminztee! Doutreval, Sie sind ein Engel. Das ist genau das richtige Getränk für einen Mann, der das Rennen seines Lebens gelaufen ist.“

Doutreval fluchte erbittert, dann verlor er das Bewußtsein.

Surfat blickte sich unglücklich um.

„Müssen Sie immer ins Fettnäpfchen treten?“ fuhr Bradon ihn an.

„Das tote Tier dort draußen kann unter Umständen weitere Besucher anlocken“, sagte Redhorse. „Gehen Sie in die Schleuse, Whip.“

Der hagere Sergeant verschwand in der Schleusenkammer. Redhorse behandelte den bewußtlosen Funker. Nach einer Weile kam Doutreval wieder zu sich. Er klammerte sich an Redhorses Arm fest.

„Das Moos“, stammelte er. „Sie müssen auf das Moos aufpassen, Captain.“

„Schon gut“, sagte Redhorse besänftigend. „Machen Sie sich keine Sorgen. Die Gefahr ist vorüber.“

In diesem Augenblick kam Whip Gilliam herein. Redhorse bemerkte sofort, daß irgend etwas nicht in Ordnung war.

„Da draußen singt jemand“, sagte der Sergeant.

„Singen?“ echote Redhorse. „Was heißt das?“

„Es kommt aus dem Wald“, bekräftigte Gilliam. „Und es hört sich wie Gesang an.“

Redhorse wechselte einen raschen Blick mit Surfat. Die beiden Männer griffen nach ihren Waffen und folgten Gilliam in die Schleuse. Auch Bradon ging mit hinaus. Doutreval bewegte sich unruhig auf der Trage. Schließlich richtete er sich mühevoll auf und kämpfte gegen das Schwindelgefühl an, das ihn zu übermannen drohte. Es gelang ihm, auf die Beine zu kommen und einige Schritte zu machen. Gleich darauf fühlte er sich besser. Er nahm ebenfalls eine Waffe und verließ die Kanzel.

Die Besatzung der SJ-4C hatte sich in der Schleusenkammer versammelt und beobachtete den Waldrand.

Ein hoher, seltsam klagender Ton drang zwischen den Pilzen hervor. Er ließ Doutreval erschauern.

„Das ist aber ein komischer Gesang“, bemerkte Surfat trocken.

„Ich habe einmal etwas Ähnliches im Requell-System gehört“, ließ Bradon verlauten. „Bei einer Beerdigung.“

„Machen Sie immer so passende Bemerkungen?“ entrüstete sich Surfat.

„Ruhe!“ befahl Redhorse. Der Gesang schwoll an. Er hörte sich an wie Wind, der durch irgendwelche Hohlräume pfiff.

„Die Roboter!“ schrie Doutreval auf.

Seine Stimme ging in dem anschwellenden Heulen, das aus dem Wald kam, fast unter.

Die beiden Kampfroboter kamen schwankend hinter dem toten Ungeheuer hervor. Jedenfalls glaubte Redhorse zunächst, daß sie schwankten. Dann erkannte er, daß sie ihre metallenen Gelenke nach der traurigen Melodie des Gesanges bewegten, der aus dem Wald herüberklang.

„Es sieht fast so aus, als würden sie tanzen“, sagte Bradon überrascht.

Die Roboter wiegten ihre Oberkörper hin und her. Ihre Bewegungen wirkten gleichmäßig, als hätten sie sie sorgfältig einstudiert.

„Mit ihrer Positronik scheint irgend etwas nicht zu stimmen“, übertönte Surfats grollende Stimme den Gesang. „Captain, wir sollten diese verrückte Welt auf schnellstem Wege verlassen.“

Redhorse beobachtete stumm die beiden Kampfmaschinen. Das Verhalten der sonst so zuverlässigen Roboter war mehr als ungewöhnlich. Redhorse fragte sich, ob der eigenartige Gesang etwas damit zu tun hatte.

Die Roboter tanzten um die tote Riesenschildkröte herum. Als sie auf der anderen Seite wieder auftauchten, begannen sie ihre Waffen abzufeuern. Die Strahlen zischten in den Himmel hinauf, wo allmählich Wolken aufzogen.

„Jetzt sind sie völlig verrückt geworden“, stöhnte Surfat.

Redhorse preßte die Lippen aufeinander. Sie mußten irgend etwas tun, um die Roboter in die Space-Jet zurückzubringen und abzuschalten, bevor sie Unheil anrichten konnten.

„Einer muß hinaus und mit ihnen reden“, sagte Redhorse.

„Lassen Sie mich gehen, Sir“, sagte Bradon sofort.

„Wir werden beide gehen“, beschloß Redhorse und sprang aus der Schleuse. Die unsichtbaren Sänger wurden noch lauter, als die beiden Terraner sich vorsichtig den Kampfrobotern näherten.

„Hallo, ihr verrückten Burschen!“ rief Bradon den Automaten zu und winkte freundschaftlich mit seinem Kombistrahler.

„Lassen Sie diesen Unfug, Chard“, befahl Redhorse ungehalten. „Ich werde mit ihnen reden.“

Er fragte sich nachdenklich, ob es Sinn hatte, den Robotern Befehle zu geben. Sie hatten sich ihnen jetzt bis auf zehn Meter genähert. Unbekümmert hüpften die Kampfmaschinen durch das Moos und feuerten ihre Waffen ab. Zum Glück richteten sie die Mündungen der Strahler nach oben.

„Hört auf zu schießen!“ befahl Redhorse mit scharfer Stimme.

Die Roboter verharrten ruckartig. Redhorse hörte Bradon aufatmen. Doch da sah er, wie sich die Waffen der seelenlosen Maschinen senkten und in ihre Richtung wiesen.

„Sir!“ krächzte Bradon mit trockener Kehle. „Was halten Sie davon?“

„Wir ziehen uns langsam zurück“, ordnete Redhorse an. „Sobald sie feuern, müssen wir uns verteidigen.“

Sie hörten Gilliam und Surfat Warnrufe ausstoßen. Mit tänzelnden Schritten folgten die Roboter den beiden Raumfahrern.

„Vielleicht können wir sie auf diese Weise in die Schleuse locken“, sagte Redhorse.

„Versuchen wir es“, ermunterte ihn Bradon. „Ich glaube, sie sind noch ziemlich friedlich.“

Das Heulen im Pilzwald nahm wieder an Lautstärke zu. Einer der Roboter jagte einen Strahlenschuß über die Köpfe der Raumfahrer hinweg. Bradon riß den Strahler hoch, doch Redhorse befahl ihm, nicht zu schießen.

Wieder feuerte einer der Roboter. Diesmal flammte das Moos vor Redhorses Füßen auf. Die beiden Männer hatten die Schleuse fast erreicht. Die Maschinen kamen durch das brennende Moos. Ab und zu blieben sie stehen, drehten sich einmal um die eigene Achse und setzten dann ihren Weg fort. Dieses Verhalten konnte nur durch einen Fehler in den Positroniken ausgelöst worden sein. Redhorse war sich jedoch nicht darüber im klaren, wieso beide Roboter gleichzeitig davon betroffen wurden.

Gilliam und Surfat halfen den beiden Männern in die Schleuse. Redhorse atmete auf.

„Schnell die Schleuse schließen und starten, Sir!“ rief Surfat.

„Halt!“ Redhorse hob einen Arm. „Wir werden sie in die Schleuse locken.“

In der nächsten Sekunde bereute er seinen Entschluß. Die Roboter gaben jetzt gezieltes Feuer auf die Space-Jet ab. Zu seinem Entsetzen sah Redhorse die Verankerung der äußeren Schleusenwand aufglühen und in einer Funkenkaskade verschmoren.

„Feuer erwidern!“ schrie er.

Die Schleusenkammer füllte sich rasch mit Rauch, so daß den Männern die Sicht versperrt war. Ohne zu zielen, feuerten sie ins

Freie. Als sich der Qualm verzogen hatte, sahen sie die Roboter auf den Waldrand zurennen.

„Da verschwinden sie“, sagte Redhorse erbittert. „Jetzt können wir nicht starten, bevor die Schleuse repariert ist. Unsere Roboter sind wir auch los.“

Hustend und mit tränenden Augen sprang er aus der Schleuse. Als er aufblickte, sah er die Roboter zwischen den Pilzbäumen verschwinden. Surfat kletterte hinter ihm ins Freie.

„Dieser elende Planet“, sagte er. „Wir haben uns von seinem schönen Aussehen anlocken lassen. Da sieht man es wieder: nur auf die Häßlichkeit ist noch Verlaß.“

Offenbar meinte er sich mit diesen Worten. Redhorse zog es vor, sich nicht in ein Gespräch einzulassen. Inzwischen hatten Gilliam und Doutreval den Schaden untersucht.

„Wie sieht es aus?“ erkundigte sich Redhorse.

Gilliam hockte sich im Schleusenrand nieder und ließ seine dürren Beine herausbaumeln. Er strich sein weißblondes Haar aus der Stirn.

„Wir müssen die Verankerung herausstemmen und durch eine neuwertige ersetzen“, sagte er. „Sonst können wir die Schleuse nicht schließen.“

„Wie lange wird das dauern?“

„Es können immer nur zwei Männer daran arbeiten“, erklärte Doutreval. „Wenn Surfat mithilft, muß er sogar allein damit fertig werden, weil nicht genügend Platz zur Verfügung steht.“

„Wenn Sie mit diesen Anspielungen . . .“, begann Surfat.

„Schon gut“, unterbrach ihn Redhorse. „Gilliam und Doutreval werden mit der Arbeit beginnen. Inzwischen muß einer die Roboter verfolgen. Wir können sie unmöglich hier zurücklassen. Sie wären der sicherste Beweis für unseren Aufenthalt auf dieser Welt.“

Redhorse wandte sich an Bradon: „Sie müssen die Roboter verfolgen, Chard.“

Bradon blickte zum Waldrand hinüber. Der Gesang war wieder verstummt. Nichts deutete darauf hin, daß sich zwischen den großen Pilzen etwas verbarg.

„Gilliam und Doutreval müssen mit den Reparaturarbeiten beginnen. Ich werde mich in der Umgebung etwas umsehen“, gab Redhorse weitere Befehle.

„Und was“, fragte Brazos Surfat, „mache ich?“

„Sie begleiten Bradon, Brazos“, sagte Redhorse.

Surfat stieß die Luft zwischen den Zähnen hervor. Er zeigte zum Waldrand.

„Dort hinüber?“ wollte er wissen. „In diesen Dschungel?“

„Die Roboter werden nur langsam vorankommen. Beeilen Sie sich. Wenn Gefahr droht, können Sie Signalschüsse abgeben.“

Gilliam und Doutreval brachten Werkzeuge zum Schleusenausgang und begannen mit ihrer Arbeit. Bradon und Surfat setzten sich in Richtung auf den Wald in Bewegung.

Einen Augenblick sah Redhorse ihnen nach, dann ging er zu dem toten Monstrum, von dem Doutreval fast getötet worden wäre. Er wollte es gründlich untersuchen. Im Augenblick schien keine Gefahr zu drohen. Wer immer im Wald gesungen hatte, schien sich für einen offenen Angriff auf die Space-Jet und ihre Besatzung nicht stark genug zu fühlen. Das ließ Redhorses Zuversicht ansteigen.

Irgend etwas ging auf Gleam vor. Redhorse fragte sich, welcher Zusammenhang zwischen einer uralten Sonnenuhr, einer Riesenschildkröte und dem Gesang im Wald bestehen konnte. Darauf gab es keine Antwort.

Während sie Doutreval zu Hilfe geeilt waren, hatte Redhorse das nun tote Tier mächtige Sprünge vollführen sehen, die in keinem Verhältnis zu seiner Größe und seinem Gewicht standen. Redhorse vermutete, daß dieses Phänomen mit den eigenartigen Schwerkraftverhältnissen zusammenhing.

Offenbar lebte diese Tierart auch in der Nähe des Äquators, wo die Schwerkraft dreimal stärker als in den Polargebieten war. Irgendwann waren ein paar Exemplare der Riesentiere in die Polarzone ausgewandert und hatten entdeckt, daß man sich dort viel schneller und leichter fortbewegen konnte. Vielleicht besaß die Kreatur sogar variable Organe, die sich der jeweiligen Gravitation entsprechend „einstellten“. Daraus konnten sich ungewöhnliche Aspekte ergeben.

Redhorse erreichte den Kopf des Wesens, das er Gravotänzer oder Stülplipper genannt hatte, und untersuchte das breite Maul mit der vorgeschobenen Unterlippe, die fast zwei Meter durchmaß. Der Captain gelangte zu der Überzeugung, daß er es mit einem reinen Pflanzenfresser zu tun hatte, der Doutreval unter normalen Umständen nicht angegriffen hätte. Irgend etwas hatte das Tier gereizt.

Redhorse umrundete den toten Giganten. Er hörte den Lärm, den

Gilliam und Doutreval bei ihrer Arbeit erzeugten. Er blickte zum Waldrand. Surfat und Bradon hatten die ersten Pilzbäume erreicht und gingen vorsichtig an ihnen vorbei.

Nach dem kurzen Zwischenfall zeigte sich Gleam wieder von seiner besten Seite. Redhorse ahnte jedoch, daß ihnen nur eine kurze Ruhepause vergönnt war. Er verwünschte die Voreiligkeit, mit der er dem Drängen seiner Begleiter nach einer Landung nachgegeben hatte. Zugegeben, er hatte es nur zu gern getan, aber mit einer disziplinierten Mannschaft wäre es nie soweit gekommen.

Man konnte eben nie zwei Dinge auf einmal haben, dachte Redhorse betrübt. Entweder man zog mit einer Gruppe hochanständiger Raumfahrer hinaus und begnügte sich mit ihren kleinen Späßen und ihrer unentwickelten Phantasie, oder man umgab sich mit sämtlichen Gaunern, die auf einem Schiff anzutreffen waren, und wartete darauf, daß die Schwierigkeiten begannen.

Bei Maheo, dachte Redhorse grimmig, er hätte die gleichen Männer wieder ausgewählt, wenn man ihn *jetzt* vor die Wahl gestellt hätte. Wahrscheinlich war es der Indianer in ihm, der ihn so handeln ließ; etwas von jenen Indianern, die es fertiggebracht hatten, nach dem amerikanischen Bürgerkrieg aus ihren Reservationen auszubrechen und eine Übermacht von US-Kavalleristen an der Nase herumzuführen.

Redhorse dachte gern an die Vergangenheit seines Volkes, und er empfand keinen Groll gegen die Weißen. Es waren alles seine Brüder. Besonders jene, die ihn begleiteten.

Für Surfat war die gewaltige Ansammlung von Pilzen der unheimlichste Wald, den er jemals gesehen hatte.

„Hinter jedem dieser Bäume kann ein Gegner lauern", sagte er zu Bradon.

„Das bezweifle ich zwar", entgegnete Bradon, „aber ich glaube, daß man rasch auf uns aufmerksam wird, wenn Sie weiter mit dem Lärmaufwand eines Elefantenbullen zwischen den Bäumen hindurchmarschieren."

Surfat blieb stehen und wischte sich den Schweiß von der Stirn.

„Sie sollten froh sein, daß ich bei Ihnen bin, Jüngelchen", sagte er.

„Sagen Sie nicht immer Jüngelchen zu mir", beschwerte sich Bradon. „Kommen Sie, wir gehen weiter, sonst finden wir die Roboter nie."

Surfat blickte an sich herunter, um festzustellen, was er mit einem Elefantenbullen gemeinsam hatte, dann setzte er sich wieder in Bewegung. Dieser Bradon war kein übler Kerl, dachte er versonnen, aber er hätte vor einem älteren Korporal etwas mehr Respekt zeigen sollen.

Surfat schaute mit brennenden Augen auf die gut sichtbare Spur, die die beiden Roboter im Unterholz hinterlassen hatten. Abgerissene Blätter, zerfetzte Lianen und abgebrochene Pilzstengel wiesen den Raumfahrern den Weg.

Bradon ging voran. Er hielt seine Waffe von sich gestreckt und bahnte sich damit einen Weg. Trotzdem hatte Brazos Surfat Schwierigkeiten, das Tempo beizubehalten. Immer wieder blieb er irgendwo hängen und riß seine Uniform auf.

Surfat hätte nicht zu sagen vermocht, wieviel Zeit verstrichen war, als Bradon plötzlich anhielt. Der Offiziersanwärter legte einen Finger auf die Lippen und deutete auf irgend etwas im Vordergrund, was Surfat nicht sehen konnte. Surfat streckte seinen Hals, ohne eine bessere Aussicht zu gewinnen. Er brachte seinen Kopf dicht an Bradons rechtes Ohr und flüsterte:

„Was haben Sie entdeckt?"

„Eine Lichtung", verriet Bradon.

„Ist jemand dort?" Surfat kämpfte verzweifelt gegen einen Niesreiz an. Seit Doutreval sich im Moos gewälzt hatte, schien es überall nach Pfefferminze zu riechen.

„Ich kann nicht die gesamte Lichtung überblicken", teilte ihm Bradon mit. „Wir müssen vorsichtig weiter."

„Warten Sie!" flehte Surfat. „Ich muß niesen."

Bradon fuhr herum. „Hören Sie mit diesen Scherzen auf", verwies er den Korporal.

„Das ist kein Scherz", sagte Surfat empört. Dann nieste er dreimal hintereinander. Es klang wie Pistolenschüsse und war bestimmt in einem Umkreis von drei Meilen zu hören.

„Ahhh!" machte Surfat. „Jetzt geht es mir besser."

Bradon sagte: „Jetzt können wir auch auf die Lichtung hinausgehen."

Surfat war ein Mann, der selten Schuldbewußtsein empfand, und im Augenblick war seine körperliche Erleichterung größer als seine

Furcht. Er folgte dem Jüngeren mit vorgehaltener Waffe auf die Lichtung hinaus. Der Boden war weich, und sie konnten fast überall die Fußabdrücke der Roboter sehen.

„Sie haben getanzt“, sagte Bradon. „Zumindest sind sie einige Zeit hier herumgehüpft. Das verringert ihren Vorsprung.“

Surfat schaute sich mißtrauisch um. „Sie wollen doch die Verfolgung nicht fortsetzen?“ fragte er verwirrt.

„Natürlich“, sagte Bradon. „Wir sollen die Roboter zurückholen.“

Surfat kicherte. „Sie haben Mut, Jüngelchen“, sagte er anerkennend.

Bradon beachtete ihn nicht. Er kauerte sich auf die Knie und untersuchte die Fußspuren.

Er ging einige Meter an den Spuren entlang. Dann zeigte er zur gegenüberliegenden Seite der Lichtung.

„Sie scheinen dort wieder im Wald verschwunden zu sein“, sagte er.

„Beeilen wir uns“, drängte Surfat. „Es wird bald dunkel.“

Bevor sie jedoch die Lichtung verließen, wurde sie von jemand anderem betreten.

Das Wesen sah aus wie ein Waschbär, obwohl seine Schnauze nicht so spitz und die Hinterbeine nicht so kurz waren. Als es die beiden Männer erblickte, richtete es sich auf diese Hinterbeine auf und stieß einen Warnruf aus.

„Was ist das?“ fragte Bradon verblüfft.

Surfat richtete seine Waffe auf das Tier. „Ich weiß nicht, ob wir darüber lange diskutieren sollen.“

Der Waschbär, oder was immer es war, hatte große Ohren, einen dunkelbraunen Pelz und einen winzigen Schwanzstummel, der jetzt vor Erregung zuckte.

Einige Zeit fixierten sich die Wesen zweier verschiedener Galaxien; auf der einen Seite der Lichtung zwei Terraner, auf der anderen ein seltsames Tier, über dessen Eigenarten die Raumfahrer nichts wußten.

Schließlich schien der Waschbär einen Entschluß zu fassen. Er ließ sich auf die Vorderpfoten sinken und watschelte auf die beiden Männer zu.

„Er greift an!“ rief Surfat.

Bradon warf ihm einen mitleidigen Blick zu. Das Tier steuerte geradewegs auf den zurückweichenden Surfat zu. Der Korporal hielt ihm den Lauf des Kombistrahlers entgegen. Das Gleam-Wesen schnupperte daran, miaute entzückt und rückte weiter gegen Surfat vor.

„Wir müssen es irgendwie aufhalten", jammerte Surfat. „Es wird immer zudringlicher."

Das Pelztier hatte Surfats Beine erreicht und kletterte daran hoch. Bradon sah lachend zu. Surfat stand wie gelähmt da und wußte offenbar nicht, wie er sich verhalten sollte.

„Es klettert auf Ihren Rücken", sagte Bradon.

Surfat wandte vorsichtig den Kopf. Die Gleam-Version eines Waschbären kauerte sich mit offensichtlicher Zufriedenheit auf Surfats breiten Schultern zusammen, schmatzte behaglich und wackelte mit den Augendeckeln.

„Es sieht so aus, als hätten Sie einen neuen Freund gewonnen", sagte Bradon spöttisch.

Surfat blickte ihn erbost an. „Nehmen Sie das Tier von meinem Rücken."

„Ich denke nicht daran", erklärte Bradon. „Es könnte immerhin sein, daß es glaubt, ich würde Sie angreifen, und daß es anfängt zu beißen und kratzen."

Aus der Ferne hörten sie den Schuß eines Strahlers. Bradon lauschte angestrengt. Wieder wurde ein Schuß abgefeuert.

„Das ist das Signal zum Umkehren", sagte Bradon. „Los, Korporal! Wir geben die Verfolgung auf. Die Space-Jet scheint in Gefahr zu sein."

„Soll ich mit diesem . . . diesem Tier weitergehen?" wollte Surfat wissen.

„Wir nehmen es mit", entschied Bradon. „Vielleicht kann es uns nützlich sein. Es macht einen anhänglichen Eindruck."

Mit beiden Händen griff der Korporal nach dem Wesen auf seiner rechten Schulter. Es fing an, jämmerlich zu miauen, als es Surfats Absichten erkannte. Sein Stummelschwanz klopfte empört gegen Surfats Rücken.

Unschlüssig ließ Surfat die Arme sinken.

„Wir können es mitnehmen", sagte er schließlich, packte voller Zorn den Strahler und folgte Bradon, der bereits die Lichtung verließ.

Etwas Feuchtes berührte das Ohr des Korporals.

„Zum Teufel!" schrie er hinter Bradon nach. „Jetzt leckt es mich an den Ohren, Bradon."

Chard Bradon schien kein besonders gutes Gehör zu haben, denn er wandte sich weder um, noch verlangsamte er sein Tempo. Schimpfend rannte Surfat hinter dem jungen Raumfahrer her, während das Tier auf seiner rechten Schulter hin und her schaukelte und jeden unverhofften Ruck mit ängstlichem Miauen begleitete.

Als sie den Wald verließen, hatte Bradon fast einen Vorsprung von fünfzig Metern. In der Nähe des Waldrandes wartete er auf Surfat. Das Tageslicht begann einer milchigen Dämmerung Platz zu machen. Über dem Sumpfgebiet bildeten sich Nebelschwaden.

Surfat war erleichtert, als sie bei der Space-Jet ankamen und die drei zurückgebliebenen Männer wohlbehalten antrafen. Doutreval und Gilliam hatten die gesamte Schleusenhalterung ausgebaut und waren mit der Reparatur beschäftigt. Captain Redhorse hielt Wache.

„Haben Sie die Signalschüsse abgegeben, Sir?" erkundigte sich Bradon.

„Ja", sagte Redhorse. „Es wird dunkel, und Sie würden im Wald nicht vorankommen." Sein Blick fiel auf Surfat, der sich keuchend vor der Schleuse niederließ.

„Was haben Sie da eingefangen?" fragte Redhorse den Korporal.

Das Tier auf Surfats Schulter blickte sich ängstlich um, klammerte sich aber entschlossen an der Jacke des Raumfahrers fest.

„Das ist Mister Jefferson!" rief Surfat.

Bradon bekam runde Augen. „Ich wußte nicht, daß Ihr Freund einen Namen hat", sagte er.

„Ich habe ihn soeben getauft", grollte Surfat.

Redhorse warf einen nachdenklichen Blick auf das Pelzwesen. „Finden Sie nicht, daß Mister Jefferson ein ungewöhnlicher Name für ein solches Tier ist?" erkundigte er sich bei Surfat.

„Sein Name ist Mister Jefferson, Sir. Dieser Name paßt zu ihm."

Mister Jefferson miaute zustimmend. Surfat kraulte ihm vorsichtig den Rücken.

Es wurde dunkler, als Chard Bradon erwartet hatte. Die Temperatur sank um knapp zehn Grad. Tri II war vor drei Stunden am Horizont verschwunden. Das Licht der Sterne von Andro-Beta reichte jedoch aus, um das Land schwach zu erhellen.

Bradon ging zehn Meter vor der Schleuse auf und ab und versuchte, mit den Augen die Nacht zu durchdringen. In einer halben Stunde war seine Wache vorüber; er würde in die Jet gehen und Redhorse wekken, der ihn ablösen wollte.

Bradon fragte sich, ob seine vier Kameraden schliefen. Bestimmt hätte er kein Auge zugetan, wenn er in der Kommandokanzel gelegen hätte. Die erste Nacht auf einem fremden Planeten besaß immer etwas Unheimliches. Bradon hatte sich mit vielen älteren Raumfahrern unterhalten. Wenn man die erste Nacht auf einer unbekannten Welt überlebt, hatten diese Männer gesagt, kann man sich Hoffnung machen, die Erde wiederzusehen.

Bradon blieb stehen und lauschte. Ab und zu hörte er ein Rascheln oder das Plätschern des Wassers. Der eigenartige Gesang, den sie beim Verschwinden der Kampfroboter gehört hatten, war bisher nicht wieder erklungen.

Der langgestreckte dunkle Schatten schräg vor Bradon war der Waldrand.

Auf der anderen Seite lagen die Berge, doch davon konnte Bradon jetzt nichts sehen. Das einzige Vertraute in Bradons Umgebung war die Silhouette der Space-Jet. Kaum wahrnehmbarer Lichtschein fiel durch die Kommandokanzel. Redhorse hatte lediglich die Kontrollbeleuchtung eingeschaltet, um nicht die Aufmerksamkeit irgendeines Nachträubers zu erwecken.

Beinahe lautlos patrouillierte Bradon vor dem Kleinstraumschiff. Der Pflanzenteppich verschluckte das Geräusch seiner Schritte. Bradon wäre es lieber gewesen, wenn der Boden aus grobkörnigem Kies bestanden hätte, damit man die Annäherung eines fremden Wesens leichter gehört hätte. Vielleicht schlich schon irgend etwas durch die Nacht auf ihn zu, ohne daß er davon etwas merkte.

Chard Bradon vertrieb diese Gedanken. Er durfte sich nicht durch irgendwelche Hirngespinste verwirren lassen.

Irgendwo knackte etwas. Das Geräusch ließ Bradon zusammenfahren. Er umklammerte den Haltegurt des Kombistrahlers fester. Vor seinen Füßen huschte ein kleineres Tier vorbei. Bradon hörte das

Rascheln, das es im Moos erzeugte. Dann war es wieder still. Allmählich trampelte Bradon einen Pfad durch das Moos, denn er legte immer wieder die gleiche Strecke zurück. Von Doutreval wußten sie, wie gefährlich die Pflanzen unter Umständen werden konnten.

Von der Space-Jet klang ein Ruf zu Bradon herüber. Der Offiziers-anwärter sah eine schattenhafte Gestalt auf sich zukommen. Es war Redhorse.

„Die Ablösung ist erst in fünfzehn Minuten fällig, Sir“, sagte Bradon.

Redhorse schulterte seinen Karabiner. Bradon glaubte ihn lächeln zu sehen.

„Ist alles in Ordnung, Chard?“

„Ich konnte nichts Verdächtiges feststellen, Sir.“

„Haben Sie den Ring gesehen, Chard?“ erkundigte sich Redhorse, nachdem sie schweigend einige Meter nebeneinander gegangen waren. Bradon blieb verwirrt stehen.

„Welchen Ring, Captain?“

„Mister Jeffersons Ring, Chard“, erwiderte Redhorse ruhig. „Ich habe unseren Freund gründlich untersucht. Um seine linke Vorderpfote trägt er einen schmalen Metallring.“

Bradon hatte das Gefühl, er müßte sich bei Redhorse entschuldigen. Surfat und er hatten den Ring nicht entdeckt. Redhorse hatte als einziger daran gedacht, Mister Jefferson zu untersuchen.

„Was halten Sie davon, Sir?“

„Ich würde sagen, daß ihm jemand diesen Ring umgelegt hat. Jemand, der damit wahrscheinlich seine Ansprüche auf dieses Tier demonstrieren will. Entweder hat sich Surfats Freund verirrt, oder er wurde absichtlich zu uns geschickt.“

„Absichtlich?“ Bradon schluckte. „Das glaube ich nicht. Jene, die das Tier losgeschickt hätten, müßten damit rechnen, daß uns der Ring mißtrauisch macht. Er ist schließlich ein Hinweis, daß es hier irgendwo intelligente Wesen gibt.“

„Vielleicht soll es eine Drohung sein“, meinte Redhorse.

Bradon fragte voller Unbehagen: „Was werden wir jetzt tun?“

„Das gleiche wie zuvor: Warten, daß Doutreval und Gilliam mit den Reparaturarbeiten fertig werden.“

„Und Mister Jefferson?“

„Ich glaube nicht, daß er eine Gefahr für uns ist. Wir sollten jedoch vorsichtig sein." Redhorse legte Bradon eine Hand auf die Schulter. „Ihre Wache ist vorüber, Chard. Gehen Sie schlafen."

Bradon blickte verzweifelt auf die dunklen Umrisse der SJ-4C. „Ich glaube nicht, daß ich einschlafen kann, Sir."

„Gehen Sie nur", empfahl ihm Redhorse. „Der Schlaf kommt von allein."

„Irgendwo habe ich einmal gelesen, daß Indianer ein gutes Gehör besitzen", sagte Bradon.

„Das kann schon sein", gab Redhorse zu.

Bradon versuchte in der Dunkelheit das hagere Gesicht des Captains zu erkennen.

„Ich bin froh, daß Sie jetzt Wache halten, Sir", sagte er. Dann ging er durch die Nacht auf die Space-Jet zu und wurde gleich darauf eins mit den schattenhaften Umrissen des Raumschiffes.

Für Redhorse bedeutete die Wache ein paar Stunden, während denen er mit sich und seinen Gedanken allein war. Obwohl der Cheyenne ein geselliger Mensch war, wußte er auch die Einsamkeit zu schätzen. Es war etwas Großartiges daran, bei fast vollkommener Stille in der dunklen Umgebung einer fremden Landschaft zu stehen und über verschiedene Dinge nachzudenken. Redhorse fühlte sich fast von seiner Verantwortung für die SJ-4C befreit; es kam ihm vor, als sei er plötzlich zu einem Einzelwesen geworden, ohne Beziehung zu irgendeinem anderen Individuum.

Redhorse lauschte aufmerksam.

Ja, dachte er spöttisch, Indianer besitzen ein gutes Gehör.

Er hörte das schwache Säuseln des Windes, der von den Bergen kam und über das Tal hinwegstrich. Wenn er angespannt lauschte, konnte er sogar das feine Knistern des von seinen Stiefeln niedergetrampelten Mooses hören, das sich allmählich wieder aufrichtete. Für Redhorse war die Nacht mit unterschwelligen Geräuschen ausgefüllt, es summte, wisperte und raunte ununterbrochen.

Nur die lauten Geräusche, die den Captain alarmiert hätten, blieben aus. Eine Stunde verstrich, ohne daß Redhorse irgend etwas wahrnahm. Er ging auf die andere Seite der Jet und beobachtete das Sumpfgebiet. Auch dort blieb es still.

Die Nacht, dachte Redhorse, hat nichts von ihrem Mysterium verloren. Er dachte an seine Vorfahren, die die Götter der Dunkelheit gefürchtet und mit Opfergaben zu versöhnen versucht hatten. Über Jahrhunderte hinweg hatte sich diese Furcht im Innern des Menschen erhalten.

Redhorse blickte auf die Uhr an seinem Handgelenk und sah, daß seine Wachzeit vorüber war. Nun war Brazos Surfat an der Reihe. Der Korporal würde bestimmt nicht freiwillig aus der Jet kommen, um Redhorse abzulösen.

Redhorse ging zur SJ-4C hinüber und kletterte in die Kommandokanzel. Die Männer schliefen. Mister Jefferson röchelte und wimmerte angstvoll. Offenbar hatte er unangenehme Träume. Redhorse warf einen Blick unter den Kartentisch. Im schwachen Licht der Kontrollbeleuchtung war die Kiste kaum zu erkennen, die Jefferson als Behausung diente. Trotzdem konnte Redhorse die zusammengerollte Gestalt des Pelztieres sehen.

Redhorse ging zu Surfats Lager und rüttelte den schlafenden Mann an der Schulter.

Der Korporal fuhr hoch und griff nach dem Strahler, der neben ihm am Boden lag.

„Wollen Sie mich erschießen?" fragte Redhorse.

Surfat gab ein paar unmißverständliche Geräusche von sich, dann richtete er sich umständlich auf.

„Zeit für die Ablösung", sagte Redhorse. „Beeilen Sie sich, daß Sie ins Freie kommen."

„Wie können Sie nur so unmenschlich sein und einen schlafenden Menschen mitten in der Nacht wecken?" beklagte sich Surfat. „Ich dachte, die Zeit, da die Indianer ihre Gefangenen gefoltert haben, wäre längst vorüber."

Er wich zurück, als Redhorse auf ihn zuging. Stöhnend und keuchend verschwand er aus der Kommandokanzel.

Redhorse ließ sich auf Surfats Lager nieder. Er hörte die Atemgeräusche der anderen Männer. Mister Jefferson winselte leise. Der Captain schloß die Augen. Die Nacht schien ruhig zu verlaufen.

Fauchend entlud sich vor der Space-Jet Surfats Kombistrahler.

„Alarm!" schrie Redhorse, griff nach seiner Waffe und jagte mit langen Schritten zur Schleuse. Hinter ihm erhoben sich die Männer schlaftrunken von ihren Plätzen.

Redhorse sprang aus der Schleuse und versuchte, irgend etwas zu erkennen.

Da wurde die Nacht von einem Flammenblitz erhellt. Hinter dem Blitz sah Redhorse Surfats massigen Körper. Er drehte den Kopf und erblickte undeutlich das, worauf der Korporal schoß.

Redhorse hielt den Atem an.

Vom Sumpf herüber kam etwas auf die Space-Jet zugekrochen, das wie eine Riesenschlange aussah.

Als Redhorse weiterrannte, erklang im Wald wieder der eigenartige Gesang. Diesmal erschien er Redhorse lauter. Es hörte sich an, als heulte ein Rudel Kojoten. Redhorse erschauerte. Gilliam und Bradon verließen lärmend die Space-Jet. Gleich darauf folgte Doutreval.

„Hierher, Captain!“ schrie Surfat.

4.

Acht der neun Space-Jets befanden sich auf dem Rückflug. Von ihren Kommandanten trafen kurz hintereinander per Richtfunk Botschaften an Bord der im Leerraum wartenden terranischen Schiffe ein. Die Nachrichten der Offiziere glichen einander verblüffend. Die acht Mannschaften hatten je eine Sonne mit einem Reflektorfeld gefunden, ohne Hinweise auf die eigentliche Station entdecken zu können.

Perry Rhodan und die Offiziere der CREST II hatten sich in der Zentrale des Flaggschiffes versammelt, um die Lage zu besprechen. Atlan, der an Bord der IMPERATOR weilte, verfolgte die Besprechung über die Bildschirme.

„Von Redhorse haben wir noch keine Nachricht“, sagte Rhodan. „Er ist offenbar am weitesten in die kleine Galaxis eingedrungen. Die Funkgespräche, die er mit verschiedenen Space-Jet-Kommandanten führte, lassen dies vermuten.“

„Captain Redhorse führte das letzte Gespräch über Hyperfunk mit Captain Kagato“, sagte Oberst Rudo. Seine dröhnende Stimme schien innerhalb der Zentrale einen Widerhall zu erzeugen. „Kagato berichtete uns, daß Redhorse ein System von drei Riesensonnen gefunden hätte. Die Konstellation scheint nicht auf natürlichem Wege entstanden zu sein. Kagato schätzt die ungefähre Entfernung dieses Systems zu unserem Standort im Leerraum auf knapp 2500 Lichtjahre. Redhorse kann also Andro-Beta noch nicht wieder verlassen haben."

„Es sähe Redhorse ähnlich, auf eigene Faust etwas zu unternehmen", klang Atlans Stimme in den Empfängern auf.

Rhodan unterdrückte ein Lächeln. Atlan konnte sich nicht an die eigenmächtigen Handlungen terranischer Raumfahrer gewöhnen. Obwohl er einsah, daß gerade diese Eigenmächtigkeiten es waren, die den Terranern oft in gefährlichen Situationen halfen, war ihm eine solche Mentalität unbegreiflich.

„Ich habe ausdrücklich befohlen, daß die Jets umkehren müssen, wenn sie ihr Ziel erreicht und identifiziert haben", erinnerte Rhodan den Arkoniden.

„Captain Redhorse wird bestimmt einen Grund finden, diese Identifikation auszudehnen, besonders dann, wenn er Grund zur Annahme hat, den richtigen Sender gefunden zu haben."

Das konnte Rhodan nicht bestreiten. Er hoffte jedoch, daß sich Redhorse nicht auf riskante Abenteuer einließ. Der Cheyenne war ein Draufgänger, aber er besaß ein ausgeprägtes Verantwortungsgefühl. Trotzdem konnte die SJ-4C in Schwierigkeiten verwickelt werden.

„Wir wollen abwarten", sagte Rhodan. „Es kann noch einige Zeit dauern, bis wir Nachricht von Redhorse erhalten."

„Wir sollten die Möglichkeit in Betracht ziehen, daß die neunte Space-Jet nicht mehr zurückkehrt", sagte Oberstleutnant Huise, der Erste Offizier der CREST II.

Nach diesen Worten sah Rhodan in verschiedenen Gesichtern Bestürzung. Huise hatte das ausgesprochen, was die meisten der Raumfahrer glaubten. Wenn man neun Space-Jets in eine Galaxis entsandte, die sich im Aufruhr befand, dann mußte man damit rechnen, daß mindestens eine davon verlorenging.

Doch Rhodan glaubte nicht an den Tod Redhorses und dessen Mannschaft.

„Warten wir ab, bis die acht Space-Jets wieder in ihren Hangars stehen. Bis zu diesem Zeitpunkt hat sich Redhorse vielleicht schon gemeldet."

Rhodan spürte, daß er die Männer nicht überzeugen konnte. Sie waren zur Aufgabe ihres Stützpunktes innerhalb Andro-Betas gezwungen worden. Es sah jetzt so aus, als hätte das Solare Imperium seine vorgeschobene Basis endgültig verloren.

Innerhalb der kleinen Galaxis tobten die Mobys. Brutal führten sie die Befehle der Meister der Insel aus. Wie unmenschlich mußten jene sein, die die Mobys als Wächter ausgewählt hatten. Sämtliche Wachstationen und Fallen deuteten immer wieder auf die unvorstellbare Grausamkeit hin.

Rhodans Gesichtsausdruck veränderte sich unmerklich. Wer ihn gut kannte, sah jetzt feste Entschlossenheit in seinem Gesicht.

Sie hatten weder aufgegeben noch die Hoffnung verloren.

Sie waren lediglich einen Schritt zurückgegangen.

Und irgendwann, dachte Rhodan überzeugt, würden sie wieder einen Schritt nach vorn tun. Einen großen Schritt.

Bis nach Andromeda.

Die Nacht war erfüllt von Kampflärm, vom Gesang der Unsichtbaren, vom Zischen und Fauchen der Kombistrahler und den Schreien der Männer, die sich durch Zurufe zu verständigen suchten. Nichts mehr erinnerte an die friedvolle Stille, die hier noch vor Minuten geherrscht hatte.

Don Redhorse stand bei Brazos Surfat und feuerte auf das Monstrum. Gilliam, Doutreval und Brandon waren auf der anderen Seite der Space-Jet. Dort hörte man das Tosen ihrer Waffen, sah die gelben Flammenspeere die Dunkelheit spalten und auf den Angreifer zuschießen.

Das Untier hatte seinen Vormarsch eingestellt. Es gab ab und zu ein dumpfes Stöhnen von sich. Sein mächtiger Schwanz peitschte die Erde und wirbelte Moos und Schlammbatzen durch die Luft. Die Haut des Sumpfbewohners erwies sich gegen den Strahlenbeschuß erstaunlich widerstandsfähig, außerdem schien der Gegner der Terraner ein zähes Leben zu besitzen. Dazu kam, daß die meisten Schüsse nur auf gut Glück abgefeuert wurden und selten ihr Ziel fanden.

Das Heulen im Wald schwoll an. Es bildete eine schreckliche Begleitmusik zu der gespenstischen Szene am Rande der Sümpfe.

„Es bewegt sich wieder!“ schrie Redhorse.

„Wir müssen dichter ran“, gab Surfat mit gleicher Lautstärke zurück.

Redhorse sah ein, daß der Korporal recht hatte. Nur ab und zu sah er den Körper der Riesenschlange. Auf quadratmetergroßen Flächen stand das Moos in Brand. Der aufsteigende Rauch nahm den Männern fast völlig die Sicht. Gilliam, Doutreval und Bradon hatten eine günstigere Position, doch sie mußten ständig aufpassen, daß sie nicht vom peitschenden Schwanz des Monstrums getroffen wurden.

Das Sumpfungeheuer schien die Absicht zu haben, auf jeden Fall bis zur Space-Jet zu gelangen. Allmählich schob es sich darauf zu. Das Mittelstück des Schlangenkörpers war von unzähligen Schüssen getroffen und machte einen leblosen Eindruck. Doch der Kopfteil der Bestie lebte. Der Instinkt ließ das Tier seine letzten Kräfte aktivieren. Es stemmte mit Hilfe seines Schwanzes den zerschossenen Körperteil voran. Es war ein mühsames Vorankriechen, doch jeder Ruck brachte die Sumpfschlange ein paar Meter näher an die Jet heran.

Redhorse und Surfat mußten brennenden Moosbüscheln ausweichen. Der ätzende Qualm brannte in den Augen. Surfat hustete.

Plötzlich erbebte der Boden. Redhorse hatte das Gefühl, auf einer unsicheren Gummimatte zu stehen. Er wußte sofort, daß diese Vibration nicht auf den Angreifer zurückzuführen war. Irgendwo mußte ein starkes Erdbeben sein, dessen Ausläufer auch dieses Land erschütterten. Surfat schrie irgend etwas, doch Redhorse, der damit beschäftigt war, sein Gleichgewicht zu halten, verstand ihn nicht. Er taumelte an einigen brennenden Pilzen vorüber.

Da sah er vor sich im aufsteigenden Qualm den Kopf der Schlange. Im Gegensatz zum übrigen Körper war er winzig. Zwei kaltblickende Augen glänzten im Feuerschein. Hustend riß Redhorse den Strahler hoch und zielte auf den hin und her pendelnden Kopf. Ein neuer Erdstoß warf ihn fast von den Füßen. Die Schlange gab einen dumpfen Laut von sich und wälzte sich mühsam in Richtung auf die Jet weiter. Mit höchster Konzentration zielte Redhorse abermals.

Surfat schoß vor ihm, aber mindestens einen halben Meter am Kopf des Ungeheuers vorbei. Dreißig Meter vor ihnen, in der Nähe des Schwanzes, versuchten die drei anderen Besatzungsmitglieder der SJ-4C, den entscheidenden Treffer anzubringen.

Die Schlange schien die Gefahr, die ihr drohte, zu spüren. Sie duckte ihren Kopf ins Moos, so daß dieser kaum noch sichtbar war. Der dritte Erdstoß erschien Redhorse weniger heftig, aber er dachte an die Möglichkeit eines Vulkanausbruches. Erst jetzt wurde er sich der Tatsache bewußt, daß der Gesang im Pilzwald mit Einsetzen des Erdbebens verstummt war.

Redhorse feuerte zwei Schüsse ab, die jedoch nur die Pflanzen in Brand steckten.

Unverhofft änderte die Schlange ihre Taktik. Statt vorwärts, wälzte sie sich in seitlicher Richtung davon. Funken stoben auf, wenn ihr mächtiger Körper einen Brandherd überrollte. Von der anderen Seite der Space-Jet ertönte ein Schmerzensschrei.

„Gilliam!“ schrie Surfat. „Er wurde von diesem Biest getroffen.“

Im Aufblitzen einer Waffe sah Redhorse für wenige Sekunden den am Boden liegenden Gilliam. Doutreval stand über ihn gebeugt, um ihm zu helfen, während Bradon ruhig im Moos kniete und auf das Gleam-Ungeheuer schoß.

Da hob sich vor Redhorse und Surfat der Kopf des Sumpfungeheuers aus dem Pflanzenteppich. Redhorse sah nur einen Schatten. Er sprang zur Seite, auf gut Glück einen Schuß abfeuernd. Surfat war weniger schnell. Der Schlag traf ihn genau gegen die Brust. Er sank ächzend nieder, kniete noch einen Augenblick wie benommen da und brach dann endgültig zusammen.

Kalter Zorn stieg in Redhorse auf. Mindestens zwanzigmal war dieses Geschöpf jetzt getroffen worden, ohne eine Wirkung zu zeigen, die den Captain an ein baldiges Ende des Kampfes glauben ließ.

Mit erstaunlicher Geschwindigkeit hatte sich die Schlange davongewälzt und war jetzt nur noch zehn Meter vom Diskusschiff entfernt. Redhorse wußte, daß ein paar Schläge des Schwanzes die Kanzel zerstören konnten. Halb betäubt wankte er hinter dem Giganten her, nur von dem Wunsch beseelt, die Space-Jet, die ihre einzige Fluchtmöglichkeit war, vor einem Angriff zu bewahren.

Vor ihm blitzten wieder Schüsse auf, und er sah Sergeant Whip Gilliam mit schmerzverzerrtem Gesicht auf die Space-Jet zukriechen. Schräg hinter ihm standen Doutreval und Bradon. Die Uniformen der Männer waren zerfetzt und wiesen Brandflecke auf. Redhorse wußte, daß er nicht besser aussah.

Gilliam schwang sich in die Schleuse der Jet und schoß auf das herankriechende Untier. Doutreval und Bradon war im Augenblick der Weg abgeschnitten. Von Surfat war nichts zu sehen.

Redhorse nahm einen Anlauf und sprang über das zerschossene Mittelteil der Schlange hinweg. Gleich darauf stand er unterhalb der

Schleuse. Er warf einen kurzen Blick zu Gilliam hinauf. Im Licht der Kontrollen schimmerte das Haar des Sergeanten rötlich. Sein Gesicht war von Schweiß bedeckt. Redhorse begann wieder zu schießen.

Die Schlange näherte sich der Space-Jet bis auf vier Meter, bevor ein Zufallstreffer ihren Kopf zerfetzte. Ein letzter Ruck ging durch den mächtigen Tierkörper, dann lag er still. Das Prasseln der Flammen war das einzige Geräusch, das noch zu hören war.

Redhorse lehnte sich mit dem Rücken gegen die Schleusenumrandung. Über ihm kauerte Gilliam. Doutreval und Bradon kamen herangestürmt.

„Sucht Surfat!" krächzte Redhorse.

Doch der dicke Korporal kam bereits auf die Jet zu. Er hatte seine Uniformjacke verloren. Das Hemd klebte schweißdurchtränkt an seinem Körper.

Redhorse war erleichtert, als er feststellte, daß seine Mannschaft die Auseinandersetzung ohne schwere Verletzungen überstanden hatte.

Surfat machte neben ihm halt.

„Hat jemand Appetit auf ein saftiges Schlangensteak?" erkundigte er sich.

Doutreval strich eine Haarsträhne aus dem Gesicht.

„Ich dachte, Sie wären tot", sagte er zu Surfat.

Ein klägliches Miauen ließ die Männer in die Schleusenkammer blicken. Mister Jefferson kam verstört zu ihnen herausgewatschelt. „Er ist aufgewacht", sagte Bradon. „Der Lärm hat ihn erschreckt."

„Haben Sie das Erdbeben bemerkt, Sir?" fragte Gilliam.

„Ja, Sergeant. Ich befürchte, daß sich so etwas in stärkerem Maße wiederholen kann. Auch ein Vulkanausbruch ist möglich. Außerdem müssen wir ständig mit einem neuen Angriff aus dem Sumpf rechnen."

„Wir werden Gleam bald verlassen können", sagte Doutreval. „Sobald es hell wird, schließen wir die Reparaturarbeiten ab."

Redhorse blickte sie der Reihe nach an. „Wir verlassen diese Welt nicht, bevor wir wissen, wer die Sonnenuhr in den Bergen aufgestellt und Mister Jefferson einen Metallring verpaßt hat. Außerdem werden wir feststellen, wer dort drüben im Wald singt und was es mit den sonderbaren Pflanzen und Tieren auf sich hat."

Surfat hob Mister Jefferson aus der Schleuse und setzte ihn auf seine rechte Schulter.

„Laß dir keine Angst einjagen, Kleiner“, sagte er zu dem Tier. „In Wirklichkeit ist dieser Captain Redhorse ein überaus friedfertiger Mensch.“

Die letzten Stunden der Nacht verliefen ruhig. Als die Sonne aufging und die fünf Terraner die Space-Jet verließen, sahen sie die Zerstörungen, die der nächtliche Kampf hinterlassen hatte. Ein großer Teil des Pflanzenwuchses rund um die Space-Jet war verbrannt. Die Schlange hatte Löcher und Furchen in den Boden gerissen. Die SJ-4C war mit Schmutz bedeckt. Das tote Ungeheuer lag verkrümmt im Moos. Redhorse schätzte seine Körperlänge auf vierzig Meter. Wahrscheinlich besaß dieses Tier ebenso wie der Gravotänzer variable Organe, die für die eigentümlichen Schwerkraftverhältnisse auf Gleam geschaffen waren. Nur so war die gewaltige Kraft zu erklären, die der Angreifer mit seinem Schwanz entwickelt hatte.

Die Männer selbst hatten den Kampf gut überstanden, aber sie alle hatten Brandwunden davongetragen. Surfat klagte über Schmerzen. Redhorse vermutete, daß der Korporal eine oder mehrere Rippen gebrochen hatte. Sergeant Gilliam hatte einen großen Bluterguß am Oberarm.

Sie reinigten ihre Waffen, dann nahmen Doutreval und Gilliam ihre Arbeit an der Schleusenhalterung wieder auf. Zuvor hatte der Funker vergeblich versucht, irgendwelche Impulse mit seinen Geräten zu empfangen.

Redhorse, Surfat und Bradon untersuchten ihren toten Gegner. Vom Kopf der Riesenschlange war nicht mehr viel übrig. Die Haut des Tieres glich jener, die Doutreval am vergangenen Tag gefunden hatte. Allerdings hatten sie hier ein wesentlich größeres Exemplar vor sich. Trotzdem konnte die alte Haut von dieser Schlange sein. Vielleicht hatte sie mehrere Wachstumsperioden mitgemacht.

Surfat sagte: „Ich glaube, dieses Tier ist kein Pflanzenfresser. Es war vergangene Nacht auf Raub aus.“

„Ich frage mich, ob der Gesang im Wald mit dem Angriff des Tieres etwas zu tun hat“, sagte Redhorse.

„Das klingt unwahrscheinlich“, meinte Bradon.

„Als Doutreval von der Riesenschildkröte angegriffen wurde, ertönte dieses Geheul ebenfalls“, erinnerte sich Surfat. „Allerdings war zu diesem Zeitpunkt das Tier bereits tot.“

„Trotzdem könnte ein Zusammenhang bestehen“, beharrte Redhorse.

Brazos Surfat blickte voller Unbehagen zum Waldrand. „Wenn ich mir vorstelle, daß Chard und ich in den Wald eingedrungen waren ...“

„Niemand hat uns belästigt“, sagte Bradon. „Vielleicht hat der Captain mit seiner Vermutung nicht unrecht, denn die Roboter flüchteten während des Gesanges.“

Redhorse berührte mit den Fußspitzen den toten Schlangenkörper. Er dachte angestrengt nach.

„Ist es möglich, daß der Gesang eine völlig andere Bedeutung hat, als wir jetzt annehmen?“ fragte er.

„Wie sollen wir das verstehen?“ wollte Bradon wissen.

„Vielleicht sollten wir jedesmal mit diesem Geheul gewarnt werden“, sagte Redhorse. „Vielleicht ist uns jemand freundlich gesinnt und wollte uns auf die Flucht der Roboter und auf den Beginn des Erdbebens aufmerksam machen.“

„Das ist mir zu hoch“, erklärte Surfat. „An solche Freundschaftsbeweise glaube ich nicht. Vergessen Sie nicht, daß dies ein Planet ist, der von den Meistern der Insel für unangemeldete Besucher präpariert wurde. Wie kann man mit Freundlichkeit jemand zum Aufgeben seiner Pläne veranlassen?“

„Ich bin mir auch nicht sicher“, gestand Redhorse. „Es ist nur eine Ahnung.“

„Was können wir tun, um herauszufinden, ob diese Ahnung richtig ist?“ fragte Bradon.

„Wir müssen noch einmal in den Wald“, entschied Redhorse. „Diesmal gehen Surfat und ich. Wir nehmen Mister Jefferson mit. Vielleicht führt uns das Tier an den richtigen Platz.“

„Das ist ein gefährlicher Plan, Sir“, meinte Bradon wenig begeistert.

„Wenn die Unbekannten im Wald unseren Tod wollten, hätten sie bereits angegriffen“, hielt im Redhorse entgegen. „Doch daran glaube ich nicht. Bestimmt steht uns eine Überraschung bevor, wenn wir Kontakt zu den geheimnisvollen Sängern aufnehmen.“

Sie gingen zur Space-Jet zurück. Mister Jefferson schlief noch.

Surfat klopfte mit den Händen leicht gegen die Kiste. Mister Jefferson erwachte. Er legte den Kopf auf den Kistenrand und blinzelte zu den Männern empor.

„Komm her, mein Kleiner!“ lockte Surfat.

Das Tier schien sich an die Stimme zu erinnern. Es sprang aus seinem Lager und schnüffelte an Surfats Beinen. Dann kletterte es an ihm hoch und nahm seinen Platz auf der rechten Schulter ein.

„Es mag mich“, erklärte Surfat verlegen. „Es hat erkannt, welche menschlichen Qualitäten ich habe.“

Bradon stöhnte. „Mir scheint, Mister Jefferson ist ein ausgesprochen schlechter Menschenkenner.“

Surfat legte sein Gesicht in würdevolle Falten und verließ die Space-Jet.

„Glauben Sie, daß der Schlag, den ihm die Schlange versetzt hat, auch geistigen Schaden angerichtet hat, Captain?“ fragte Bradon besorgt.

Redhorse wiegte nachdenklich den Kopf. „Wer will das sagen?“

Als der Captain die Schleuse verließ, stand Surfat bei Gilliam und dem Funker. Die drei Männer diskutierten heftig darüber, ob man Mister Jefferson etwas von den mitgeführten Nahrungsmitteln geben sollte, oder ob es besser war, wenn man dem Tier die Nahrungsbeschaffung selbst überließ.

„Ich habe noch nie gehört, daß ein Tier Konserven oder Konzentrate mag“, erklärte Doutreval. „Ich erinnere mich an einen Mann, der seinen Goldhamster mit Vitaminpillen fütterte. Nach wenigen Wochen mußte der Hamster getötet werden.“

„Ja“, sagte Gilliam bedächtig. „Natürliche Kost ist immer das beste.“

Surfat streckte anklagend den rechten Arm aus. „Ihr befürchtet, daß Mister Jefferson unseren Bestand an Nahrungsmitteln dezimieren könnte“, warf er den beiden Männern vor. „In Wirklichkeit wißt ihr genau, daß ein eingemachter Pudding das richtige für das Tier ist.“

„Ich kann mich nicht erinnern, daß wir eingemachten Pudding in unserem Vorrat haben“, sagte Doutreval.

Redhorse unterbrach das Gespräch. Surfat folgte ihm widerstrebend in Richtung zum Wald. Schwerfällig stapfte er neben dem Captain her.

„Sir“, beschwerte sich Surfat, „ich habe das Gefühl, von verschiedenen Mitgliedern unserer Mannschaft nicht für ernst genommen zu werden."

„Auf Ihre Gefühle konnte man sich schon immer verlassen", lächelte Redhorse.

„Das ist..." Surfat unterbrach sich und schaute mit aufgerissenen Augen zum Waldrand. „Sir...", stammelte er.

Redhorse hatte die seltsamen Gestalten bereits gesehen. Mister Jefferson wurde plötzlich erregt und klopfte heftig mit seinem Stummelschwanz gegen Surfats Rücken.

„Das sind... Menschen!" rief Surfat erregt.

„Nein", sagte Redhorse ruhig. „Es sind Fremde."

Etwa hundert Wesen waren zwischen den Bäumen hervorgekommen. Sie schienen nicht bewaffnet zu sein. Sie kamen direkt auf die Space-Jet zu. Redhorse sah, daß die Unbekannten menschenähnlich waren. Je näher sie jedoch herankamen, desto deutlicher wurde es, wie wenig sie mit Terranern gemeinsam hatten.

Die Fremden waren zartgliedrig und auffallend schlank. Ihre durchschnittliche Größe betrug fast zwei Meter.

Surfat äußerte fassungslos: „Schauen Sie sich diese komischen Kleider an, die sie tragen."

Die Kleidung der Eingeborenen war tatsächlich ungewöhnlich. Die Oberkörper wurden von farbigen Trikots bedeckt. Von den Hüften ab wölbten sich weit abstehende Reifröcke, die mit Stäben so verstärkt waren, daß sie wie Regenschirme aussahen. Diese seltsamen Röcke reichten nur bis knapp über die Oberschenkel. Redhorse vermutete, daß die Röcke nicht ohne Grund diese Form besaßen. Die festen Stäbe, mit denen sie verstärkt waren, zeigten deutlich, daß die Reifröcke keine reine Modeangelegenheit waren.

Etwa dreißig Meter von den beiden Terranern entfernt blieben die Gleamors stehen. Sie machten einen lebhaften, aber friedfertigen Eindruck. Redhorse sah, daß alle Fremden kahlköpfig waren. Sie besaßen eine zartblaue Hautfarbe. Das Fremdartigste im Gesicht eines Gleamors waren die Lippen. Sie waren wulstig und ungewöhnlich breit. Redhorse beobachtete, wie manche der Eingeborenen ab und zu die Unterlippe vorstülpten und auf diese Weise eine Art Teller bildeten. Redhorse wurde sofort an den Gravotänzer erinnert. Wahrscheinlich ernährten sich auch die Eingeborenen vorwiegend von Pilzkulturen.

„Da kommt einer auf uns zu“, meldete Surfat.

Redhorse sah, wie ein Gleamor sich aus der Gruppe löste und langsam herankam. Als er die Hälfte des Weges zurückgelegt hatte, blieb er stehen und hob beide Arme in die Höhe. Er rief irgend etwas Unverständliches.

„Was will er?“ fragte Surfat mißtrauisch.

„Vielleicht suchen sie noch ein paar Mitglieder für ihren Chor“, sagte Redhorse sarkastisch. Dann hob er, dem Beispiel des Eingeborenen folgend, ebenfalls beide Arme. Er hielt es jedoch für besser, keine Begrüßung zu rufen. Auch Surfat streckte die Arme hoch. Leider gehörten zur Ausrüstung der Jet auch keine Translatoren, so daß die Verständigung mit den Eingeborenen zu einem weiteren Abenteuer wurde.

Eine Weile geschah überhaupt nichts. Die Bewohner zweier Planeten blickten sich an, und jeder schien darauf zu warten, daß der andere irgend etwas unternahm. Ein kurzer Blick zur Space-Jet überzeugte Redhorse, daß Bradon, Gilliam und Doutreval sich mit ihren Waffen in der Schleuse versammelt hatten. Das war eine ausgezeichnete Rükkendeckung.

„Wie lange wollen wir so stehenbleiben?“ fragte Surfat mürrisch. „Mir sterben die Arme ab. Ich bin weder ein Fakir noch ein Sonnenanbeter.“

Redhorse blickte Surfat an. Der Korporal bot ein klägliches Bild. Mit hochgestreckten Armen, den Bauch weit herausgestreckt, erinnerte er an einen altindischen Tempelgötzen. Mister Jefferson klammerte sich an Surfat fest und war offenbar sehr zufrieden.

Endlich ließ der Gleamor die Arme sinken.

„Klachahaiii?“ rief er freundlich und stülpte die Unterlippe vor.

„Hoffentlich erwartet er nicht, daß wir unser Gesicht in ähnlicher Weise strapazieren, Sir“, sagte Surfat.

„Diese Burschen scheinen friedlich zu sein“, sagte Redhorse. „Es sieht so aus, als sollte sich meine Vermutung als richtig erweisen.“

„Er kommt näher, Captain!“ rief Surfat.

Der Eingeborene bewegte sich graziös über das Moos, während ihm seine Begleiter aufmunternde Worte nachriefen. Drei Meter vor den beiden Terranern blieb der Fremde abermals stehen. Redhorse fragte sich, was im Kopf dieses Wesens vorgehen mochte. Mußte der Gleamor nicht glauben, daß er bösartige Invasoren vor sich hatte?

Redhorse sah jetzt, daß die Augen des Eingeborenen glasklar und nur in der Iris leicht gelblich gefärbt waren. Sie schienen mit Helium gefüllt zu sein.

„Lei-Lei-Saleinti", sagte der Gleamor. Dann deutete er auf Surfat und stieß ein bellendes Gelächter aus. „Perheite! Perheite! Perheite!" rief er immer wieder. Mister Jefferson miaute begeistert und rieb seinen Kopf an Surfats massigem Nacken.

„Wenn ich feststelle, daß er sich über mich lustig macht", sagte Surfat drohend, „dann werde ich sein Röckchen heben und ihm den dürren Hintern versohlen."

„Beschwören Sie keine unnötigen Komplikationen herauf, Korporal", beschwichtigte ihn Redhose. „Vielleicht freut sich der Gleamor darüber, daß Sie sich mit Mister Jefferson angefreundet haben."

„Etaiii!" schrie der Eingeborene seinem wartenden Stamm zu.

Ein begeistertes Geschrei war die Antwort, dann stürmten die hundert Gleamors heran. Surfat wurde blaß und hob den Kombistrahler.

„Wollen wir uns überrennen lassen, Sir?" rief er.

„Sie haben keine Waffen und scheinen friedfertig zu sein", sagte Redhorse. „Wollen wir auf intelligente Wesen schießen, die unbewaffnet sind?"

Surfat senkte den Kopf. Wenige Augenblicke später waren die beiden Terraner von den Eingeborenen umringt. Dürre Händchen streckten sich ihnen entgegen, glänzende Augen betrachteten sie neugierig. Dann wurden Redhorse und Surfat auf die schmalen Schultern einiger Gleamors gehoben und mit lautem Sing-Sang zur Space-Jet getragen.

Surfat schien sich auf seinem schwankenden Platz nicht wohl zu fühlen.

„Diese Begeisterung scheint mir doch etwas übertrieben zu sein!" rief er Redhorse zu.

Redhorse überlegte fieberhaft. Das Verhalten der Eingeborenen war tatsächlich ungewöhnlich. Es bestanden keine Zweifel daran, daß sie es waren, die im Wald gesungen hatten. Auch jetzt stimmten sie diesen eigenartigen Gesang an. Warum waren sie erst jetzt aufgetaucht? Warum feierten sie die Terraner wie gute Freunde?

Redhorse ahnte, daß er auf diese Fragen vorerst keine Antworten finden würde. Das Geheimnis Gleams war noch rätselhafter geworden.

Sie erreichten die Space-Jet.

„Hallo, Korporal!“ rief Bradon aus der Schleuse. „Schämen Sie sich nicht, sich von diesen schwächlichen Wesen tragen zu lassen?“

Surfat sprang hastig auf den Boden und warf Bradon einen bösen Blick zu. Die Eingeborenen versammelten sich vor dem Diskusraumschiff. Auch Redhorse ließ sich absetzen und ging zur Schleuse.

„Vorläufig lassen wir keinen dieser Burschen in die Jet“, ordnete er an. „Ich will erst wissen, was sie vorhaben.“

Die Eingeborenen schlugen vor der Space-Jet ihr Lager auf. Sie schienen glücklich zu sein, daß man sie nicht zurückschickte. Etwa dreißig Gleamors versammelten sich vor der toten Riesenschlange und stimmten einen Trauergesang an.

„Das hört sich fast an, als trauerten sie um das Untier“, sagte Doutreval. „Vielleicht sind sie nur gekommen, um es auf heimtückische Weise zu rächen.“

„Ich glaube, daß sie sehr empfindsame Wesen sind“, sagte Redhorse. „Der Tod in jeder Form scheint ihnen nahezugehen. Läge dort einer von uns, würden sie wahrscheinlich ebenso jammern.“

Eine andere Gruppe von Gleamors hatte den toten Gravotänzer umringt und begann dort ebenfalls mit dem eigenartigen Gesang.

„Diese Singerei wirkt einschläfernd“, sagte Surfat.

Redhorse konnte an sich keine Anzeichen beginnender Müdigkeit feststellen, deshalb hielt er Surfats Feststellung für übertrieben. Doutreval und Gilliam nahmen die Reparaturarbeiten wieder auf. Sofort waren einige Gleamors bei ihnen und machten durch Handzeichen verständlich, daß sie bei der Arbeit helfen wollten.

„So etwas Hilfsbereites ist mir in meinem Leben noch nicht begegnet“, staunte Doutreval. „Sie sind direkt verrückt danach, uns jeden Handgriff abzunehmen.“

Diese Eigenart der Eingeborenen erschien Redhorse verdächtig. Er wußte nicht, wie er sein Mißtrauen begründen sollte, doch ein sicheres Gefühl sagte ihm, daß er die Gleamors nicht aus den Augen lassen durfte. Sie waren zwar unbewaffnet und körperlich schwach, aber in ihrer übertriebenen Freundlichkeit schien irgendeine Gefahr verborgen zu liegen. Redhorse sagte sich im stillen, daß es keinerlei Beweise für bösartige Absichten der Eingebornen gab. Sicher war es unlogisch, sie zu verdächtigen.

Redhorse beschloß, den Anführer der Gleamors zu finden und eine Verständigungsmöglichkeit herbeizuführen.

Der Captain ging zu der Gruppe, die unmittelbar vor der Space-Jet lagerte. Sofort boten sich einige der Eingeborenen an, ihn zu tragen. Redhorse lehnte jedoch ab.

Redhorse kauerte sich vor den Gleamors auf den kahlgebrannten Boden nieder. Erwartungsvoll blickten ihn die Fremden an. Ihre Augen sahen wie Glaskugeln aus. Ein paar Eingeborene führten Tragebeutel mit. Daraus entnahmen sie ab und zu eine Handvoll Pilze, stülpten die Unterlippe vor und schoben die Nahrung in den Mund.

Redhorse deutete auf seine Brust.

„Don!" sagte er laut.

Die Eingeborenen kicherten und fingen an zu singen.

„Ruhe!" schrie Redhorse sie an. Das wirkte. Der Gesang verstummte. Redhorse legte eine Hand auf die Schulter des vor ihm sitzenden Gleamors, mit der anderen deutete er abermals auf sich.

„Don!" sagte er wieder.

„Elaiii!" jubelte der Eingeborne. „Heitelea!"

Entweder konnte das Wesen Redhorses einfache Geste tatsächlich nicht verstehen, oder es stellte sich dumm. Redhorse versuchte, in den glasklaren Augen seines Gegenübers irgendeine Reaktion festzustellen, doch im Gesicht des Eingeborenen zeigte sich nichts als Freundlichkeit.

„Ich traue euch nicht", murmelte Redhorse. „Ich werde den Verdacht nicht los, daß ihr uns ein gelungenes Schauspiel vorführt."

„Redalei", sagte der Gleamor mit liebenswürdigem Lächeln.

Redhorse hatte eine neue Idee. Er verließ die Gleamors und ging zur Space-Jet. Noch immer waren Doutreval und Gilliam von einigen Eingeborenen umringt, die sich eifrig bemühten, den Männern bei den Handreichungen zu helfen.

Brazos Surfat hockte in der Schleuse. Auf seinen Beinen lag ein Kombistrahlgewehr.

„Hat einer der Kerle in die Jet einzudringen versucht?" fragte Redhorse.

Surfat tätschelte die Waffe. „Machen Sie sich darüber keine Gedanken, Sir. An mir kommt keiner vorbei."

„Wo ist Bradon?" fragte Redhorse.

Surfat deutete mit dem Daumen hinter sich. „In der Kanzel, Captain."

Redhorse ging an Surfat vorbei. Dabei wurde Mister Jefferson sichtbar. Das Tier lag hinter Surfat und schlief. Als Redhorse den Kommandoraum betrat, fand er Bradon vor der Funkanlage.

„Es kommt noch immer nichts durch, Sir", sagte der junge Raumfahrer.

„Soweit ich mich erinnern kann, sind Sie ein Zeichentalent, Chard", sagte Redhorse. „Ich habe einige gute Zeichnungen von Ihnen gesehen."

„Soll ich für Sie die tote Schlange malen, Sir?"

„Nein", entgegnete Redhorse, „mich."

Bradon runzelte die Stirn. „Heißt das, daß *Sie* ein Bild von sich wünschen, Sir?"

Redhorse ging zum Kartentisch und zog ein Blatt hervor. „Kommen Sie zu mir", forderte er Bradon auf. Er überreichte dem Offiziersanwärter einen Schreibstift.

„Zeichnen Sie auf das Papier eine Figur, die man als Raumfahrer erkennen kann. Es muß kein Meisterwerk sein. Die Hauptsache, man weiß, was es darstellen soll."

„Was haben Sie vor?" wollte Bradon wissen. Schnell zeichnete er einige Striche.

„Ich will mich mit den Gleamors unterhalten", erklärte Redhorse. „Bisher bin ich dabei auf Schwierigkeiten gestoßen." Er blickte über Bradons Schulter und deutete auf die Zeichnung. „Vielleicht verstehen die Eingeborenen das."

In wenigen Minuten war Bradon fertig. „Mit oder ohne Waffe?" erkundigte er sich.

„Ohne", entschied Redhorse und verließ die Kommandokanzel. Als er in der Schleuse auftauchte, erschienen sofort einige Eingeborene, um festzustellen, ob sie ihm nicht irgendwie helfen konnten. Redhorse rief einen von ihnen zu sich. Er hielt ihm Bradons gelungene Zeichnung vor die Augen. Dann deutete er abwechselnd auf das Bild und auf sich und sagte dreimal seinen Namen.

Der Gleamor nahm das Papier, faltete es sorgfältig zusammen und zog sich damit zum Lager seines Stammes zurück. Damit hatte Redhorse nicht gerechnet. Er beschloß, einige Zeit auf eine Reaktion der Gleamors zu warten. Vielleicht beriet sich der Mann, dem Redhorse die Zeichnung gegeben hatte, mit seinem Anführer.

Vier Stunden nach Sonnenaufgang hatten Gilliam und Doutreval die Halterung repariert und begannen, sie wieder einzubauen. Sofort waren sie von Gleamors umringt, die ihnen die Arbeit abnehmen wollten. Redhorse beobachtete die Eingeborenen von der Schleusenkammer aus. Sein Unbehagen hatte nicht nachgelassen, doch es gab nicht den geringsten Hinweis, der bösartige Absichten der Eingeborenen vermuten ließ. Dieses Volk schien tatsächlich daran Gefallen zu finden, den unbekannten Raumfahrern voller Selbstlosigkeit zu helfen.

Redhorse hatte Surfat und Chard Bradon als Wachen aufgestellt. Er glaubte nicht, daß die Gleamors eine Gewähr dafür waren, daß kein weiterer Angriff erfolgte.

Als Redhorse schon nicht mehr damit rechnete, kam ein hochgewachsener Eingeborener mit Bradons Zeichnung zur Schleuse.

„Nun?“ erkundigte sich Redhorse gespannt. „Was gibt es zu berichten?“

Die schlanken Finger des Mannes zeigten auf den gezeichneten Raumfahrer. Der Gleamor nickte Redhorse zu und sagte: „Treleite.“

Redhorse richtete sich auf. Dieser Gleamor schien intelligenter als seine Stammesangehörigen zu sein. Vielleicht bot sich hier eine Gelegenheit zur Verständigung.

Redhorse deutete ebenfalls auf das Bild und nannte seinen Vornamen.

„Treleite“, wiederholte der Gleamor. Demonstrativ hob er das Papier für alle Umstehenden sichtbar über seinen Kopf und zerriß es in vier Teile.

Sofort griff Redhorse nach seiner Waffe. Doutreval und Gilliam unterbrachen ihre Arbeit. Der Gleamor warf die Papierfetzen achtlos zu Boden und lächelte Redhorse freundlich zu. Dann ging er würdevoll davon.

Doutreval strich die Haare aus seinem ölverschmierten Gesicht und blickte überlegend hinter dem Gleamor her.

„Verstehen Sie das, Sir?“ fragte er.

Langsam schüttelte Redhorse den Kopf. Die völlig unerwartete Handlung des Fremden hatte ihn schockiert. Sie paßte in keiner Weise zu dem bisherigen Verhalten der Gleamors. Warum hatte der Eingeborene gelacht, nachdem er die Zeichnung vernichtet hatte? Hielt er diese Tat etwa für einen weiteren Freundschaftsbeweis?

„Das ist ein seltsamer Verein“, sagte Gilliam gedehnt. „Wir sollten gut auf sie aufpassen.“

Der Sergeant schien ebenfalls gewisse Befürchtungen zu haben, stellte Redhorse fest. Er hatte das Gefühl, kurz vor der Lösung des Rätsels zu stehen, aber irgend etwas schien ihn davon abzuhalten, das Problem durch richtiges Vorgehen zu klären. Die Gleamors besaßen eine eigenartige Mentalität. In den wenigen Stunden, während denen Redhorse sich mit diesen Wesen befaßt hatte, konnte er nicht genug über dieses Volk erfahren haben, um es zu verstehen. Er wußte noch nicht einmal, woher die Gleamors kamen. Er kannte weder ihre Lebensverhältnisse noch ihre Intelligenzstufe. Die hundert Fremden waren einfach aus dem Wald gekommen, um sich in der Nähe der Space-Jet niederzulassen. Hatten sie vorher in einem Dorf gelebt, oder durchstreiften sie ihren Planeten als Nomaden? Hatten sie ihre Waffen irgendwo zurückgelassen, oder waren sie so glücklich, nie welche gekannt zu haben?

Redhorse hätte diesen Fragen ein gutes Dutzend weiterer hinzufügen können, auf die es ebenfalls keine Antworten gab. Die Gleamors waren freundlich und schienen im allgemeinen damit zufrieden zu sein, wenn sie ein sorgloses Leben führen konnten.

„Sobald Sie die Halterung eingebaut haben, halten wir in der Kanzel eine Besprechung ab“, sagte Redhorse zu Doutreval und Gilliam. „Wir müssen mehr über diese Gleamors herausfinden. Ich habe das sichere Gefühl, daß wir auf der Spur einer großen Sache sind.“

„Glauben Sie, daß wir den Sender noch finden?“ fragte Doutreval.

„Ich wünschte, ich könnte diese Frage mit Ja beantworten“, sagte Redhorse. „Aber im Augenblick scheinen wir weiter von unserem eigentlichen Ziel entfernt zu sein als bei Beginn dieses Unternehmens.“

Brazos Surfat hatte sich freiwillig als Wächter gemeldet, weil er, wie er behauptete, doch nicht in der Lage war, irgendeine Idee zu äußern, die ihnen weiterhelfen konnte. Die vier anderen Männer hatten sich innerhalb der Kommandokanzel versammelt.

Don Redhorse hatte in einem kurzen Bericht zusammengefaßt, was auf Gleam passiert war, in der Hoffnung, daß einem der Männer dabei irgend etwas auffallen würde, was sie außer acht gelassen hatten. Er sagte abschließend:

„Wir wissen, daß alles, was uns hier begegnet, fremd ist, und obwohl Gleam einen friedlichen Eindruck macht, kann jeden Augenblick irgend etwas Unvorhergesehenes passieren."

„Obwohl die Gleamor ständig in unserer Nähe sind, scheinen sie sich zu weigern, eine Verständigung herbeizuführen", sagte Doutreval. „Das beweist die zerrissene Zeichnung und alle anderen Versuche des Captains in dieser Richtung."

„Das beweist überhaupt nichts", widersprach Bradon. „Wissen wir denn, ob die Eingeborenen nicht ebenfalls eine Verständigung herbeiführen wollen – auf ihre Weise?"

Redhorse stand von seinem Sitz auf. „Ich glaube, daß Sie etwas zu weit gehen, Chard", sagte er nachdenklich. „Die Mentalität eines extraterrestrischen Lebewesens kann nie so verschieden von der unseren sein, daß es nicht bestimmte Gesten und Begriffe gibt, die eine primitive Unterhaltung zulassen. Die Mannschaften unserer Explorerraumschiffe sind schon auf unzählige Sternenvölker gestoßen, die noch am Anfang ihrer Entwicklung standen und kaum Intelligenz besaßen. Selbst in diesen Fällen gelang fast immer eine Annäherung. Denken Sie an die Sonnenuhr. Im Prinzip gleicht sie jenen, die es auch auf der Erde gibt. Unter solchen Umständen müßte ein Bild, wie das von Bradon gezeichnete, immer auf Verständnis stoßen."

„Wir wissen nicht, ob die Gleamors diese Sonnenuhr aufgestellt haben", sagte Bradon. „Es können auch Mitglieder eines anderen Volkes gewesen sein."

Bevor sie weitersprechen konnten, kam Surfat herein.

„Sir", sagte er zu Redhorse. „Es ist besser, wenn Sie jetzt alle hinauskommen."

„Was ist passiert, Brazos?" fragte Redhorse und griff nach seiner Waffe. Nacheinander folgten sie dem Korporal in die Schleusenkammer.

„Die Roboter“, sagte Surfat grimmig. „Sie sind zurückgekommen.“

Redhorse starrte auf das jetzt schon vertraute Bild der Landschaft hinaus. Die beiden Kampfroboter standen bolzengerade etwa hundert Meter von der Space-Jet entfernt.

„Wo kamen sie her?“ fragte Redhorse den Korporal.

„Ich habe nicht aufgepaßt“, gestand Surfat. „Meine Aufmerksamkeit konzentrierte sich auf die Eingeborenen.“ Er mußte Mister Jefferson abwehren, der Gefallen an seinen Ohrläppchen gefunden hatte und daran zu knabbern begann. „Als ich aufblickte, standen sie dort. Wenn sie nicht mehr verrückt sind, dann sind sie mir auf jeden Fall unheimlich, Captain.“

„Warum kommen sie nicht näher heran?“ wollte Bradon wissen. „Sie stehen dort, als wüßten sie nicht, was sie jetzt zu tun haben.“

Redhorse beobachtete die Eingeborenen. Die Gleamors beachteten die beiden Kampfmaschinen überhaupt nicht. Ein paar warteten vor der Schleuse darauf, daß sie den fünf Terranern irgendwie helfen konnten. Erwartungsvoll lächelten sie zur Schleuse hinauf.

„Das gefällt mir nicht“, erklärte Gilliam. „Sieht fast nach einer Falle aus, Sir.“

„Was wollen wir machen?“ erkundigte sich Surfat ratlos. „Wir können die beiden Roboter doch nicht dort drüben lassen.“

„Sie bewegen sich!“ rief Doutreval.

Jeder der Roboter vollführte eine scharfe Körperdrehung, so daß sie sich Rücken an Rücken gegenüberstanden.

„Das sieht ziemlich militärisch aus“, sagte Bradon.

Die Roboter marschierten los, in genau entgegengesetzten Richtungen. Jeder legte etwa zwanzig Meter zurück, dann blieben sie stehen. Keiner der Eingeborenen schien den Vorgang für wichtig genug zu halten, um ihm eine besondere Bedeutung beizumessen.

Minuten verstrichen, bevor die Roboter sich abermals bewegten. Beide drehten sich um 180 Grad, so daß sie sich jetzt ihre Brustseiten zuwandten.

Gilliam war der erste, der begriff, was dort draußen vorging.

„Bei allen Planeten, Captain! Sie duellieren sich!“

Bevor Redhorse etwas erwidern konnte, flammten die Waffen der Roboter auf. Sekunden später verglühten beide in atomarer Gluthitze. Zwei glühende Metallklumpen blieben zurück.

„Sie hatten beide ihre Schutzschirme nicht eingeschaltet“, sagte

Bradon, und man konnte die Unruhe, die ihn ergriffen hatte, aus seiner Stimme heraushören.

„Immerhin brauchen wir uns jetzt keine Gedanken mehr darüber zu machen, wo sie geblieben sind“, sagte Redhorse trocken.

„Wie kann so etwas passieren?“ knurrte Surfat. „Von sich aus kommt keine Positronik auf eine so verrückte Idee. Die Roboter wurden beeinflußt.“ Er hob drohend seinen Karabiner. „Ich wette, die Gleamors sind dafür verantwortlich.“

„Ich bezweifle, daß Sie diese Wette gewinnen würden“, meinte Bradon. „Warum sollten die Gleamors die Roboter für uns gut sichtbar aufmarschieren und sich dann gegenseitig zerstören lassen? Sie hätten diesen Kampf auch irgendwo im Wald austragen lassen können, so daß unser Mißtrauen sich nicht vergrößert hätte.“

„Was für ein verrückter Planet“, seufzte Surfat. „Captain, warum gehen wir nicht in die Jet, schließen die Schleuse und treten den Rückflug an?“

„Das wäre sicher das vernünftigste“, gab Redhorse zu. „Doch nun bin ich noch entschlossener als schon zuvor, herauszufinden, was hier eigentlich gespielt wird. Vielleicht warten sie nur darauf, in die Jet zu kommen. Vielleicht ist es das, worauf sie lauern, ohne daß wir es mit Sicherheit beweisen können. Geben wir ihnen eine kleine Chance, dann haben wir die Möglichkeit, etwas über die Eingeborenen zu erfahren.“

Ohne zu zögern, verließ Redhorse die Schleuse. Er mußte nicht bis zum Lager der Gleamors gehen, denn als er das Schiff verließ, waren sofort einige Männer um ihn herum, die darauf warteten, daß er seine Absichten irgendwie kundtat. Wahrscheinlich, dachte Redhorse sarkastisch, hätten die sogar Moos aus dem Boden gerissen, wenn er mit einer solch sinnlosen Arbeit begonnen hätte.

Redhorse packte einen der Gleamors am Arm und zog ihn mit sich zur Space-Jet zurück. Der Fremde wehrte sich nicht. Auch die anderen Eingeborenen machten keine Anstalten, irgend etwas zu unternehmen. In freundlicher Hilfsbereitschaft begleiteten sie Redhorse zur Schleuse zurück.

„Hört auf zu grinsen!“ schrie Redhorse sie an. „Ab sofort ist Krieg. Versteht ihr? Krieg.“

„Perleite!“ schrien sie begeistert und wollten Redhorse helfen, ihren durchaus nicht ängstlichen Stammesgenossen in die Schleuse zu bringen.

Surfat und Bradon trieben die vordringenden Eingeborenen jedoch zurück, so daß Redhorse mit seinem Opfer ungehindert in die Kanzel gehen konnte. Mister Jefferson quietschte vergnügt, als Surfat nach einem heftigen Stoß das Gleichgewicht verlor und fast aus der Schleuse gestürzt wäre.

Redhorse wandte seine Aufmerksamkeit dem Eingeborenen zu. Der Gleamor gab durch nichts zu erkennen, daß ihn das Innere des Diskusschiffes interessierte. Seine glasklaren Augen waren auf Redhorse gerichtet.

„Du machst den Eindruck, als würdest du nur auf eine Gelegenheit warten, uns irgendwelche Liebesdienste zu erweisen", sagte Redhorse drohend. „Doch wir glauben dir nicht."

Der Gleamor kicherte belustigt und verschränkte seine dürren Ärmchen über der Brust. Sein Reifrock wippte bei jeder Bewegung auf und nieder.

Redhorse gestand sich ein, daß er selten ein harmloseres Bild gesehen hatte. Trotzdem begann er sich mit dem Mann zu beschäftigen. Eine Stunde bemühte er sich, die freundliche Haltung des Eingeborenen zu durchbrechen. Er schrie ihn an, er bedrohte ihn mit der Waffe und schlug ihm sogar zweimal heftig gegen die Brust.

Der Gleamor ertrug alles und schien sogar Gefallen daran zu finden. Entweder war er ein ausgezeichneter Schauspieler, oder er besaß nicht den geringsten Selbsterhaltungstrieb. Vielleicht gab es noch eine andere, völlig verrückte Möglichkeit, an die Redhorse jetzt nicht dachte.

Als Redhorse den Eingeborenen wieder zur Schleuse brachte, schwitzte er vor Anstrengung. Als wollte er die Erfolglosigkeit von Redhorses Bemühungen demonstrieren, versuchte der Gleamor, dem Offizier aus der Schleuse zu helfen.

Keiner der vier Männer fragte den Cheyenne nach dem Ausgang des Experimentes. Das Ergebnis zeichnete sich deutlich in Redhorses verschlossenem Gesicht ab.

Die Gleamors versammelten sich in ihrem notdürftigen Lager.

„Jetzt singen sie wieder", sagte Gilliam erbittert.

Die Eingeborenen stimmten ihren eigenartigen Gesang an, der mehr einem traurigen Heulen glich. Redhorse beobachtete sie stumm, wie sie ihre mageren Arme erhoben, als wollten sie die Hilfe unbekannter Götter erflehen.

„Immer, wenn sie singen, passiert etwas", sagte Doutreval.

Redhorse ließ seine Blicke über die Landschaft gleiten. Gleam, dachte er, war eine einzige Herausforderung. So eigenartig, wie der Planet vom Weltall aus ausgesehen hatte, so seltsam waren auch die Vorgänge auf seiner Oberfläche.

Es gab immer wieder Planeten, die eine solche Herausforderung an einen Raumfahrer waren. Ein Mann konnte sich zurückziehen, ohne die Herausforderung anzunehmen. Doch das lag nicht in Redhorses Absicht.

„Hat irgend jemand einen Vorschlag?" klang Bradons Stimme auf.

Er erhielt keine Antwort. Alle vier Männer blickten abwartend auf Captain Redhorse. Von ihm hing es ab, ob sie jetzt in die Sicherheit des Leerraumes zurückfliegen oder eine weitere Nacht auf Gleam verbringen würden.

Redhorse ließ sie nicht lange warten.

„Wir bleiben", sagte er ruhig. Seine feste Stimme übertönte den Gesang der Gleamors.

Captain Don Redhorse hatte nun die Herausforderung angenommen.

5.

Euphorie (gr.) – Heitere Stimmung und Wohlbefinden, trotz gefährlicher Lage.

Das war es, dachte Captain Don Redhorse.

„Euphorie", sagte er vor sich hin. Dann schlug er das Handbuch zu. Es war nicht nötig, die weiteren Bemerkungen unter dem Stichwort zu lesen. Drei Tage waren seit der Landung vergangen. Don Redhorse stand einen Augenblick bewegungslos inmitten der Kommandokanzel. Von draußen klangen keine Geräusche herein. Redhorse grinste. Wahrscheinlich ließen sich seine vier Begleiter wieder von den Eingeborenen herumtragen. Es gab nichts, was die hundert Gleamors nicht für die fünf Terraner zu tun bereit waren.

Das anfängliche Mißtrauen der Raumfahrer hatte sich gelegt. Brazos Surfat, Whip Gilliam, Olivier Doutreval und Chard Bradon schienen sich jetzt ausgesprochen wohl zu fühlen. Sie hatten ihr Vergnügen daran, sich von den Gleamors überall herumschleppen zu lassen.

Nur Redhorse kämpfte vergeblich gegen das Mißtrauen an, das er fühlte.

Ein Geräusch an der Schleuse ließ Redhorse hochfahren. Er griff nach dem Kombistrahler und verließ die Kanzel.

Vor der Schleuse stand Chard Bradon. Die beiden Eingeborenen, die ihn getragen hatten, warteten hinter ihm. Redhorse versuchte, seinen Ärger zu unterdrücken.

Bradon, der junge Offiziersanwärter, schien von der Mißbilligung seines Vorgesetzten nichts zu spüren.

„Ich weiß jetzt, warum die Gleamors so eigenartige Reifröcke tragen, Sir“, sagte er.

Redhorse blickte an Bradon vorbei. In der Nähe des Waldrandes konnte er einige Gleamors beobachten, die damit beschäftigt waren, Korporal Surfat die Schuhe zu polieren. Gilliam und Doutreval hielten sich im Lager der Gleamors auf. Da sie von Eingeborenen umringt waren, konnte Redhorse nicht viel von dem erkennen, was sich dort abspielte. Wahrscheinlich wurden die beiden Männer mit schmackhaften Pilzen gefüttert.

„Sir“, sagte Bradon beleidigt, „ich dachte, Sie seien an meiner Entdeckung interessiert.“

„Schießen Sie los, Chard“, forderte Redhorse den jungen Mann auf.

„Mit diesen Reifröcken können die Gleamors sich weit in die Sümpfe hinauswagen“, berichtete Bradon. „Sobald sie bis an die Hüfte einsinken, falten sich die Röcke auf und verhindern, daß ihre Träger im Morast untergehen. Die Gleamors ernten auf diese Art ihre gesamte Nahrung.“

„Was werden Sie jetzt tun, Chard?“ wollte Redhorse wissen.

Bradon wurde unsicher. Er bemerkte, daß Redhorses Freundlichkeit, die er seinen Begleitern bisher entgegengebracht hatte, erloschen war.

„Ich weiß nicht, Captain“, sagte Bradon gedehnt. „Eigentlich hatte ich vor, mich von den beiden Burschen, die mich begleiten, ins Lager der Gleamors bringen zu lassen. Dort gibt es immer eine schmackhafte Mahlzeit."

„Das mag schon sein", sagte Redhorse. „Zunächst sollten Sie mir jedoch in die Kommandokanzel folgen, ich möchte Ihnen etwas zeigen."

Chard Bradon stützte beide Arme auf den unteren Schleusenrand.

„Sir, ich halte Ihr Mißtrauen gegenüber den Gleamors für übertrieben. Sie sind ehrlich um uns bemüht. Sie lesen uns jeden Wunsch förmlich von den Augen ab. In drei Tagen kam es nicht zu einem einzigen Zwischenfall."

„Und die Roboter?" erinnerte Redhorse.

„Dafür sind die Eingeborenen bestimmt nicht verantwortlich zu machen."

„Folgen Sie mir in die Kanzel", sagte Redhorse. Als Bradon zögerte, sagte er mit Nachdruck: „Das ist ein Befehl!"

Die beiden Gleamors wollten Bradon folgen, doch Redhorse stieß sie zurück und schloß die äußere Schleusenwand. Im Inneren des Diskusschiffes nahm Redhorse auf dem Pilotensitz Platz.

Bradon blieb mit hängenden Schultern in der Nähe der Positronik stehen; ein mürrischer junger Mann, der sich an seinem Vorhaben gehindert sah. Redhorse beobachtete ihn voller Groll, aber auch mit einem gewissen Verständnis. Er durfte Bradon keinen Vorwurf machen, wenn selbst so erfahrene Männer wie Gilliam, Surfat und Doutreval dem Übermaß an gleamorischer Freundlichkeit erlagen.

„Während Sie dort draußen Ihre kindischen Späße trieben, habe ich über unser Problem nachgedacht", begann Redhorse. „Ich glaube, daß ich einige Antworten auf die Fragen, die uns beschäftigen, gefunden habe."

„Da bin ich gespannt", sagte Bradon. Redhorse hörte den schwachen Spott aus der Antwort des Offiziersanwärters heraus, doch er ignorierte ihn.

„Die Eingeborenen verfügen über eine schwache paranormale Begabung", sagte Redhorse. „Sie sind weder Telepathen, noch besitzen sie andere ausgeprägte parapsychische Fähigkeiten. Ihre ESP-Macht ist auf ihrem Gesang begründet, den sie immer wieder anstimmen."

Bradon grinste. „Verzeihen Sie, Sir! Das verstehe ich nicht."

„Die Ausstrahlungen der Gleamors sind sehr schwach, aber sie genügten, um unsere beiden Kampfroboter verrückt werden zu lassen. Das menschliche Gehirn ist nicht so empfindsam wie eine Positronik, was hyperdimensionale Impulse angeht. Aber der Gesang der Gleamors ist mit parapsychischer Kraft verbunden."

„Angenommen, Sie hätten recht, Captain, wie soll *uns* dieser Gesang gefährlich werden?"

„Euphorie", sagte Redhorse. „Wir werden uns bald wie im siebten Himmel fühlen und unfähig sein, eine Gefahr rechtzeitig zu bemerken. Die Gleamors wiegen uns in Sicherheit. Ob sie das unfreiwillig oder mit Absicht tun, kann ich nicht sagen."

Bradon machte ein paar Schritte auf den Offizier zu. „Aber ich bin doch Herr meiner eigenen Sinne", protestierte er. „Ich kann immer noch frei entscheiden."

Auf Redhorses kantigem Gesicht erschien ein schwaches Lächeln.

„Sind Sie glücklich, Chard?" fragte er.

Verwirrt breitete Bradon die Arme aus.

„Ja", sagte er.

„Sehr glücklich?"

„Ich weiß nicht, was das bedeuten soll", brachte Bradon hervor. Er versuchte, Redhorses scharfem Blick auszuweichen. Schließlich gab er zögernd zu: „Also gut, Captain! Ich *bin* sehr glücklich! Ist das ein Fehler?"

Ohne sichtbare Kraftanstrengung stand Redhorse auf. Obwohl seine Bewegungen träge wirkten, erkannte man die Leichtigkeit, mit der er sie ausführte.

Vor Bradon machte Redhorse halt.

„Dieses Glücksgefühl wird sich noch steigern, Chard", sagte er. „Sie und die drei anderen werden vor Wohlbefinden zu träumen beginnen. Auch ich bin dagegen nicht gefeit. Die Gleamors schläfern uns ein. Sie wenden die unglaublichste Methode gegen ihre Feinde an, von der ich bisher gehört habe: sie sind zum Erbrechen freundlich und hilfsbereit."

Bradon spürte den verhaltenen Zorn in Redhorses Stimme.

„Ist es ein Verbrechen, freundlich zu sein?" fragte er.

„Sie unterwerfen sich", sagte Redhorse. „Sie machen sich zu Sklaven, bereit, jede noch so erniedrigende Arbeit auszuführen. Und dabei lachen und singen sie, als würde ihnen die ganze Sache Spaß machen. Wahrscheinlich warten sie nur darauf, bis wir satt, müde und glücklich unsere Waffen wegwerfen und voller Erwartung zu ihnen kommen. Dann, Bradon, *dann* wird das bittere Erwachen für uns kommen."

„Ihr Mißtrauen kann ich nicht teilen, Sir", beharrte Bradon auf seiner Meinung.

„Sie sind bereits so weit, daß Sie die Sumpflandschaft dort draußen für ein Paradies halten", sagte Redhorse. „Käme jetzt eine Riesenschlange aus dem Morast, wären Sie bereit, sie für einen harmlosen Regenwurm zu halten. Das hat die unwahrscheinliche Nächstenliebe der Gleamors fertiggebracht."

Redhorse sah erschrocken, daß seine Worte bei Bradon keine Resonanz fanden, es war, als spräche er gegen eine Wand. In seinem Leben war Redhorse unzähligen Menschen begegnet, und er besaß einen sicheren Instinkt für ihre Gefühle. Bradon, das spürte der Captain, fühlte nichts als verständnislosen Zorn, wie ein Kind, dem man ein Spielzug wegnehmen will, das man ihm kurz zuvor geschenkt hat.

Schließlich sagte Bradon mit verkniffenem Gesicht: „Warum starten wir nicht, wenn Sie diesen Planeten für so gefährlich halten, Sir?"

„Wir sind gelandet, um den Hypersender der Meister der Insel zu finden", sagte Redhorse. „Die Station befindet sich wahrscheinlich irgendwo im Tri-System. Gleam ist unsere einzige Chance, Anhaltspunkte zu finden."

„Was wollen Sie jetzt unternehmen, Captain?"

„Ich werde die Mannschaft hier in der Jet zusammenrufen", kündigte Redhorse entschlossen an. „Ich muß Ihnen allen verbieten, sich noch länger mit den Eingeborenen zu beschäftigen."

„Wenn die Gleamors der Schlüssel zu diesem Sesam-öffne-dich sind, ist das keine kluge Entscheidung, Sir."

Das, dachte Redhorse mehr erstaunt als ärgerlich, war eine offene Kritik. Er mußte jetzt handeln, bevor es unmöglich wurde, die vier Männer von den Eingeborenen zu trennen.

„Folgen Sie mir!" befahl er Bradon. „Wir gehen zum Lager hinüber."

Gemeinsam verließen sie die Space-Jet. Es war später Nachmittag. Am Horizont zogen Regenwolken auf. Drückende Schwüle lag über dem Land. Einige Eingeborene sangen. Inzwischen war auch Surfat ins Lager getragen worden. Der Korporal hockte jetzt neben Gilliam und Doutreval und ließ sich füttern. Redhorse verbot Bradon, sich von den beiden wartenden Gleamors tragen zu lassen.

Bevor Redhorse und Bradon das Lager der Gleamors erreichten, begann das Erdbeben. Redhorse spürte das schwache Vibrieren des Bodens, mit dem sich das Beben ankündigte. Er blieb stehen und legte eine Hand auf Bradons Arm.

Der Boden zitterte wie ein erwachendes Riesentier. Redhorse sah, wie Bradon den Mund öffnete, ohne irgend etwas zu sagen. Die Eingeborenen im Lager sprangen auf. Verständnislos saßen die drei Raumfahrer zwischen den Gleamors.

Für einen Augenblick, vielleicht nur für eine Sekunde, beruhigte sich der Planet. Dann kam die zweite Welle. Der Stoß ließ Redhorse taumeln.

Vor seinen Augen begann alles zu wackeln, als beobachte er seine Umgebung durch zersprungenes Glas. Bradon stieß einen schrillen Warnruf aus. Mit gespreizten Beinen stand Redhorse da, sich seiner Hilflosigkeit gegenüber diesen Naturgewalten bewußt. Die Hälfte der Gleamors fiel zu Boden, als habe sie eine unhörbare Salve niedergestreckt. Noch immer saßen Gilliam, Doutreval und Surfat auf ihren Plätzen. Vor ihnen lagen Stoffbeutel mit eßbaren Pilzen.

Plötzlich verschwand ein Teil des Pilzwaldes aus Redhorses Blickfeld. Bei einer Varietévorführung hatte Redhorse einmal gesehen, wie ein Magier seine Partnerin von der Bühne hatte verschwinden lassen. Still und blitzschnell hatte sie sich unter den Händen des Zauberkünstlers aufgelöst. Daran mußte der Captain jetzt denken. Auch das Waldstück war mit einer unheimlichen Geschwindigkeit verschwunden.

Nur langsam wurde sich Redhorse der Tatsache bewußt, daß die Pilzbäume in eine klaffende Bodenspalte gestürzt waren. Das Beben wurde heftiger. Redhorse hatte das Gefühl, als stoße ihm jemand eine Faust in die Magengrube. Im Eingeborenenlager herrschte völlige Verwirrung. Die Gleamors fielen zu Boden und versuchten immer wieder aufzustehen. Sie torkelten durcheinander, ohne ein sichtbares Ziel zu haben, nur von ihrer Angst getrieben. Ihr Selbsterhaltungstrieb war also weitaus besser entwickelt, als Redhorse zunächst geglaubt hatte. Der Captain fragte sich, warum er ausgerechnet jetzt solche Überlegungen anstellte.

Hinter sich hörte er einen Entsetzensschrei. Er fuhr herum. Der

Boden bäumte sich unter ihm auf und schleuderte ihn einige Meter seitwärts. Im Fallen sah er die Space-Jet. Sie war seitwärts in eine kleinere Spalte abgerutscht. Zwei der Landestützen waren verbogen und ragten wie die Krallen eines toten Riesenvogels gen Himmel. Bis auf die Kanzel war der gesamte Diskus von Schlamm, Erde und zerfetzten Pflanzen bedeckt.

Bradon lag zwischen Redhorse und der SJ-4C. Er hatte den Kopf gehoben und blickte unverwandt zur Jet hinüber, als könnte er jede weitere Gefahr durch seine Blicke bannen. Redhorse kroch über den bebenden Untergrund auf den Offiziersanwärter zu.

Bradon blickte sich zu ihm um. Sein Gesicht sah seltsam alt und zerfallen aus. Das Moos hatte zu schäumen begonnen. Die nach Pfefferminz riechende Substanz klebte an Bradons Uniform. Redhorse wollte Bradon ermutigend zulächeln, doch er brachte nur ein verzerrtes Grinsen zustande. Die Erschütterungen ließen nicht nach. Inmitten des Sumpfes entstanden einige Geysire. Metergroße Blasen stiegen an die Oberfläche und zerplatzten.

Die heftigen Stöße erschütterten Redhorses Körper. Bradon wippte wie eine Stoffpuppe vor ihm auf und nieder, beide Hände in das schäumende Moos gekrallt. Die Space-Jet wackelte, als wäre sie aus Pappe. Bradon schrie: „Die Jet, Sir!"

Redhorse kroch weiter über das klebrige Moos auf den jungen Raumfahrer zu. Ein Blick zurück zeigte ihm, daß keiner der Gleamors mehr auf den Füßen war. Nur Korporal Brazos Surfat stand inmitten des primitiven Lagers, den massigen Schädel vorgereckt, die Hände zu Fäusten geballt.

Redhorse erreichte Bradon.

„Wir sind verloren!" rief Bradon verstört. Seine Stimme klang krächzend. Er spuckte den Dreck vor sich auf den Boden, den er fast verschluckt hatte, als ein starker Stoß sein Gesicht in den Pflanzenteppich gedrückt hatte. Schräg vor Bradon lagen die beiden Gleamors, die ihn begleitet hatten. Sie hielten sich umklammert, als könnte ihnen in dieser Haltung nichts passieren.

Die Erdstöße verloren an Heftigkeit. Redhorse richtete sich mühevoll auf. Da spaltete sich hundert Meter vor ihm der Boden. Der Riß breitete sich in Redhorses Richtung aus.

„Aufstehen!" schrie Redhorse Bradon zu.

Er wartete nicht darauf, was Bradon tun würde, sondern rannte davon. Weit draußen über dem Meer stand eine Feuerlohe. Darüber breitete sich dunkler Rauch aus.

Eine vulkanische Insel, dachte Redhorse. Wahrscheinlich war sie in die Luft geflogen. Während er um sein Leben rannte, dachte er an die Flutwelle, die durch diese Eruption ausgelöst werden mußte.

Die Bodenspalte verlief V-förmig bis zum ehemaligen Lager der Eingeborenen.

Zwei Gleamors versanken schreiend von der Oberfläche ihres Planeten. Dann hörten die Erdstöße auf. Redhorse sah sich nach Bradon um. Der Offiziersanwärter lag nur zwanzig Meter von der Erdspalte entfernt.

Tri II, die Sonne, um die Gleam kreiste, leuchtete blutrot zwischen den Rauch- und Regenwolken hindurch. Ascheflocken schwebten vom Himmel herab. Redhorse schrie einige Befehle.

Die fünf Terraner beeilten sich, zum Diskusschiff zu gelangen. Redhorse erreichte es zuerst. Die Schleuse war unbeschädigt geblieben. Eine halbe Tonne Schlamm und Pflanzen lagen in der Schleusenkammer. Redhorse hoffte, daß es ihnen trotzdem gelingen würde, den Diskus zu starten.

Bradon blieb neben ihm stehen. Er keuchte vor Anstrengung, aber auf seinem Gesicht erschien die Andeutung eines Lächelns.

„Hoffentlich hat das Schiff diese Erschütterung überstanden", sagte er.

Redhorse atmete auf. Das Erdbeben schien das Glücksgefühl Bradons gründlich vertrieben zu haben. Der Captain bezweifelte nicht, daß auch die anderen Mitglieder der Besatzung durch dieses Ereignis aus ihrer Zufriedenheit erwacht waren. Gleam hatte seine Gefährlichkeit erneut gezeigt.

Whip Gilliam kam vor der Space-Jet an. Er umrundete das Diskusschiff, bevor er etwas sagte.

„Was halten Sie davon, Sergeant?" fragte ihn Redhorse.

„Wir werden starten können, sobald die Schleuse frei ist", meinte Gilliam zuversichtlich. Er deutete auf die Landestützen. „Nur mit der nächsten Landung werden wir Schwierigkeiten haben."

„Das befürchte ich auch", gestand Redhorse. Es war typisch für einen Mann wie Gilliam, in einem solchen Augenblick von der *nächsten* Landung zu sprechen, obwohl noch nicht einmal sicher war, ob sie starten konnten. Redhorse wünschte, er hätte etwas von dieser gelassenen Zuversicht Gilliams auf sich übertragen können, denn sein Optimismus war nur gedämpft.

Doutreval kam heran. Schweigend betrachtete er den Schaden. Redhorse sah, wie der Funker den Kopf schüttelte. Schließlich erreichte auch Surfat die Jet, schwitzend und keuchend, den kahlen Schädel mit Schlamm verschmiert. Surfat sah wie ein schlecht maskierter Clown aus, doch Redhorse verspürte keine Lust, beim Anblick des Korporals zu lachen.

„Es sieht so aus, als müßten wir für den Rest unseres Lebens auf Gleam bleiben und Pilze anpflanzen“, sagte Surfat. „Ich ahnte es, daß wir nicht ungeschoren davonkommen.“

„Verschonen Sie uns vorläufig mit Ihren Ahnungen“, empfahl ihm Redhorse.

„Die Flutwelle!“ schrie Doutreval dazwischen.

Vom offenen Meer schob sich eine meterhohe Wand auf das Sumpfgebiet zu. Ascheflocken wirbelten wie Schnee auf die Männer herab.

„Klettert auf die Jet!“ rief Redhorse seinen Begleitern zu.

Nacheinander stiegen sie auf die Kanzel des Diskusschiffes. Redhorse hoffte, daß die Wucht der Flutwelle von den Sumpfkriechwäldern gebrochen würde. Auf dem Kamm der gewaltigen Woge bildeten Milliarden aus ihrem Teppich gerissener Pilze einen natürlichen Kranz. Die Flutwelle schob die Pflanzenteppiche vor sich her, als besäßen sie kein Gewicht. Über dem Meer schwebte eine schwarze Rauchwolke, die sich langsam landeinwärts ausbreitete und den Aschenregen immer stärker werden ließ.

Die Flutwelle wurde langsamer und niedriger, doch sie war schon tief ins Sumpfgebiet vorgestoßen. Berge von Pilzen und Moos wurden übereinandergeschichtet und dann vom tosenden Wasser überschwemmt. Inmitten dieses Chaos glaubte Redhorse die zerschmetterten Körper einiger größerer Tiere zu erkennen. Die Geysire wurden von der heranrollenden Flut erstickt, niedergewalzt und gedrosselt, bis sie an anderen Stellen wieder hervorbrachen, größer noch und ihre Fontänen fächerförmig in die Höhe schleudernd.

Redhorse hörte ein schwaches Wimmern, dann kroch Mister Jefferson an ihm vorbei und kuschelte sich ängstlich auf Surfats breiten Rücken. Das Tier schien die Gefahr zu spüren, die ihnen allen drohte. Je näher die Woge kam, desto größer erschien sie Redhorse. Über der unsichtbaren Vulkaninsel stand noch immer eine Feuerlohe. Redhorse stellte sich vor, wie sich ungeheure Lavamassen ins Meer ergossen, den Ozean zum Brodeln und Dampfen brachten, während riesige Pflanzeninseln von der Lava mit in die Tiefe gerissen wurden.

Die Flutwelle schoß heran. Obwohl sie viel von ihrer Wucht verloren hatte, würde sie weit aufs Land hinausschießen. Redhorse schätzte, daß ihre Ausläufer bis zum Wald reichen würden.

„Festhalten!“ schrie er den Raumfahrern zu.

Jetzt vermochten die Männer das Tosen der Wassermassen zu hören. Gurgelnd und schmatzend ergossen sich die Fluten über das Land, als wollten sie mit einem Ansturm all das zurückgewinnen, was die Pflanzen in jahrelangem Ringen dem Meer abgenommen hatten. Redhorse blickte auf. Die Woge schien nur aus Pflanzen zu bestehen. Auf ihrem Kamm sprühte weißer Gischt. Hundert Meter von der Space-Jet entfernt tauchte ein Gravotänzer aus dem Sumpf. Redhorse beobachtete, wie das riesige Tier, scheinbar starr vor Schreck, den Kopf aus dem Morast streckte. Die Welle riß das Wesen mit sich. Einen Augenblick sah Redhorse es hilflos zappeln, dann tauchte es in Schlamm und Gewächsen unter.

Dann erreichte die Flutwelle die SJ-4C. Redhorse preßte sein Gesicht gegen die dreckverschmierte Oberfläche des Diskusschiffes und klammerte sich fest. Er hielt den Atem an. Die Jet wurde erschüttert, als die Woge sie traf. Redhorse hatte das Gefühl, von einem zentnerschweren Gegenstand belastet zu werden. Er spürte, wie das Wasser an ihm zerrte und ihn fast von der Jet spülte. Pflanzen klatschten gegen ihn und peitschten sein Gesicht. Seine Lunge drohte zu bersten.

Da bekam er wieder Luft. Er richtete sich auf. Das gesamte Kleinstraumschiff war über und über mit Gewächsen aller Art bedeckt. Redhorse riß das verfilzte Gestrüpp von sich, das an ihm hängengeblieben war. Sein Körper dampfte. Das Wasser war fast heiß gewesen.

Hustend kam auch Surfat auf die Beine. Bis auf Doutreval hatte die Besatzung die Flutwelle gut überstanden. Der Funker war ohne Bewußtsein. Offenbar hatte der Wasserdruck seinen Kopf gegen die Außenfläche der Kanzel geschlagen. Gemeinsam betteten sie Doutreval vor die Kanzel.

Gilliam kletterte hinunter und untersuchte die Schleuse.

„Sieht nicht viel schlimmer aus als zuvor“, berichtete er. „Die Schleuse lag entgegengesetzt zur Woge. Das Wasser hat sogar einen Teil des Schlammes weggespült.“

Brazos Surfat säuberte dem wimmernden und völlig durchnäßten Mister Jefferson den Pelz. Redhorse beobachtete das Eingeborenenlager. Nach und nach tauchten alle Eingeborenen dort auf. Auch die Gleamors hatten die Flutwelle fast ohne Verluste überstanden. Wie Redhorse vermutet hatte, war die Gewalt des Wassers am Waldrand gebrochen worden. Eine kümmerlich anmutende Welle floß zum Meer zurück.

Redhorse verließ seinen Platz auf dem Diskusschiff und schwang sich in die Schleusenkammer. Durch Schlamm und Wasser watete er in die Kommandokanzel. Der Captain untersuchte alle Geräte. Sie funktionierten zu seiner Zufriedenheit. Lediglich drei der Kombistrahler, die in der Schleusenkammer gelegen hatten, waren stark verschmutzt.

Gilliam hatte bereits damit begonnen, den Schlamm aus der Schleusenkammer zu schaufeln. Surfat war noch bei dem verletzten Doutreval. Nachdenklich ließ sich Redhorse auf dem Pilotensitz nieder. Sie hatten bereits mehrfach ihr Leben riskiert, ohne auch nur einen Schritt weitergekommen zu sein. Noch besaßen sie keine Anhaltspunkte, wo die rätselhafte Sendeanlage zu suchen war. Die neunte Schockbasis verbarg ihr Geheimnis gut.

Redhorse versuchte, sich die Gedankengänge jener vorzustellen, die den Hypersender errichtet hatten. Wo hätte *er* den Sender versteckt? Was wußten die Gleamors? Der Captain war überzeugt davon, daß die Eingeborenen eine bestimmte Rolle spielten.

Manchmal fragte sich Redhorse, ob die Meister der Insel die verzweifelten Bemühungen der Terraner nicht auf irgendeine Weise beobachteten und voll spöttischer Freude die Rückschläge erlebten, die die Bewohner des dritten Planeten Sols erlitten.

Surfat streckte seinen haarlosen Kopf in die Kanzel.

„Doutreval ist wieder auf den Beinen“, sagte er. „Er hat wahrscheinlich eine leichte Gehirnerschütterung.“

Wenige Augenblicke später kam Offizier Doutreval in die Kommandokanzel.

„Es ist besser, wenn Sie sich ein paar Stunden hinlegen“, sagte Redhorse. „Ziehen Sie Ihre nassen Kleider aus.“ Er wartete, bis Doutreval fertig war, dann breitete er die Decke über ihm aus. Der erschöpfte Funker schlief sofort ein.

„So“, sagte Redhorse. „Jetzt kümmern wir uns um unsere eigenen

Kleider. Brazos, Sie machen uns etwas zum Essen, denn ich glaube kaum, daß die Pilze, mit denen Sie sich den Magen gefüllt haben, lange vorhalten."

Es dauerte nicht lange, bis die Gleamors wieder bei der Space-Jet auftauchten. Wortlos halfen sie Gilliam und Bradon bei der Säuberung der Schleusenkammer. Sie kletterten sogar auf den Diskus und entfernten die dort angeschwemmten Pflanzen.

„Hilfsbereit wie immer", stellte Redhorse fest. „Obwohl das Erdbeben auch für sie eine Katastrophe war, sind sie schon wieder dabei, uns zu helfen."

Im Freien begannen ein paar Eingeborene zu singen. Redhorse wurde wütend. Er suchte sich eine trockene Hose und ein Hemd aus ihrer Notausrüstung und kleidete sich um. Als er sich gewaschen hatte, fühlte er sich besser. Surfat öffnete einige Konserven. Sie weckten Doutreval und aßen. Die Mahlzeit verlief schweigend. Jeder der Männer hing seinen eigenen Gedanken nach.

Schließlich sagte Bradon unvermittelt: „Ich glaube jetzt, daß Sie recht hatten, Captain."

Redhorse blickte auf und schob seinen Teller zur Seite. In der Schleusenkammer rumorten einige Gleamors. Wahrscheinlich suchten sie den jetzt blankgescheuerten Boden nach Schmutzresten ab.

„Wie meinen Sie das, Chard?" erkundigte sich Redhorse.

Bradon senkte den Kopf. „Ich habe nachgedacht. Wir haben uns vom Gesang der Gleamors betäuben lassen. Sie scheinen tatsächlich über schwache parapsychische Fähigkeiten zu verfügen."

„Einen Augenblick, Jüngelchen", unterbrach ihn Surfat. „Wovon reden Sie überhaupt?"

Redhorse schilderte kurz sein Gespräch mit Bradon und unterrichtete die Männer von seiner Absicht, die Besatzung von den Eingeborenen fernzuhalten.

„Zunächst dachte ich, daß das Mißtrauen des Captains übertrieben sei", fuhr dann Bradon fort. „Doch das Erdbeben hat mich wieder in die Wirklichkeit zurückgerufen. Wir waren auf dem besten Weg, uns zu Drohnen zu entwickeln, die von den Gleamors gepflegt und gemästet wurden. Aber jede Drohne wird einmal rücksichtslos getötet, wenn sie ihre Aufgabe erfüllt hat."

„Sie glauben also, daß die Gleamors uns nicht so freundlich gesinnt sind, wie sie den Anschein erwecken?" fragte Gilliam.

„Das ist schwer zu sagen“, meinte Bradon. „Vielleicht haben die Eingeborenen wirklich gute Absichten, doch wir können nicht wissen, ob sie von Unbekannten kontrolliert werden.“

„Wenn die Gleamors schwache parapsychische Fähigkeiten haben, dann sind sie bestimmt nicht ohne Grund auf dieser Welt“, mischte sich Surfat ein. „Der Verdacht des Captains ist nicht unbegründet. Vor dem Erdbeben hatte ich bereits daran gedacht, Gleam nicht mehr zu verlassen und den Rest meines Lebens bei den Eingeborenen zu verbringen.“

„Das ist durchaus verständlich“, sagte Redhorse. „Der Gesang der Eingeborenen löst solche Wünsche aus, wenn man nicht gegen seine Wirkung ankämpft.“

„Was jetzt?“ fragte Gilliam gelassen.

Redhorse überlegte. „Nach wie vor haben wir nur zwei Möglichkeiten: entweder wir starten sofort und versuchen, trotz der Beschädigungen der SJ-4C den Flottenverband im Leerraum vor Andro-Beta zu erreichen, oder wir riskieren den endgültigen Verlust des Kleinstraumschiffes und suchen weiterhin nach dem Sender.“

Stille folgte den Worten des Captains. Die anfängliche Begeisterung der Raumfahrer für den neuentdeckten Planeten hatte merklich nachgelassen. Jedem der Männer war bewußt, daß es jederzeit zu einem neuen Erdbeben kommen konnte. Es war fraglich, ob sie ein zweites Mal überleben würden. Hinzu kamen eine Reihe weiterer Gefahren, die undurchsichtigen Gleamors eingeschlossen.

„Wenn wir jetzt zurückfliegen, haben wir keine begründete Entschuldigung für unsere Landung auf dieser Welt“, sagte Doutreval von seinem Lager aus. „Das wird dem Captain die Streifen kosten.“

Redhorse lächelte. „Sie denken anscheinend noch uneigennütziger als ein Gleamor, Olivier.“

„Ich wollte nur, daß *jeder* daran denkt“, erklärte der Funker.

„Ich kann einen längeren Aufenthalt, gleichgültig aus welchen Gründen, nicht länger allein verantworten“, sagte Redhorse. „Ich stelle jedem frei, seine Ansichten offen zu äußern. Wenn die Mehrheit für eine Rückkehr ist, werden wir einen Startversuch unternehmen.“

„Ich war der einzige, der gegen die Landung protestierte“, grollte Brazos Surfat. „Doch jetzt, Captain, bin ich dafür, daß wir das zu Ende führen, was wir begonnen haben.“

„Diese Ansicht vertrete ich auch“, sagte Bradon.

Gilliam sagte: „Es sieht so aus, als sollten wir noch eine Weile auf diesem Planeten bleiben, Sir."

Bevor Redhorse etwas sagen konnte, ertönten plötzlich die Alarmanlagen der Space-Jet. Die Ortungsgeräte sprachen an. Verblüfft sprang Doutreval von seinem Lager auf und nahm vor den Kontrollen Platz.

„Ich dachte, das Reflektor-Feld innerhalb der Atmosphäre sei undurchdringlich", sagte er verwirrt. „Was bedeutet das schon wieder?"

„Das bedeutet", sagte Redhorse, „daß sich etwas *innerhalb* des Reflektor-Feldes befindet."

Zwei Gleamors kamen ins Innere des Diskusschiffes. Sie machten einen erregten Eindruck. Durch Gesten forderten sie die Männer auf, ihnen ins Freie zu folgen.

„Sehen wir nach, was passiert ist", entschied Redhorse. „Nehmt eure Waffen mit."

Sie folgten den beiden Eingeborenen. Als er aus der Schleuse sprang, sah Redhorse sofort, daß die Gleamors dabei waren, ihr notdürftiges Lager zu räumen. Sie sammelten Decken und Tragbeutel ein, die ihren gesamten Besitz darstellten. Eine größere Gruppe war bereits zum Wald unterwegs.

„Sie brechen auf", stellte Surfat fest. „Man könnte fast glauben, daß sie vor irgend etwas Angst haben."

Redhorse blickte zum wolkenverhangenen Himmel empor. In einer oder zwei Stunden würde es dunkel werden. Der Captain fragte sich, was in die Atmosphäre Gleams eingetaucht war. Näherte sich ein fremdes Raumschiff? Oder hatte Rhodan eine weitere Space-Jet in dieses Gebiet von Andro-Beta geschickt?

„Leitia!" rief einer der Gleamors erregt. Er ergriff Redhorses Hand und wollte den Captain mit sich ziehen.

„Immer mit der Ruhe", sagte der Cheyenne und löste sich aus dem Griff.

„Es wird am besten sein, wenn ich in die Jet zurückkehre und die Kontrollen überwache", schlug Doutreval vor. „Vielleicht kann ich herausfinden, was in die Ortungsbereiche unserer Geräte gekommen ist."

Bevor Redhorse seine Zustimmung geben konnte, erschienen die fremden Raumschiffe. Lautlos tauchten sie über den Bergen auf und näherten sich, ständig an Höhe verlierend, dem Sumpfgebiet.

6.

Sie waren kugelförmig. Und schwarz. Sie durchmaßen etwa fünfzig Meter. Einen Ringwulst wie die terranischen Kugelraumer besaßen sie nicht.

Sie folgten hintereinander. Der Abstand, den die einzelnen Schiffe voneinander hielten, war immer der gleiche. Ihr lautloser Flug hatte etwas Unheimliches, etwas Drohendes. Redhorse begann zu zählen. Sechsunddreißig unbekannte Flugkörper waren im Anflug.

Die letzten Eingeborenen, die den Wald noch nicht erreicht hatten, beschleunigten ihr Tempo. Es war offensichtlich, daß die Gleamors vor diesen fremden Kugelschiffen flüchteten.

Redhorse deutete zum Wald. „Vorwärts!" rief er seiner Mannschaft zu. „Wir folgen den Gleamors. Innerhalb der Jet gibt es keine Sicherheit mehr!"

Seine Worte milderten die entstandene Spannung. Trotzdem setzten sich die Männer nur widerwillig in Bewegung. Kein Raumfahrer verließ gern sein Schiff, wenn ernste Gefahr im Anzug war. Brazos Surfat rannte sogar zur SJ-4C zurück.

„Korporal!" schrie Redhorse. „Sind Sie lebensmüde?"

Surfat entwickelte eine Behendigkeit, die ihm niemand zugetraut hätte. Blitzschnell schwang er sich in die Schleusenkammer.

„Mister Jefferson!" hörte Redhorse ihn rufen.

„Dieser Narr!" schimpfte Bradon.

Redhorse packte Bradon am Arm und zog ihn mit sich. Doutreval und Gilliam hatten bereits einen beachtlichen Vorsprung. Mit Mister Jefferson auf der rechten Schulter tauchte Surfat wieder in der Schleusenkammer auf. Das Tier miaute ängstlich und schaukelte hin und her. Während Surfat mit einer Hand den Strahler umklammerte, hielt er mit der anderen Mister Jefferson fest.

Sekunden später hatte der Korporal Redhorse und Bradon eingeholt.

Redhorse behielt den fremden Schiffsverband im Auge. Die Schiffe flogen langsam. Nirgendwo sah Redhorse Anzeichen für arbeitende Triebwerke. Vielleicht besaßen die unbekannten Flugobjekte einen Antigravantrieb. Die Gleamors schienen bereits Bekanntschaft mit diesen Kugeln gemacht zu haben, sonst wären sie nicht geflüchtet. Redhorse fragte sich, was die Eingeborenen bewogen haben mochte, die Jet-Besatzung zu warnen. Sollte die Freundschaft der Gleamors doch echt sein?

Die sechsunddreißig Kugelschiffe änderten ihre Formation. Nacheinander schlossen die achtzehn am Ende der Kette fliegenden Schiffe zu der an der Spitze fliegenden Kugel auf, so daß eine winkelförmige Formation entstand. Redhorse war sich über die Bedeutung dieses Manövers im unklaren, doch die Piloten – falls es solche gab – schienen genau zu wissen, was sie wollten.

Gilliam und Doutreval verschwanden zwischen den ersten Bäumen. Redhorse war froh, daß die Dämmerung bereits eingesetzt hatte. So konnten sie hoffen, von den Ankömmlingen unbeobachtet zu bleiben.

Kurz darauf hatten Redhorse, Surfat und Bradon ebenfalls den Waldrand erreicht. Gilliam und der Funker warteten zwischen den Bäumen auf sie. Auch einige Gleamors waren zu sehen. Redhorse bezog einen Beobachtungsposten hinter einem Pilzstamm, um zu sehen, was sich ereignen würde.

Strategisch gesehen, flogen die Schiffe unvorsichtig. Sie waren langsam und hielten sich dicht hinter- und nebeneinander. Das bewies, daß die Besitzer dieser Kugelraumer unglaublich selbstsicher waren. Sie schienen genau zu wissen, daß ihnen keine Gefahr drohte, denn so leichtsinnig konnte kein Volk sein, das Raumschiffe baute. Die Selbstverständlichkeit, mit der die Kugelschiffe über das Land hinwegflogen, beunruhigte Redhorse. Er schloß daraus, daß die Unbekannten entweder noch nie einen gleichwertigen Gegner angetroffen hatten oder sich jedem eventuellen Angreifer überlegen fühlten.

„Es sieht nicht so aus, als wollten sie in der Nähe landen“, sagte Doutreval hinter Redhorse.

„Vielleicht handelt es sich um einen routinemäßigen Patrouillenflug“, gab Redhorse zurück. „Es ist möglich, daß sich irgend jemand nur die Folgen des Bebens und des Vulkanausbruchs ansehen möchte.“

„Ich möchte wissen, woher diese Schiffe kommen“, sagte Bradon. „Vor unserer Landung haben wir im Tri-System nichts geortet.“

„Kann es sich nicht um twonosische Schiffe handeln?“ fragte Surfat.

„Das glaube ich nicht“, antwortete Redhorse. „Abgesehen von der völlig unterschiedlichen Form, scheint mir auch die Flugformation nicht auf twonosische Besatzungen hinzuweisen.“

Sie wurden von einigen Gleamors in ihrem Gespräch unterbrochen. Die Eingeborenen forderten die Männer durch Handzeichen auf, ihnen tiefer in den Pilzwald zu folgen. Sie schienen nicht mehr so ängstlich zu sein wie beim Auftauchen der Kugelschiffe, doch sie legten offenbar Wert darauf, aus der Nähe der Sümpfe zu verschwinden.

Redhorse wußte nicht, wozu er sich entschließen sollte. Er hätte gern die Space-Jet im Auge behalten, obwohl er bei einem Feuerüberfall nichts tun konnte, als hilflos zuzuschauen. Andererseits konnte es sich als vorteilhaft erweisen, den Gleamors zu folgen. Auf diesem Weg gelang es ihnen vielleicht, mehr über diesen rätselhaften Stamm zu erfahren. Wenn sie in ein Dorf der Eingeborenen gebracht wurden, konnten sie dort vielleicht irgendwelche Hinweise finden.

Auf keinen Fall wollte der Captain seine kleine Mannschaft teilen. Ihre Situation war jetzt so bedrohlich, daß sie auf jeden Fall zusammenbleiben mußten.

Redhorse schaute noch einmal zu den sechsunddreißig Kugelraumern hinauf. Ruhig glitten sie dahin. Sie hatten die Space-Jet bereits überflogen und näherten sich dem offenen Meer. Redhorse atmete auf. Die Gefahr eines Angriffs auf die SJ-4C schien zunächst gebannt.

„Folgen wir den Gleamors“, entschied Redhorse. „Sollten sie zu singen beginnen, können wir uns die Ohren zustopfen.“

Redhorse wußte, daß vorerst keine Gefahr bestand, daß seine vier Begleiter sich von den Eingeborenen noch einmal in eine Art Trancezustand versetzen ließen. Die Terraner wußten jetzt, wie gefährlich der Einfluß der Gleamors sein konnte. Männer, die auf eine fremde Welt verschlagen waren, konnten es sich nicht erlauben, geruhsam dazusitzen und sich füttern zu lassen.

Zum erstenmal sahen die fünf Raumfahrer, daß die Gleamors einen Pfad angelegt hatten, der durch das dichte Unterholz führte. Dieser Weg war den Augen der Männer bisher verborgen geblieben. Redhorse nahm an, daß die Gleamors oft bei den Sümpfen lagerten. Der größte Teil der Eingeborenen schien sich bereits tiefer in den Wald zurückgezogen zu haben. Lediglich fünf Mitglieder des Stammes führten die Besatzung der SJ-4C auf dem plattgetrampelten Pfad in den Dschungel. Auch hier hatte das Erdbeben verheerende Verwüstungen angerichtet. Immer wieder mußten die Terraner und ihre gleamorschen Begleiter über umgestürzte Pilzstämme klettern, die den Weg blockierten. An vielen Stellen hinderten Erdspalten die Flüchtlinge am Vorwärtskommen. Den Gleamors schienen diese Schwierigkeiten wenig Kummer zu bereiten. Sie waren offenbar daran gewöhnt, daß ihre Welt ab und zu von Katastrophen heimgesucht wurde.

Unverhofft mündete der Pfad in eine Lichtung, die geschickt gegen den Einblick von oben getarnt war. Die Gleamors hatten zwischen den Wipfeln einiger Pilzbäume Stricke gespannt. Dazwischen hatten sie Moos und andere Pflanzen befestigt, so daß ein Dach entstanden war, das einem Beobachter, der über den Wald hinwegflog, kaum auffallen würde.

An einer Stelle gab es jedoch eine zehn Meter durchmessende Lücke.

Als Redhorse die Lichtung betrat, erkannte er, wofür diese Öffnung gedacht war. Am anderen Ende der Lichtung, im Dämmerlicht gerade noch erkennbar, standen sechs ovale Gebilde, die den Captain die Gleamors mit einem Schlag völlig anders einschätzen ließen.

Die ovalen Körper waren mit großer Wahrscheinlichkeit Flugkörper. Und der eigenartige Schimmer, der sie einhüllte, konnte nur von Energieschirmen herrühren.

Das Sesam-öffne-dich hatte zum erstenmal funktioniert.

Doch das Rätsel um Gleam war noch größer geworden.

Wie fast immer, war Surfat der erste, der sich von seiner Überraschung erholte. Er setzte Mister Jefferson auf den Boden und schulterte sein Strahlgewehr.

„Sehen Sie sich das genau an, Jüngelchen“, sagte er zu Bradon. „Sie können daraus lernen, daß ein Wesen, das sich von Pilzen ernährt und schaurige Lieder singt, durchaus nicht dumm zu sein braucht. Hier haben wir den Beweis, daß uns die Gleamors die ganze Zeit über nur Naivität vorgespielt haben, während sie in Wirklichkeit . . .“

„Brazos“, unterbrach ihn Redhorse sanft, „behalten Sie Ihre Theorien für sich.“

Surfat schwieg beleidigt. Auf der Lichtung hielten sich nur noch wenige Gleamors auf. Redhorse nahm an, daß der größte Teil der Eingeborenen bereits in den eigenartigen Flugkörpern verschwunden war. Zum erstenmal bezweifelte Redhorse, daß es sich bei den Gleamors um die Ureinwohner dieses Planeten handelte. Irgendwie paßte die Lebensweise dieses Volkes nicht zu den Flugkörpern auf der anderen Seite der Lichtung. Redhorse glaubte nicht an Surfats Behauptung, daß die Gleamors den Terranern ein Schauspiel vorgeführt hatten. Wenn diese Wesen vorhatten, den fünf Fremden ihre wahren Fähigkeiten zu verheimlichen, dann würden sie nicht den Fehler begehen, Zeugnisse einer technisch hochstehenden Zivilisation sichtbar werden zu lassen.

Auf dieses neue Problem gab es nur eine Antwort: Die sechs Flugkörper waren nicht von den Gleamors gebaut worden.

Die fünf Eingeborenen, die die Raumfahrer zur Lichtung geführt hatten, drängten sie auf die ovalen Gebilde zu.

„Sie scheinen zu erwarten, daß wir ihnen in diese Apparate folgen", stellte Doutreval argwöhnisch fest. „Was halten Sie von der ganzen Sache, Sir?"

„Ich sehe keine Zusammenhänge zwischen dem unbekannten Schiffsverband, der soeben dieses Gebiet überflog, und den Gleamors mit ihren sechs Flugzeugen", gestand Redhorse. „Wahrscheinlich spielen die Gleamors auf dieser Welt eine völlig untergeordnete Rolle."

„Und wer", fragte Bradon, „sind die wahren Machthaber?"

Diese Frage hatte sich der Captain bereits ebenfalls gestellt. Gleam wurde ihm immer unheimlicher. Er wünschte, die Verständigung mit den Gleamors hätte besser funktioniert. Dann wäre es vielleicht möglich gewesen, etwas über die Herkunft der unbekannten Raumschiffe zu erfahren.

„Die Gleamors scheinen im Augenblick das geringste Übel zu sein", sagte der Cheyenne. „Wenn wir ihnen folgen, besteht die Aussicht, daß wir einiges herausfinden."

Surfat schüttelte bedenklich den Kopf. „Wer weiß, wohin sie uns mit diesen Dingern bringen", wandte er ein. „Vielleicht diente das ganze Manöver nur dazu, uns hierherzulocken."

„Schon wieder eine neue Theorie, Brazos?" erkundigte sich Redhorse.

„Andere Kommandanten würde sich glücklich schätzen, wenn sie von Männern begleitet würden, die unablässig nachdenken", erklärte Surfat stolz.

„Bisher wußte ich nicht, daß Sie die ungeheuerlichen Vorgänge in Ihrem Gehirn als *Denken* bezeichnen", sagte Chard Bradon. Er brachte sich mit einem Satz in Sicherheit, um Surfats Faust zu entgehen.

„Schluß damit!" befahl Redhorse. „Wir haben jetzt andere Sorgen." Er nickte den wartenden Gleamors zu.

„Wir folgen euch", sagte er. „Hoffentlich schneidet ihr uns nicht die Kehle durch, wenn wir uns erst an Bord eurer Flugzeuge befinden."

Surfat betastete ängstlich seinen Hals, als könnte er bereits eine scharfe Messerschneide daran fühlen. Die Gleamors gingen hastig zur anderen Seite der Lichtung. Sie schienen es eilig zu haben, diesen Platz zu verlassen.

Als die Terraner näher kamen, sah Redhorse, daß die Maschinen der Gleamors nur einen schmalen Eingang besaßen. Landestützen gab es nicht. Die meterhohen Flugapparate ruhten auf einem kranzförmigen Gestell. Das, was Redhorse bisher für Schutzschirme gehalten hatte, entpuppte sich jetzt als Energieblasen, die mit Metallfolien überzogene Gerüste umgaben. Erstaunt stellte der Captain fest, daß die Konstruktion der Flugmaschinen auffallend primitiv war. Unter normalen Umständen hätte der Cheyenne bezweifelt, daß sich eines dieser Gebilde in die Luft erheben konnte, denn es waren weder Triebwerke noch irgendwelche Maschinenanlagen zu erkennen. Lediglich die Energieblasen, die wie schimmernde Wolken aussahen, bestärkten Redhorse in seiner Ansicht, daß ihnen ein außergewöhnliches Ereignis bevorstand.

„Das sind ganz einfache Konstruktionen", erkannte jetzt auch Gilliam. „Ich möchte wissen, was diese Dinger antreibt."

„Warten wir ab", meinte Redhorse. „Unter Umständen erleben wir eine Überraschung."

„Woher sollen wir mit Sicherheit wissen, daß wir Flugkörper vor uns haben?" erkundigte sich Surfat.

Redhorse deutete auf zwei der sechs Gebilde, die sich lautlos vom Boden abhoben, und auf die Öffnung im Pflanzendach, das sich über die Lichtung spannte, zuflogen.

„Da haben wir den Beweis", sagte er. Ohne länger zu zögern, folgte er den fünf Gleamors, die auf eines der noch nicht gestarteten Flugobjekte zugingen. Redhorse trat durch den Eingang. Im Innern gab es keine Beleuchtung, und es war inzwischen fast dunkel geworden, so daß auch von draußen kein Licht hereinfiel. Redhorse bedauerte, daß er nichts sehen konnte. Hinter ihm kamen die vier anderen Männer herein. Mit einem Satz folgte ihnen Mister Jefferson, der keinerlei Bedenken zu kennen schien.

„Nichts zu sehen", beschwerte sich Surfat. „Immerhin scheint der Boden stabil zu sein."

Redhorse stieß gegen einen Gleamor und blieb stehen. Offenbar war der Flugapparat völlig überladen. Ein Gleamor drückte Redhorse einen Haltegurt in die Hand, der von der Decke herabzuhängen schien. Redhorse schätzte, daß sich ungefähr zwanzig Eingeborene im Innern der Energieblase aufhielten. Anscheinend gab es keine Möglichkeit, den Eingang zu schließen, denn als das rätselhafte Flugzeug startete, stand dieser immer noch offen.

Ohne den Haltegriff loszulassen, machte Redhorse einige Schritte zurück. Er wollte hinausblicken, wenn sie über dem Wald dahinflogen. Er hoffte, daß es noch hell genug war, um etwas von der Landschaft zu erkennen.

Der Captain vermutete, daß dieses notdürftig verkleidete Metallgerüst von der Energieblase getragen wurde, denn es gab keinerlei Geräusche, die auf irgendwelche Maschinen hingedeutet hätten. Redhorse fragte sich, wie die Gleamors diesen unwahrscheinlichen Apparat steuerten.

Bradon schien sich mit ähnlichen Problemen zu beschäftigen, denn Redhorse hörte ihn sagen: „Ich möchte wissen, wo der Pilot sitzt."

„Ich glaube nicht, daß es überhaupt einen Piloten gibt", meldete sich Surfat. „Die Gleamors vertrauen sich diesem Ding offensichtlich auf gut Glück an."

„Unsinn", widersprach Redhorse. „Sie besitzen eine Methode, das gewünschte Ziel anzusteuern."

„Ich wünschte, ich hätte diesen Apparat nie von innen gesehen", jammerte Surfat. „Wir wissen nicht, wohin man uns bringt."

Redhorse machte sich im Augenblick keine Sorgen. Die Selbstverständlichkeit, mit der die Gleamors sich diesen Flugkörpern anvertraut hatten, bewies, daß sie keine Unfälle erwarteten.

Ohne das Pflanzendach auch nur zu berühren, glitt der Flugkörper durch die Öffnung. Die Sicht wurde besser. Durch den offenen Eingang wehte der Wind herein. Die Metallfolien, mit denen das Gerüst verkleidet war, begannen sich durch den Luftdruck zu bewegen. Es war jetzt hell genug, um Redhorse erkennen zu lassen, daß dieses fliegende Ei ohne handwerkliches Geschick gebaut war. Redhorse wurde den Verdacht nicht los, daß die Gleamors lediglich das Gerüst hergestellt hatten, während die Energieblase eine andere Herkunft haben mußte. Die Zusammenhänge wurden immer undurchsichtiger.

Redhorse erwog die Möglichkeit, daß es sich bei den Gleamors um ehemalige Sklaven handelte, die durch irgendwelche Umstände die Freiheit errungen hatten. Das hätte das Verhalten der Eingeborenen erklärt. Vielleicht hatte ihnen irgend jemand diese Energieblase überlassen.

„Schnell fliegen wir gerade nicht", drang Doutrevals Stimme in Redhorses Gedanken. „Die Gleamors bleiben dicht über dem Wald."

Redhorse riskierte es, den Haltegriff loszulassen und sich weiter dem Einstieg zu nähern. Er konnte aufs Meer hinausblicken. Die Energieblase flog südwärts. Am Horizont zog die Nacht herauf. Inmitten des Ozeans erblickte Redhorse die Vulkaninsel. Noch immer stiegen dort Rauch und Flammen hoch.

Der Offizier beugte sich etwas hinaus. Die Zugluft verschlug ihm fast den Atem. Sie flogen also schneller, als sie geglaubt hatten. Unmittelbar vor ihnen schwebten zwei andere Flugkörper der Gleamors. Sämtliche Energieblasen schienen das gleiche Ziel zu haben.

Die Gleamors unterhielten sich leise. Sie nahmen keine Notiz mehr von ihren fremden Passagieren. Redhorse blickte abermals hinaus und suchte den Himmel nach den unbekannten Raumschiffen ab. Er konnte sie jedoch nicht entdecken. Wahrscheinlich waren sie längst wieder hinter den Bergen verschwunden.

Die Geschwindigkeit der Energieblase stieg weiter. Die Männer mußten sich vom Einstieg zurückziehen. Daraus, daß es nicht dunkler, sondern allmählich wieder heller wurde, schloß Redhorse, daß sie nach wie vor in südlicher Richtung flogen. Bald darauf tauchte die Sonne wieder über dem Meer auf.

Der Flugkörper schwebte jetzt tief über einem Ozean. Das Ziel der Gleamors schien ein anderer Kontinent in der Nähe des Äquators zu sein. Der Captain dachte daran, daß in der Äquatorzone des Planeten die dreifache Schwerkraft wie auf der Erde herrschte. Redhorse fragte sich, was sie dort erwartete, wenn die Gleamors zu landen beabsichtigten. Innerhalb der Energieblase war nichts von einer veränderten Gravitation zu spüren. Die eigenartige Energiewolke, die den baufälligen Flugkörper umhüllte, schien alle äußeren Einflüsse abzuwehren.

Die Eingeborenen schienen genau zu wissen, was sie taten. Das gab Redhorse ein gewisses Sicherheitsgefühl. Er glaubte nicht, daß die Gleamors einen Organismus besaßen, der sich auf die jeweilige Schwerkraft umstellen konnte, wie es offensichtlich bei einigen Tieren auf Gleam der Fall war.

„Es muß irgendwo eine Niederlassung oder ein Dorf geben, das wir vom Raum aus übersehen haben", sagte Redhorse. „Wenn es in der Äquatorzone liegt, bin ich jetzt schon gespannt, wie die Gleamors mit der hohen Schwerkraft fertig werden."

Gilliam blickte sich im Halbdunkel des Flugzeuginnern um.

„Raumtüchtig sind diese Energieblasen nicht", sagte er. „Es bestehen also begründete Zweifel an der Theorie, daß die Gleamors von einem anderen Planeten gekommen sind."

Redhorse nickte.

„Ich bin fast davon überzeugt, daß die Gleamors lediglich diese wackligen Gestelle gebaut haben. Die Energieblasen, die diese Flugapparate umhüllen, sind von Mächtigeren erzeugt worden."

„Die Meister der Insel?" fragte Gilliam.

„Ich hoffe es nicht", erwiderte der Captain. „In unserer derzeitigen Lage könnte ein Zusammentreffen mit den Unbekannten unser Ende bedeuten."

Gilliam fluchte erbittert. „Geschwätzig wie die Enten sind diese Gleamors. Doch das hilft uns nicht weiter. Wenn wir wenigstens einen Translator bei unserer Ausrüstung hätten."

„Ich glaube noch immer, daß die Eingeborenen etwas vor uns verheimlichen", sagte Redhorse. „Sie können nicht so dumm sein, wie sie sich geben, wenn wir ernsthaft nach einer Verständigung suchen."

Redhorse blickte aus dem Einstieg. Unter ihnen glitzerte das Meer im Licht der tiefstehenden Sonne. Am Horizont wurde ein dunkler Streifen sichtbar: die Ufer eines anderen Kontinents.

Die Energieblase flog etwa fünfzig Meter über der Meeresoberfläche. Redhorse sah einige Pflanzeninseln, die von den Wellen in Bewegung gehalten wurden. Auf einer größeren Insel glaubte der Cheyenne einige Gravotänzer zu erkennen, doch sie flogen zu schnell, als daß Redhorse hätte Einzelheiten feststellen können.

Der ferne Kontinent war jetzt bereits deutlich zu erkennen. Redhorse vermutete, daß es eine riesige Sumpfinsel war. Die Energieblase wurde langsamer. Auch die drei anderen Männer kamen jetzt zu Redhorse und Gilliam, um herauszublicken.

„Wir fliegen nicht mehr so schnell", stellte Doutreval fest. „Wir scheinen uns dem Ziel der Gleamors zu nähern."

Als sie die Küste erreichten, wurden die Erwartungen der fünf Terraner, eine größere Ansiedlung zu erblicken, enttäuscht. Die Ufer wurden auch hier von ausgedehnten Sümpfen gebildet. Landeinwärts zeichneten sich die Umrisse größerer Berge ab. Dazwischen lagen Pilzwälder und wieder Sümpfe. Die Insel, die sie jetzt überflogen, unterschied sich durch nichts von dem Kontinent, den sie vor einigen Stunden verlassen hatten. Am Stand der Sonne glaubte Redhorse zu ersehen, daß sie von der eigentlichen Äquatorzone noch weit entfernt waren.

„Das gleiche Bild wie bei unserer Landung", bemerkte Surfat ernüchtert. „Es sieht so aus, als hätten uns die Eingeborenen von einem Pilzwald zum anderen geflogen."

Wie um seine Worte zu bestätigen, verlor die Energieblase an Höhe. Die Gleamors innerhalb des Flugapparates unterhielten sich aufgeregt. Die bevorstehende Landung schien ein besonderes Ereignis für sie zu sein.

Am Rande eines Pilzwaldes ging die Energieblase nieder. Redhorse sah, daß die fünf übrigen Flugzeuge bereits gelandet waren. Etwa zwanzig Gleamors waren damit beschäftigt, ihre seltsamen Transportmittel in den Schutz der Bäume zu tragen.

Wer immer die Energieblase steuerte, in der sich die Besatzung der SJ-4C befand, setzte das Flugzeug geschickt vor den Bäumen auf den Boden.

„Vorsicht beim Aussteigen!" warnte Redhorse. „Dort draußen kann unter Umständen eine Schwerkraft von über zwei Gravos herrschen. Ich werde vorausgehen."

Redhorse wartete, bis sämtliche Gleamors die Energieblase verlassen hatten. Dann kletterte er langsam ins Freie. Sofort hatte er das Gefühl, daß ein zentnerschweres Gewicht auf seinen Schultern lastete. Sein Herzschlag beschleunigte sich.

„Es ist, wie ich vermutete!" rief er seinen Begleitern zu. „Wettrennen können wir hier nicht veranstalten."

Mit federnden Schritten folgte Redhorse den Gleamors. Er versuchte nicht, sich gegen die erhöhte Belastung zu stemmen, sondern gab dem Druck, der auf ihm lag, bereitwillig nach. Nur so konnte man auf die Dauer seine Kräfte schonen.

Der Captain erreichte den ersten Pilzstamm und lehnte sich dagegen. Er schaute zu, wie Gilliam die Energieblase verließ. Kaum hatte der Sergeant die neutralisierende Energiewolke verlassen, als er wie unter einem Schlag zusammenzuckte. Redhorse lächelte grimmig. Gleich darauf hatte Gilliam seinen Körper wieder in der Gewalt. Doutreval und Bradon kamen ins Freie. Der Funker war ein erfahrener Mann, und er blieb in der Nähe des jungen Offiziersanwärters, als sie in den Bereich der höheren Gravitation kamen. Bradon hielt sich jedoch überraschend gut. Wenige Augenblicke später waren alle Männer, außer Surfat, um Redhorse versammelt.

„Korporal Surfat!" rief Redhorse. „Kommen Sie endlich heraus, damit die Gleamors ihren Flugapparat in Sicherheit bringen können."

Surfats massiger Schädel erschien im Einstieg. Mit mißtrauischen Blicken musterte Surfat die unbekannte Umgebung.

„Wie fühlt sich das an, Sir?" schrie der Korporal zu ihnen herüber.

„Kommen Sie heraus und probieren Sie es aus!" forderte ihn Redhorse auf.

Sie sahen, wie Surfat seinen Strahler schulterte. Dann zögerte er jedoch wieder und blieb innerhalb des Einstieges stehen.

„Wie Schmetterlinge bewegen Sie sich nicht", rief er den wartenden Männern zu.

Eine Gruppe von Gleamors versammelte sich vor dem Einstieg. Aus ihren Gesten war zu erkennen, daß sie sich erboten, Surfat herauszuheben und zum Waldrand zu tragen. Wahrscheinlich hinderten nur Redhorses Blicke den Korporal daran, dieses Angebot anzunehmen.

Mit einer großartigen Geste stieß Brazos Surfat die Eingeborenen vom Einstieg zurück und schwang sich ins Freie. Seine ersten Schritte wirkten noch normal, doch dann stöhnte er auf, und seine Knie gaben nach.

„Das können Sie nicht von mir verlangen, Captain", jammerte er. Sehnsüchtig schaute er zu, wie die Gleamors scheinbar mühelos ihren Flugapparat davontrugen. Schließlich setzte er sich wieder in Bewegung. Als er den Waldrand erreicht hatte, machte er einen völlig erschöpften Eindruck. Er wollte sich auf einer Wurzel niederlassen.

„Wenn Sie erst sitzen, werden wir einen Kran brauchen, um Sie wieder hochzubringen, Brazos“, sagte der Captain.

Surfat schnaubte wütend und wischte den Schweiß von seinem kahlen Schädel.

„Jetzt machen Sie sich Bradons Gerede zu eigen, Sir“, beklagte sich Brazos. „Vergessen Sie nicht, daß ich fast doppelt so schwer bin wie Sie.“

„Ich erinnere mich, daß Sie uns bereits mehrfach die Vorzüge Ihres gutgenährten Körpers erläuterten“, sagte Bradon. „Einer Ihrer Lieblingsaussprüche war, daß Dicke viel gemütlicher seien als Schlanke. Bei allen Planeten, Korporal, *ich* kann nichts Gemütliches an Ihrer Haltung feststellen.“

Surfat drehte sich schwerfällig zu Bradon herum. „Ich zertrete Sie wie einen Wurm, Jüngelchen!“ drohte er.

Einige Gleamors näherten sich den Männern. Offenbar hatten sie erkannt, daß Redhorse der Anführer der Raumfahrer war, denn sie wandten sich immer an ihn, wenn sie irgendwelche Wünsche vorzubringen hatten. Durch Handzeichen machten sie dem Captain verständlich, daß sie in den Dschungel einzudringen beabsichtigten und offenbar erwarteten, daß ihnen die Terraner folgten.

„Vielleicht können Sie von den Burschen erfahren, welchen Weg wir zu Fuß zurücklegen müssen“, sagte Surfat hoffnungsvoll. „Machen Sie ihnen klar, daß wir unter der Gravitation zu leiden haben.“

Redhorse wußte, daß es sinnlos war, von den Eingeborenen solche Auskünfte zu fordern. Grundsätzlich schienen die Gleamors die Gesten der Terraner mißzuverstehen.

Der Gleamor, der Redhorse die Absichten seines Stammes klargemacht hatte, war der gleiche, der Bradons Zeichnung zerrissen hatte. Redhorse nahm an, daß dieser Mann der Anführer seines Volkes war.

„Es bleibt uns keine anderer Wahl, als den Gleamors zu folgen“, sagte Redhorse zu seinen Begleitern. „Was nützt es uns, wenn wir am Waldrand bleiben? Die Energieblasen können wir nicht ohne die Hilfe der Eingeborenen fliegen.“

Niemand widersprach der Entscheidung des Captains. Jeder der Männer war sich darüber im klaren, daß die Gleamors im Augenblick ihre einzige Hoffnung waren, irgend etwas zu erreichen. Zu Redhorses Erleichterung führte ein breiter Pfad in den Wald. Die Gleamors hatten darauf geachtet, daß keine umgestürzten Baumstämme den Weg blockierten. Zu beiden Seiten des Pfades waren meterbreite Streifen gerodet, um ein Vordringen der üppig wuchernden Pflanzen zu verhindern. Vor längerer Zeit entstandene Erdspalten waren mit rotem Sand aufgefüllt. Für die Gleamors mußte dieser Weg, den man schon fast als Straße bezeichnen konnte, eine besondere Bedeutung haben.

Die fünf Terraner kamen nur mühsam voran. Die Gleamors schienen zu spüren, daß ihre Begleiter Schwierigkeiten hatten, und verlangsamten ihr Tempo. Trotz der Kräfte, die das Marschieren kostete, duldete Redhorse nicht, daß sich einer der Männer tragen ließ. Sie waren alle müde und abgespannt und aus diesem Grund für parapsychische Einflüsse besonders empfänglich.

Als Surfat sein Wehklagen einstellte, wußte Redhorse, daß der korpulente Mann jetzt tatsächlich erschöpft war. Wenn der Korporal schwieg, war das ein schlechtes Zeichen.

Unvermittelt wurde der Pfad breiter. Kurze Zeit später mündete er in eine ausgedehnte Lichtung. Kunstvoll beschnittene Mooshecken bildeten einen natürlichen Zaun zu beiden Seiten des Weges.

Inmitten der Lichtung lag das Dorf der Gleamors.

Die Ansiedlung bestand aus etwa zwanzig Bauwerken, von denen jedes ein anderes Aussehen besaß. Nur in der Bauweise unterschieden sich die Häuser der Gleamors nicht. Die Eingeborenen hatten dicke Pilzstämme in den Boden getrieben, die die Eckpfeiler ihrer Behausungen bildeten. Kleinere Stämme waren mit Schlingpflanzen zu gerüstähnlichen Aufbauten verbunden worden. Wände und Dächer setzten sich aus Moos und Blättern zusammen. Alles in allem waren die Wohnungen der Gleamors nicht mehr als primitive Hütten.

Don Redhorse war jetzt endgültig davon überzeugt, daß die Gleamors nicht mit den Herstellern der Energieblasen identisch waren.

Vor den baufällig wirkenden Gebäuden befand sich ein Wasserloch. Dort versammelten sich die vom Marsch erschöpften Terraner. Die Gleamors zogen sich in ihre Häuser zurück. Redhorse nahm den aus biegsamen Gewächsen geflochtenen Zugstrick in beide Hände und angelte den Wasserbehälter an die Oberfläche des Brunnens. Der mit Flüssigkeit gefüllte Beutel schien zentnerschwer zu sein.

Die Terraner tranken. Das Wasser war sauber und frisch. Redhorse spürte, wie seine Kräfte allmählich zurückkehrten.

„Da wären wir also“, sagte er. Er zeigte zu den Gebäuden hinüber. „Kein Wunder, daß wir diese Hütten bei unserem Raumflug weder gesehen noch geortet haben.“

Surfat warf den Wasserbehälter in den Brunnenschacht zurück.

„Diese Anstrengung hätten wir uns ersparen können, Captain“, nörgelte er. „Wir werden auch hier nicht die geringsten Hinweise auf den Hypersender finden.“

Der Anblick des kleinen Dorfes war tatsächlich nicht ermutigend, gestand sich Redhorse im stillen ein. Sollte es ein Fehler gewesen sein, daß sie den Gleamors gefolgt waren? Sie waren jetzt einige hundert Kilometer von ihrer Space-Jet entfernt. Zwischen ihrem Landeplatz und der riesigen Insel, auf der sie sich befanden, lag ein unüberwindlicher Ozean.

„Warum waren die Gleamors so daran interessiert, daß wir ihnen folgten?“ fragte Doutreval nachdenklich. „Welche Bedeutung kann unsere Anwesenheit in diesem Dorf haben?“

„Vielleicht hatten sie Angst, daß wir die Besatzungen der unbekannten Raumschiffe auf sie aufmerksam machen können“, vermutete Bradon. „Ich gestehe ehrlich, daß ich mit den erstaunlichsten Dingen rechnete, nur nicht mit einem Dorf, das aus zwanzig Hütten besteht.“

Doutreval blickte zu den Gebäuden hinüber. „Vielleicht sieht es im Innern dieser Luxusvillen interessanter aus“, meinte er. „Gehen wir doch hinüber und schauen uns ein bißchen um. Schließlich sind wir Gäste.“

Redhorse nickte zustimmend.

„Hat jemand etwas dagegen, wenn ich hier zurückbleibe?“ erkundigte sich Surfat. „Es ist besser, wenn wir eine Wache aufstellen.“

Sie ließen den Korporal am Brunnen zurück. Redhorse übernahm die Führung, und sie gingen direkt auf das größte der Gebäude zu. Der Eingang besaß keine Tür. Redhorse war erleichtert, daß es keine Treppen gab, denn das hätte eine zusätzliche Anstrengung bedeutet.

„Im Innern ist es dunkel“, sagte Gilliam mißtrauisch. Der hagere Mann lehnte sich gegen einen der ausgetrockneten Stämme, die den Eingang begrenzten.

Redhorse sagte: „In wenigen Stunden wird die Nacht anbrechen.“

„Komischer Geruch dort drinnen“, stellte Gilliam fest, als er seinen Kopf zurückzog. „Nichts zu hören und nichts zu sehen.“

„Wahrscheinlich ist die ganze Bande schlafen gegangen“, sagte Bradon. „Ich schlage vor, daß wir uns ebenfalls ein ruhiges Plätzchen für die Nacht suchen, Sir.“

Redhorse schob Gilliam zur Seite und betrat entschlossen das Innere der Hütte. Der Geruch, von dem Gilliam gesprochen hatte, erinnerte Redhorse an den Duft von Heu. Die aus getrockneten Pflanzen bestehenden Wände schienen ihn zu verbreiten.

Redhorse wartete, bis sich seine Augen an das Halbdunkel gewöhnt hatten, dann ging er vorsichtig weiter. Das Hütteninnere bestand aus einem einzigen großen Raum. Der Boden war festgestampft und mit Moosteppichen ausgelegt. An den Wänden hingen die wenigen Habseligkeiten der Bewohner. In einer Ecke des Raumes lagen sechs Gleamors und schliefen. Entweder besaßen sie einen festen Schlaf, oder es war ihnen gleichgültig, wer ihre Behausung betrat.

Redhorse deutete auf den Boden.

„Hier gibt es genügend Platz für uns alle. Whip, benachrichtigen Sie den Korporal, daß wir für die kommende Nacht einen Unterschlupf gefunden haben. Er soll uns folgen.“

Die Männer ließen sich nieder.

Nach einigen Minuten kam Surfat herein. Er stolperte über den dicht neben dem Eingang liegenden Chard Bradon und wäre fast gestürzt. Mit einem Fluch sank er zu Boden.

Obwohl Redhorse erschöpft und müde war, fand er zunächst keinen Schlaf. Seine Gedanken kreisten immer um das gleiche Problem: Was wurde im Gebiet der neunten Schockbasis tatsächlich gespielt?

Der Captain lag auf dem Rücken und dachte angestrengt nach. Nach kurzer Zeit drangen die gleichmäßigen Atemzüge der eingeschlafenen Männer zu ihm herüber. Surfat schnarchte und stöhnte im Schlaf. Mister Jefferson, der sich eng an den Korporal gepreßt hatte, winselte leise. Redhorse beobachtete, daß dem Tier die höhere Gravitation nichts ausmachte. Wie die Gleamors und andere Lebensformen auf dieser Welt schien Mister Jefferson variable Organe zu besitzen, die sich den jeweiligen Verhältnissen anpaßten.

Redhorses Gedanken wurden immer verworrener, bis er schließlich in einen unruhigen Schlaf fiel.

Er erwachte erst, als durch den offenen Eingang das Licht des beginnenden Tages fiel. Wie er erwartet hatte, fühlte er sich noch immer müde. Zu stark belastete die hohe Schwerkraft den Körper.

Langsam wälzte sich Redhorse auf die Seite. Mit einem Schlag wurde er hellwach.

Das Strahlgewehr, das er am vergangenen Abend neben sich auf den Boden gelegt hatte, war verschwunden.

Captain Don Redhorse versetzte dem vor ihm liegenden Olivier Doutreval einen derben Stoß in den Rücken. Der Funker brummte empört und schlug die Augen auf. Mühsam richtete er sich auf.

„Aufstehen!" rief Redhorse. „Es gibt Ärger!"

Auch Bradon und Gilliam erwachten. Nur Surfat schlief weiter. Er hatte einen Arm über Mister Jefferson gelegt, der sich in dieser Stellung äußerst wohl zu fühlen schien.

„Unsere Strahler sind weg!" rief Redhorse erregt.

Diese Eröffnung ließ die Männer jede Müdigkeit vergessen. Sie befanden sich allein im Innern der Hütte. Die sechs Gleamors, die zusammen mit ihnen hier geschlafen hatten, waren verschwunden.

„Die Eingeborenen!" rief Gilliam. „Sie haben uns bestohlen."

„Durchsucht die Hütte!" ordnete Redhorse an. Er versetzte Surfat einen leichten Tritt. Der Korporal stöhnte und blinzelte erschrocken zu Redhorse empor.

„Müssen Sie mich mitten in der Nacht wecken, Sir?" erkundigte er sich unwillig. Er wollte sich mit einem Ruck aufsetzen, doch die doppelte Schwerkraft ließ ihn diesen Versuch rasch aufgeben. Redhorse erklärte ihm, was geschehen war.

„Diese scheinheiligen Gleamors!" rief Surfat empört. „Sie haben uns nur in Sicherheit gewiegt, um unsere Waffen zu stehlen. Jetzt sind wir ihnen hilflos ausgeliefert."

„Erstens wissen wir nicht mit Sicherheit, ob die Kombistrahler tatsächlich gestohlen wurden, und zweitens können wir noch nicht behaupten, daß es die Gleamors waren", gab Redhorse zur Antwort.

„Wir können nichts finden, Captain", rief Bradon aus dem Hintergrund des Raumes. „Allerdings haben die Eingeborenen ihre Besitztümer hier zurückgelassen. Es sieht also nicht nach einer Flucht der Gleamors aus."

Redhorse nickte und ging zum Eingang.

In der Nähe des Hauses hielten sich keine Eingeborenen auf, doch der Captain entdeckte einige Gleamors am Brunnen.

„Sie sind am Wasserloch“, sagte Redhorse zu seinen Begleitern. „Ich kann nicht erkennen, ob sie unsere Waffen bei sich haben.“

Surfat versuchte, sich an ihm vorbeizudrängen. „Sehen wir doch nach“, verlangte er. „Sie haben lange genug mit uns Versteck gespielt.“

„Immer mit der Ruhe“, sagte Redhorse. „Wenn sie unsere Waffen haben, sind sie uns in jeder Hinsicht überlegen. Vergessen Sie nicht die Gravitationsverhältnisse. Bevor Sie sich einmal bewegt haben, ist ein Gleamor zehn Meter weit gelaufen.“

Die Antwort des Korporals bestand in einem undeutlichen Gemurmel. Er hob Mister Jefferson vom Boden auf und setzte ihn auf seine Schulter.

„Sogar mein Freund ist schwerer geworden“, beklagte er sich.

Gilliam kam zum Eingang und lehnte sich gegen einen Pilzstamm. Eine Weile beobachteten sie schweigend die Eingeborenen.

„Vielleicht haben sie uns aus reiner Freundlichkeit die Waffen abgenommen und sie irgendwo aufbewahrt“, sagte Bradon spöttisch.

Zwischen den Häusern erschienen weitere Gleamors, deren Ziel ebenfalls das Wasserloch war. Die Eingeborenen, die sich am Brunnen aufgehalten hatten, verschwanden schwatzend im Dschungel. Redhorse konnte sich kein unverfänglicheres Bild vorstellen. Trotzdem beschlich ihn wieder sein früheres Mißtrauen.

„Gehen wir zum Brunnen“, entschied er nach einer Weile. „Ich habe zwar wenig Hoffnung, daß wir etwas erfahren, doch wir können es immerhin versuchen.“

Sie verließen die Hütte und überquerten den freien Platz. Die Gleamors nahmen zunächst von der Annäherung der Terraner keine Notiz, doch als die Raumfahrer das Wasserloch erreicht hatten, wurde ihnen von den Eingeborenen der Wasserbehälter überreicht. Einige Gleamors wollten beginnen, die Uniformen der Männer zu reinigen, doch Redhorse stieß sie zurück. Surfat stülpte den Wasserbehälter um und entleerte ihn demonstrativ auf den Boden. Sofort warfen die Gleamors den Behälter in den Schacht zurück und füllten ihn erneut.

Redhorse packte einen der Fremden am Kragen seines Trikots und zog ihn zu sich heran.

„Hör zu, mein Freund!“ sagte er mit gefährlicher Ruhe. „Unsere Waffen sind verschwunden. Ich verlange nicht, daß du verstehst, was ich jetzt sage, aber die Bedeutung meiner Worte wird dir sofort klarwerden.“ Redhorse nickte Bradon zu. „Chard, zeigen Sie ihm, was eine Waffe ist.“

Bradon lächelte gezwungen, hob einen imaginären Strahler an die Schulter und kniff ein Auge zu. Redhorse riß den Gleamor herum, so daß er sehen mußte, was Bradon tat.

„Nun?“ fragte der Captain.

„Eleite hehei!“ sagte der Gleamor.

Seine Stammesgenossen standen um die Gruppe herum, als sei es ihnen völlig gleichgültig, wenn ein Mitglied ihres Volkes von den fünf Fremden unfreundlich behandelt wurde.

Redhorse verstärkte seinen Griff. Er spürte, wie er immer zorniger wurde. Die ständige Ungewißheit hatte ihn gereizt und angriffslustig gemacht. Sie befanden sich in einer fast ausweglosen Situation, und Redhorse war deshalb bereit, einiges zu riskieren.

„Ich warte auf eine Antwort“, sagte Redhorse.

Der Gleamor atmete schwer und schwieg. Seine glasklaren Augen waren auf den Terraner gerichtet. Vergeblich suchte der Offizier nach Anzeichen von Angst in diesem Blick. Mit einem Ruck stieß er den Eingeborenen von sich. Der Mann taumelte und fiel zu Boden. Er stand wieder auf, reinigte gemächlich seine Kleidung und blieb dann abwartend stehen.

Obwohl die Eingeborenen freundlich blieben, hatte Redhorse das Gefühl, als sei zwischen ihnen und den Gleamors eine spürbare Spannung entstanden.

„Captain“, flüsterte Doutreval, „schauen Sie einmal vorsichtig zum Dorf hinüber. Wenn meine Augen mich nicht täuschen, werden wir von einigen Hütten aus beobachtet.“

Unauffällig blickte Redhorse zur Ansiedlung. In verschiedenen Hütteneingängen sah er ab und zu eine hastige Bewegung.

„Sie haben recht“, sagte er zu dem Funker. „Es wird Zeit, daß wir etwas unternehmen. Hier können wir nicht bleiben.“

„Was sollen wir tun?“ wollte Bradon wissen. „Wir können nicht über den Ozean schwimmen.“

„Wir können fliegen“, sagte Redhorse. „Zumindest können wir es versuchen.“

Auf Bradons Gesicht zeigte sich Erstaunen. „Glauben Sie wirklich, daß wir eine der Energieblasen starten und steuern können?"

„Immer noch besser, einen Versuch zu wagen, als hier zu warten, bis uns die Gleamors mit unseren eigenen Waffen umbringen", antwortete Gilliam an Redhorses Seite. „Ich werde das Gefühl nicht los, daß der Waffendiebstahl nur der Auftakt für weitaus unerfreulichere Geschehnisse war."

Redhorse gab den Befehl zum Aufbruch. Sie ließen den Brunnen und die dort versammelten Gleamors hinter sich. Redhorse wußte, daß es wenig Sinn hatte, den Eingeborenen ihre Absicht zu verheimlichen. Die Gleamors würden ahnen, was die Terraner vorhatten, wenn sie die fünf Fremden im Pilzwald verschwinden sahen.

„Wir bleiben auf dem Weg", sagte Redhorse. „Dann können wir uns weder verirren noch irgendwo im Dickicht steckenbleiben."

Sie erreichten die von den Gleamors beschnittenen Mooshecken, die die äußerste Grenze des Dorfes bildeten. Redhorse blickte immer wieder zurück, doch es waren keine Verfolger zu sehen. Den Eingeborenen schien es gleichgültig zu sein, was die Raumfahrer unternahmen.

Hinter den Hecken begann der Pfad, der direkt durch den Wald führte. Er war den Terranern jedoch versperrt.

Mitten auf dem Weg standen zehn Gleamors. Fünf der Eingeborenen hielten das in den Händen, was die Männer von der CREST II seit ihrem Erwachen vermißten: ihre Strahlgewehre.

7.

Auch wenn die Gleamors die Waffen nicht drohend auf die Terraner gerichtet hätten, wäre sich Captain Don Redhorse sofort darüber im klaren gewesen, daß die Zeit, in der sich die Eingeborenen der Besatzung der SJ-4C nur in freundlicher Ergebenheit genähert hatten, endgültig vorüber war.

Die Gleamors hatten die Waffen. Sie hatten die fünf Männer Hunderte von Kilometern von ihrem Raumschiff weggelockt.

Und jetzt, als die Raumfahrer den Versuch unternommen hatten, an den Landeplatz zurückzukehren, zeigten die Eingeborenen plötzlich ihre wirklichen Absichten.

Redhorse, der wie angewurzelt stehengeblieben war, hob jetzt beschwörend seine Arme und sagte zu seinen Begleitern: „Niemand handelt ohne meinen Befehl." Der Captain wußte, wie groß die Gefahr war, daß einer der Männer aufgrund der bisher gemachten Erfahrungen die Entschlossenheit der Gleamors unterschätzte. Das konnte leicht zum Verhängnis werden.

„Wir sind auf sie hereingefallen", sagte Surfat bekümmert. „Das Schauspiel, das sie uns vorführten, hatte den gewünschten Erfolg. Jetzt sitzen wir in der Tinte."

„Diesen Eindruck habe ich auch", bestätigte Redhorse. „Allerdings können wir jetzt endlich hoffen, mehr über unsere Freunde und ihre Absichten zu erfahren."

Einer der bewaffneten Gleamors war der hochgewachsene Anführer des Stammes. Er machte einige Schritte auf die Terraner zu. Daran, wie er den Strahler hielt, erkannte Redhorse, daß dieser Fremde genau wußte, wie man mit der Waffe umzugehen hatte.

Sekunden verstrichen. Redhorse und der Gleamor blickten sich an. Im Blick des Eingeborenen lag keine Unterwürfigkeit mehr.

Mit dem Lauf des Kombistrahlers deutete der Gleamor auf den Weg.

„Pertei!" rief er mit befehlsgewohnter Stimme. „Nerteie hekeita!" Dann streckte er einen Arm aus und zeigte auf Redhorse. „Don!" rief er in unversöhnlichem Tonfall.

„Er kennt meinen Namen", sagte Redhorse.

Der Gleamor zeigte nun auf sich. „Loor Tan", sagte er.

„Ich verstehe, Loor Tan", gab Redhorse zurück. „Du verbietest uns, diesen Weg zu benutzen. Nicht nur das, es ist uns überhaupt verboten, das Dorf zu verlassen. Mit anderen Worten: Wir sind jetzt die Gefangenen der Gleamors, und die Zeiten, da ihr uns herumgetragen und unsere Schuhe geputzt habt, sind vorbei."

„Nereite!" kommandierte Loor Tan und wies zu den Hütten.

„Ja", sagte Redhorse resigniert, „wir werden wohl oder übel umkehren müssen."

„Wir dürfen uns diesen Gaunern nicht beugen, Sir", protestierte Surfat. „Ich bin überzeugt davon, daß sie nur bluffen. Sie werden nicht wagen, mit Waffen auf uns zu schießen, deren Mechanismus ihnen vollkommen fremd sein muß.“

Redhorse fragte sich erstaunt, warum der Korporal plötzlich einen solchen Kampfeseifer entwickelte. War es der Zorn des Überlisteten, der ihn zu solchen Worten veranlaßte?

„Was ich jetzt sage, gilt für Sie alle: Wir haben die Gleamors unterschätzt und dabei verloren.“ Redhorse nickte seinen Begleitern zu. „Ich werde nicht zulassen, daß wir diesen Fehler ein zweites Mal begehen. Fast bin ich davon überzeugt, daß sie auf uns schießen, wenn wir nicht ihren Befehlen nachkommen. Wir werden eine bessere Fluchtmöglichkeit abwarten.“

Redhorse hörte Gilliams Zähne knirschen. Wahrscheinlich fiel es dem Sergeanten schwer, den Eingeborenen nachzugeben.

„Gehen wir“, sagte Redhorse.

Sie kehrten zur Ansiedlung zurück, gefolgt von den bewaffneten Gleamors. Redhorse fragte sich, was nun geschehen würde. Er glaubte nicht, daß die Eingeborenen sie töten wollten, denn dazu hätten sie längst Gelegenheit gehabt. Was immer sie jedoch mit den Terranern vorhatten, es würde nicht dazu beitragen, Redhorses Hoffnung auf einen erfolgreichen Abschluß seines Auftrages zu erhöhen. Kurz darauf erreichten sie die Siedlung und wurden in eine kleine Hütte gebracht. Vor dem Eingang postierten sich zwei bewaffnete Gleamors.

Zwei Stunden später erschien der Anführer der Gleamors mit einem Strahler. In aufrechter Haltung kam er durch den Eingang ins Innere der Hütte.

Redhorse beobachtete ihn stumm. Er wartete, was Loor Tan unternehmen würde. Der Gleamor überzeugte sich, daß ihm die beiden Wächter den Rücken deckten. Erst dann wandte er sich Redhorse zu.

„Freite!“ stieß er mit seiner hell klingenden Stimme hervor, die Redhorse fast an die eines Kindes erinnerte. „Freite terawei!“

Redhorse hob die Schultern, um anzudeuten, daß er ihn nicht verstand, was Loor Tan von ihm wollte.

Loor Tan formte mit den beiden Zeigefingern ein imaginäres Rechteck und streckte Redhorse eine Hand entgegen. Es war eine fordernde Geste.

„Er will irgend etwas“, meinte Surfat unwillig.

„Ich glaube, ich verstehe ihn“, sagte Redhorse. „Er möchte ein Papier, auf dem er uns etwas aufzeichnen kann. Leider haben wir nichts bei uns.“

Behutsam spreizte Redhorse seine Hände und hob sie Loor Tan entgegen. Er wollte nicht, daß der Gleamor seine Bewegungen falsch deutete und als Angriff auslegte.

Loor Tan nickte stumm. Er zog ein spitzes Holzstück aus seinem Gürtel und ritzte damit einige Zeichen in den Boden.

„Er will uns irgend etwas erklären“, sagte Redhorse.

Loor Tan zeichnete weiter. Schließlich erkannte Redhorse die Umrisse eines Gebildes, das offenbar eine Hütte darstellen sollte. Loor Tan kratzte fünf Strichmännchen in das Rechteck auf dem Boden und deutete auf die Besatzung der SJ-4C.

„Verstanden“, sagte Redhorse.

Der Anführer des Eingeborenenstammes nickte befriedigt. Er deutete auf die fünf Strichmännchen, blickte die Terraner nacheinander grimmig an und wischte die primitive Zeichnung wieder aus.

„Das war deutlich genug“, sagte Doutreval. „Es hat uns soeben klargemacht, daß wir sterben müssen.“

Redhorse hoffte, daß der Funker mit seinem Verdacht unrecht hatte. Er winkte Loor Tan zu und deutete auf das Holzstück. Bereitwillig überließ ihm der Gleamor den primitiven Schreibstift.

„Kommen Sie zu uns, Chard“, sagte Redhorse zu Bradon. „Wir wollen den Burschen mit Ihren Zeichenkünsten verblüffen.“

„Was soll ich malen, Sir – einen Sarg?“ erkundigte sich Bradon ironisch.

„Eine Space-Jet“, erwiderte Redhorse unbeirrbar. „Und eine Gleamorsiedlung.“

Mit wenigen Strichen schuf Bradon eine Zeichnung auf dem Hüttenboden, die so deutlich war, daß Loor Tan auf jeden Fall verstehen mußte, was sie darstellen sollte.

Redhorse deutete zunächst auf sich und seine Begleiter und dann auf die gezeichnete Space-Jet.

Loor Tan schüttelte heftig den Kopf. „Freite!“ zischte er. „Neheite Dareita!“

Ohne sich um die beiden Wächter oder Loor Tan zu kümmern, drohte Redhorse dem Gleamor-Häuptling mit seinen Fäusten. Mit den Füßen zerstörte er Bradons Skizze von der Ansiedlung der Eingeborenen.

Loor Tans Reaktion kam ebenso spontan wie unerwartet. Der Gleamor brach in höhnisches Gelächter aus.

„Besonders beeindruckt scheint er von unserer Vorstellung nicht zu sein“, sagte Surfat trocken.

„Offenbar können wir ihm keine Angst einjagen“, meinte Redhorse. „Er weiß genau, daß er im Augenblick alle Trümpfe in den Händen hält. Er ist klüger, als ich angenommen habe.“

„Bestimmt hat er von unserer Intelligenz keine so hohe Meinung“, befürchtete Gilliam.

Da passierte das, womit Redhorse die ganze Zeit schon gerechnet hatte. Obwohl er darauf vorbereitet war, konnte er nicht schnell genug reagieren.

Chard Bradon warf sich auf Loor Tan. Doch er erreichte sein Ziel nicht. Er konnte es nicht erreichen, weil die doppelte Schwerkraft seine Bewegungen verlangsamte.

Loor Tan reagierte dagegen blitzschnell. Er machte einen Schritt zurück und hieb Bradon den Lauf des Strahlers in den Nacken. Der junge Raumfahrer brach mit einem Ächzen zusammen und blieb bewegungslos liegen. Aus den Augenwinkeln beobachtete Redhorse, wie Surfats Körper sich spannte.

„Korporal, bleiben Sie an Ihrem Platz“, befahl Redhorse ruhig.

Loor Tan zeigte lachend auf Bradon und rief den beiden Wächtern irgend etwas zu, worauf diese ebenfalls in Gelächter ausbrachen. Doutreval wollte sich bücken, um Bradon zu untersuchen, doch der Gleamor stieß ihn zurück.

„Wenn das Jüngelchen tot ist, drehe ich dem Burschen den dürren Hals um“, sagte Surfat tonlos.

Einige Minuten verstrichen, ohne daß Loor Tan etwas sagte oder den Terranern gestattete, sich um Bradon zu kümmern. Endlich kam ein Gleamor mit einem Wasserbehälter herein. Loor Tan gab ihm einige Befehle. Der Eingeborene entleerte den Inhalt des Beutels über Bradons Kopf.

Erwartungsvoll schaute Loor Tan zu. Nach einer Weile begann Bradon sich zu bewegen.

Loor Tan kicherte und versetzte dem jungen Raumfahrer einen Tritt. Bradon hob den Kopf. Sein Gesicht war verzerrt. Er brauchte mehrere Minuten, bis er wieder auf den Beinen stand. Er mußte sich gegen die Hüttenwand lehnen.

„Das hätten Sie sich ersparen können", sagte Redhorse.

„Dieser Teufel", brach Bradon hervor.

„Sie haben ihn angegriffen", erinnerte der Captain gleichmütig. „Soll er abwarten, bis Sie ihm die Waffe abnehmen? Ihr Angriff war eine Narrheit, und Sie können froh sein, daß Sie noch am Leben sind."

„Auf jeden Fall sind Sie erstaunlich mutig, Jüngelchen", sagte Surfat anerkennend.

„Getahei!" unterbrach Loor Tan mit scharfer Stimme die Unterhaltung der Terraner. Er deutete mit dem Lauf des Strahlers zum Hütteneingang und winkte den Gefangenen zu.

„Wir müssen diesen Raum verlassen", sagte Redhorse. „Werden Sie gehen können, Chard?"

„Ja", erklärte Bradon. „Ich bin schon wieder in Ordnung."

Die Wächter nahmen zu beiden Seiten des Eingangs Aufstellung und warteten, bis die Gefangenen im Freien waren. Dann übernahm Loor Tan die Führung. Hinter den Gefangenen folgten die beiden bewaffneten Gleamors.

„Sie bringen uns in ein anderes Gefängnis", vermutete Doutreval. „Die Hütte scheint ihnen nicht sicher genug zu sein."

„Hoffentlich führen sie uns nicht zum Exekutionsplatz", sagte Gilliam grimmig.

Die drei Gleamors verließen mit ihren Gefangenen das Dorf und brachten sie nach einem fast dreistündigen Marsch, der die Terraner völlig erschöpfte, an den Rand eines ausgedehnten Sumpfes. Unterwegs hatte Loor Tan wenig Rücksicht auf die Raumfahrer genommen und sie immer wieder zu größerer Eile angetrieben. Offenbar wollte er sein Ziel auf jeden Fall vor Sonnenuntergang erreichen.

Am Rande des Sumpfes lag ein Floß aus zugeschnittenen Pilzstämmen.

Loor Tan watete in den Morast hinein. Sein Reifrock verhinderte, daß er weiter als bis zu den Hüften im Schlamm versank. Während die beiden anderen Eingeborenen die Gefangenen bewachten, zerrte Loor Tan das primitive Floß näher ans Ufer heran. Der gestohlene Strahler lag griffbereit auf dem Floßrand.

„Es sieht so aus, als stünde uns eine Bootsfahrt bevor“, sagte Doutreval.

„Vielleicht wollen uns die Gleamors im Sumpf ertrinken lassen“, sagte Surfat dumpf.

„Dazu müßten sie sich nicht solche Umstände machen“, widersprach Bradon.

Loor Tan rief seinen beiden Stammesgenossen einige Befehle zu.

Redhorse fühlte, wie ihm der Lauf eines Strahlers in den Rücken gestoßen wurde. Es blieb ihm nichts anderes übrig, als sich in Richtung auf das Floß in Bewegung zu setzen. Die vier anderen Männer wurden noch zurückgehalten. Inzwischen hatte sich Loor Tan auf die schaukelnden Pilzstämme geschwungen. Er erwartete Redhorse mit vorgehaltener Waffe.

Der Captain lächelte müde. Die Gleamors dachten an alles. Sie ließen ihre Gefangenen keine Sekunde aus den Augen. Selbst eine so kümmerliche Chance, wie Chard Bradon sie auszunutzen versucht hatte, schien nicht wiederzukehren.

Loor Tan trieb den Offizier in die Mitte des Floßes. Dort mußte er sich auf die schlüpfrigen Stämme setzen. Gleich darauf wurde Surfat losgeschickt.

Es verging fast eine Stunde, bis alle Terraner auf dem Floß waren. Zuletzt betrat es einer der beiden Wächter, der andere blieb am Ufer zurück. Weder Redhorse noch seine Begleiter konnten sich erklären, warum Loor Tan nur mit einem bewaffneten Mann vorliebnahm. An einen Fluchtversuch war jedoch trotz dieser veränderten Situation nicht zu denken, denn Loor Tan und sein Begleiter ließen ihre Gefangenen keinen Augenblick lang aus den Augen.

Loor Tan zog sich bis zum Rand des Floßes zurück, die Waffe ständig im Anschlag. Sein Begleiter schulterte den Strahler und ergriff eine stabile Stange. Mit kräftigen Stößen drückte er das Floß weiter in den Morast hinaus. Sie kamen nur langsam voran. Loor Tan brüllte ungeduldig einige Befehle. Der Gleamor schuftete, als ginge es um sein Leben. Endlich wich der zähe Schlamm trübem Wasser, und das Floß wurde schneller.

Ein Blick zum Ufer zeigte Captain Redhorse, daß sie erst zwanzig oder dreißig Meter überwunden hatten. Zu Redhorses Überraschung löste Loor Tan den Flößer ab. Der überanstrengte Gleamor übernahm den Platz seines Häuptlings am Rande des Floßes.

„Was halten Sie von dieser Art der Fortbewegung?“ fragte Surfat den Captain. „Wohin wollen die Burschen uns bringen?‘

Redhorse hatte sich bereits vergeblich nach einem Ziel umgeschaut, das für sie eventuell in Frage kommen konnte. Am anderen Ufer des Sumpfes, nur als dunkle Silhouette erkennbar, lag ein Pilzwald. Redhorse bezweifelte, daß man sie dorthin schaffen würde. Zu Fuß wäre dieser Wald schneller zu erreichen gewesen.

Ihr Ziel konnte also nur innerhalb des Sumpfes liegen.

Jedesmal, wenn Loor Tan die lange Stange auf dem Untergrund abstieß, sank das Floß auf der Vorderseite ein, und eine Welle schwappte über die Pilzstämme hinweg. Die Uniformen der Gefangenen waren durchnäßt. Mister Jefferson zeigte zum erstenmal Anzeichen von Angst und klammerte sich ängstlich an Surfat. Redhorse wunderte sich, daß das Tier sie immer noch treu begleitete und nicht zu seinem rechtmäßigen Besitzer zurückgekehrt war.

Die fünf Raumfahrer sprachen nur wenig. Redhorse hoffte, daß sich ihre Körper allmählich an die doppelte Schwerkraft gewöhnen würden.

Nachdem sie einige hundert Meter zurückgelegt hatten, zog Loor Tan die Stange aus dem Wasser und deutete auf eine Stelle im Sumpf, die der liegende Redhorse nicht sehen konnte. Erst als der Captain sich aufrichtete, sah er, daß sie auf etwas zutrieben, das wie eine Insel aussah. Allerdings war es für eine natürliche Insel zu gleichmäßig geformt. Auch schienen an Land keine Pflanzen zu wachsen.

Gespannt wartete Redhorse, bis das Floß an der etwa dreißig Zentimeter aus dem Wasser ragenden Plattform anlegte. Loor Tan und der andere Gleamor sprangen an Land. Das Floß wurde befestigt.

„Eine schwimmende Plattform“, sagte Surfat erstaunt. „Sie scheint aus Metall zu sein.“

Loor Tan forderte die Gefangenen auf, das Floß zu verlassen. Die künstliche Insel, oder was immer es war, paßte genausowenig zu den primitiven Hütten der Eingeborenen wie die Energieblase. Captain Redhorse ahnte, daß ihnen eine weitere Überraschung bevorstand.

Auf unsicheren Beinen kletterte er vom Floß. Das Material, das seine Füße gleich darauf berührten, war hart. Es gab hohl klingende Geräusche, als sich Redhorse über die Plattform bewegte. Die Insel bestand tatsächlich aus Metall. Wenn nicht alles täuschte, befand sich unter der Oberfläche ein größerer Hohlraum.

Geduldig warteten die beiden Gleamors, bis alle Gefangenen und Mister Jefferson das Floß verlassen hatten. Redhorse schätzte, daß die Insel hundert Quadratmeter durchmaß. Sie hatte eine rechteckige Form. In der Mitte gab es einige Ausbuchtungen, über deren Bedeutung sich Redhorse noch im unklaren war.

Loor Tan führte die kleine Gruppe zur Mitte der Insel. Dort bückte er sich und zerrte an einem Hebel, der mit einem Knirschen nachgab. Gleich darauf hob sich vor den Augen der erstaunten Männer ein metergroßes Stück aus der Oberfläche und klappte nach hinten.

Redhorse trat einen Schritt vor, um in die Öffnung zu blicken.

Er sah direkt in einen beleuchteten Schacht, der scheinbar endlos in die Tiefe führte.

8.

Der Anführer der Eingeborenen beobachtete die fünf Terraner voller Argwohn, als wollte er eine bestimmte Reaktion bei ihnen feststellen.

Loor Tan sprach mit seinem Begleiter. Dieser nickte und kletterte in den Schacht. Einen Augenblick noch umklammerten seine Hände die Oberkante der Öffnung, dann ließ er sich los und schwebte in die Tiefe.

„Ein Antigravschacht!“ entfuhr es Doutreval. „Vielleicht besitzen die Gleamors eine unterirdische Superstadt, Sir.“

Redhorse hätte gern gesehen, wie tief der Gleamor in den Schacht sank, doch Loor Tan stand jetzt mit angeschlagenem Strahler neben dem Einstieg und ließ die Terraner nicht an sich herankommen.

Nach einigen Minuten winkte er mit der Waffe und deutete auf Bradon.

„Es sieht so aus, als wäre ich an der Reihe“, sagte Bradon gepreßt. „Was halten Sie davon, Sir? Soll ich es wagen?“

„Es wird uns nichts anderes übrigbleiben“, meinte Redhorse.

Chard Bradon grinste den Gleamor unverschämt an und schwang sich mit einer eleganten Bewegung in den Schacht. Wenn Loor Tan über die Geschicklichkeit des Terraners erstaunt war, dann zeigte er es nicht. Er schickte Doutreval, Gilliam und Surfat nacheinander in den Schacht. Der Korporal hatte einige Mühe, seinen massigen Körper in die richtige Position zu bringen. Außerdem mußte er sich um den ängstlich winselnden Mister Jefferson kümmern, der sich an seiner Schulter festklammerte. Endlich verschwand auch Surfat, und Redhorse war mit dem Gleamor allein auf der Plattform.

„Beretai ertai", stieß Loor Tan mit offensichtlicher Erleichterung hervor. Er winkte Redhorse zu. „Pertai, Don!"

„Du hast irgend etwas mit uns vor, mein Freund", sagte Redhorse. „Ich wünschte, wir hätten einen Telepathen bei uns, damit wir endlich erfahren könnten, was hinter deiner Stirn vorgeht."

„Pertai!" mahnte Loor Tan und richtete den Lauf des Strahlers auf die Brust des Cheyenne.

Redhorse hob die Schultern und ging auf die Schachtöffnung zu. Noch immer schien Loor Tan zu glauben, daß man sich mit den Terranern nur unter Anwendung von Waffengewalt verständigen konnte. Redhorse hoffte, daß sich dieser Zustand ändern würde, sobald sie ihr Ziel unter dem Sumpf erreicht hatten. Einmal mußte Loor Tan begreifen, daß er mit Diplomatie mehr erreichen würde.

Don Redhorse ließ sich in den Schacht kippen. Das plötzliche Aussetzen der Schwerkraft ließ sein Herz schneller schlagen. In seinen Ohren begann es zu summen, doch die körperliche Erleichterung war unverkennbar. Der Schacht verbreiterte sich nach unten. Redhorse sah, daß an den metallverkleideten Wänden in regelmäßigen Abständen Leuchtsäulen angebracht waren, die angenehmes Licht spendeten.

Der Captain blickte zur Schachtöffnung hinauf. Loor Tan stand über den Einstieg gebeugt und beobachtete, wie Redhorse langsam nach unten schwebte. Redhorse versuchte vergeblich, auch in der Tiefe irgend etwas zu erkennen.

Kurz darauf berührte Redhorse festen Boden. Über ihm schwebte Loor Tan. Der Gleamor zielte mit dem Strahlgewehr auf Redhorse. Er wollte offenbar verhindern, daß der Terraner voreilig den Schacht verließ.

Der Ausgang stand offen, und Redhorse blickte in einen erleuchteten Gang mit weißgetünchten Wänden und einem mattschimmernden Fußboden.

Loor Tan landete neben dem Offizier und schob ihn mit einer Hand aus dem Schacht. Sofort setzte die Schwerkraft wieder ein. Sie betrug jedoch zu Redhorses Erleichterung im Höchstfall noch ein Gravo.

Neben dem Ausgang hatten sich die vier Begleiter Redhorses versammelt. Sie wurden von dem Gleamor bewacht. Redhorse betrachtete die neue Umgebung. Die Bauweise des unterirdischen Ganges wirkte zwar fremdartig, aber außergewöhnliche Einrichtungen gab es nicht zu sehen. Der Gang war etwa zehn Meter lang und endete an einer massiv wirkenden Trennwand, in der es nach Redhorses Vermutung einen Durchgang geben mußte.

Die Stimmen der Männern klangen hohl und erzeugten innerhalb des Schachtes ein Echo. Loor Tan schlug den Zugang zum Antigravschacht zu. Redhorse glaubte ein fernes Summen zu hören. Wahrscheinlich gab es hier unten eine Kraftstation. Der Captain konnte sich nicht vorstellen, daß die zahlreichen Leuchtkörper ihre Energie von einem Platz oberhalb des Sumpfes bezogen.

Obwohl sich die beiden Eingeborenen so bewegten, als kämen sie oft in diese Station unter dem Sumpf, wurde Redhorse immer mehr in seinem Verdacht bestärkt, daß die Gleamors nichts mit dieser Anlage zu tun hatten. Angestrengt begann der Captain nachzudenken. War es nicht möglich, daß die Eingeborenen den Zugang zu dieser Station zufällig entdeckt hatten? Hier konnten sie unter Umständen sogar die Energieblasen gefunden haben. War es möglich, daß ein verhältnismäßig primitiver Eingeborener den Verwendungszweck einer solchen Energieblase herausfinden konnte? Redhorse bezweifelte das. Es mußte eine andere Verbindung zwischen den Gleamors und diesen unterirdischen Räumen geben.

Loor Tan gab einige Befehle, die er durch Handzeichen verständlich machen mußte. Die Gefangenen bewegten sich auf die Trennwand zu, gefolgt von ihren Bewachern.

Mister Jefferson begann vergnügt zu jaulen. Surfat setzte ihn auf den Boden. Das Nachlassen der Schwerkraft hatte die Männer ihre Müdigkeit vergessen lassen.

„Glauben Sie, daß wir uns jetzt innerhalb der Sendestation befinden?“ wollte Doutreval von Redhorse wissen.

„Ich bin nicht sicher“, entgegnete Redhorse. „Auf jeden Fall scheinen wir hier die Kraftstation vor uns zu haben, in der die Energie für das Reflektorfeld in Gleams Atmosphäre erzeugt wird. Ich vermute auch, daß die Erbauer der Station von hier aus mit der Schwerkraft des Planeten experimentierten."

In der Trennwand waren sechs schwarze Dreiecke von der Größe einer Hand eingezeichnet. Loor Tan berührte die beiden oberen und trat einen Schritt zurück. Ein Summen ertönte. Gleich darauf glitt die linke Hälfte der Wand zur Seite.

Der angrenzende Raum war hell erleuchtet. In seiner Mitte erblickte Redhorse eine kuppelförmige Erhöhung, um die eine Art Laufsteg angebracht war. Der übrige Platz war mit fremdartig aussehenden Maschinen ausgefüllt, so daß man nur durch schmale Korridore in den Raum vordringen konnte.

Redhorse sah sofort, daß die meisten Maschinen nicht in Funktion waren. Er fragte sich, ob sie zerstört oder nur ausgeschaltet waren. Am anderen Ende des Raumes erkannte der Captain eine Reihe von Durchgängen in andere Räumlichkeiten der Station. Die Anlage unter dem Sumpf war weitaus größer, als Redhorse erwartet hatte.

„Donnerwetter!" rief Surfat neben ihm. „Sehen Sie sich das an, Sir. Diese Maschinen haben bestimmt noch andere Aufgaben als die Aufrechterhaltung des Reflektorfeldes."

Hinter ihnen verschloß Loor Tan die Trennwand. Die Gefangenen wurden zwischen zwei Maschinenreihen durch den Raum geführt. Sie betraten ein kleineres Zimmer, dessen Wände von dreieckigen Bildschirmen bedeckt waren. Die Mattscheiben waren sämtlich dunkel. Imitten des Raumes stand ein sechseckiger Tisch mit einer Metallplatte. An den Tischrändern ragten Kontrollhebel in die Höhe.

Loor Tan dirigierte die Gefangenen zum Tisch, während er und der andere Gleamor am Eingang stehenblieben.

Redhorses Erwartung, hier unten auf andere intelligente Lebewesen zu treffen, hatte sich bisher nicht erfüllt. Es sah so aus, als seien die Gleamors die Besitzer der Station.

Gilliam und Bradon untersuchten den Tisch, ohne etwas zu berühren. Redhorse beobachtete die beiden Gleamors. Loor Tan und sein Begleiter blickten abwartend zu ihnen herüber. Wieder hatte Redhorse den Eindruck, daß die Eingeborenen mit einer bestimmten Reaktion ihrer Gefangenen rechneten.

Plötzlich wußte Redhorse, warum man sie alle fünf hierhergebracht hatte. Die Gleamors besaßen zwar Zugang zu der Anlage unter dem Sumpf, doch sie wußten nichts mit den einzelnen Maschinen anzufangen. Loor Tan schien jedoch zu ahnen, welche Macht derjenige besaß, der die unterirdischen Räume kontrollierte. Deshalb war er mit den Gefangenen hierhergekommen. Er hoffte, daß die Terraner, die ja ein kompliziertes Raumschiff flogen, auch mit der Kraftstation fertig wurden.

Redhorse wußte jetzt, welche Rolle Loor Tan ihnen zugedacht hatte. Sie sollten die Station für die Gleamors bedienen. Dabei würde man sie ständig bewachen. Später, wenn die Eingeborenen selbst mit den Kontrollen umgehen konnten, würden sie ihre unfreiwilligen Helfer beseitigen.

„Hört auf, an den Hebeln herumzuspielen", befahl Redhorse seinen Männern. „Die beiden Gleamors warten nur darauf, daß wir irgend etwas über die Maschinen herausfinden."

Am Eingang machte Loor Tan eine alles umfassende Gebärde.

„Dereite hegeira eleit!" stieß er herrisch hervor. Er packte seinen Begleiter am Arm und zog ihn mit sich hinaus. Gleich darauf schlug die Tür zu. Die Gefangenen waren allein.

„Er läßt uns Zeit, uns an die fremde Umgebung zu gewöhnen", sagte Redhorse. „Doch er wird bald wiederkommen, voller Erwartung, daß wir bereits etwas gelernt haben. Dumm ist der Bursche nicht." Redhorse berichtete der Space-Jet-Besatzung von seiner Vermutung.

„Sie glauben also wirklich nicht, daß die Gleamors die Erbauer dieser Anlage sind?" fragte Bradon.

„Schauen Sie sich doch um", forderte ihn Redhorse auf. „Allein die Höhe des Tisches und seine Form lassen mich vermuten, daß völlig andersgeartete Wesen als Gleamors einmal an ihm gesessen haben. Ich frage mich nur, wo die wirklichen Besitzer dieser Kraftstation geblieben sind. Sind sie vielleicht in jenen Raumschiffen, die wir beobachtet haben, bevor wir in den Energieblasen der Gleamors zu dieser Insel geflogen sind?"

„Warum sollten die Unbekannten diese unterirdischen Räume im Stich lassen?" fragte Doutreval. „Und wie konnten die Gleamors überhaupt hier eindringen?"

„Im Augenblick gibt es nur eine Erklärung: die Gleamors und die Besitzer dieser Station lebten früher zusammen. Wahrscheinlich verrichteten die Gleamors Sklavendienste. Dann zogen sich die Erbauer dieser Sumpfstadt zurück und überließen alles den Gleamors."

„Die jedoch nichts damit anzufangen wissen und nun erwarten, daß wir ihnen bei der Bedienung der Kontrollen helfen“, fügte Surfat hinzu.

Redhorse lächelte dem Korporal zu. „Das bedeutet für uns eine unerwartete Gelegenheit, den Hypersender zu finden. Auch wenn er nicht hier unten aufgestellt ist, gibt es bestimmt Hinweise über seinen Standort.“

„Ist es nicht unlogisch, daß uns die Gleamors in diesen kleinen Raum einsperren, wenn wir vielleicht Zutritt zur gesamten Station haben müßten, um etwas herauszufinden?“ fragte Bradon.

Redhorse stieß sich vom Tisch ab und ging zur Tür. Sie ließ sich sofort öffnen. Redhorse machte eine einladende Bewegung.

„Ich bin sicher, daß wir uns hier unten frei bewegen können. Wir werden allerdings nicht weiter als bis zur Trennwand kommen. Dort wird Loor Tan Wachen aufstellen, um zu verhindern, daß wir durch den Antigravschacht flüchten.“

Surfat breitete die Arme aus. „Die Gleamors haben uns, ohne es zu wissen, eine Schatzkammer überlassen. Bestimmt werden wir etwas finden, was sich als Waffe verwenden läßt.“

„Warten wir ab“, erwiderte Redhorse. „Zunächst werden wir uns ausruhen.“

Nach mehreren Stunden erwachte Chard Bradon als erster und weckte die anderen Männer. Redhorse fühlte sich ausgeruht und hungrig. Die Stimmung der Besatzung der SJ-4C hatte sich merklich gebessert. Nur Doutreval, der Funker, klagte über Kopfschmerzen, die von seinem Sturz auf der Space-Jet herrührten.

„Hoffentlich vergessen die Gleamors nicht, daß wir auch ab und zu etwas zum Essen benötigen“, sagte Surfat und rieb seinen Bauch. „Mit leerem Magen konnte ich noch nie arbeiten.“

Bradon warf einen Blick auf Mister Jefferson. „Bevor wir verhungern, schlachten wir Ihren Freund, Korporal.“

Inzwischen hatten sich Redhorse und Gilliam zu der gegenüberliegenden Wand begeben und untersuchten die Bildschirme.

„Ich bin sicher, daß wir uns hier im Kontrollraum befinden“, sagte Redhorse nachdenklich. „Die ehemaligen Eigentümer der Station haben von hier aus alle notwendigen Schaltungen vorgenommen.“

Gilliam sagte: „Ich verstehe nicht, wozu sie derart viele Kontrollgeräte benötigen. Die Anzahl der Bildschirme läßt vermuten, daß ein Netz von Beobachtungsstationen über Gleam verteilt ist."

„Vielleicht sogar über das gesamte Tri-System", meinte Redhorse. „Wir müssen herausfinden, wo die Kontrollgeräte eingeschaltet werden."

Sie kehrten zum Tisch zurück. Redhorse hielt es für zu riskant, einige Hebel aufs Geratewohl zu betätigen. Zumindest bei den ersten Schaltungen wollte er wissen, was er in Funktion setzte. Gilliam zählte die Schalthebel an den Tischrändern und verglich sie mit der Anzahl der Bildschirme an den Wänden. Es gab fast doppelt so viele Schalter wie Kontrollgeräte. Redhorse schloß daraus, daß die Hebel nicht ausschließlich zum Einschalten der Bildschirme dienten.

Noch einmal untersuchten die Männer die Schaltanlagen. Schließlich entdeckte Bradon, daß ein Teil der Hebel mit Relais gekoppelt waren, die unterhalb der Tischplatte befestigt waren. Von den Relais aus führten Kabel bis unter den Mittelpunkt der Tischplatte, wo sie sich in einem halbrunden Gehäuse zusammenfanden.

Redhorse kroch unter den Tisch, um sich diese Stelle aus der Nähe anzusehen.

„Die Kabel führen von hier aus durch das mittlere Tischbein in den Boden", sagte er. „Dort stoßen sie wahrscheinlich auf Verbindungen, die aus diesem Raum herausführen."

Die vier Männer warteten, bis der Captain wieder unter dem Tisch auftauchte. Mit einer Hand umklammerte Redhorse einen der Schalter, der kein Relais besaß. Noch zögerte der Offizier. Es war immerhin möglich, daß sich die Bildschirme nur automatisch einschalteten. Vielleicht nahmen sie ihre Funktion nur auf, wenn die entsprechende Maschine, mit der sie gekoppelt waren, zu arbeiten begann.

Das alles waren theoretische Überlegungen. Wenn sie jemals etwas über die Funktionsweise der Kraftstation herausfinden wollten, mußten sie mit einigen Tests beginnen.

Redhorse drückte den Hebel nach unten. Er fühlte, wie das kalte Material in seiner vor Aufregung feuchten Hand nachgab. Zunächst geschah überhaupt nichts. Redhorse glaubte schon, eine Maschine außerhalb dieses Raumes eingeschaltet zu haben, als einer der dreieckigen Bildschirme aufleuchtete.

Auf der Mattscheibe konnten die Terraner die Oberfläche der Plattform sehen, von der aus sie die unterirdische Anlage betreten hatten. Das Bild wechselte nicht, so daß immer nur ein Teil der Plattform zusammen mit einem Ausschnitt des Sumpfes zu sehen war. Trotzdem konnte man über diesen Bildschirm genau beobachten, ob jemand in den Antigravschacht kletterte.

Redhorse fragte sich, ob die Gleamors bereits ähnliche Versuche mit den Schaltungen ausgeführt hatten.

„Ist das nicht prächtig?“ ereiferte sich Doutreval. „Jetzt können wir genau beobachten, wenn uns die Gleamors besuchen kommen.“

Redhorse mußte zugeben, daß ihr erster Versuch ein unerwarteter Erfolg war. Nun begann er zu hoffen, daß ihnen ihr anfängliches Glück treu blieb. Er drückte schnell hintereinander drei weitere Hebel nach unten. Die entsprechenden Bildschirme wurden hell. Einer zeigte den Gang, der zum Antigravschacht führte, die beiden anderen gaben den Blick auf Maschinenanlagen in anderen Räumen frei.

Der mit dem vierten Hebel gekoppelte Bildschirm brachte eine Überraschung für die gespannt wartenden Männer. Sie sahen den Planeten Gleam als fluoreszierende Ellipse im Raum stehen.

„Eine Kamera, die vom Weltall aus arbeitet“, sagte Gilliam. „Wahrscheinlich umkreist sie Gleam in großer Entfernung.“

Redhorse erkannte bald, daß der Sergeant mit seiner Vermutung recht hatte. Tri II wurde sichtbar. Die Lichtfülle der Sonne machte eine Zeitlang jede Beobachtung des Planeten unmöglich. Erst als die im Raum kreisende Kamera ihre Position weiter veränderte, wurde Gleam wieder deutlich sichtbar.

Plötzlich kam von Surfat ein überraschender Ruf. Auf dem Bildschirm war ein weiterer Körper sichtbar geworden.

„Ein Mond!“ rief Surfat aufgeregt. „Das ist ein Mond, Sir!“

„Es sieht ganz danach aus“, stimmte Redhorse zu. Er versuchte, seine Erregung zu unterdrücken. Der Trabant Gleams schien den Planeten in Höhe der Äquatorlinie zu umlaufen. Redhorse schätzte, daß sein Durchmesser etwa dreitausend Kilometer betrug, wenn das auch auf dem Bildschirm nur mit Gleam als Vergleichsmöglichkeit schwer zu ermitteln war. Noch schwieriger war es, die Entfernung des Mondes von dem Planeten festzustellen. Redhorse vermochte nicht genau zu sehen, in welchem Winkel die fliegende Kamera zu den beiden Himmelskörpern stand.

Allmählich veränderte sich das Bild. Der Mond rückte in die linke Hälfte der Mattscheibe. Gleam war nur noch als Teilausschnitt zu sehen. Redhorse kratzte sich nachdenklich am Kinn. Die Umlaufbahn der Kamera schien so eingerichtet zu sein, daß der Mond beobachtet werden konnte. Dem Trabanten kam also eine bestimmte Bedeutung zu.

„Gleam besitzt einen Satelliten“, klang Bradons Stimme auf. „Ist es nicht möglich, daß der Hypersender auf dem Mond aufgebaut ist?“

Redhorse lehnte sich gegen die Tischkante. Bradon hatte das ausgesprochen, was er ebenfalls vermutete. Es war die einzige Erklärung dafür, daß sie nach ihrem Eindringen in die gleamorsche Atmosphäre keine Impulse mehr empfangen hatten.

Gleam selbst war nur ein Köder für allzu Neugierige. Die mysteriösen Meister der Insel hatten sich auch im Tri-System etwas Besonderes einfallen lassen.

Redhorse gestand sich ein, daß sie den Mond wahrscheinlich nie entdeckt hätten, wenn die Gleamors sie nicht in diese unterirdische Station geführt hätten. Wahrscheinlich hatten die Erbauer der Hyperstation den Trabanten mit den ihnen zur Verfügung stehenden technischen Möglichkeiten gegen jede Entdeckung vom Raum aus geschützt, obwohl eine Beobachtung von der Station aus möglich war.

„Das Jüngelchen könnte recht haben“, sagte Brazos Surfat nachdenklich. „Wir armen Narren riskieren hier auf Gleam unser Leben, obwohl sich die Station woanders befindet.“

„Wenigstens haben wir jetzt Anhaltspunkte“, sagte Redhorse. „Vielleicht gelingt es uns, von Loor Tan oder einem anderen Gleamor etwas über diesen Mond zu erfahren.“

Whip Gilliam stützte sich mit beiden Händen auf den Tisch und sagte: „Das ist bestimmt einfacher, als danach mit den Informationen, die wir unter Umständen erhalten, in den Leerraum zurückzukehren.“

Surfat legte ärgerlich die Stirn in Falten. „Müssen Sie ausgerechnet jetzt damit anfangen, Sergeant? Ich träume schon von meiner Rückkehr, wenn ich ordengeschmückt ...“

„Sie haben zwar eine breite Brust für eine unbeschränkte Anzahl aller möglichen Orden“, unterbrach ihn Bradon, „doch bisher sind die Metallknöpfe Ihrer Jacke das einzig Aufsehenerregende.“

„Tsss, tsss, tsss!“ machte Surfat und schüttelte den Kopf. „Kein bescheidener Mann trägt seine Auszeichnungen mit sich herum.“

„Wenn wir uns Orden verdienen wollen, sollten wir uns besser wieder mit unseren Problemen beschäftigen“, mahnte Doutreval. „Die Entdeckung des Mondes macht uns noch nicht zu freien Männern.“

„Ich denke gerade darüber nach, welche Aufgaben diese Kraftstation noch auszuführen hat“, sagte Don Redhorse.

„Die Vielzahl der Maschinen ist bestimmt für mehr als nur für die Aufrechterhaltung des Reflektorfeldes oder der Tarnung des Mondes verantwortlich.“

„Woran denken Sie?“ fragte Bradon gespannt.

„An die Gravitationsverhältnisse dieses Planeten“, erwiderte Redhorse. „Uns war von Anfang an klar, daß diese nicht natürlichen Ursprungs sein konnten. Bei einem Planeten, der eine solch ausgeprägte elliptische Form wie Gleam besitzt, muß die Schwerkraft in den Polgebieten *höher* sein als in der Äquatorzone. Hinzu kommt noch die Eigenrotation des Planeten, die an den Polen durch die langsamere Rotationsgeschwindigkeit eine höhere und durch die schnellere Rotation und die damit verbundene Fliehkraft am Äquator eine niedrigere Gravitation bewirken müßte.

Wenn meine Theorie stimmt, ist ein Teil dieser Schaltungen dazu bestimmt, Schwerkraftfelder nach Belieben umzupolen.“

„Glauben Sie das wirklich, Sir?“ wollte Surfat wissen. „Vielleicht können wir die Schwerkraft außerhalb der Station verringern, so daß ich wie eine Elfe über den Sumpf schweben kann.“

Bradon kicherte leise, und Doutreval sagte leidenschaftslos: „Es gibt keine fetten Elfen, Korporal.“

Mit Befriedigung registrierte Redhorse, daß die Mannschaft der SJ-4C ihren Humor wiedergefunden hatte. Die Männer schienen nicht mehr daran zu zweifeln, daß es ihnen gelingen würde, zur Space-Jet zurückzukehren. Dieser Optimismus war allerdings verfrüht. Sie hatten zwar erstaunliche Entdeckungen gemacht, doch sie befanden sich noch immer in der Gewalt der Gleamors. Die Eingeborenen schienen nicht gewillt zu sein, ihre Gefangenen irgendwann wieder freizulassen.

Während Doutreval und Surfat sich über das Aussehen von Elfen stritten, machte sich Redhorse an die Untersuchung weiterer Schalter.

„Aufgepaßt!“ unterbrach er die Diskussion der beiden Raumfahrer. „Wir müssen immer mit unliebsamen Überraschungen rechnen, wenn ich Schaltungen vornehme.“

Er veränderte die Stellung einer Reihe weiterer Hebel. In den meisten Fällen leuchtete sofort ein Bildschirm auf. Einmal wurde ein unbekanntes Sumpfgebiet sichtbar. Redhorse wußte nicht, welche Bedeutung die Erbauer der Station ausgerechnet diesem Teil Gleams beigemessen hatten, und er beschloß, sich auch keine unnötigen Gedanken darüber zu machen. Auf den anderen hellwerdenden Bildschirmen waren ausnahmslos Maschinen zu sehen, die in den angrenzenden Räumen aufgestellt waren.

„Das Aufleuchten eines Bildschirms scheint zu bedeuten, daß die sichtbar werdende Maschine eingeschaltet ist", sagte Redhorse. „Ich möchte nur wissen, wie die jeweiligen Maschinen von hier aus kontrolliert werden."

„Vielleicht steuern sie sich automatisch", meinte Gilliam.

„Schon möglich", gab Redhorse zu. „Doch dann müssen wir voraussetzen, daß jede Anlage eine bestimmte Aufgabe hat, die nicht zu variieren ist."

Im Grunde genommen, überlegte der Captain, war es einfach unmöglich, die gesamte Kraftstation zu kontrollieren. Wenn sie Glück hatten, konnten sie unter Umständen die Funktion einiger Maschinen begreifen. Fraglich war es jedoch, ob sie Gelegenheit bekamen, einen Teil der Anlage für ihre Zwecke einzusetzen.

Redhorse bedauerte, daß keine Wissenschaftler zu seinem Team gehörten. Spezialisten hätten ihm weiterhelfen können.

Wenn es ihnen gelang, die Schwerkraft Gleams von hier unten aus zu verändern, waren die Gleamors als Gegner ausgeschaltet. Ihr Organismus war an die derzeitigen Verhältnisse gewöhnt. Es würde die Eingeborenen völlig durcheinanderbringen, wenn es zu einer Normalisierung der Schwerkraft kam.

Der Captain wußte nicht, wozu die Erbauer der unterirdischen Station die Schwerkraftprojektoren, die unglaublich stark sein mußten, überhaupt eingesetzt hatten. Sollten sie eventuelle Gegner nur irreführen, oder waren sie zum Schutz der Sumpfstation erbaut worden?

„Es sieht so aus, als bekämen wir lieben Besuch!" rief Doutreval und deutete auf den Bildschirm, der einen Ausschnitt der Plattform zeigte. Redhorse blickte auf. Er sah Loor Tan in Begleitung vier weiterer Eingeborener vor dem Einstieg des Antigravschachtes auftauchen. Nur Loor Tan trug einen terranischen Kombistrahler.

Redhorse fragte sich, ob außerhalb der Kraftstation etwas geschehen war, was die Gleamors auf die Experimente der fünf Terraner aufmerksam gemacht hatte, oder ob Loor Tan nur zurückkehrte, um sich von den Fortschritten zu überzeugen, die die Gefangenen gemacht hatten.

Redhorse faßte einen Entschluß.

„Postiert euch hinter den Hebeln, die wir noch nicht umgeschaltet haben!“ rief er seinen Männern zu. „Sobald die Gleamors diesen Raum betreten, verändern wir die Stellung aller Schaltungen. Ich hoffe, daß wir nicht gleich in die Luft fliegen.“

„Was versprechen Sie sich davon, Captain?“ wollte Bradon wissen.

Redhorse wünschte, er hätte darauf eine Antwort gewußt. „Wir wollen abwarten“, sagte er ausweichend. „Vielleicht passiert irgend etwas, was die Machtverhältnisse ändern kann.“

Die fünf Raumfahrer nahmen rund um den sechseckigen Tisch Aufstellung. Redhorse behielt die Wand mit den Bildschirmen in den Augen. Inzwischen waren alle fünf Gleamors von der Plattform verschwunden. Die Augen des Captains suchten jenen Bildschirm, auf dem der Ausgang des Antigravschachtes zu erkennen war. Gleich darauf sah er Loor Tan an der Spitze der kleinen Gruppe in den Gang eindringen, durch den auch die Terraner die Station betreten hatten.

Die Gleamors zeigten keine besondere Eile, aber Loor Tans Bewegungen wirkten entschlossen. Es war deutlich zu sehen, daß der Anführer der Eingeborenen mit bestimmten Absichten gekommen war.

Sekunden später verschwanden die fünf Gleamors aus dem Blickfeld der Terraner.

„Sie müssen jeden Augenblick diesen Raum betreten“, sagte Redhorse ruhig. Er ahnte, daß sich in den nächsten Minuten ihr Schicksal entscheiden würde. Vielleicht ging es sogar um noch mehr als um ihr Leben. Die Last der Verantwortung drohte Redhorse plötzlich den Atem abzuschnüren. Er hatte ein solches Gefühl noch nie so intensiv erlebt, und er kämpfte wütend dagegen an. Jetzt war keine Zeit für irgendwelche Sentimentalitäten.

Die Augen des Captains wurden zu schmalen Schlitzen, als er seine gesamte Aufmerksamkeit auf die weiße Fläche der Tür konzentrierte. Er umklammerte die beiden Hebel in seinen Händen so fest, daß ihm die Fingerknöchel wehtaten.

Da bewegte sich die Tür, sie glitt lautlos und langsam zur Seite.

Loor Tan stand im Eingang, den Strahler schußbereit in den Händen, arrogant lächelnd. Hinter ihm drängten sich seine vier Begleiter und versuchten, an ihrem Anführer vorbei in den Raum zu blicken.

„Jetzt!“ sagte Redhorse tonlos.

Zehn Hände drückten zehn Hebel in eine andere Lage. Das Lächeln in Loor Tans Gesicht erstarb, er machte unsicher einen Schritt zurück und hob die Waffe, so daß sie genau auf Redhorses Brust zeigte. Gelassen wartete Redhorse, daß weitere Bildschirme hell wurden und irgend etwas geschah.

Es geschah etwas!

Redhorse hatte plötzlich das Gefühl, als hätte ihm jemand den Boden unter den Füßen weggezogen. Instinktiv klammerte er sich an den beiden Hebeln fest. Er mußt sich dagegen stemmen, um nicht unter die Decke zu schweben. Er blickte zur Seite und sah Brazos Surfat im Raum hängen. Die drei anderen Männer hielten sich ebenso wie Redhorse an der Tischkante oder an den Schalthebeln fest.

Die Gleamors jedoch hatten nicht schnell genug reagieren können. Unmittelbar am Eingang gab es nichts, woran sie sich hätten festhalten können. Die Eingeborenen hingen unter der Decke und ruderten verbissen mit den Armen. Mit ihren aufgebauschten Reifröcken sahen sie wie Tänzer einer grotesken Ballettszene aus.

Zu Redhorses Erleichterung schwebte die einzige Waffe, die es innerhalb des Raumes gab, Loor Tans Kombistrahler, vier Meter von den Gleamors entfernt über den Köpfen der Terraner. Die Eingeborenen stießen Hilferufe aus, die Loor Tan vergeblich mit seinen gebrüllten Befehlen zu übertönen versuchte.

„Wir brauchen die Waffe!“ rief Redhorse.

Bevor er selbst etwas unternehmen konnte, gab Chard Bradon seinen halbwegs sicheren Standplatz auf und stieß sich mit den Füßen ab. Er schoß in die Höhe. Redhorse befürchtete schon, der junge Raumfahrer würde mit dem Kopf anstoßen, doch Bradon fing sich geschickt mit den Händen ab. Jetzt erwies sich das Weltraumtraining der Terraner den Fähigkeiten der Gleamors überlegen. Die fünf Eingeborenen hatten ihre Körper noch immer nicht unter Kontrolle. Bradon dagegen tastete sich behutsam unter der Decke entlang, genau auf den Kombistrahler zu. Redhorse glaubte schon, der Offiziersanwärter könne sein Ziel ohne Zwischenfälle erreichen, als es Loor Tan endlich gelang, sich mit einem Bein von einer Seitenwand abzustoßen. Der große Gleamor schwebte hinter Bradon nach – und er war schneller als der Terraner.

„Chard!“ kam Surfats Warnruf.

Bradon wandte sich um, viel zu vorsichtig und zu langsam, wie es Redhorse schien. Loor Tan zog den Kopf zwischen die Schultern, um Bradon zu rammen. Nun ließ auch Redhorse die beiden Hebel los, die er umklammerte, und schwebte zur Decke hinauf.

Loor Tan hatte Bradon getroffen. Zu einem Knäuel verschlungen, glitten die beiden Widersacher zur gegenüberliegenden Wand. Loor Tan strampelte verzweifelt mit den Beinen, ohne dadurch etwas zu erreichen.

Die vier Gleamors versuchten, ihrem Anführer zu Hilfe zu eilen. Redhorse bemühte sich, von seinem ungewöhnlichen Platz aus alles zu überblicken. Schräg vor ihm hing der Strahler frei in der Luft. Mit beiden Händen stieß sich der Captain ab, um ihn zu erreichen, bevor ihm einer der Gleamors zuvorkam.

Da kam von unten eine tonnenförmige Gestalt auf ihn zugetrieben.

„Brazos!“ schrie Redhorse. „Passen Sie auf, zum Teufel!“

Doch der Korporal hatte offenbar jede Orientierung verloren. Er drehte sich um seine eigene Achse und traf mit einer Hüfte gegen Redhorses Rücken. Es gab einen dumpfen Schlag, als Brazos gegen die Decke stieß. Redhorse hörte ihn aufstöhnen. Redhorse war bemüht, seine Bewegungen wieder unter Kontrolle zu bringen. Sekundenlang dreht sich der gesamte Raum vor seinen Augen. Bradon und Loor Tan schienen noch immer zu kämpfen. Die vier anderen Gleamors hatten Surfat umzingelt und sich an ihm festgeklammert. An jeder Seite des Korporals hingen zwei Eingeborene, wild mit den Beinen rudernd und schrille Schreie ausstoßend.

Zwei neue Gestalten tauchen auf: Gilliam und Doutreval. Redhorse erreichte endlich den Kombistrahler und hielt ihn fest. Surfat kämpfte gegen die Übermacht an, die ihn umzingelt hatte, doch er war noch ungeschickter als die Eingeborenen. Unter den Schwerelosen ertönte ein schrilles Winseln. Gleich darauf kam Mister Jefferson wie eine Wollkugel emporgeschossen und prallte gegen Surfat. Auch das Tier versuchte nun, sich an dem unglücklichen Korporal festzuhalten, wobei es wenig rücksichtsvoll vorging und Surfats Hose unterhalb der Hüfttaschen aufriß.

Redhorse vermutete, daß das Tier bisher unter dem Tisch gekauert hatte und durch eine unvorsichtige Bewegung aus seinem Versteck geglitten war. Gilliam und Doutreval hatten jetzt Bradon und Loor Tan erreicht. Sie rissen den verbissen ringenden Gleamor zurück und schirmten Bradon gegen ihn ab. Der junge Mann war außer Gefahr. Redhorse stieß sich mit einem Ruck von der Decke ab. Sein Schwung reichte aus, um ihn zum Tisch zurückzubringen, wo er sich mit beiden Füßen einhakte. Gleich darauf hatte er wieder festen Boden unter den Füßen. Aus noch unerklärlichen Gründen war die Schwerkraft innerhalb der Kraftstation nicht nur aufgehoben worden, sondern hatte sich innerhalb des Kontrollraumes auch noch so verändert, daß an der Decke eine geringe Gravitation herrschte. Der Captain war überzeugt davon, daß dies auf das plötzliche Umschalten aller noch nicht betätigten Hebel zurückzuführen war. Wahrscheinlich hatten sie ein solches Durcheinander in den Steueranlagen der Kraftfeldprojektoren ausgelöst, daß es vorübergehend zu völlig widersinnigen Verhältnissen gekommen war. Redhorse hoffte, daß es nicht dazu kam, daß sie eine überhöhte Schwerkraft ertragen mußten.

Neben ihm entstand eine Bewegung. Es waren Gilliam, Doutreval und Bradon, die gemeinsam von der Decke schwebten.

Gilliam deutete mit dem Daumen nach oben, und Bradon fragte betont:

„Und was ist mit *ihm?*"

Von Brazos Surfat, der mit dieser Frage zweifellos gemeint war, gab es nicht mehr viel zu sehen. Die Gleamors hatten offenbar erkannt, daß der dicke Raumfahrer einen ausgezeichneten Halt abgab. Mit ihren Fäusten hieben die vier Eingeborenen auf den Korporal ein, der sich zwar wehrte, aber kaum einen Gegner traf.

Loor Tan hing mit wutverzerrtem Gesicht unter der Decke und schaute zu den Terranern herunter. Mister Jefferson hatte sich jetzt endgültig am Hinterteil von Surfats Hose in Sicherheit gebracht.

Bradon legte beide Hände an den Mund und bildete damit einen Trichter.

„Korporal Surfat, was wissen Sie über Bojen?" rief er.

Surfat gab einige undeutliche Geräusche von sich. Er drehte sich langsam nach unten, und die Männer am Tisch konnten jetzt sein Gesicht sehen, ein schweißbedecktes Gesicht, zornig verzerrt.

„Was soll der Unsinn?" schrie Surfat wütend. „Holt mich hier herunter!"

„Ich meine Rettungsbojen!“ erklärte Bradon ernsthaft. „Das sind hohle Blechkörper, die im Meer schwimmen.“ Bradon machte eine Pause und fügte dann boshaft hinzu: „Man kann sich daran festhalten, Korporal, und es wäre unmenschlich, bedrohten Schiffbrüchigen eine Boje zu entwenden.“

„Ich bin keine Boje!“ heulte Surfat auf. Voller Zorn stieß er sich nach vorn, die zappelnden Gleamors und den winselnden Mister Jefferson mit sich ziehend. Loor Tan hatte offenbar eingesehen, daß die Terraner im Augenblick die Lage beherrschten. Er rief seinen Begleitern Befehle zu, doch die Eingeborenen reagierten nicht. Sie waren nur darauf bedacht, ihren Halt nicht zu verlieren. Unlogischerweise griffen sie Surfat noch immer an.

Surfat robbte mit seinen Anhängseln quer unter der Decke entlang, ununterbrochen Verwünschungen gegen die Gleamors, gegen Bradon, gegen die Raumfahrt und gegen seine Unklugheit, bei der Solaren Flotte zu dienen, ausstoßend.

„Vielleicht sollten wir ihm *doch* helfen“, sagte Doutreval mit geheuchelter Besorgnis.

„Hören Sie mit diesen Erörterungen auf“, empörte sich Surfat. „Unternehmen Sie endlich etwas. Captain Redhorse, lassen Sie nicht zu, daß meine Autorität untergraben wird.“

„Holen Sie ihn herunter, Whip“, sagte Redhorse zu Gilliam.

Der hagere Sergeant flog zu Surfat hinauf und pflückte die vier Gleamors wie reife Früchte vom Körper des Korporals. Sofort begannen die Eingeborenen wieder hilflos herumzurudern. Loor Tan hatte als einziger erkannt, wie wenig Sinn das hatte. Er hing bewegungslos unter der Decke.

„Jetzt können Sie nach unten, Brazos“, sage Redhorse.

„Nein!“ protestierte Surfat. „Sergeant Gilliam, nehmen Sie Mister Jefferson von meinem Rücken.“

Gilliam begann, Surfats Rücken abzutasten.

„Ich kann ihn nicht finden, Korporal“, sagte er ratlos.

„Tiefer!“ schrie Surfat. „Verdammt sollen Sie sein! Suchen Sie tiefer.“

Gilliam zog Mister Jefferson von Surfats zerrissenem Hosenboden weg.

„Ich wußte nicht“, sagte er entschuldigend, „daß Sie einen so langen Rücken haben, Korporal.“

„Als Surfat und Gilliam schließlich gemeinsam neben dem Tisch landeten, wurden sie von den drei wartenden Männern mit Gelächter empfangen.

Die fünf Gleamors sahen fassungslos auf die Fremden herab. Loor Tans Gesicht war eine undurchdringliche Maske. Wahrscheinlich wollte er auf diese Art seine Verwirrung über das Verhalten der Terraner verbergen.

Unverhofft wurde Redhorse wieder schwerer. Bevor er sich gefangen hatte, gab es fünf dumpfe Schläge.

Hinter dem Tisch, nur vier Meter von der Besatzung der SJ-4C entfernt, lagen fünf schwergeprüfte Gleamors und wagten offenbar nicht, sich zu bewegen. Redhorse glaubte nicht, daß sie sich ernsthaft verletzt hatten. Mit langen Schritten ging er zu Loor Tan hinüber und drückte ihm den Lauf des Strahlers in den Rücken.

„Und nun", sagte er spöttisch, „bestimmen *wir,* was getan wird."

Dann wandte er sich zu seinen Begleitern. Seine Augen funkelten. Seine Gestalt straffte sich.

„Navaneoz niseno!" rief er triumphierend. „Sie sind besiegt, meine Freunde."

„Auch das noch!" stöhnte Surfat. „Jetzt spricht er indianisch mit uns."

9.

Loor Tan entschloß sich als erster, vom Boden aufzustehen. Man sah ihm an, daß er über die überraschende Wendung nicht besonders glücklich war. Er beschimpfte seine Begleiter, die es vorzogen, zu seinen Füßen liegenzubleiben. Als Loor Tan nach ihnen treten wollte, stieß ihn Redhorse zurück.

„Aufhören!" rief der Captain. „Sie sind die längste Zeit der Anführer der Gleamors gewesen."

Die glasklaren Augen des Eingeborenen sahen in voller Haß an, doch Redhorse hielt dem Blick mühelos stand.

„Nereite!" rief Loor Tan wütend.

Redhorse warf Gilliam den Strahler zu, den der Sergeant auffing.

„Überprüfen Sie, ob er in Ordnung ist", befahl Redhorse. „Ich werde inzwischen versuchen, von unserem Freund etwas zu erfahren."

Mit festem Griff packte Redhorse den Gleamorhäuptling am Oberarm und zog ihn mit sich vor die Wand mit den Bildschirmen. Er deutete unmißverständlich auf jene Mattscheibe, wo Gleams Mond in diesem Augenblick wieder aufgetaucht war.

Redhorse machte eine alles umfassende Geste und bezeichnete damit die Station. Dann zeigte er wieder auf den Trabanten Gleams.

Trotzig senkte Loor Tan den Kopf. Redhorse verstärkte seinen Griff. Er besaß starke Hände, und die Oberarme des Gleamors waren mager. Redhorse spürte, wie der Eingeborene sich unter seinem Zugriff zu winden begann.

„Getai!" zischte Loor Tan schließlich.

Redhorse lockerte die Umklammerung. Er liebte diese Art des Verhörs nicht, aber er und seine Begleiter waren weit von ihrer Space-Jet entfernt und Lichtjahre von den im Leerraum wartenden Einheiten der Solaren Flotte.

Wieder deutete Redhorse auf den Mond. Diesmal nickte Loor Tan widerwillig. Er wußte also, daß Gleam einen Satelliten besaß. Redhorse zerrte den Gleamor zum Tisch zurück. Noch immer lagen Loor Tans Begleiter am Boden, aufmerksam bewacht von Sergeant Whip Gilliam. Inzwischen war Brazos Surfat bemüht, seine zerrissene Hose zusammenzubinden.

Redhorse zeigte auf verschiedene Maschinen, die auf den Bildschirmen zu sehen waren. Jetzt war Loor Tan aufmerksamer. Abwartend blickte er Redhorse an. Noch einmal deutete Redhorse auf den kosmischen Begleiter Gleams, der inzwischen fast vom Licht der Sonne Tri II überstrahlt wurde.

Loor Tan verstand den Cheyenne. Er nickte abermals.

„Gut, mein Freund", sagte Redhorse befriedigt. „Wir können jetzt mit Sicherheit annehmen, daß es auf diesem Mond ebenfalls eine Station gibt. Ich glaube nicht, daß der Gleamor einen Grund hat, uns zu belügen."

„Der Hypersender, der für die Aktivierung der Mobys verantwortlich ist", sagte Doutreval zufrieden. „Jetzt wissen wir, wo wir zu suchen haben."

„Wir dürfen keine voreiligen Schlüsse ziehen", bremste Redhorse den Eifer des Funkers ab. „Wenn es irgendwelche Bauwerke auf Gleams Satelliten gibt, heißt das noch lange nicht, daß sich dort auch der Hypersender befindet."

„Doch, doch", mischte sich Surfat ein. „Wir sind auf der richtigen Spur, Sir. Jetzt kommt es nur darauf an, daß wir hier herauskommen und eine Möglichkeit finden, zur Space-Jet zurückzukehren."

Redhorse legte dem zurückweichenden Loor Tan eine Hand auf die Schulter.

„Der Gleamor wird uns begleiten", sagte er. „Mit Loor Tan als Geisel haben wir die Eingeborenen in der Hand. Sie werden nicht wagen, gegen uns vorzugehen. Wir werden Loor Tan dazu zwingen, uns mit einer Energieblase zur Space-Jet zurückzufliegen."

Sie berieten Redhorses Vorschläge. Keiner der Männer hatte einen besseren Einfall, und so beschlossen sie, Loor Tan mitzunehmen. Bradon ging sogar noch weiter als Redhorse und schlug vor, den Anführer der Gleamors an Bord der Space-Jet zu bringen.

„Perry Rhodan könnte veranlassen, daß Loor Tan von den Mutanten verhört wird, sobald wir den wartenden Schiffsverband erreicht haben", begründete Bradon seine Idee. „Außerdem besäßen wir dann eine halbwegs vernünftige Erklärung für unsere außerplanmäßige Landung auf Gleam."

„Gut", erklärte sich Redhorse einverstanden. Er befahl den Männern, alle Schalthebel wieder in die ursprüngliche Lage zu bringen.

„Warum sollen wir das tun, Sir?" fragte Surfat aufgebracht. „Denken Sie doch an die überhöhte Schwerkraft, die wir damit wieder erzeugen würden."

„Daran denke ich", erwiderte Redhorse. „*Sie* sollten jedoch an die sechsunddreißig Kugelraumer denken, die wir vor unserem Abflug aus dem Polargebiet gesichtet haben. Die Besatzungen könnten eventuell auf die Veränderung der Schwerkraft aufmerksam werden, wenn sie größere Gebiete überfliegen. Wollen wir riskieren, daß die Flotte der Kugelschiffe nach uns zu suchen beginnt?"

Widerstrebend gab Surfat zu, daß der Captain recht hatte. Es blieb ihnen keine andere Möglichkeit, als die alten Verhältnisse wiederherzustellen, obgleich auch sie keineswegs als normal gelten konnten.

Die Bildschirme erloschen, als die Terraner die Schalthebel betätigten. Die Gleamors sahen teilnahmslos zu. Redhorse behielt Loor Tan im Auge. Obwohl der Anführer der Gleamors einem primitiven

Stamm angehörte, besaß er eine Intelligenz, die der der Terraner gleichwertig war. Eine Unterschätzung des Gleamors konnte zu erneuten Schwierigkeiten führen. Redhorse war überzeugt davon, daß Loor Tan sich nicht widerstandslos in sein Schicksal fügen würde.

„Was geschieht mit den vier Begleitern Loor Tans?“ erkundigte sich Doutreval.

„Wir lassen sie hier zurück“, entschied Redhorse. „Ich vermute, daß an der Plattform ein Floß verankert ist. Damit werden wir zum Ufer zurückkehren. Die vier Eingeborenen werden warten müssen, bis sie von ihren Stammesangehörigen hier abgeholt werden. Sie können uns nicht mehr gefährlich werden, wenn sie kein Floß haben, um den Sumpf zu überqueren.“

Redhorse ließ sich von Gilliam den Kombistrahler geben. Der Sergeant hatte die Waffe überprüft. Sie war noch vollkommen intakt. Mit Unbehagen dachte Redhorse an die vier anderen Strahler, die sich noch im Besitz der Gleamors befanden. Er beschloß im stillen, nach Möglichkeit die Ansiedlung der Eingeborenen zu umgehen und direkt zum Landeplatz der Energieblasen zu flüchten. Loor Tan mußte gezwungen werden, ihnen den richtigen Weg zu zeigen.

Captain Redhorse schickte seine Männer zum Eingang. Dann packte er Loor Tan an der Schulter. Die vier Begleiter des Gleamorhäuptlings wollten ihnen folgen, doch Redhorse richtete die Waffe auf sie und trieb sie in den Hintergrund des Raumes zurück.

Kurz darauf standen sie innerhalb des angrenzenden Maschinenraumes. Redhorse zwang Loor Tan, den Durchgang zum Kontrollraum zu schließen. Auffällig schnell kam der Gleamor den Anordnungen nach.

„Du solltest dich keinen Illusionen hingeben“, ermahnte Redhorse den Gleamor. „Bevor du irgend etwas unternimmst, drücke ich ab.“ Er winkte Loor Tan drohend mit der Waffe, um dem Eingeborenen seine Worte verständlich zu machen.

Minuten später erreichte die kleine Gruppe den Zugang zum Antigravschacht. Redhorse schickte Brazos Surfat als Vorhut nach oben. Bradon, Gilliam und Doutreval folgten. Loor Tan zögerte, den Antigravschacht zu betreten.

„Vorwärts!“ kommandierte Redhorse und gab dem Gleamor einen Stoß. Loor Tan verschwand aus seinem Blickfeld. Redhorse wußte, daß der Gleamor auf der Plattform von den Besatzungsmitgliedern der SJ-4C sofort in Empfang genommen würde.

Er trat ebenfalls in den Schacht und ließ sich nach oben schweben. Auf der Plattform hielten Surfat und Gilliam den Eingeborenen fest.

„Der Bursche wollte aufs Floß flüchten", erklärte Bradon lächelnd und zeigte auf ein paar zusammengebundene Pilzstämme, die neben der Metallinsel verankert waren. Doutreval war bereits damit beschäftigt, den Strick zu lösen, mit dem die Eingeborenen das Floß befestigt hatten. Es war nicht so groß wie jenes, mit dem die Terraner zu der Plattform gekommen waren, doch Redhorse war sicher, daß sie alle Platz darauf finden würden.

Sie banden Loor Tan die Hände auf dem Rücken zusammen und schickten ihn aufs Floß.

Ohne Zwischenfälle erreichten sie das Ufer. Redhorse betrat als letzter das Land, Loor Tan vor sich hertreibend.

„Chard, Sie bekommen wieder Zeichenarbeit", sagte der Cheyenne zu Bradon. „Malen Sie unserem gleamorschen Freund eine Energieblase auf den Boden."

Bradon riß einige Moosbüschel heraus, glättete den Schlamm und begann zu zeichnen. Redhorse rief Loor Tan zu sich und deutete auf die einfache Skizze. Dann wies er mit einem Arm in jene Richtung, wo er den Landeplatz vermutete.

Loor Tan versuchte, die Zeichnung mit den Füßen zu zerstören, doch Bradon riß ihn zurück.

„Wir müssen ihm ein bißchen Angst machen", meinte Doutreval.

„Allerdings", stimmte Redhorse zu. Er riß Loor Tan den Reifrock vom Körper und gab ihn Bradon. Dann trieb er den Gleamor mit vorgehaltener Waffe auf den Sumpf zu.

„Dreite begeit!" schrie Loor Tan, als er bis zu den Knien im Moor versunken war. „Leite, Don!"

Unnachgiebig verstärkte Redhorse den Druck der Waffe und watete hinter dem Gleamor nach. Er befürchtete bereits, Loor Tan würde den Tod dem Verrat vorziehen, doch endlich nickte der Eingeborene und deutete in die Richtung des Pilzwaldes. Redhorse atmete auf und ließ den Gleamor an Land zurückkehren. Bradon gab den Reifrock an Loor Tan zurück.

Die Kräfte der Terraner ließen mehr und mehr nach. Sie waren bei fast zwei Gravos ständig erhöhten Belastungen ausgesetzt. Redhorse konnte nur hoffen, daß sie alle durchhielten, bis sie die Energieblasen erreicht hatten.

Loor Tan konnte die Terraner entscheidend schlagen, wenn er sie in die falsche Richtung führte. Nur wenn seine Angst zu groß war oder der Gleamor den Zustand der Raumfahrer falsch einschätzte, besaßen sie eine Chance, ihr vorläufiges Ziel zu erreichen.

„Wir sollten eine kurze Rast machen, Captain", schlug Surfat vor.

Redhorse lehnte ab. „Wir können vom Wald und von der Luft aus beobachtet werden, wenn wir am Ufer des Sumpfes bleiben", sagte er. „Außerdem dürfen wir unserem Freund nicht viel Zeit zum Nachdenken lassen."

Sie marschierten los. Redhorse und Loor Tan gingen an der Spitze. Der Offizier ließ Loor Tan keine Sekunde aus den Augen. Jedes Zögern des Gleamors konnte bedeuten, daß sich Loor Tan entschlossen hatte, die Richtung zu ändern und die Terraner an einen verkehrten Platz zu führen.

Als sie den Waldrand erreichten, rief Redhorse Surfat zu sich.

„Setzen Sie Mister Jefferson auf den Boden", befahl er dem Korporal. „Ich nehme an, daß das Tier die Richtung kennt, die wir einschlagen müssen."

Sie kamen immer langsamer voran. Redhorse begann allmählich zu befürchten, daß Loor Tan sie doch überlistet hatte. Er hätte eine Pause angeordnet, doch er wollte nicht, daß der Gleamor merkte, wie schlecht es um die Raumfahrer bestellt war.

Brazos Surfat war an das Ende der Gruppe zurückgefallen. Mehr als jeder andere litt der korpulente Mann unter der doppelten Erdschwere. Redhorse selbst hatte heftige Kopfschmerzen und fühlte sich ausgehöhlt und niedergeschlagen. Es kam ihm vor, als hätte er einen dreitägigen Marsch hinter sich, obwohl sie höchstens einige Stunden unterwegs waren.

Gilliam und Doutreval hatten Pilze eingesammelt, doch die Nahrung war den Männern diesmal nicht bekommen. Redhorse spürte einen dumpfen Druck in der Magengegend. Allein die Aussicht, die Space-Jet wiederzusehen, hielt ihn aufrecht. Den anderen erging es wahrscheinlich ebenso. Längst hatten sie aufgehört, sich zu unterhalten. Nur Redhorse stieß ab und zu einen Befehl hervor, der Loor Tan galt.

Der Gleamor schien alles widerspruchslos hinzunehmen. Die Terraner konnten nicht feststellen, ob sie jetzt den gleichen Weg benutzten, auf dem sie vor einem Tag zum Sumpf marschiert waren.

Zwischen Redhorse und Loor Tan watschelte unverdrossen Mister Jefferson. Das Tier schien zu spüren, daß Surfat zu schwach war, um es zu tragen. Redhorse hoffte, daß der Instinkt Mister Jefferson den richtigen Weg einschlagen ließ, wenn Loor Tan sich zu einem Betrug entschließen würde.

Endlich stießen sie auf den breiten Weg, der zur Ansiedlung der Eingeborenen führte. Loor Tan blieb abwartend stehen. Die erschöpften Männer lehnten sich gegen Pilzstämme. Der Strahler in Redhorses Hand schien Zentner zu wiegen.

„Ich hätte nicht geglaubt, daß wir überhaupt bis hierher kommen würden“, gestand Olivier Doutreval. Er deutete auf Loor Tan. „Was geschieht jetzt mit ihm?“

„Er wartet offenbar darauf, daß wir ihn freilassen“, stellte Redhorse fest, „doch daraus wird nichts. Er muß für uns eine der Energieblasen fliegen, denn ich glaube nicht, daß wir etwas mit diesen Apparaten anfangen können.“

Loor Tan verbarg seine Enttäuschung nicht, als Redhorse in die entgegengesetzte Richtung des Eingeborenendorfes zeigte und dem Anführer der Gleamors bedeutete, daß er die Terraner weiterhin begleiten mußte. Der Gleamor stieß einen wütenden Ruf aus und stampfte mit einem Fuß auf den Boden.

„Sir!“ schrie Gilliam in diesem Augenblick.

Redhorse erschrak und fuhr herum. Auf der anderen Seite des Weges näherten sich mehrere Gleamors. Sie wußten offenbar nicht, was sie unternehmen sollten, denn sie bewegten sich nur zögernd.

Mit einem Satz war Redhorse neben Loor Tan und preßte ihm die Mündung der Waffe in die Seite.

„Laß dich nicht zu irgendwelchem Unsinn verleiten, mein Freund“, sagte er drohend.

Er konnte spüren, wie Loor Tan vor Erregung zitterte. Die Gleamors diskutierten heftig.

„Es sind sechzehn Eingeborene“, sagte Surfat atemlos. „Zum Glück haben sie keine Waffen bei sich.“

Einer der Gleamors rief seinem Häuptling etwas zu. Loor Tan gab keine Antwort, weil Redhorse den Druck mit der Waffe verstärkte.

Der Offizier ahnte, daß sie auf die Dauer die Eingeborenen nicht zurückhalten konnten. Deshalb mußten sie möglichst schnell die Energieblasen erreichen.

„Wir kümmern uns nicht um sie, solange sie uns nicht angreifen", entschied Redhorse. „Wir müssen uns beeilen."

Er wunderte sich, daß er noch kräftig genug war, um sich erneut zum Vorwärtsgehen zwingen zu können. Jeder Schritt bedeutete eine neue Qual. Es kostete ihn Mühe, Loor Tan ununterbrochen mit dem Strahler zu bedrohen. Mit einem Seitenblick überzeugte er sich, daß ihm alle Männer folgten. Hinter den Raumfahrern kamen die Verfolger. Die Gleamors wagten sich jedoch nicht näher als zwanzig Meter heran. Sie waren klug genug, um zu erkennen, daß ihrem Anführer Gefahr drohte. Redhorse glaubte jedoch nicht, daß sie das zurückhalten konnte, wenn sie begriffen, daß ihre entsprungenen Gefangenen mit einem der Flugapparate zu fliehen beabsichtigten.

„Das kann nicht gutgehen, Captain", sagte Bradon.

Redhorse warf ihm einen wütenden Blick zu. „Haben Sie eine bessere Idee, was wir tun könnten?" fragte er gereizt.

„Kämpfen", meinte Bradon. „Wir können die Verfolger mit Hilfe des Strahlers vertreiben."

„Dann holen sie Verstärkung aus dem Dorf", entgegnete Redhorse. „Was sollen wir unternehmen, wenn die Eingeborenen mit den vier Waffen auftauchen, die noch in ihrem Besitz sind?"

An der Art, wie Bradon den Kopf senkte, erkannte Redhorse, daß auch der junge Raumfahrer keine Antwort darauf wußte.

„Wir kommen durch", sagte Redhorse besänftigend. „Es kommt darauf an, daß wir die Nerven nicht verlieren."

„Blicken Sie einmal zurück, Sir", flüsterte Gilliam. „Dann werden Sie gute Nerven brauchen!"

Redhorse wandte sich um. Die Verfolger wurden immer unruhiger und kamen auch näher. Vielleicht ahnten sie, was die Raumfahrer vorhatten. Trotzdem wollte Redhorse nicht auf die Gleamors schießen. Er lehnte es ab, auf Unbewaffnete zu feuern, solange sein Leben nicht unmittelbar bedroht war. Außerdem hätte er höchstens drei oder vier Gleamors töten können, dann wären die anderen über ihn hergefallen und hätten ihm die Waffe entrissen.

„Weitergehen!" sagte der Cheyenne. „Surfat, Sie dürfen jetzt nicht zurückbleiben."

Keuchend holte der Korporal den Vorsprung der anderen Männer auf. Sein Gesicht war vor Anstrengung gerötet.

„Werden Sie es schaffen, Brazos?“

Surfat nickte nur. Als sie den Waldrand erreichten, waren die Gleamors nur noch zehn Meter hinter ihnen. Redhorse führte die Männer zu der Energieblase, die am schnellsten ins Freie zu tragen war. Er wußte im Augenblick noch nicht, wie sie den Flugapparat überhaupt an einen Startplatz schleppen sollten, und es blieb ihm auch keine Zeit, darüber nachzudenken. Unter Aufbietung seiner letzten Kräfte packte er Loor Tan im Nacken und zerrte ihn auf die Energieblase zu.

Die Eingeborenen hinter ihnen begannen zu schreien. Redhorse wurde von seinen Begleitern überholt. Bevor Redhorse es verhindern konnte, kletterten die Raumfahrer ins Innere des seltsamen Flugzeuges. Redhorse wollte ihnen zurufen, daß sie sofort umkehren sollten, doch seine Stimme versagte. Nur ein Krächzen kam aus seinem Mund. Seine Knie drohten nachzugeben. Loor Tan stöhnte unter seinem Griff.

Redhorse stolperte vorwärts. Die Verfolger heulten auf, als der Captain zusammen mit Loor Tan ebenfalls durch den Eingang taumelte.

„Von hier aus können wir nicht starten!“ brachte der Captain hervor. Er fragte sich, ob diese kraftlose Stimme seine eigene war. Er mußte Loor Tan loslassen. Vor dem Einstieg tauchten die Gleamors auf. Redhorse hob den Strahler und feuerte einen Warnschuß über die Köpfe der Eingeborenen ab. Die Verfolger wichen zurück.

Hinter sich hörte er undeutliche Geräusche. Doutreval rief irgend etwas, dann schrie Loor Tan auf. Es gab zwei dumpfe Schläge, und jemand stieß gegen Redhorses Rücken. Der Captain mußte sich mit einer Hand abstützen. Vor seinen Augen flackerte es. Die Bäume, die er vor dem Einstieg sehen konnte, begannen zu schwanken. Er wunderte sich, daß er noch immer nicht bewußtlos wurde. Allmählich kamen die Gleamors wieder aus den Verstecken hervor, die sie blitzschnell aufgesucht hatten, als Redhorse geschossen hatte.

„Wenn du es nicht tust, bringen wir dich um“, hörte Redhorse in diesem Augenblick Surfats Stimme in voller Deutlichkeit. Er begriff, daß die Männer Loor Tan dazu zwingen wollten, die Energieblase zu starten.

Es ist doch sinnlos, dachte er. Wir kommen nicht zwischen den Pilzstämmen hindurch.

Plötzlich begann die Holzplatte, auf der der Cheyenne stand, zu wackeln. Das primitive Gerüst, nur von einem Kraftfeld getragen, hob sich vom Boden ab. Das Geschrei der Gleamors zwischen den Bäumen wurde immer lauter. Der Flugapparat stieß gegen einen Baum und schlingerte heftig. Redhorse verlor den Halt und wäre fast aus dem Eingang gestürzt. Er blieb liegen und wälzte sich auf den Bauch, so daß er aus der Energieblase blicken konnte. Das fliegende Ei gewann an Höhe, blieb jedoch an den Pilzdächern hängen. Das Gerüst krachte in allen Fugen, und Redhorse befürchtete, daß es jeden Augenblick zerbrechen würde. Wieder stießen sie gegen einen Stamm und wurden in eine andere Richtung getrieben. Unter sich sah Redhorse die tobenden Eingeborenen, die nicht wußten, was sie tun sollten.

Im Inneren der Energieblase war es ruhig geworden. Redhorse wandte den Kopf. Im Halbdunkel sah er, daß Surfat und Doutreval bewegungslos am Boden lagen. Auf der dem Einstieg gegenüberliegenden Seite standen Bradon und Gilliam und hielten Loor Tan an den Armen fest.

Der nächste Aufprall gegen einen Pilzstamm riß den Flugapparat an einer Seite auf. Das gesamte Gebilde begann zu rotieren. Zu seinem Entsetzen beobachtete Redhorse, wie unter ihnen die Gleamors zwei Energieblasen aus dem Wald trugen. Sie wollten offenbar die Verfolgung übernehmen, wenn es den Flüchtlingen gelingen sollte, zwischen den Bäumen zu entkommen.

Über sich konnte Redhorse durch das entstandene Leck einige Pilzdächer sehen. Dazwischen wurde der wolkenlose Himmel sichtbar.

„Kommen wir durch?“ fragte Doutreval.

„Nein“, erwiderte Redhorse.

Wie um seine Worte zu widerlegen, glitt das ovale Flugzeug zwischen zwei Stämmen hindurch und trieb nach oben. Durch das Leck vermochte Redhorse ein größeres Stück freien Himmel zu erkennen. Sie flogen genau darauf zu.

„Halt!“ schrie Redhorse. „Wir werden abstürzen!“

Doch dann schwebten sie plötzlich über dem Wald dahin.

Redhorse preßte sein Gesicht gegen die polierte Oberfläche des

Holzbodens. Jede Faser seines Körpers sehnte sich nach Ruhe. Doch er wußte, daß er diesem Verlangen nicht nachgeben durfte.

Denn hinter ihnen, nur wenige hundert Meter entfernt, stiegen zwei weitere Energieblasen in die Höhe.

Der Flugwind drang durch das Leck ins Innere der Energieblase und zerwühlte Redhorses blauschwarzes Haar. Weitere Metallfolien wurden abgerissen, so daß nur noch die Hälfte des Gerüstes verkleidet war. Der Captain kauerte noch immer vor dem Einstieg und beobachtete die beiden verfolgenden Flugapparate. Die Gleamors besaßen offenbar keine Möglichkeit, die Flüchtlinge anzugreifen, solange sie sich in der Luft befanden.

Unter ihnen lag der Ozean. Redhorse wurden den Gedanken nicht los, daß der verzweifelte Loor Tan sie ins Meer abstürzen lassen würde, wenn er sah, daß die Terraner in ihrer Entschlossenheit nicht nachließen.

Gleich nach ihrem Start hatte Redhorse angeordnet, daß drei Männer sich auf den Boden legen mußten. Im Augenblick stand Bradon neben Loor Tan. Redhorse beobachtete die Verfolger.

Innerhalb der Energieblase gab es keine Steuergeräte. Redhorse vermutete, daß die Gleamors die Energieblase mit Hilfe ihrer mentalen Fähigkeiten flogen. Eine andere Erklärung gab es nicht. Loor Tan zeigte keine Ermüdungserscheinungen. Inzwischen hatten sich auch die Terraner wieder erholt. Brazos Surfat lag auf dem Rücken und schnarchte. Zwischen ihm und Gilliam kauerte Mister Jefferson. Das Pelzwesen hatte seinen Kopf zwischen die Vorderpfoten gebettet und äugte ab und zu in Redhorses Richtung.

Die beiden verfolgenden Energieblasen hielten stets den gleichen Abstand. Zweimal hatte Redhorse auf sie geschossen, doch die Strahlschüsse waren an der Energieblase verpufft.

„Glauben Sie, daß Loor Tan das Flugzeug zum Landeplatz der Jet dirigiert?“ fragte Bradon. Redhorse hatte Mühe, die Stimme des jungen Mannes über das Brausen und Pfeifen des Windes hinweg zu verstehen.

„Hoffen wir es!“ rief er zurück. „Wahrscheinlich rechnet er damit, daß uns seine Stammgesgenossen sofort nach unserer Landung angreifen und überrumpeln.“

Mit einem Knall löste sich eine weitere Metallfolie von der Umkleidung der Energieblase. Redhorse sah sie wie ein welkes Blatt aufs Meer hinabschweben. Die ausgefransten Ränder der übrigen Umkleidung begannen im Wind zu knattern. Es hörte sich an wie das ferne Rattern einer Maschinenpistole. Der Cheyenne hoffte, daß wenigstens ein Teil der Metallfolien standhalten würde. Ihre Fluggeschwindigkeit war so hoch, daß die Männer gefährdet waren, wenn der Wind ungehindert ins Innere eindringen konnte. Schon jetzt schüttelte er den Flugapparat in der Luft hin und her und ließ ihn heftig schlingern. Sie wurden oft bis auf wenige Meter über die Wasseroberfläche hinabgedrückt. Jedesmal befürchtete Redhorse, daß sie eintauchen und ertrinken würden.

Loor Tan schien jedoch ebenfalls bemüht zu sein, dem nassen Tod zu entgehen, denn irgendwie gelang es ihm immer wieder, die Schlingerbewegungen abzufangen. Die beiden verfolgenden Energieblasen hatten es schwer, auf die unverhofften Manöver des beschädigten Flugapparates zu reagieren, so daß sie ihn oft in weiten Schleifen umfliegen mußten.

Als die Sonne unterging, kam endlich Land in Sicht.

Redhorse hätte nie gedacht, daß der Anblick einer halb in einer Erdspalte steckenden Space-Jet, die zudem noch mit Schlamm verschmiert war, ein erhebender Anblick sein könnte. Trotzdem stieß er einen Jubelschrei aus, als das Diskusschiff unter ihnen sichtbar wurde. Das freie Gelände zwischen dem Pilzwald und dem Sumpfgebiet lag verlassen unter ihnen. Von dem toten Gravotänzer sah Redhorse nur noch das Skelett. Insekten und andere Tiere hatten ganze Arbeit geleistet. Auch die Riesenschlange war bereits in Verwesung übergegangen. Ein Schwarm kleiner Vögel löste sich vom Boden, als die drei Energieblasen über der Space-Jet schwebten.

Redhorse weckte die drei schlafenden Männer.

Whip Gilliam kam zum Ausstieg und streckte den Kopf hinaus. Sie flogen jetzt so langsam, daß der Eindruck entstand, als hingen sie frei in der Luft. Die beiden mit Gleamors besetzten Flugapparate landeten etwa dreißig Meter von der Space-Jet entfernt.

„Sie wollen uns auf keinen Fall hier verschwinden lassen", sagte Gilliam grimig. Er ließ seine Handgelenke knacken. „Es wird Zeit, daß wir ebenfalls landen."

„Chard!“ rief Redhorse Bradon zu. „Setzen Sie Loor Tan unter Druck, damit er dieses fliegende Ei neben der Space-Jet auf den Boden setzt.“

„Ich kann von hier aus nichts sehen“, gab Bradon zurück.

Redhorse strich seine Haare aus dem Gesicht. „Ich sage Ihnen schon, wenn uns der Gleamor hereinlegen will.“

Der Flugapparat sank langsam nach unten. Redhorse sah, wie die Gleamors aus den Einstiegen der beiden anderen Energieblasen kamen und auf die SJ-4C zurannten. Er riß den Strahler an die Schulter und feuerte einen Warnschuß ab. Die Eingeborenen ließen sich fallen, krochen aber durch das dichte Moos weiter auf das Kleinstraumschiff zu.

Es schien eine Ewigkeit zu dauern, bis das kranzförmige Gestell, das als Landestütze diente, den Boden berührte. Sofort sprang Redhorse ins Freie. Die Gleamors, die sich vor ihm im Gestrüpp verborgen hatten, sprangen auf und stürmten auf die Space-Jet zu. Mit federnden Sprüngen überholte Gilliam den Captain und erreichte als erster die Schleuse. Ein Blick zurück zeigte Redhorse, daß Bradon Mühe hatte, den sich sträubenden Loor Tan aus dem Einstieg der Energieblase zu zerren. Inzwischen war Gilliam im Innern der Jet verschwunden. Redhorse schwang den Strahler herum und packte ihn am Lauf. Er nahm vor der Schleuse Aufstellung. Doutreval kam keuchend an seine Seite.

Da waren die ersten Eingeborenen heran. Redhorse schwang den Strahler wie eine Keule. Da sprang hinter ihm Sergeant Whip Gilliam mit einem Indianergeheul wieder aus der Schleuse. Er wirbelte eine riesige Montagezange über seinem Kopf und drang damit auf die angreifenden Gleamors ein. Einen Augenblick schaute Redhorse überrascht auf die hagere Gestalt, der eine Strähne blonden Haares im Gesicht hing, dann mußte er sich gegen drei Gleamors verteidigen, die ihn umringt hatten.

Endlich erreichte auch Surfat die Space-Jet.

„Starten Sie die Jet!“ rief Redhorse Doutreval zu. „Vorwärts, Brazos! Verschwinden Sie mit Olivier im Diskus.“

Während sich Gilliam und Redhorse vor der Übermacht langsam zurückzogen, war auch Bradon mit ihrem Gefangenen herangekommen. Der junge Raumfahrer schob Loor Tan vor sich in die Schleuse. Der Anführer schrie seinen Stammesgenossen Befehle zu.

Endlich zwang ihn Bradon in den Kommandoraum.

„Wir müssen uns langsam zur Schleuse zurückziehen!" rief Redhorse dem Sergeanten zu.

Gilliam ließ die Montagezange auf die Angreifer herabsausen. Die Gleamors duckten sich und wichen dem rasenden Terraner aus. Zwei Eingeborene unterliefen Redhorse und brachten ihn zu Fall. Da war Gilliam schon heran. Im Laufen stieß er einen Gleamor um, den zweiten setzte er mit seiner Waffe außer Gefecht. Redhorse kam wieder auf die Beine. Noch immer zögerte er, einen gezielten Schuß auf die Gleamors abzugeben.

Rücken an Rücken zogen sich die beiden Raumfahrer zur Schleuse zurück. Redhorse atmete erleichtert auf, als er endlich das feste Material berührte. Mit einem Satz schwang sich Gilliam in die Schleuse. Redhorse stieß drei vordringende Gleamors zurück und kletterte ebenfalls in die Schleusenkammer. Hinter ihm versuchten die Eingeborenen ins Innere des kleine Raumschiffes zu gelangen. Gilliam wütete mit seiner Zange und warf die Angreifer zurück.

Da glitt die äußere Schleusenwand zu.

Redhorse ließ den Strahler fallen und begab sich in die Kommandokanzel. Sie durften keine Zeit verlieren. Der Captain hoffte sehnlichst, daß der Start trotz der Schräglage der Jet einigermaßen klappen würde.

Die Männer hatten inzwischen ihre Plätze eingenommen. Mister Jefferson hatte sich in seiner Kiste verkrochen.

Redhorse ließ sich in den Pilotensitz fallen und schaltete die Kontrollen ein. Blitzschnell nahm er die vertrauten Schaltungen vor. Es schien ihm, als habe er erst vor wenigen Minuten die SJ-4C verlassen. Seine Erlebnisse auf Gleam erschienen ihm wie ein böser Traum.

„Ortung!" schrie Doutreval auf.

Redhorses Kopf flog herum. Die Bildschirme flackerten, als das anlaufende Triebwerk einen Augenblick die gesamte Energie beanspruchte. Dann konnte Redhorse deutlich sechsunddreißig helle Punkte erkennen, die sich über die Mattscheibe bewegten.

Niemand brauchte ihm zu sagen, was das bedeutete.

Die Flotte der fremden Kugelschiffe war wieder im Anflug.

Redhorse warf einen Blick auf Bradon, der hinter der Impulskanone kauerte. Der Offiziersanwärter hatte Loor Tan am Kartentisch festgebunden.

Die Space-Jet begann zu vibirieren, als wollte sie zerbrechen. Mit festen Griffen umklammerte Redhorse die Steuerung. Er wagte nicht, an die verbogenen Landestützen zu denken.

Dann löste sich die Space-Jet vom Boden und schwebte auf ihren Antigravfeldern in den Himmel von Gleam. Danach aktivierte Redhorse die Impulstriebwerke.

Redhorse spürte, wie seine innere Spannung etwas nachließ. Irgendwie war er sicher, daß ihnen jetzt nichts mehr passieren konnte. Auf den Bildschirmen sah er die Landschaft unter sich schnell kleiner werden. Die Gleamors waren bereits nicht mehr zu sehen.

„Fremder Verband kommt näher!“ meldete Doutreval. „Sie haben uns entdeckt.“

Sie sollen uns nur hetzen, dachte Redhorse. Und wenn sie uns durch den gesamten Raum von Andro-Beta jagen, wir werden den Leerraum erreichen.

Himmelwärts raste die Jet, hinein in die äußeren Schichten der fluoreszierenden Atmosphäre. Gleich darauf begannen die Hyperortungsanlagen wieder eine Flut von Störgeräuschen auszustrahlen. Redhorses Blicke waren unverwandt auf die Kontrollgeräte gerichtet.

„Haben wir Zeit, um einige Funkpeilungen durchzuführen, Sir?“ fragte Doutreval. „Jetzt, da wir wissen, daß es diesen Mond gibt, kann ich leichter etwas finden.“

Redhorse blickte auf die sechsunddreißig winzigen Punkte. Die fremden Kugelschiffe befanden sich noch innerhalb der Atmosphäre Gleams.

„Ich denke, wir können es riskieren“, gab er leise zurück.

Er fragte sich, ob es nicht eine Herausforderung des Schicksals war, wenn sie jetzt nicht unverzüglich das Weite suchten. Trotzdem hielt er die Space-Jet in einer Kreisbahn um Gleam. Die fremden Kugelschiffe machten keine Anstalten, der entflohenen Jet zu folgen. Doch dafür kam die Gefahr von einer anderen Seite.

Übergangslos materialisierten im Tri-System einige hundert Twonoser-Schiffe, gefolgt von drei riesigen Mobys.

Nun gab es doch keine Möglichkeit mehr, den Mond von Gleam näher zu untersuchen.

Die Männer in der Space-Jet erstarrten für einen Augenblick. Doch dann löste sich die Starre, und Redhorse bemerkte trocken: „Es wird Zeit, daß wir dieses ungastliche System verlassen. Alles, was wir noch nicht wissen, werden die Mutanten an Bord der CREST II von unserem Gefangenen erfahren."

Mit diesen Worten beschleunigte Captain Don Redhorse die SJ-4C und steuerte sie aus dem Tri-System in den offenen Weltraum hinaus.

10.

Der Bordkalender der CREST II zeigte den 15. September des Jahres 2402, als die SJ-4C nach drei Linearsprüngen im Leerraum vor Andro-Beta auftauchte, ganz in der Nähe des dort wartenden Flottenverbandes. Obwohl der Einflug in den Hangar wegen der verbogenen Landestützen Schwierigkeiten bereitete, überstand die Besatzung des Diskusschiffes auch ihn.

Loor Tan wurde einem Offizier der CREST II übergeben, der ihn sofort zur Zentrale brachte. Redhorse und seine Männer erhielten eine mehrstündige Ruhepause zugebilligt. Der Captain wußte jedoch genau, daß er nicht ungeschoren davonkommen würde, und er sah seine unguten Vorahnungen bestätigt, als man ihn zehn Stunden nach ihrer Rückkehr in die Kommandozentrale der CREST II befahl.

Als er eintrat, waren alle Offiziere um Perry Rhodan versammelt. Sogar Lordadmiral Atlan war mit einem Beiboot von der IMPERATOR herübergekommen. Loor Tan, der Gleamor, hockte zusammengesunken in einem pneumatischen Sessel.

Redhorse gab sich den Anschein völliger Gelassenheit. Ruhig durchquerte er den großen Raum und machte schließlich vor Perry Rhodan halt.

Rhodan unterzog ihn einer längeren Musterung.

„Man sieht Ihnen an, daß Sie große Strapazen überstanden haben", sagte der Großadministrator schließlich.

„Nicht nur ich, Sir", gab Redhorse zurück. „Auch die anderen Männer, die zur Besatzung der Space-Jet gehörten."

„Sie müssen sich darüber im klaren sein, daß Sie einem strengen Befehl zuwidergehandelt haben", sagte Rhodan. „Sie haben in unverantwortlicher Weise das Leben von vier Männern aufs Spiel gesetzt."

Redhorse versteifte sich. Dann jedoch fühlte er, wie seine Erregung wieder nachließ.

„Sie haben recht, Sir", sagte er. „Ich gestehe, daß es reine Abenteuerlust war, die uns veranlaßte, auf Gleam zu landen. Allerdings hat sich herausgestellt, daß der Erfolg, unser Vorgehen rechtfertigte."

„Sie werden mit einem Disziplinarverfahren rechnen müssen", sagte Rhodan. „Sie gaben uns einen kurzen Bericht nach Ihrer Ankunft. Wir haben uns hier versammelt, um von Ihnen in allen Einzelheiten zu erfahren, was Sie innerhalb des Tri-Systems erlebt haben. Inzwischen haben Mutantenverhöre des Gleamors ergeben, daß Ihre Vermutungen, soweit sie den Satelliten Gleams betreffen, richtig sind. Auf Siren, wie wir den Mond genannt haben, steht die Hyperfunkstation, die für die Aktivierung der Mobys verantwortlich ist."

Redhorse gab sich keine Mühe, seine Genugtuung zu verbergen.

„Kann ich wissen, was die Mutanten von Loor Tan außerdem erfahren haben?" fragte er. „Es würde mich verschiedene Dinge wahrscheinlich in einem anderen Licht sehen lassen. Das könnte ich in meinem Bericht berücksichtigen."

„Aus dem Bewußtseinsinhalt des Eingeborenen geht hervor, daß die Gleamors weder mit der Sendestation noch mit den anderen wichtigen Anlagen auf Gleam und Siren etwas zu tun haben", sagte Rhodan bereitwillig. „Die Gleamors sind degenerierte Nachkommen eines ehemals großen Volkes, von dem eine weitere Gruppe auf einem anderen Planeten, der Loor Tan unbekannt ist, leben soll. Er nennt die nicht degenerierten Mitglieder seines Volkes die *Mächtigen,* ohne jedoch diesen Begriff näher erläutern zu können."

„Ein beziehungsreicher Name, Sir", sagte Redhorse. „Sollten die Besatzungen jener Raumschiffe, die uns verfolgten, aus nicht degenerierten Gleamors bestehen?"

„Das wissen wir nicht. Auf jeden Fall scheint Loor Tan großen Respekt vor diesen sogenannten *Mächtigen* zu haben. Leider wurden Sie und Ihre Männer auf Gleam oft genug gesehen. Die Gleamors werden Sie so schnell nicht vergessen. Es besteht also die Gefahr, daß die Gleamors plaudern, wenn sie rechtzeitig von orientierten Intelligenzen über die äußere Erscheinung der fünf Fremden befragt werden. Auf diese Weise können die Meister der Insel erfahren, daß Terraner angekommen sind. *Das* ist auch ein Erfolg Ihres Unternehmens, Captain."

Redhorse überhörte den Spott. Er begann mit seinem Bericht. Oft wurde er von Zwischenfragen unterbrochen. Er war froh, als die Diskussion beendet war und man ihm gestattete, sich wieder in seine Kabine zurückzuziehen. Er fühlte sich noch immer müde. Wahrscheinlich würde er noch mehrere Stunden schlafen, wenn er sich jetzt hinlegte. Die anderen Männer waren wahrscheinlich noch in ihren Betten.

Das Disziplinarverfahren, das Rhodan angekündigt hatte, bereitete Redhorse wenig Sorgen. Mehr als einen strengen Verweis würde er nicht erhalten. Seine Begleiter würden auf jeden Fall straflos ausgehen, weil sie seinem Befehl unterstanden hatten.

11.

Drei Tage später

Der große Raum war von bläulichem Zwielicht erfüllt. Das Licht kam von einer dreidimensionalen Sternkarte an der breiten Rückwand. Zwei Gestalten bewegten sich vor der Karte. Aus der Hand der einen löste sich ein nadelfeiner, grellroter Leuchtstrahl, drang in das Gewirr der plastisch projizierten Sterne und blieb wenige Millimeter vor einem der Millionen Lichtpunkte stehen.

„Das ist das Tri-System“, sagte eine der beiden Gestalten ruhig. „Inzwischen konnten wir feststellen, daß das Tarnfeld des Mondes aufgehoben wurde. Dies geschah vermutlich, um den im Tri-System operierenden Twonoser-Schiffen Orientierungsschwierigkeiten zu ersparen. Siren ist das Ziel des bevorstehenden Unternehmens, an dem zehn ausgesuchte Freiwillige unter der Leitung Melbar Kasoms und einiger Mutanten teilnehmen werden.“

Eine Pause entstand. Dann antwortete die zweite Gestalt mit spöttischer Stimme:

„Sehr gut, Terraner. Und welche Erfolgschancen rechnest du dir für dieses Unternehmen aus? Den Versuch, eine unzweifelhaft schwer befestigte Hyperfunkstation der Meister der Insel, im Rahmen ihrer

Strategie in Andro-Beta offenbar von überragender Bedeutung, mit einer Handvoll Männer zu vernichten?“

„Etwa neunzig zu zehn“, gab die erste Stimme ruhig und ohne Zögern zurück.

„Neunzig zu zehn! Mein Freund, du rechnest am besten deine Zahlen noch einmal nach.“

Der Terraner lachte.

„Nicht nötig, Atlan. Der Plan enthält ein gewisses Detail, das dir bislang nicht bekannt ist.“

Der rote Leuchtstrahl, aus einer mit dem Projektor des stereoskopischen Kartenbildes gekoppelten Zeigelampe kommend, wich zurück, schwenkte zur Seite und erfaßte ein Dunkelgebiet, das von einem Dutzend der zuvorderst liegenden Sterne umrahmt war.

„Diese Stelle“, erklärte Perry Rhodan, „ist rund dreihundertfünfzig Lichtjahre von unserem derzeitigen Standort entfernt. Winzige Tastersonden, die sich in dieser Gegend befinden, verraten uns, daß sich dort ein twonosisches Raumschiff auf Patrouillenfahrt befindet. Es bewegt sich seit seinem Auftauchen aus dem Linearraum mit einer mäßigen Geschwindigkeit von ungefähr zehn Prozent Lichtgeschwindigkeit. Der Himmel mag wissen, was es dort sucht. Auf jeden Fall paßt es in unseren Plan. Du stimmst mir zu, daß unsere Aussichten sich wesentlich erhöhen, wenn wir den Anflug auf Siren in einem twonosischen Raumschiff vornehmen?“

Der Arkonide war verblüfft.

„Natürlich“, antwortete er nach einer kurzen Pause des Nachdenkens. „Die eiförmigen Schiffe der Twonoser werden von den Mobys und den übrigen Zerstörungsmechanismen der Meister der Insel weitgehend in Ruhe gelassen. Als Hilfsvolk der Meister haben sie das Recht, sich ungehindert durch Andro-Beta zu bewegen, während die Mobys ringsum einen Planeten nach dem anderen rücksichtslos vernichten in der Hoffnung, den unbekannten Eindringling, also *uns,* auf diese Weise auszuschalten.“

Perry Rhodan nickte gelassen.

„Vorzüglich. Du übersiehst die Lage.“

„Die Lage vielleicht“, gab Atlan zu. „Aber nicht deinen Plan.“

„Paß auf!“ Der rote Leuchtstrahl, der sich inzwischen zurückgezogen hatte, schoß wieder gegen die stereoskopische Sternkarte und verharrte in dem kleinen, dunklen Fleck. „Genau dort befindet sich das twonosische Schiff. Soweit wir seine Manöver vorhersagen können, wird es sich noch ein paar Stunden lang in unterrelativistischem Flug durch den Raum bewegen. Das gibt uns Zeit, es anzugreifen und zu übernehmen. Unser Stoßtrupp geht an Bord. Das Schiff fliegt Siren an, und der Stoßtrupp verrichtet dort seine Arbeit. Wie klingt das?"

Atlan betrachtete die plastische Karte. Erst nach langer Zeit antwortete er:

„Das hört sich gut an, Terraner. Neunzig zu zehn für Erfolg, sagtest du? Es könnte sein, daß du recht hast."

„Achten Sie auf den großen Bildschirm", dröhnte Melbar Kasoms mächtige Stimme. „Noch vierzig Sekunden bis zum Linearraumaustritt."

Der kleine Raum nahe der Hangarschleuse war dunkel bis auf das mattgraue Leuchten, das vom Bildschirm ausging. Bob Vorbeck, ein junger Leutnant, der sich zu diesem Unternehmen gemeldet und die Auswertungstests bestanden hatte, blickte auf das graue Viereck des Schirmes. Undeutlich bemerkte er Kasoms große Gestalt.

Bob preßte der Reihe nach die Finger der rechten und dann der linken Hand in die Handfläche. Er bemühte sich, es rhythmisch zu tun. Als er fertig war, flammte der Bildschirm mit schmerzender Helligkeit auf.

Groß und deutlich, offenbar durch teleskopische Aufnahme näher herangeholt, stand der schimmernde Körper des eiförmigen Raumschiffs auf der Bildfläche. Klar und scharf gezeichnet sah Bob die riesigen Flossen, die von den Rumpfenden des Fahrzeugs breitflächig in den Raum hinausstießen.

Im nächsten Augenblick änderte sich das Bild. Die Twonoser hatten das aus dem Linearraum kommende terranische Schiff geortet und begannen zu reagieren. Das Heck des Eischiffes schwenkte herum, und die stumpfe, runde Schnauze wandte sich der CREST zu. Die Twonoser schienen zu wissen, was sie von dem fremden Schiff zu erwarten hatten. Sie bemühten sich, dem Unbekannten so wenig Zielfläche wie möglich zu bieten.

Plötzlich zuckte ein fahles, nur durch die Computergrafik sichtbar gemachtes Leuchten über den Bildschirm. Jemand stöhnte dumpf.

Bob wußte, was dieses Licht zu bedeuten hatte. Sekundenlang stand der Leuchtstrahl am Bildschirm, dann erlosch er.

Melbar Kasom räusperte sich laut. „Phase eins wäre erfolgreich beendet", sagte er und bemühte sich, seine Stimme zu drosseln. „Die Mannschaft des Twonoserschiffes wurde durch Paralysestrahlen außer Gefecht gesetzt.

Drei Personen, deren besondere Fähigkeiten sie über den Rang gewöhnlicher Sterblicher hinausheben", er schmunzelte, während er diese Worte vor sich hindröhnte, „haben sich bereits an Bord des gekaperten Schiffes begeben. Wir Minderbegabten folgen auf dem üblichen Weg. In der Hangarschleuse warten drei Space-Jets. Infolge der Hypnoschulung weiß jeder von Ihnen, an Bord welchen Fahrzeugs er gehört. Ich lege Ihnen ans Herz, sich von jetzt an bis auf Widerruf der höchsten Eile zu befleißigen. Das ist alles, meine Herren. Wir starten in drei Minuten!"

Während der letzten Worte gab er sich keine Mühe mehr, seine Stimmkraft zu bändigen. Die Laute dröhnten Bob wie Gongschläge in den Ohren, und als er mit den anderen zusammen durch die Schottöffnung und den Deckgang entlanghastete, hörte er ein pfeifendes Singen, das die überreizten Gehörnerven verursachten.

Melbar Kasom war weit vor ihnen. Das schwere Schott am Ende des Ganges öffnete sich vor ihm. Die grelle Helligkeit der Hangarschleuse fiel herein. Lärm klang auf. Im Laufen löste Bob den Helm des Raumanzugs von den Schultern und zog ihn über den Kopf. Mit langgeübten, mechanischen Griffen verschloß er ihn und überprüfte die Geräte.

Jenseits des Schotts trennte sich die Gruppe. Bob und drei Mann liefen hinter dem grauhaarigen, kleinen und etwas untersetzten Captain Liggett drein. Auf dem breiten Transportband, das zur Schleusenkammer führte, lagen die drei Space-Jets.

Alle drei Schiffe waren durch aufgeschweißte Erker und Aufbauten optisch verändert worden. Dabei wurden – wie schon bei verschiedenen vorangegangen Einsätzen – auch die Aufschriften an den Außenhüllen entfernt. Doch Bob Vorbeck wußte, daß seine Jet die SJ-8C war.

Dicht hinter Whiley Liggett schwang Bob sich in die Schleusenöffnung des Fahrzeugs. Jenseits der Schleuse lag ein kurzer, gedrungener Antigravschacht, der zum Mannschaftsraum hinaufführte. Vom

Mannschaftsraum in die darüberliegende Kommandokanzel ging es auf einer Leiter aus Metallplastik. Bob warf sich in den Sessel des Kopiloten und schnallte sich an. Mit einem raschen Blick überflog er die Kontrollgeräte. Alles war in Ordnung. Von unten gellte eine Stimme:

„Alles an Bord und Schleuse zu!"

Liggett brummte zufrieden. Bob sah auf die Uhr. Zweieinhalb Minuten waren verstrichen, seitdem Kasom das Kommando gegeben hatte.

Liggett wandte sich ihm zu.

„Von jetzt an arbeiten wir also zusammen, wie?" fragte er rauh.

„Ja, Sir", antwortete Bob mit verbindlichem Lächeln.

„Ausbildung?"

„Kadettenschule Glasgow, abgeschlossenes Studium an der Raumakademie Terrania. Im aktiven Dienst seit Juli null-eins."

„Ach, du lieber Gott", meinte Liggett.

Er mußte Bobs bestürztes Gesicht bemerkt haben, denn er fügte hastig und mit einer beschwichtigenden Geste hinzu:

„Nichts gegen Sie persönlich, aber wie kommt die Positronik dazu, für einen Einsatz wie diesen einen unerfahrenen jungen Offizier auszusuchen?"

Während Bob sich noch über eine passende Antwort den Kopf zerbrach, setzte sich die Space-Jet mit einem leichten Ruck in Bewegung. Das Transportband hatte angefangen zu rollen. Das innere Schleusenschott, ein mächtiges Gebilde aus Metallplastik, etwa hundert Meter weit und fast ebenso hoch, rollte auf. Die SJ-8C war das vorderste der drei Fahrzeuge. Sie glitt in die einhundertundfünfzig Meter lange Schleusenkammer, die trotz ihrer beachtlichen Ausmaße gegen die Hangarhalle, die die Space-Jet gerade verlassen hatte, wie ein kümmerlicher Verschlag wirkte, und kam zu einem sanften Halt, als das Transportband stehenblieb. Bob sah auf dem schmalen Rundsicht-Bildschirm, daß das innere Schleusenschott sich geschlossen hatte. In wenigen Sekunden würden die mächtigen Pumpen die Kammer evakuiert haben. Dann mußte sich das äußere Schott öffnen. Bob fieberte vor Erregung, aber plötzlich kam ihm wieder zu Bewußtsein, wie abfällig Liggett sich über ihn geäußert hatte.

„Das Imperium benutzt postitronische Rechenmaschinen seit mehr als vierhundert Jahren", bemerkte er kühl. „Man sollte meinen, daß sich in der Zwischenzeit genug Erfahrung angehäuft hat, die uns lehrt, daß man sich auf die Maschinen verlassen kann."

Whiley Liggett sah ihn an. Die Deckenbeleuchtung malte einen grellen Reflex auf die Sichtscheibe seines Raumhelms, so daß Bob sein Gesicht nicht deutlich sehen konnte. Er wäre jedoch bereit gewesen zu wetten, daß Ligett schadenfroh grinste.

„Selbstbewußtsein ist eine feine Sache", hörte er Liggetts leicht gepreßte Stimme in seinem Helmempfänger sagen. „Es ist gut, daß Sie es besitzen, Leutnant. Wir können in eine Lage kommen, in der wir Leute mit Selbstbewußtsein brauchen."

Das äußere Schott stand offen. Das Gewimmel der fremden Sterne schien in die Schleusenkammer. Bob schaute auf die fernen Lichtpunkte und war so fasziniert, daß er die kurze Unterhaltung mit Liggett augenblicklich vergaß. Vor ihm lag das Abenteuer. Zum erstenmal, seitdem er von Bord eines Transportschiffes auf die CREST II übernommen worden war, befand er sich bei einem Einsatz, hinter dem nicht die gewaltige Feuerkraft, die mächtigen Schutzschirme und die riesigen Energiereservoirs des Flaggschiffs der Imperiumsflotte standen.

Der Antigrav fing den Katapultschuß auf. Bob sah die Schleusenwände mit unfaßbarer Geschwindigkeit zu beiden Seiten vorbeigleiten. Eine halbe Sekunde später war nur noch die Schwärze des Weltraums ringsum, durchbrochen von Millionen von Lichtpunkten fremder Sterne – und von zwei silbern schimmernden, kreisrunden Flächen, eine voraus und die andere achtern. Die voraus war das twonosische Raumschiff, die achtern die CREST. Und während die CREST rasch zusammenschrumpfte und blasser wurde, blähte sich die Rumpfkugel des Twonosers und wuchs über die Ränder des Bildschirms hinaus.

Das Abenteuer hatte begonnen.

12.

Das Einschleusmanöver in das twonosische Schiff nahm nur einige Minuten in Anspruch und verlief ohne Zwischenfälle. Danach hatte Melbar Kasom seine Space-Jet verlassen und war in die Zentrale des Blaurüssel-Schiffes gegangen. Die Besatzungen der anderen Jets hatten Anweisung erhalten, ihre Schiffe vorerst nicht zu verlassen und auf weitere Befehle zu warten.

Drei Stunden vergingen, ehe sich Kasom über die Interkoms, die mittlerweile an die Rundsprechanlage des Twonoser-Schiffes angeschlossen waren, bei den Besatzungen der Space-Jets meldete.

„Rundspruch an alle“, begann er kurz angebunden. „Das twonosische Schiff befindet sich fest in unserer Hand. Es handelt sich um ein Fahrzeug von fünfhundert Metern Länge, größter Durchmesser einhundertundfünfzig Meter. Die Besatzung beträgt rund achthundert Blaurüssel-Twonoser. Die Twonoser wurden von Kitai Ishibashi einzeln mit Suggestivblocks versehen und handeln nun in gutem Glauben auf unseren Befehl. Nach Abschluß des Unternehmens wird sich der Block selbsttätig lösen und dabei jede Erinnerung an das Vorgefallene auslöschen. Wir stoßen ohne weitere Verzögerung aufs Ziel zu. Die Flugdauer beträgt voraussichtlich fünf Stunden. Sie alle haben einen langen Tag hinter sich. Ich möchte, daß Sie sich niederlegen und ausruhen. Während der kommenden Stunden ist keine Überraschung zu erwarten.

Noch ein paar Details zur Ausführung des Unternehmens. Der weitere Ablauf des Vorstoßes wird von der Zentrale dieses Schiffes aus gesteuert. Hier befinden sich außer mir auch die Hauptakteure des Projekts.“ Er lächelte gutmütig. „Ich darf Sie darauf hinweisen, daß Sie sich in bester Gesellschaft bewegen. Rakal und Tronar Woolver, die Herren Ishibashi und Goratschin und nicht zuletzt Gucky spielen die Hauptrollen dieses Stücks. Sie dort draußen an den Interkomschirmen bilden unsere Rückendeckung. Wenn alles gutgeht, wird dieses Unternehmen für Sie weiter nichts als ein Spazierflug sein. Für den

Fall jedoch, daß Unvorhergesehenes eintritt, möchte ich Sie auf dem Posten wissen. Ruhen Sie sich also aus.

Das ist alles. Wir starten in zehn Minuten."

Eine harte Stimme riß Bob aus tiefstem Schlaf.

„Fünf Minuten bis zum Linearraumaustritt. Alle Mann auf Posten!"

Er fuhr in die Höhe und blickte sich um. Im kleinen Mannschaftsraum der SJ-8C befanden sich außer ihm noch drei andere Männer. Es waren Sergeant Hoss Shriver und die Korporale Sol Rosenblatt und Strombowski. Während sich diese drei Männer scheinbar mühsam von ihren Lagern wälzten, sprang Bob Vorbeck leichtfüßig aus dem Bett und verließ raschen Schrittes den Mannschaftsraum.

Er stieg hinauf in die Kommandokuppel. Captain Liggett saß aufrecht im Pilotensessel und studierte die Geräte der Armaturentafel. Als er Bob kommen hörte, drehte er sich um und begrüßte ihn mit einem freundlichen Grinsen.

„Gut ausgeruht?" erkundigte er sich.

Bob war über den Wechsel in seinem Benehmen erstaunt.

„Ja, Sir, ich denke doch, Sir", antwortete er.

Liggett seufzte.

„Irgendwann einmal", meinte er bekümmert, „wird die Zellophan-Hülle, in die die Akademie Sie eingepackt hat, von Ihnen abfallen. Vielleicht bringen Sie es dann fertig, mich einfach Captain oder Whiley zu nennen."

Bob schwang sich in seinen Sessel.

„Das sollte nicht allzu schwer sein, Sir", antwortete er.

„Zehn Sekunden bis zum Austritt", donnerte eine Stimme aus dem Interkom.

Bob heftete den Blick auf den Reliefschirm. Das verwaschene Grau verschwand mit einem Ruck. Die Lichtpunkte der Sterne tauchten wieder auf. Die Fülle der Punkte war verwirrend, und auf den ersten Blick hätte Bob nicht mit Sicherheit sagen können, daß er sich in einer anderen Gegend des Universums befand als sechs Stunden zuvor. Dann jedoch bemerkte er die eigenartige Helligkeit, die die Kuppel plötzlich erfüllte, drehte sich um und entdeckte auf der rückwärtigen Seite des Rundsichtschirms die grellen Glutbälle dreier Sterne.

Die Anordnung der drei Sterne zueinander war so einmalig, daß Bob keinerlei Schwierigkeiten hatte, sie an Hand der Informationen, die er während des Trainingskurses erhalten hatte, zu identifizieren.

Es handelte sich um die Tri-Sonnen, rötlich leuchtende Gebilde von beachtlicher Größe. Die Schwerpunkte aller drei Sonnen lagen auf einer geraden Linie. Der Abstand zwischen je zweien betrug rund achteinhalb Milliarden Kilometer.

Um die mittlere der drei Sonnen bewegte sich, aus dieser Entfernung unsichtbar, der blauschimmernde Planet Gleam – unter den Himmelskörpern, die die Flotte des Solaren Imperiums je angeflogen hatte, einer der seltsamsten. Um Gleam wiederum kreiste der Mond Siren, und von Siren gingen die rätselhaften Hypersignale aus, die die Mobys steuerten und von den reflektierenden Hypersphären riesiger Sonnen in tausendfachem Echo zurückgeworfen wurden, so daß es in Andro-Beta vor Impulsen nur so hallte – wie in einem Stück Hochwald, in den die wilde Jagd hörnerblasend von zwei Seiten zugleich eintritt.

Von alledem hatte Bob Vorbeck in seinem Hypnokurs erfahren. Vorläufig bekam er weder Gleam zu sehen, noch hörte er die Steuersignale. Was er jedoch wahrnahm, war ein vielfältiges, funkelndes Glitzern auf der kleinen, grünen Mattscheibe des Tasterempfängers, den Liggett inzwischen eingeschaltet hatte.

Liggett deutete auf den Schirm.

„Das sind Hunderte von Schiffen", erklärte er Bob. „Wahrscheinlich alle vom gleichen Typ wie unseres. Die Twonoser haben sich allen Ernstes vorgenommen, niemand an Siren heranzulassen."

Plötzlich glitt ein greller Lichtfleck, ungefähr so groß wie der Nagel eines kleinen Fingers, von rechts her auf den Schirm. Liggett schüttelte besorgt den Kopf und brummte:

„Das wird Kasom überhaupt nicht gefallen. Das ist nämlich ein Moby. Abstand", er kniff die Augen zusammen und las die Koordinaten ab, „rund dreißig Astronomische Einheiten. Das ist verdammt nahe!"

Bob fragte sich, was auf den twonosischen Schiffen im Augenblick vorgehen mochte. Die Tastergeräte der großen twonosischen Einheiten waren zumindest ebensogut wie die einer terranischen Space-Jet. Das gekaperte Eischiff mußte gegen den reflexfreien Hintergrund des Weltalls deutlich zu erkennen sein. Wie würden die Twonoser reagieren?

Da sprach der Interkom an. Der wuchtige Schädel des Ertrusers erschien auf dem Bildschirm.

„Eine kurze Meldung zur Lage", sagte die dröhnende Stimme. „Der twonosische Kommandant unseres Schiffes hat den Flottenverband, den Sie alle auf Ihren Tasterschirmen sehen, angerufen und eine Erklärung für unser unerwartetes Auftauchen abgegeben. Seinem Bericht entsprechend haben Raumschiffe unbekannter Herkunft seinen Raumer angegriffen. Unser Schiff konnte im letzten Augenblick entkommen. Als Ort des Angriffs wurde eine Position angegeben, die mehr als tausend Lichtjahre von der Stelle entfernt liegt, an der er wirklich erfolgte. Der Twonoser gab an, er habe sich nach dem Angriff auf dem schnellsten Weg nach hier begeben, um sein Flugzeug unter das Kommando des leitenden Offiziers zu stellen. Offenbar hat man seine Erklärung ohne weiteres akzeptiert. Das Schiff wurde aufgefordert, sich dem um Siren stationierten Flottenverband anzuschließen und eine bestimmte Position einzunehmen.

Bei dem Verband handelt es sich um insgesamt dreitausendeinhundert twonosische Einheiten. Sie umgeben den Mond Siren in drei konzentrischen Kugelschalen, von denen die innerste fünfzigtausend, die äußerste zweihunderttausend Kilometer Durchmesser hat. Unser Schiff ist vorläufig der äußersten Schale zugeteilt. Wir werden versuchen, näher an Siren heranzukommen.

Außer dem Flottenverband wird Siren von drei Mobys umkreist. Jeder von ihnen ist ein ausgesprochen stattliches Exemplar seiner Gattung und besitzt genug Eigengravitation, um das Tri-System gründlich in Unordnung zu bringen. Die drei Mobys bewegen sich daher zwar um Siren als Bahnmittelpunkt, jedoch beträgt der Durchmesser ihrer Umlaufbahn mehr als einhundertsiebzig Astronomische Einheiten. Die Bahn schließt also außer Gleam auch die drei Sonnen ein.

Das ist die augenblickliche Lage. Wie Sie selbst sehen, wird in den folgenden Stunden viel davon abhängen, wie wachsam wir sind und wieviel Glück wir haben. Bleiben Sie auf Posten und halten Sie die Daumen!"

Bob war nicht sicher, ob er an Kasoms Stelle das gleiche gesagt hätte. Er kannte eine Menge sonst recht vernünftiger Leute, die in dieser Situation den Kopf verloren hätten, sobald man ihnen klarmachte, daß Glück oder Unglück, Tod oder Leben nur davon abhingen, wie fest sie die Daumen drückten. Aber Leute, die den größten Teil ihres Lebens an Bord eines Raumschiffs zubrachten, waren nicht mehr mit dem normalen Maß zu messen. Vermutlich hätten sie Kasom durchschaut, wenn er versuchte, ihnen falsche Hoffnung zu machen.

Irgendwie mußten die Gedanken, die er sich machte, ihm am Gesicht abzulesen sein. Er merkte plötzlich, daß Liggett ihn beobachtete und dabei unverschämt grinste.

„Sie hätten das nicht gesagt, wie?“ fragte er, als Bob aufsah.

Bob spreizte die Hände.

„Ehrlich gesagt, nein. Man sollte den Leuten Hoffnung machen, anstatt den Teufel an die Wand zu malen. Aber so, wie ich die Sache sehe, dauert es nur noch ein paar Tage, dann bin ich zu Ihrer und Oberst Kasoms Ansicht bekehrt.“

Liggett hörte plötzlich auf zu grinsen und meinte pessimistisch: „*Wenn* wir in ein paar Tagen noch da sind!“

Zunächst fand Bob es schwer, überall auf dem Bildschirm die gelblich schimmernden Punkte feindlicher Raumschiffe zu sehen und sich dabei wohl zu fühlen, aber als die Stunden verstrichen, ohne daß etwas geschah, fing er an, sich an die Lage zu gewöhnen.

Die Twonoser hatten über dem Bericht des mit einem Hypnoblock versehenen Kommandanten nicht einmal genug Mißtrauen geschöpft, um ein Untersuchungskommando an Bord des gekaperten Schiffes zu schicken. Das Fahrzeug hatte sich in den äußersten Flottenring eingereiht und umlief nun den Mond Siren mit mäßiger Geschwindigkeit. Ein Umlauf dauerte fünf Stunden, und mehrere Male während dieser Zeitspanne waren Korrekturmanöver notwendig, denn das Schiff näherte sich dem Planeten Gleam bis auf weniger als fünfzigtausend Kilometer.

Bob betrachtete die blauschimmernde Welt fasziniert und verwundert zugleich.

Der blaue Schimmer, der den gesamten Planeten einhüllte, war äußerst intensiv und schien aus der Lufthülle zu kommen.

Siren hingegen war ein Mond wie viele andere, luftlos und von Kratern zerrissen. Er war um ein paar hundert Kilometer kleiner als der irdische Mond, glich ihm jedoch sonst im äußeren Erscheinungsbild. Kein Unvoreingenommener hätte vermutet, daß sich auf Siren wichtige Installationen der Twonoser, oder vielmehr ihrer Herren, der Meister der Insel, befanden. Was für Anlagen es auf Siren auch immer geben mochte, sie mußten tief unter der Oberfläche liegen.

Der Dienst an Bord der Space-Jet war eintönig und frei von jeglicher Art von Aufregung. An Bord der zweiten Jet war es kaum anders. Die dritte Jet war leer, denn sie sollte dazu dienen, Melbar Kasom und die vier Mutanten aufzunehmen und ihnen nach Beendigung der Aktion zur Flucht zu verhelfen.

Bob war schließlich vor Langeweile derart erschöpft, daß er nach unten ging und sich niederlegte, wo er kurz darauf einschlief.

Vier Stunden später, als er aufwachte, hatte sich die Lage beträchtlich verändert. Das gekaperte Schiff befand sich nicht mehr an der angewiesenen Position. Es hatte den äußersten Flottenring weit hinter sich gelassen und stand noch etwa einhundertfünfzigtausend Kilometer von Siren entfernt. Liggett erklärte, Oberst Kasom habe den Versuch unternommen, um die Wachsamkeit der Twonoser zu testen. Das Schiff bewegte sich, scheinbar im Raum treibend, mit einer Geschwindigkeit, die es ihm ermöglichte, innerhalb von acht Stunden den innersten Flottenring zu erreichen. Die Idee war, weiterzutreiben, solange der twonosische Kommandant nicht aufmerksam wurde und keine Fragen stellte. Wurde er mißtrauisch, dann war es immer noch an der Zeit, ihn mit einer plausiblen Erklärung abzuspeisen oder, falls das nicht gelang, einen Durchbruch mit Gewalt zu versuchen.

Bob Vorbeck hatte seinen Platz vor dem Schaltpult des Kopiloten wieder eingenommen. Er versuchte, sich an die Taktikübungen der Raumakademie zu erinnern, und kam zu dem Schluß, daß entweder Melbar Kasom eine solche Übung nie mitgemacht hatte oder die Taktik-Theorien der Akademie hoffnungslos veraltet waren. Dann bemühte er sich, auf Grund der Theorien einen Schlachtplan zu entwickeln, und stellte fest, daß das nicht möglich war. Ein Fall wie dieser war in den Übungsbeispielen nicht erwähnt. Mit Schrecken wurde er gewahr, daß dem Kommandanten, der sich nur an die Theorien der Raumakademie hielt, im Augenblick nichts anderes übrigbliebe, als umzukehren und sich so schnell wie möglich aus dem Staub zu machen.

Er verstand jetzt Kasoms Lage. An eine Umkehr war nicht zu denken. Siren mußte ausgeschaltet werden, denn von Siren aus wurden die Mobys gesteuert, die über alle bewohnten und bewohnbaren Welten des Andro-Beta-Nebels Verderben brachten. Solange die Mobys wüteten, war die Anlage eines festen Stützpunkts in Andro-Beta undenkbar. Außerdem bestand die Gefahr, daß der Asteroid Troja angegriffen und vernichtet wurde. Und drittens schließlich waren die terranischen Einheiten, die sich zur Zeit in Andro-Beta bewegten, einem angreifenden Moby nicht gewachsen, so daß befürchtet werden mußte, eines der terranischen Schiffe würde schließlich aufgegriffen und das Geheimnis der Anwesenheit der Terraner in Andro-Beta damit verraten. Das mußte verhindert werden. Von allen denkbaren Gefahrenpunkten war derjenige, daß die Meister der Insel erfuhren, wer der fremde Eindringling in Andro-Beta wirklich war, der größte.

Bob Vorbeck sah ein, daß Kasom nicht anders handeln konnte, als er es im Augenblick tat. Und als weitere zwei Stunden verstrichen waren, ohne daß das gekaperte Schiff wegen seines merkwürdigen Manövers eine Anfrage erhielt, begann er sogar die Möglichkeit in Betracht zu ziehen, daß der Plan Erfolg haben könne.

Nach einer weiteren Stunde war er fest davon überzeugt, daß die Disziplin innerhalb der twonosischen Flotte unglaublich schwach sei, und rechnete nicht einmal mehr damit, daß das Verschwinden des gekaperten Schiffes aus dem äußersten Flottenring jemals auffallen würde. Das Fahrzeug befand sich mittlerweile zwischen den weit zerstreuten Einheiten des mittleren Ringes, noch knapp 115 000 Kilometer von Siren entfernt.

In einer Verlautbarung hatte Melbar Kasom zu verstehen gegeben, daß er versuchen wolle, sich Siren bis auf rund sechzigtausend Kilometer zu nähern. Kasom erklärte, daß Gucky und die Woolver-Zwillinge, der eine auf Grund seiner Fähigkeit als Teleporter, die beiden andern mit Hilfe ihrer Begabung, auf jeglicher Art energetischer Strahlung zu reisen, unter normalen Umständen weitaus größere Entfernungen überwinden könnten. Jedoch verursache die von Siren ausgehende Flut von Hyperimpulsen eine Störung im Orientierungsvermögen der Mutanten. Es sei demzufolge notwendig, so nahe wie möglich an Siren heranzugehen, um die größtmögliche Aussicht auf Erfolg zu haben.

Bob hörte sich die Erklärung mit gespannter Aufmerksamkeit an und hatte dabei das Gefühl, zu Hause vor dem Bildschirm zu sitzen und einer aufregenden Nachrichtensendung zuzusehen. Die unglaublichen Fähigkeiten der Mutanten waren zu weit von seinem zwar wachen, aber dennoch allzu normalmenschlichen Verstand entfernt, als daß er sie hätte in unmittelbaren Bezug zu sich bringen können. In ein paar Stunden also würden Gucky und die beiden Woolvers sich je ein hochexplosives Objekt unter den Arm klemmen und mit einem einzigen Satz nach Siren hinüberspringen. Sie würden die Bomben an Stellen deponieren, an denen sie ein Höchstmaß an Schäden anrichten konnten, und dann mit der gleichen Eleganz wieder an Bord des gekaperten Schiffes zurückkehren. Die Bomben würden explodieren, und das Problem Siren wäre gelöst. In der Aufregung, die in der Folge der Explosionen unter den Twonosern entstehen mußte, konnte der unbemerkte Rückzug aus dem Tri-System nicht besonders schwierig sein.

13.

Melbar Kasom verließ sich nicht auf die twonosischen Instrumente. Er benutzte die Geräte, die er mitgebracht hatte, um eine Distanzbestimmung des Mondes Siren vorzunehmen. Die Entfernung betrug immer noch knapp sechzigtausend Kilometer. Das gekaperte Schiff war noch achttausend Kilometer von den vorgeschobenen Einheiten des innersten Flottenrings entfernt. Die Zeit zum Handeln war gekommen.

Gucky hatte inzwischen aus dem Laderaum der leeren Space-Jet die Arkon-Bomben herbeigebracht, die auf Siren deponiert werden sollten. Die Bomben waren zylindrische, knapp einen Meter lange Kanister mit vierzig Zentimetern Durchmesser. Sie machten einen überaus harmlosen Eindruck, wie sie so auf dem Boden lagen. Kein Unbefangener hätte vermutet, daß sie Kräfte auslösen konnten, denen es ein leichtes war, einen Planeten in seine atomaren Bestandteile aufzulösen.

Der Atombrand würde einige Zeit brauchen, um den gesamten Mond zu erfassen. Diese Zeit dürfte ausreichen, um allen auf Siren stationierten Twonosern die Flucht zu ermöglichen. Ishibashi würde bei dem bevorstehenden Angriff auf Siren keine Rolle spielen. Auch

Goratschin war ursprünglich nur für den Notfall vorgesehen, aber Gucky hatte auf einmal die Idee, daß der Mutant, der kraft seiner paraphysischen Begabung Kohlenstoffatome miteinander in einen explosiven Fusionsprozeß treten lassen konnte, auf Siren von großem Nutzen wäre. Er bot sich an, den Doppelköpfigen zusammen mit der Bombe nach Siren zu bringen. Kasom wußte, daß dies durchaus im Rahmen von Guckys Fähigkeiten lag. Nachdem er den Mausbiber darauf aufmerksam gemacht hatte, daß die Verantwortung für Goratschins Wohl und Wehe, besonders aber für seine Rückkehr an Bord des gekaperten Schiffes, allein auf ihm ruhte, genehmigte er den Plan, und Goratschin macht sich sprungbereit.

Siren war noch achtundfünfzigtausend Kilometer entfernt, als Ishibashi auf suggestivem Wege einem der Twonoser im Kommandoraum befahl, den elektromagnetischen Sender des Schiffes in Betrieb zu setzen. Die Richtstrahlantenne wurde auf den Mond gerichtet, dessen silbergraue Scheibe den Bugsektor des Bildschirms fast ausfüllte.

Die beiden Woolvers stellten sich in der Nähe des Sendeaggregats auf. Kasom, der die Bedienung des Senders erlernt hatte, wußte, welche Taste er drücken mußte, um der Antenne Energie zuzuführen, und warf einen letzten Blick auf den Schirm. Dann wandte er sich zu den Zwillingen um. Jeder von ihnen trug unter dem Arm einen der Kanister. Auf Kasoms fragenden Blick hin nickten beide gleichzeitig.

„Jetzt!“ sagte Kasom hart und drückte die Taste.

Die Zwillinge standen unbeweglich da, den Blick auf den Bugschirm gerichtet. Ein paar Sekunden lang schien es, als würde sich überhaupt nichts ereignen. Dann begannen die Umrisse der beiden athletischen Körper zu verschwimmen. Es sah so aus, als stiegen Schwaden heißer Luft vor ihnen aus dem Boden, die ihre Konturen verwischten und sie zittern ließen. Ihre Gestalten verblaßten, schienen sich in tanzenden Nebel zu verwandeln – dann war die Stelle, an der sie eben noch gestanden hatten, leer, und ein matter Luftzug erhob sich, als das plötzlich entstandene Vakuum sich mit nachdrängender Luft füllte.

Der Empfänger würde von diesem Augenblick an ständig eingeschaltet bleiben, um den Woolver-Zwillingen die Rückkehr mit Hilfe ihrer Helmsender zu ermöglichen.

Melbar Kasom wandte sich zur Seite. Gucky nickte ihm freudig zu.

„Weiß schon“, klang es durch das Außenmikrophon des Raumhelms. „Jetzt bin ich an der Reihe.“

Bei ihm vollzog sich die Prozedur schneller. Er warf Goratschin, der sich neben ihm aufgestellt hatte, einen abschätzenden Blick zu. Vorsichtig, als hätte er Angst, die zierliche Gestalt des Mausbibers zu verletzen, legte der Doppelköpfige ihm die Hand auf die Schulter, um den körperlichen Kontakt herzustellen.

Dann kamen zwei oder drei Sekunden, in denen beide Körper sich in wirbelnden Rauch aufzulösen schienen, und schon waren sie verschwunden. Nachdenklich ließ Melbar den Blick durch die Kommandohalle wandern. Die Twonoser gingen schweigend und willig ihrer Arbeit nach. Kitai Ishibashi stand vor dem Seitensektor des Bildschirms, die Arme auf dem Rücken verschränkt, und betrachtete die zahllosen Lichtpunkte der feindlichen Schiffe.

Es gab nichts mehr zu tun, stellte Melbar fest und empfand nichts von der Erleichterung, die eigentlich am Platz gewesen wäre. Die Bomben waren unterwegs, und ihm blieb nichts anderes übrig, als zu warten.

Und zu hoffen, daß auch weiterhin alles nach Plan verlief.

Die Unruhe war wie ein beißendes Feuer. Noch nie in seinem Leben hatte Melbar Kasom sich so aus vollem Herzen gewünscht, daß die Zeit schneller verstrich. Mit dröhnenden Schritten, die Arme auf dem Rücken verschränkt, stapfte er durch den Kommandoraum des twonosischen Schiffes, und alle zehn Sekunden einmal warf er einen Blick auf den Bugbildschirm, von dem ihn die silberne Scheibe des Mondes Siren wie ein höhnisch verzogenes Gesicht angrinste.

Noch war kein Anzeichen dafür zu sehen, daß die Mutanten ihr Ziel erreicht hatten. Siren schwebte ruhig auf seiner Bahn. Seit Guckys Sprung war mehr als eine halbe Stunde vergangen. Der quälende Gedanke, daß etwas schiefgegangen sein könne, ließ Melbar nicht los.

Das gekaperte Schiff war inzwischen in die Formation des innersten Flottenrings eingedrungen. Die Twonoser verhielten sich jedoch ruhig. Und dann flimmerte die Luft vor ihm, und Seite an Seite materialisierten Gucky, der Zwerg, und Iwan Goratschin, der Riese.

Gucky löste mit einer raschen Bewegung den Verschluß seines

Helms und schob ihn in den Nacken. Die Art, wie er seinen einzigen Zahn zwischen den Lippen hervorblicken ließ, bewies, daß er Erfolg gehabt hatte. Er setzte zum Sprechen an, aber die Rückkehr der Woolver-Zwillinge unterbrach ihn. Wie immer erschienen sie Schulter an Schulter und genau zum selben Zeitpunkt. Sie materialisierten aus einer dünnen Nebelwand, die aus dem Schaltpult des twonosischen Hyperempfängers hervorzugehen schien. Ohne sich zu rühren, blieben sie dort stehen, wo sie aus dem Nebel entstanden waren. Kasom war sichtlich erleichtert. Gucky hielt die Zeitspanne, die man ihm zumuten konnte, ruhig zu sein, für längst überschritten und sprudelte seinen Bericht hervor.

„Siren ist ein einziger Hohlraum", begann er hastig. „Ich glaube nicht, daß an irgendeiner Stelle die Stärke der Wandung mehr als einhundert Kilometer beträgt. Es gibt riesige Abwehranlagen, die eine Flotte von tausend Superschlachtschiffen mühelos zurückweisen könnten. Aber den größten Teil des Hohlvolumens nehmen die Sendeanlagen ein. Es gibt gewaltige Konverter, die die von den drei Sonnen abgezogene Energie verarbeiten und den Impulsgeneratoren zuführen. Es gibt Tausende von Sendern, aber im Augenblick sind die meisten von ihnen offenbar auf Gleichklang geschaltet, um die Leitsignale hervorzubringen, mit denen die Mobys gesteuert werden. Siren ist völlig automatisiert, aber trotzdem gibt es dort Leben." Er verzog das spitze Gesicht zu einer Grimasse, die Abscheu ausdrükken sollte. „Irgendeine dekadente Phantasie hat Roboter und Androiden erzeugt, die aus einem Gruselfilm stammen könnten. Was auch immer hundert Alpträume sich an Scheußlichkeiten und Monstrositäten ausdenken könnten – in den Hallen von Siren läuft's leibhaftig herum. Ich habe wenigstens zehn verschiedene Arten von Androiden gesehen, und doppelt soviel Arten von Robotern. Ich weiß nicht, wozu sie da sind – aber sie sind da, und ich werde noch lange an sie denken."

Kasom unterbrach ihn mit einer Handbewegung.

„Sind die Bomben deponiert?" erkundigte er sich.

„Im Innern des Mondes abgelegt", bestätigte der Mausbiber. „Zündung erfolgt in wenigen Minuten."

Einer der beiden Köpfe des Goratschin-Mutanten begann einfältig zu grinsen.

„Wir haben ein paar von den Ungeheuern in die Luft geblasen", sagte er. „Großartige Zündmasse, alles organische Materie mit viel Kohlenstoff.“

Kasom ging nicht darauf ein.

„Wir verschwinden von hier“, erklärte er knapp.

Sie verließen den Kommandoraum. Bevor das Schott sich schloß, warf Kasom einen letzten Blick zurück. Die hypnotisierten Twonoser saßen immer noch stumm vor ihren Pulten und gingen ihrer Arbeit nach. In wenigen Stunden würde der Bann von ihnen weichen. Kasom versuchte sich vorzustellen, wie sie reagieren würden, wenn sie sich ohne Übergang plötzlich in unmittelbarer Nähe eines Himmelskörpers befanden, der vom Kernbrand aufgefressen wurde.

Nachdem Kasom und die vier Mutanten an Bord der SJ-8C angelangt waren, gab der Ertruser Startbefehl. Die Hangarschleuse des Twonoser-Schiffes öffnete sich, und die drei Space-Jets verließen das Schiff, wenige Augenblicke nachdem auf Siren die Bomben explodiert waren. Unter den Twonoserschiffen herrschte Chaos, so daß die Jets ohne Probleme die Flucht ergreifen konnten.

Whiley Liggett beobachtete angespannt den Bildschirm, während die Space-Jet sich immer mehr aus dem Tri-System entfernte, gefolgt von den beiden anderen Schiffen. Die drei Sonnen waren schon so weit zurückgeblieben, daß sie gleichzeitig auf dem Bildschirm sichtbar wurden. Die Hypertaster zeichneten ein deutliches Bild Sirens, in dem der Atombrand wütete, auf den Bildschirm. Die Twonoser-Schiffe befanden sich in einem heillosen Zustand der Verwirrung. Das Chaos schien perfekt zu sein, denn niemand kümmerte sich um die kleinen Schiffe, die sich mit zunehmender Geschwindigkeit aus dem System entfernten.

Liggett nahm einige Schaltungen vor, die für den Übertritt in den Linearraum notwendig waren. Danach überprüfte er nochmals die Instrumente der Hypertaster.

Er hatte nicht erwartet, etwas Aufregendes zu finden. Aber was er sah, brachte ihn für ein paar Sekunden aus dem Gleichgewicht. Die drei Mobys, die das System der drei Sonnen bislang in weitem Abstand umkreist hatten, hatten ihre Bahn verlassen und stießen hastig in Richtung Siren vor.

Die Absicht der Mobys war klar. Der Kernbrand setzte ungeheure

Energien frei, die die planetengroßen Ungeheuer in sich aufnehmen wollten. Ihre Kapazität war unbeschränkt, wenigstens nach normalen Maßstäben. Ein Moby flog durch den Explosionskegel der schweren Kernbombe und empfand dabei dasselbe Behagen wie ein Gourmet über einem seltenen, wohlschmeckenden Gericht. Die Mobys lebten von Energie.

Dies in Rechnung ziehend, hatte sich die Flottenleitung dazu entschlossen, Siren mit Arkonbomben anzugreifen. Jede andere Waffe wäre nutzlos gewesen. Die Mobys hätten die freigesetzte Energie an sich gesaugt und ihre Wirkung dadurch zunichte gemacht. Arkonbomben jedoch arbeiteten auf einer anderen Basis. Sie waren Initialzünder, die die großmaßstäbliche Verschmelzung von Atomkernen in Gang brachte. Der Prozeß der Verschmelzung pflanzte sich, nachdem er einmal in Gang gesetzt worden war, aus eigener Kraft fort. Er produzierte Kerne überhöhter Ordnungszahlen, die von Natur aus instabil waren und nach Trillionstelsekunden wieder zerfielen. Verschmelzung und darauffolgender Zerfall setzten ungeheure Mengen an Energie frei, an denen sich die Mobys laben konnten. Der Kernbrand selbst wurde dadurch jedoch nicht aufgehalten. In spätestens einem Tag würde von Siren nicht mehr übrig sein als eine Wolke hochradioaktiven Gases.

Liggett riß sich von dem Anblick los, der sich ihm auf dem Bildschirm bot, denn die Space-Jet hatte inzwischen die Eintauchgeschwindigkeit erreicht. Ein rascher Blick auf den Ortungsschirm zeigte ihm, daß die beiden anderen Jets direkt neben seinem Schiff flogen. Dann wurde der Bildschirm dunkel, und auf dem Reliefschirm erschienen die wogenden, grauen Schleier des Linearraums. Er atmete auf.

Die Aktion war erfolgreich verlaufen. Siren konnte seine unheilbringenden Kommandoimpulse nicht mehr an die Mobys ausstrahlen. Die wichtigste und wohl auch gefährlichste Waffe der Meister der Insel innerhalb Andro-Betas war somit desaktiviert.

Liggett lehnte sich bequem in seinen Konturensessel zurück und wechselte einen kurzen Blick mit Bob Vorbeck.

„Geschafft“, sagte dieser erleichtert.

Liggett nickte kommentarlos. Ja, sie hatten es geschafft, doch niemand wußte, was dieser Erfolg wert war. Die bisherigen Erfahrungen mit den unbekannten Herrschern Andromedas hatte die Terraner gelehrt, daß mit jeder ausgeschalteten oder überwundenen Gefahr eine neue, noch schlimmere Gefahr aufzutauchen pflegte. Hier im Vorfeld Andromedas, so ahnte Liggett, würde es nicht anders sein.

14.

Siren war tot. Das rollende, hallende Echo der Hyperimpulse war verstummt. Die Mobys trieben ziel- und steuerlos durch den Raum. Das Fehlen der Aktivierungsimpulse stürzte sie wieder in den Zustand einer totenähnlichen Starre. Ab und zu stürzte ein Moby, von der Schwerkraft angezogen, in die flammende Hölle einer Sonne.

Seit dem Untergang Sirens waren vierzehn Tage vergangen. Die Blaurüssel-Schiffe hatten sich inzwischen aus dem Tri-System zurückgezogen. Nichts deutete darauf hin, daß innerhalb Andro-Betas irgendeine besondere Aktivität herrschte, um nach den Schuldigen für Sirens Ende zu suchen. Nach dem anfänglichen Chaos, unmittelbar nach der Zerstörung des Gleam-Mondes, war Ruhe eingekehrt. Und nicht wenige Terraner vermuteten, daß es die Ruhe vor dem Sturm war.

Die fünf Schlachtraumer und die sechs Frachter standen bewegungslos an ihrer alten Position, 500 Lichtjahre vom Rand der Kleingalaxis entfernt.

Oberst Cart Rudo wollte sich gerade von Oberstleutnant Brent Huise, seinem Ersten Offizier, ablösen lassen, als der Interkom summte. Auf dem Bildschirm erschien Rhodans Gesicht. Er sprach von seiner Kabine aus.

„Oberst, können Sie eine Besprechung der leitenden Offiziere anberaumen ... in der Messe. Bitten Sie auch Atlan von der IMPERATOR her. Dazu Melbar Kasom, Icho Tolot, Wuriu Sengu und den Kommandanten der Korvette KC-38. Gucky brauche ich wohl kaum aufzuführen. Wie ich ihn kenne, hat er sich bereits telepathisch informiert. Ich würde sagen – in einer Stunde. Kann ich mich darauf verlassen?“

„Selbstverständlich. In einer Stunde in der Messe.“

Rudo starrte eine Weile auf einen anderen Schirm, auf dem der Betanebel so klar und deutlich stand, als könne man ihn mit der Hand greifen. Dann nickte er und drückte gleichzeitig mehrere Knöpfe ein.

Bildschirme wurden hell; Gesichter sahen Rudo erwartungsvoll an.

Der Oberst gab Rhodans Befehl weiter.

Etwa zwanzig Personen waren in der Messe versammelt. Tolot, der riesige Haluter, saß an einem Kopfende des langen Tisches, weil sonst kein Platz für ihn gewesen wäre. Kasom saß neben ihm. Am anderen Kopfende hatte Rhodan neben Atlan Platz genommen. Irgendwo in der Mitte zwischen den Offizieren hockte der kleine Mausbiber Gucky auf zwei ineinandergeschobenen Stühlen mit todernstem Gesicht. Man sah ihm an, welche Mühe er sich gab, seriös zu erscheinen.

Rhodan überflog die Versammlung mit einem kurzen Blick, dann sagte er:

„Was Andro-Beta betrifft, so scheint die Situation derzeit ruhig zu sein. Die Meister der Insel haben eine Niederlage hinnehmen müssen. Unser ursprüngliches Ziel, die Errichtung eines sicheren Stützpunktes, muß daher neuerlich in Angriff genommen werden. Wie wir alle wissen, wartet Reginald Bull im Schrotschuß-System auf unsere Nachricht, um weitere Nachschubschiffe hierherzuschikken. Desgleichen müssen wir auch der Besatzung Trojas eine Nachricht übermitteln und uns vergewissern, daß dort alles in Ordnung ist.

Ich habe daher beschlossen, zuerst ein Schiff auszusenden, das sich um Troja kümmert. Wenn diese Sache geklärt ist, können wir uns um den Standort des Stützpunktes kümmern. Ich selbst werde am Flug zum Planetoiden Troja teilnehmen, während Atlan das Kommando hier übernimmt. Es ist Ihnen wohl allen klar, daß unser Unternehmen Brückenkopf scheitern muß, wenn wir uns damit begnügen, hier einfach abzuwarten, was unser Gegner als nächstes unternimmt. Die Initiative muß bei uns liegen. Wir müssen den Meistern ihre Handlungen aufzwingen."

Rhodan wandte sich an einen der Offiziere:

„Captain Thomas, Sie werden sich schon denken können, warum ich Sie aufforderte, an dieser Besprechung teilzunehmen. Sie sind

Kommandant der KC-38. Ich plane, die erwähnte Expedition mit einer Korvette durchzuführen."

Thomas, ein noch junger Mann mit dunklen Haaren und blauen Augen, nickte. Er war schlank und sah gut aus. In seinen auffällig großen Augen war ein seltsamer Glanz.

„Ich schätze mich glücklich, Sir, daß Sie mein Schiff dazu ausersehen haben, an der Expedition teilzunehmen."

Rhodan lächelte.

„Purer Selbsterhaltungstrieb, Captain. Sie sind als besonnener Offizier bekannt – und bei dem bevorstehenden Unternehmen ist die Besonnenheit eine Eigenschaft, die nicht hoch genug einzuschätzen ist."

Jemand räusperte sich vernehmlich. Es war Gucky. Er grinste, hielt aber vorsorglich den Mund.

„Ich danke Ihnen für das Vertrauen, Sir", sagte Thomas.

„Schon gut. Ihre Stammbesatzung bleibt unverändert. Fünfzehn Mann, nicht wahr?"

„Mit mir, Sir."

„Sie erhalten weitere dreißig Leute zugeteilt, Wissenschaftler und sonstige Spezialisten. Hinzu kommen Tolot, Kasom, Sengu, Gucky und ich. Insgesamt also fünfzig Personen. Sorgen Sie dafür, daß Ihr Schiff in zwei Stunden startbereit ist."

„Jawohl, Sir."

„Gut, dann brauche ich Sie jetzt nicht mehr. Ich sehe Sie in Hangar drei, in zwei Stunden."

Captain Thomas erhob sich, ging zur Tür, drehte sich um und grüßte. Unhörbar glitt hinter ihm die Tür wieder zu.

„Da geht er hin und weint nicht mehr", deklamierte Gucky todernst.

Ein paar der Offiziere grinsten, sagten aber nichts.

Lediglich Atlan meinte spöttisch:

„Unser Kleiner ist heute mal wieder ein rechter Schelm. Bin gespannt, wie lange das anhält."

„Bis wir den Meistern der Insel gegenüberstehen", vermutete Rhodan geheimnisvoll. „Dann wird ihm und uns allen wohl das Lachen vergehen."

Im Hangar drei stand die gutgetarnte KC-38 startbereit.

Nach und nach fanden sich die Teilnehmer der Expedition ein und bezogen Quartier.

Als Rhodan pünktlich fünf Minuten vor dem festgesetzten Termin erschien, konnte Thomas ihm melden:

„Alle Mann untergebracht. Die KC-38 erwartet Ihre Befehle, Sir."

Rhodan zog eine Lochkarte aus der Tasche und gab sie dem Offizier.

„Das sind die Kursberechnungen für Troja. Sie stimmen nur dann, wenn inzwischen keine Veränderungen eingetreten sind. Wir suchen an der Stelle, die in den Berechnungen angegeben wird." Er sah sich um und trat auf Atlan zu, der mit in den Hangar gekommen war. „Atlan, ich verlasse mich auf unsere Abmachung. Du wartest in diesem Sektor auf mich. Ich werde im Notfall einen Hyperkomspruch abstrahlen lassen, allen Vorsichtsmaßnahmen zum Trotz. Aber nur im wirklichen Notfall. Wenn alles glattgeht, sehen wir uns in acht Tagen hier wieder. Acht Tage – das ist die Zeitgrenze. Aber unternimm vorerst nichts, selbst wenn wir nach acht Tagen noch nicht zurück sind. Ich würde sagen – zwei Wochen Erdzeit."

„Zwei Wochen – gut", sagte Atlan und gab Rhodans Händedruck zurück. „Viel Glück."

„Danke, alter Freund."

Rhodan drehte sich abrupt um und stieg hinter Captain Thomas durch die Luke in die Korvette.

Der runde Deckel schloß sich mit einem dumpfen Laut.

Atlan verließ den Hangar, ehe die Luft abgesaugt wurde.

Fünf Minuten später öffnete sich die riesige Ausflugluke von Hangar drei, und die KC-38 glitt langsam hinaus in den leeren Raum, in dem sich der Betanebel wie ein schimmerndes Monstrum aus Licht und Dunkelwolken ausnahm. Die fünfhundert Lichtjahre wirkten wie ein Katzensprung. Sie waren es auch.

In der Kommandozentrale sagte Rhodan zu Thomas:

„Der Kurs bis Beta dürfte klar sein, aber dann beginnen die Schwierigkeiten. Wir dürfen nicht bemerkt werden. Wir müssen damit rechnen, daß die Wachschiffe der Twonoser wieder aktiv werden und uns angreifen."

„Kurs nach Beta liegt vor", erwiderte Thomas.

„Dann fliegen Sie los."

Während die KC-38 Lichtgeschwindigkeit erreichte und sie überschritt, studierte Rhodan die Kursberechnungen, die er von Cart Rudo erhalten hatte.

Troja, der ausgehöhlte Planetoid, besaß Würfelform. Seine Kantenlänge betrug bis zu vierzig Kilometer. Auf seiner Oberfläche gab es noch eine längst zerstörte Stadt der Maahks, denn Troja war das Bruchstück eines geborstenen Planeten. Besonders prägnant ragte das Trümmerstück einer aus ihrer Verankerung gerissenen Brücke in den kosmischen Abgrund hinaus. Es war dreihundert Meter lang und hatte sechs Fahrbahnen. Die terranische Besatzung bezeichnete dieses Trümmerstück als „Peilbrücke", denn sie zeigte immer in Flugrichtung des Planetoiden.

In den riesigen Hohlräumen von Troja lagerten alle nur denkbaren Güter und Ersatzteile. Gigantische Kraftstationen und Impulstriebwerke sorgten dafür, daß man den Planetoiden bis auf halbe Lichtgeschwindigkeit beschleunigen und den Kurs jederzeit wechseln konnte. Das jedoch sollte nur im äußersten Notfall erfolgen. Für die Meister der Insel sollte Troja auch weiterhin ein toter Asteroid bleiben.

Troja besaß keine Atmosphäre. Er war nichts als ein öder, wüster Felsbrocken. In seinem Innern aber warteten Major Whooley und seine Leute.

15.

Am sechsten Oktober, einige Stunden nach ihrem Start, erreichte die KC-38 ohne Zwischenfälle die errechnete Bahn des Asteroiden Troja.

Alle Bildschirme zeigten eine Fülle von Sternen, wie das nur im Mittelpunkt einer Galaxis möglich war. Und tatsächlich stand das Schiff fast mitten im Zentrumskern des Betanebels.

„Troja müßte sich in gerader Fluglinie genau fünf Lichtstunden vor uns befinden", sagte Captain Thomas zu Rhodan. „Der Planetoid bewegt sich mit einem Viertel der Lichtgeschwindigkeit von uns fort. Im Linearflug holen wir ihn schnell ein."

„Was ist mit den Ortern?"

„Noch keine Reflexe, Sir.“

Rhodan gab keine Antwort. Seine schlimmsten Befürchtungen schienen sich zu bewahrheiten. Wenn der Gegner den geheimen Stützpunkt entdeckt hatte, war dem Kommandanten Major Frace Whooley keine andere Wahl geblieben, als in einem bereitstehenden Schiff zu flüchten und Troja zu vernichten.

Die KC-38 ging in den Linearflug.

Als sie zehn Minuten später in den Normalraum zurückkehrte, erhielten die Orter ein Echo. Die Berechnungen liefen an, und dann konnte Captain Thomas das Ergebnis mitteilen:

„Würfelförmiger Körper zwei Lichtminuten voraus. Kantenlänge zwischen dreißig und vierzig Kilometer.“

„Das ist Troja“, rief Kasom erleichtert aus.

Auf dem riesigen Panoramaschirm wurde der nur schwach leuchtende Asteroid sichtbar. Er reflektierte das Licht der Sterne, aber das genügte kaum, ihn über einige tausend Kilometer hinweg erkennbar werden zu lassen. Rhodan verlangsamte die Geschwindigkeit der KC-38 und näherte sich dem treibenden Objekt. Die Peilbrücke ließ keinen Zweifel daran, daß es sich dabei tatsächlich um Troja handelte.

„Nehmen Sie Funkverbindung auf, Captain Thomas.“

Zwei Minuten später erfüllte die Stimme Major Whooleys die Zentrale.

„Mein Gott . . . Sir! Wir glaubten schon, Sie würden nie mehr kommen. Was ist nur geschehen?“

„Alles in Ordnung bei Ihnen, Major?“

„Soweit ja. Sollen wir die große Schleuse öffnen?“

„Ja, wir bleiben ein oder zwei Tage bei Ihnen. Da wäre es leichtsinnig, die Tarnung Trojas aufs Spiel zu setzen.“

Die Korvette umrundete den öden Asteroiden und näherte sich einem flachen Gebirge, das kaum hundert Meter in den Raum hinausragte. Eine senkrecht abfallende Felswand verschob sich plötzlich und gab eine quadratische Öffnung frei. Dahinter lag einer der Hangars. Langsam schwebte der kleine Kugelraumer in den hohlen Felsen hinein und setzte schließlich sanft auf.

Die Riesenluke schloß sich. Luft strömte in die Kammer.

Abermals fünf Minuten später konnte Rhodan die Hand des Kommandanten von Troja drücken.

Oberst Pawel Kotranow gab eine Erklärung ab. Die Männer saßen in Whooleys Büro, tief unter der Oberfläche des ausgehöhlten Asteroiden.

„Seit der Rückkehr des Schweren Kreuzers BAGALO sind mehrere Wochen vergangen. Wir alle waren von einer tiefen Sorge erfüllt, da niemand wußte, was inzwischen hier in Andro-Beta geschah. Deshalb entschloß sich Reginald Bull, die ANDROTEST III auf die Reise zu schicken und mit Troja Kontakt aufzunehmen."

Es war für Rhodan eine Überraschung gewesen, das Stufenraumschiff ANDROTEST im Hangar Trojas vorzufinden. Doch er konnte es Bull nicht verübeln, daß dieser in Sorge um die Terraner in Andro-Beta war und deshalb die ANDROTEST losschickte, um Nachschau zu halten.

„Sie kamen vor zwei Tagen hier an?" fragte er.

„Sehr richtig", bestätigte Kotranow.

Allmählich sah Rhodan ein, daß die Entwicklung ganz in seinem Sinne verlaufen war. Die ANDROTEST III war ein Faktor, mit dem er nicht gerechnet hatte. Da sie nun einmal hier war, bot sich ihm die Gelegenheit, Bull von den Geschehnissen in Andro-Beta zu informieren.

Er erläuterte Oberst Kotranow seinen soeben gefaßten Entschluß und setzte ihm seinen Plan auseinander.

„Sie werden in drei Stunden starten und zum Schrotschuß-System zurückfliegen. Die Weisung, bis auf weiteres keine Nachschubsendungen hierherzuschicken, bleibt aufrecht. Sie erhalten sämtliche Informationen über die Geschehnisse der letzten Wochen. Reginald Bull soll sich weiterhin abwartend verhalten, bis er Nachricht von uns erhält. Wir wissen noch nicht, wie lange es dauern wird, bis wir einen geeigneten Stützpunkt gefunden haben. Im Augenblick ist es hier ruhig, aber das kann sich schlagartig ändern."

Kotranow nickte stumm und verließ den Raum, um die notwendigen Vorbereitungen zu treffen. Rhodan überlegte kurz, dann wandte er sich an Major Whooley.

„Ich bin daran interessiert, Troja so lange als möglich zu halten. Bisher wurden Sie noch nicht entdeckt, und ich hoffe, daß es auch dabei bleibt. Im Fall einer Gefahr wissen Sie, was Sie zu tun haben. Ihnen steht eine Korvette zur Verfügung, mit der Sie Troja verlassen und sich und ihre zwanzig Leute in Sicherheit bringen können. In diesem Fall ist Troja zu vernichten, damit der Planetoid und seine Einrichtungen nicht Unbefugten in die Hände fallen. Halten Sie weiterhin den bisherigen Kurs und warten Sie auf weitere Anweisungen."

Whooley nickte. „Ich habe verstanden."

„Gut, dann wollen wir uns jetzt über das unterhalten, was in den letzten Tagen geschehen ist. Sie erwähnten bei unserem Eintreffen, daß Sie Impulse des Andro-Beta-Sonnentransmitters empfingen."

„Das ist richtig", antwortete Whooley. „Die Impulse trafen einige Tage lang ununterbrochen bei uns ein. Wie wir aufgrund der Auswertung feststellen konnten, handelte es sich um Sendeimpulse. Die Häufigkeit der Impulse läßt darauf schließen, daß große Flotteneinheiten abtransportiert worden sind."

Rhodan wurde nachdenklich. Er dachte daran, daß der Flug der KC-38 nach Troja ohne jeden Zwischenfall verlaufen war und daß sie kein einziges Twonoserschiff gesichtet hatten. Während dieses Fluges hatte Icho Tolot die Vermutung geäußert, daß die Meister der Insel die Kleingalaxis geräumt hatten. Diese Vermutung schien sich nun zu bestätigen.

„Die Wachflotte Andro-Betas wurde wahrscheinlich nach Andromeda versetzt", erklärte Rhodan schließlich. „Es scheint, als ob Andro-Beta im Augenblick frei von Twonoserschiffen sei. Dennoch müssen wir vorsichtig sein. Es ist nicht auszuschließen, daß die Meister die Vorgänge in Andro-Beta nach wie vor kontrollieren und nur darauf warten, daß wir wieder aktiv werden, damit sie uns endgültig den Garaus machen können."

Major Whooley sah Rhodan lange an.

„Was hat das zu bedeuten, Sir?"

„Ich weiß es nicht. Niemand weiß es. Es gibt keine logisch bedingte oder rein strategische Erklärung. Und trotzdem bin ich sicher, daß die Meister einen ganz bestimmten Zweck mit dieser Maßnahme verfolgen."

„Der Gedanke daran wirkt auf mich nicht beruhigend."

„Auf mich auch nicht. Ganz im Gegenteil."

Eine Weile schwiegen sie und hingen ihren eigenen Gedanken und Mutmaßungen nach, dann meinte Rhodan:

„Wir werden uns nach einem geeigneten Planeten umsehen, den wir als Stützpunkt und Absprungbasis einrichten können. Wir werden einen finden."

Kurz nachdem die ANDROTEST III in Richtung Schrotschuß-System aufgebrochen war, hatte die KC-38 mit einer Fülle von Informationsmaterial, das sie von Kotranow erhalten hatte, den Rückflug angetreten. Auf geradem Kurs durchquerte sie den halben Betanebel und näherte sich seinem Rand. Bis zu dem wartenden Flottenverband waren es noch sechshundert Lichtjahre.

Captain Thomas erhob sich und machte Rhodan Platz. Tolot und Kasom blieben noch eine Weile, um sich mit ihm zu unterhalten. Um den Antrieb zu schonen, hatte Rhodan den Linearflug vor wenigen Minuten unterbrechen lassen. Die KC-38 glitt mit halber Lichtgeschwindigkeit an einer roten Doppelsonne vorbei.

Tolot saß in einem Spezialsitz neben Rhodan und studierte die Sternkarten. „Ich weiß, worüber Sie nachdenken – über den geplanten Stützpunkt. Darf ich einen Vorschlag machen?"

Rhodan nickte.

„Es gibt einen Planeten im Betanebel, der noch bis vor kurzem im Mittelpunkt der Geschehnisse stand", begann der Haluter. „Ich meine Gleam. Andro-Beta wurde von den Meistern der Insel geräumt. Das Tri-System ist für sie bedeutungslos geworden, so daß nicht damit zu rechnen ist, daß dort eine Falle errichtet wurde. Selbst wenn sich die Meister eines Tages entschließen sollten, die Blaurüssel nach Andro-Beta zurückzuschicken – auf Gleam würde uns niemand vermuten. Aus diesem Grund schlage ich diesen Planeten als Stützpunkt vor."

Es war etwa so, als hätte jemand vorgeschlagen, in das Hauptquartier der Meister der Insel einzudringen, um dort gemütlich Kaffee zu trinken.

Für Sekunden herrschte völliges Schweigen in der Zentrale. Die anwesenden Offiziere sahen von ihren Instrumenten und Kontrollen hoch. In ihren Gesichtern stand Ungläubigkeit und fast Entsetzen. Ausgerechnet Gleam!

Rhodan sagte ruhig:

„Sie wissen, Tolot, daß ich Ihre Meinung respektiere. Ihr Gehirn arbeitet schneller und besser als meins. Ihre Logik steht außer Frage. Trotzdem... ausgerechnet Gleam? Haben Sie einen besonderen Grund, gerade Gleam in Erwägung zu ziehen?"

„Es gibt viele Gründe. Dort vermutet man uns zuletzt, aber das erwähnte ich bereits. Außerdem liegt Gleam günstig. Die drei Sonnen des Tri-Systems stehen über dem Mittelpunkt des Betanebels. Die

Entfernung zum Rand ist von überall aus gleich. Es besteht direkte Sicht nach Andromeda. Gleam hat eine Sauerstoffatmosphäre. Soll ich mit der Aufzählung der Vorteile fortfahren, oder genügen sie bereits?"

Rhodan zögerte. Er hatte schon zu oft die Erfahrung machen müssen, daß Tolot Vorschläge unterbreitete, die scheinbar sinnlos oder zumindest gefährlich waren; später hatte sich dann immer wieder herausgestellt, daß sie richtig gewesen waren.

„Wenn ich es mir recht überlege", murmelte Kasom und versuchte, seiner Stimme einen überzeugenden Klang zu geben, „hat Tolots Vorschlag einiges für sich. Von Gleam aus ließe sich glänzend operieren, wenn wir dort ein sicheres Versteck fänden. Es gibt auch Gebirge dort, wenn ich mich recht entsinne."

„Redhorse erwähnte es", gab Rhodan zu und wich der Entscheidung noch immer aus. Gleam als Stützpunkt zu wählen, war ein so waghalsiger Gedanke, daß er sich noch immer nicht dazu entscheiden konnte, dem Haluter beizustimmen.

„Bevor wir uns entscheiden, sollten wir Atlan um seine Meinung bitten."

„Ich bin davon überzeugt, daß sich der Arkonide meinem Vorschlag anschließen wird", erwiderte der Haluter. „Es liegt an Ihnen, eine Entscheidung zu treffen."

Rhodan kaute auf der Unterlippe. Ihm war, als hätte er nie in seinem Leben vor einer ähnlichen Situation gestanden. Aber auf den Haluter war Verlaß. Hatte er ihn jemals falsch beraten?

Er nickte.

„Also gut, Tolot. Versuchen wir es mit Gleam als Stützpunkt."

Tolot atmete auf. Auch Kasom zeigte Erleichterung.

Gerade wollte Rhodan tief Luft holen und die Last abschütteln, die auf ihm gelegen hatte, als ein dröhnendes Gelächter seinen Schädel zu sprengen drohte. Es kam aus allen Richtungen und erfüllte die Steuerzentrale von einem Ende bis zum anderen – aber nicht nur das.

Das Gelächter war überall im ganzen Schiff zu hören.

Noch während sich Rhodan entsetzt die Ohren zuhielt, was überhaupt nichts half, materialisierte Gucky im Raum. Mit zwei Sätzen war er bei Rhodan und sprang auf seinen Schoß. Er piepste etwas mit seiner schrillen Stimme, konnte aber das unheimliche Gelächter aus dem Nichts nicht übertönen.

Aber Rhodan wußte plötzlich auch so, was Gucky gerufen hatte.

Er nahm die Hände von den Ohren und lauschte. Das Gelächter klang allmählich ab. Obwohl es jeder im Schiff zu hören vermochte, war es nicht akustischer, sondern telepathischer Natur. Das war auch der Grund dafür, daß Gucky am meisten darunter litt. „ES", sagte Gucky noch einmal, und diesmal verstand ihn Rhodan. „Es ist der Unsterbliche!"

Noch einmal dröhnte das Gelächter auf, um dann plötzlich zu verstummen. Fast flüsternd wurde die Stimme des unbegreiflichen Wesens, dem Rhodan im Jahr 1976 auf dem Kunstplaneten Wanderer zum erstenmal begegnet war.

„Richtig, mein kleiner Freund, ich bin es. Erstaunt?"

Gucky sah sich ängstlich nach allen Seiten um, als erwarte er jeden Augenblick einen der optischen Scherze des Unsterblichen. Es konnte gut sein, daß von einer Sekunde zur anderen irgend etwas in der Zentrale materialisierte – ein Mensch, ein Tier, ein Phantasieungeheuer. Aber nichts dergleichen geschah.

„Ziemlich erstaunt", sagte Rhodan anstelle des Mausbibers. Seine Gedanken kehrten zurück in das Jahr 2326. Damals hatte ES 25 Zellaktivatoren in der Galaxis verstreut. Anschließend hatte er Wanderer zerstört und war, wie er sagte, vor einer großen Gefahr, die der Galaxis drohte, geflohen. In diesen 76 Jahren, die seither vergangen waren, war viel darüber gerätselt worden, vor *welcher* Gefahr ES geflohen sein könnte. Als kurze Zeit nach der Flucht von ES die Hornschrecken und das Suprahet Angst und Schrecken in der Galaxis verbreiteten, war angenommen worden, daß ES *diese* Gefahr gemeint haben könnte. Doch nicht nur Rhodan hatte Zweifel daran, daß ES anscheinend vor einer Gefahr die Flucht ergreift, mit der die Terraner schließlich doch noch fertig geworden waren. Und nun tauchte dieses geheimnisvolle Wesen überraschend im Vorhof Andromedas auf.

ES' telepathisches Gelächter riß Rhodan aus seiner Versunkenheit.

„Gib dir keine Mühe, Freund. Ich weiß, welche Fragen dich beschäftigen. Aber erwarte von mir jetzt keine Antwort darauf. Du wirst eines Tages den wahren Grund meiner damaligen Flucht erfahren. Eines Tages, aber nicht jetzt!"

Rhodan faßte sich. Er wußte, daß es keinen Sinn hatte, ES zu bedrängen. Er würde nichts von ihm erfahren, solange ES dies nicht für richtig hielt.

„Ich bin überrascht, dir *hier* wieder zu begegnen", sagte er schließlich. „Wo warst du inzwischen?"

„Vielleicht solltest du besser fragen: wann *war ich...? Nun, vielleicht habe ich gute, alte Freunde besucht, jenseits von Raum und Zeit. Vielleicht aber habe ich auch hier und jetzt nur auf dich gewartet. Du hast einen langen Weg zurückgelegt – für mich war es nur ein Augenblick in meinem Leben."*

„Ich kann mir aussuchen, was richtig ist?"

„Genau, Terraner. Und nun... lebe wohl..."

„Du verläßt uns wieder? Ich glaubte..."

„Falsch gedacht!" Erneut lachte der Unsterbliche. Zum Glück diesmal nicht so laut und dröhnend. *„Wir begegnen uns wieder, Perry Rhodan. Wann, das wird von dir abhängen. Aber du hast die Zeitspanne verkürzt, indem du auf deinen Freund Tolot hörtest. Dein Entschluß, wieder nach Gleam zu gehen, wird sich lohnen. Oh... da wir von lohnen reden – es wäre an der Zeit, dir einen Schritt weiterzuhelfen. Betrachtet es als Belohnung dafür, daß du mich nicht enttäuschtest. Du hast den Weg nach Andromeda gefunden, und eines Tages wirst du dein Ziel erreichen. Aber wisse schon jetzt, daß du dort vor eine furchtbare Entscheidung gestellt wirst. Einer der vielen Kreise des Universums wird sich in Andromeda schließen. Alles hat Anfang und Ende, Perry Rhodan. Dieser Kreis wird das Leben eines großen Volkes beenden."*

„Welchen Volkes?" fragte Rhodan, aber er bekam schon keine Antwort mehr.

Das höllische Gelächter, immer noch mit der Spur widerwilliger Anerkennung, durchraste das Schiff und verhallte in den langen Korridoren und Maschinenhallen.

Es wurde plötzlich ganz still.

ES hatte sich zurückgezogen. Gucky hockte noch immer verstört auf Rhodans Schoß. Den restlichen Besatzungsmitgliedern in der Zentrale erging es nicht anders. Wohl war jedem von ihnen ES ein Begriff, doch der unvermutete Kontakt zu diesem unbegreiflichen Wesen hatte nachhaltigen Eindruck hinterlassen.

Tolot war der erste, der sich wieder unter Kontrolle bekam.

„Ein bemerkenswerter Auftritt", bemerkte er dröhnend und riß die Männer aus ihrer Starre. „Ich möchte nur wissen, was ES gemeint hatte, als die Rede von Andromeda war und daß dabei ein großes Volk sterben würde."

Rhodan blickte ihn nachdenklich an und sagte:

„ES produziert sich gern als Orakel, Tolot. Die Weissagung ist doppelsinnig. Damit können wir gemeint sein, aber auch die Meister der Insel. Jedenfalls steht fest, daß sie oder wir zugrunde gehen werden. Früher oder später." Rhodans Gesicht glich einer versteinerten Maske. „Ich muß zugeben, daß die von dem Unsterblichen angekündigte Entscheidung schon jetzt an mich herangetreten ist. Vielleicht retten wir uns und die Erde nur, wenn wir sofort unser Vorhaben aufgeben, den Andromedanebel zu erreichen."

„Nein." Tolot stand auf und ging zu Rhodan.

„Dieser Unsterbliche hat eindeutig zu verstehen gegeben, daß die Entscheidung, Gleam als Stützpunkt einzurichten, richtig ist. Er hat unmißverständlich zum Ausdruck gebracht, daß Ihnen dafür eine Belohnung zusteht. Ich weiß nicht, welcher Art eine solche Belohnung sein könnte, aber sie wurde angekündigt, wenn wir Gleam als Stützpunkt wählen. Daraus wiederum geht eindeutig hervor, daß der Unsterbliche von Wanderer *wünscht,* daß wir Andromeda erreichen. Er kann also auf keinen Fall den Untergang der Terraner meinen, wenn er vom Ende eines großen Volkes spricht. Antworten Sie mir ganz ehrlich: Vertrauen Sie dem Unsterblichen rückhaltlos?"

Rhodan nickte, ohne eine Sekunde zu zögern.

„Ja, ich vertraue ihm. Er gab mir die Zelldusche, er gab mir damals die Waffen, mit denen ich das Terranische Imperium gründete, er gab mir gute Ratschläge und half mir aus mancher Klemme. Ich *muß* ihm vertrauen, sonst hätte das Leben keinen Sinn mehr für mich. Warum fragen Sie, Tolot?"

Tolot kehrte an seinen Platz zurück und setzte sich.

„Ich wollte nur wissen", sagte er ruhig, „daß es nicht die Terraner sein werden, deren Vernichtung bevorsteht."

16.

Die CREST und ihre zehn Begleitschiffe näherten sich langsam und vorsichtig dem Tri-System und schlugen schließlich eine Kreisbahn um die drei Sonnen ein. Die Entfernung von Tri II betrug dabei fünfzehn Lichtstunden.

Nachdem die KC-38 zum Standort der kleinen terranischen Flotte zurückgekehrt war, hatte Atlan Tolots Vorhaben nach einigem Zögern zugestimmt. Kurz darauf waren die Schiffe aufgebrochen. Während des Anfluges in das Tri-System wurden einige Beobachtungssonden ausgeschleust und in das Zielsystem vorausgeschickt. Nach deren Rückkehr wurden die automatischen Aufzeichnungen der Sonden ausgewertet. Alles deutete darauf hin, daß sich im Tri-System nun nichts mehr befand, das den terranischen Schiffen gefährlich werden konnte.

Das ehemals intensive blaue Leuchten der Lufthülle von Gleam war verschwunden. Von Redhorse wußte man, daß es sich dabei um ein Hyperwellen-Reflektorfeld gehandelt hatte, das von einer planetaren Sumpfstation erzeugt wurde. Durch die Vernichtung Sirens schien auch die Station auf Gleam zerstört worden zu sein. Die ursprüngliche Vermutung Redhorses, daß dieses Sumpfkraftwerk auch für die seltsamen Schwerkraftverhältnisse auf Gleam verantwortlich war, schien sich nicht zu bestätigen. Auf Gleam herrschten nach wie vor dieselben Verhältnisse, die Redhorse bei seinem Aufenthalt vorgefunden hatte. Dies konnte nur bedeuten, daß es tief im Planeteninneren autonome Kraftwerke geben mußte, die die Schwerkraft des Planeten regelten.

Die drei Mobys, die sich hier vor mehr als 14 Tagen aufgehalten hatten, waren längst in den Sonnen des Systems verglüht. Das System konnte als „sauber" angesehen werden.

Rhodans Absicht war es, mit der KC-38 weiter vorzustoßen und auf Gleam zu landen. Die Besatzung der Korvette war dieselbe wie jene, die nach Troja geflogen war.

Nachdem die KC-38 startklar war, verabschiedete sich Rhodan von

Atlan und sagte: „Wir werden die Verhältnisse auf Gleam erkunden. Mir geht es vor allem um die unbekannten Schiffe, die von Redhorse und seinen Leuten gesichtet wurden. Unsere Sonden haben zwar keinerlei Hinweise auf ihre Existenz mehr gefunden, aber ich will sichergehen. Außerdem sind da noch die Gleamors selbst, die mich interessieren."

„Wir sind einer Meinung, Perry. Viel Glück. Unsere Hyperkomgeräte werden ständig auf Empfang bleiben. Ein Funkspruch, denke ich, bedeutet kein großes Risiko."

„Auch das kleinste Risiko ist zuviel, Atlan. Wir werden nur im äußersten Notfall Verbindung aufnehmen."

„Einverstanden." Atlan sah Rhodan nachdenklich an, dann fragte er: „Was hat ES gemeint, als es von einer Belohnung sprach? Hast du eine Ahnung?"

„Nicht die geringste. Aber wenn es eine Belohnung geben sollte, werden wir sie hier auf Gleam finden. Vergiß nicht, daß gerade unsere Entscheidung, Gleam als Stützpunkt zu benützen, den Unsterblichen zu seinem telepathischen Erscheinen veranlaßte. Gleam ist also so etwas wie ein Wendepunkt."

„Das sagte Tolot auch", erklärte Atlan. „Er meinte wörtlich, für Terra sei eine weitere Prüfungsepoche nun abgeschlossen, andernfalls hätte sich ES nicht gemeldet. Ich verstehe auch nicht recht, warum das gerade jetzt der Fall sein soll, aber vielleicht hat es etwas mit der Räumung des Betanebels durch die Meister zu tun."

„Ganz bestimmt sogar – und mit Gleam."

„Ausgerechnet Gleam", murmelte Atlan und reichte Rhodan die Hand zum Abschied.

Die KC-38 wurde ausgeschleust und ließ die CREST und die anderen zehn Schiffe schnell zurück, während sie auf Tri II zuglitt. Für einige Minuten überschritt sie die Lichtgeschwindigkeit, und als sie in den Normalraum zurückkam, war Gleam nur noch wenige Lichtminuten entfernt.

„Gleam", dozierte Gucky und stolzierte mit herausgedrückter Brust in der Zentrale auf und ab, „fällt uns in den Schoß wie eine reife Pflaume."

Die Oberfläche kam ganz groß ins Bild, und schon beim ersten Blick erkannte Rhodan, daß sich der Planet in Aufruhr befand. Die Naturgewalten hatten sich noch immer nicht beruhigt.

Mächtige Stürme rasten über Gleam dahin und wühlten die Sumpfmeere auf. Der größte Teil der Pilzkulturen mußte vernichtet worden sein. In den Ozeanen waren neue Inseln vulkanischen Ursprungs entstanden, die ihre glühenden Lavamassen bis zum Festland schleuderten. Riesige Krater hatten sich aufgewölbt, auf deren Grund es rötlich schimmerte. Nachdringendes Wasser hatte gewaltige Detonationen ausgelöst und Risse in der Oberflächenstruktur bewirkt.

„Sieht nicht gerade freundlich aus", bemerkte Rhodan zu Tolot.

Captain Thomas sagte:

„Die Wissenschaftler werden uns bald sagen können, ob eine Landung ohne Gefahr für unsere Schiffe erfolgen kann. Es muß schließlich Zonen geben, wo die Oberflächenkruste stärker ist und somit keine Vulkane entstanden. Außerdem bin ich davon überzeugt, daß bald eine Beruhigung eintritt."

„Warten wir's ab", empfahl Rhodan.

Die KC-38 stieß auf Gleam hinab wie ein Habicht aus den Wolken. In geringer Höhe und mit langsamer Geschwindigkeit zog das Schiff dann über die fremdartige Landschaft dahin. Ab und zu konnten riesenhafte Lebewesen beobachtet werden, die mühsam über das Land dahinkrochen und verzweifelt versuchten, wieder in ihr gewohntes Element – das Wasser – zurückzukehren. Die Wucht vulkanischer Eruptionen hatte sie aus dem Meer geschleudert.

Die Physikalische Abteilung gab das Ergebnis ihrer ersten Untersuchung bekannt. Es war Dr. Berger, der den Bericht in die Zentrale brachte.

„Nicht sehr beunruhigend, Sir. Die Gravitationsverlagerungen durch das plötzliche Fehlen des Mondes mußten sich auf den ohnehin schon instabilen Planeten auswirken. In den Schlammozeanen brachen Sumpfvulkane aus, aber wir können mit Sicherheit feststellen, daß der Planet selbst nicht gefährdet ist. In wenigen Wochen, vielleicht auch erst in Monaten, wird eine merkliche Beruhigung eintreten. Im Augenblick allerdings dürften höhergelegene Regionen bei einer Landung vorzuziehen sein, nicht aber Gegenden in Meereshöhe."

„Was ist mit den Eingeborenen?" fragte Rhodan.

„Bisher fanden wir noch keine Spur von ihnen. Die Naturkatastrophe dürfte viele ihrer Siedlungen zerstört haben, doch es muß noch Überlebende geben."

Rhodan nickte.

„Danke, Dr. Berger. Und die Atmosphäre?"

„Immer noch atembar dank des höheren Sauerstoffgehalts. Giftgase vulkanischen Ursprungs wurden in die Stratosphäre geschleudert, wo sie den Planeten umkreisen. Andere Teile lagern dicht über der Meeresoberfläche, sind aber ihrer geringen Dichte wegen ungefährlich."

„Ihre Abteilung hat also keine Bedenken wegen einer Landung?"

„Nein. Keine ernsthaften wenigstens."

„Also im Gebirge . . .!" Rhodan sah auf den Panoramaschirm. „Versuchen wir es beim Südpol, Captain Thomas."

Auf dem Bildschirm rollte eine Urlandschaft ab.

Aufgewühlte Sumpfmeere wechselten mit flachen Gebirgen, auf deren Hängen keinerlei Vegetation gedieh. In den Ebenen standen seltsam geformte Pilzgewächse, die von oben wie Wälder aussahen. Auf freien Flächen bewegten sich schwerfällig riesige Ungeheuer.

„Landen Sie dort auf der felsigen Fläche", sagte Rhodan zu Captain Thomas, nachdem sie den Äquator überquert hatten und auf die südliche Hälfte des Planeten vorgedrungen waren. „Sie erhebt sich fast fünfzig Meter über den Spiegel der Sumpfmeere. Ob sie für einen Stützpunkt geeignet ist, müssen wir noch herausfinden."

Die KC-38 landete. Der Antrieb verstummte.

„Wir nehmen einen Shift, um die Umgebung zu erkunden. Vier Mann werden mich begleiten."

Gucky rückte die Uniform zurecht.

„Ich bin dabei", stellte er kategorisch fest. „Hat jemand was dagegen?"

Es hatte niemand etwas dagegen.

Der Flugpanzer rollte langsam über das nackte Felsgestein dahin. Da die KC-38 in einer flachen Senke stand und das Gelände zudem nach allen Seiten abfiel, entschwand sie bald den Blicken der Männer im Shift. Die Funkverbindung blieb jedoch bestehen.

Gucky verhielt sich auffällig zurückhaltend. Er hockte auf einem der Sitze und kümmerte sich nur wenig um das, was draußen zu sehen war. Vielmehr war es so, als lausche er ständig in sich hinein. Rhodan, der ihn nur zu gut kannte, nahm an, daß er telepathische Gedankenimpulse aufzufangen versuchte.

Sengu versuchte, nach unten Erkundigungen anzustellen, aber unter den Felsen gab es keine Hohlräume.

Kasom saß neben Rhodan, der selbst den Shift steuerte.

„Das Plateau ist zu klein für unsere Zwecke“, riet der Ertruser ab. „Wir hätten doch nur wenig Verteidigungsmöglichkeiten, wenn man uns vom Raum aus entdeckte und angriffe.“

„Leider muß ich Ihnen beipflichten“, sagte Rhodan. „Sehen wir es uns trotzdem an.“

Die Abhänge in das Sumpfgebiet waren nicht sehr steil, und wenn die Saurier auf den Gedanken kamen, das Plateau zu stürmen, so würde ihnen das zweifellos auch gelingen. Man würde stets auf der Hut vor ihnen sein müssen.

Rhodan schaltete die Antigravfelder ein. Der Shift erhob sich vom Boden und glitt in einer Höhe von zwei Metern über die Felsen dahin. Der Boden senkte sich jetzt stärker. Erste Vegetation tauchte auf.

Sengu hatte seine Spähversuche aufgegeben. Er beobachtete Gukky.

Der Mausbiber kümmerte sich nicht um seine Umgebung, sondern hielt die Augen nur geschlossen. Seine kleinen Hände waren zu Fäusten geballt. Er saß ganz still und rührte sich nicht, als sei er mit seinen Gedanken ganz weit fort.

Rhodan fragte leise:

„Ist was, Gucky? Verbindung mit Thomas oder gar Atlan?“

Unmerklich fast schüttelte Gucky den Kopf. Für eine Sekunde öffnete er die Augen, und Rhodan las in ihnen die beinahe flehentliche Bitte, ihn jetzt nicht zu stören. Er respektierte sie ohne Kommentar. Er wußte, daß Gucky seine Gründe hatte, wenn er nicht gestört werden wollte.

Aber wenn er weder zur KC-38 noch zur CREST Telepathieverbindung hielt, zu wem denn sonst?

Rhodan unterdrückte sein Verlangen, den Mausbiber danach zu fragen. Er steuerte den Shift in die Ebene hinab und umflog das Plateau, das wie eine Insel aus dem sumpfigen Waldgelände herausragte.

Auf einer Lichtung entdeckten sie eins der Sumpfungeheuer.

Es glich einer riesigen Schlange mit mindestens zwei Dutzend kurzen Beinen und Füßen, deren Zehen durch Schwimmhäute verbunden waren. Die Länge des Tieres betrug etwa zwanzig Meter, und als es den heranschwebenden Flugpanzer entdeckte, richtete es sich mit donnerartigem Gebrüll auf.

Rhodan ließ den Shift höhersteigen.

„Unangenehmer Zeitgenosse“, knurrte Kasom und starrte wie gebannt durch die Frontscheibe.

Gucky öffnete die Augen und beugte sich vor.

„Ein Prachtexemplar“, gab er zu und deutete dann hastig in Richtung des Himmels. „Könnten wir nicht etwas höher steigen?“

Rhodan tat ihm den Gefallen.

„Möchtest du uns nicht verraten“, fragte er, als die Sumpfschlange auf der Lichtung weit zurückgeblieben war, „mit wem du dich eben so intensiv unterhalten hast?“

Gucky nickte.

„Ich würde es gern tun, wenn ich es wüßte. Ich fing Impulse auf – bekannte Impulse. So ähnlich erging es mir kürzlich auf Destroy, als wir die Laurins fanden. Auch ihre Gedankenimpulse erkannte ich sofort wieder, ohne jedoch zu wissen, von wem sie stammten. Trotzdem – was ich eben auffing, waren keine gewöhnlichen Gedankenmuster. Es war mehr wie eine Botschaft, deren Sinn mir nicht klar wurde, aber nicht von ES, falls du daran denkst. Vielleicht auch eine Bitte, an einen ganz bestimmten Ort zu kommen.“

„Eine telepathische Botschaft also?“ vergewisserte sich Rhodan mißtrauisch. „Wer außer ES sollte wissen, daß wir hier sind? Und wenn er es weiß, warum kommt er nicht selbst?“

„Wer immer es auch ist – vielleicht kann er nicht“, mutmaßte Kasom.

„Gucky“, erkundigte sich Rhodan geduldig, „wir müssen jetzt klarstellen, ob der Unbekannte, der Kontakt mit dir aufnahm, bewußt einen Telepathen – also dich – ansprach, oder ob er ein Hypno ist, der jedem normalen Gehirn eine Botschaft einsuggerieren kann.“

„Der Unterschied war nicht festzustellen – es war überhaupt nichts festzustellen. Die Impulse kamen kurz und abgehackt, sehr undeutlich. Es war nicht mehr als eine Fühlungnahme, wobei ich eine sehr passive Rolle spielte. Ich antwortete, aber ich weiß nicht, ob meine Impulse empfangen wurden. Ich weiß nur, daß die Impulse aus südlicher Richtung kamen.“

Kasom beugte sich zu Gucky.

„Du sagst, daß du die Muster kennst ... nun versuche, dich an einzelne Punkte zu erinnern. Liegt die Erinnerung weit zurück? Hat sie einen unangenehmen Beigeschmack? Empfindest du Furcht oder Freude, wenn du an sie denkst?"

„Keine Furcht – nein, das bestimmt nicht", versicherte Gucky fast hastig, als sei er sich seiner Sache sicher. „Und die Zeit...? Ich möchte wetten, daß es schon sehr lange her ist; einige Jahrhunderte. Ich habe diese Art der Impulse und Muster hier im Andromedanebel und auf dem Weg hierher niemals empfangen. Die Erinnerung an sie ist alt. So alt, daß ich sie nahezu vergessen habe."

Rhodan steuerte den Shift auf das Plateau zurück. In der Ebene versanken die Sumpfwälder mit ihren unheimlichen Bewohnern.

„Jedenfalls", sagte Gucky, „wenn er sich noch einmal meldet, werde ich teleportieren. Ich werde ihn finden, wer immer es auch ist."

Rhodan schwieg. Auf der einen Seite wollte er Gucky vor unüberlegten Handlungen abhalten, auf der anderen war der Mausbiber der einzige, der den telepathischen Sender ausfindig machen konnte. Und Rhodan hätte sehr gern gewußt, welcher alte Bekannte ihnen auf dem Weg zum Andromedanebel gefolgt war.

Gucky grinste verschmitzt.

„Hübsche Gedanken hast du, Perry, wirklich hübsche Gedanken. Du willst wissen, wer der Unbekannte ist – ich auch. Die Sorgen um mich kannst du dir sparen – die mache ich mir nämlich selbst schon. Warte also nur ab, mehr kannst du nicht tun."

„Wir fliegen weiter in Richtung Südpol – das wolltest du uns doch vorschlagen."

„Ja. Von dort kamen die Impulse."

Rhodan flog den Shift ohne jeden weiteren Kommentar in die weit geöffnete Luke der Korvette hinein und setzte ihn hart auf.

Je mehr sich die KC-38 dem Südpol näherte, desto geringer wurde die Anziehungskraft des elliptischen Planeten.

Rhodan ließ Captain Thomas sehr langsam und niedrig fliegen. Die Landschaft zog unter der Korvette vorbei. Die von moosartigem Pflanzenwuchs überwucherten Meere wurden seltener. Dafür tauchten verstärkt Sumpfgebiete auf, die von Hügellandschaften durchbrochen wurden. Als die Korvette einen großen Sumpfozean überflogen hatte, tauchten in der Ferne die ersten größeren Berge auf, die schließlich in ein Gebirge übergingen.

Die KC-38 überquerte die erste Gebirgskette. Die Höhenzüge waren bis dicht unter die Gipfel stark bewaldet. Einige Talkessel boten sich als Landeplatz an, aber diesmal war es Gucky, der etwas dagegen hatte.

„Noch nicht – bitte noch nicht. Fragt mich nicht, warum ich dagegen bin – ich weiß es nicht. Aber die Impulse kamen nicht von hier. Noch weiter südlich ..."

„Hast du wieder Kontakt?" fragte Rhodan.

„Nein." Gucky schüttelte den Kopf. „Aber ich kenne trotzdem noch die ungefähre Richtung. Es ist nicht mehr weit."

Es war, als würde Gucky von einem Unsichtbaren geleitet. Mit fast traumwandlerischer Sicherheit dirigierte er Captain Thomas über die weiten Hochflächen und gelegentlichen Sumpfsavannen, bis am Horizont erneut ein Gebirge auftauchte. Es besaß eine merkwürdige Form.

„Gehen Sie höher", befahl Rhodan.

Die KC-38 stieg auf fünfzig Kilometer an. Von dieser Höhe aus war das Gebirge vollständig zu übersehen. Es erinnerte an einen der großen Krater auf dem irdischen Mond, war aber bestimmt nicht vulkanischen Ursprungs.

Das Gebirge war ein fast kreisförmiger Ring aus vier bis sechs Kilometer hohen Felsen und schloß ein Tal ein, dessen Durchmesser genau einhundertzweiundvierzig Kilometer betrug. Dieses Tal wies kaum Erhebungen auf und war an manchen Stellen mit riesigen Pilzwäldern bedeckt. Ein Strom floß quer hindurch und hatte sich an einer Stelle ein enges Bett durch das Ringgebirge gebahnt. In gewaltigen Fällen stürzte das Wasser in die tiefer gelegene Ebene und verlor sich in den weiten Sümpfen, die den Fluß regelrecht verschluckten.

Die KC-38 stand bewegungslos über dem Talkessel.

„Das ist es", flüsterte Gucky. „Hier wird der künftige Stützpunkt entstehen. Es gibt keinen besseren Platz – ich weiß es. Es ist, als habe es mir jemand gesagt."

„Selbst wenn du keine Stimmen hörtest", sagte Rhodan und gab sich Mühe, nicht spöttisch zu klingen, „würde ich diesen Platz wählen. Er bietet sich geradezu als Stützpunkt an. Die Atmosphäre ist sauber. Wasser ist auch vorhanden. Und die Schwerkraft beträgt etwa ein

Gravo. Captain Thomas, landen Sie auf der Lichtung neben dem Strom. Ja, genau in der Mitte des Tals."

Das Kugelschiff stürzte in die Tiefe, bis es wenige Kilometer über der bezeichneten Stelle abgefangen wurde. Wenig später setzte es auf.

Die Untersuchungen waren abgeschlossen. Rhodan verließ mit einigen Leuten das Schiff.

Die Luft war klar, frisch und köstlich. Der hohe Sauerstoffgehalt machte sich angenehm bemerkbar. Im Tal gab es außer der Besatzung der Korvette niemand. Es war leer und unbewohnt.

„Ich habe einen Vorschlag", sagte Captain Thomas, nachdem Gukky von einem kurzen Abstecher zum nahen Gebirge zurückgekehrt war.

„Immer raus damit", forderte Rhodan ihn auf.

Thomas drehte sich mehrmals um seine eigene Achse und hob dann die Arme in die Höhe.

„Der Platz ist ungünstig", behauptete er. „Von dem Gebirge haben wir überhaupt nichts, weil es zu weit entfernt ist. Wir müßten näher an die Felsen heran. Hier haben wir genausowenig Deckung, als ob es gar keine Berge gäbe."

Zu Rhodans Überraschung erfolgte von seiten Guckys kein Widerspruch. Im Gegenteil.

„Der Captain hat vollkommen recht", erklärte der Mausbiber.

„Was hast du jetzt plötzlich gegen diesen Ort als Stützpunkt?" fragte Rhodan.

„Dasselbe wie Captain Thomas. Hier kann man uns abschießen wie Tontauben. Außerdem war ich beim Gebirge. Ich glaube, das wäre genau der Platz, den wir suchen. Ideal, sage ich dir. Senkrechte Steilhänge, und im Berg so viele Höhlen, wie du nur haben willst. Da läßt sich eine Menge unterbringen."

„Würdest du mich an den Ort bringen, der dir geeignet scheint?" erkundigte sich Rhodan bei Gucky. „Wir könnten natürlich auch den Shift nehmen ..."

„Warum einfach, wenn es auch komplizierter geht, nicht wahr?" Gucky ging zu Rhodan und gab ihm die Hand. „Springen wir."

Es war für Thomas faszinierend, einem Teleporter bei der Arbeit zuzusehen. Er beobachtete, wie Gucky in die Ferne blickte und sich auf sein imaginäres Ziel konzentrierte. Das mußte ihm nun noch leichter fallen, weil er bereits selbst dort gewesen war.

Die beiden Gestalten entmaterialisierten, und mit einem leisen „Plop“ schnellte die Luft in das entstandene Vakuum.

Rhodan und Gucky rematerialisierten etwa siebzig Kilometer nördlich.

Rhodan sah sich langsam und gespannt nach allen Seiten um. Er erkannte auf den ersten Blick schon, daß Gucky recht hatte. Wenn es auf diesem Planeten einen wirklich geeigneten Platz für den geplanten Stützpunkt gab, dann stand er genau vor ihm.

In Richtung Talkessel war eine grasbedeckte Ebene, mit Zwergpflanzen bewachsen, deren Boden fest genug war, auch die riesigen Schlachtraumer zu tragen. Weiter im Tal wurden die Pflanzen höher und bildeten Pilzwälder. In der anderen Richtung war das Gebirge. Die Hänge fielen senkrecht aus fünf Kilometern herab. Sie waren an vielen Stellen von Höhleneingängen durchlöchert. Rhodan hatte den Eindruck, daß das ganze Gebirge hohl war.

„Nun?“ fragte Gucky.

Rhodan nickte anerkennend.

„Was täte ich ohne dich, Kleiner? Aber auf den Gedanken hätte ich auch selbst kommen können.“

„Du bist aber nicht!“ triumphierte Gucky.

Er sah wieder nach oben zu den Gipfeln des Ringgebirges, die weit hinein in den blauen Himmel von Gleam stießen. „Sehen wir auch da oben nach?“

„Wozu?“

„Die Impulse!“ erinnerte ihn Gucky. „Sie sind wieder da. Und sie kommen von da oben.“

Rhodan zögerte. Gedankenimpulse, die von einem unbewohnten Ort ausgingen, waren ihm unheimlich. Aber der Unsterbliche von Wanderer hatte ihnen zu ihrem Entschluß, Gleam als Stützpunkt zu benützen, gratuliert. Er hatte von einer Belohnung gesprochen. Die Gedankenimpulse konnten also nicht von einem Wesen stammen, das ihnen feindlich gesonnen war.

„Gut, sehen wir nach“, stimmte er schließlich zu.

Sie verzichteten auf die Teleportation. Die Kampfanzüge besaßen eine gravotechnische Flugeinrichtung. Außerdem wollte Rhodan die Umgebung bewußt wahrnehmen, um sich zu orientieren.

Langsam stiegen sie zu der Felswand nach oben.

Die Höhlen, stellte Rhodan fest, reichten tief in den Berg hinein. Auf jeden Fall würden sich die gewaltigen Hohlräume ausgezeichnet dazu eignen, Vorräte und Energiestationen unterzubringen und Verteidigungsanlagen einzurichten.

„Die Impulse werden stärker", sagte Gucky, und nach einer Weile fügte er hinzu: „Sie lassen Freude und Erregung erkennen."

„Ich glaube", sagte Rhodan, „daß ich jetzt weiß, wer da auf uns wartet."

„Ich auch", erklärte Gucky.

Sie erreichten den ersten Gipfel und veränderten die Flugrichtung. In geringer Höhe schwebten sie nach Osten, wichen den scharfen Graten aus und überquerten steile Pässe. Weiter vorn, etwa vier oder fünf Kilometer entfernt, fiel ihnen ein besonders hoher und runder Gipfel auf. Ihm fehlten die üblichen Grate, und er wirkte wie eine abgeschliffene Kuppe.

Ganz oben auf dieser Kuppe lag etwas Schimmerndes.

„Da ist es", flüsterte Gucky und nahm Kurs auf die Kuppe.

Rhodan folgte ihm.

Als sie näher kamen, konnte auch Rhodan die telepathischen Impulse empfangen. Aber es waren noch keine klaren Muster, die von der Kuppe kamen, sondern nur Gefühle. Freudige und glückliche Gefühle.

Das schimmernde Etwas war ein Freund.

Auf der Kuppe, in einer kleinen Mulde, lag Harno.

17.

Harno, das Kugelwesen aus Energie und Zeit, war zurückgekehrt. Es lag auf dem Ringgebirge und erwartete die Freunde, die seinen Ruf vernommen hatten. Harno war eine schimmernde, schwarze Kugel mit einem Durchmesser von einem halben Meter. Harno leuchtete und pulsierte, als Gucky und Rhodan heranschwebten und dicht neben der Mulde landeten.

„Harno!“ sagte Gucky und beugte sich zu der Kugel herab, um sie fast zärtlich zu berühren. „Ich ahnte schon lange, daß du es bist. Warum denkst du nur in emotionellen Mustern, nicht in klaren und verständlichen Gedanken?“

Diesmal kam die Antwort so stark und deutlich, daß auch Rhodan sie verstand. Es war, als spräche die Kugel laut zu ihnen.

„Es mußte so sein – aber ihr habt mich gefunden. Eine Epoche ist abgeschlossen – mit dem unbedeutend erscheinenden Ereignis, daß ihr diese Welt als Stützpunkt wähltet.“

„Das hat uns vor wenigen Tagen schon einmal jemand gesagt.“

„Ich weiß, Gucky, ich weiß. Deshalb bin ich hier. Ich erwartete euch. Es ist mir vergönnt, euch zu helfen – wenn auch nur für kurze Zeit und in sehr beschränktem Umfang. Ihr sollt wissen, daß ich noch existiere und für euch da bin.“

„Wo warst du in all diesen Jahrhunderten?“

Eine Welle des Erstaunens flutete über Rhodan und Gucky dahin, dann sagte Harno:

„Jahrhunderte Erdzeit? Ich wußte nicht, daß ich so lange fort war. Der Begriff der Zeit hat für mich eine andere Bedeutung, denn ich bestehe zum größten Teil daraus. Und wo ich war? Ich war am Ende der Zeit, dort, wo es keine Zukunft mehr gibt. Dort, wo man nur zurückblicken kann, aber nicht mehr nach vorn. Dort, wo die Zeit stillsteht. Für immer.“

Rhodan setzte sich auf einen runden Felsblock, keinen Meter von der Mulde entfernt. Er spürte, wie eine wohltuende Ruhe von ihm Besitz ergriff.

„Du sagst, die Zeit stünde still. Ist *sie* es denn, die sich fortbewegt – oder wandern wir durch die Zeit?“

„Alles bewegt sich“, gab Harno bereitwillig Auskunft. *„Ihr bewegt euch, die Zeit bewegt sich – das alles ist im Fluß. Aber einmal wird alles stillstehen. Die Zeit, die Sterne, die Lebewesen. Es ist dann so, als sei alles eingefroren – das ganze Universum mit seinen Dimensionen. Es ist der Augenblick der letzten Erkenntnis. Aber wer wird noch da sein und zurückschauen können?“*

„Ja, wer?“

Harno gab darauf keine Antwort.

Gucky streichelte die Kugel. „Ich bin froh, daß du gekommen bist, Harno. Ich habe dich vermißt.“

„Ich dich auch, mein kleiner Freund. Gab es Situationen, in denen du mich gebraucht hättest? Es gibt Gesetze, denen ich mich beugen muß."

„Wir wissen das", sagte Rhodan, „und wir respektieren es. Um so dankbarer sind wir, daß du nun kamst."

„Auch das hast du denselben Gesetzen zu verdanken", eröffnete ihm Harno trocken.

Gucky stand auf.

„Kommst du mit zu unserem Schiff?"

„Nein, ich bleibe hier. Es dauert ja nicht lange, bis euer Schiff am Fuß der Berge landet. Dann stehe ich euch zur Verfügung. Ich darf euch behilflich sein, in gewissen Grenzen."

Rhodan blieb auf seinem Stein sitzen.

„Gucky, teleportiere zum Schiff und unterrichte Captain Thomas. Sorge dafür, daß die KC-38 so schnell wie möglich startet, und bringe sie hierher. Landet unten im Tal, unmittelbar bei den Höhlen. Ich warte hier auf dich."

Es schien, als sei Gucky mit dieser Entscheidung nicht ganz einverstanden, aber schließlich nickte er und entmaterialisierte.

Rhodan sah zu Harno.

„Warum ist Gleam so wichtig?" fragte er.

Ein telepathisches Lachen war die erste Antwort. Dann meinte Harno:

„Es ist vielleicht nicht einmal Gleam selbst. Aber der Entschluß, ausgerechnet auf dieser Welt einen Stützpunkt zu errichten, ist wichtig. Er beweist, daß die Terraner nichts an Wagemut und Entschlußkraft verloren haben. Darum wird euch geholfen – nur darum!"

„Und – *wer* entscheidet das?"

Harno sagte:

„Ihr selbst."

„Wir selbst? Du meinst das symbolisch, nicht wahr? Von unserem Verhalten hängt es ab, welche Entscheidung – von wem auch immer – getroffen wird."

„Nein, ich meine es nicht so sehr symbolisch. Ihr selbst entscheidet, was geschieht, ob ich helfen darf oder soll, wo und wann ich bin. Ihr seid am Anfang der Linie, aber ihr steht auch an ihrem Ende. Was dazwischen liegt, nennt ihr Entwicklung, Fortschritt – oder auch einfach nur Zeit."

So ähnlich, entsann sich Rhodan, hatte auch einmal ES gesprochen.

Ein jäher, verrückter Gedanke durchzuckte Rhodan.

Waren Harno und der Unsterbliche *eins?*

Harno hatte den Gedanken Rhodans längst erfaßt. Er sagte:

„Du und ich, Perry Rhodan, sind vielleicht genauso viel oder genauso wenig miteinander verwandt, wie ich mit ES verwandt bin. Du wirst die Wahrheit eines Tages erfahren. Vergiß nicht, daß ich am Ende der Zeit war. Ich sah zurück. Was geschah und was geschehen wird, kann mir nicht verborgen sein. Alles ist wie ein Kreis, dessen beide Enden noch nicht geschlossen sind. Alles existiert, diesen Kreis zu schließen – auch du."

Wieder die Ähnlichkeit mit den Worten des Unsterblichen.

War das Rätsel des Universums nun kleiner geworden?

Rhodan ahnte, daß es größer geworden war. Zumindest unverständlicher – und unglaublicher.

Rhodan sah hinab in die Ebene.

Am fernen Horizont sah er die Gipfel des gegenüberliegenden Gebirges, hundertvierzig Kilometer entfernt. Irgendwo dazwischen stand die KC-38, wenn sie nicht schon gestartet war. Und fünfzehn Lichtstunden entfernt warteten die CREST und die anderen Schiffe.

„Kann ich Atlan durch Hyperfunk verständigen, Harno?"

„Du meinst, ob jemand da ist, der aufmerksam werden könnte? Nein, es ist niemand da. Du kannst senden."

„Danke."

„Bedanke dich noch nicht, Perry Rhodan. Wenn ich sagte, daß euch niemand hören kann, wenn ihr sendet, so bedeutet das nicht, daß ihr allein auf dieser Welt seid."

„Ich weiß – die Fauna dieser Welt und die Gleamors, von denen wir aber bisher noch keine Spuren gefunden haben."

„Du wirst auch keine Spuren finden", teilte Harno mit. *„Die Naturkatastrophe hat viele Opfer unter den Gleamors gefordert, aber sie ist nicht dafür verantwortlich, daß sie gänzlich verschwunden sind. Dafür sind andere verantwortlich. Sie haben das Volk der Gleamors auf dem Gewissen – sie und ihre Auftraggeber."*

Rhodan fühlte, wie das Entsetzen in ihm hochkroch. Die Gleamors existierten nicht mehr! Welches grausame Schicksal hatte dieses Volk dahingerafft?

„Wer ist für den Tod der Gleamors verantwortlich und wer außer uns ist noch auf diesem Planeten?" fragte er gepreßt.

„Das darf ich dir noch nicht sagen. Aber es sind dieselben, die den Untergang der Gleamors herbeigeführt haben. Sie werden bald angreifen. Vernichte sie, denn du vernichtest kein Leben. Sie sind nur Werkzeuge einer höheren Macht, die Meister der Insel genannt wird.“

„Sind es Roboter?“ fragte Rhodan.

„Nein, keine Roboter, jedenfalls nicht das, was du unter Robotern verstehst.“

Mehr war aus Harno nicht herauszubekommen, aber die Andeutung genügte. Rhodan hatte einen bestimmten Verdacht und war gewarnt.

Kurz darauf landete die KC-38 in ihrer Nähe.

„Ich werde mit dir zum Schiff gehen“, sagte Harno. *„Wenn Gucky materialisiert, werde ich nur noch so groß wie deine Faust sein. Nimm mich in der Tasche mit – so wie damals.“*

„Du wirst länger bei uns bleiben?“

„Solange ich darf“, wich Harno einer direkten Antwort aus.

Sekunden später erschien Gucky auf der Kuppe.

Er brachte Rhodan und Harno zum Schiff.

In der Nacht vom dreizehnten auf den vierzehnten Oktober Erdzeit erfolgte der Angriff.

In dieser Nacht waren die Wachen auf dem Schiff verdoppelt worden. Rhodan selbst schlief nur bis gegen Mitternacht Gleamzeit und kam dann in die Zentrale, um Captain Thomas abzulösen.

Auf den Bildschirmen war nicht viel zu sehen. Das Gebirge lag im fahlen Licht des Betanebels. Die Grassteppe wirkte wie ein Meer, das ruhig und still auf den Wind wartete. Tausend Meter weiter begannen die Pilzwälder. Sie waren dunkel und geheimnisvoll, und in ihnen konnte es hundert Gefahren geben. Aber wenn es sie gab, so waren sie nicht zu sehen.

„Nichts, Captain?“

„Alles ruhig, Sir.“

Die Tür zur Zentrale öffnete sich. Tolot und Kasom kamen herein.

„Gehen Sie schlafen, Captain“, sagte Rhodan und nickte den beiden Freunden zu. „Wir bleiben hier, bis die Sonne aufgeht.“

Thomas ging.

Tolot blieb stehen. Kasom setzte sich in einen verstellbaren Sessel. Er betrachtete den Panoramaschirm.

„Nicht viel los, würde ich sagen. Wahrscheinlich werden wir die ganze Nacht hier umsonst herumsitzen, Sir."

„Die Ruhe kann täuschen", eröffnete ihm Rhodan.

Aus den Augenwinkeln heraus glaubte er eine Bewegung auf dem Schirm gesehen zu haben. Er beugte sich vor und konzentrierte sich. Der Waldrand schien unverändert. Aber die Grashalme der Steppe waren nicht mehr so ruhig wie vorher. Einzelne Büsche standen in Gruppen herum, und Rhodan war plötzlich davon überzeugt, daß sie vorher woanders gestanden hatten.

Obwohl kein Wind ging, bewegten sich die Halme, aber sie taten es unregelmäßig und nur an bestimmten Stellen.

Ohne den Blick vom Bildschirm zu nehmen, sagte Rhodan:

„Jemand versucht sich unserem Schiff zu nähern."

Auch Kasom und Tolot hatten die Bewegung draußen vor dem Raumschiff inzwischen erkannt. Doch das Licht der Sterne genügte nicht, um Einzelheiten zu erkennen. Man sah nur Bewegungen des Grases. Die Büsche schoben sich langsam an die Korvette heran.

In der Kuppel der Zentrale war plötzlich ein Flimmern, und aus dem Nichts heraus entstand die schwarze Kugel, senkte sich langsam tiefer und blieb pulsierend auf dem Metallboden liegen. Die schwarze, gerundete Oberfläche wurde milchig weiß, und dann war auf ihr das Gelände außerhalb des Schiffes zu erkennen, so als schwebe man in geringer Höhe darüber hinweg.

Die geheimnisvollen Angreifer waren ohne Deckung, wenn man sie von oben sah.

„Seht ihr sie?" fragte Harno lautlos, nur in ihren Gedanken. *„Sind sie nicht grauenhaft – vom menschlichen Standpunkt aus betrachtet? Könnt ihr noch zögern, sie zu vernichten?"*

Rhodan war keiner Antwort fähig, auch Tolot und Kasom schwiegen.

Was sie sahen, hätten sie sich in ihrer kühnsten Phantasie nicht vorzustellen vermocht. Das Bemerkenswerteste an den Monstern, die da vorsichtig und jede Deckung ausnützend an das Schiff heranschlichen, war die Tatsache, daß praktisch jeder einzelne Angreifer eine andere Form besaß.

Da gab es Zweifüßler, Vierfüßler, Sechsfüßler und Tausendfüßler. Manche hatten humanoides Aussehen, andere erinnerten wieder an Quallen und riesenhaft angeschwollene Amöben. Echsen waren dabei, aber auch Schlangen und hundeähnliche Geschöpfe. Es war ein unvorstellbares Gewirr aller Lebensformen – es war ein Alptraum.

„Siren!“ stieß Kasom plötzlich hervor. „Diese Kreaturen erinnern mich an die Beschreibung der Androidenmonster, mit denen es Gukky, Goratschin und die Woolver-Zwillinge bei ihrem Einsatz auf Siren zu tun bekamen.“

Rhodan nickte stumm. Er sah seinen Verdacht bestätigt. Harnos Kugelfläche wurde wieder schwarz.

„Es sind dieselben Monster, die Siren bevölkerten. Sie waren die Wächter der zerstörten Steueranlage für die Mobys. Sie kamen vor der endgültigen Vernichtung Sirens hierher. Es ist ihre Aufgabe, alles Leben zu zerstören, das nicht von den Meistern der Insel sanktioniert wurde. Sie waren es auch, die alle überlebenden Gleamors getötet haben. Sie wollen auch euch töten. Es sind seelenlose Androiden, nur von ihrem Instinkt geleitet. Sie kommen, um euch zu töten. Wehrt euch!“

Rhodan sah wieder auf den Panoramaschirm. Die erste Welle der Angreifer war keine fünfzig Meter weit entfernt. In seinem Inneren tobte ein Gefühlssturm. Diese Androidengeschöpfe hatten im Auftrag der Meister die Zivilisation der Gleamors ausgelöscht! Und nun schickten sie sich an, ihr Werk an den Terranern fortzusetzen. Doch so weit würde er es nicht kommen lassen. Von Gucky wußte er, daß diese Androiden seelenlose Kunstleben waren. Harno hatte dies nun auch bestätigt.

Mit einem entschlossenen Griff aktivierte er den Interkom.

„Wer hat heute Dienst?“ fragte er, als sich die Feuerleitzentrale meldete.

„Leutnant Crows, Sir.“

„Haben Sie die Angreifer auf Ihren Schirmen?“

„Ja, Sir. Ihre Befehle?“

„Wenn sie die Zwanzig-Meter-Grenze überschreiten, eröffnen Sie das Feuer aus den Polgeschützen. Ist das klar?“

„Völlig, Sir. Feuer eröffnen.“

Alle sahen auf die Bildschirme. Besonders auf dem frontalen Panoramaschirm war das Geschehen deutlich zu verfolgen. Die heranschleichenden Androiden richteten sich auf, und erst jetzt wurde ersichtlich, daß sie schwer bewaffnet waren. Zwar ließ sich mit den Handstrahlern und den schweren Energieschleudern nicht viel gegen ein Schiff wie die KC-38 ausrichten, wohl aber gegen eine vielleicht morgen ausrückende Patrouille, die nicht auf einen derartigen Angriff vorbereitet war.

Sekunden später wurde es draußen taghell, und der Abwehrkampf begann . . .

Der Nachtangriff war abgeschlagen worden, und als am anderen Morgen die Suchkommandos nach Überresten gefallener Gegner suchten, fanden sie nichts. Es schien, als hätten sich die getöteten Androiden in Luft aufgelöst. Harno behauptete, das sei eine völlig natürliche Sache, denn eine Sicherheitsschaltung bewirke die endgültige Vernichtung eines Wachandroiden, sobald er für den Dienst nicht mehr tauge.

Er teilte auch mit, daß es auf Gleam keine weiteren Siren-Androiden mehr gab. Die Sicherheitsschaltung, die sowohl individuell als auch kollektiv arbeitete, hatte alle noch vorhandenen Androiden aufgelöst, da sie die Ergebnislosigkeit des Angriffs erkannt hatte. Dadurch sollte verhindert werden, daß Fremde einen dieser Androiden zu Studienzwecken einfangen konnten.

„Es wurden weder chemische noch organische Funde gemacht“, dozierte Dr. Berger, der die Untersuchung des nächtlichen Schlachtfeldes geleitet hatte. „Verbrannte Erde, würde ich sagen. Wenn die Feuerleitzentrale keine Bildaufzeichnungen gemacht hätte, würde ich fast annehmen, die Angreifer waren Halluzinationen.“

„Wir alle wissen, daß es eine reale Gefahr war“, sagte Rhodan und blickte zu Harno, der unter der Decke der Kommandozentrale schwebte. „Dank Harno waren wir auf diese Gefahr vorbereitet und konnten sie erfolgreich abwehren. Ich denke, daß wir Harnos Aussage, daß es auf Gleam keine Androiden mehr gibt, glauben sollten und nun Atlan informieren können, daß gegen eine Landung unserer Schiffe keine Bedenken mehr bestehen.“

Es gab niemanden, der dagegen einen Einwand erhoben hätte. So kam es, daß kurz darauf ein kurzer, scharf gebündelter Hyperfunkimpuls die Antenne der KC-38 verließ und im selben Augenblick bei der CREST eintraf.

Atlan landete mit der CREST in der Mitte des Talkessels. Die übrigen Schlachtraumer und Transporter setzten ebenfalls auf und hatten damit zum erstenmal seit langer Zeit wieder festen Boden unter den Landestützen.

In der Kommandozentrale der CREST fand die erste Besprechung statt.

„Ich beabsichtige, hier an dieser Stelle einen Großstützpunkt zu errichten", gab Rhodan bekannt. „Gleam birgt keine Gefahren mehr für uns, abgesehen von den Erdbeben und vulkanischen Ausbrüchen, die sich aber lediglich auf die Äquatorzone beschränken. Dieser Talkessel ist sicher, davon konnten wir uns überzeugen. Außerdem wurde uns das von sehr glaubwürdiger Stelle aus bestätigt." Er schwieg für einige Sekunden und sah empor zur Decke der Zentrale. Dort schwebte Harno, die rätselhafte Kugel aus Raum und Zeit. Wenn sie auch schwieg, so wirkte allein ihre Nähe beruhigend.

„Von hier aus werden wir unsere weiteren Pläne in Angriff nehmen. Wir sind unserem Ziel Andromeda ein weiteres Stück näher gerückt, und eines Tages werden wir dieses Ziel erreichen."

„Ich wünsche es uns, Barbar", erwiderte Atlan. „Uns und den Völkern der Milchstraße."

18.

Sein Name war Laut; aber er hieß nicht nur so, sondern er war auch laut.

Sein nervenzermürbendes Gebrüll, das seit Tagen aus den Großlautsprechern der fliegenden Nachrichten- und Fernsehstationen drang, hätte selbst die Roboter verjagt, wenn sie – wie von einigen Zynikern behauptet wurde – nicht ihre Außenaufnahme abgeschaltet hätten.

Laut war Terraner und Chef des kosmischen Bauprojektes Power Center auf Gleam.

„Fernlenkzentrale Abschnitt acht: zum Teufel, passen Sie besser auf Ihre Thermofräse auf. Sie schmeißen mir ja den Aushub auf die Hafenplanierung."

Der vierzig Meter durchmessende Gasstrom, hell wie eine Sonne und heiß wie der Atem eines sagenhaften Drachens, wurde durch die sofort umgelenkten Abstoßfelder steiler nach oben gerichtet.

Das unter hohem Druck entweichende Medium, das Sekunden zuvor noch Felsgestein gewesen war, ehe es der atomare Feuerodem der Thermofräse erfaßt hatte, heulte über die planierte Fläche hinweg.

Weit jenseits der Baustelle verwandelten sich die Gasmassen in Magma zurück. Ein weißglühender Strom schoß nach unten, schlug auf den Boden und zerstob dort zu Millionen zähflüssiger Fontänen.

Mit solchen Maschinen bedeutete es kein Problem, einen kosmischen Stützpunkt auszubauen. Die sechs Riesentransporter der Solaren Flotte, mit denen diese Geräte angekommen waren, standen weit im Hintergrund des Talkessels.

Vor ihnen waren fünf Superschlachtschiffe der Imperiumsklasse gelandet.

Sie hatten ihre Zusatztriebwerke abgeworfen, um jederzeit voll gefechtsklar zu sein. Dabei handelte es sich um zweistufige Aggregate, die an die untere Polkuppel der Kugelschiffe angeflanscht werden konnten. Jede dieser walzenförmigen Stufen war 400 Meter lang und besaß einen Durchmesser von ebenfalls 400 Metern. Die Reichweite pro Stufe betrug 250 000 Lichtjahre. Wenn eines der Superschlachtschiffe ein solches zweistufiges Zusatztriebwerk montiert hatte, glich es einer 1500 Meter durchmessenden Kugel mit einem 800 Meter langen Schwanz.

Es war der 18. Oktober 2402, zwei Wochen nach der Landung der KC-38 auf Gleam, als ein Beiboot der IMPERATOR mit rasender Geschwindigkeit durch die Lufthülle des Planeten herabstürzte und dicht vor der CREST landete.

Atlan stürzte aus der Schleuse der gelandeten Korvette und legte die wenigen Dutzend Meter zum terranischen Flaggschiff im Laufschritt zurück. Als er etwas atemlos in der großen Hangarschleuse der CREST angekommen war, aktivierte er den Interkom und stellte die Verbindung zu Rhodans Kabine her.

Rhodans etwas verschlafen wirkendes Gesicht erschien auf dem kleinen Bildschirm.

„Was ist los?“ erkundigte er sich.

„Alarmiere das medizinische Team und die Mutanten!“ stieß Atlan hervor. „Außerdem brauche ich Gucky. Wo ist er?“

Rhodan wirkte plötzlich nicht mehr schläfrig.

„Der Mausbiber? Er wird ausruhen. Auf der CREST herrscht zur Zeit Ruhezustand.“

„Er schläft nicht“, behauptete Atlan. „Laß nach ihm sehen. Ich komme soeben von einem Inspektionsflug durch das System zurück. Du hattest mir den Telepathen John Marshall ausgeliehen. Nein, keine Fragen jetzt. John tobt seit etwa zwanzig Minuten. Er windet sich in einer Art von Schüttelkrämpfen, die jedoch nicht organisch, sondern psychisch bedingt sind. Er gibt an, sein Schädel drohe zu bersten. Er muß überdimensionale Impulse empfangen, die wir nicht hören können. Sieh nach Gucky. Er ist der zweite Telepath im Tri-System. Schaue nach, ob es ihm ähnlich ergeht.“

Als Atlan auf das Transportband sprang, das direkt zum unteren Ende des zentralen Antigravschachtes führte, begann Rhodan bereits zu handeln.

Rhodans Befehle kamen kurz und präzise. Die Mitglieder des Mutantenkorps wurden alarmiert. Medorobots rannten durch die Gänge.

Zugleich wurden die Kommandanten der anderen Schlachtschiffe und Transporter angewiesen, die bedingte Gefechtsbereitschaft herzustellen. Seit vierzehn Tagen geschah es zum erstenmal, daß die Lärmpfeifen wieder aufschrillten.

Zwei Minuten später stoppte ein Prallgleiter des IMPERATOR-Beibootes unter der Mannschleuse. Auf dem Rücksitz lag ein hochgewachsener Mann in der Uniform der Solaren Flotte. Es war John Marshall, der Chef des Mutantenkorps.

Er preßte die Handflächen gegen die Schläfen. Sein Gesicht war kalkweiß und verzerrt. Hier und da drang ein Stöhnen zwischen seinen Lippen hervor.

Marshall wurde an Bord geholt und von Medorobotern übernommen. Die Ärzte warteten bereits.

„Wenn ich noch einmal auf die Welt kommen sollte, werde ich Parapsycho-Therapeut“, murrte Dr. Ralph Arthur, der Chefarzt des Superschlachtschiffes. Sein Gesicht war mißmutig verkniffen. „Ich möchte wissen, wie wir dem Mann helfen sollen. Wenn wir ihn psychisch stillegen, funktioniert seine Paragabe nicht mehr.“

Gleich darauf kam die Nachricht, Gucky sei in seiner Kabine nicht zu finden. Als Atlan die Zentrale des Superschlachtschiffes betrat, erteilte Rhodan weitere Anweisungen. Sein Gesicht war ausdruckslos, wie man es von ihm in schwierigen Situationen gewöhnt war.

„Rundruf an alle, Rhodan spricht. Doktor Laut, hören Sie mit Ihrem Gebrüll auf. Verstehen Sie mich?"

Laut meldete sich sofort. Seine Antwort wurde von Maschinengeräuschen überlagert.

„Ausgezeichnet, Sir. Jetzt sagen Sie nur nicht, Sie wollten den Landeplatz zehn Kilometer weiter südlich haben."

„Ich werde Sie vor einem Irrsinnsanfall bewahren", antwortete Rhodan trocken. „Arbeiten einstellen. Etwas kommt auf uns zu. Gucky ist spurlos verschwunden; der Telepath Marshall windet sich in Krämpfen. Ziehen Sie sofort Ihre Mitarbeiter zurück. Maschinen stehenlassen, wo sie sind. Nur die Mannschaften müssen in Sicherheit gebracht werden. Steigen Sie auf den Frachtern ein, mit denen Sie angekommen sind. Noch Fragen?"

„Eine ganze Menge. Können Sie sich vorstellen, wie lange wir brauchen, um den Vortrieb stillzulegen?"

„Schalten Sie alles ab."

Lauts Gesicht erschien auf dem Bildschirm.

„Das kann nur ein Kosmonaut anordnen", schrie er. „Sir, atomar ausgeschmolzene Stollen und Hohlräume aller Art müssen je nach Gesteinsfestigkeit mit mehr oder weniger kostspieligen Materialien abgestützt werden. Ich kann die Fräswaben der letzten halben Stunde nicht einfach in der Luft hängen lassen und darauf hoffen, daß ein Geist den Daumen drunterhält, damit der Laden nicht zusammenkracht. Das ist primitiv ausgedrückt ...!"

„... und ich habe es folglich verstanden", unterbrach Rhodan den erregten Mann. „Doc, lassen Sie meinetwegen einstürzen, was einstürzen will. Wenn Sie mit Ihrer Schicht nicht in einer halben Stunde bei den Transportern eintreffen, lasse ich Sie durch Kampfroboter holen. Ende."

Lauts respektlose Verwünschungen entlockten dem Kommandanten der CREST ein Räuspern. Atlan lachte in sich hinein.

Rhodan achtete nicht auf den Arkoniden. Er fuhr in seiner Befehlserteilung fort.

„An die Kommandanten der Superschlachtschiffe: Klar zum

Alarmstart. Zusatztriebwerke bleiben auf Gleam zurück. Wir werden sie auf alle Fälle noch holen können. Frachterkommandanten: Nehmen Sie die Bauspezialisten auf. Startbereitschaft herstellen. Zusatztriebwerke anflanschen. Das wäre vorerst alles."

Atlan hatte sich in einen Sessel gesetzt und streckte die Beine aus. Er sagte kein Wort, bis er von Rhodan angesprochen wurde. Die Mediziner versuchten bereits, John Marshall zu beruhigen. Er sagte aus, seit der Landung ginge es ihm etwas besser.

„Was war eigentlich los, Freund?"

Atlan sah auf. Seine Augen waren verkniffen.

„Das frage ich mich seit einer Dreiviertelstunde. John wurde plötzlich von einer parapsychischen Wellenfront erfaßt. Er sprach in einer Art darauf an, als hätte er ein Geistesduell mit einem übermächtigen Gegner zu bestehen. Du kennst ja die Symptome. Anscheinend gelang es ihm nicht, sein empfindliches Gehirn schnell und nachhaltig genug abzuschirmen. Ich stand in der KI-29 vertikal über dem System und ortete.

„Ergebnisse?"

„Völlig negativ. Es ist nichts in der Nähe, nicht einmal ein Meteor."

„Aktivitäten des Sonnentransmitters?"

„Keine. Der Transmitter ist inaktiv wie schon seit Wochen."

„Treibende Mobys?"

Atlan winkte ab.

„Keine Spur von ihnen. Wir sind hier allein. Ich frage mich, woher die telepathische Wellenfront kommt. Sind die anderen Mutanten in der Bordklinik?"

Der Kommandant bejahte die Frage. Atlan nickte nachdenklich.

„Sie müssen die Lösung finden. Noch besser wäre es, wenn man John beruhigen könnte. Schmerzen dieser Art sind nicht körperlich. Wo, um alles in der Welt, ist der Mausbiber? Er *muß* die Sendung ebenfalls empfangen haben."

Rhodan ging zur Ortungszentrale hinüber. Die mächtigen Spezialantennen der CREST waren dem Raum zugewendet. Rhodan ging auf die Frage ein, ohne den Kopf zu drehen.

„Ja, *wo* ist Gucky! Ich schätze, daß er deshalb verschwunden ist, *weil* er die Impulse aufgenommen hat. Harno ist übrigens auch nicht mehr an Bord."

Atlan umklammerte die Sessellehnen und zog sich hoch. Rhodan war stehengeblieben. Die Blicke der Männer kreuzten sich.

„Ebenfalls verschwunden? Wie? Gewollt oder ungewollt? Auf Befehl oder nach eigenem Entschluß?“

„Das ist die primäre Frage. Oberst Rudo, wir starten in zehn Minuten. Lassen Sie das an die Kommandanten durchgeben.“

Gucky wurde noch vor dem Start gefunden. Der Suggestor Kitai Ishibashi hatte einen Impuls aufgenommen und den Sender annähernd eingepeilt. Es war der Mausbiber.

Sein von unkontrollierbaren Reflexen geschüttelter Körper lag in einer Geschützstellung zwischen den stählernen Fundamenten eines Desintegrators.

Wie er dort hingekommen war, stellte sich erst später heraus. Gukky hatte nach dem ersten Kontakt versucht, mittels seiner Teleportergabe in Rhodans Kabine zu springen und Alarm zu schlagen. Bei der Entstofflichung seines Körpers war es jedoch zu einer gewaltsamen Überlappung seiner parapsychischen Peil-Sphäre gekommen, und deshalb hatte der bereits eingeleitete Sprung in der Geschützstellung geendet.

Rhodan entschloß sich zu einer anderen Taktik. Die Ärzte und Mutanten rieten, Gucky und Marshall vorerst nicht in den Raum zu bringen, wo die Parafront noch stärker war als auf dem Planeten.

Rhodan griff zum Mikrophon.

„IMPERATOR, THORA II, ALARICH und NAPOLEON starten unverzüglich. Enge Kreisbahn über Gleam einschlagen, orten, Klarschiffzustand herstellen. Wir folgen, sobald sich der Gesundheitszustand der Mutanten stabilisiert hat.“

Draußen begann es zu dröhnen. Die gedrosselte Außenaufnahme übermittelte das Anlaufgeräusch der schweren Impulstriebwerke. Nacheinander hoben die Fünfzehnhundertmeter-Giganten der Imperiumsklasse ab.

Die IMPERATOR bot immer noch einen abenteuerlichen Anblick, obwohl sie nun ohne Zusatztriebwerke flog. Die Auswüchse auf den Kugelwandungen der Außenzelle verwandelten sie in ein Monstrum der Technik.

Die CREST II begann zu beben. Ein klagender Ton durchlief den Schiffskörper. Dann waren die heftigen Druckwellen der startenden Großkampfschiffe absorbiert. Es wurde wieder ruhig. Die vier feuerspeienden Ungetüme verschwanden als Silberpunkte in den höchsten Schichten der Atmosphäre.

Atlan trat nach vorn und sah zur Bildschirmgalerie empor. Dr. Lauts Bauspezialisten kamen bereits bei den Transportern an. Das unaufhörliche Tosen vor den nördlichen Steilhängen des Talkessels war verstummt. Die Mammutmaschinen schwiegen.

„*Was* ist geschehen?“ vernahm der Arkonide Rhodans Stimme. „Wer sendet mit so ungeheurer Stärke, daß unsere fähigsten Mitarbeiter fast ohnmächtig werden? Wer kann so außerordentlich parapsychisch begabt sein? Wenn diese Fremden ernsthaft angreifen, dürfte es wohl kaum noch zu einem Gefecht kommen, nicht einmal zu einem Rückzugsgefecht. Tolot – haben Sie eine Erklärung?“

Der dreieinhalb Meter große Gigant von Halut trat näher. Bodenbleche knirschten, Schaugläser klirrten.

Tolot streckte die beiden langen Handlungsarme aus. Die kürzeren, dafür aber noch muskulöseren Laufarme hingen reglos an dem klobigen Körper herab. Der Haluter deutete auf die Schirme.

„Auswertung beendet“, sagte er mit seiner grollenden Stimme. „Marshall teilte Ishibashi mit, die Impulsfront sei sehr heftig, jedoch klänge sie eher nach einem Wehegeschrei als nach einem Ultimatum. Jene, die dort rufen, klagen mit ihrer Seele. Sie werden gepeinigt. Sie schreien ihre Not unhörbar aus unsichtbaren Mündern in das All hinaus und hoffen auf die Barmherzigkeit von Unbarmherzigen. Sie bedeuten für uns keine Gefahr.“

Atlan fror plötzlich. Er hob die Schultern an und rieb die trockenen Hände gegeneinander.

Perry war blaß geworden. Es wurde still in der riesigen Zentrale des terranischen Flaggschiffes.

„. . . hoffen auf die Barmherzigkeit von Unbarmherzigen“, wiederholte er Tolots Worte. „Icho, dies berührt mich als Mensch. Als Chef eines Risikokommandos sagt mir jedoch die ebenfalls unbarmherzige Logik, daß es mir strategisch betrachtet gleichgültig sein kann, ob Fremde gepeinigt werden oder nicht. Verstehen Sie das?“

„Vollauf. Ich kam zu dem gleichen Ergebnis. Ich kenne jedoch meine Kinder.“

Der Gigant öffnete den rachenartigen Mund und stieß ein donnerndes Lachen aus. Tolots ausgeprägte Mutterinstinkte – Haluter waren eingeschlechtlich – hatten sich wieder gemeldet.

Sein Hobby war die Menschheit. Er, der unendlich Weise aus einem Volk, das sich schon vor fünfzigtausend Jahren von der galaktischen Bühne zurückgezogen hatte, sah alle Terraner als seine Kinder und Schutzbefohlenen an.

Atlan stocherte in den Ohren herum.

„Verzeihen Sie, ich war etwas laut“, bat der Haluter.

Atlan dachte schaudernd an Tolots Vorfahren, die ebenso wie er überragende Kämpfer gewesen waren. Haluter waren Strukturumwandler. Tolot hatte mehr als einmal bewiesen, daß er seine Körpermoleküle unter geistiger Kontrolle hatte. Wenn er angriff, wurde er zu einem lebenden Stahlblock.

„Dennoch kann ich die Unbekannten nicht schreien lassen“, fuhr Rhodan fort. „Ich sehe die Menschheit vor mir. Wenn sie eines Tages Grund haben sollte, um Hilfe zu rufen, werde ich dem Schöpfer danken, wenn Gutwillige das Flehen erhören.“

„Auch mit dieser Reaktion hatte ich gerechnet, mein Kleines“, sagte Tolot so leise, wie es ihm möglich war.

Niemand lachte. Niemand verzog die Lippen zu einem heimlichen Grinsen. Wenn ein Wesen wie Icho Tolot den Großadministrator eines galaktischen Reiches „mein Kleines“ nannte, so hatte es eine ganz besondere Bedeutung.

Atlan ging an dem Haluter vorbei und gab Melbar Kasom einen Wink. Der umweltangepaßte Mensch vom überschweren Planeten Ertrus stampfte quer durch die Zentrale. Man ging dem USO-Spezialisten im Range eines Obersten aus dem Weg. Melbar war immerhin 2,51 Meter groß, in den Schultern 2,13 Meter breit und wog unter irdischen Bedingungen 16,3 Zentner.

Da er an die heimische Schwerkraft von 3,4 Gravos gewöhnt war, trug er einen Mikrogravitator, der für ihn ein künstliches Feld der Überschwere erzeugte.

Er blieb vor Atlan stehen.

„Haben Sie Harno bis zu seinem Verschwinden im Auge behalten können?“ fragte der Arkonide.

„Nein. Das Kugelwesen hielt sich bei Gucky auf. Ein Ding, das so schemenhaft wie ein Geist, so intelligent wie ein Wissenschaftler und so nichtmenschlich ist wie die Öde des Leerraumes, kann nicht ständig beobachtet werden.“

„Natürlich nicht“, gab Atlan zu. „Noch etwas, Melbar. Sind Sie der

Auffassung, daß sich Harno in dem Augenblick von uns zurückzog, als die telepathischen Hilferufe hörbar wurden?"

Der Ertruser hakte unschlüssig die Daumen in den Gürtel seiner Kampfkombination. In dieser Haltung stand er eine Weile vor seinem höchsten Vorgesetzten.

„Bei näherem Nachdenken – ja, Sir. Mein Mikropeiler läutete nur einmal. Das muß vor einer guten Stunde gewesen sein, also zum Zeitpunkt der ersten Sendung. In diesen Augenblicken dürfte auch John Marshall durchgedreht haben."

„Danke, das wollte ich wissen. Wollen Sie mir eine undankbare Aufgabe abnehmen, Melbar? Das ist kein Befehl, sondern eine Bitte."

„Und das wäre?" fragte Kasom.

„Bereiten Sie Perry seelisch darauf vor, daß er bei dem kommenden Einsatz nicht mehr auf Harnos Hilfe bauen darf. Das Kugelwesen *mußte* wahrscheinlich gehen. Ich vermute, daß sein Verschwinden mit der Sendung unmittelbar zusammenhängt."

„Sind Sie denn davon überzeugt, daß sich Perry Rhodan zu einem Einsatz entschließen wird?"

Die harten Linien im Gesicht des biologisch unsterblichen Arkoniden lockerten sich. Atlan schmunzelte.

„Davon bin ich überzeugt. Ich kenne meine Pappenheimer."

„Wen?" Kasom staunte.

„Pappenheimer. Das hat etwas mit der Geschichte der Erde zu tun. Es ist lange her. Vergessen Sie es."

Zwei Stunden nach den anderen Großraumschiffen startete auch die CREST II und ordnete sich mit einem vorbildlich geflogenen Manöver in die Zweistundenkreisbahn über Gleam ein. Hier standen auch die anderen Einheiten des kleinen Verbandes.

Marshall und Gucky lagen in einer Psychostarre. Ihre Nervenzentren waren therapeutisch stillgelegt worden. Sie waren Wesen mit gefühllosen Körpern und zuckenden Gehirnen, deren empfindliche Regionen nur mit äußerster Behutsamkeit beruhigt werden konnten.

Die vernünftigste Methode wäre eine Vollnarkose gewesen. Sie war jedoch unerwünscht. Gucky und John sollten wach bleiben. Es lag jetzt an ihnen, die aufprallenden Impulse abzuwehren und ihre Geistesblockade zu verstärken.

Rhodan, Atlan, Kasom und Tolot befanden sich in der Bordklinik. Die beiden Mutanten lagen nebeneinander auf einem Schalttisch der mechano-hypnotischen Station. Die über ihren Köpfen schwebende Glockenhaube erzeugte ein fünfdimensionales Parafeld geringer Intensität. Es half mit, die mit hoher Lautstärke einfallende Sendung zu absorbieren und durchschlagende Impulse abzuschwächen. Die Mutanten vernahmen es immer noch kräftig genug.

Rhodan hütete sich, der Haube zu nahe zu kommen. Unter ihr zu liegen, konnten sich nur fähige Mitglieder des Korps erlauben.

„Können Sie sprechen, John?“ fragte Perry laut. „Strengen Sie sich aber auf keinen Fall so an, daß Sie wieder in Krämpfe verfallen.“

„Es geht“, entgegnete Marshall stockend. Sein Blick war geistesabwesend. „Die Schmerzen haben nachgelassen. Meinen Körper fühle ich nicht mehr. Die motorischen Reflexe kommen nicht mehr durch. Das Zucken war fürchterlich.“

Atlan beugte sich vor. Gucky war noch halb besinnungslos.

„Armer Kleiner“, flüsterte der Arkonide unwillkürlich. Gucky bewegte die spitze Mäusenase.

„Blödsinn“, sagte er. „Sie haben's alle erfahren, wie er die Pelze wusch, mit seinen Paragaben, der Gucky aus dem Busch, hi . . .!“

Der Mausbiber sank in einen Zustand tiefer Betäubung ab. Perry hielt die Luft an.

„Was war das?“

„Er dichtet“, erklärte Atlan. „Er fühlt sich neuerdings berufen. Sprich ihn nicht an. Er wird in einer Stunde wieder klar sein. John, über das Wie und Weshalb wollen wir uns jetzt nicht unterhalten. Meine Frage lautet: Woher kommt die Sendung? Ist sie tatsächlich ein Hilferuf?“

„Mehr, viel mehr. Ein einziger Schrei um Gnade. Jemand wird teuflisch gequält. Ein verständlicher Text kommt niemals durch; immer nur dieses Schreien, Klagen und Weinen. Man fühlt es. Es läßt sich nicht mit Worten ausdrücken. Es hat mich übermannt. Es ist ungefähr so, als würde sich ein riesiges Tier in Todeszuckungen winden, ohne in der Lage zu sein, die Ursache seiner Schmerzen bekanntzugeben.“

„Verstanden, John. Können Sie den Sender einpeilen? Nur das ist jetzt wichtig. Wir sehen auf alle Fälle nach, was dort vorgeht.“

„Das wäre vernünftig, Sir“, lallte John mit schwerer Zunge. „Jetzt wird es wieder stärker. Ich kann ein Gedankenbild formen. Nein – das kann nicht stimmen, nein, unmöglich . . .!"

„Was sehen Sie, schnell", drängte Perry.

„Unmögliches! Ich sehe eine Fleischerei – einen Schlachthof. Nein, ich muß mich irren."

Marshall wurde unvermittelt besinnungslos. Gucky schrie trotz der Betäubung. Ein ungeheurer, für normale Menschen unverständlicher Strom paramentaler Schwingungen mußte auf die beiden Mutanten einstürmen.

Der Suggestor Kitai Ishibashi betrat den Behandlungsraum. Der hagere Mann nickte den Kommandeuren zu und schaltete den Psischirm des Mechanoabsorbers höher.

„Ich kann leider nichts hören", entschuldigte er sich. „Die Gaben der Suggestion und Telepathie sind zwar artverwandt, prinzipiell aber doch grundverschieden. Die Sache mit dem Vorstellungsbild von einem Schlachthof ist für mich auch neu. Ich habe über Visiphon mitgehört."

Perry war erregt. Er starrte auf Marshalls zuckendes Gesicht.

Atlan steckte die Hände in die Seitentaschen seiner Kampfuniform und schüttelte den Kopf.

„Ich habe mit allerlei gerechnet; aber an eine *Fleischerei* oder an einen *Schlachthof* habe ich nicht gedacht. Bei allen Göttern Arkons – was hat das zu bedeuten?"

„Etwas Grauenhaftes, Widerwärtiges", behauptete Kitai. „Unter Umständen auch eine Gefahr, die wir noch nicht bestimmen können. Wuriu Sengu ist der Meinung, nur ein großes Kollektivlebewesen könne in der Lage sein, derart harte und offenbar auch weitreichende Telepathiesendungen auszustrahlen. Wir haben einen Test gemacht, Sir."

„Und . . .?"

„Selbst wenn wir einen Sammelblock bilden würden, wären wir nicht fähig, diese Intensität zu erreichen."

Sie mußten fünfzehn Minuten warten, bis der Mutantenchef wieder zu sich kam. Dr. Artur gab ihm ein Beruhigungsmittel, das die Schmerzleiter des Gehirns noch weiter stillegte. Marshall konnte kaum noch sprechen.

„Die – Ortung ist unklar. Die Impulse kommen aus Richtung Andromedanebel", erklärte er stockend. „Ich glaube, daß der Sender stationär ist. Wahrscheinlich ein Planet. Sehen Sie sich in den nördlichen Grenzregionen des Zwergnebels um. Meine Peilung weist ziemlich klar aus, daß die Hilferufe aus einem Gebiet kommen, das zwischen uns und Andromeda liegt. Wenn der Sender auf einer unbekannten Welt zu Hause ist, wird sie mit höherer Wahrscheinlichkeit zu einem Randsystem von Andro-Beta gehören."

Marshall verstummte wieder. Das Sprechen wurde ihm zur Qual. Gucky kam nicht zu sich.

Rhodan gab den Männern einen Wink. Sie verließen den Behandlungsraum. Nur Kitai Ishibashi blieb zurück. Die übrigen Mutanten der Einsatzgruppe waren auf den anderen Superschlachtschiffen und auf Gleam stationiert worden. Rhodan wollte eine Eingreifreserve zurückbehalten.

Sie fuhren in die Zentrale hinauf. Melbar Kasom verschwand unbemerkt im Wirtschaftsteil der CREST und suchte den Chefkoch auf. Ertruser waren immer hungrig. Kasoms Träume von durchbratenen Ochsenviertelchen waren in der Solaren Flotten bekannt.

Es gehörte außerdem zu Kasoms Grundsätzen, vor einem voraussichtlichen Einsatz den Magen zu füllen. Wenn es zu einer Feindberührung kam, gelang es ihm meistens nicht mehr, seine diesbezüglichen Bedürfnisse zu befriedigen.

Rhodan stand vor den Bildschirmen der Panoramagalerie. Sie zeigten den sogenannten Nordsektor, der Andromeda umschloß.

Das Gefunkel der Beta-Sterne war am unteren Rand der Bildschirme zu sehen. Das Tri-System stand genau über dem Zentrum des vorgelagerten Nebels. Es bildete den Schlußpunkt der fiktiven Vertikalachse, um die sich Andro-Beta in Jahrmillionen einmal drehte.

„Im Nordsektor nachsehen", sagte er vor sich hin. „Gut gebrüllt, Löwe. Ich möchte wissen, wo wir anfangen sollen. Es kämen etwa vierzigtausend Sterne der äußeren Auslappungen in Frage. Atlan . . .!"

Der Arkonide trat näher. Er besaß immer noch seinen katzenhaften Gang. Auf seiner Brust pochte der eigroße Zellaktivator, der den biologischen Zerfall seines Körpers verhinderte. Auch Perry Rhodan trug ein Gerät dieser Art.

„Ich kann dir deine Sorgen leider nicht abnehmen, Freund. Ich bin selbst ratlos."

Rhodan zwang sich zu einem Lächeln.

„Bedeutungsvolle Worte für einen zehntausendjährigen Mann. Man sollte meinen, diese Lebenserfahrung würde ausreichen, um alle Situationen meistern zu können. Etwa nach dem Motto: Alles ist schon einmal dagewesen."

„Kosmische Ereignisse sind grenzenlos in ihrer Vielfalt. Selbst wenn ich dem Schöpfer durch mein Gerät nochmals zehntausend Jahre lang ins Handwerk pfuschen kann, werde ich immer noch nicht wissen, was es alles gibt. Aber zur Sache. Wenn wir keine Ortung erhalten, brauchen wir mit der Suche nicht zu beginnen. Das ist meine Meinung. Marshalls Angaben sind zu ungenau."

Etwa zu dieser Zeit dachte Oberleutnant Lev Bisboe, Dritter Funk- und Ortungsoffizier an Bord des Superschlachtschiffes ALARICH, an die wogenden Weizenfelder seiner kanadischen Heimat.

Bisboe war ein Mann, der zugleich träumen und aufpassen konnte. Diese Fähigkeit war bei sämtlichen Psychotests von den Wissenschaftlern bestritten worden. Bisboe machte sich nichts daraus. Er vertraute auf seinen sechsten Sinn, der immer dann ansprach, wenn Ungewöhnliches geschah.

Bisboe hatte vor zehn Minuten seine Wache angetreten, Oberleutnant Schlakart, ein Venusgeborener, hatte sich in die gemeinsame Kabine zurückgezogen, um den durch den Alarmstart unterbrochenen Schlaf nachzuholen.

Die ALARICH umkreiste gemeinsam mit ihren Schwesterschiffen den Planeten Gleam. Der Raum über dem Betanebel war so leer, daß die Ortungstechniker allmählich nervös wurden. Die Taktik der Unbekannten, die man Meister der Insel nannte, wurde von Stunde zu Stunde undurchsichtiger.

Lev Bisboe konnte sich nicht vorstellen, daß sie eine viertausend Lichtjahre durchmessende Kleingalaxis kampflos aufgeben würden.

Bisboe lehnte sich in seinem Sessel zurück und streckte die Beine aus. Die Schirme der überlichtschnellen Ortungsgeräte glühten hier und da auf. Bisboe wartete dann immer auf die Robotauswertung der Materietaster. Wenn überhaupt etwas erfaßt wurde, handelte es sich um mehr oder weniger große Trümmerstücke des in einem Atombrand vergangenen Mondes Siren. Die wenigen Überreste, die nicht in Gase verwandelt worden waren, trieben mit hoher Geschwindigkeit in den Leerraum hinaus.

Zehn Minuten später fuhr Bisboe auf. Das gewohnte Plärren der automatischen Durchsage hatte sich verändert.

Auf den Rundschirmen der Frequenztaster, von denen die hyperschnellen Ausstrahlungen fremder Triebwerke und Maschinen angemessen werden konnten, erschienen acht Punkte.

Die Grundstoff- und Materieauswertung brauchte diesmal eineinhalb Sekunden länger. Lev Bisboe hatte jedoch bereits das Gefühl, als würde es sich bei diesen gleichförmig aussehenden Punkten *nicht* um Bruchstücke des zerplatzten Mondes handeln.

Noch ehe die Auswertung einlief, ließ Bisboe seine Fingerkuppen über die Tastatur der Hauptschaltung gleiten. Augenblicke später war in der großen Ortungszentrale des Superschlachtschiffes die Hölle los.

Vier verschiedenartige Hypergeräte wurden gleichzeitig eingeschaltet. Sie arbeiteten im Gegensatz zu dem Fremdenergiesucher alle auf der Echobasis. Die ausgeschickten Hyperwellen mußten vom Ziel reflektiert und von den Antennen aufgenommen werden. Es war das verfeinerte Hyperradar des fünfundzwanzigsten Jahrhunderts.

Nur vier Sekunden später wußte der Diensthabende, daß seine Geräte metallische Fremdkörper ausgemacht hatten. Nach weiteren fünf Sekunden standen die Entfernungswerte fest. Die Sektorpeilung erschien auf den Lichtschirmen der Automatortung.

Die acht unbekannten Raumschiffe – denn um solche handelte es sich – waren 4703,3456 Lichtjahre vom Standort der ALARICH entfernt. Gleichzeitig wurde innerhalb des Ortungszentrums ein Fremdkörper großer Masse entdeckt, der eine durch die Energieortung klar erkennbar werdende Sonne vom G-Typ umlief.

Draußen, weit von den Grenzen des Betanebels entfernt, stand eine kleine Sonne, die einen Planeten besaß. Astrophysikalisch gesehen, gehörte sie noch zur Gravosphäre des Betanebels. Oberflächlich betrachtet, wirkte sie wie ein vergessener Stern in der Einöde zwischen Andromeda und dem vorgelagerten Sternhaufen.

Bisboe wußte, daß eine Ortung über diese Distanz normalerweise kaum möglich gewesen wäre. Daß dennoch brauchbare Ergebnisse hereinkamen, lag daran, daß die angepeilten Raumschiffe ungewöhnlich hohe Triebwerksemissionen ausgetrahlt und dadurch auf diesen Sektor aufmerksam gemacht hatten. Außerdem wurde die Peilung durch keine zwischen den georteten Objekten und dem Standort der ALARICH befindlichen Störzonen behindert.

Bisboe verzichtete auf weitere Echoortungen. Die im Ziel auftreffenden Tasterwellen seiner Geräte konnten leicht angemessen werden. Als er glaubte, etwas von Bedeutung entdeckt zu haben, kippte er den Hauptschalter nach unten. Das Tosen der Strommeiler mäßigte sich. Jetzt brauchte man keine Hochenergien mehr.

Die Fremdfrequenzsucher arbeiteten weiter. Sie schickten keine verräterischen Impulse aus. Die nochmalige Auswertung erbrachte den letzten Beweis: die acht ausgemachten Körper bewegten sich mit steigender Fahrt und im Formationsflug auf Andromeda zu. Dann verschwanden sie plötzlich.

Lev Bisboe gab Alarm. In der kosmonautischen Zentrale schlug der Wachhabende auf die Knöpfe der Interkom-Verbindung.

Oberst Teren Masis, Kommandant der ALARICH, wurde von dem Rundruf in der Nebenrechenstelle VIII erreicht.

„Ortungszentrale, Dritter Offizier, Oberleutnant Bisboe", gab Lev bekannt. „Ortung im Nordsektor. Acht metallische Körper, Hyperstrahlung, intermittierender Impulseinfall. Entfernung viertausendsiebenhundert LJ Grobwert. Körper in Kontakt mit Zwergsystem, ein Planet, gelbe Sonne G-Typ."

Teren Masis überlegte nicht lange und setzte sich mit der CREST in Verbindung. Die CREST II stand zur Zeit hinter Gleam. Die drei anderen Superschlachtschiffe befanden sich ebenfalls im Ortungsschutz des Planeten.

Rhodan brauchte nur vierzig Sekunden, um vom Frühstücksraum in die Zentrale zu eilen. Masis schaute ihm vom Nachrichtenschirm entgegen.

„Wir haben die Quelle der Hilferufe wahrscheinlich gefunden, Sir", berichtete er. „Marshalls Angaben stimmen mit der Funkermeßortung annähernd überein. Eine Außenrandsonne mit einem Planeten. Ich gebe Ihnen die Auswertung durch."

Rhodan wartete, bis die Meßergebnisse der ALARICH von den positronischen Speichern des Flaggschiffes aufgenommen worden waren. Dann nahm die CREST Fahrt auf und verließ die äquatoriale Umlaufbahn.

Dann begannen ihre Antennen zu spielen. Es dauerte nur zwei Minuten, bis sie das kleine Sonnensystem gefunden hatten.

Rhodan rief Teren Masis an.

„Der Stern ist eingepeilt, Entfernungsangaben sind richtig. Kompliment für Ihre Spezialisten. Anfrage Ortung ALARICH: Sind Sie ganz sicher, daß vor einer Viertelstunde acht metallische Körper das Randsystem im Formationsflug verlassen haben?“

„Ganz sicher“, bestätigte der Kommandant. „Echoeinfall war einwandfrei. Massetaster sprachen klar an, und Grundstoffortung wies hochwertige Legierungen aus. Die Energieortung war überaus stark. Entweder beschleunigte man mit unerhörten Werten oder man hatte sehr starke Schutzschirme aufgebaut. Daraus ließen sich gewisse Schlüsse ziehen.“

Perry starrte nachdenklich auf den Bildschirm.

„Welche Schlüsse? Ihre Meinung interessiert mich.“

„Sir, wenn ich mich in einem einsamen Leerzonensystem befinde, errichte ich nur dann starke Abwehrschirme, wenn mir in meiner Haut nicht wohl ist. In diesem Falle würde ich zusätzlich mit Höchtsbeschleunigung verschwinden.“

„Ich verstehe. Danke sehr. Ich glaube jedoch nicht, daß den acht Raumschiffen irgendwelche Gefahren drohen. Die starke Energieentwicklung dürfte andere Ursachen haben. Warten Sie auf weitere Befehle, Ende.“

Perry schaltete ab. Atlan stand hinter ihm.

„Nun, Freund, was hältst du von der Geschichte?“

„Viel mehr als du denkst. Du hast die letzten Nachrichten überhört. Gucky und Marshall sind vor etwa zwanzig Minuten erheblich ruhiger geworden. John ist bereits erwacht. Er gibt an, die qualvollen Hilferufe eines unbekannten Supertelepathen wären in ein nachhallendes Wimmern übergegangen. Ich habe die Daten durchgerechnet. Das telepathische Notgeschrei hörte in dem Moment auf, als die Ortung der ALARICH die abfliegenden Raumschiffe erkannte. Sagt dir das etwas?“

Rhodan räusperte sich.

„Daraus wäre zu folgern, daß Unbekannte von den Besatzungen der acht Raumschiffe gepeinigt wurden, nicht wahr? Klingt das nicht etwas zu einfach?“

„Einfach oder nicht, wir müssen die Lösung finden. Die Hilferufe waren schon Grund genug; aber nun sind fremde Fahrzeuge aufgetaucht. Wir müssen nachsehen, ob wir wollen oder nicht.“

Rhodan bemerkte das Funkeln in den goldroten Arkonidenaugen. Seine Lippen verzogen sich spöttisch, und Atlan erkannte, daß ihn der kluge Terraner durchschaut hatte. Das ging auch aus Rhodans Worten hervor.

„Man sollte eigentlich annehmen, ein Mann mit zehntausendjähriger Lebenserfahrung hätte den Drang zum Abenteuer längst überwunden, nicht wahr? Genau betrachtet, besteht in beiden Fällen keine strategische Notwendigkeit, das Zwergsystem zu untersuchen. Notrufe können uns gleichgültig sein. Fremde Schiffe, die in einer Entfernung von über viereinhalbtausend Lichtjahren kurzfristig erkennbar werden und die obendrein noch in Richtung Andromedanebel verschwinden, sind auch nicht so besorgniserregend, daß wir deshalb unsere Warteposition verlassen müssen."

„Deine Augen funkeln ebenfalls, Terraner!" behauptete Atlan. Sein Lächeln war nicht weniger spöttisch. „Die Notrufe lasse dich nun einmal nicht gleichgültig, und die acht Raumer geben dir auch zu denken. Mache mir nichts vor, Perry. Ich kenne dich, und ich kannte deine Vorfahren. Die fanden auch nicht eher Ruhe, bis sie den Dingen auf den Grund gegangen waren. Also . . .?"

Cart Rudo, der epsalgeborene Kommandant der CREST, grinste versteckt. Die zwei hochgewachsenen Männer, beide durch die biologische Zellerhaltung schon uralt, beide reich an Erfahrungen und beide Meister in den Schachzügen der galaktischen Politik, standen sich wie Kampfhähne gegenüber.

Schließlich begann Rhodan zu lächeln.

„Du hast gewonnen, Arkonide", sagte er. „Wir werden uns um dieses System kümmern. Ich werde mit der CREST diese unbekannte Welt anfliegen, während die anderen Schiffe im Orbit um Gleam zurückbleiben. Du kannst natürlich mitkommen."

Atlan nickte befriedigt. Er hatte keinen Augenblick daran gezweifelt, daß Rhodans Entscheidung anders ausfallen würde, aber manchmal mußte man die Terraner provozieren, um sie auf Trab zu bringen.

19.

Man hatte die gelbe Sonne Rando genannt. Sie besaß nur einen Trabanten, dem man die Bezeichnung Rando I verliehen hatte.

Die CREST II war nahe der Sonnenkorona aus dem Linearraum herausgekommen. In den gefechtsmäßig aufgebauten Schutzschirmen brachen sich die freiwerdenden Energien des kleinen Sternes. Niemand an Bord des Schiffes achtete darauf. Die Zeiten, in denen eine zu nahe stehende Sonne tödliche Gefahr bedeutet hatte, waren lange vorbei.

Das Flottenflaggschiff entfernte sich mit zehn Prozent der einfachen Lichtgeschwindigkeit aus der Hochenergiezone und nahm Kurs auf den Himmelskörper, der nach wenigen Augenblicken voll hinter der Rundung seines Zentralgestirns auftauchte.

Seine Umlaufbahn war stark elliptisch. Zur Zeit schien er sich seinem sonnennächsten Punkt zu nähern. Die Entfernung betrug nur noch zweiundfünfzig Millionen Kilometer.

Als die ersten Meßdaten in der Zentrale einliefen, runzelte nicht nur Rhodan überrascht die Stirn. Der Planet durchmaß etwa dreizehntausend Kilometer, war an den Polen kaum abgeplattet und besaß eine gut atembare Sauerstoffatmosphäre.

Im Gegensatz zu seiner respektablen Größe betrug seine Schwerkraft nur 0,87 Gravos.

Obwohl die Lufthülle stark wasserdampfhaltig war, konnten nirgends Meere oder größere Seen erkannt werden.

Die biologische Zentrale gab bekannt, auf Rando I gäbe es Eiweißverbindungen in Hülle und Fülle. Andere Spuren von echtem Leben wurden ebenfalls angemessen. Trotzdem waren weder ausgedehnte Wälder noch Tiere auszumachen.

Vor einigen Minuten waren John Marshall und Gucky in der Zentrale erschienen. Beide Telepathen hatten sich überraschend schnell erholt. Der Mausbiber hatte behauptet, bei entsprechender Konzentration könne er seinen mentalen Abwehrblock so weit verstärken, daß er in der Lage war, die Paraimpulse abzuwehren. Dies war ihm vorher nicht möglich gewesen, da er auf den plötzlichen Einfall der parapsychischen Wellenfront nicht vorbereitet gewesen war.

John Marshall, der Guckys Fähigkeiten nicht ganz erreichte, war da etwas skeptischer. Bei der Wucht, mit der die Parafront über sie hereingebrochen war, nutzte auch der beste Abwehrblock nichts. Man sah es ihm an, daß er ständig in sich hineinhorchte und auf den nächsten Schock wartete.

Beide Telepathen mußte alle Kräfte einsetzen, um ihren Abwehrblock aufrechtzuerhalten. Seit ihrer Ankunft in diesem System waren die Mentalwellen stärker geworden, ohne jedoch jene Panik zu verbreiten, die anfangs vorhanden gewesen war. Die Telepathen wagten es nicht, ihre geistige Blockade zu öffnen, um ihre Fähigkeiten einzusetzen. Doch die Impulse kamen mit einer derartigen Intensität, daß es ihnen dennoch möglich war zu erkennen, daß die Unbekannten keine identifizierbaren Hirnimpulse ausstrahlten. Der unaufhörliche Strom übergeordneter Parawellen glich dem Ächzen eines Sterbenden, dessen Gehirnströme – falls er intelligent gewesen war – erloschen waren.

Rhodan schaltete die Rundrufverbindung ein. Seine Worte konnten überall gehört werden.

„Das ist die konfuseste Analyse, die ich jemals erhalten habe. Ich bin ziemlich ratlos. Die CREST wird auf keinen Fall auf dieser Oberfläche landen. Ortungszentrale – wie sieht es draußen im Leerraum aus? Können Sie Fremdobjekte ausmachen?“

„Keine Fremdkörper, Sir“, gab Major Enrico Notami durch. „Die Bruchstücke des explodierten Gleammondes kommen hier erst in einigen hunderttausend Jahren an. Ich habe nicht einmal einen Nikkelmeteor auf den Tasterschirmen. Die Einsatzzone ist im Sinne des Wortes leer.“

Rhodan sah erneut zur Panoramagalerie hinauf. Cart Rudo leitete soeben die erste Umkreisung ein. Die Fahrt des Superschlachtschiffes lag nur noch bei tausend Kilometer pro Sekunde.

Rando I bot den Anblick einer Wüstenwelt mit braunschwarzer Oberfläche. Nirgends war ein grüner Vegetationsstreifen zu sehen.

Atlan meldete sich.

„Ich würde überhaupt nicht landen, nicht einmal mit einem Zerstörer. Da unten stimmt etwas nicht. Woher kommt der Wasserdampf?

Der Sauerstoffgehalt ist anomal hoch, Spuren von Edelgasen sind kaum vorhanden. Giftige Verunreinigungen, die sonst überall zu finden sind, existieren hier überhaupt nicht. Nimm Fahrt auf und verschwinde."

Rhodan sah unentschlossen zu den Mutanten hinüber. Marshalls Gesicht zuckte. Er hatte die Augen geschlossen. Gucky lag wie erstarrt zwischen Kasoms Beinen.

„Die Hilferufe . . .!"

„Pfeife auf die Hilferufe", unterbrach Atlan scharf. „Die Sicherheit des Schiffes und seiner Besatzung geht vor. Diese Welt ist eine Falle. Nein, ich kann dir auch nicht sagen, in welcher Form. Ich richte mich nach meinem Instinkt."

„Und mein Instinkt", gab Gucky zu verstehen, „sagt mir, daß sich dort jemand in Not befindet. Jemand der Fallen stellen und heimtükkisch töten will, strahlt andere Paraimpulse aus. Die Ermittlung ist einwandrei."

Der Mausbiber verstummte wieder, um sich auf seinen Abwehrblock zu konzentrieren.

John Marshall schien mit Guckys Aussage einverstanden zu sein, sonst hätte er sich gemeldet.

Atlan betrachtete Rhodans Gesicht so eingehend, als hätte er es noch nie gesehen. Schließlich stand er auf und begann mit der Überprüfung seines Kampfanzuges.

„Oberst Kasom, machen Sie sich fertig zum Risikoeinsatz. Essen Sie etwas. In zehn Minuten sind Sie wieder hier."

Der Ertruser erhob sich schleunigst von seinem Konturlager und verließ die Zentrale durch einen Preßluftschacht. Er endete in einer energetischen Prallfeldschleuse, und diese lag wiederum ganz in der Nähe der Wirtschaftsräume.

Rhodan war immer noch unschlüssig. Die ironischen Blicke des Arkoniden ignorierte er.

„Du kennst die Menschen wohl sehr gut, wie?"

Atlan kontrollierte die Lademarke seines Kombistrahlers.

„Du wirst es nicht unterlassen können, deine neugierige Nase in die Lufthülle des Planeten zu stecken. Worauf wartest du also noch? Ich würde an deiner Stelle die Korvette KC-10 nehmen. Sie ist getarnt und mit einem Transformgeschütz ausgerüstet. Die CREST sollte auf einer Sicherheitskreisbahn zurückbleiben und notfalls Feuerschutz geben. Es könnte sein, daß wir sehr schnell starten müssen. Weshalb, ist mir selbst unklar. Aber das hatte ich schon in ähnlicher Form angedeutet, oder?"

„Du hattest!" gab Rhodan zurück. „Seit wann empfinden Arkonidenadmirale der großen Eroberungszeit ebenfalls Mitleid? Oder treibt dich nur die Neugierde?"

Atlan unterdrückte ein Lächeln.

„Seitdem ich so leichtfertig war, mit meinem Geschwader auf der Erde zu landen, habe ich mich angepaßt. Ich möchte in erster Linie wissen, was da unten gespielt wird. Fliegen wir?"

Rhodan griff zum Mikrophon. Seine Befehle kamen mit ungewohnter Schnelligkeit und Präzision.

„Die CREST bleibt auf der Kreisbahn zurück. Ich kommandiere die Korvette selbst. Captain Don Redhorse – stellen Sie ein Landungskommando von fünfzig Mann auf. Nur Freiwillige. Einschleusen und auf mich warten."

„Verstanden", gab der Cheyenne durch.

Rehorse begann mit der Auswahl der Freiwilligen, zu denen Landungsexperten aller Fachgebiete zählten. Außerdem meldete sich auch Major Enrico Notami und bat Oberst Rudo um Erlaubnis, an diesem Unternehmen teilnehmen zu dürfen. Notami war der fünfzigste Mann des Teams. Außer diesen fünfzig Terranern würden noch Perry Rhodan, Atlan, Melbar Kasom, Icho Tolot, die beiden Telepathen und Redhorse an Bord der KC-10 gehen.

Als Rhodan und Atlan in der Hangarschleuse über dem Triebwerkswulst ankamen, war das Sechzigmeterboot startklar. Icho Tolot überflog die Ausrüstung des Kommandos mit einem prüfenden Blick. Dann lachte er.

Die fünzig Männer trugen schwere Kampfanzüge mit eingebauten Hochenergieaggregaten in Mikrobauweise. Die Kombinationen waren flugfähig. Ihre Individualschutzschirme waren stark genug, um Strahlschüssen aus Handfeuerwaffen widerstehen zu können.

„Warum so kriegerisch?" erkundigte sich Tolot.

Dons schmales, kupferfarbenes Gesicht verzog sich zu einem Grinsen.

„Haben Sie schon einmal *Ihr* Waffenarsenal näher betrachtet?"

Tolots Augen glühten auf. Wer ihn kannte, wußte, daß die charakteristische Abenteuerlust des Haluters alle anderen Regungen überlagerte. Atlan sah ihn beunruhigt an. Er konnte sich beim Anblick dieses dunkelhäutigen Giganten eines unbehaglichen Gefühls nicht erwehren. In der Milchstraße gab es kein Intelligenzwesen, das einem Haluter gewachsen war. Die Natur hatte die Giganten von Halut verschwenderisch mit Gaben ausgerüstet, die andere Wesen mühevoll mit technischen Gerätschaften nachahmen mußten. Sie waren immer die schwächeren geblieben.

Gucky und John Marshall kamen an. Sie schritten wie Traumwandler durch die Bodenschleuse der Korvette und ließen sich in der Zentrale auf die Konturlager nieder.

Melbar Kasom erschien als letzter Mann. Er bemühte sich, die unansehnlichen Überreste einer Schweinskeule zu verschlingen. Er riß das letzte Stück Fleisch mit den Zähnen ab und drückte dem Schleusenoffizier den Knochen in die Hand.

Kasom schaltete seinen Mikrogravitator aus und überwand die fünf Meter bis zur Schleusenöffnung mit einem Sprung. Der Schleusenoffizier ließ den Knochen angeekelt fallen, stieß einen Fluch aus und verlangte nach einem Putzlappen. Ein grinsender Sergeant gab ihm einen Ballen Polierwatte.

„Den Materialanforderungsschein können Sie später unterschreiben, Sir“, meinte er gönnerhaft.

Der Schleusenoffizier wandte sich wortlos ab. Augenblicke später sprangen die Pumpen an, kurz darauf die Triebwerke der KC-10.

In der Kugelwandung der CREST entstand eine achtzig Meter durchmessende Öffnung. Ein außenstehender Beobachter hätte sie bei der Größe der Außenzelle kaum gesehen. Im Verhältnis zu den Abmessungen des Superschlachtschiffes wirkte sie wie ein Punkt auf einem Globus.

Die Zeit lief. Zwei Minuten später wurde das große Beiboot von dem magnetischen Abstoßfeld über die Gleitschienen gerissen und geschoßartig in den Raum befördert. Die Andruckbelastung lag bei fünfzig Gravos, aber das spürte niemand an Bord. Die Andruckabsorber fingen die Beharrungskräfte auf.

Die KC-10 glitt davon und schwenkte sofort in die Landungsspirale ein. Die CREST wurde zu einem konturlosen Schatten, der schließlich ganz verschwand.

Die Normalfunkverbindung arbeitete bei der geringen Geschwindigkeit beider Schiffe zufriedenstellend. Cart Rudos Gesicht erschien auf dem Bildschirm.

„Bisher keine Ortungsergebnisse, Sir."

Rhodan nickte nur. Er hatte damit gerechnet.

„Wenn Sie Fremdkörper ausmachen sollten, rufen Sie uns sofort an. Falls eine Einschleusung nicht mehr möglich ist, erwarten Sie uns am Treffpunkt. Verhindern Sie unter allen Umständen, daß die CREST geortet wird."

Perry schaltete ab.

„Wir hätten eben doch die IMPERATOR nehmen sollen", nörgelte Atlan. „Sie ist besser getarnt. Ich – was ist mit Marshall los?"

„Starker Impulseinfall", flüsterte Gucky. „Nicht ansprechen. Jemand scheint uns telepathisch auszumachen und in eine Art Angstzustand zu geraten. Nein, es ist schlimmer! Das ist eine beginnende Panik. Trotzdem behaupte ich nach wie vor, daß keine Angriffsabsichten bestehen. Der oder die Sender fürchten sich."

Atlan sprach kein Wort. Dafür beugte er sich vor und drückte auf den Alarmschalter. Die Sirenen begannen zu heulen. Die Robotautomatik ordnete volle Gefechtsbereitschaft an.

„Warum das?" fragte Rhodan gedehnt.

Atlan griff prüfend an den zurückgeklappten Druckhelm seines Kampfanzuges.

„Die gefährlichsten Gegner, die ich in meinem langen Leben angetroffen habe, waren die von Panik gepeitschten Harmlosen. Sie waren stets unberechenbar."

Die KC-10 tauchte in die Lufthülle ein. Vor den Schutzschirmen ballten sich komprimierte Gase. Weit hinter dem Schiff fielen die erhitzten Partikel in das entstandene Vakuum längs der Flugbahn ein. Ein auf der Oberfläche stehender Beobachter konnte nur eine Feuerkugel mit verglühendem Schweif sehen. Sie raste in steilem Winkel aus dem Raum herab, riß die Atmosphäre auf und erzeugte Druckwellen von orkanartiger Gewalt.

Auf Rando I rührte sich nichts. Es schien, als hätte es da unten niemals Leben gegeben.

Icho Tolot fuhr seinen faltbaren Spezialhelm aus. Er umschloß den monströsen Kopf des Haluters, der in eigenartig steifer Haltung mitten in der Zentrale stand. Icho Tolot hatte die Molekülstruktur seines Körpers verwandelt. Kasom berührte ihn mit der Hand. Tolots rechter Laufarm war so hart wie Stein. Das war für den Ertruser Grund genug, seinen Helm ebenfalls zu schließen und den Mikroreaktor auf Bereitschaftsleistung zu schalten. Die KC-10 fiel weiter auf die Oberfläche zu.

Es war eigentlich nicht verwunderlich, daß die folgenden Geschehnisse mit einer Schnelligkeit abliefen, die dem menschlichen Reaktionsvermögen höchste Leistungen abverlangte. Raumlandemanöver dieser Art waren immer riskant; besonders dann, wenn man nicht wußte, mit wem man es zu tun hatte.

Wenn es zu irgendwelchen Ereignissen kam, blieb niemals Zeit für Diskussionen. Dann mußte gehandelt werden.

Oberst Cart Rudo war ein Mann, der zu handeln verstand – auch ohne Spezialbefehle! Als vierzehn Fremdkörper so dicht vor Rando I materialisierten, daß es aussah, als wollten sie den Planeten rammen, sagte der Epsalgeborene kein Wort. Er machte lediglich eine Bewegung. Er krümmte den Daumen und drückte den Hauptschalter der längst vorprogrammierten Notstartautomatik nach unten.

Die Impulstriebwerke der CREST wurden innerhalb von zwei Sekunden aus dem Bereitschaftsleerlauf zur Maximalleistung hochgefahren. Spezialschaltungen dieser Art gab es nur auf den modernsten Schiffen der Solaren Flotte. Cart Rudo und seine Ingenieure wußten, wie unerhört materialzermürbend solche Manöver waren. Sie wurden nur durchgeführt, wenn es darauf ankam.

Diesmal kam es darauf an!

Die CREST – obwohl ein Körper von riesiger Masse – wurde zu einem Geschoß; nur mit dem Unterschied, daß ihre Anfangsgeschwindigkeit nicht mehr in *Meter* pro Sekunde, sondern in *Kilometer* pro Sekunde gemessen wurde. Es schien, als wäre der Kugelkörper aus einem gigantischen Geschützrohr abgefeuert worden. Der Anlaufwert lag bei 200 km/sec^2.

Bereits eine Sekunde später brüllten die Triebwerke unter Vollast. Da erreichte das Schiff 600 Kilometer pro Sekundenquadrat.

Der terranische Gigant verschwand übergangslos. Außer einem grellen Aufleuchten war von ihm nichts mehr wahrgenommen worden. Er war von einer Sekunde zur anderen verschwunden.

Die Triebwerke donnerten immer noch. Die CREST raste auf die gelbe Sonne zu, um deren energetische Störfronten noch zusätzlich als Ortungsschutz auszunutzen.

Die Folgeerscheinungen von Rudos Daumenbewegung waren beachtlich. Außerdem hatte er mit diesem Knopfdruck den Richtstrahlsender eingeschaltet. Er arbeitete auf normalschneller Ultrakurzwelle.

Rudos Helmfunkgerät war mit dem großen Sender verbunden. Er sprach langsam und akzentuiert, um das Dröhnen der Triebwerke und der synchron mitlaufenden Andruckabsorber einigermaßen übertönen zu können.

„CREST an KC-10. Vierzehn Fremdschiffe über Rando. Plötzlich aus Librationszone gekommen. Ortung war vorher unmöglich. Fliegen riskantes Manöver, läßt auf genaue Kenntnisse der hiesigen Bedingungen schließen. Ich setze mich befehlsgemäß ab."

Mehr gab der Epsaler nicht durch. Als er das Mikrophon zurückschwenkte, leitete Dr. Hefrich bereits das Linearmanöver ein. Die CREST verschwand aus dem Einsteinuniversum, als die Gaszungen der Sonnenatmosphäre nach ihren Schutzschirmen griffen. Es war, als wäre sie niemals dagewesen.

Vierundfünfzig Männer und vier Nichtmenschliche hielten den Atem an. Rudos Funksprechmeldung war einwandfrei empfangen worden. Die KC-10 stand noch über dem Funkhorizont der Planetenrundung.

Rhodan, Melbar Kasom und Atlan flogen das Beiboot mit der Sicherheit erfahrener Kosmonauten. Als die Nachricht vom plötzlichen Auftauchen der Fremdschiffe einlief, hieb der Ertruser kurzerhand auf den Schalter der Einmannsteuerung und übernahm die Korvette.

„Na also!" sagte er mit seiner tiefen Stimme. „Ich verschwinde, Sir."

Rhodan nickte. Im nächsten Augenblick war er anderer Meinung und nahm die Genehmigung zurück.

„Hinunter, Kasom. Schnell."

Der Ertruser verstand, daß an eine Flucht nicht mehr zu denken war – jedenfalls nicht ohne Feindberührung!

Notamis Alarmrufe hallten aus den Lautsprechern. Gleichzeitig leuchteten auf den Bildschirmen der optischen Rundumerfassung zwei Glutpunkte auf.

„Es wird nicht geschossen", gab Rhodan durch. „Notami, wo stehen die fremden Einheiten?"

„Auf drei verschiedenen Kreisbahnen. Sie setzen alle zur Direktlandung an."

„Das heißt also, daß wir uns bei einem Absetzmanöver durchschlagen müssen?"

„Ja, Sir."

„Ist es möglich, daß wir noch nicht bemerkt worden sind?"

„Ich habe so das Gefühl. Wir stehen dicht über der Oberfläche. Hyperstrahlungen senden wir nicht aus. Außerdem scheint man durch die CREST nervös geworden zu sein. Drei Fremdschiffe nehmen wieder Fahrt auf und stoßen in den Raum vor."

Kasom drückte die Korvette tiefer. In einer Höhe von nur tausend Meter schoß sie mit achtfacher Schallgeschwindigkeit über das flache Land hinweg. Die Reibungshitze war immer noch so hoch, daß sich glühende Luftwirbel bildeten. Sie mußten ein gutes Wärmeecho abgeben.

Kasom entschloß sich zu einem Kurzmanöver. Ohne den Befehl abzuwarten, hob er die Fahrt des Schiffes mit einem harten Bremsschub von eineinhalb Sekunden Dauer auf und ließ gleichzeitig die Antigravitationsprojektoren anlaufen.

Das Schiff glitt mit dem Rest seiner Fahrt weiter. In östlicher Richtung zeichneten sich Gebirgszüge ab. Sie waren nur wenige hundert Meter hoch. Für die Korvette bedeuteten sie trotzdem einen guten Ortungsschutz.

Rhodan fragte nochmals in der Funkmeßzentrale an. Die auf den optischen Bildschirmen aufgetauchten Fremdkörper flogen in großer Höhe und weit nördlich vorbei. Die anderen Einheiten, die besonders durch ihre starke Energieentfaltung auffielen, umkreisten den Planeten und schienen nach etwas zu suchen. Rhodan konnte sich vorstellen, wonach sie Ausschau hielten. Die CREST war fraglos geortet worden.

„Landen Sie dicht vor der Hügelkette", ordnete Perry an. „Sehen Sie zu, ob Sie eine Ausbuchtung, einen Talkessel oder eine ähnliche Sichtdeckung finden können. Schneller, Kasom, gehen Sie runter."

Die Korvette flog mit ihrer Restfahrt von knapp tausend Kilometern pro Stunde auf das Gebirge zu. Kasom handhabte die Manuellschaltungen mit der Virtuosität eines Ertrusers, der wenigstens dreimal schneller reagieren konnte als ein erdgeborener Mensch.

Icho Tolot stand immer noch in starrer Haltung in der Zentrale. Jede Lebensfunktion schien erloschen zu sein.

Atlan fuhr die Landebeine aus. Dicht vor einem Steilhang hob Kasom die Fahrt auf und ließ die Korvette in ihrem Antigravfeld auspendeln. Zwei Minuten später berührten die Auflageteller der Teleskopbeine den Grund. Er war hart wie Stahl und gab um keinen Zentimeter nach.

Kasoms Finger huschten über die Tastatur der Manuellschaltungen. Das Dröhnen der Triebwerke und Stromreaktoren verstummte. Die Antigravprojektoren liefen aus. Das alte Versteckspiel, das man seit dem Eindringen in den Betanebel fast ununterbrochen praktiziert hatte, begann erneut. Die Korvette mußte energetisch „verstummen“, oder sie wurde doch noch geortet.

Don Redhorse, der die Waffenleitzentrale übernommen hatte, zog zögernd die Finger von den Feuerknöpfen weg. Die beiden sichtbar gewordenen Fremdschiffe waren von der Automatik kurzfristig aufgenommen worden. Jetzt waren die hyperschnellen Waffentasterschirme wieder leer.

Es wurde still im Beiboot der CREST. Niemand sprach etwas. Die Männer sahen zu den Bildschirmen der kosmonautischen Zentrale hinauf. Die fünfzehn diensthabenden Soldaten, die für den Flugbetrieb des Schiffes nötig wurden, blendeten sich mit ihren Abteilungsschirmen in die Übertragungsschaltung ein.

Plötzlich begann John Marshall zu toben.

Er richtete sich von seinem Lager auf, schlug sich mit den Fäusten gegen die Stirn und schrie wie ein Mensch, dem man ohne Narkose einige hochempfindliche Nervenleiter im Großhirn durchtrennt.

John sprang auf, immer noch schreiend, und rannte auf das stählerne Hauptschott der Zentrale zu. Sein Gesicht war verzerrt, ein Sinnbild unsagbarer Qualen.

Ehe Marshall den Amoklauf beenden und seinen Schädel an der Panzerpforte zerschmettern konnte, griff der Haluter ein.

Er war plötzlich wieder aktiv. Mit einer atemberaubend schnellen Bewegung, die niemand diesem Koloß zugetraut hätte, ließ er seinen Körper nach vorn auf die langen Laufarme absinken.

Dann sprang Tolot aus dem Stand. Er überwand etwa zehn Meter mit einem Sprung. Die nach vorn zuckende Pranke seines linken Handlungsarmes erfaßte Marshalls Körper an der Hüfte, stoppte ihn mit spielerischer Leichtigkeit und riß ihn empor.

John wand sich in dem Griff. Er schlug auf den Giganten ein, trat mit beiden Füßen nach den rotglühenden Augen und schrie seine Not aus dem verzerrten Mund hinaus.

Tolot richtete sich auf. Mit einer zart anmutenden Bewegung tippte er mit zwei Fingerkuppen gegen Marshalls Schädel. Es sah aus, als hätte er ihn liebkosen wollen. Eine Sekunde später hing der Telepath besinnungslos in den Armen des Haluters.

„Er wird leider eine Gehirnerschütterung davongetragen haben. Behandeln Sie ihn entsprechend", sagte der Haluter ruhig. „Es tut mir sehr leid. Ich mußte ihn auffangen."

Ein kleiner, schmalbrüstiger Mann mit strähnigen Haaren zwängte sich an ihm vorbei. Dr. Falby gehörte zur astromedizinischen Elite der Menschheit. Er hatte durchdringend scharfe Augen, lachte selten und besaß einen beißenden Humor.

Falby war aus der Araschule hervorgegangen. Er wußte, wie er Mutanten zu behandeln hatte.

Er fixierte den Haluter und deutete wortlos auf ein Konturlager. Als John darauf niedergelegt worden war, begannen seine Glieder zu zucken. Sein Stöhnen ließ die Männer zusammenfahren.

„Gehirnerschütterung?" wiederholte Falby die Worte des Haluters. „Ich möchte, wenn Sie gütigst gestatten, lieber von einem Schädelbruch sprechen."

Tolots Arme baumelten an dem Gigantenkörper herab. Er machte sich bittere Selbstvorwürfe.

„Es tut mir leid", brach es aus dem rachenartigen Mund hervor. „Ich konnte nicht vorsichtiger sein. Mein armes Kleines . . .!"

Kasom umfaßte mit beiden Händen Tolots linken Handlungsarm und zog ihn zur Seite. Er kannte die Seelenqual des eingeschlechtlichen Riesen. Seine Mutterinstinkte konnten ihn in solchen Fällen zu unüberlegten Handlungen verleiten.

„Beruhigen Sie sich, Freund. Es war nicht einmal ein Klaps. Kommen Sie."

„Hypnonarkotin, schnell", klang Falbys Stimme auf. Ein Medosergeant reichte ihm die Automatspritze.

„Muß das sein?“ erkundigte sich Rhodan.

„Es muß. Sie können einen Mutanten von seiner Art nicht beruhigen, indem Sie ihn besinnungslos schlagen. Der Psisektor seines Hirns spricht nach wie vor auf Dinge an, die wir nie begreifen werden.“

Falby injizierte in Höhe des Hinterhauptloches. Sekunden später lag Marshall still. Falby fuhr sich mit dem Ärmel seiner Kombination über die blonden Haare.

Er schritt zu dem Mausbiber hinüber und beugte sich über ihn. Gucky war völlig verkrampft. Jedermann wußte, daß etwas Unheimliches geschehen war, dem Marshall nicht standhalten konnte.

„Kleiner, hörst du mich?“ fragte Falby eindringlich. „Nein, nicht aufrichten; nicht die Abwehrkonzentration unterbrechen. Bewege die Ohren als Bejahung. Bei Verneinung stillhalten, vestanden?“

Guckys runde Ohren bewegten sich. Don Redhorse nahm wieder im Drehsessel hinter der Feuerorgel Platz und entsicherte den Impulsgeber für die Transformkanone. Er verfolgte die Geschehnisse auf dem Bildschirm.

„Ich will meine Vorfahren aus den ewigen Jagdgründen zurückholen, wenn es hier nicht schlecht riecht“, murmelte er vor sich hin.

„Ich würde behaupten, es stinkt, Sir“, sagte ein rothaariger Hüne neben ihm. Sein Name war Joel Inshonc.

„Ich wollte mich gewählter ausdrücken, Sergeant. Halten Sie Ihre Desintegratoren klar.“

Dr. Falby fragte weiter. Die Männer, die nicht zur Stammbesatzung der KC-10 gehörten, umringten ihn. Rhodan und Atlan standen am Kopfende des Konturlagers.

„Gucky, Marshall liegt in Tiefnarkose. Er hielt nicht durch. Wir hätten ihn nicht mitnehmen sollen. Ist es richtig, daß vor einigen Minuten ein neuer Paraüberfall erfolgte?“

Gucky bewegte die Ohren.

„Sehr stark?“

Die Ohren bewegten sich erneut.

„Sind es wieder Hilferufe?“

Der Mausbiber bejahte.

Nach fünf Minuten wußte Falby, was geschehen war. Einige der fremden Raumschiffe hatten die Kreisbahn verlassen. Gucky hatte verwaschene Hirnimpulse aufgefangen. Gleich darauf begannen die unbekannten Telepathen des Planeten Rando I zu rasen. Sie schrien nicht nur um Hilfe! Diesmal wollten sie sich wehren. Eine Welle unbeschreiblichen Hasses strahlte von ihnen aus. Niemals zuvor, so antwortete Gucky auf Falbys Frage, hätte er derartige Impulsströme des Hasses, des Vernichtungswillens und einer damit verbundenen Opferbereitschaft aufgenommen.

Dann begann auch der Kleine zu wimmern. Falby gab ihm Hypnonarkotin in geringer Dosis. Der Mausbiber reagierte darauf nicht mit einer Vollnarkose, sondern nur mit einer begrenzten Lahmlegung seines Nervensystems. Es half ihm, den Ansturm zu überwinden. Falby richtete sich auf und sah sich nach Rhodan um. Der Terraner schaute angespannt auf den Arzt hinunter.

„Nun? Haben Sie einen guten Vorschlag zu machen, Doc?"

„Den besten, den es geben kann. Starten Sie und schlagen Sie sich durch. Diesen Gewalten kann niemand widerstehen. Unser Einsatz war zwecklos. Beide Telepathen sind ausgefallen. Ohne sie werden wir die Unbekannten niemals finden. Daraus folgt, daß wir ihnen auch keine Hilfe bringen können. Starten Sie, Sir."

Atlan enthielt sich einer Meinungsäußerung. Dafür blickte er durch die Transparentwand intensiv zur Ortungszentrale hinüber.

Notami saß angespannt auf einem Schwenkhocker und beobachtete gleichzeitig acht wichtige Geräte. Rhodan folgte Atlans Blick. Da meldete sich Notami.

„Ortung an Kommandant – es geschieht etwas Ungewöhnliches. Elf Schiffe setzen zur Landung an. Nein – Korrektur. Sie schweben in Höhen zwischen zweihundert und dreihundert Meter über der Oberfläche. Ich habe sie im Wellenkrümmungssucher, dessen Echoimpulse der Oberflächenrundung folgen. Vorsicht, drei Einheiten gehen ganz in unserer Nähe nieder. Zum Teufel – dieser Planet ist viele Millionen Quadratmeilen groß. Weshalb landen drei Schiffe ausgerechnet an dieser Hügelgruppe? Vorsicht, Sir, sie tauchen über dem Horizont auf. Ich schalte um auf optische Beobachtung. Ausschnittvergrößerung läuft."

Weit östlich, gerade erkennbar, senkten sich drei Leuchterscheinungen auf das flache Land hinab. Die eigentliche Form der Schiffskörper war nicht zu erkennen. Sie mußte jedoch groß sein – etwa wie ein Schwerer Kreuzer der Terraklasse.

„Sie sind uns an Feuerkraft weit überlegen", überlegte Atlan. „Verlasse dich auf meinen Instinkt. Ich würde den Durchbruch nicht versuchen. Die Landung war die einzig richtige Maßnahme. Wir können drei oder vier abschießen. Dann sind wir an der Reihe. Bleibe unten, Terraner! Du gewinnst damit zwei Chancen. Wenn wir entdeckt werden sollten, können wir immer noch ausbrechen."

Rhodan nickte. Atlan hatte recht. Das Versteckspiel konnte mit einiger Wahrscheinlichkeit erfolgreich beendet werden.

Plötzlich begann Rando I zu rasen. Der Planet wölbte sich in seiner Gesamtheit auf.

Etwa zur gleichen Zeit entdeckten zwei Mann vom biologischen Team, daß die Oberflächenkruste des Himmelskörpers nicht aus toter Materie, sondern aus lebenden Zellverbindungen gigantischer Masse bestand. Es geschah alles zur gleichen Zeit.

„Schlächter", sagte Gucky plötzlich mit tonloser Stimme. „Schlächter! Sie sind wieder gekommen. John hatte recht. Dies ist ein Schlachthof. Wir stehen auf einer riesigen Kreatur. Sie ist friedfertig, doch jetzt wird sie gepeinigt. Man schneidet große Stücke ihrer lebenden Masse heraus – mit Thermostrahlern und Desintegratoren. Das tut weh. Der ganze Planet fühlt es und schreit. Perry . . .!"

Rhodan stand längst vor dem Mausbiber. Leichenblaß sah er auf das kleine Gesicht hinab. Guckys spitze Nase hatte sich gekräuselt. Sein Nagezahn schimmerte darunter hervor. Seine Augen waren geschlossen.

„Perry", ächzte er. „Ich habe klare Impulse aufgefangen. Was waren wir doch für Narren, daß wir nicht sofort die Wahrheit erkannten! Vor einigen Wochen konnten wir das Rätsel der Laurins lösen, und jetzt sind wir drauf und dran, auch den letzten Rest einer langen, alten Geschichte zu erfahren! Wir haben dein altes Versprechen dem Zentralplasma der Posbis gegenüber erfüllt. Wir haben die Ursubstanz gefunden! Sie bedeckt in einer kilometerhohen Schicht diesen Planeten. Das Urplasma ist hochintelligent, aber jetzt halb wahnsinnig vor Schmerz. Es wird ausgebeutet. Wir sind *auf* der Urzelle. Der Planet ruft mit seiner gesamten Masse. Einzelne Zellkolonien besitzen keinen Verstand. Zahllose Milliarden davon werden jedoch intelligent. Perry – ich kann nicht mehr. Falby soll mich betäuben. Schnell, ich kann nicht mehr."

Falby spritzte bereits ein Mittel, das speziell für den Mausbiber entwickelt worden war. Der kleine Körper verlor seine Starre. Kasom trug Gucky behutsam zum Verbandsraum neben der Zentrale hinüber. Zwanzig blasse Männer sahen ihm nach.

Knapp eine Minute später griff das Urplasma an; blindwütig, unüberlegt, voller Haß gegen jene, die kein Erbarmen kannten.

Die Menschen, die um der Barmherzigkeit willen gekommen waren, wurden von dem entstehenden Chaos überrollt. Rando I besaß ganz besondere Waffen.

20.

Sie konnten das telepathische Schreien nicht hören, aber sie vernahmen das Stöhnen der beiden narkotisierten Mutanten. Guckys Gehirn schien auf das Medikament nicht voll angesprochen zu haben. Dr. Falby behauptete allerdings, der Mausbiber würde keine Schmerzen empfinden.

Draußen begann das Plasma zu wallen. Rollende Dünen aus braunschwarzer Masse bewegten sich auf die näherkommenden Fremdschiffe zu. Sie schwebten als leuchtende Phantome in der Luft und reflektierten tausendfältig die Sonnenstrahlen.

Das Gebirge, hinter dem die Korvette gelandet war, verschwand plötzlich. Es floß auseinander, bildete einen zähen Brei und wölbte sich dann ebenfalls zu diesen Dünen auf, die mit hoher Geschwindigkeit auf den Gegner zuwanderten.

Niemand an Bord der KC-10 sprach ein Wort. Die Männer saßen auf ihren Gefechtsstationen und starrten zu den Bildschirmen hinauf. Niemals zuvor hatten menschliche Augen Dinge wie diese erblickt.

Eine ungeheure Kreatur, die durch ständige Zellteilung so groß geworden war, daß sie einen kleinen Planeten mit einer kilometerdikken Schale aus Plasma umschloß, wehrte sich gegen die sonnenheißen Energiebahnen, die unaufhörlich aus den fremden Raumschiffen hervorzuckten.

Die Plasmadünen bildeten nahe der Kampfzone plötzlich kegelförmige Türme, die steil in den Himmel hineinwuchsen und versuchten, die Schiffswandungen zu erreichen.

Es gelang ihnen nie! Plötzlich erkannten die Terraner, weshalb diese Raumfahrzeuge so starke Abwehrschirme aufgebaut hatten. Wenn das hochschießende Plasma damit in Berührung kam, verdampfte es unter grellen Leuchterscheinungen. Dann lief ein unhörbarer Schrei um die Welt, die man Rando I genannt hatte.

Jedesmal, wenn ein tastender Turmfinger verkohlend in sich zusammenstürzte, begannen Gucky und Marshall zu stöhnen. Sie vernahmen die Rufe des Schmerzes trotz der tiefen Betäubung.

Rhodan gelang es erst allmählich, sich von dem Schock zu erholen, den ihm Gucky durch seine letzte Meldung versetzt hatte. Jetzt begriff er, warum die Telepathen bereits früher keine Gehirnimpulse des Plasmas auffangen konnten. Die Gemütsverfassung des Plasmas hatte das Denkzentrum überlagert, so daß registrierbare Denkimpulse blockiert wurden.

„Gucky hatte recht“, gab Atlan nach einigen Minuten des Schweigens zu. „Wir waren blind, anderenfalls hätten wir uns von Anfang an darüber klar sein müssen, welches Geheimnis dieser Planet verbirgt.“

„Du magst recht haben, Atlan“, erwiderte Rhodan. „Aber bedenke, daß wir auf eine derartige Begegnung nicht vorbereitet waren. Nach den Informationen, die uns – sowohl vom Zentralplasma als auch durch die jüngsten Ereignisse auf Destroy – zur Verfügung standen, mußten wir annehmen, daß sich die Heimatwelt des Plasmas irgendwo im Randbereich Andromedas befindet. Wir wußten zwar, daß die Urwelt des Plasmas vor vielen tausend Jahren von den Laurins aus der ursprünglichen Umlaufbahn ihres Zentralgestirns herausgerissen wurde, um die rebellierenden Posbis unter Druck zu setzen, aber daß man sie durch den Leerraum hierher versetzt hatte, damit rechnete niemand.“

„Und wir wissen inzwischen auch, daß die eigentlichen Verantwortlichen für diese Geschehnisse nicht die Laurins, sondern die Meister der Insel waren“, fügte Atlan wütend hinzu.

Rhodan nickte. Er dachte daran, wie das alles begann. Im Jahr 2112 traf die Menschheit auf die biologisch-positronischen Roboter und ihre Erbfeinde, die Laurins. Durch die damaligen Ereignisse wurde die Galaxis beinahe in den Abgrund gerissen – bis es dem Zentralplasma mit Hilfe der Terraner gelang, die Gefahr abzuwenden, die Haßschaltung zu beseitigen und die Laurins zu vertreiben. Aus Dankbarkeit für die terranische Hilfe wurde das Zentralplasma zum wertvollsten und zuverlässigsten Bündnispartner Terras und gewährte der Menschheit jede erdenkliche Hilfe. Das wohl wichtigste Geschenk, das Rhodan von den Posbis erhielt, waren die Konstruktionspläne der Transformkanone. Das Plasma hatte damals lediglich einen Wunsch geäußert: die Mutterwelt zu finden und aus der Knechtschaft zu befreien. Damals freilich war von den eigentlichen Drahtziehern, den Meistern der Insel, noch nichts bekannt.

Rhodan hatte dem Zentralplasma versprochen, sich um dessen Mutterwelt zu kümmern, sobald die Menschheit in der Lage war, den großen Abgrund zwischen den beiden Galaxien zu überwinden. Inzwischen hatte man das Geheimnis der Laurins enträtselt und erfahren, daß auch sie von den MdI versklavt und mißbraucht wurden. Und nun standen Terraner auf der Welt, die eigentlich in Andromeda vermutet worden war.

Aus irgendwelchen Gründen hatten die Meister damals, als die Revolte der Posbis ihren Höhepunkt erreichte, darauf verzichtet, den Plasmaplaneten zu vernichten. Sie beließen es bei der Drohung und sorgten dafür, daß Rando I zu dieser einsamen Sonne am Rande Andro-Betas gebracht wurde, wo der Planet vor dem Zugriff der rebellierenden Posbis sicher war.

Rhodan fühlte sich hilflos. Ein Blick auf die Bildschirme zeigte ihm, daß sich der Planet immer noch verzweifelt wehrte.

An den Grenzen der Gebiete, wo die Energiestrahlen riesige Fladen aus dem Organismus herausschnitten, sie in Preßluftfelder zusammenrollten und schließlich an Bord zogen, entstanden mehrere hundert Meter hohe Plasmamonstren von annähernd menschlicher Form.

Taumelnd und schwankend, besessen vom Willen, die Peiniger abzuwehren, tappten sie auf die beiden Raumschiffe zu. Notami berichtete, an anderen Orten der Oberfläche geschähen ähnliche Dinge. Überall waren die Besatzungen der fremden Raumschiffe damit beschäftigt, das Plasma abzuernten. Wofür es gebraucht wurde, war unklar. Fest stand nur, daß jemand den Zellverband nach Belieben aberntete oder – wie sich Gucky ausgedrückt hatte – ihn schlachtete.

„Ich nehme an, Sie wollen das dem Zentralplasma gegebene Versprechen einhalten", meldete sich Icho Tolot zu Wort. Er schien zu ahnen, welche Gedanken den Terraner beschäftigten.

Rhodan starrte noch immer wie gebannt auf die Bildschirme. Der „Boden" unter der Korvette begann sich zu bewegen. Weit im Osten wankten die Monstren auf die Schiffe zu. Sie reckten Pseudoglieder nach oben und versuchten, die strahlenden Kugeln damit zu umschließen. Dann kam es, wie es kommen mußte. Sie verkohlten in den flammenden Energieschirmen, und ihre Trägerkörper brachen zusammen.

„Natürlich!“ entgegnete Perry gepreßt. „Natürlich würde ich es gern einlösen. Aber wie?“

Tolots Planhirn begann zu rechnen. Nach wenigen Sekunden lieferte es die Lösung.

„Hören Sie auf mich“, bat der Haluter. „Sie müssen Ihre Gefühle unterdrücken und in aller Ruhe abwarten, bis die fremden Raumer wieder verschwinden. Die Ortungsergebnisse sprechen dafür, daß dieser Planet immer nur kurzfristig angeflogen wird. Wenn die Laderäume der Schiffe voll sind, werden sie zweifellos starten. Es kann sein, daß wenige Stunden später andere ankommen, um die gleiche Prozedur zu wiederholen. Wofür das Plasma benötigt wird, ist augenblicklich unwichtig. Sie *müssen* sich gedulden, Augen und Ohren verschließen und darauf hoffen, daß der lebende Planet nach dem Abflug seiner Peiniger wieder normal wird. Zur Zeit ist er es nicht. Die Abwehrreaktionen sind unvernünftig. Das Urplasma muß seit vielen tausend Jahren wissen, daß seine organischen Waffen den Gegner nicht beeindrucken können. Da es dennoch Teile seiner Substanz opfert, obwohl schon genügend aus ihr herausgeschnitten wird, ist an eine telepathische Verbindungsaufnahme nicht zu denken. Warten Sie, bis sich die Lage stabilisiert. Wenn die beiden Mutanten wieder arbeiten können, ohne Gefahr zu laufen, wahnsinnig zu werden, ist eine telepathische Verbindungsaufnahme mit dem Plasma denkbar. Sie können Ihre Erlebnisse mit den Posbis schildern. Gemeinsam mit dem Mutterwesen kann ein Weg gefunden werden, um weitere Überfälle zu verhindern. Allerdings, das möchte ich betonen, laufen Sie Gefahr, Ihre Anonymität zu verlieren. Die Meister der Insel könnten unter Umständen herausfinden, daß Terraner für die Unruhen im Betanebel verantwortlich sind.“

Atlan hatte seinen Platz verlassen und war zur Ortungszentrale hinübergegangen. Als Tolot endete, stand der Arkonide in dem spaltweit geöffneten Panzerschott.

Die Bildschirme der Außenoptik vermittelten nach wie vor ein atemberaubendes Geschehen. Das Urplasma wehrte sich jetzt mit kilometerhohen Turmgebilden. Sie versuchten sich mit hoher Geschwindigkeit zu nähern und über den niedrig fliegenden Schiffen zusammenzustürzen. Wahrscheinlich wollten sie die Flugkörper mit ihrer Masse zur Landung zwingen.

Das Vorhaben gelang wiederum nicht. Der Gegner schien Erfahrungen zu besitzen. Die beiden Schiffe nahmen plötzlich Fahrt auf und entfernten sich aus der Zone, wo das Plasma seine unheimliche Armee zusammengezogen hatte.

John Marshall schrie in der Narkose auf. Wahrscheinlich erbebte die lebende Umhüllung des Himmelskörpers in unbegreiflichem Zorn.

„Zu spät, Tolot", sagte Atlan laut. „Wir können nicht mehr warten. Sie kommen genau auf uns zu. In zehn Minuten werden sie uns orten. Wir sind der einzige metallische Körper auf dieser Oberfläche. Kasom, bereiten Sie den Notstart vor. Einverstanden, Perry?"

Rhodan war herumgefahren. Die mitlaufenden Auswertungsanzeigen bewiesen, daß die beiden fremden Schiffe so nahe an der Korvette vorbeifliegen würden, daß eine Ortung nicht mehr zu verhindern war.

Tolot zog sich zurück. Er sagte nichts mehr. Rhodan entschloß sich sofort.

„Klar bei Notstart", dröhnte es aus allen Lautsprechern. „Major Notami, Rafferfunkspruch auf Flottenwelle an die CREST vorbereiten. Situation schildern. Spruch geht ab, sobald wir Fahrt aufgenommen haben. Captain Redhorse – Feuerbereitschaft herstellen. Sie können das Wirkungsfeuer sofort nach dem Start eröffnen. Keine Gigabomben. Sie könnten die Mutterwelt vernichten."

Die Männer des Einsatzkommandos sprangen zu ihren Sitzen und legten die Gurte um. Gewaltmanöver dieser Art kannten sie. Die KC-10 hatte nur dann eine Chance, wenn es dem Ertruser gelang, sie in wildem Zickzackkurs durch die Linien zu bringen. Ein Passagiergefecht konnte zur Not noch in Kauf genommen werden, ein laufendes Gefecht Breitseite an Breitseite unter keinen Umständen.

„Ich wollte, die CREST wäre hier", sagte Redhorse, als er den Waffenschalter der Transformkanone sicherte. „Jetzt kommt alles darauf an, wie schnell die Burschen handeln und wie hoch sie beschleunigen können."

Melbar Kasom schaltete. Glutströme peitschten aus den Felddüsen der Ringwulsttriebwerke. Die KC-10 schüttelte sich. Ihre Auflageteller hoben sich leicht vom Boden ab, glitten darüber hinweg und berührten ihn wieder.

Kasom wollte noch zehn Sekunden warten. Rhodan hatte es ihm befohlen. Wenn die beiden Fremdschiffe im letzten Augenblick den Kurs änderten, konnte eine Ortung vielleicht verhindert werden.

Diese zehn Sekunden entschieden über das Schicksal der KC-10.

Die ungeheure Plasmamasse registrierte einen erneuten Schmerz. Ihre kollektiven Zellverbände reagierten mit einer Schnelligkeit, die aus der Qual heraus geboren und vom Vernichtungswillen vorangepeitscht wurde.

Ehe Kasom die Sachlage erfassen konnte, gab der vorher so stabile Untergrund nach, und die Korvette versank im quirlenden Plasmamorast.

Die Feuerströme der Impulstriebwerke schlugen zurück. Die Abstrahlfelder der Schirmdüsen brachen zusammen, und die atomaren Gewalten der Triebwerksimpulse konnten ungehindert auf das Material übergreifen.

Die KC-10 wurde in einer Hundertstelsekunde zu einem aufglühenden, flugunfähigen Wrack, dessen Ringwulst teilweise explodierte.

Das Plasma reagierte erneut. Gepeinigt von den Hitzewellen, wölbte es sich auf und schleuderte den Fremdkörper wie einen Pfropfen davon.

Die Korvette schoß aus der wallenden Flut hervor, beschrieb eine flache Parabel und stürzte hundert Meter vom ehemaligen Landungspunkt entfernt ab.

Icho Tolot und Melbar Kasom waren weder besinnungslos geworden, noch hatten sie den Aufprall besonders stark empfunden.

Die Überlebenden der Katastrophe hatten es lediglich den beiden Giganten zu verdanken, daß sie überhaupt noch aus dem brennenden Wrack herauskamen.

Das Schiff lag auf der Seite. Seine Landebeine waren zerbrochen, und die untere Polrundung mit den großen Schleusen war eingedrückt. Die Überreste des Rotsektor-Ringwulstes hatten sich in die Plasmamasse eingegraben. Die Mittelschleusen waren noch in Ordnung, allerdings wurden sie vom atomaren Feuer der Triebwerksräume bedroht.

Tolot kämpfte sich durch die Schwaden aus hocherhitzten Metalldämpfen und giftigen Gasen hindurch. Er kam aus den tieferliegenden Decks zurück, wo er versucht hatte, die Männer der technischen Besatzung zu bergen.

Hinter ihm tappten einige Roboter durch die Gänge. Die elf Techniker des Maschinen- und Kraftwerkpersonals waren gefallen. Ihre Gefechtsstationen lagen alle nahe den Triebwerken.

Don Redhorse war mit seinen Leuten unversehrt davongekommen. Die Waffenleitzentrale befand sich in Höhe des Äquatordecks und wurde nochmals durch schwere Stahlschotts und Panzerwände von den außenliegenden Räumen abgeschlossen. Die Mannschaftsquartiere, darunter die Sonderunterkünfte für eingeschleuste Kommandobesatzungen, glichen einem Trümmerhaufen. Sie brannten in heller Weißglut aus.

Die Kraftwerke waren ausgefallen. Die Stromreaktoren mit den angeschlossenen Umformerbänken waren ebenfalls unbrauchbar geworden. Die Meiler hatten automatisch abgeschaltet, als ihre Kühl- und Arbeitsmedien durch die entstandenen Risse ausgetreten waren. Wäre das nicht geschehen, hätte sich die KC-10 in eine explodierende Kernbombe verwandelt.

Der Absturz war an sich paradox. Man hatte mit allen Möglichkeiten gerechnet, nur nicht mit dieser. Unter normalen Umständen, etwa bei einer Feindberührung, hätte es ebenfalls Tote geben können – und Verwundete!

Auf der KC-10 war aber von den Überlebenden niemand verletzt worden.

Tolot blieb stehen und erhob den rechten Handlungsarm. Aus seiner überschweren Kombiwaffe, groß und plump wie ein tragbares Kleingeschütz terranischer Bauweise, zuckten grüne Wellenbündel.

Eine herabhängende Strebe löste sich unter dem Desintegratorstrahl auf. Tolot riß die Überreste zur Seite und stemmte seinen Riesenkörper gegen das verbogene Innenschott der Mitteldecks-Hauptschleuse. Das Material gab knirschend nach. Die automatischen und mechanischen Öffnungsmechanismen waren nicht mehr zu benutzen.

Er sah in den großen Gerätehangar hinein. Die batteriegespeiste Notbeleuchtung brannte. Von den sechs eingelagerten Shifts waren nur noch vier brauchbar. Die beiden anderen waren aus den Halterungen gerissen und gegen die Panzerwände geschmettert worden.

Tolot zog das Schott mit Hilfe der Roboter so weit zur Seite, daß man hindurchgehen konnte. Dann riß er die Schnellbelüftungsventile auf und wartete auf den Druckausgleich.

Die bereits stark erhitzte Atemluft fauchte nach draußen. Sie stand unter höherem Druck als die Atmosphäre des Planeten Rando I.

Die Schiebetüren der Außenzelle klemmten. Sie ließen sich auch von Icho Tolot nicht bewegen. Er trat zurück und gab den Kampfrobotern einige Befehle. Die molekülzersetzenden Waffen der Maschinen begannen zu arbeiten. Der Terkonitstahl löste sich unter der Wirkung der Desintegratoren auf. Ein erster Lichtschimmer fiel in das Halbdunkel hinein.

In Tolots Druckhelm leuchtete eine Warnlampe auf. Die Temperaturen stiegen ständig. Wenn sie über viertausend Grad erreichten, wurde es kritisch. Der zündfreudige Kernbrennstoff der Triebwerke, hochkatalysiertes Deuterium, konnte zu reagieren beginnen. Tolot wußte nicht, ob die Sicherheitsschaltungen noch funktionierten und die Reaktionsmasse unbrauchbar gemacht hatten. Es wurde auf alle Fälle höchste Zeit, das Schiff zu verlassen.

Der Haluter schaltete seinen Helmfunk ein. Auf einem winzigen Bildschirm erschien Rhodans Gesicht.

„Wie weit sind Sie in der Zentrale?" erkundigte sich Tolot.

Rhodan sah sich um. Soeben kamen die letzten Männer der Stammbesatzung aus zerborstenen Luken gekrochen. Die Schutzschirme der Kampfanzüge waren längst aufgebaut worden. Die mittleren Temperaturen in der Korvette lagen bei dreihundert Grad Celsius. Die Luft begann zu kochen. In den heißen Zonen entlang des Triebwerkwulstes herrschten schon über fünfzehnhundert Grad.

„Fertig, wir haben durchgezählt. Es fehlen elf Mann. Waren Sie unten?"

„Ja. Es tut mir leid, mein Kleines. Sie waren nicht mehr zu retten. Kommen Sie zur Mitteldecks-Hauptschleuse. Vier Shifts scheinen noch flugklar zu sein."

Tolot vernahm einen Fluch. Er stammte von Sergeant Inshonc, der für die Wartung der Fahrzeuge verantwortlich war.

„Ruhe auf der Sprechfrequenz", sagte Rhodan. Seine Stimme

klang leidenschaftslos. „Ist die Nottreppe neben der Zentrale noch begehbar? Oder müssen wir durch einen Aufzugsschacht rutschen?“

„Ich habe den Schacht genommen. Er ist nur wenig eingedrückt. Die terranische Wabenbauweise mit den zahlreichen Auffang-Verformern ist ausgezeichnet. Die Knautschbleche haben die Deformierung der lebenswichtigen Innenräume fast vollständig verhindert. Kommen Sie. Die Roboter schneiden die Schleusentore heraus. Das Schiff dürfte voraussichtlich explodieren. Ich befürchte, daß wir von dem Plasma überrollt werden. Beeilen Sie sich.“ Rhodan zögerte nicht länger. Die Männer nahmen an Ausrüstungsgegenständen mit, was sie noch erreichen konnten. Kasom legte sich den besinnungslosen Mutanten John Marshall über die Schultern. Atlan nahm Gucky unter den Arm.

Der Rückzug aus dem brennenden Wrack war eine schnelle, aber disziplinierte Flucht vor dem Atomtod. Harte Strahlungsschauer aus den Maschinenräumen brachen sich an den Individualschutzschirmen der Kampfanzüge. Die Männer atmeten längst die Luft der Rückentornister ein. Wenn sie normale Raumanzüge getragen hätten, wären sie lebendigen Leibes verbrannt.

Sie kämpften sich zum Antigravschacht der Backbordseite durch und ließen sich hineinfallen. Der Schacht führte durch die Schräglage des Schiffes im Winkel von etwa fünfundvierzig Grad nach unten.

Sie mußten die heiße Zone passieren, und da sahen sie lohende Glut, die aus den zerborstenen Sperrwänden des Ringwulstes hervorzuckte. Kunststoffmaterialien aller Art tropften und sprühten aus den Rissen. Verflüssigte Legierungen bildeten brodelnde Pfützen.

Unten wurden sie von Icho Tolot erwartet. Die Hangarschleuse lag direkt unter dem Maschinenringwulst. Die Decke glühte bereits.

Rhodan sprang durch die geräumten Gänge und blieb vor dem ersten Allzweckpanzer stehen. Helles Sonnenlicht flutete durch die Öffnung in der Bordwand. Draußen wallte das Plasma wie ein sturmgepeitschtes Meer. Die Mutanten stöhnten nicht mehr. Vielleicht empfingen sie nun Impulse des Jubels. Die Mutterwelt schien zu wissen, daß es ihr seit vielen tausend Jahren erstmals gelungen war, ein Schiff zu vernichten.

Rhodan verteilte die Männer auf die vier Wagen. Sie mußten elf bis zwölf Personen aufnehmen, unter ihnen die Giganten Melbar Kasom und Icho Tolot. Die Besatzung der KC-10 zählte jetzt noch zweiundvierzig Terraner und vier Nichtmenschliche.

„Ich lege mich in den Laderaum“, schlug Tolot vor. „Belasten Sie den Wagen nur mit fünf Personen, dann geht es.“

Don Redhorse übernahm einen Shift; Major Notami den zweiten. Kasom flog den dritten Wagen, und Sergeant Joel Inshonc wurde zum Kommandeur des vierten Panzers ernannt. Rhodans Einteilung wurde geändert. Icho Tolot und Kasom brauchten Platz.

Der Ertruser startete zuerst. Mit voll eingeschalteten Schutzschirmen hob er den Shift von der Magnethalterung ab und ließ ihn durch die Wandöffnung gleiten. Er flog durch die Glut unterhalb des Ringwulstes hindurch und mußte den Panzer zum Boden hinabdrücken, damit er unter der geneigten Fläche des Triebwerkwulstes noch hindurchkam.

Die drei anderen Fahrzeuge folgten ihm. Als der letzte die Enge verließ, erkannte das Bio-Plasma, daß der Feind nicht tot war. Es begann sofort wieder mit seiner Abwehr.

„Vorsicht! Hochziehen“, schrie Rhodan.

Vor Kasoms Wagen türmten sich braunschwarze Ungeheuer auf, die mit plumpen Armen nach dem Fahrzeug der Terraner griffen. Kasom riß den Wagen mit den Bugdüsen empor und gab volle Schubleistung auf das luftatmende, atomar aufgeheizte Strahltriebwerk, das innerhalb einer dichten Atmosphäre bessere Dienste leistete, als das zweite Aggregat. Es war für Flüge auf Planeten ohne Lufthülle bestimmt und arbeitete auf vollatomarer Plasma-Impulsbasis.

Der schwerelose Panzer dröhnte im Steilflug aus der Gefahrenzone.

Don Redhorse, Sergeant Inshonc und Notami hatten die Gefahr ebenfalls erkannt. Sie folgten Kasoms Beispiel.

Plötzlich klang Atlans Stimme auf. Er saß im Ortersitz neben Melbar Kasom. Gucky lag zusammengekrümmt auf seinem Schoß.

„Jetzt weiß ich auch, warum die fremden Raumschiffe niemals landen, sondern ihre Tätigkeit im Flug ausüben. Das Plasma wird gefährlich, wenn man mit ihm in Berührung kommt. Ich bin davon überzeugt, daß der Partikelrückschlag und der plötzliche Zusammenbruch der Düsenschirmfelder nicht nur auf den direkten Kontakt zurückzuführen sind. Ich habe mit Korvetten schon längere Unterwasserfahrten vorgenommen. Es ist nie etwas passiert. Ich bin sogar schon mit Superschlachtschiffen der Imperiumsklasse in Ozeane eingetaucht, um einem übermächtigen Gegner auszuweichen. Es kam weder zu einem Rückschlag der lichtschnellen Korpuskularwellen noch zu einem Zusammenbruch der energetischen Abstrahldüsen. Das Plasma entwickelt besondere Eigenschaften, die zu einer gewaltsamen Umpolung oder zu einem Hochenergie-Abstoß der Impulswellen führen. Die Frage ist, ob wir auf dieser Welt überhaupt landen können. Mit den Shifts, meine ich! Oder hat jemand einige Gebiete entdeckt, die aus nichtorganischem Untergrund bestehen?"

Der Arkonide sah sich um. Der Flugpanzer dröhnte nach Westen.

Notami meldete sich. Sein Shift glitt nur wenige hundert Meter hinter Kasoms Flugpanzer durch die Luft. Er hatte über die eingeschaltete Sprechfunkverbindung mitgehört.

„Notami spricht", meldete er sich. „Ich habe befehlsgemäß den Funkspruch an die CREST abgesetzt, Sir. Es handelt sich um den vorbereiteten Rafferspruch. Ich habe das Band aus der Funkzentrale mitgenommen und es durch den Shiftsender laufen lassen."

„Setzen Sie den Rafferspruch noch zweimal mit dem gleichen Wortlaut ab. Wir müssen unbedingt gehört werden. Ist von der CREST eine Bestätigung eingegangen?"

„Keine. Oberst Cart Rudo hat strengstes Funkverbot erhalten."

„Ja, sicher, ich erinnere mich. Wollten Sie sonst noch etwas sagen?"

„Ja, Sir. Lordadmiral Atlan warf die Frage auf, ob jemand Landgebiete entdeckt hätte. Ich habe die Oberfläche abgetastet. Ich fand keine Gebiete, die man als materiell stabil ansehen könnte. Allerdings ist es möglich, daß meine Geräte nicht die gesamte Oberfläche erfaßt haben. Die KC-10 landete sehr schnell. Der Ortungsbereich wurde dementsprechend geringer."

„Eine andere Frage", warf Atlan ein. „Wo sind eigentlich die fremden Raumschiffe geblieben? Die sind in der Hitze des Gefechtes wohl vergessen worden – oder? Es ist fast unmöglich, daß man unseren Absturz und die Energieentfaltung der Triebwerksexplosion nicht geortet hat. Wissen Sie darauf auch eine Antwort?"

„Sicher. Ich habe die Ortungsschirme nicht aus den Augen gelassen. Als unsere Maschinen anliefen und die Landeteller über den Grund zu tänzeln begannen, schwenkten die beiden fremden Einheiten mit hoher Fahrt nach Norden ab. Als wir in dem Plasma versanken, müssen sie schon hinter dem Horizont gestanden haben. Ich habe die Fakten durchgerechnet."

„Und was kam dabei heraus?"

„Sie können den seltsamen Absturz nicht mehr beobachtet haben,

Sir. Wenn man dazu bedenkt, daß die Besatzungen wahrscheinlich sehr beschäftigt waren, dann kann als sicher angenommen werden, daß unsere Anwesenheit auf Rando I nach wie vor unbekannt ist."

Don Redhorse, Kommandant und Pilot des zweiten Shifts, grinste vor sich hin. Sein Flugpanzer war mit fünfzehn Mann besetzt. Vier drängten sich in der Panzerkuppel hinter dem Geschützverschluß zusammen, um den Männern unter ihnen Platz zu bieten. Dort kauerten zehn Soldaten des Einsatzkommandos auf den Sitzbänken.

Als Redhorse nach einer witzigen Bemerkung suchte, meldete sich der Kommandant von Wagen vier.

„Sergeant Inshonc spricht. Ich stehe mit meinem Shift ziemlich weit südlich vom Spitzenfahrzeug. Wir orten im Südwesten eine Art Ringgebirge, das eine weite Hochebene zu umschließen scheint. Die Grundstoffauswertung ...!"

„... festes Gestein, ja?" unterbrach Rhodan hastig. „Nun reden Sie doch schon, Sergeant."

„Das hatte ich gerade vor", entgegnete Inshonc trocken. „Jawohl, es sieht so aus, als gäbe es dort nichtorganische Materie. Soeben entdecken wir Spuren von Wasser. Seltsam, Sir, daß wir das nicht aus dem Raum bemerkt haben."

„Sie sagen es!" bestätigte Rhodan. „Notami, hören Sie mich? Passen Sie auf. Können Sie sich erinnern, auf welcher Bahnspirale wir mit der KC-10 zur Landung angesetzt haben und welche Oberflächensektoren dabei von Ihren Geräten erfaßt werden konnten? Denken Sie genau nach, oder ich fliege das Ringgebirge *nicht* an!"

„Verstanden, Sir. Nein, diese südwestlichen Gebiete habe ich nicht beobachten können. Wir sind im Korkenzieher-Direktverfahren heruntergekommen, und zwar weit nördlich auf der anderen Halbkugel."

„Stimmt", bestätigte Kasom ungefragt. „Ich wollte schnell runter. Ich habe daher auf Landungskreisbahnen verzichtet."

Rhodans und Atlans Blicke trafen sich. Die Augen des Arkoniden hatten sich verengt.

„Ich traue der Sache nicht!" sagte er. „Immerhin – Leute in unserer Situation sollten sich die Gegend ansehen. Wenn wir wirklich landen und ein Versteck suchen können, dürften wir vor Ortungen sicher sein. Ich habe nämlich das Gefühl, als wären diese Schlachthofschiffe noch hier. Wenn es also einigermaßen geht, sollten wir uns bis zur Ankunft der CREST unsichtbar machen. Unter Umständen sind auch Notamis Funksprüche aufgefangen worden."

„Nehmen Sie Kurs auf die von Inshonc ausgemachte Zone", befahl Perry über Sprechfunk. „Kasom, legen Sie einen Zahn zu und drücken Sie den Flugpanzer dicht über den Grund."

Die vier Shifts kippten ab, wurden wenige Meter über dem braunschwarzen Boden aufgefangen und rasten auf dem neuen Kurs davon. Die Ortungsgeräte spielten. Notami hoffte darauf, daß man seine Raffersprüche auf der CREST aufgefangen hatte. Cart Rudo hatte den Befehl erhalten, den Planeten wieder anzufliegen, sobald die Fremdschiffe verschwunden waren. Dies war noch vor dem Start der KC-10 besprochen worden.

Es war ein Paradies! Ein Paradies, das mit dem schönsten Flecken Erde auf Terra verglichen werden konnte; ein Paradies mit rauschenden Bächen, weiten Prärien und vertraut anmutenden Kiefergehölzen, die an den Steilhängen des Ringgebirges bis zur Vegetationsgrenze hinaufkrochen und dort in Krüppelgewächsen endeten.

Der Talkessel lag etwa einen Kilometer über dem durchschnittlichen Bodenniveau. Nach Südosten hin öffnete sich die Mauer der rotgelben Sandsteinfelsen und gab den Blick auf die Hochebene frei.

Hier war Rando I unverändert geblieben. Anscheinend war das Urplasma nicht fähig oder nicht gewillt gewesen, seine kollektive Zellmasse bis in diese Höhe auszubreiten.

Des Rätsels Lösung schien ein kleiner Vulkan zu sein. Er reckte seinen qualmenden Eruptionskegel aus dem Mittelpunkt der Hochebene hervor und spie hier und da Aschenwolken aus. An seinen Flanken brachen kochende Quellen aus dem Boden.

Tolot folgerte daraus, dem Plasma sei die ständige Hitzeentwicklung unangenehm gewesen. Es hatte wegen des Vulkans darauf verzichtet, diesen wahrscheinlich letzten Landstreifen auch noch zu überfluten.

Die vier Shifts flogen durch die Berglücke in den Talkessel hinein. Er war annährend rund und durchmaß etwa zehn Kilometer.

Sergeant Joel Inshonc landete zuerst. Er setzte seinen Wagen mit anlaufenden Raupenketten zwei Kilometer nördlich des Vulkans am Ufer eines Baches auf den Grund und schaltete den Antigravprojektor aus.

Hinter ihm schwebten die Maschinen von Kasom, Notami und Redhorse heran. Als der Panzer des Ertrusers nur einen Meter über dem Boden hing, begann Gucky gellend zu schreien. Er fuhr aus seiner Halbnarkose auf, rammte Atlan den Kopf gegen das Kinn und schrie weiter.

„Fort! Schnell fort! Das ist eine Falle!"

Mehr konnte der Mausbiber nicht mehr sagen. Die liebliche Landschaft, die wie ein Gebiet des Yellowstone-Nationalparks aussah, verwandelte sich jählings in einen brodelnden Plasmasumpf, aus dem Pseudoglieder hervorschossen und nach den Fahrzeugen langten.

Kasom riß den Panzer steil nach oben. Redhorse schaffte es ebenfalls gerade noch, und Notami kam überhaupt nicht in Gefahr, weil er mehr als hundert Meter hoch war.

Der rauchende Vulkan stürzte in sich zusammen. Er erzeugte eine haushohe Flutwelle aus braunschwarzer Masse. Sie vermischte sich mit anderen Plasmawogen, die von den angeblichen Sandsteingebirgen herüberrollten.

Das gesamte Hochplateau sank in sich zusammen und bildete ein Meer lebender Materie, in dem Inshoncs Wagen unterging.

Er versuchte noch einen Notstart. Er tat alles, was ein erfahrener Mann in solchen Fällen unternahm. Seine Kameraden waren nicht weniger schnell als er.

Sie kippten die Druckhelme über die Köpfe und hieben auf die Schalter der Schutzschirmautomatik.

Joel schaltete den Antigrav auf höchste Absorberleistung von über zehn Gravos und gab volle Schubleistung auf beide Antriebsaggregate.

Das luftatmende Stahltriebwerk erstickte sofort. Es saugte mit seinen Turbinen den Zellverband an, verbrannte eine halbe Tonne davon in den kernchemisch aufgeheizten Brennkammern und blieb dann stehen.

Das vollatomare Plasmatriebwerk, das nicht auf ein Ansaugmedium angewiesen war, flammte in greller Glut auf.

Vor und hinter dem druckdichten Panzerturm des Shifts verkohlte das Plasma. Der Flugwagen durchbrach die untersten Schichten und glitt unter dem Vollschub nach oben. Joel sah einen Lichtschimmer aufblitzen. Dann blitzte es nicht mehr.

Die drahtlosen Stromleiter im Heckmaschinenraum brachen zusammen. Die energetischen Abschirmfelder gaben den Dienst auf und ließen den vom Hochleistungsreaktor erzeugten Energien freien Spielraum.

Sergeant Inshoncs Panzer explodierte mit vernichtender Wucht. Aus dem verlaufenden Riesenberg, der vorher eine Hochebene gewesen war, zuckte eine mehrere hundert Meter hohe Feuersäule in den Himmel des Planeten Rando I. Außer Joel Inshonc fielen fünfzehn Männer.

Drei Flugwagen rasten davon. Ihre Besatzungen blickten grauengeschüttelt durch die transparenten Panzerluken auf den zerfließenden Riesenberg hinunter, den das Plasma mit teuflischer Intelligenz errichtet hatte. Es mußte gewußt haben, daß diese Oberflächenzone während der Landung der Korvette nicht beobachtet und abgetastet worden war. Deshalb hatte es die Chance genutzt, den westwärts fliegenden Shifts ein Wunschbild vorzugaukeln. Inshonc war etwas zu schnell, etwas zu erwartungsvoll gelandet.

Rhodan hatte das Gesicht mit den Händen bedeckt.

„Bleiben Sie trotzdem dicht über dem Gelände“, ordnete er stokkend an. „Captain Redhorse – *wie* intensiv haben Sie beim Anflug an Ihre terranische Heimat gedacht?“

Dons Stimme klang brüchig. Er ahnte etwas.

„Sehr intensiv. Diese braunschwarze Oberfläche hat mich dazu verführt.“

„Dann wissen wir ja, wie das Bioplasma dazu kam, gerade eine solche Landschaft zu imitieren. Sie haben am klarsten von allen Leuten an rauschende Bäche, Kiefernwälder und Hochlandprärien gedacht. Sogar die warmen Quellen wurden von dem Plasma nicht vergessen. Don, denken Sie auf dieser Welt nie wieder an das Land Ihrer Vorfahren.“

21.

Unter ihnen breitete sich eine endlose Buschlandschaft aus. In der Ferne glänzte ein Binnensee, hinter ihm ragten schneebedeckte Berge in den Himmel.

Affenbrotbäume reckten ihre gewaltigen Kronen aus, unter denen Gnus vor der Mittagshitze Schutz gesucht hatten.

Eine Elefantenherde, angeführt von einem argwöhnisch witternden Bullen mit riesigen Stoßzähnen, trabte durch das sonnenverbrannte Gras. In Ostafrika war die Zeit der großen Dürre angebrochen.

Die Elefanten und Gnus sahen echt aus. Nur zwei Königstiger paßten nicht zu dem Bild. In den Savannen am Viktoriasee hatte es niemals bengalische Tiger gegeben.

Krul Mgamar lachte hysterisch. Er war ein Afroterraner. Er saß im Wagen von Major Enrico Notami.

Rhodans Stimme klang aus den Lautsprechern.

„Du meine Güte – wer hat denn nun schon wieder so intensiv an seine Heimat gedacht, daß da unten eine ostafrikanische Landschaft entstand?“

„Ich, Sir, Korporal Krul Mgamar“, antwortete der hochgewachsene Terraner. „Dem Plasma ist aber ein Fehler unterlaufen. Unter uns ist ein Inder. Der muß sich mit Tigern beschäftigt haben. Daher kommen die Tiere in meine Steppe.“

„Marc Kahore spricht“, meldete sich ein Mann aus Dons Flugpanzer. „Ich stamme aus einem Land, wo es Tiger gibt. Sir, landen Sie nur nicht. Ich will auch nicht mehr daran denken, wie schön es wäre, zwanzig Milliarden Königstiger hier auszusetzen, um sie in aller Ruhe das braune Zeug verzehren zu lassen.“

Rhodan ahnte, daß sich seine Männer einer Krise näherten. Vor drei Minuten waren neue Ortungen hereingekommen. Die Raumschiffe, deren Landung man beobachtet hatte, waren gestartet.

Die drei Shifts flogen weiter. Sie konnten nicht landen, oder sie würden explodieren. Nach zehn Minuten erschien eine Wüste. Hunderte von Frauen taumelten durch den heißen Sand; Kleinkinder an der Hand und Säuglinge auf den Armen. Weit hinter ihnen lagen die Reste eines ausgebrannten Wagenzuges; davor verendete Zugtiere.

Die Frauen winkten zu den Flugpanzern hinauf, die Kinder erhoben hilfeflehend ihre Händchen.

„Weiter, fliegen Sie doch weiter!" schrie Rhodan. Der Schweiß perlte von seiner Stirn.

„Sir – die Frauen . . .!" sagte Kasom stockend. Seine Augen waren weit aufgerissen.

„Ein teuflischer Trick, Halluzinationen! Das Plasma hat uns getestet. Es wendet sich an unser Mitleid. Bald werden wir Folterszenen nach dem Muster altrömischer Arenaspiele sehen. Wahrscheinlich wird man Menschen verbrennen. Kasom, dann werden Sie ebenfalls *nicht* landen! Haben Sie verstanden?"

Die Männer der KC-10 verstanden alles; und doch verstanden sie nichts. Ein Psychofeldzug war gegen sie eröffnet worden. Erste Zweifel wurden in Gedanken laut. Vielleicht war diese oder jene Szene doch echt? Was wußte man schon von Rando I?

Notami wollte anfragen, ob er die CREST nochmals anrufen solle, als die Nachahmungen plötzlich verschwanden. Dort, wo eben noch Frauen winkten, breitete sich die braunschwarze Masse eines kilometerdicken, planetenumspannenden Wesens aus.

Zugleich erwachte Gucky aus seiner Trance. Er richtete sich auf. Atlan zog den Kopf zurück und setzte den Mausbiber bequemer auf seinen Schoß.

„Vorsicht, Kontakt", sagte Dr. Falby hastig. Er war in Kasoms Wagen. „Nicht ansprechen. Er hat Kontakt mit dem Plasma; offensichtlich einen vernünftigen Kontakt."

„Wieso?" flüsterte Perry heiser. „Wieso so plötzlich? Warum sollte es ihm jetzt gelingen?"

„Die Panik des Kollektivwesens hat sich mit dem Abflug der Raumschiffe gelegt. Wir erscheinen ihm nicht so gefährlich. Es hat sich beruhigt. Es beginnt zu denken. Wenn aber jemand, der vorher nur seinen Trieben folgte, zu denken beginnt, dann zeichnet sich immer eine Wende ab. Der Kleine hat die Chance erkannt. Er hat seinen Parablock geöffnet. Schweigen Sie jetzt. Kein Wort bitte, bis Gucky von selbst zu sprechen beginnt."

Atlan sah zum Gesicht des Mausbibers nieder. Der hatte die Augen geschlossen. Wieder schimmerte sein Nagezahn unter der gekräuselten Nase hervor. Gucky begann zu lächeln. Dabei entspannte er sich völlig.

Die Männer warteten. Es dauerte lange, fast zu lange!

John Marshall erwachte zehn Minuten später aus seiner Hypnonarkotin-Betäubung. Eigentlich hätte er noch einige Stunden schlafen müssen; aber hier, auf Rando I, war alles anders. Er wurde so übergangslos munter, als hätte ihm Dr. Falby niemals eine Spritze gegeben.

Gucky sprach noch immer nichts. Er stand in einem sehr intensiven und anhaltenden Kontakt zu dem Zellplasma.

Ein Weinen lief um die Welt. Marshall drückte sich wenigstens so aus. Es war ein einziger Aufschrei und eine Bitte um Verzeihung.

„Gucky berichtet, wer wir sind und weshalb wir kamen", erklärte Marshall mit monotoner Stimme. „Ich höre mit. Ich bin auch davon aufgewacht. Das Plasma ist verzweifelt. Es ist von Natur aus gutmütig und tolerant. Niemals hat es jemand angegriffen, bis es gefoltert wurde. Ihm unterlief ein schrecklicher Irrtum. Es hielt uns für Feinde. Wir machten den Fehler, seine Masse mit den Triebwerkimpulsen zu verbrennen. Vorher hatte das Plasma gezögert. Es war sich nicht darüber klargewesen, wie es uns einzustufen hatte. Wir waren lediglich angekommen und hatten ihm keinen Schaden zugefügt. Deshalb blieb unser Landeplatz auch lange Zeit über stabil. Schließlich wollten wir starten. Das war mit einem Schmerz verbunden, der dem glich, den das Plasma durch die Schlächterschiffe seit Jahrtausenden erdulden muß. Es griff in heller Panik an – ohne zu denken, ohne länger zu überlegen. Nun schreit es wieder. Diesmal aus Verzweiflung über seine Taten. Gucky berichtet soeben über unsere Erlebnisse mit dem Zentralplasma der Hundertsonnenwelt und den biopositronischen Robotern, die seit dreihundert Jahren unsere Freunde sind. Der Planet stöhnt wie ein waidwundes Tier. Schlimmere Selbstvorwürfe habe ich nie gehört. Die Mutterwelt glaubt Gucky jedes Wort. Unser Verhalten nach der Landung ist Beweis genug. Wir sind willkommen. Wir werden um Vergebung gebeten."

John Marshalls Bericht rüttelte die Männer auf. Rhodan dachte an die Toten des technischen Personals, an Joel Inshonc und an seine Panzerbesatzung.

Perry fühlte sich plötzlich müde und seelisch erschöpft. Atlan erklärte dazu leise:

„Wenn es niemals Irrtümer gegeben hätte, wären viele Kriege vermieden worden. Ich glaube dem Plasma. Richte dich nach Johns Vorschlägen. Bitte, folge ihm! Es ist alles in Ordnung."

Die drei Flugwagen bildeten einen geschlossenen Pulk. John sagte, sie sollten nach Nordwesten fliegen. Sie folgten seinem Verlangen.

Eine halbe Stunde später hatte John die Piloten so genau eingepeilt, daß die Shifts dort ankamen, wo sie nach dem Wunsch der Mutterwelt ankommen sollten.

Unter den Wagen hatte sich eine weite, harte Ebene gebildet. Sie wurde von Pseudogebäuden umringt und sah aus wie ein terranischer Raumhafen mit großen Hangars, Sendetürmen und Aufenthaltsräumen. Das Plasma weinte immer noch. Die Terraner mußten ihm vergeben – ob sie nun wollten oder nicht. Eine riesige Kreatur wand sich in bitteren Selbstvorwürfen. Es hatte die Barmherzigen angegriffen, die gekommen waren, um zu helfen. Diese Tatsache bedeutete für das gefühlsbetonte Kollektivwesen den härtesten moralischen Schlag seit seiner Entstehung.

Aus den Pseudogebäuden traten Männer heraus. Es waren Plasmanachbildungen. Sie winkten zu den Flugwagen hinauf. Diesmal war es keine Falle, sondern ein Beweis der Freundschaft.

„Landen Sie vor dem großen Flachbau", sagte Marshall. „Gucky erzählt immer noch von uns. Er berichtet gerade, wie und warum wir in den Andromedanebel gekommen sind. Der Schmerz des Plasmas verebbt. Gucky beruhigt es. Es war ein Irrtum. Wir sollen landen. Die Mutterwelt bietet uns Sicherheit, bis die CREST eintrifft."

Rhodan kämpfte mit sich.

„Beachten Sie seinen Rat", dröhnte die Stimme des Haluters aus dem Laderaum. „Wir sind nicht mehr gefährdet. Landen Sie."

Rhodan nickte nur. Melbar Kasom drückte den Wagen nach unten und setzte ihn vor dem bezeichneten Gebäude auf. Es sah unglaublich echt aus. Das Plasma war ein erstklassiger Imitator.

Die Raupenketten berührten den Boden. Er wirkte wie Panzerplastbeton. Die Männer warteten einige Atemzüge lang auf das Unheil, aber es geschah nichts. Gucky lachte. Er schien niemand zu sehen und zu hören. Doch plötzlich verschwand der Nagezahn zwischen seinen Lippen. Auch John Marshall wurde übergangslos ernst.

„Was gibt es jetzt schon wieder?“ fragte Perry scharf. Die Männer in den anderen Wagen griffen instinktiv zu den Waffen.

„Eine indirekte Gefahr“, berichtete John. „Der eigentliche Planet durchmißt nur fünftausend Kilometer. Er besteht aus einem festen Felskern, der vom Mutterplasma umschlossen wird. Das bedeutet, daß das Plasma an *jeder* Stelle des Planeten eine Auflagendicke von 4000 Kilometern besitzt! Ich konnte es zuerst selbst nicht glauben, aber es ist die Wahrheit! Die relativ geringe Schwerkraft Randos dürfte somit geklärt sein. Dort unten, 4000 Kilometer unter uns, befindet sich der massive Planetenkern, und in diesem gibt es eine Robotstation. Diese wurde vor vielen Jahrtausenden von den Meistern der Insel erbaut. Die Robotstation steuert das Wachstum des Plasmas nach Plänen, die der sogenannten Urzelle unbekannt sind. Die Urzelle ist der Grundbestandteil des Kollektivwesens. Es weiß auch nicht, warum es in unregelmäßigen Abständen ausgebeutet wird. Es vermutet jedoch, daß die Meister der Insel seine organische Substanz zur Erzeugung irgendwelcher Dinge benötigen. Warten Sie . . .!“

Atlan war fassungslos. Die Auskünfte waren überraschend.

Rhodan öffnete das große Schleusenluk und schaute hinaus. Nein – sie wurden tatsächlich nicht angegriffen. Er drehte sich hastig nach Marshall um.

„John, fragen Sie an, ob wir dem Plasma behilflich sein können. Wie kommt man in diese Robotstation hinein? Gibt es einen Zugang, der durch die viertausend Kilometer dicke Plasmaschicht hindurchführt?“

„Gucky erkundigt sich bereits. Hier noch einige Daten über die Station. Sie kommen eben durch. Wir stehen mit der Urzelle in Verbindung. Sie ist der hochaktive Bestandteil dieser Welt. Die Urzelle veranlaßt die Abwehr gegen die Fremdschiffe nach eigenem Ermessen. Sie befindet sich tief unten auf dem Grund des Plasmaozeans und steht in ständigem Widerstreit zu der Robotstation, die von dem Plasma nicht angegriffen werden kann. Diese Station läßt eine willkürliche Wucherung des Mutterplaneten nicht zu, obwohl es für die bereits vorhandene Masse leicht wäre, sich nochmals ums Doppelte und Dreifache zu vermehren. Die Station ist dagegen. Die Urzelle weiß auch, warum das so ist! Wenn das Plasma noch größer werden würde, wäre eine weitere Intelligenzsteigerung die Folge. Das liegt nicht im Interesse der Meister der Insel. Die Zellspaltung des Biostoffs wird nur in gewissem Umfange erlaubt. Es darf nur das ersetzt werden, was durch die Tätigkeit der Schlächterschiffe verlorengeht. Dadurch bleibt die Körpermasse des Kollektivwesens immer auf dem gleichen Stand. Es kann nicht so intelligent werden, daß es wirklich gefährlich wird."

„Wie wird das Wachstum von der Robotstation kontrolliert?" erkundigte sich Atlan hastig. Sein Gesicht drückte äußerste Konzentration aus.

„Ich wollte es gerade erklären. Es gibt Massetaster. Wenn die Urzelle mehr Nachwuchs erzeugt als erwünscht, greift die Robotzentrale sofort mit Thermowaffen an und verkohlt Millionen Tonnen Biostoff. Das ist grausam und außerdem schmerzhaft. Die Urzelle hat längst darauf verzichtet, eigenmächtig eine Ausdehnung der Plasmaschale einzuleiten. Es stoppt die Zellspaltung und bleibt auf seinem erlaubten Niveau."

„Es greift aber die Raumschiffe an", meinte Perry zweifelnd.

„Dagegen hat die Station seltsamerweise nichts einzuwenden. Die Urzelle glaubt an einen Psychotrick. Die Meister der Insel wissen, daß ihre Schiffe nicht wirklich gefährdet sind. Sie bleiben immer in der Luft. Man erlaubt der Mutterwelt Abwehrreaktionen. Die Urzelle nützt diese Chance in der Hoffnung, wenigstens einmal zuschlagen zu können. Jetzt kommen andere Nachrichten, Sir. Jubel brandet auf. Das Kollektivwesen hat soeben von der Urzelle erfahren, daß es in der Milchstraße einen Planeten gibt, wo sich Ableger der Urzelle frei entwickelt haben. Die Urzelle kann sich an alles erinnern. Vor mehr als 20000 Jahren entdeckten die Laurins den Plasmaplaneten und begannen mit dem Plasma zu experimentieren. Zuerst erfolgten diese Experimente noch in einem kleinen, für das Urplasma erträglichen Rahmen. Doch eines Tages erschien eine große Transportflotte der Unsichtbaren und entnahm dem Plasma unzählige Tonnen des Biostoffes, um daraus biologisch lebende Zusätze für die Posbi-Roboter sowie für die von den Mechanica-Wesen konstruierte Groß-Inpotronik zu gewinnen."

Marshall verstummte. Guckys Haltung wirkte angespannt. Er saß immer noch auf Atlans Schoß und lauschte auf die telepathischen Nachrichten. Die Shifts verfügten über keine Spezialgeräte zur Übersetzung der Paraimpulse. Die üblichen Translatoren versagten in diesem Fall. Rhodan war ausschließlich auf die Mutanten als Dolmetscher angewiesen.

„Wie kommt man in die Station hinein?“ wiederholte Perry seine Frage. „John, hören Sie mich?“ „Soeben kommt die Auskunft. Oh – die Urzelle versteht tatsächlich zu handeln! Dieser imitierte Raumhafen liegt nahe dem Schacht.“

„Welcher Schacht?“ warf Icho Tolot ein.

Marshall ließ sich nicht stören. Er schien die Fragen nur unbewußt zu vernehmen.

„Er bildet den einzigen Zugang zur Robotstation und mündet knapp drei Kilometer von hier entfernt. Er durchzieht mit einer Länge von viertausend Kilometern die Plasmaschale über dem Felskern und ist etwa zweihundert Meter durchmessend. Früher wollte ihn die Urzelle zerdrücken. Es gelang nicht. Die Robotstation baut bei einem härter werdenden Druck sofort Hochenergiefelder auf, die das Plasma verschmoren und die überdies dem stärksten Druck standhalten können. Es ist unangreifbar. Die Robotstation liegt tief im Felskern und ist für die Urzelle ebenfalls unerreichbar. Bestrafungsaktionen mit Thermowaffen werden von innen heraus durchgeführt. Dann wallen kilometerhohe Plasmagebirge auf. Wenn die Robots feuern, kommen sie nie an die Oberfläche. Im Felskern sind automatische Thermogeschütze in großer Anzahl eingebaut. Die Urzelle fragt an, ob wir dagegen etwas unternehmen können.“

Marshall schwieg wieder. Guckys Gesichtsausdruck hatte sich verändert. Seine Augen begannen zu glänzen. Er schien aus seiner Kontaktstarre allmählich zu erwachen.

„Wozu?“ warf der Praktiker Atlan sofort ein. „Läuft das Plasma nicht Gefahr, nach einer eventuellen Zerstörung der Kontrollstation vom Raum aus angegriffen zu werden? Was will es gegen einen atomaren Feuerüberfall durch große Schiffe machen?“

Gucky hatte die Frage verstanden. Seine Augen schimmerten plötzlich wieder stumpf. Marshall übernahm die Verständigung.

„Nach dem Abflug der Schlächterschiffe wird es erfahrungsgemäß einige Tage dauern, bis neue Einheiten ankommen. Unter Umständen sogar Wochen Standardzeit. Wenn die Kontrollstation nicht mehr existiert, kann die Urzelle sofort die Massenvermehrung einleiten, an Intelligenz gewinnen und parapsychische Abwehrwaffen entwickeln. Es ist nur ein kleiner Schritt von der Fähigkeit der Telepathie bis zur Suggestion. Die Urzelle glaubt, mit einer nur doppelt so großen Kollektivmasse entscheidende Dinge veranlassen zu können. Wir sollen dann nicht eingreifen, sondern uns zurückziehen. Die Frage lautet: Können die Menschen helfen? Wenn ja, müßte es sofort geschehen. Jede Minute ist kostbar."

Rhodan war blaß. Er sah sich um und schaute prüfend in die Gesichter seiner Männer. Redhorse und Notami hatten ihre Fahrzeuge verlassen und waren zum Kommandeurpanzer herübergekommen. Melbar Kasom hatte beide Schleusentüren weit geöffnet.

„Ich habe ein Versprechen gegeben", sagte Rhodan langsam. „Ich habe unserem Partner, dem Zentralplasma der Hundertsonnenwelt, zugesagt, die Mutterwelt zu retten. Wir haben sie gefunden. Die Theorie der Urzelle hat Hand und Fuß. Wenn sie durch eine Vergrößerung der Gesamtmasse suggestive Paragaben entwickeln kann und wenn diese Suggestivfähigkeiten ebenso ungeheuer stark sind wie die telepathischen Eigenschaften, dann hat dieser lebende Planet eine gute Chance."

„Die Urzelle denkt daran, nach dem Muster der Mobys bioorganische Atomwaffen einzusetzen. Es müßte möglich sein. Sie kennt die Mobys seit zwanzigtausend Jahren."

Atlan griff sich an die Stirn. Er fühlte sich benommen.

„Verrückt, so etwas habe ich noch nie gehört", sagte er leise. „Bioorganische Atomwaffen und Zwangssuggestion von unüberwindbarer Wucht! Freund, wir sollten uns überlegen, wie wir in die Station hineinkommen. Marshall, fordern Sie technische Daten an."

Rhodan hatte keine Einwände. Er war ein Mann, der in wenigen Augenblicken Dinge beschließen konnte, für die andere Leute Wochen der Überlegung benötigt hätten.

Marshall sagte, der lebende Planet würde jubeln. Die technischen Daten kämen durch. Der Schacht besäße Antigravprojektoren. Er diene in erster Linie als Versorgungsweg zur Robotstation. In Abständen von mehreren Jahren kämen Techniker an, um alles zu kontrollieren. Die letzte Inspektion habe vor acht Monaten stattgefunden.

Rhodan wollte es noch genauer wissen. Die Urzelle gab bereitwillig Auskunft. Nach einer Stunde waren alle Unklarheiten beseitigt. Die Terraner wußten, wie es unter der Schale aus lebendem Gewebe aussah. Sie wußten aber auch, daß der Antigravschacht umgeschaltet werden konnte. Er ragte einige hundert Meter über die planetare Oberfläche hinaus und konnte durch einen Energieschirm abgeschlossen werden. Außerdem sollte es innerhalb des Riesenrohres automatische Abwehrwaffen gegen Eindringlinge geben. Die Waffen konnten nur von dem Robotgehirn der Station abgeschaltet werden. Leider kannte die Urzelle den entsprechenden Funkschlüssel nicht, sonst wäre alles sehr einfach gewesen. Dies bedeutete, daß ein Vordringen zur Station durch diesen Schacht unmöglich war. Somit blieb nur Gucky mit seiner Teleporterfähigkeit.

Icho Tolot war inzwischen ebenfalls ausgestiegen. Der dreieinhalb Meter große, zweieinhalb Meter breite und fast vierzig Zentner schwere Gigant stand vor der Wagenschleuse. Er streckte seinen halbkugeligen Kopf in das Innere. Seine drei Augen glühten in rotem Feuer. In dem Haluter war der unbändige Abenteuerdrang seines Volkes erwacht.

„Ich werde das machen. Marshall, wecken Sie Gucky auf. Er muß mich hinunterbringen."

Marshall erwachte. Sein Gesicht verriet seine Bestürzung.

„Sir, der Kleine dürfte sehr geschwächt sein. Vergessen Sie bitte nicht, was wir ausgestanden haben."

„Wecken Sie ihn auf", forderte der Haluter. „Übernehmen Sie danach die Nachrichtenübermittlung zur Urzelle. Doktor Falby – Sie müssen den Kleinen fit machen. Sie haben doch Spezialmedikamente dabei, oder?"

Der Arzt zögerte. Schließlich griff er nach einer Tasche, die er aus der Korvette gerettet hatte.

„Ja, ich kann ihn psychisch und physisch für etwa drei Stunden aufpeitschen. Dann wird er zusammenbrechen. Die Behandlung kann nur erfolgen, wenn Gucky damit einverstanden ist."

„Natürlich", bestätigte Rhodan. „Los, John, reißen Sie ihn aus seiner Kontaktstarre heraus. Wenn Sie drunten ankommen sollten, Tolot – was geschieht dann?"

Der Gigant lachte. Es war ein grollendes, grimmiges Lachen. Atlan fuhr zusammen. Er dachte wieder an die Zeit vor zehntausend Jahren zurück, als er mit arkonidischen Landungskommandos mit Halutern in Berührung gekommen war. Man hatte sie nur mit Schiffsgeschützen töten können. Ihre Schutzschirme waren ungeheuer stabil und ihre strukturverwandelten Stahlkörper unempfindlich gegen konventionelle Waffen. Haluter konnten ein Tempo von über hundert Kilometer pro Stunde entwickeln und etwa fünf Stunden lang ohne Schutzkleidung im Vakuum des Raumes existieren.

Sie waren Infrarotseher, besaßen zwei Herzen mit umschaltbarer Druckregulierung und einen Metabolismus, der Fremdstoffe in atembare Gase und verwertbare Nahrungsbestandteile verwandeln konnte. Sie waren die vollendetsten Geschöpfe der Milchstraße.

Gucky kam nach fünf Minuten zu sich. Als er geistig klar war und Marshall den Kontakt mit der Urzelle übernommen hatte, hörte sich der Kleine Tolots Vorschläge an.

Gucky grinste. Er streckte seine schwachen Arme aus und meinte:

„Schau sie dir an. Damit kann ich überhaupt nichts unternehmen. Trotzdem bin ich stark, nicht wahr? Da sieht man wieder einmal, wie sehr der Geist der Muskulatur überlegen ist. Du würdest nie in die Station eindringen können, nicht wahr?“

Tolot stimmte zu.

„Endlich einer, der seine Schwächen zugibt“, triumphierte der Mausbiber. „Also schön, ich bin bereit. Es bereitet mir keine Schwierigkeiten, mit dem Dicken die lächerliche Distanz von 4000 Kilometern zu überwinden und in die Robotstation des Planetenkerns einzudringen. Nimm mich auf die Arme, Icho, dann kann's losgehen. Die genauen Sprungkoordinaten habe ich ja von der Urzelle erhalten, es kann nichts schiefgehen.“

Tolot klemmte sich kommentarlos den Mausbiber unter den linken Handlungsarm. In der rechten Hand trug er seinen auf Desintegration eingestellten schweren Kombistrahler.

Gucky winkte den anderen siegessicher zu – dann waren er und Tolot verschwunden.

Die Kontrollstation sah so aus, wie sie von Intelligenzwesen üblicherweise eingerichtet wurde. Zweckgebundene Anlagen wie diese, die außer einer Massenüberwachung und einer bestimmten Abwehrreaktion nichts zu tun hatten, waren nicht besonders kompliziert.

Zur Messung der Plasmavermehrung genügte ein kleines Spezialgehirn mit zahlreichen Außentastern. Dieses Robotgehirn reichte auch völlig aus, um im Falle einer Überschreitung der Vorschriften den Feuerbefehl an die separat eingebauten Geschützstellungen zu geben.

Die Stellungen waren energetische Selbstversorger. Sie lagen weitab der eigentlichen Kontrollstation, um im Falle einer notwendigen Plasmavernichtung eine breitstreuende Wirkung erzielen zu können.

Im Grunde genommen war die Anlage primitiv, da sie nur auf zwei Funktionen ausgerichtet war, die obendrein noch in direktem Zusammenhang standen.

Von dem Robotgehirn wurden keine schwerwiegenden Berechnungen verlangt. Es hatte lediglich festzustellen, ob die Plasmaschicht über dem planetaren Felskern unerwünscht dicker wurde oder nicht.

Icho Tolot hatte sich mit Hilfe seines Planhirns schon vorher vorstellen können, welchen technischen Aufwand die unbekannten Erbauer dieser Kontrollstation betrieben hatten. Er war nicht groß gewesen.

Auch die Kraftwerkszentrale der Station war unbedeutend. In jedem terranischen Kreuzer gab es wesentlich größere und kompliziertere Maschinen. Es waren zwei Hochleistungs-Fusionsmeiler mit angegliederten Umformerbänken vorhanden. Sie genügten vollauf, um die Aggregate mit Arbeitsstrom versorgen zu können. Den größten Bedarf hatte ohnehin der Energieschutzschirm des Zugangsschachtes.

Tolot und Gucky rematerialisierten in der untersten Sohle der Station. Ichos erster Griff galt dem großen Kombistrahler seiner Defensivbewaffnung. Im Rückentornister begann es zu summen. Ein Schutzschirm legte sich um den riesigen Körper. Gucky schirmte sich mit seinem siganesischen Spezialgerät ab.

Tolot wartete in aller Ruhe. Er ahnte, daß es durchaus nicht auf Sekunden ankam. Sein Planhirn hatte mit neunundneunzigprozentiger Wahrscheinlichkeit ermittelt, daß es innerhalb der Kontrollstation keine besonderen Abwehreinrichtungen mehr gab. Vor allem würden keine beweglichen Roboter vorhanden sein, sondern lediglich stationäre Geräte. Die konnten nicht viel ausrichten.

Die Maschinenstation war nach den Gesetzen der Logik und nach ihren Arbeitsbedürfnissen erbaut worden. Das Plasma konnte nur von oben eindringen, niemals aber durch die dicke Felsdecke. Also war es allein darauf angekommen, den Installations- und Versorgungsschacht zu schützen. Das war auch veranlaßt worden. Mit anderen Gegnern, beispielsweise mit terranischen Mutanten und halutischen Riesen, hatte man niemals gerechnet. Wozu also, so hatte sich Tolot gefragt, hätte man einen überflüssigen Aufwand betreiben sollen?

Icho Tolot behielt recht. Er hörte weder den Lärm einer Alarmanlage noch tauchten Kampfroboter auf, um die unheimlichen Eindringlinge zu vernichten. Die Abwehranlagen des Zugangsschachtes waren einige hundert Meter entfernt. Sie nahmen die beiden Fremden überhaupt nicht wahr.

Tolot schritt vorsichtig durch die einzelnen Hallen hindurch und besah sich die Maschinen eines Verteilerraumes. Er kannte die Konstruktionen fremder Völker. Wenn er sie auch nicht alle studiert hatte, so konnte er sich trotzdem schnell ein Bild von der artfremden Denkweise machen. Außerdem konnten technische Gerätschaften dieser Art niemals so unterschiedlich sein, daß sich ein erfahrener Kosmowissenschaftler überhaupt nicht zurechtfinden konnte.

Tolot hatte nach fünf Minuten die Verteilerschaltung zu den Geschützstellungen entdeckt. Es handelte sich um dünne Leitungen, die lediglich als Impulsgeber dienten. Die Geschützkuppeln waren energetische Selbstversorger. Sie brauchten nur den Feuerbefehl.

Tolot erhob die Waffe und trennte etwa fünfzig Kommandokabel mit einem Desintegratorstrahl durch. Dann lauschte er.

Nein, die Geschütze schwiegen! Sie besaßen keine Relaisgehirne, die beim Abschalten der Steuerleiter eine Gefahr registrierten und selbständig das Feuer eröffneten. Die Robotstation war damit bereits zu neunzig Prozent lahmgelegt.

„So einfach ist das?“ staunte Gucky. „Und jetzt? Was machst du mit den Kanonen und Abwehrschirmen des Schachtes?“

Tolot antwortete nicht. Er schritt einige Stufen hinunter und riß die strahlungssicheren Türen zum Reaktorraum auf. Zwei mächtige Gebilde standen in der Mitte. Schenkelstarke Hochenergiekabel und einige drahtlose Stromleiter mit leuchtenden Mantelfeld-Isolatoren mündeten in den Umformerbänken. Sie wandelten die thermischen Energien der Meiler im Direktverfahren in Arbeitsstrom um.

„Die Schachtgeschütze sind ebenfalls unbrauchbar“, erklärte der Haluter. „Sie wurden impulsgesteuert. Die Verbindungsleiter sind durchschnitten. Das gefährliche Energiefeld des Rohres ist auf die Stromversorgung durch diese Meiler angewiesen. Man schalte sie ab, und alles ist erledigt. Der beste Schirmprojektor gibt den Dienst auf, wenn er keine Energie erhält. Verstehst du das, Kleiner?“

„Ich bemühe mich", sagte Gucky. „So etwas! Da habe ich aber schon andere Sachen erlebt. Die Robotstationen der Justierungszentralen auf Kahalo und Twin haben entschieden heftiger reagiert."

„Sie waren auch für andere Eventualitäten konstruiert worden. Jedes Ding erfüllt seinen Zweck. Diese Station war für das Plasma unangreifbar. Man hat folgerichtig gedacht und mit dem geringsten Aufwand gebaut. Ein Terraner würde zum Beispiel niemals ein kostspieliges Transportband bauen, um die Entfernung von fünf Metern bis zum nächsten Waschraum überbrücken zu können. Er würde ganz bestimmt zu Fuß gehen. Verstehst du diesen Vergleich?"

Tolot stand vor der großen Schalttafel und dachte nach. Dann bewegten sich seine Hände. Das Summen der Reaktoren verstummte. Er hatte sie einfach abgeschaltet. Das Licht ging aus. Alle anderen Geräte, darunter das Robotgehirn im Nebenraum, versagten ebenfalls den Dienst. Ohne Energie gab es keine Leistung – auch bei den Konstruktionen der Meister der Insel nicht.

Tolot durchtrennte vorsichtshalber noch die wichtigsten Steuerleiter zu den Reaktoren und die schweren Hauptkabel an den Strombänken. Es wurde totenstill.

„War das alles?" meinte Gucky. „Tolot, das gefällt mir nicht. Ich werde laufend nervöser. So einfach kann das doch nicht sein!"

„Es *ist* so einfach. Setz dich mit John Marshall in Verbindung und teile ihm mit, daß wir fertig sind und zurückkommen."

Das Plasma war glücklich. Die Urzelle bot ein Bündnis für alle Zeiten an und stellte die Mutterwelt als Stützpunkt für die Solare Flotte zur Verfügung. Dann begann die Urzelle unverzüglich mit der Vergrößerung ihrer Masse, um bei der nächsten Schiffslandung der Fremden gewappnet zu sein.

Rhodan wurde gebeten, mit den Flugwagen in der Luft zu bleiben. Das Plasma begann heftiger zu wallen. Die Zellverbände teilten sich unaufhörlich.

Die Intelligenz und Fähigkeiten des Plasmas wuchsen und wuchsen. Man konnte beobachten, wie die Oberfläche dicker wurde. Der lebende Planet vergrößerte sich zusehends. Der Prozeß der Massenverdoppelung konnte bei vollem Einsatz in drei Tagen Standardzeit abgeschlossen werden.

Die drei Shifts flogen über das brodelnde Meer hinweg. Freundschaftsgrüße drangen zu den Telepathen hinauf. Marshall übersetzte. Weit und breit waren keine Fremdraumschiffe zu sehen.

Man wartete auf das Erscheinen der CREST. Und sie kam! Aber anders, als man es erwartet hatte. Sie raste mit Höchstfahrt auf Rando I zu und begann plötzlich über Richtstrahl-Hyperfunk zu senden.

„Kommandant CREST II an Perry Rhodan: Ich nehme an, Sie leben noch. Achtung – wir orten seit zwei Minuten heftige Energieausbrüche in einem Leerraumsektor in Richtung Andromeda, der etwa siebentausend Lichtjahre von Rando entfernt ist. Es hört sich so an, als gingen dort Flugkörper in eine altmodische Transition. Nähere Daten sind nicht zu ermitteln. Vor etwa zwei Stunden haben wir jedoch Rafferimpulse auf ungewöhnlicher Hyperfrequenz aufgefangen. Sie scheinen von der Plasmawelt gekommen zu sein. Der Spruch wurde dreimal gesendet, dann brach er mitten in der vierten Wiederholung abrupt ab. Frage an Kommandeur: Haben Sie auf einer Überlagerungsfrequenz Kurzzeichen abgestrahlt?“

Rhodan wurde blaß. Er fuhr auf seinem Sessel herum und starrte mit brennenden Augen zu Tolot, der wieder im Laderaum lag und durch das offene Schott nach oben blickte.

„Tolot . . .!“ gellte Rhodans Schrei. Sein Gesicht war verzerrt. „Tolot, vor etwa zwei Stunden haben Sie mit Gucky die Robotstation betreten. Hat das Steuergehirn gefunkt? Um Himmels willen, erinnern Sie sich! Haben Sie etwas vernommen? Haben Sie einen Sender gesehen? Ist Ihnen etwas entgangen, was vielleicht außerhalb der eigentlichen Station aufgebaut ist? Tolot . . .!“

Der Haluter hatte noch viel schneller begriffen als der Terraner. Seine Stimme klang dumpf.

„Ich habe versagt. Es gab *doch* eine Schutzvorrichtung, allerdings nicht in der Form von automatischen Abwehrwaffen, sondern in Gestalt eines versteckt eingebauten Hypersenders. Er begann zu arbeiten, als wir die Station betraten. Das muß registriert worden sein. Warnen Sie die Urzelle. Die Energieentfaltung in siebentausend Lichtjahren ist identisch mit einem Angriff. Dort sind Schiffe oder robotgesteuerte Flugkörper in den Linearraum gegangen.“

Atlan handelte bereits. Er hatte die Erklärungen nicht abgewartet. Das Mikrophon des Hypersenders hing vor seinen Lippen.

„Atlan an Kommandant CREST: Angriff ist zu erwarten. Wir haben eine Robotzentrale zerstört. Klar Schiff zum Gefecht. Greifen Sie alles an, was Ihnen vor die Kanonen fliegt. Schleusen Sie eine Korvette aus. Sie soll uns und die drei Shifts aufnehmen. Die KC-10 ist vernichtet worden. Wir haben das Plasma ins Unglück gestürzt. Bleiben Sie auf einer gefechtsgünstigen Überlappungsbahn, behalten Sie Fahrt bei und kümmern Sie sich nicht um uns. Schicken Sie ein Beiboot mit Transformkanone. Verstanden?"

„Ich bestätige", rief Rhodan in das Mikrophon. „Feuer frei für alle Waffen. Wir warten auf das Beiboot, Ende."

Die Urzelle wurde durch Gucky gewarnt. Diesmal brach im Plasma keine Panik aus. Es wallte nur noch hektischer auf. Gleichzeitig begann es mit der ersten suggestiven Probesendung.

Marshall war wieder einmal fassungslos.

„Die Mutterwelt ist schon sehr stark. Ich fange harte Suggestivimpulse auf. Wenn Sie ihr noch fünf Stunden Zeit geben, wehrt sie sämtliche Intelligenzwesen allein durch Zwangssuggestion ab."

Marshall informierte die Urzelle über den Erfolg des Experimentes. Die Mutterwelt war erstaunlich ruhig.

Über Marshall gab sie wörtlich bekannt:

„Ich danke für die Hilfeleistung. Sie haben getan, was in Ihrer Macht stand. Ich habe von dem Alarmsender nichts gewußt. Wenn ich Sie darüber informiert hätte, wäre es Ihnen auch gelungen, diesen mechanischen Verräter auszuschalten. Ich war leichtfertig und vorschnell mit meiner Bitte. Ich werde die Konsequenzen tragen. Ich wünsche alles Gute. Behüten Sie meinen Ableger auf der Hundertsonnenwelt. Machen Sie sich keine Selbstvorwürfe. Ich werde bis zum letzten Augenblick Ihr aufrichtiger Freund sein."

Rhodan umklammerte die Sessellehnen. Er zerbiß sich fast die Lippen.

Wenig später dröhnte ein flammendes Ungeheuer aus dem Himmel. Es war die KC-26 unter dem Befehl von Captain Noro Kagato, dem Chef des Robotkommandos.

Er nahm die Flugpanzer kurzerhand in Fesselfelder und zog sie in die Hangarschleusen des Schiffes hinein.

Unten wallte das Plasma. Es rief dem startenden Schiff einen Gruß nach.

Kagato brachte das Kunststück fertig, die CREST mit einem Kurz-Linearmanöver zu erreichen, obwohl das Schiff mit einem

Drittel der einfachen Lichtgeschwindigkeit auf Überlappungsposition stand.

Das bedeutete, daß sich der terranische Superriese vertikal über der Mutterwelt befand und dem Gegner um einige Lichtminuten entgegenflog.

Als die ersten Lichtkörper im Einsteinraum stofflich stabil wurden, hatten Perry und Atlan gerade die Zentrale erreicht.

Die CREST stand günstig. Sie bildete einen Wall vor dem Zielgebiet.

Major Cero Wiffert, der Erste Feuerleitoffizier des Superschlachtschiffes, erhielt gleichzeitig hundertundzwölf Zielechos. Er drückte auf alle Knöpfe, die er erreichen konnte.

Die CREST verwandelte sich in ein feuerspeiendes Ungetüm von systemvernichtender Schlagkraft – und ihre Salven saßen im Ziel!

Sie saßen im Ziel, und sie wirkten doch nur begrenzt. Der unbekannte Gegner, der irgendwo in den Tiefen des Leerraumes zwischen Andromeda und dem Betanebel einen Stützpunkt besitzen mußte, hatte keine normalen Raumschiffe geschickt.

Hätte es sich nur darum gehandelt, wäre die CREST stärker gewesen.

Ihre Zielerfassung war nicht in der Lage, die vielen Objekte auf einmal zu erfassen. Es waren Hunderte und dann Tausende von kleinen, lichtschnellen Waffenträgern, die plötzlich aus dem Linearraum auftauchten und mit halber Lichtgeschwindigkeit auf Rando I niederstürzten.

Die fliegenden Bomben waren knapp zehn Meter lang und torpedoförmig. Natürlich waren sie robotgesteuert.

Sie leisteten keine Gegenwehr, aber sie waren schnell und klein. Die Schutzschirme der CREST wurden ständig vom Atomfeuer abgeschossener und explodierender Robotbomben angegriffen. Rudo leistete ein navigatorisches Meisterstück nach dem anderen, um sein Schiff aus den Glutzonen zu reißen und dem Feuerleitoffizier Gelegenheit zu geben, andere Ziele anzugreifen.

Dann schoß Wiffert mit den überschweren Transformkanonen des Superschlachtschiffes. Er legte einen sonnenheißen, ständig größer werdenden Ring aus Atomfeuer vor die Eintauchzone der Selbstlenkbomben. Jeweils zwanzig Transformgeschosse mit einer Energieentwicklung von fünfhundert Gigatonnen pro Einheit explodierten auf einen Schlag. Wiffert verfeuerte Giga-Breitseiten; ein Gefechtsverfahren, das man nur in höchster Not anwendete.

Die Selbstlenkbomben kamen trotzdem durch. Plötzlich tauchten etwa hundert Einheiten davon hinter der bisher üblichen Einfallszone auf.

Damit begann das Ende. Sie rasten in die Atmosphäre von Rando I hinein und explodierten in den günstigen Höhen zwischen fünf und zehn Kilometer. Sie reagierten nicht auf die neue Suggestivgabe des Plasmas, denn sie waren Roboter. Rhodan war verzweifelt. Er riß die CREST aus der Abwehrzone und legte einen Gigaring um das neue Eintauchgebiet. Da kamen die Explosivkörper plötzlich aus beiden Richtungen.

Rando I verwandelte sich in ein Glutmeer. Nach der fünfhundertsten Explosion wölbte sich der Planet auf und zerplatzte. Nur Gucky und Marshall hörten den letzten Schrei der Urzelle.

Als nichts mehr zu retten war, setzte sich die CREST mit Höchstbeschleunigung ab und tauchte in den Linearraum ein.

Rhodan saß in der Zentrale und starrte auf die Bildschirme der Panoramagalerie. Atlan, Kasom, Tolot, Gucky und Marshall waren ebenfalls anwesend.

„Es hat ihn schwer getroffen“, raunte Don Redhorse. „Was hätten wir noch tun sollen?“

Icho Tolot verließ die Zentrale. Er ging gebeugt und bedeckte zwei Augen mit seinen riesigen Händen.

„Er hat das Gesicht verloren, glaube ich“, sagte der Japaner Noro Kagato. „Bei den Göttern meiner Vorfahren: Woher hätte er wissen sollen, daß es da unten einen Alarmsender gibt? Er paßte nicht in die Wahrscheinlichkeitsberechnung hinein.“

„Das wird der Haluter nicht anerkennen, wenigstens nicht vor sich selbst“, behauptete Captain Sven Henderson. „Rhodan ist so erschüttert, wie ich ihn noch nie gesehen habe. Wer immer diese Meister der Insel sein mögen – nie hätte ich für möglich gehalten, daß denkende Wesen zu solchen Teufeleien fähig sein könnten! Nur Atlan scheint einigermaßen gefaßt zu sein.“

„Er ist der härteste Mann unter den Kommandeuren", nickte Redhorse. „Er hat schon zuviel Unheil und Unrecht gesehen. Damit will ich nicht sagen, daß ich glaube, wir hätten Unrecht getan."

„Das ist auch Ihr Glück", sagte der vorbeigehende Zweite Offizier, Major Jury Sedenko. „Das Manöver wird in sieben Minuten beendet. Vielleicht begeben sich die Herren allmählich auf ihre Gefechtsstationen. Mein Gott – mir tut es auch leid! Sehen Sie mich nicht so vorwurfsvoll an. Das Plasma und wir begingen den gleichen Fehler. Wir haben den Gegner unterschätzt. Nun verschwinden Sie schon aus der Zentrale."

Sie gingen; aber sie gingen schweren Herzens.

22.

Vorspiel

Vor kurzer Zeit brachten die Versorgungsschiffe die bisher größte Ladung des lebenden Grundstoffs. Seitdem liefen die Produktionsanlagen auf Hochtouren. Eine Vernichtungsaktion noch nie gekannten Ausmaßes wurde vorbereitet.

Ohne meine Arbeit könnte die Aktion niemals stattfinden. Es war eine grausame Ironie des Schicksals, daß ich tun mußte, was ich verabscheute. Immer wieder mußte ich gegen die Stimme meines Gewissens ankämpfen, die mir Auflehnung und offenen Widerstand riet. Und immer wieder siegte die Furcht! Nicht die Furcht um mein eigenes Leben, sondern die Furcht um den Bestand meines Volkes. Die Meister der Insel haben es mit teuflischem Geschick verstanden, mich zu ihrem gefügigen Werkzeug zu machen. Weigere ich mich, droht die Ausrottung meines leidgeprüften Volkes.

Ich riß mich von meinen sinnlosen Gedankengängen los, als das rote Signal aufleuchtete. Nur der Haß gegen die Unterdrücker brannte weiter in mir.

Schwaden übelkeiterregenden Dampfes umgaben mich, als ich durch die Fabrikationshalle taumelte. Das rote Signal glomm wie das Auge eines Ungeheuers durch den gelben Dunst. Zischen und Fauchen drang aus gewaltigen Aggregaten. Von hohen Niederdruckkesseln kam dumpfes Glucksen und Stöhnen wie von gefangengehaltenen Ungeheuern. Der Vergleich war nicht einmal so falsch. Nur lebten die Ungeheuer noch nicht. Sie sollten erst „geboren" werden.

Ich zitterte vor unterdrückter Wut, als ich die Antigrav-Platte bestieg. Welche Scheußlichkeit verlangten die Meister der Insel eigentlich noch? Ließen sie mich nie in Ruhe? Wenn ich meinem Leben wenigstens ein Ende hätte bereiten können! Aber auch dann würde mein Volk dafür büßen müssen. Es gab keinen Ausweg aus dem Teufelskreis.

Lautlos setzte die freischwebende Antigrav-Platte sich in Bewegung. Sie schwebte aufwärts, zu einem halbkugeligen metallischen Bauwerk, das wie angeklebt an der Hallendecke hing. Mit zusammengepreßten Kieferleisten betrat ich den Sphären-Lenkraum.

Wie eine Marionette bewegte ich mich auf die Sitzschale zu und sank hinein. Hinter mir schloß sich der Zugang. Das Dröhnen der Maschinen, das Zischen und Fauchen der Aufbereitungskessel und das Ächzen und Stöhnen des vergewaltigten Plasmas blieben draußen.

Leuchtzeichen hingen über meinen Augen, als schwämmen sie in undurchdringlichem Nebel. Die Apparatur kannte psychische Tricks, um mich von allen störenden Wahrnehmungen abzuschneiden, mich zur Konzentration auf die verhaßte Tätigkeit zu zwingen.

Würgender Brechreiz quälte mich, als mein Bewußtsein wieder freigegeben wurde. Ich konnte mich an alle Vorgänge erinnern – und das war schlimmer, als wenn ich gestorben wäre.

Die Monstren, die nur durch meine Mitarbeit geschaffen werden konnten, wirkten grausig genug. Viel grausiger aber war die Tatsache, daß man lebendes Plasma durch chemische und mechanische Vorgänge gezwungen hatte, die Steuerung der Androidenkörper zu übernehmen. Dabei war das Plasma lediglich in der Lage, Handlungsinstinkt zu entwickeln. Die Ungeheuer besaßen keinen Funken Vernunft. Sie würden nur noch das tun, wofür man sie indoktriniert hatte.

Ein gelbes Signal flammte auf. Es zeigte an, daß sich die Sphären um ihre Pilotenmonstren geschlossen hatten.

Die Pulsationsmuskeln meiner Venen und Arterien krampften sich zusammen. Für einen Augenblick wurde mein Blutkreislauf unterbrochen. Ich glaubte zu ersticken. Es fiel mir schwer, meine Erregung niederzukämpfen. Leute meiner Art sind außerordentlich sensibel und *steigern sich oft in einen unkontrollierbaren Erregungszustand hinein. Nur meine Erlebnisse in der Kontrollstation hatten mir eine gewisse Beherrschung des vegetativen Nervensystems anerzogen. Andernfalls hätte ich längst den Verstand verloren.*

Wieder kämpfte ich gegen die Stimme meines Gewissens an – und wieder siegte die Sorge um das Schicksal meines Volkes. Sein Los war ohnehin schwer genug. Ich durfte nichts tun, was meine Brüder völlig auslöschen konnte.

Mit raschem Griff legte ich den Aktivierungshebel um.

Eben noch hatten die Bildschirme den leeren Raum gezeigt. Jetzt waren sie erfüllt von unzähligen hellstrahlenden Kugeln. Die giftgrün leuchtenden Energiebündel jagten mit ihren monströsen Piloten einem kleinen Sternennebel zu, dessen Namen ich nicht kannte.

Dort mußte etwas geschehen sein, was die Meister der Insel zutiefst beunruhigte.

Aber das System würde nicht mehr lange existieren. Die Sphären trugen milliardenfachen Tod in sich ...

Das weite Tal war noch immer erfüllt vom Summen, Dröhnen und Kreischen der Energiefräsen.

Auf der steinigen Ebene ragten elf Kugelriesen in den Himmel Gleams. Die Zusatztriebwerke lagen in unmittelbarer Nähe der Schiffe. Bei Bedarf konnten sie rasch wieder montiert werden.

Vor etwa vierzehn Tagen war die CREST II von ihrem Einsatz auf Rando I zurückgekehrt. Kurze Zeit später war sie, gemeinsam mit den fünf im Orbit wartenden Einheiten, auf Gleam gelandet. Inzwischen wußte jeder der auf Gleam befindlichen Menschen, was auf Rando I vorgefallen war. Die Bestürzung war allgemein, und es dauerte einige Zeit, bis man wieder zur Tagesordnung zurückgefunden hatte. Der Stützpunkt war noch lange nicht fertig.

Captain Sven Henderson sprang erschrocken zur Seite, als hinter ihm das schrille Aufheulen von Antigrav-Generatoren erklang.

Ein Shift sank in fünf Metern Entfernung zu Boden.

Henderson drohte mit der Faust hinüber. Er sah einen Pilzläufer, flach und groß wie eine Männerhand. Svens Körperwärme mußte ihn herbeigelockt haben. Pilzläufer besaßen ein Infrarot-Spürorgan, mit dem sie ihre Beutetiere aufspürten. Die Tentakelenden gingen in feine, aber unglaublich harte Stacheln über, deren Gift einen Menschen innerhalb weniger Sekunden tötete. Henderson hatte bisher angenommen, Pilzläufer gäbe es nur in den Pilzwäldern.

Mit einem Tritt schleuderte er den Räuber davon.

Ein dunkles Lachen ließ ihn hochblicken.

Aus der offenen Luke des Schifts ragte der Oberkörper eines Mannes. Ein Arm winkte.

Langsam ging Henderson näher.

„Hallo, Sven!“ rief der andere. „Seit wann führen Sie Indianertänze auf? Oder sind Sie etwa mit Don verwandt?“

Wider Willen mußte Captain Henderson lachen. Jetzt erkannte er den anderen. Es war Captain Noro Kagato, der Chef des Robotkommandos.

„Hallo, Noro!“ erwiderte Sven die Begrüßung. „Sehe ich so aus?“

Ein amüsiertes Grinsen flog über Kagatos Gesicht. Natürlich waren Henderson und Don Redhorse nicht verwandt miteinander. Selbst ein kleines Kind hätte das gesehen. Redhorse war schlank, geschmeidig und hatte glatte, blauschwarze Haare – Sven Henderson dagegen wirkte mit seinen breiten Schultern, dem wiegenden Gang und seiner Wortkargheit wie ein plumper Bär. Außerdem war er im Gegensatz zu dem Nachkommen eines Cheyenne-Indianers extrem blond. Nur eine Eigenschaft hatten sie gemeinsam: Beide waren Draufgänger und Spezialisten für verwegene Sondereinsätze.

„War nur ein Scherz, Sven“, sagte Kagato und schüttelte die Hand, die der Chef des Jägerkommandos ihm darbot. „Aber worauf haben Sie denn dort herumgetrampelt?“

Henderson erklärte es ihm.

Der Japaner nickte mit ernstem Gesicht.

„Und das war nur eine der Giftbestien, die sich in dieser ‚schönen Gegend herumtreiben. Täglich hat man Ärger damit.“

„Sie doch nicht“, erwiderte Henderson trocken. „Und Ihre Roboter erst recht nicht. Was tun Sie eigentlich im Tal? Haben Sie nicht die Arbeiten an den Stollen zu überwachen?“

„Genau das wollte ich Sie fragen, Sven. Ich habe dienstfrei. Das muß schließlich auch einmal sein. Bei dieser einmaligen Gelegenheit wollte ich mir das Harno-Gebirge ansehen.“

Captain Henderson dachte an das Auftauchen des rätselhaften Energiewesens vor vier Wochen. Zwischen ihm und dem Fiktivwesen des ehemaligen Planeten Wanderer mußte es einen Zusammenhang geben. Denn auch ES, wie die geistige Vereinigung von Milliarden Individuen genannt wurde, hatte sich vor vier Wochen gemeldet.

„Nachdenklich, Sven ...?“ fragte der Japaner.

Henderson nickte.

„Ich frage mich noch, was ES eigentlich gewollt hat. Sehr aufschlußreich waren seine Worte nicht. Dennoch muß ein geheimer Sinn dahinterstecken.“

„Das ist auch meine Meinung. ES hat die Menschheit vom Anfang ihrer kosmischen Entwicklung an begleitet. ES hat ihr Aufgaben gestellt und in vielen Fällen hilfreich eingegriffen. Ich bin sicher, daß sein Erscheinen auch diesmal von großer Bedeutung ist.“

„Warum hilft ES uns nicht gegen die Meister der Insel?“ stieß Henderson heftig hervor. „Zuschauer brauchen wir wahrhaftig nicht.“

Noro Kagato zuckte die Schultern.

„Es gibt viel auf dieser Welt, was wir niemals begreifen werden, mein Lieber. Dazu sind unsere Gehirne einfach zu klein. Aber reden wir von etwas anderem. Wie ich sehe, sind Sie ebenfalls dienstfrei, Sven. Wollen Sie nicht mitkommen?“

„Das ist ein guter Gedanke. Sehen wir uns das Gebirge einmal aus der Nähe an.“

Eine Minute später befand sich der Shift wieder in der Luft. Captain Kagato zog das Fahrzeug auf hundert Meter Höhe. Dicht über einem der Pilzwälder glitt es dahin, auf die steil aufragende Wand des Ringwalles zu.

Eine weitere Minute später sprach der Lautsprecher der Permanent-Verbindung an.

„Achtung! Achtung! Kommandozentrale CREST II ruft Captain Kagato. Captain Kagato wird gebeten, auf schnellstem Wege zur Zentrale zu kommen. Ich wiederhole ...“

Henderson und Kagato blickten sich an.

„Da brennt es wieder irgendwo“, ließ der Japaner sich vernehmen. „Es wäre auch verwunderlich gewesen, wenn ich meine Freizeit einmal hätte voll ausnutzen können.“ Er seufzte.

„Soll ich Sie absetzen, Sven?“

„Nein, Noro. Mir ist die Lust am Ausflug vergangen. Nehmen Sie mich mit zur CREST. Ich werde ein paar Stunden schlafen.“

In der Hauptschleuse des Superschlachtschiffes wartete bereits ein

Empfangskommando. Einige Männer brachten den Shift an seinen Platz, während ein Sergeant sich bei Captain Kagato meldete und ihn bat, ihm zur Hauptzentrale zu folgen.

Als Noro Kagato den Antigravschacht verließ, wußte er sofort, daß etwas Außergewöhnliches geschehen war. Rings um den Kartentisch, unmittelbar an der Öffnung des Antigravlifts, saßen die führenden Männer der Andro-Beta-Expedition und berieten: Perry Rhodan, Atlan, John Marshall, Melbar Kasom, Icho Tolot, der Mausbiber Gucky und Iwan Goratschin.

Der Captain salutierte stumm und wollte vorübergehen, um sich beim Kommandanten der CREST II zu melden.

Ein Anruf Rhodans hielt ihn zurück.

Kagato kehrte um und trat vor den Großadministrator hin.

Perry Rhodan lächelte freundlich und wies auf einen freien Sessel.

„Bitte, nehmen Sie doch Platz, Captain." Er wartete geduldig, bis Kagato saß, dann fuhr er fort: „Ich habe Sie rufen lassen, weil ich einen besonnenen Mann für einen gefährlichen Einsatz brauche. Aber zuvor sollen Sie erfahren, was geschehen ist:

Vor zehn Minuten wurde im Zentrum Andro-Betas die Explosion einer Sonne beobachtet. Das Observatorium stellte durch Messungen fest, daß es sich bei der Sonne um einen der drei blauen Riesensterne handelt, die das sogenannte Beta-Dreieck bilden. Nun ist natürlich die Entstehung einer Nova nichts Ungewöhnliches. Aber das Hertzsprung-Russel-Diagramm beweist, daß Novae sich stets aus Sternen der Hauptreihe oder aus der Reihe der Unterzwerge entwickeln. Sterne des Riesenastes dagegen werden fast nie davon betroffen. Nun sind die blauen Riesen des Beta-Dreiecks außerdem keine gewöhnlichen Sonnen, sondern Energiereservoire des Ferntransmitters Andro-Beta, die von den Meistern der Insel beherrscht werden. Ohne ihren Willen kann keine Veränderung eintreten."

Perry Rhodan wandte den Kopf zu Kagato.

„Was schließen Sie daraus, Captain?"

Noro Kagato lächelte grimmig.

„Die Meister der Insel haben ihren Ferntransmitter zerstört, indem sie eine der Transmittersonnen zur Nova werden ließen." Seine Stirn bedeckte sich plötzlich mit feinen Schweißperlen. „Das bedeutet, daß sie uns damit in Andro-Beta festzuhalten glauben. Wir müssen mit einem baldigen Großangriff rechnen, Sir!"

„Sehr gut, Captain. Sie haben folgerichtig gedacht. Diesen Gedanken hatten wir ebenfalls. Zusätzlich wurde er von der Positronik überprüft. Die Maschine kam zum gleichen Ergebnis.

Doch deshalb habe ich Sie nicht rufen lassen, Captain.

Augenblicklich sorgen wir uns um etwas anderes. Der Stützpunkt-Planetoid Troja ist vor genau vier Monaten aus dem Beta-Dreieck herausgekommen. Da er sich nur mit fünf Prozent der Lichtgeschwindigkeit im freien Fall bewegt, beträgt seine Entfernung zur Nova jetzt nur 144 Lichtstunden. Das ist keine Entfernung, wenn man die hyperstrukturellen Erschütterungen berücksichtigt, die mit einem Nova-Prozeß verbunden sind. Kurz und gut: wir sind in Sorge um die Stützpunktbesatzung und natürlich auch um den Stützpunkt selbst. Hyperfunkgespräche verbieten sich in unserer Lage von selbst. Es gibt nur eine Möglichkeit, Gewißheit über Trojas Schicksal zu erlangen: hinfliegen und nachsehen.

Keineswegs können wir ein Superschlachtschiff in Marsch setzen. Die Ortungsgefahr wäre zu groß. Wir haben uns deshalb entschlossen, ein Beiboot zur bekannten Position Trojas zu schicken, die KC-11. Die Korvette steht bereit. Es fehlt nur noch der Kommandant und Leiter des Unternehmens. Die Wahl fiel auf Sie, weil bekannt ist, daß Sie in jeder Lage besonnen bleiben und sich nicht von der Abenteuerlust zu unvorsichtigen Aktionen verleiten lassen wie andere Leute."

Kagato lächelte verstohlen. Er wußte genau, wer mit den „anderen Leuten" gemeint war.

„Ich bin bereit, Sir!"

„Warten Sie noch!" Rhodan hob die Hand, als Noro Kagato aufstehen wollte. „Dies ist ein Kommandounternehmen. Sie wissen, daß Sie jederzeit die Teilnahme daran ablehnen können, ohne daß Ihnen das jemand übelnimmt."

„Das war mir von Anfang an klar. Folglich gilt meine Zusage noch immer. Auf welche Zeit ist der Start festgesetzt?"

„Auf 23.55 Uhr Bordzeit, Captain. Das ist in fünfzehn Minuten."

Rhodan schaltete den Interkom ein.

„Major Sedenko! Kommen Sie mit den Einsatzunterlagen und bringen Sie Captain Kagato zum Hangar der KC-11!"

Gleichzeitig mit dem Captain erhob er sich von seinem Platz.

„Viel Erfolg, Captain Kagato – und glückliche Heimkehr!"

Es war der 1. November des Jahres 2402 Erdzeit, Punkt 23.55 Uhr Bordzeit, als die entsprechend getarnte, sechzig Meter durchmessende KC-11 aus der Hangarschleuse glitt und rasch an Höhe gewann. Dieses Datum wurde später von den Geschichtsschreibern vermerkt, mit dem Hinweis, daß damit die letzte Etappe des gefahrvollen Weges nach Andromeda begann.

Vorläufig jedoch ahnte niemand etwas davon. Weder Captain Noro Kagato noch die fünfzig Mann der Beibootbesatzung wußten um die Bedeutung des Augenblicks.

Es gab auch keinerlei Zeichen, die darauf hindeuteten.

Die KC-11 durchstieß die Lufthülle über Gleam, raste mit beinahe Lichtgeschwindigkeit an den Sonnen des Tri-Systems vorüber und verschwand im Zwischenraum.

Captain Kagato hatte keinerlei Schwierigkeiten mit der Navigation. Die deutlich erkennbare Nova diente als Leuchtfeuer. Im Zielkreuz des Reliefschirms war der immer noch expandierende Gasball deutlich zu sehen. Leuchtende Wolken lösten sich von seinem Rand und jagten vor den hellstrahlenden glühenden Gasen her. Offenbar löste sich die Sonne vollkommen auf. Vielleicht würde ein winziger, weißer Zwergstern übrigbleiben; aber der größte Teil der Sonnenmaterie ging verloren.

Noro Kagato wandte den Kopf nach links. Finch Eyseman arbeitete konzentriert am Kurskalkulator. Er schien Kagatos Blick nicht zu bemerken. Noro lächelte. Er hatte sich gefreut, Leutnant Eyseman als Kopiloten und Navigator der KC-11 vorzufinden. Der junge Mann galt allgemein als verträumt und zu weich. Kagato wußte es besser. Was andere an Eyseman für Weichheit hielten, war lediglich Ausdruck einer konsequent humanen Haltung.

Finch Eyseman hatte seine Kursberechnungen beendet und wandte sich um. Er errötete, als er Kagatos Blick auf sich ruhen sah.

„Ich ... ähem ...“ Finch blickte an sich herab. „Ist etwas mit meiner Uniform nicht in Ordnung?“

Der Captain seufzte und schüttelte den Kopf.

„Es ist alles in Ordnung mit Ihnen. Nur ... Mann! Warum geben Sie sich immer so unsicher? Seien Sie selbstbewußter, Leutnant! Glauben Sie mir, Sie können es mit ruhigem Gewissen sein.“

Eyseman lächelte verlegen.

„Es tut mir leid, wenn ich Ihren Zorn erregt haben sollte. Ich werde selbstverständlich Ihren Rat beherzigen. Darf ich Ihnen jetzt die Kurskalkulation geben, Sir?"

„Ja, bitte!"

Noro Kagato nahm ihm die Diagrammfolien aus der Hand und studierte sie gewissenhaft. Er nickte anerkennend.

„Ausgezeichnet, Leutnant. Ich frage mich, warum man Sie noch nicht befördert hat – bei Ihrem Können." Er winkte ab. „Wahrscheinlich benehmen Sie sich immer so, als hätten Sie zwei linke Hände und wären taub auf beiden Ohren."

„Orson und Nosinsky sind auch noch nicht befördert worden", wandte Finch zaghaft ein.

„Ach was!" entgegnete der Captain heftig. „Vergleichen Sie sich nicht mit denen. Die sind psychisch noch zu labil. Orson läßt den lieben Gott einen guten Mann sein, und Nosinsky ist ein Draufgänger ohne moralische Skrupel."

„Und ich schwebe immer in höheren Regionen", fügte Finch mit ironischem Funkeln seiner braunen Augen hinzu. „Vergessen Sie das bitte nicht."

„Selbsterkenntnis ist der erste Weg zur Besserung", murmelte Kagato.

Die Front leuchtender, glühender Gase glomm wie ein Fanal des Todes. Im großen Panoramabildschirm der KC-11 kam der Kontrast besonders wirkungsvoll zur Geltung: der Kontrast zwischen der Schwärze des interstellaren Raumes in der Steuerbordhälfte – und der wabernden Gaswand in der Backbordhälfte.

Niemand sprach ein Wort. In der Zentrale des 60-Meter-Beibootes war es still wie in einer Gruft – wenn man vom stetigen Geräusch der Aggregate absah.

Captain Noro Kagato lauschte in sich gekehrt den Meldungen der Ortung. Der Zeitpunkt, an dem die berechnete Position Trojas in den Erfassungsbereich der normal lichtschnellen Geräte kam, rückte immer näher. Die Hypertaster hatten bisher noch kein klares Bild zeichnen können. Der immer noch ablaufende Nova-Prozeß schuf ein hyperstrukturelles Chaos in diesem Raumsektor.

Eyseman gab einen kurzen Korrekturschub mit den Backbordtriebwerken, als die KC-11 in die unmittelbare Nähe eines glimmenden

Nebelstreifs geriet. Dennoch durchstieß das Schiff die äußersten Ausläufer des glühenden Gases. Die Schutzschirme flammten sekundenlang schwach auf.

Befriedigt nickte der Captain. Wenn die vorerst rein rechnerisch ermittelte Position Trojas stimmte, sollte der Stützpunkt eigentlich noch existieren. Der Planetoid besaß einen starken Schutzschirm, der die relativ dünnen Gasschichten hier draußen abwehren konnte. Nur war die Stärke der ersten hyperenergetischen Stoßfronten der Nova unbekannt. Unter ihrem Aufprall konnte Troja sich aufgelöst haben.

Kagatos Gesichtsmuskeln spannten sich. Die Ortung hatte soeben durchgegeben, daß die Position Trojas in den Bereich der Normalortung gerückt war.

Auch Finch Eyseman hatte die Worte aus dem Lautsprecher gehört. Er wandte ruckartig den Kopf und hielt den Atem an. Seine Blicke schienen zu betteln.

In der nächsten Sekunde erschien Troja auf den Bildschirmen.

Fieberhaft überprüfte Noro Kagato die eingehenden Meßresultate. Dann hob er den Kopf. Seine Augen leuchteten, als er sagte:

„Der Stützpunkt ist unversehrt."

Der Captain befahl, den Identifizierungsimpuls abzustrahlen. Die Stützpunktbesatzung mußte informiert werden, daß es die eigenen Leute waren, die sich näherten.

Acht Minuten später meldete sich Fracer Whooley über Normalfunk. Er hatte mit seiner Stammbesatzung von nur zwanzig Mann schon viele Nervenproben bestehen müssen, seit der terranische Brückenkopf Andro-Beta existierte. Dennoch war sein oft etwas makabrer Humor erhalten geblieben.

„Fein, daß Sie kommen, Captain!" sagte er zur Begrüßung. „Hoffentlich bringen Sie warme Unterkleidung mit. Seit die Strukturerschütterungen der Nova uns ein wenig geschüttelt haben, zieht es in Troja durch alle Ritzen. Wenn das so weitergeht, bekommen wir alle den Schnupfen."

Kagato mußte trotz des ernsten Inhalts der Bemerkung lächeln.

„Wir hatten uns schon Sorgen um Sie gemacht. Vor allem Perry Rhodan befürchtete das Schlimmste. Es freut mich, daß Sie die Katastrophe überstanden haben." Er räusperte sich. „Ich bitte um Landegenehmigung."

Whooleys etwas verzerrtes Abbild auf dem Telekomschirm grinste breit.

„Genehmigt. Aber setzen Sie bitte behutsam auf. Seit einigen Stunden werde ich das Gefühl nicht los, in einer von tausend Sprüngen durchzogenen Tonvase zu sitzen.“

Katago setzte eine düster ernste Miene auf.

„Ich helfe Ihnen gern, Major. Wir haben noch einige Tuben Alleskleber und ...“

Fracer Whooley lachte wiehernd.

„Eins zu null für Sie!“ Er japste. „Diese Art Humor hätte ich bei Ihnen nie für möglich gehalten, Kagato, wirklich nicht. Aber wir kommen ohne Ihren Leim aus, Captain. Troja wird halten. Es sah nach der Explosion der Transmittersonne tatsächlich bedenklich aus, doch so schnell fällt ein Planetoid bekanntlich nicht auseinander. Dennoch sollten Sie vorsichtig landen. Es gibt Oberflächenrisse, und ich möchte nicht, daß Ihr Boot mit einer Teleskopstütze einsinkt und beschädigt wird.“

Noro Kagato bestätigte. Als er die KC-11 eine halbe Stunde später aufsetzte, tat er das so behutsam, als wäre Troja ein rohes Ei. Die Massenanziehung des Planetoiden war zudem außerordentlich gering. Die Landeteller der Teleskopstützen sanken nur knapp zehn Zentimeter ein. Der Captain winkte Eyseman zu sich heran und befahl ihm, ihn ins Innere des Stützpunktes zu begleiten. Nur mit den leichten Raumschutzanzügen bekleidet, verließen die beiden Männer wenige Minuten darauf das Schiff durch die Bodenschleuse.

Sie sahen die Risse, die sich durch die wüste Oberfläche zogen. Kagato zuckte zusammen, als vor ihm ein großer Felsblock lautlos zur Seite glitt. Unwillkürlich suchten seine Hände nach einem Halt. Es war immer wieder schwierig, auf einem kleinen Himmelskörper mit geringer Schwerkraft ein zuverlässiges Gefühl für oben und unten zu bekommen. Jede unverhoffte Veränderung der Umgebung löste ein Schwindelgefühl aus. Sekundenlang glaubte Kagato, er stünde auf dem Kopf. Dann erhielt er das Gefühl für die Realität zurück.

Der Felsblock hatte einen der getarnten Eingänge Trojas verdeckt. Nun lag die obere Deckplatte des stählernen Liftschachtes frei. Kagato und Eyseman traten auf die metallen schimmernde Platte. Sofort begann diese in die Tiefe zu sinken. Nach zwanzig Metern hörte die Abwärtsbewegung auf. Die beiden Männer kannten die Einrichtung des Stützpunktes. Darum warteten sie die Stimme aus dem Helmempfänger gar nicht erst ab, sondern gingen von sich aus in die beleuchtete Wandnische hinein. Die Liftplatte stieg rasch wieder nach oben und gab den eigentlichen Antigravschacht frei. Noro und Finch ließen sich fünfzig Meter absinken. Dort begann das vierfache Schleusensystem.

An der rotleuchtenden Warnplatte bekamen die Männer erstmalig etwas von der Wirkung zu spüren, die die Erschütterungswellen der Nova ausgelöst hatten. Die Schleuse schloß nicht mehr dicht. Auch die zweite Schleuse war beschädigt. Dort standen zwei Arbeitsroboter mit Impulsschneidern und Thermogeräten. Sie hatten offensichtlich ihre Reparaturarbeiten nur eingestellt, um die Besucher passieren zu lassen. Die Schleusen drei und vier dagegen schlossen absolut dicht.

Als Kagato und Eyseman aus der letzten Schleusenkammer traten, wurden sie bereits von Major Whooley erwartet.

Fracer Whooley lächelte ironisch.

„Jetzt können Sie Ihre Helme öffnen, meine Herren. Hier zieht es nicht mehr so stark wie ‚draußen‘."

Noro Kagato schüttelte Whooleys Hand.

„Der Teufel soll Ihren schwarzen Humor holen, Major!"

Fracer Whooley lachte dröhnend.

„Lieber nicht. Bisher wurde er dringend gebraucht. Ich kann mir nicht vorstellen, daß die Lage sich demnächst beruhigen soll."

Er ging vor den Männern her. Noro Kagato registrierte befriedigt, daß Whooley sie nicht auf geradem Weg zur Hauptzentrale Trojas führte. Offenbar war er bestrebt, seine Besucher so vielen seiner Leute wie möglich zu zeigen. Das war psychologisch klug. Die Besatzung des Stützpunktes brauchte ab und zu eine Bestätigung dafür, daß sie nicht vergessen war und auf verlorenem Posten stand. Kagato und Eyseman mußten viele Fragen beantworten, bevor sie am Ziel ankamen.

Major Whooley bewies, daß er viel von Gastfreundschaft hielt. Er ließ zwei Roboter mit Erfrischungen antreten. Kagato wählte ein Kännchen Tee und einige Kekse; Finch Eyseman dagegen griff beinahe unanständig hastig nach einer Literflasche Syntho-Milch und einem riesigen Stück Butterkremtorte.

Whooley sah lächelnd zu, wie Eyseman in die Torte hieb. Er selbst zog Cola mit einem Schuß Rum vor.

Kagato hockte wie ein etwas zu mager geratener Buddha in seinem

Sessel und schlürfte würdevoll seinen Tee. Sein Blick wirkte geistesabwesend. In Wirklichkeit sammelte er sich nur. Als er fertig war, wischte er sorgfältig Mund und Finger ab. Dann blickte er lächelnd zu dem viel größeren Whooley auf.

„Recht herzliche Grüße von Perry Rhodan, Major", begann Kagato.

„Vielen Dank", erwidete Whooley. „Was hat sich bei Ihnen in den letzten vier Wochen getan?"

Kagato schilderte die Ereignisse der letzten Wochen und schloß mit den Worten: „Die Meister der Insel haben das Beta-Dreieck ausgeschaltet. Offensichtlich versprechen sie sich davon eine entscheidende Wende, denn sie taten dies nicht ohne einen besonderen Grund. Es ist daher damit zu rechnen, daß es zu einer neuerlichen Großoffensive kommt."

Whooley erblaßte. Dann lachte er rauh.

„Man dürfte sich kaum noch steigern können, Captain. Für mich war die Großaktion der Superwächter der absolute Höhepunkt. Wir alle hier in Troja haben einige graue Haare bekommen in dieser Zeit, das dürfen Sie mir glauben. Etwas noch Schlimmeres kann ich mir schwer vorstellen."

Noro Kagato zuckte die Schultern.

„Was wir bisher auf dem Wege nach Andromeda erlebten, überstieg auch unsere Vorstellungskraft. Aber immerhin leben wir noch. Der Gegner macht einen großen Fehler, indem er blindwütig herumschlägt, in der Hoffnung, den unbekannten Eindringling dadurch zu treffen. Das macht mir Hoffnung, Major."

„Ich gebe Ihnen recht. Wir werden also unseren eingeschlagenen Weg fortsetzen."

„So ist es", erwiderte Kagato. „Perry Rhodan läßt Sie bitten, weiter auf Troja auszuharren und wachsam zu sein. Bei Gefahr wissen Sie, was Sie zu tun haben. Ich nehme an, Ihre Korvette ist noch in Ordnung."

Fracer Whooley nickte.

„Sie hat die Hyperschocks anstandslos überstanden und steht startbereit im Hangar. Aber eine andere Frage: Wie lange gedenken Sie hierzubleiben?"

„Wir müssen sofort wieder aufbrechen", sagte Kagato ernst. „Wenn das alles hier vorbei ist und die erwartete Großoffensive der Meister abgeschlagen ist, wird man sich wieder um Sie und Ihre Leute kümmern."

„Wenn wir dann noch leben", seufzte Whooley mit einer Spur bitterer Ironie.

23.

Das Trümmerstück eines ehemaligen Riesenplaneten wurde schnell kleiner in den Bildschirmen des Beibootes. Als Captain Kagato den Schubhebel ganz nach vorn schob, schien Troja mit einem gewaltigen Satz zwischen sternfunkelnder Schwärze und glühenden Gaswolken zu verschwinden.

Die KC-11 begann mit dem Rückflug nach Gleam.

Nach einer halben Stunde tauchte das Boot in den Linearraum ein. An Bord der KC-11 herrschte eine gelöste Atmosphäre. Doch schon eine halbe Minute nach dem ersten Orientierungsmanöver, als die Korvette in den Normalraum zurückgekehrt war, wurde diese Idylle brutal zertrümmert.

Phantomgleich rasten Tausende und aber Tausende von glühenden Punkten aus der Finsternis des Leerraums heran.

Von der KC-11 aus war nicht zu erkennen, welche Aufgabe den glühenden Raumschiffen zukam. Darum gab Captain Katago schon nach einer Minute den Befehl, wieder in den Zwischenraum zu gehen und die Lineargeschwindigkeit bis zur Sicherheitsgrenze zu erhöhen.

Als das Beiboot der CREST II wieder im Normalraum auftauchte, war es noch rund zweihundert Lichtjahre von Gleam entfernt. Die Distanz zum Rand des Betanebels dagegen betrug nur noch hundertelf Lichtjahre. In dieser Entfernung raste die KC-11 mit parabelförmigem Kurs zum Stützpunkt Gleam zurück.

Die Hypertaster überbrückten die Distanz zum Nebelrand praktisch ohne Zeitverlust. Auf dem Projektorschirm in der Zentrale entstanden die glühenden Raumschiffe als winzige, glimmende Pünktchen. Dort, wo sie auf die ersten Sonnensysteme trafen, blähten sich jedoch die typischen grellen Flecken von Energieausbrüchen auf.

„Es besteht kein Zweifel", sagte Noro Kagato tonlos. „Die Raumschiffe stürzen sich auf die Planeten der einzelnen Systeme und lösen dabei die Explosion des betreffenden Himmelskörpers aus."

„Wahnsinn!" Finch Eyseman starrte mit weitaufgerissenen Augen auf den Projektorschirm. „Was geschieht mit den Besatzungen der Raumschiffe?"

„Sie opfern sich und ihre Schiffe. Es ist teuflisch, gewiß. Aber dergleichen hat es auch auf der Erde gegeben, als die Völker noch Krieg miteinander führten. Nur waren es dort keine Raumschiffe und Planeten, sondern Flugzeuge und Seeschiffe. Die Rechnung jedoch war die gleiche. Es ist ein relativ vorteilhafter Tausch: ein Flugzeug gegen ein Schiff – ein Raumschiff gegen einen Planeten."

Finch Eyseman schüttelte hartnäckig den Kopf.

„Ihr Vergleich hinkt. Auf der Erde wurden damals bestenfalls einige hundert Flugzeuge geopfert – hier handelt es sich um Millionen von Raumschiffen. Die Meister der Insel scheinen wieder einmal ein ganzes Volk zu opfern, nur um unsere Vernichtung sicherzustellen."

„Ich gebe Ihnen recht. Und die MdI werden es zweifellos schaffen, alle Planeten des Betanebels zu zerstören. Nur uns können sie damit nicht ausschalten."

„Mir gefällt es trotzdem nicht, Sir. Wir dürfen nicht untätig zusehen. Etwas muß unternommen werden, damit der Wahnsinn ein Ende findet!"

Captain Kagato nickte. Sein Gesicht verdüsterte sich. Mit mechanisch wirkenden Bewegungen nahm er einige Schaltungen vor. Die KC-11 erhöhte ihre Geschwindigkeit.

„Lassen Sie sich etwas einfallen, Eyseman. Aber behalten Sie es nicht für sich, sondern schlagen Sie es Perry Rhodan vor."

Finch nickte eifrig. Er nahm das ironische Grinsen nicht wahr, das ihm von der übrigen Zentralemannschaft zugeworfen wurde. Seine Gedanken kreisten um die Frage, woher die glühenden Raumschiffe kamen.

Dreieinhalb Stunden später drang die KC-11 mit annähernd Lichtgeschwindigkeit ins Tri-System ein. Eine halbe Stunde später setzte das Beiboot im Tal des Harno-Gebirges auf.

Noro Kagato wollte gerade über Telekom die CREST II anrufen, um Rhodan über seine Beobachtung zu informieren, da meldete sich Oberst Rudo.

„Heben Sie sich Ihre Meldung für später auf, Captain!" befahl der massige Epsaler. „Sie schleusen Ihr Boot sofort wieder in die CREST ein und erscheinen danach in der Zentrale. Es eilt!"

„Aber . . .!" begann Kagato.

Doch da hatte Cart Rudo bereits abgeschaltet.

Der Captain zuckte die Schultern und informierte die Besatzung. Kurz darauf erhob sich das Boot und schwebte auf das Mutterschiff zu. Die Hangarschleuse war bereits geöffnet. Verwundert registrierte Kagato die Wirkung eines Zugfeldes. Man mußte es wirklich eilig haben, wenn man solchen Wert auf rascheste Aufnahme der KC-11 legte. Seine Erfahrung sagte ihm, daß diese Tatsache auf einen baldigen Start der Crest II hindeutete. Danach hatte er es noch eiliger, in die Hauptzentrale zu kommen.

Er wunderte sich nicht, daß Perry Rhodan ihn bereits am Kartentisch erwartete. Auch Atlan und einige der Mutanten waren vertreten – und außerdem Grek-1. Das war ungewöhnlich. Normalerweise blieb der Maahk in seiner Kabine. Dort herrschte der für ihn normale Luftdruck sowie eine Temperatur, bei der ein Terraner innerhalb von Minuten gestorben wäre. Zudem benötigte er die Wasserstoff-Methan-Atmosphäre, wie sie auf den Welten seines Volkes existierte. Außerhalb der komfortabel eingerichteten Kabine konnte der ehemalige Geheimdienstoffizier im Dienste der MdI nur mit einem Raumanzug leben.

Kagato trat vor Rhodan. Finch Eyseman hielt sich bescheiden im Hintergrund.

„Ich habe zwei Meldungen, Sir . . .", begann Kagato zögernd. „Die eine wird am . . ."

„Zuerst Troja!" unterbrach Rhodan ihn. „Wie geht es Major Whooley und seinen Leuten?"

Noro Kagato berichtete knapp und präzise. Perry Rhodans Miene hellte sich zusehends auf.

„Vielen Dank, Captain", sagte er zum Schluß. „Leider wird Whooley es noch eine Zeitlang allein aushalten müssen. Was Ihre zweite Meldung betrifft . . ." Er lächelte flüchtig. „Betrifft sie die glühenden Raumschiffe?"

„Sie wissen es also schon?"

Rhodan nickte.

„Darauf haben wir ja gewartet. Nun haben die Meister der Insel zu ihrem nächsten Schlag ausgeholt, in der Hoffnung, uns endgültig zu erwischen. Die Meister der Insel nehmen an, daß die unbekannten Eindringlinge in Andro-Beta einen geheimen Stützpunktplaneten besitzen, den sie nur zu vernichten brauchen, um dem fremden Gegner das Rückgrat zu brechen."

Er runzelte verwundert die Stirn, als Leutnant Eyseman mit festem Schritt auf ihn zutrat. Über das Gesicht Eysemans liefen Ströme von Schweiß. Er blickte verlegen zu Boden, und sein Kopf war so rot wie eine vollreife Tomate.

Noro Kagato trat dem Leutnant verstohlen auf die Zehen. Dann räusperte er sich durchdringend.

„Leutnant Eyseman hat einen Vorschlag zu unterbreiten, Sir."

„Nun . . .?" fragte Perry Rhodan gedehnt.

Atlan lachte leise. Melbar Kasom verzog das Gesicht zu einer Grimasse. Finch Eyseman hob langsam den Kopf. Seine Lippen bewegten sich, aber er brachte keinen Laut heraus.

Der Mausbiber Gucky kam langsam herangewatschelt. Prüfend schaute er den mit seiner Verlegenheit ringenden Leutnant an. Dann stieß er einen schrillen Pfiff aus.

„Reden Sie doch, junger Mann. Oder haben Sie Ihre Zunge verschluckt?"

Melbar Kasom, der ertrusische Riese, lachte schallend.

„Köstlich! Gucky benutzt neuerdings das ‚Sie'! Nicht zu glauben!"

Finch mußte unwillkürlich lächeln. Geistesabwesend wischte er sich den Schweiß von der Stirn.

„Sir!" sagte er steif. „Ich weiß, Sie haben andere Sorgen. Aber ich muß ständig an die Wesen denken, die in den glühenden Raumschiffen sitzen. Man sollte etwas tun, damit diese sinnlosen Opfer endlich aufhören."

Perry Rhodan seufzte.

„Diese Meinung ehrt Sie, Eyseman." Er breitete die Arme aus. „Aber sagen Sie mir, was ich dazu tun soll. Wenn es Erfolg verspricht, werde ich Ihren Rat befolgen. Ich denke nämlich über das gleiche Problem nach."

Finch räusperte sich. Er wirkte plötzlich viel sicherer.

„Die glühenden Raumschiffe kommen nicht aus Andro-Beta, Sir.

Aber sie können meiner Meinung nach auch nicht von Andromeda kommen, denn sie tauchten erst nach der Zerstörung des Beta-Dreiecks auf. Ich schlage vor, an Ort und Stelle zu erkunden, das heißt dort, wo die Raumschiffe operieren. Mit Hilfe der Mutanten müßte es möglich sein, einen der Feindraumer zu übernehmen. Vielleicht läßt sich feststellen, von wo sie kommen. Dort sollten wir dann ansetzen, um die Aktion zu stoppen."

„Kein schlechter Gedanke", meinte Kasom.

„Er ist sogar ausgezeichnet", sagte Rhodan. „Vielen Dank, Leutnant Eyseman. Ich werde alles versuchen, um Ihren Vorschlag zu verwirklichen."

Gucky wölbte die Brust heraus und stolzierte steif umher.

„Habt ihr gehört? ‚Mit Hilfe der Mutanten' hat er gesagt. Dabei hat er *mich* angesehen . . .!"

„Kein Wunder", brummte Kasom und hielt sich vorsichtshalber an der Sessellehne fest. „Dein Brustfell ist völlig mit Mohrrübenbrei bekleckert."

Der Mausbiber fuhr herum. Seine dunklen Knopfaugen fixierten den Ertruser scharf. Die Bodenflansche von Kasoms Sessel begann zu knirschen.

„Keine Sachbeschädigung, bitte!" mahnte Rhodan. „Kasom hat übrigens keinen schlechten Witz gemacht."

Mit einem Satz teleportierte Gucky auf den Kartentisch. Die spiegelblanke Wandung der Antigravschacht-Verkleidung warf sein Bild klar und deutlich zurück. Mit einem schrillen Pfiff entmaterialisierte der Teleporter.

„Ihr Menschen habt einen skurrilen Humor", bemerkte Grek-1. „Ein Maahk wird das wohl nie ganz begreifen."

„Sagen Sie das nicht", meinte Icho Tolot. „Sie haben immerhin schon eine ganze Menge begriffen. Eigentlich entspricht Ihre Mentalität längst nicht mehr der eines Maahks. Terranische Lebensart ist sehr ansteckend."

Perry Rhodan blickte ostentativ zur Uhr.

„Kommen wir zur Sache, meine Herren. Auch ohne Auswertung der Positronik waren wir uns bereits einig darüber, daß das Auftauchen der glühenden Raumschiffe der Beginn der Entscheidungsschlacht ist." Er sah hinüber zum Hauptschaltpult. Finch Eyseman und Noro Kagato unterhielten sich angeregt mit Oberst Rudo. „Dieser junge Mann hat den Zwiespalt aufgezeigt, in den wir geraten sind. Vermutlich wäre es relativ leicht für uns, den Rückzug in den Leerraum anzutreten und in Sicherheit abzuwarten, bis die feindlche Armada systematisch jeden einzelnen Planeten des Betanebels zerstört hat. Allerdings müßten wir dann Gleam aufgeben – und ebenfalls Troja.

Doch das Hauptproblem ist anderer Natur. Wahrscheinlich könnte niemand von uns mit ruhigem Gewissen zusehen, wie die Besatzungen der glühenden Raumschiffe unzählige Planeten zerstören, von denen viele vielleicht bewohnt sind, und selbst in einen sinnlosen Opfertod gehetzt werden. Ich bin sicher, daß sie nicht freiwillig sterben. Die Meister der Insel zwingen sie dazu."

Grek-1 hob die Hand. Die Bewegung wirkte plump und ungelenk in dem schweren Raumanzug.

Voller Spannung musterte Rhodan das Gesicht seines ehemaligen Gegners. Eigentlich konnte man bei Angehörigen des Maahk-Volkes nicht von einem Gesicht im gewohnten Sinne sprechen. Der sichelförmige Kopfwulst saß unmittelbar auf dem Rumpf und lief zu den Schultern hin allmählich aus. Der blasse Grauton der Haut wirkte besonders fremdartig durch die pfenniggroßen und ebenfalls blaßgrauen Schuppen. Noch fremdartiger muteten die Augen an. Auf dem schmalen Kopfgrat wie aufgeklebt sitzend, mit je zwei halbkreisförmigen Schlitzpupillen versehen, erlaubten sie optische Wahrnehmungen nach allen Seiten zugleich. Nur Männer, die gleich Perry Rhodan durch eine umfassende Hypnoschulung gegangen waren und die Erfahrungen der Unsterblichen besaßen, vermochten bei einem Maahk psychische Reaktionen zu erkennen und zu deuten.

Rhodan erkannte, daß der geniale Geheimdienst-Taktiker wieder einmal einen seiner erschreckend logischen Pläne „ausgebrütet" hatte. Grek-1 pflegte wie ein Meister der vierdimensionalen Schachkunst zu denken und zu handeln. Mit seinem ersten Zug lenkte er die nächsten drei oder vier Züge des Gegners folgerichtig zu seinen Gunsten.

In den rötlichen Augen blitzte verhaltenes Feuer, als der Maahk sagte:

„Bei allem, was wir jetzt tun, kommt es darauf an, unsere Herkunft nicht zu verraten. Die Meister dürfen niemals erfahren, daß sie gegen Terraner kämpfen – jedenfalls vorläufig noch nicht. Andererseits gibt es außer Ihrem nur ein Volk, das den Herren Andromedas Paroli bieten könnte: die Maahks.

Wenn wir das neue Verbrechen der Meister verhindern wollen, müssen wir den Verdacht von Andro-Beta weg nach Andro-Alpha lenken. Dort sind die Hauptflotten meines Volkes stationiert. Von dort aus könnten Verschwörer nach dem Betanebel vorgedrungen sein."

Rhodan wurde blaß. Greks Vorschlag war ungeheuerlich.

„Bei aller Freundschaft, Grek-1", stieß Rhodan mühsam hervor. „Ich weiß Ihren Vorschlag zu würdigen, aber verzeihen Sie mir, daß ich ihn ablehnen muß. Wenn wir nach Ihrem Vorschlag handelten, würden wir unermeßliches Leid über Ihre Völker bringen, und das kann ich nicht vertreten."

„Sie verkennen die Sachlage, Perry Rhodan", erwiderte Grek-1 kühl. „Sie wissen, daß ich ein unerbittlicher Feind der Meister bin und alles in meiner Macht Stehende unternehmen werde, um die Völker der Maahks aus ihrer Knechtschaft zu befreien. Während der vergangenen Monate habe ich oft darüber nachgedacht, *wie* ich meinem Volk wirksam helfen kann. Durch die blindwütigen Aktionen der Meister in Andro-Beta kam mir schließlich die Idee, die mir am effizientesten erscheint."

„Die Meister der Insel werden wahrscheinlich eine Strafexpedition gegen Ihr Volk unternehmen", warf Rhodan ein. „Fürchten Sie nicht, daß es ihm dabei genauso ergehen wird wie den Twonosern?"

Grek-1 musterte Rhodan einige Augenblicke lang, um dann zu antworten: „Ich *rechne* sogar mit einer Strafexpedition! Doch bedenken Sie: wir Maahks sind nicht Twonoser! Mit uns werden die Meister kein so leichtes Spiel haben wie mit den Rüsselwesen. Die Strafexpedition wird mein Volk aufrütteln und ihm helfen, die Ketten abzustreifen. Die Maahk-Völker werden rebellieren, die Kräfte der Meister binden und schwächen. Verstehen Sie mich, dies ist der einzige Weg, um mein Volk aus der Tyrannei zu befreien. Außerdem wird dadurch gewährleistet, daß die Invasionspläne, die gegen Ihre Galaxis existieren, durcheinandergebracht und verzögert werden."

Rhodan rang noch immer um seine Fassung. Die Ausführungen des Maahk waren logisch, doch diese Logik, so schien es Rhodan, konnte für die Völker der Maahks tödlich sein.

„Selbst wenn es so kommt, wie Sie sagen; die Freiheit, die Sie sich für Ihr Volk versprechen, wäre teuer erkauft, denn sie würde unzähligen Maahks das Leben kosten.“

„Für uns hat der Tod eine andere Bedeutung als für Sie“, sagte Grek-1. „Wenn das Ziel, der Versklavung ein Ende zu setzen, erreicht werden kann, dann rechtfertigt es gewisse Opfer. Und dieses Ziel war nie so nahe wie jetzt. Indem Sie meinem Vorschlag zustimmen, helfen Sie meinem Volk, die Freiheit zu erlangen.“

Rhodan senkte den Kopf. Obwohl sich noch alles in ihm gegen Greks Vorschlag sträubte, ahnte er doch, daß der Maahk recht hatte. In der Zentrale herrschte Schweigen. Alle Anwesenden beobachteten Rhodan gespannt und erwarteten seine Entscheidung.

Und Rhodan traf sie!

„Also gut, Grek-1“, sagte er mit fester Stimme. „Ich bin mit Ihrem Vorschlag einverstanden. Aber Sie sollen wissen, daß mir dieser Entschluß nicht leichtfällt. Die Psyche eines Menschen ist anders beschaffen als die eines Maahks, und für mich bedeutet bereits ein Toter einen Toten zuviel. Aber ich erkenne auch, daß Ihnen Ihr Volk genauso am Herzen liegt wie mir meines. Und ich weiß, wie schwer Sie unter der Versklavung Ihres Volkes leiden.“

Der Bann war gebrochen. Atlan nickte Rhodan aufmunternd zu, um sich dann an Grek-1 zu wenden.

„Alles schön und gut! Aber wie wollen wir das inszenieren? Sollen wir einen Hyperfunkspruch absetzen, worin wir uns als Maahks von Andro-Alpha bezeichnen?“

„Ich verstehe Ihren Vorschlag nicht, Lordadmiral. Bei Ihrer Intelligenz hätte ich nie . . .“

Gucky quietschte vor Vergnügen. Sogar Perry Rhodan lächelte milde. Er winkte ab.

„Atlan hätte sich sagen müssen, daß Sarkasmus Ihnen gegenüber sinnlos ist, Grek-1. Ihr Volk kennt sich eben in unserer Gefühlswelt nicht völlig aus.“

„Ich verstehe“, erwiderte der Maahk. „Lordadmiral Atlan wollte demnach ausdrücken, daß er mir keine gute Idee zutraut; jedenfalls nicht im Hinblick auf unser derzeitiges Problem.“

Er wandte seinen massigen Körper dem Arkoniden zu.

„Aber was würden Sie dazu sagen, wenn die Spione der Meister der Insel zwei Maahks aufgriffen . . .?“

„Woher . . .?“ begann Perry Rhodan, dann huschte plötzlich der

Schimmer des Verstehens über sein Gesicht. „Sie meinen, wir sollten zwei bioplastische Imitationen herstellen und den hypothetischen Spionen in die Hände spielen . . .? Ich gebe zu bedenken, daß man die ‚Gefangenen' gründlich untersuchen wird, Grek-1."

„Da bin ich sogar völlig sicher." Der Maahk hob eine Hand und ließ sie krachend auf die Seitenlehne seines Gelenksessels fallen. „Es würde den Meistern aber sicher einleuchten, wenn man sich gegen Untersuchungen und Verhöre gesichert hat. Die Imitationen könnten eine Brennladung enthalten, die bei Verletzung des peripheren Nervensystems gezündet wird. Sie müßten es für eine Sicherung gegen Psychoverhöre halten."

„Ja, das leuchtet mir ein." Rhodan nickte. „Ich werde die Biologische Abteilung sofort informieren."

Als er seine Anweisungen gegeben hatte, wandte er sich wieder den Gesprächspartnern zu.

„Unsere Biologen schaffen es in sechs Stunden. Wir werden diese Zeit nicht unnütz verstreichen lassen, sondern den Stützpunkt sichern und danach mit vier Schiffen starten.

Atlan, du wirst sicher die IMPERATOR mitnehmen wollen. Selbstverständlich kommt die CREST ebenfalls mit. Dazu nehmen wir noch die ALARICH und die NAPOLEON. Kasom, Sie unterrichten die Kommandanten der beiden zuletzt genannten Schiffe davon, daß sie sich für den Start in einer halben Stunde vorbereiten sollen. Die THORA II bleibt auf Gleam und übernimmt die Sicherung des Stützpunktes Power Center.

Ist alles klar, meine Herren?"

Es war alles klar – was die Art und Weise des weiteren Vorgehens betraf. Alles andere jedoch blieb weitgehend unklar. Niemand wußte, wie die glühenden Raumschiffe beschaffen waren; und keiner vermochte zu ahnen, welchem Volk ihre zum Tode verurteilten Besatzungen angehörten.

Bald würde man es wissen – wenn es dann noch eine Möglichkeit gab, dieses Wissen zu verwerten.

Perry Rhodan schaltete den Telekom ab. Unwillkürlich warf er einen Blick auf den Backbordbildschirm. In einem Kilometer Entfernung flog das Superschlachtschiff IMPERATOR auf Parallelkurs. Atlan befand sich an Bord des USO-Schiffes. Mit ihm hatte Rhodan soeben gesprochen. Doch außer einem dunklen Fleck, der einen kreisrunden Ausschnitt im Sternenhimmel verdeckte, war nichts zu sehen. Die IMPERATOR flog ohne Positionslichter und mit verdunkelten Luken, wie alle vier Raumschiffe des Verbandes.

Rhodan kniff die Augen zusammen, als in unbestimmter Entfernung ein Dutzend heller Lichtpünktchen aufflammte und allmählich wieder verlosch. Dort draußen waren in jenem Augenblick ein Dutzend Planeten explodiert!

Die glühenden Raumschiffe, die dieses Inferno entfachten, blieben dem Auge des Beobachters verborgen. Und auch die Explosionen waren nur durch einen Zweikanaleffekt sichtbar geworden. Die Aufnahmegeräte übermittelten über den einen Kanal normaloptische Bilder, während der zweite Kanal von den überlichtschnellen Hypertastern gespeist wurde. Um die Ortungsreflexe der Feindschiffe zu erfassen, benötigte man zusätzlich eine Verstärkungsschaltung.

Perry Rhodan wollte sich gerade erheben, als der Interkom sich meldete. Dr. Hong Kaos Gesicht erschien auf dem kleinen Bildschirm.

„Die Vorberechnungen sind abgeschlossen, Sir", meldete er.

„Ich komme sofort, Kao."

Als Rhodan über den Weichplastikbelag schritt, spürte er die Vibrationen starker Energieerzeuger und -verbraucher. Er blickte hinüber zum Kontrollpult Cart Rudos. Über der Schaltplatte des Kommandanten leuchtete die Intensitätsanzeige der Impulstriebwerke. Rhodan erkannte, daß die CREST II innerhalb der nächsten fünf Minuten zum dritten Linearmanöver ansetzen würde.

Hong Kao erwartete ihn im inneren Kontrollraum der Bordpositronik. Das große Robotgehirn war ein Monstrum, wenn man es aus unmittelbarer Nähe betrachtete. Seine beiden Stockwerke entsprachen etwa sechs Stockwerken eines Wohnhauses. Nur verlor sich dieser Bau normalerweise in der Weite der Hauptzentrale. Augenblicklich herrschte im Innenraum nur ganz schwaches Summen. Bei Höchstbelastung konnte die Maschine dröhnen, obwohl der eigentliche „Gehirn"-Teil stumm war. Die Geräusche kamen von den vielfältigen Stromaggregaten.

Perry Rhodan erwiderte das höfliche Lächeln.

„Schriftbild und Aktionsfiktivbild, Kao!"

Hong Kao nickte und schaltete die entsprechenden Speicherkristalle ein. Auf zwei Schirmen entstanden grundverschiedene Bilder. Das eine zeigte einen fortlaufenden Text, das andere eine dreidimensionale Projektion der Aktionsströme, die während des Rechenvorganges die positronischen Einheiten durchlaufen hatten. Ellipsen, Kreise, Parabeln, Farbkompositionen flimmerten.

Perry Rhodan beobachtete beide Schirme mit gleicher Konzentration. Der Text benannte das Endresultat des jeweiligen Rechenschrittes; die Projektion der Aktionsströme gab dem Eingeweihten Aufschlüsse darüber, in welchen Bahnen die Positronik „gedacht" hatte.

Als die Sendung zu Ende war, entspannte sich Rhodan.

„Vielen Dank, Kao."

„Haben Sie einen Fehler entdeckt, Sir?"

„Nein. Wir dürfen annehmen, daß die Resultate den tatsächlichen Gegebenheiten entsprechen. Grek-1 hatte recht, wie vorauszusehen war. Wenn die Gegner zwei Maahks entdecken, wird das nur ihr Mißtrauen bestätigen. Die Meister der Insel wissen genau, daß sie in den Methans nicht nur starke Bundesgenossen, sondern zugleich ihre größten Konkurrenten haben. Jedenfalls glauben sie das zu wissen. Damit urteilen sie bereits nicht mehr objektiv."

„Es kommt nur darauf an, die Imitationen auch unauffällig in die Hände des Gegners zu spielen."

„Ganz recht, Kao. Deshalb werden Sie von allen Abteilungen laufend mit Informationen versorgt werden, was die glühenden Raumschiffe angeht. Lassen Sie die Positronik laufen und füttern Sie die Maschine mit allen Informationen. Geben Sie ihr den Auftrag, zu berechnen, wie man in die Feindschiffe eindringen kann, wie die Maahk-Imitationen so in einem Schiff plaziert werden können, daß niemand einen Trick vermutet – und wodurch das entsprechende Feindschiff dazu veranlaßt werden kann, mit den Imitationen zu seiner Ausgangsbasis zurückzukehren!"

Dr. Hong Kao lächelte düster. „Das ist eine ganze Menge, Sir. Hoffentlich sind die Informationen dementsprechend."

„Ich denke schon", gab Rhodan zuversichtlich zurück.

Als er die Positronik verließ, befand die CREST II sich im Linearraum. Die Sterne Andro-Betas waren unsichtbar geworden. Nur der angepeilte Zielstern stand ruhig leuchtend im Reliefschirm.

Perry Rhodan setzte sich auf seinen Stammplatz am Kartentisch und streckte die Hand nach dem Telekom aus. Er zog sie zurück, als er Icho Tolot und John Marshall auf sich zukommen sah.

Rhodan winkte ihnen zu. Tolot und Marshall nahmen ungezwungen Platz – der Haluter in dem eigens für ihn angefertigten Massivsessel. Die Sitzschale senkte sich im Teleskoprohr um einen halben Meter, als Icho Tolot sich niederließ. Kein Wunder bei seinen vierzig Zentnern.

„Ich habe eine Frage“, röhrte der Haluter. Es war seine normale Lautstärke.

„Sprechen Sie bitte, Tolot.“

„Wie gedenken Sie das Innere der Feindschiffe zu erkunden? Ich gebe zu bedenken, daß das scheinbare Glühen eine genaue Außenbeobachtung erschweren könnte.“

„Das *scheinbare* Glühen . . .?“ fragte Rhodan gedehnt.

Tolot drehte die Handflächen nach oben, eine Geste, die er Atlan abgesehen hatte.

„Ich habe die bisherigen Kenntnisse über die feindlichen Objekte mit meinem Planhirn ausgewertet. Dabei bin ich auf zwei unterschiedliche Ergebnisse gekommen. Entweder ‚glühen‘ die Raumschiffe tatsächlich, dann befindet sich darin keine organische Besatzung – oder das Leuchten stammt nicht von einem thermischen Prozeß, dann müssen wir entweder mit besonders starken Schutzschirmen rechnen oder mit einer völligen Andersartigkeit der Konstruktion und Funktion als bei normalen Raumschiffen.“

„Das sehe ich ein, Tolot.“ Perry Rhodan stützte das Kinn in die Hand und überlegte. „Aber wir können nicht mit der Planung warten, bis wir Gewißheit haben.“

In diesem Augenblick fiel der Schiffsverband in den Normalraum zurück. Im nächsten Moment huschten zwei flimmernde, langgezogene Schemen aus dem Telekomempfänger. Ein heftiger Luftzug blies Rhodan ins Gesicht. Die Woolver-Zwillinge waren angekommen. Sie hatten ihre bevorzugte Art der Fortbewegung gewählt: das Wellensprinten. Die bestehende Telekomverbindung lieferte das Medium dafür. Tronar Woolver sagte:

„Lordadmiral Atlan hat uns vorausgeschickt, Sir. Er selbst kommt mit dem Bordtransmitter.“

Perry Rhodan musterte die Zwillinge und besonders die Raumanzüge, die sie unter den Armen trugen. Dann wandte er sich zu Tolot um.

„Da haben zwei den gleichen Gedanken gehabt, will mir scheinen . . ."

„Um welchen Gedanken handelt es sich denn?" fragte Atlan. Der Arkonide trat aus dem Antigravfeld des Liftschachtes.

„Um die Planung des kommenden Einsatzes", erklärte John Marshall. „Die glühenden Raumschiffe geben uns einige Rätsel auf."

Atlan nickte und nahm Platz. Die Woolvers hatten sich inzwischen auf Rhodans Wink ebenfalls gesetzt.

„Mir auch", bestätigte Atlan. „Deshalb bin ich mit den Zwillingen gekommen. Ich nehme an, wir werden sie zur Erforschung der fremden Schiffe benötigen."

Bevor jemand darauf antworten konnte, entstand ein Luftwirbel. Gucky rematerialisierte auf Tolots Schoß. Seine Knopfaugen funkelten angriffslustig.

„Und mich, den Retter des Universums, den Schrecken aller Milchstraßen – mich braucht ihr wohl nicht?"

Rhodan lächelte und öffnete seinen Gedankenblock, während er sagte:

„Doch, Kleiner, gerade dich brauchen wir dringend. Ich hatte die Absicht, dich zu rufen. Aber du kamst mir zuvor."

„Stimmt", bestätigte Gucky, der in Rhodans Gedanken gelesen hatte. Er entblößte seinen einzigen Nagezahn, bei ihm stets ein Zeichen von Zufriedenheit. „Welche Rolle in dem Spiel hat man mir zugedacht?"

„Es ist kein Spiel!" wies Rhodan ihn zurecht. „Bei dem Einsatz geht es um alles. Darum müssen wir Sicherungen einbauen. Die Zwillinge werden versuchen, in eines der Raumschiffe einzudringen und . . ."

Guckys Nagezahn verschwand blitzschnell.

„Und ich, Perry? Den Größten aller Paras willst du zurückhalten?"

„Eben deshalb, Kleiner. Du bekommst die wichtigste Rolle zugeteilt. Falls die Woolvers in Schwierigkeiten geraten, wirst du sie herausholen. Du siehst, unser letzter Trumpf bist du."

„Das Solare Imperium kann sich auf mich verlassen!" sagte Gucky bescheiden.

In einigen Lichtjahren Entfernung explodierte ein Planet.

Durch die Decks der CREST II gellte der Alarm. Die Explosion hatte „hinter“ dem Schiffsverband stattgefunden. Man war also bereits durch die erste Linie der Angreifer hindurch.

Die nächsten Ortungsergebnisse wirkten wieder etwas beruhigender. Zwar bewiesen die Projektorschirme, daß die glühenden Raumschiffe sich in unmittelbarer Nähe befanden – aber alle kamen sie von „vorn“. Die alarmierende Beobachtung hatte nur das Werk eines Einzelgängers gezeigt.

Die Ortungsergebnisse bewiesen aber noch etwas anderes – etwas, womit sogar Icho Tolot nicht gerechnet hatte.

„Energiesphären!“ sagte Perry Rhodan tonlos, als er die Meldung erhielt. „Kugelförmige, durchschnittlich sechzig bis siebzig Meter durchmessende Energiesphären von giftgrüner Färbung . . .!“

„Vielleicht handelt es sich um reine Energieballungen“, gab Atlan zu bedenken. „In dem Fall wäre unsere Mühe vergebens gewesen. Energieballungen haben keine Besatzung.“

„Also handelt es sich nicht um Ballungen!“ stellte Icho Tolot in bestimmtem Ton fest. Er bemerkte die fragenden, verwunderten Blikke, die sich auf ihn richteten. „Wie sollte man reine Energieballungen auf große Entfernungen lenken!“ erklärte er. „Das ist ohne eingebaute Robotautomatik unmöglich. In dem für uns entscheidenden Sinne aber zählen auch Automatiken zur Besatzung. Sie sind genauso empfindlich wie mobile Roboter, folglich existiert in den Sphären ein Raum mit erträglichen Temperaturen.“

„Einverstanden!“ Perry Rhodan hob das Interkom-Mikrophon dicht an seinen Mund. „Oberst Rudo! Suchen Sie sich eine möglichst allein fliegende Sphäre aus und gehen Sie im Linearflug auf vier Millionen Kilometer heran. Weisen Sie die anderen Kommandanten an, das Manöver mitzumachen!“

„Wieder einmal neugierig!“ spöttelte Atlan, als Rhodan die Verbindung unterbrochen hatte. „Einmal wird deine Neugier uns allen endgültig zum Verhängnis werden.“

„Nicht, solange ich dabei bin!“ protestierte der Mausbiber beleidigt.

Perry Rhodan sagte nichts dazu. Er lächelte nur verstehend. Keineswegs unterschätzte er die Gefahr. Aber ohne Wagnis war nichts zu gewinnen.

Zwei Minuten später tauchte der Schiffsverband erneut in die Zwischenraumzone ein.

Schon wenige Minuten später brachen die vier Schiffsgiganten wieder in den Normalraum ein. Fluglagestabilisatoren und Impulstriebwerke rissen die Kugelraumer herum. Sie waren „hinter" einer einzelnen Sphäre herausgekommen. Als das Wendemanöver beendet war, flogen sie in der gleichen Richtung wie der Gegner, nämlich auf Andro-Beta zu.

Die Energiesphäre reagierte nicht auf das Erscheinen der fremden Schiffe. Entweder hatte man dort nichts von den terranischen Schiffen bemerkt – oder es gab nur eine einseitig programmierte Automatik.

Perry Rhodan fühlte seine Handflächen feucht werden, als er nach dem Mikrophon griff. Er wußte, daß es nun um Sekunden ging. Die Sphäre flog unterlichtschnell. Sie mußte über kurz oder lang wieder in den Linearraum gehen, wenn sie nicht erst in einigen Jahren am Ziel eintreffen wollte. Vorher jedoch mußte die erste Untersuchung abgeschlossen sein.

„Ortung! Wie weit sind Sie mit der Auswertung?" Rhodans Stimme klang beherrscht.

„Soeben beendet, Sir", meldete Major Notami. „Die Energiesphären bestehen aus einem Bündelfeld, das fünfdimensional instabil ist. Teleporter müßten es also durchdringen können. Dadurch stellen die Sphären geradezu ideale Linearflugkörper dar. Sie können im Zwischenraum hohe Überlichtgeschwindigkeiten erreichen."

„Ist es möglich, daß die Flugkörper von Andromeda kommen?"

„Ausgeschlossen. Während der Fahrt zehren sie offenbar vom eigenen Energiegehalt. Auf dem entsprechenden Diagramm zeigt sich eine allmählich absinkende Kurve. Natürlich könnten die Sphären theoretisch so groß gewesen sein, daß sie die Strecke Andromeda-Andro-Beta bewältigen. In einem solchen Fall aber hätte man mit stabilisierten Bündelfeldern arbeiten müssen, was eine Benutzung des Linearraums ausschließt."

„Okay! Ich habe verstanden, Major. Sie haben mir eine große Sorge abgenommen. Danke."

Er schaltete ab und blickte zum Zielentfernungsmesser. Die Distanz blieb konstant vier Millionen Kilometer.

„Wir müssen es versuchen", sagte er, „und zwar schnell!"

Tronar und Rakal Woolver hatten ihre Raumanzüge bereits übergestreift und verschlossen. Sie verständigten sich durch die Außenlautsprecher.

„Wir sind bereit“, meldete Tronar.

Rhodan sah sie ernst an.

„Vermeiden Sie jedes zu große Risiko. Wir werden zehn Minuten auf Sie warten. Sind Sie dann nicht zurück, schicke ich Gucky hinterher.“

„Zehn Minuten sind sehr wenig, um ein fremdes . . .“, begann Tronar.

Rhodan winkte energisch ab.

„Die Sphäre taucht nach den Berechnungen der Ortung in spätestens einer halben Stunde wieder in den Zwischenraum ein. Wenn Sie dann noch darin sind, können Sie nicht mehr zurück. Also zehn Minuten, keine Sekunde länger. Ist das klar?“

Tronar und Rakal nickten gleichzeitig.

„Dann benutzen Sie den Richtstrahl der Hyperortung.“

Die beiden Mutanten grüßten noch einmal, dann marschierten sie davon, in Richtung Ortungszentrale. Die Zurückbleibenden konnten nur abwarten.

Die Parasprinter trafen praktisch ohne Zeitverlust am Ziel ein, da sie den Richtstrahl des überlichtschnell arbeitenden Hypertasters als Transportmedium benutzt hatten.

Tronar Woolver schlug hart auf. Er hatte sich den Ort der Wiederverstofflichung nur ungefähr aussuchen können und war etwa drei Meter abgestürzt.

Er fühlte sich schwindelig wie nach jedem Parasprung. Es dauerte immer einige Augenblicke, bis sich das Atomgefüge seines Körpers wieder geordnet hatte. Während dieser Zeit war er hilflos.

Als er klar sehen konnte und seine Körperfunktionen wieder normal abliefen, stieß er einen entsetzten Schrei aus. Neben ihm schrie sein Zwillingsbruder ebenfalls.

Sie standen an der gewölbten Innenwand eines linsenförmigen Raumes. Ihre Köpfe stießen an die Decke. Etwa vier Meter vor ihnen befand sich die Steueranlage der Sphäre – und von dort nahte ein grauenerregendes, monströses Ding.

Das Monstrum war aus einer beckenförmigen, flachen Schale gekrochen. Es erinnerte sofort an die Androidenungeheuer, die sie auf Siren kennengelernt hatten und die nach der Zerstörung des Mondes auf Gleam aufgetaucht waren. Dieses hier sah aus wie eine zwei Meter durchmessende Qualle mit stummelähnlichen Fortbewegungsorganen und kurzen, schleimig glitzernden Tentakeln.

Die Zwillinge begriffen gleichzeitig, daß sie ihr Leben nur einem glücklichen Zufall verdankten. Wäre das Monstrum schneller gewesen, sie hätten im erbarmungslosen Griff seiner Tentakel längst ihr Leben ausgehaucht. Und viele der auf Gleam aufgetauchten Ungeheuer waren schneller gewesen als ein Mensch!

Die „Qualle“ kroch langsam und unbeirrbar näher. Es gab keinen Zweifel an ihren Absichten.

Tronar und Rakal hoben die Impulswaffen.

Aber noch warteten sie. Aufmerksam musterten sie die Einrichtung der Zentrale. Ein einziger Bildschirm zeigte die Umgebung. Die Lichtfülle Andro-Betas war zu sehen – und im Hintergrund der milchige Schimmer des Andromeda-Nebels. Nur wenige Kontrollen und Schalthebel befanden sich auf dem Steuerpult der Sphäre. Alles deutete darauf hin, daß die Energiesphären nur für den einzigen Zweck gebaut worden waren: die Planeten des Betanebels zu vernichten.

Rakal begann auf den Androiden einzureden. Er gab sich allerdings keinen Hoffnungen hin. Tatsächlich zeigte das Monstrum nicht einmal, ob es seine Stimme überhaupt gehört hatte.

Als die Tentakel in bedrohliche Nähe gerückt waren, blieb den Parasprintern nichts weiter übrig, als das Feuer zu eröffnen.

Sie schossen so, daß das Wesen nur leicht verletzt wurde. Dennoch brach es fast augenblicklich zusammen und rührte sich nicht mehr. Tronar und Rakal sahen sich unschlüssig an. Sie wußten nicht, ob das Ungeheuer tot war oder sich nur tot stellte. Doch sie brachten es nicht über sich, auf ihren wehrlosen Gegner einen weiteren Schuß abzugeben. Wie alle Mutanten besaßen die Woolvers ein überspitztes Mitgefühl mit jeglicher Kreatur.

Tronar drückte ihren Gewissenskonflikt in Worten aus, als er sagte: „Was nun? Wir können das Wesen nicht hier liegen lassen. Möglicherweise erholt es sich und richtet neues Unheil an. Wenn der Mausbiber hier wäre, dann ...“

Die Luft in der Sphäre begann zu flimmern. Die Gestalt Guckys schälte sich aus dem Luftwirbel. Der Mausbiber grinste die Woolver-Zwillinge durch seine Helmscheibe hindurch an.

„Das ist Kundendienst, was! Bevor ihr sagen könnt, was ihr möchtet, hat sich euer Wunsch schon erfüllt." Er warf einen kurzen Blick auf das Analysegerät an seinem Arm. „Sauerstoffatmosphäre! Gut, dann kann dem Burschen nichts passieren, wenn ich ihn mit zur CREST nehme."

Er watschelte zu dem reglos daliegenden Quallenandroiden hinüber, ergriff einen der Tentakel – und verschwand mit dem Ungeheuer. Knallend stürzte die Luft in das entstehende Vakuum.

24.

Das Quallenungeheuer stürzte genau vor Major Notamis Füße. Es gab ein klatschendes Geräusch. Notami vollführte einen grotesken Luftsprung. Anschließend begann er mit Gucky zu schimpfen.

Perry Rhodan gebot ihm mit einer Handbewegung Schweigen. Zwei Roboter eilten herbei und trugen den Androiden zur Seite. Er wehrte sich nicht.

Kurz danach schossen zwei nebelhafte Gebilde unter leisem Zischen aus dem Aggregatblock des Hypertasters. In Sekundenschnelle verwandelten sie sich in die vertrauten Gestalten der Parasprinter.

Tronar trat auf Rhodan zu und berichtete über den Verlauf des Einsatzes. Atlan, Tolot und John Marshall waren ebenfalls in der Ortungszentrale erschienen und hörten aufmerksam zu. Gucky stand daneben und ließ sich von den Männern der Ortungszentrale bewundern. Er zeigte seinen einzigen Nagezahn und gab seinerseits einen Bericht, wobei sein eigener Einsatz alles andere als zu kurz kam.

„Es ist tot!" rief jemand von dorther, wo der Androide lag.

Perry Rhodan wandte sich um und erkannte in dem Rufer den Arzt, der auf seine Anweisung zur O-Zentrale gekommen war.

„Woran ist es gestorben, Doc?" fragte er ruhig.

Der Extra-Mediziner zuckte die Schultern.

„Veranlassen Sie eine Obduktion!" befahl Rhodan. „Ich erwarte einen genauen Bericht. Vor allem interessiert mich, woraus das Gehirn des Monstrums besteht. Ich habe einen ganz bestimmten Verdacht."

„Welchen Verdacht, Perry?“ fragte Atlan.

Rhodan lächelte nur, erwiderte aber nichts. Doch er mußte den Abschirmblock um seinen Gedankeninhalt kurzzeitig geöffnet haben, denn der Mausbiber blickte plötzlich ganz erschrocken zu ihm auf.

„Aber das wäre ja grauenhaft!“ flüsterte er.

Perry Rhodan nickte.

„Man könnte es als weiteren ungeheueren Verstoß gegen das Leben bezeichnen, Gucky. Doch noch ist es nur ein Verdacht, der vielleicht nicht bestätigt wird.“

„Wir wollen es hoffen!“ Gucky seufzte und entmaterialisierte.

Rhodan trat zu der Wand, an der die zahlreichen Bildschirme der Ortung untergebracht waren.

Deutlich war zu erkennen, daß die nun verlassene Energiesphäre ziellos dahinjagte. Offenbar konnte ohne Zutun des Piloten kein Linearmanöver begonnen werden. Wenn das zutraf, würde die Sphäre jahrelang durch den Leerraum rasen und danach vielleicht durch den Betanebel hindurcheilen, ohne mit einem Himmelskörper zu kollidieren. Etwa hundertfünfzigtausend Jahre später würde das Fahrzeug am Rande Andromedas eintreffen; doch dazu reichte sein Energievorrat nicht aus. Irgendwo zwischen Andro-Beta und Andromeda mußte es sich auflösen, sich selbst verzehren.

Perry Rhodan befahl den Kommandanten des Verbandes, zurückzukehren und die Tätigkeit der Energiesphären aus der Nähe zu beobachten.

Nur mit Mühe vermochte Perry Rhodan die aufsteigende Übelkeit zu unterdrücken. Vor ihm lag der Körper des toten Quallenungeheuers.

Im Gegensatz zu den Siren-Androiden besaß dieses Exemplar offensichtlich keine Sicherheitsschaltung, die seinen Körper auflöste, sobald es seinen Dienst nicht mehr programmgemäß versah. Es lag auf der Hand, daß die unbekannte Produktionszentrale ihre Androiden nach unterschiedlichen Merkmalen konstruierte, die aufgabenspezifisch waren. Androiden, die wie hier ein Selbstmordkommando auszuführen hatten, benötigen keine spezielle Sicherheitsschaltung, da niemand damit rechnete, daß sie Fremden in die Hand fallen könnten.

Ein Biologenteam arbeitete rasch und routiniert. Gewebeproben wurden unter Übermikroskopen untersucht, chemische Analysen angestellt. Andere Biologen sprachen die Röntgenbefunde und Organfunktionsanalysen auf Speicherbänder. Nichts von dem Komplex der Ergebnisse ging verloren.

Rhodan beugte sich über einen Behälter, in dem ein schwarzbraun schimmernder Klumpen von Faustgröße in einer Nährlösung schwamm. Eine Biologin beobachtete den Klumpen, während ihre Finger flink über die Schaltungen des Zufuhraggregats glitten.

Als er den Klumpen näher in Augenschein nahm, krampfte Rhodans Herz sich zusammen. Es schien ihm, als flösse plötzlich Eiswasser statt Blut durch seine Adern.

In diesem Augenblick entdeckte ihn die Biologin. Sie warf ihm einen giftigen Blick zu.

„Verschwinden Sie, wenn Sie nichts vertragen können!“

Ihre Stimme klang tief und energisch. Plötzlich erkannte Rhodan, daß er neben Dr. Natalie Scharzowa stand. Er ärgerte sich, daß man ihm seine Gefühle am Gesicht ablesen konnte. Doch dieser Ärger drückte sich nicht in seiner Stimme aus.

„Verzeihen Sie, Madam“, entgegnete er mit gezwungenem Lächeln, „aber ich bin kein abgebrühter Mediziner oder Biologe. Habe ich mit der Annahme recht, daß es sich bei diesem . . . Klumpen um das ‚Gehirn‘ des Androiden handelt?“

„Richtig geraten!“ brummte die Chefbiologin der CREST II respektlos. „Aber jetzt stören Sie mich bitte nicht mehr. Ich versuche, das Plasma ins Leben zurückzurufen.“

Perry Rhodan wurde bei dem Wort „Plasma“ noch blasser. Das, was er vermutet hatte, schien zu Gewißheit zu werden.

Nun schien sich das Rätsel zu lösen, was die Beauftragten der Meister der Insel mit dem auf Rando I brutal „geernteten“ Plasma anfingen.

Sie ließen die Biogehirne für ihre Androidenmonstren daraus schaffen!

„Aus!“ sagte Natalie Scharzowa. Sie schaltete das Zufuhraggregat ab und wischte sich mit dem Ärmel den Schweiß von der Stirn.

„Sie können auch nicht mehr tun als ich. Das Plasma ist abgestorben. Vielleicht ist es besser so.“

„Ist die Substanz identisch mit dem Zentralplasma von Rando . . .?“ fragte Rhodan tonlos.

„Nicht ganz.“ Natalie Scharzowa strich sich einige schwarze Haarsträhnen aus der Stirn und seufzte resignierend. Es war offensichtlich, daß der vergebliche Rettungsversuch sie deprimiert hatte. „Aber eine erste Analyse wies Grundstoffe des Zentralplasmas nach. Jetzt, da das ‚Gehirn' abgestorben ist, können wir es natürlich gründlicher untersuchen."

„Würden Sie sagen, daß man Zentralplasma für die ... ‚Herstellung' des Androidengehirns verwandt hat, Madam?"

Die Biologin nickte düster. In dem Blick, den sie dem abgestorbenen Plasmaklumpen zuwarf, lag so viel Mütterlichkeit, daß Perry Rhodan ihr alle Respektlosigkeit verzieh.

„Ich danke Ihnen, Madam", sagte er leise. Er spürte erneut heißen Zorn gegen die Herren Andromedas in sich aufsteigen. Diese brutalen Herrscher mußten überhaupt kein Gewissen besitzen, wenn sie mit eiskalter Zweckmäßigkeit und ohne Mitleid ganze intelligente Völker auslöschten oder mißbrauchten.

Rhodan sprach noch ausführlich mit den anderen anwesenden Biologen und Medizinern. Sie alle bestätigten ihm, daß auch der Androidenkörper Spuren der Plasmasubstanz aufwies.

Niedergeschlagen verließ er den Untersuchungsraum. Draußen vor der Tür traf er auf Gucky. Der Mausbiber hockte mit hängenden Ohren und geschlossenen Augen auf dem Boden und schien in sich hineinzulauschen.

Als Perry Rhodan erschien, sah er auf.

„Nimm es nicht so tragisch, Perry", versuchte er zu trösten. „Wir haben die größten Aussichten, die Höllenküche aufzuspüren, in der die Androiden zusammengebraut werden. Du wirst doch mit den ‚Köchen' hoffentlich kein Mitleid haben ...?"

Rhodan schüttelte stumm den Kopf.

„Au, fein!" jubelte Gucky. „Endlich darf ich wieder einmal nach Herzenslust ‚spielen'. Ich darf doch, nicht wahr?" erkundigte er sich.

„Leutnant Guck!" sagte Perry streng. „Ich verstehe nicht, wie Sie angesichts des furchtbaren Schicksals, das das Plasma erlitt und noch immer erleidet, vom ‚Spielen' reden können!"

Der Mausbiber zuckte zusammen. Doch dann stieß er einen schrillen Pfiff aus. Er versuchte, sich auf die Zehen zu stellen. Wie üblich, geriet er dabei aus dem Gleichgewicht und mußte Telekinese anwenden, um nicht zu fallen. Telekinetisch schwebte er empor, bis sein Gesicht auf gleicher Höher mit dem Rhodans war.

„Erstens, Herr Großadministrator, bin ich schon lange nicht mehr ein kleiner Leutnant, sondern Superoffizier des Mutantenkorps. Die Ernennungsurkunde trägt übrigens Ihre Unterschrift, Sie... Sie...!“

„Und zweitens?“ fragte Rhodan trocken.

„Und zweitens solltest du den Herstellern der Androiden gönnen, daß ich mit ihnen ‚spiele‘. Sie haben es wohl verdient, meine ich – und zwar gerade weil sie das Zentralplasma mißbrauchen.“

Perry Rhodan schmunzelte flüchtig.

„Einverstanden, Gucky. Damit du recht gründlich mit diesen Leuten ‚spielen‘ kannst, würde ich dir empfehlen, bis dahin auf jegliche Anwendung deiner Parafähigkeiten zu verzichten. Außerdem könnte dir körperliche Bewegung nicht schaden. Du hast in der letzten Zeit fast unanständig viel Speck angesetzt.“

Guckys Augen traten fast aus den Höhlen vor Schreck. Er vergaß, daß er in der Luft schwebte, und fiel prompt auf den verlängerten Rücken. Sein Jammern rührte Rhodan so sehr, daß er den Mausbiber aufheben wollte. Doch da wurde Gucky wild.

„Rühr’ mich nicht an, du Unmensch, du!“ Er rollte mit den Augen. „Wenn ich nicht Mitleid mit dir hätte, würde ich jetzt ohne Raumanzug in den Raum teleportieren. Dann könntest du dir die Augen aus dem Kopf weinen um mich.“ Er schluchzte vor Selbstmitleid. „Ich würde dir etwas husten und nicht wiederkommen.“

Rhodan tat zerknirscht.

„Das kannst du mir nicht antun, Kleiner. Aber im Ernst, Gucky: Du...“

„Halt!“ schrie Gucky. „Sag das nicht schon wieder!“

„Aber, aber!“ beschwichtigte Rhodan. „Ich wollte doch nur raten, eine Mohrrübenkur zu machen. Mohrrüben sind gut für die schlanke Linie. Natürlich bekommst du eine Sonderanweisung für Major Bernard, damit er dir eine unbegrenzte Entnahme von Mohrrüben gestattet.“

Gucky schnüffelte mißtrauisch, aber schon besänftigt.

„Hattest du ‚unbegrenzte Entnahme‘ gesagt, Perry?“

„Warum fragst du das? Läßt dein Gehör nach? Ich werde dich zum Ohrenarzt schicken müssen, wenn das so weitergeht.“

Unwillkürlich versuchte Gucky, sich die runden Ohren zuzuhalten.

„Nein!“ protestierte er erschrocken. „Nicht zum Ohrenarzt. Ich bin schrecklich kitzlig, Perry. Außerdem höre ich ausgezeichnet. Wo bleibt die Sonderanweisung?"

Rhodan zog einen Schreibblock aus der Brusttasche, schrieb etwas mit dem Wandlerstift darauf und riß die oberste Folie ab.

Der Mausbiber griff zu.

„Unbegrenzte Entnahme ...", murmelte er, „... jede Forderung des Sonderoffiziers Guck widerspruchslos erfüllen ..."

Er vollführte einen Luftsprung und zeigte seinen Nagezahn in voller Größe.

„Warte, Curd Bernard!" triumphierte er. „Jetzt komme ich. Ich glaube, für dich wird eine Welt zusammenbrechen!"

Mitten im letzten Luftsprung entmaterialisierte er. Perry Rhodan sah ihm kopfschüttelnd nach. Plötzlich glitt ein Lächeln des Verstehens über seine Züge.

„So ein Schelm!" murmelte er. „Mich hereinzulegen! Das ganze Theater hat er nur provoziert, um meine Stimmung aufzubessern ..."

Der Panoramabildschirm zeigte ein Bild des Grauens. Die CREST II durchflog augenblicklich ein Sonnensystem mit vierzehn Planeten. Doch von den Welten, von denen einige mit Sicherheit Leben getragen hatten, war nicht mehr viel übrig. Sich langsam ausdehnende Trümmer- und Gaswolken kennzeichneten ihre Positionen auf den Umlaufbahnen.

„Ich habe den Kurs gewählt, damit wir uns ein Bild von dem Verbrechen machen können, Sir", erklärte Oberst Rudo hart. „Aus unmittelbarer Nähe sieht alles ganz anders aus. Worte können das Furchtbare immer nur ungenügend ausdrücken."

Perry Rhodan nickte stumm. Er spürte ein Würgen in der Kehle. Sein Blick glitt über die Gesichter der Zentralebesatzung. Ausnahmslos alle waren zu harten Masken erstarrt. Manche Augen drückten Fassungslosigkeit aus. Vielleicht dachten einige Männer auch an zu Hause. Vielleicht stellten sie sich vor, welches Schicksal den Planeten des Imperiums bevorstände, würden die Meister der Insel ihren Machtbereich in die heimatliche Galaxis ausdehnen können.

Zweifellos hatte dieser „Anschauungsunterricht" ihre Entschlossenheit gestärkt. Keiner von ihnen würde noch nach einer anderen Lösung des Konflikts suchen als nach der endgültigen und kompromißlosen.

Icho Tolot näherte sich mit laut hallenden Schritten.

„Ich empfehle, die Energiesphären auch unmittelbar in Aktion zu beobachten."

Cart Rudos massige Gestalt ruckte herum. Die Augen des Epsalers starrten ungläubig auf den Haluter.

„Das kann doch nicht Ihr Ernst sein, Tolot! Wie könnten Terraner untätig zusehen, wie Welten vernichtet werden!"

„Es ist notwendig", sagte Tolot. Der Gigant senkte seine Stimme. „Wir müssen härter werden, wenn wir die Meister der Insel jemals endgültig schlagen wollen, Rudo. Es genügt nicht, nur die Überreste der zerstörten Welten zu betrachten. Sie sollten das wissen. Wir müssen herausfinden, wie die Sphären beim Aufprall auf einen Planeten reagieren, welcher Art die freiwerdenden Energien sind und warum ein so relativ kleiner Raumflugkörper die restlose Zerstörung eines Planeten bewirkt."

Der Epsaler mahlte mit den Kiefern. Sein breites Kinn, so wuchtig wie ein Amboß, schob sich vor. Die Augen glitzerten verdächtig unter den mächtigen Brauenwülsten.

„Tolot hat recht!" Rhodans Stimme duldete keinen Widerspruch.

Oberst Rudo, der bei Verbandsflügen stets die Befehlsgewalt über alle anderen Schiffskommandanten erhielt, gab Rhodans Befehle weiter. Die vier Superschlachtschiffe traten noch innerhalb der Planetenbahnen in den Zwischenraum ein.

Das Ziel hieß Multitude.

Multitude war das System einer roten Riesensonne, das von Oberst Alurin entdeckt und getauft worden war. Seinen Namen hatte es von der großen Menge seiner Planeten. Insgesamt kreisten achtundvierzig Welten um das Zentralgestirn. Zwölf davon trugen Leben, wenn auch kein intelligentes Leben. Genau achtundvierzig Energiesphären waren beim Anflug auf Multitude ausgemacht worden. Niemand brauchte zu fragen, was die Sphären vorhatten.

Eine halbe Lichtstunde vor dem Randplaneten des Multitude-Systems brachen die Raumgiganten aus dem Linearraum. Im selben Augenblick begann die Vernichtungsorgie der Sphären.

Drei Planeten blähten sich auf, wurden zu grellroten Feuerbällen und zerbarsten.

Perry Rhodan beugte sich weit vor, als die Ortungszentrale eine Energiesphäre in vielfacher Vergrößerung projizierte.

Das giftgrün leuchtende Gebilde jagte mit halber Lichtgeschwindigkeit auf einen eisbedeckten Riesenplaneten zu. Dort gab es gewiß kein Leben. Dennoch war auch die Vernichtung eines toten Himmelskörpers ein Verbrechen gegen die kosmischen Naturgesetze. Niemand besaß das Recht, die Werke der Schöpfung sinnlos zu vernichten.

Mit angehaltenem Atem beobachtete Perry Rhodan den rasenden Sturz der Sphäre. Er wußte, daß die Spezialgeräte der Ortung ununterbrochen arbeiteten, Fakten sammelten und auswerteten. Nach dem Angriff würde man eine ganze Menge mehr wissen. Nur darauf kam es an. Niemand konnte einen Gegner wirkungsvoll bekämpfen, wenn er ihn nicht kannte.

Im Augenblick des Aufschlags der Sphäre auf der Oberfläche des Planeten zeigte sich noch keine Wirkung. Nur ein ultraheller Blitz deutete an, daß die Sphäre explodiert war.

Eine halbe Sekunde später änderte sich das Bild schlagartig. Es gab kein sich allmählich ausbreitendes Atomfeuer. Vielmehr wurde die gesamte Materie des Planeten von einer Sekunde zur anderen von dem Vernichtungsprozeß erfaßt. Die ehemalige Eiswelt blähte sich so ruckartig auf, daß Rhodan beinahe die schnellste Flucht befohlen hätte. Im letzten Augenblick entsann er sich, daß nur die Ausschnittsvergrößerung eine unmittelbare Gefahr vorspiegelte.

Eine halbe Minute war es totenstill in der Hauptzentrale. Dann setzte gedämpftes Flüstern ein. Niemand getraute sich, laut zu sprechen.

Rhodans Hand zuckte nach vorn, als der Interkom-Melder summte. Er schlug auf die Aktivierungstaste.

„Hier Notami", klang eine bedrückte Stimme aus dem Lautsprecher. „Die Auswertung ist beendet, Sir."

Perry Rhodan wunderte sich nicht darüber, daß es so schnell gegangen war. Der Vernichtungsvorgang ließ eigentlich nur einen Schluß zu.

Notamis Stimme drang wie aus weiter Ferne in sein Bewußtsein.

„Die Energiesphären explodieren beim Aufschlag auf den Planeten. Zweifellos kommen die Androiden dabei um. Infolge der energetischen Überlagerung durch das sich auflösende instabile Bündelfeld tritt ein schlagartiger Fusionsprozeß bei allen Elementen über der Ordnungszahl sechs ein. Praktisch geschieht das gleiche wie bei einer entsprechend eingestellten Arkonbombe – nur unvergleichlich schneller."

„Ich danke Ihnen", murmelte Rhodan. Dann wirbelte sein Körper mitsamt dem Kontursessel herum. „Oberst Rudo!"

Der Epsaler schrak auf.

„Ja, Sir ...?"

„Ich befehle freie Jagd auf alle Sphären innerhalb dieses Systems. Setzen Sie Impulsgeschütze ein. Das dürfte genügen."

Selten hatte Cart Rudo einen Befehl so freudig erfüllt. Seine Stimme dröhnte wie ein Nebelhorn, als er die anderen Kommandanten informierte.

Nach einer Viertelstunde war alles vorbei. Cart Rudo und die anderen Kommandanten hatten fast alles eingesetzt, was die Schiffe an Kampfkraft besaßen: mehr als hundert überlichtschnelle Beiboote, einige hundert Raumjäger, Zweimann-Zerstörer und Selbstlenktorpedos. Nur die Transformkanonen waren nicht benutzt worden.

Insgesamt konnten durch diese Blitzaktion zweiunddreißig von achtundvierzig Welten vor dem sicheren Untergang gerettet werden. Doch machte es Perry Rhodan verzweifelt, daß in der gleichen Zeit in Andro-Beta Hunderte oder gar Tausende anderer Planeten starben.

„Wir steuern eine einzelne Sphäre außerhalb eines Planetensystems an!" befahl er. „Diesmal setzen wir die Maahk-Imitationen ein."

„Hoffentlich lösen wir damit nicht eine noch größere Katastrophe aus!" murmelte Cart Rudo düster, während er den Befehl weitergab.

Die beiden Maahk-Nachbildungen lagen reglos in der Ortungszentrale. Sie würden sich auch niemals regen, denn es war nicht beabsichtigt, belebte Wesen zu opfern. Zwar bestand ihr bioplastischer Körper aus lebender Materie, doch die Brutzellen waren sich ihrer Existenz nicht bewußt. Eine Amöbe besaß jedenfalls mehr Intelligenz als sie, wenn man dabei überhaupt von Intelligenz sprechen konnte.

„Ich bewundere die Leistung Ihrer Biologen", sagte Grek-1. Der Maahk schritt um die angekleideten Imitationen herum. „Sogar die Einzelheiten der Uniform stimmen." Er stutzte, dann beugte er sich hinab. „Sie haben aber auch an alles gedacht", lobte er anschließend. „Ich wäre wahrscheinlich nicht auf den Gedanken gekommen, die Schiffs- und Flottenkennzeichen anzuschweißen und danach wieder abzureißen. Einfach genial, dieser Gedanke. Die Meister werden annehmen, die Maahks hätten ihre Kennzeichen selbst entfernt, um keinen Hinweis auf die Einheit zu geben. Damit werden Sie Erfolg haben, Rhodan."

„Ich werde das Lob weitergeben, Grek-1."

„Wann geht es los?" fragte Gucky neugierig.

Perry Rhodan sah zur Uhr. Dann blickte er den Mausbiber ernst an.

„In fünf Minuten, Gucky. Die Zeit ist knapp bemessen. Dort kommen bereits die Woolvers."

Der Mausbiber schluckte den verborgenen Vorwurf.

Die Woolver-Zwillinge wollten Meldung erstatten. Doch das Heulen der Alarmsirenen übertonte ihre Worte.

Perry Rhodan brauchte nicht zur Uhr zu sehen. Er wußte sofort, daß etwas Unvorhergesehenes eingetreten war.

Beide Raumfahrzeuge, die Sphäre und die CREST II, bewegten sich mit einer Geschwindigkeit knapp unter der des Lichts aufeinander zu.

Perry Rhodan fragte sich, ob der Anflug der Sphäre als Angriff aufzufassen sei. Die bisher gemachten Erfahrungen sprachen dagegen. Weder die im Leerraum aufgespürte Energiesphäre noch die im Multitude-System vernichteten Fahrzeuge hatten auf die terranischen Raumschiffe reagiert. Der Verdacht lag nahe, daß die Androiden-Piloten komplexen Aufgaben nicht gewachsen waren. Offenbar vermochten sich die Plasmagehirne nur immer mit einer einzigen Aufgabe zu befassen – mit der Vernichtung eines Planeten.

Diese Überlegung dauerte nicht länger als eine Sekunde. Bevor Oberst Cart Rudo in notwendiger Konsequenz die Vernichtung der einzelnen Sphäre befehlen konnte, hatte Perry Rhodan einen Entschluß gefaßt.

„Nicht feuern!" befahl er. „Ausweichmanöver einleiten. Geschwindigkeit um fünf Prozent herabsetzen!"

Rudos Befehlsstimme begann sich fast zu überschlagen. Rhodans Befehl war spät gekommen. Nur allergrößte Schnelligkeit und Koordination konnte noch einen Erfolg des befohlenen Manövers garantieren.

Doch wieder einmal zeigte sich, wie hervorragend die Mannschaft der CREST II aufeinander eingespielt war. Die Navigatoren hatten von Anfang an sämtliche möglichen Kursmanöver durchkalkuliert, vom direkten Angriffskurs angefangen bis zum unlogisch wirkenden Kreiselmanöver. Die notwendigen Berechnungen lagen vor. Man brauchte die entsprechenden Automatikbänder nur durch einige Knopfdrucke mit dem Selbstlenkautomaten zu koppeln.

Auf Rhodans Anweisung hin hielten sich die anderen drei Schiffe aus dem gefährlichen „Spiel" heraus. Sie strebten nach allen Seiten davon und nahmen Wartepositionen in einigen zehn Millionen Kilometern Entfernung ein.

Die CREST dagegen glitt nur wenig aus dem ursprünglichen Kurs heraus. In einer extrem flachen Bahnkurve unterlief sie die Sphäre. Dabei drehte sie sich – relativ zur bisherigen Fluglage – auf den Rücken, so daß sie sich nach vollendetem Manöver aus der Sicht ihrer Besatzung nicht unter, sondern über der Energiesphäre befand. Eine solche scheinbare Verkehrung der Tatsachen war allerdings nur im freien Raum möglich.

Anfänglich sah es aus, als wollte die Sphäre den einmal eingeschlagenen Kurs geradlinig fortsetzen. Doch dann meldeten die Männer an den Zielverfolgungsgeräten eine zunehmende Verringerung der Fahrt.

Rhodan erfüllte Rudos Bitte und gestattete, daß auch die CREST II mehr und mehr verzögerte. In einer Entfernung von achtzig Millionen Kilometer begann die Sphäre mit dem Wendemanöver. Perry Rhodan nahm mit Befriedigung zur Kenntnis, daß die Beschleunigungs- und Verzögerungswerte des Feindschiffes weit unter denen der CREST lagen. Auch der Gegner mußte also mit normalen Absorberwerten rechnen.

Allmählich näherten sich die beiden Schiffe wieder einander.

„Du solltest Schluß machen, Perry!" mahnte Atlan. „Es ist offensichtlich, daß die Sphäre uns angreift."

„Mich interessiert das Warum", erwiderte Rhodan.

Der Arkonide hüstelte vielsagend.

„Du rennst offene Türen ein, Freund. Natürlich greift die Sphäre an, weil sie einen entsprechenden Befehl dazu von ihrer Steuerzentrale erhalten hat."

Rhodan schüttelte lächelnd den Kopf. Er gab seine Vermutungen jedoch nicht preis.

Statt dessen meldete sich Dr. Hong Kao von der Positronik aus. Der

Chefmathematiker berichtete, daß die Positronik aus dem Verhalten der Sphäre auf eine rein zufällige Zielkursverwirrung des Piloten schloß. Der Pilot, nur mit geringer Intelligenz begabt, hatte die CREST II anscheinend für seinen Zielplaneten gehalten. Nun befolgte er stur und in völliger Verkennung der Sachlage seinen Vernichtungsauftrag.

Perry Rhodan lächelte noch immer.

„Was sagst du jetzt, Atlan?“

„Es sieht fast so aus, als handelte der Pilot völlig selbständig. Doch mein Logiksektor weigert sich, daran zu glauben. Ein solcher Massenangriff setzt eine permanente Kontrolle durch eine Zentrale voraus. Anders ist mit halbintelligenten Androiden-Piloten kein vollständiger Erfolg zu erzielen.“

„Allerdings. Ich hoffe sogar, daß du recht hast, Atlan.“

„Jetzt verstehe ich überhaupt nichts mehr.“

„Ich will damit nur sagen, daß wir unser Vorhaben genausogut hier wie anderswo ausführen können. Wenn es eine Steuerzentrale gibt, wird man bereits Verdacht geschöpft haben. Ein weiterer Zwischenfall muß unweigerlich Neugier hervorrufen.“

Er erhob sich.

„Tronar, Rakal! Halten Sie sich bereit! Major Notami – lassen Sie die Sphäre durch einen Hyperortungssichtstrahl einfangen!“

Die anfliegende Energiesphäre war nur noch drei Millionen Kilometer entfernt, als Perry Rhodan das Zeichen zum Beginn des Einsatzes gab.

Die Woolver-Zwillinge verschwanden auf ihrem speziellen Wege. Diesmal führten sie statt der Impulswaffen leistungsstarke Narkosestrahler mit sich. Als Tronar und Rakal nach der Wiederverstofflichung ihre volle Handlungsfähigkeit erlangten, sahen sie ein gleiches ungefüges Quallenmonstrum wie beim ersten Einsatz vor sich. Im Unterschied dazu griff das Ungeheuer jedoch nicht an. Es hockte in seinem Behälter. Nur das meterhohe, halbkugelige Oberteil seines gallertartigen Körpers und die Greiftentakel ragten hervor. Die ganze Aufmerksamkeit des Wesens war auf den einzigen Bildschirm und die Kontrollen gerichtet. Deutlich erkannten Rakal und Tronar die CREST II in der Mitte des Schirmes.

Tronar warf einen mitleidigen Blick auf den Androiden, dann hob er den plumpen Narkosestrahler. Rakal tat es ihm gleich. Zur gleichen

Zeit drückten die Zwillinge die Feuerknöpfe ein. Die Strahlen wirkten augenblicklich. Der Androide begann konvulsivisch zu zucken, dann rutschte das Wesen zu einem unförmigen Klumpen Gallerte zusammen.

Tronar und Rakal ließen die Narkosestrahlen noch eine halbe Minute lang auf den ganzen Körper einwirken.

Nach der halben Minute schaltete Tronar sein Helmfunkgerät ein.

Der Parasprinter berichtete von der erfolgreichen Aktion. Perry Rhodan befahl, noch einige Minuten in der Sphäre auszuhalten.

Kurz darauf materialisierte Gucky in der kleinen Zentrale. Er hielt sich an einer der Maahk-Imitationen fest – jedenfalls sah es so aus. In Wirklichkeit war es der Mausbiber, der die Imitation hielt. Mit Telekinese unterstützte er seine schwachen Körperkräfte. Langsam ließ er den Maahk zu Boden gleiten.

Er verschwand, wie er gekommen war. Sekunden später erschien er mit dem zweiten künstlichen Maahk. Er legte ihn neben den anderen.

„Sollen wir den Androiden mit zurücknehmen?“ fragte Rakal Woolver.

Gucky piepste schrill und empört.

„Wozu? Wir haben keine Verwendung dafür. Wie lange wird die ‚Qualle‘ bewußtlos bleiben?“

„Mindestens zwei bis drei Tage“, erwiderte Tronar. „Die angewandte Dosis war gewaltig im Hinblick auf das schwache Gehirn des Wesens.“

„Fein. In diesem Falle soll ich euch vom Chef mitteilen, daß der Wackelpudding hierbleibt. Ich springe jetzt zurück. Soll ich euch mitnehmen?“ bot er sich großzügig an.

Die Parasprinter lehnten ab. Sie empfanden ihre Art der „Fortbewegung“ angenehmer als eine Teleportation.

Zwei Sekunden später standen die drei Mutanten wieder vor Perry Rhodan.

Mit gemischten Gefühlen beobachteten sie von der O-Zentrale aus die Energiesphäre. Noch war keine Reaktion einer vorläufig rein hypothetischen Steuerzentrale zu erkennen.

Über eines jedoch waren sich alle Anwesenden klar: Sollte die feindliche Steuerzentrale so reagieren, wie man hoffte, dann begänne damit der gefährlichste Teil des Unternehmens Andro-Beta.

25.

Minute auf Minute verstrich mit quälender Langsamkeit. Die Sekunden schienen zu Ewigkeiten zu werden. Ununterbrochen meldete die Hyperortung die Explosionen von Welten in Andro-Beta. Doch die Energiesphäre verfolgte noch immer mit knapp halber Lichtgeschwindigkeit ihren sinnlos gewordenen Kurs.

Vom Halbrund des Hauptkontrollpultes her näherte sich die gigantische Gestalt Icho Tolots. Die Füße des Haluters stampften den Boden. Die Vibrationen waren sogar am Kartentisch zu spüren.

Perry Rhodan blickte flüchtig hoch, als der Gigant sich in seinen Spezialsessel fallen ließ.

„Nicht mehr lange!“ orgelte Tolots Stimme. „Nach meinen Besprechungen müssen die unbekannten Kontrolleure jetzt reagieren. Früher war es ihnen nicht möglich.“

Als hätte er mit seinen Worten ein Signal gegeben, begann die Sphäre plötzlich vom bisherigen Kurs abzuweichen. Sie beschrieb eine weite Parabel, die sie aus Andro-Beta hinaustragen mußte.

Die Zentrale der CREST II erwachte schlagartig zu hektischer Betriebsamkeit. Für den Uneingeweihten mußte es scheinen, als herrschte plötzlich ein chaotisches Durcheinander. Aber dieses scheinbare Chaos dauerte nur knapp eine Minute. Dann hatte die CREST II sich dem Kurs und der Geschwindigkeit der Energiesphäre angepaßt. Neben ihr schossen drei dunkle Schemen durch den Weltraum: die IMPERATOR, die NAPOLEON und die ALARICH.

Die Schlacht um Andro-Beta war ins entscheidende Stadium eingetreten.

Perry Rhodan untersagte ab sofort die Benutzung der Hyperortungsgeräte. Die Sphäre durfte von keinem Ortungsstrahl getroffen werden. Man wußte nicht, ob die Besatzung der unbekannten Steuerzentrale das registrieren konnte. Aus dem gleichen Grunde hielten sich die vier Schiffsgiganten in der maximal möglichen Entfernung. Auf den Schirmen der Normalortung war nur durch Impulsverstärkung noch ein schwachleuchtendes Pünktchen zu sehen. Die Entfernung zur Sphäre betrug fünfzehn Millionen Kilometer.

Rhodan war besonnen genug, keinen Triumph aufkommen zu lassen. Alles, was bisher erreicht worden war, stellte nur einen bescheidenen Anfangserfolg dar. Zu viele unbekannte Faktoren würden auftauchen, um das Ergebnis der Aktion mit einiger Sicherheit schon jetzt voraussagen zu können.

Wenn, wie zu erwarten, die feindliche Steuerzentrale im Leerraum lag, bestand ohnehin wenig Aussicht, völlig unbemerkt zu bleiben. Unwillkürlich mußte Perry Rhodan bei dem Gedanken daran lächeln. Die Leiter der unbekannten Station mochten die vier Raumschiffe orten – dann aber würden sie sich ihre Köpfe darüber zerbrechen, mit wem sie es zu tun hatten.

Die Meister der Insel kannten die terranischen Schiffskonstruktionen durch die Berichte der Maahks. Folglich würden sie Großalarm geben, wenn ein einziges typisch terranisches Kugelraumschiff in oder vor Andro-Beta gemeldet wurde.

Das allerdings würde nicht geschehen. Die vier Superschlachtschiffe ähnelten in keiner Weise den Kugelkonstruktionen. Ihre jetzige Form war geradezu abenteuerlich. Nicht nur, daß die beiden Zusatztriebwerke von zusammen achthundert Metern Länge technische Monstren aus ihnen machten – zusätzlich waren die eigentlichen Kugelschiffe durch skurril wirkende Auswüchse aus Metallplastikschaum verkleidet worden. Uneingeweihte konnten die Schiffe für Konstruktionen einer noch völlig unbekannten Intelligenz halten – oder auch für eine Weiterentwicklung der Walzenraumer der Maahks, denen man einen stark verdickten Bug aufgesetzt hatte ...

Die Energiesphäre setzte ihren Flug unbeirrt fort. Die Auswertung gab bekannt, daß sie nicht ferngesteuert wurde. Durch einen Fernimpuls mußte lediglich eine Rückkehrautomatik aktiviert worden sein.

Als sie in den Linearraum eintrat, wurde es kritisch. Jetzt kam alles darauf an, daß die Vorkalkulationen der Positronik stimmten. Eine winzige Abweichung, und man hatte die Sphäre für immer verloren.

Daran mußte Perry Rhodan denken, als die vier Schiffe ebenfalls den Normalraum verließen. Die Berechnungen hatten die Lineargeschwindigkeit der Sphäre mit zehnmillionenfacher LG ermittelt. Dazu mußte ein Orientierungsaustritt am Rande des Betanebels erfolgen. Danach konnte die Sphäre geradlinig zu ihrem Ausgangspunkt zurückkehren.

Icho Tolot, der die Besorgnisse Rhodans ahnte, machte eine beruhigende Bemerkung. Er bestätigte die Kalkulation der Bordpositronik. Perry Rhodan entspannte sich ein wenig. Der Haluter war ein mathematisches Phänomen. Mit seinem Planhirn konnte er schneller rechnen als ein Terraner mit einer Positronik. In gewisser Weise war das logisch, denn keine Zusammenarbeit zwischen Mensch und Maschine konnte so vollendet sein wie die Zusammenarbeit zweier Hirnteile, die zu ein und demselben Wesen gehörten. Dennoch grenzte es an ein Wunder.

Als der Schiffsverband in den Normalraum zurückfiel, schienen sich weder Tolots Berechnungen noch die positronischen Kalkulationen zu bestätigen.

„Was sollen wir tun?" drang Curt Rudos Stimme aus dem Interkom. „Es gibt viele Möglichkeiten, wo das Fahrzeug sich augenblicklich befinden könnte. Ich rate dazu, sein Erscheinen hier abzuwarten."

Perry Rhodan schüttelte den Kopf. Sein Gesicht war blaß, aber die Augen strahlten jenes Feuer der Unbeugsamkeit aus, das etwas von der gewaltigen Willensstärke des Mannes zeigte.

„Lassen Sie beschleunigen, Oberst. Wir gehen für zehn Sekunden in den Zwischenraum zurück. Danach sehen wir weiter!"

Atlan lächelte ironisch.

„Du setzt wieder einmal alles auf eine Karte, Perry. Wenn du unrecht hast mit deiner Vermutung, sehen wir die Sphäre niemals wieder."

„Auf zwei Pferden kann man nicht reiten", erwiderte Rhodan spöttisch. „Anders ausgedrückt: Wir können nicht alle theoretischen Annahmen zugleich verwenden; und Nichtstun liegt mir nun einmal nicht, Atlan."

Übergangslos tauchte der Schiffsverband in den Zwischenraum ein. Mit zusammengepreßten Lippen lauschte Rhodan dem harten Ticken des Robotzählers. Zehn Sekunden waren nicht viel, doch manchmal konnten sie zu einer Ewigkeit werden.

Als der Normalraum wieder sichtbar wurde, gab die Ortungszentrale Alarm.

Der Grund war offensichtlich. Die Sphäre raste in nur fünftausend Meter Entfernung vor dem Verband her.

Rhodans Hände krampften sich um die Sessellehnen. Wenn die Steuerzentrale eine Möglichkeit besaß, die Umgebung der Sphäre zu beobachten, war alles umsonst gewesen. Dann hatte man die Verfolger bereits entdeckt und würde sie irreführen – oder in eine Falle locken.

Atlan mußte den gleichen Gedanken hegen, denn er sagte:

„Ich rate zu allergrößter Vorsicht, Perry. Wenn man uns geortet hat, kann man in aller Ruhe eine tödliche Falle aufbauen."

„Ausnahmsweise teile ich diesmal deine Bedenken, Atlan." Rhodan blickte unverwandt auf den Panoramaschirm. „Ich werde vorsichtig sein, sehr vorsichtig sogar. Aber das soll mich nicht hindern, der Sphäre auf den Fersen zu bleiben."

Zehn Minuten später verschwand die Energiesphäre wieder im Linearraum. Perry Rhodan lächelte zufrieden.

„Oberst Rudo", sprach er in den Interkom, „der Verfolgungsplan läuft wie ausgemacht an. Die einzelnen Schiffe tauchen zu gleichen Zeiten in den Zwischenraum ein und aus ihm heraus. Dabei werden die Etappenlängen planmäßig variiert, so daß uns nichts entgehen kann, was sich auf der Kurslinie der Sphäre befindet."

„Verstanden!" dröhnte die Baßstimme des Epsalers zurück. „Plan läuft in dreißig Sekunden an."

„Noch etwas", fügte Rhodan hinzu. „Schicken Sie mir Captain Henderson her. Ich habe eine Aufgabe für ihn."

„Für den Chef des Jägerkommandos?" fragte Atlan erstaunt, als Rhodan den Interkom abschaltete. „Was soll der Captain im Zwischenraum tun?"

Perry Rhodan hielt sich die Ohren zu, als Icho Tolot zu lachen begann. Die Lautstärke des halutischen Giganten war kaum noch zu ertragen.

Tolot brach nach einigen Sekunden von selbst ab.

„Ich bitte um Verzeihung." Er neigte den Oberkörper in Rhodans Richtung. Die Befestigungsflansche seines Sessels begannen verdächtig zu knirschen. „Ihre Voraussicht ist bewundernswert. Darauf konnte der Lordadmiral natürlich nicht kommen, daß Sie schon jetzt einen planetaren Erkundungseinsatz planen."

„Dabei brachte er mich erst auf diesen Gedanken", murmelte Rhodan. „Oder hast du mir etwa nicht zu allergrößter Vorsicht geraten, Atlan?"

Der Arkonide verzog das Gesicht.

„Allerdings! Aber so hatte ich es nicht gemeint. Du bist schon wieder dabei, deine Nase in Dinge zu stecken, die du noch nicht kennst."

„Eben!" erwiderte Rhodan gelassen. „Weil ich sie nicht kenne, werde ich meine Nase hineinstecken!"

Captain Sven Henderson kehrte von der Besprechung mit dem Großadministrator sehr nachdenklich in seine Kabine zurück.

Nicht, daß er sich vor dem bevorstehenden Einsatz fürchtete. Es war ohnehin nicht viel mehr bekannt, als daß es sich um ein besonders riskantes Kommandounternehmen handelte. Und Sven Henderson brauchte das Risiko wie die Blume das Wasser. Leute wie er waren nicht sonderlich beliebt, aber man konnte sie auch nicht entbehren.

Er lachte leise.

Vier Mann sollte er sich aussuchen, hatte Rhodan gesagt, vier bewährte Männer. Normalerweise wäre das kein Problem gewesen. Der Einsatz erfolgte so, daß jeder Angehörige des Jägerkommandos in regelmäßigen Abständen drankam. Das war notwendig, um Ressentiments zu vermeiden. Hendersons Männer nahmen es übel, wenn sie sich zurückgesetzt fühlten.

Dieses Mal lagen die Dinge anders. Nur die Erfahrensten kamen in Frage, die „alten Füchse", die jeden Trick kannten und selbst in ausweglos scheinenden Situationen die Ruhe bewahrten.

Henderson lehnte sich zurück.

„Burdick . . ." murmelte er sinnend. „Hm!" Leutnant Ray Burdick war der Veteran des Jägerkommandos, ein lang aufgeschossener, magerer Fünfundvierzigjähriger, der nur aus Haut und Knochen zu bestehen schien. Er hatte sich beim aussichtslosen Angriff auf die Giganten am Südpol von Horror bewährt. Henderson setzte Burdick in Gedanken auf die Liste der engeren Wahl.

Als zweiten Mann wählte der Captain den Japaner Taka Hokkado. Taka war bisher nur Sergeant geblieben, obwohl seine Fähigkeiten mindestens zum Captain gereicht hätten. Aber die extreme Nachlässigkeit, mit der er seine Dienstkleidung behandelte, war einer Beförderung stets im Wege gewesen. Hokkado machte sich nichts daraus. Ihm genügte es, für die gefährlichsten Einsätze ausgewählt zu werden.

Zudem sicherte er sich unter der Besatzung der CREST II seine Beliebtheit, indem er regelmäßig die Titelkämpfe um die Ränge der Bordmeister in Karate und Dagor gewann.

Unwillkürlich grinste Henderson, als er sich für Finch Eyseman als dritten Mann entschied. Der junge Leutnant galt allgemein als zu weich. Daß dem nicht so war, wußte Henderson zur Genüge. Auch Finch war beim Verzweiflungseinsatz gegen die Horrorstation dabeigewesen. In dem Jungen steckten eine Menge ungenutzte Energien.

Den vierten Mann auszuwählen, dauerte am längsten.

Lange schwankte Sven zwischen Sergeant Bron Tudd und Leutnant Conrad Nosinsky. Erst nach zehn Minuten entschied er sich für Bron Tudd. Bron war ein Ausbund an Häßlichkeit. Zudem kaute er beständig Tabak und spie den Saft überallhin. Mit seinen fuchsroten Stoppelhaaren, dem praktisch aus einer einzigen Brandnarbe bestehenden Gesicht und der fleischigen Geiernase konnte er naive Gemüter zum Fürchten bringen. Aber es gab nichts, was Bron Tudd erschüttern konnte. Noch nie hatte er seinen Humor verloren; auch damals auf Quinta nicht, als man ihn aus den brennenden Trümmern eines Shifts gezogen hatte.

Diese Eigenschaft entschied. Zudem erschien Leutnant Nosinskys Fanatismus dem Captain zu blind. Bei Begegnungen mit anderen Intelligenzen konnten solche Fanatiker eine Katastrophe heraufbeschwören.

Noch einmal ließ Sven Henderson die Mannschaft an seinem geistigen Auge vorbeiziehen. Dann rief er sie über Interkom an und bestellte sie in den Hangar der Space-Jet 101.

„IMPERATOR an CREST II: keine Ortung. – NAPOLEON an CREST II: Keine Ortung. – ALARICH an CREST II: keine Ortung ...“

„CREST II an IMPERATOR, NAPOLEON und ALARICH: keine Ortung. Planmäßig mit Etappe zwo beginnen!“

Atlan stellte die Übertragung der Funkzentrale ab. Seine rötlichen Arkonidenaugen glänzten feucht.

„Auch auf diese Weise kontrollieren wir nur einen schmalen Raumkanal. Ich hoffe, du bist dir darüber völlig klar, Perry.“

Perry Rhodan nickte nur stumm.

John Marshall meinte in seiner ruhigen, bescheidenen Art:
„Wir werden die Steuerzentrale der Sphären finden, weil uns gar nichts anderes übrigbleibt."
„Ganz recht!" mischte sich Gucky ein, bevor die anderen sein Erscheinen noch registriert hatten. „Und wenn nicht, bleibt immer noch ein unausgespielter Trumpf."
Marshall blickte den Mausbiber ahnungslos an.
„Jawohl! Wenn ihr schon nicht von selbst daraufkommt, muß ich es eben sagen: Der Trumpf bin ich!"
„Du meine Güte!" John Marshall stöhnte in komischer Verzweiflung. „Da haben wir einen schönen Trumpf!"
„Wie meinst du das?" fragte Gucky mißtrauisch. Er versuchte, in Marshalls Gedanken zu lesen. Aber der Telepath schirmte sich vollkommen ab.
„Nun ...", erwiderte John Marshall betont harmlos, „bist du etwa nicht schön?"
Der Mausbiber zeigte vorsichtig ein Stück seines Nagezahns. Dann äugte er mit schiefgehaltenem Kopf zu Rhodan.
„Da siehst du, Perry, wie grundverschieden die Geschmäcker sind. Du hast gestern behauptet, ich hätte zuviel Speck angesetzt. In Johns Augen sieht das schon wieder anders aus."
„Na schön", gab Rhodan nach. „Dann können wir die Mohrrübenkur ja wieder streichen. Ich werde Major Bernard Bescheid geben."
„Nein!" protestierte Gucky. Sein Nackenfell sträubte sich. „Nicht dem Major Bescheid sagen! Sein schadenfrohes Grinsen könnte ich nicht ertragen. Außerdem schadet es ja nicht, wenn ich noch ein wenig schöner werde als jetzt."
„Aha!" machte Marshall. „So langsam kann ich mir denken, warum." Zu Perry Rhodan und Atlan gewandt, fuhr er fort: „Ich habe nämlich erfahren, daß er seit einiger Zeit die junge Astronomin im Observatorium besucht, und zwar regelmäßig."
„Na und?" meinte Gucky geringschätzig. „Was ist schon dabei? Wir haben ein paar schöne Bilder der Milchstraße geschossen."
John Marshall brachte es fertig, so indigniert wie ein Grandseigneur dreinzuschauen, dem man einen unanständigen Witz erzählt hat.
Der Mausbiber sah erst ratlos von einem zum andern. Er wußte absolut nicht, was er von Marshalls Benehmen zu halten hatte. Schließlich gab er es auf, die Hintergründigkeit menschlicher Verhal-

tensweisen zu deuten. Mißgelaunt begann er an einer Mohrrübe zu knabbern. Den Rest ließ er telekinetisch bis an die Decke der Zentrale steigen und anschließend fallen.

John Marshall duckte sich, denn das „Geschoß" stürzte genau auf ihn herab. Erst im letzten Augenblick gab Gucky dem Mohrrübenrest einen „Stoß", so daß er genau in seinem Mund verschwand.

„Empfehle mich!" brummte er mit vollen Backen. „Muß Nachschub holen."

Er teleportierte in Richtung Zahlmeisterei.

Atlan lächelte melancholisch.

„Wenn ich doch nur eine Minute lang einmal so unbeschwert und selbstzufrieden sein könnte wie Gucky!" Er seufzte.

„Oh, auch der Kleine hat seine Sorgen", sagte John Marshall. „Wir beide führen dieses ganze Spiel gelegentlich, um den anderen zum versehentlichen Aufheben seines Gedankenschirmes zu verleiten. Diesmal ist es mir bei dem Kleinen gelungen, wenn auch nur für Sekunden. Der Ärmste ist in Sorge um Iltu, die daheim auf ihn wartet. Die beiden haben Nachwuchssorgen. Vor allem Gucky macht sich Gedanken darüber, wo sein Sohn oder seine Tochter auftauchen könnte."

„Stimmt. Davon hat er mir gegenüber schon vor einiger Zeit etwas angedeutet", erwiderte Atlan. „Leider ließ er sich nicht näher über dieses Thema aus. Ich war mir nicht einmal sicher, ob er sich nur einen Scherz mit mir erlaubte. Aber wenn Sie seine Gedanken belauscht haben, John ..."

Marshall machte ein nachdenkliches Gesicht.

„Das ist kein Beweis. Der kleine Bursche versteht es ausgezeichnet, seine Gedankengänge zu fälschen. Aber Sorgen hat er bestimmt. In dieser Hinsicht habe ich mich nicht getäuscht."

Perry Rhodan hatte sich am Schluß der Unterhaltung mit geschlossenen Augen zurückgelehnt. Jetzt starrte er versonnen gegen die Decke. Er mußte an Mory denken. Von seiner Frau hatte er lange nichts mehr gehört – und sie nicht von ihm. Und es sah nicht so aus, als würde sich das in absehbarer Zeit ändern. Er nahm sich fest vor, ein paar Tage mit ihr zur Erde zu reisen, wenn das Problem Andromeda erst gelöst war. Auch er hatte schließlich ein gewisses Recht auf Urlaub. Aber nicht nur er selbst, dachte er. Die ganze Besatzung der CREST II würde eine gründliche medizinische und psychologische „Überholung" nötig haben.

Er zuckte kaum merklich zusammen, als die Funkübertragung ihn aus seinen Träumereien riß. Im nächsten Augenblick hatte sich sein Geist wieder auf die Realitäten umgestellt.

Die Kommandanten der Schwesterschiffe berichteten nichts Neues. Weder von der Sphäre noch von einem irgendwie gearteten Stützpunkt des Feindes war etwas auszumachen. Dabei betrug die Entfernung zu Andro-Beta inzwischen rund achttausend Lichtjahre. Man befand sich wieder einmal im sternenlosen, dunklen Abgrund des Leerraums. Von weit her schimmerte vage ein heller Fleck: die heimatliche Milchstraße. Der Andromedanebel dagegen stand wie ein glitzerndes, funkensprühendes Feuerrad auf der anderen Seite der finsteren Tiefe.

„Aktion läuft planmäßig weiter!" befahl Rhodan hart.

Atlan lächelte.

„Und ich dachte schon, du würdest vor Sentimentalität zerfließen, kleiner, liebenswerter Barbar. Dein Gesicht hat mir wieder einmal bewiesen, aus welchen verborgenen Brunnen du schöpfst. Ich dagegen . . ." Seine Stimme bekam einen bitteren Klang. „Ich bin nicht viel mehr als ein Ausgestoßener, ein ruheloser und heimatloser Landsknecht."

Perry Rhodan schüttelte heftig den Kopf.

„Ich sollte es dir übelnehmen, Atlan. Du weißt genau, daß du Unsinn redest. Nicht die Geburt zählt, sondern allein das Gefühl der Verbundenheit. Und so betrachtet, ist deine Heimat seit langer Zeit nicht mehr Arkon, sondern Terra."

„Das ist nur die halbe Wahrheit, Sir", fiel John Marshall ein. Der Telepath und Chef des Mutantenkorps lächelte wissend. „Arkoniden und Menschen sind im Grunde genommen blutsverwandt. Einmal dadurch, daß sich vor mehr als zehntausend Erdjahren viele arkonidische Kolonisten und Soldaten terranische Frauen nahmen. Wer von uns kann behaupten, in seinen Adern flösse kein arkonidisches Blut? Aber ich denke weiter zurück. Es gibt – oder gab – so viel Gleiches bei unseren beiden Völkern, daß der Verdacht naheliegt, sie hätten dieselben Vorfahren gehabt. Ich denke dabei nicht einmal an die Akonen, von denen die Arkoniden abstammen. Auch die Akonen haben sich nicht auf ihrer Hauptwelt Sphinx entwickelt. Vergleichende Forschungen auf dem Gebiet der Anthropogenese und der Paläontologie dieses Planeten beweisen es. Demnach entstammen die Akonen einem viel älteren Volk, das sich über die gesamte Galaxis ausbreitete und deren Kolonialwelten später die Verbindung miteinander verloren. Warum sollte die Erde nicht ebenfalls eine solche Kolonialwelt gewesen sein?"

Atlans Augen leuchteten dankbar auf.

„Von diesen Forschungen wußte ich nichts, John. Wann haben Sie davon erfahren?"

„Erst vor vier Wochen, Sir. Die ANDROTEST hatte genügend wissenschaftliche Informationsfilme an Bord. Die Untersuchungen liegen allerdings schon gut drei Jahre zurück."

Der Arkonide lächelte. Seine gute Laune kehrte schlagartig zurück.

„Wir entwickeln uns allmählich zu Kulturbanausen, wie?" Er stieß Rhodan scherzhaft von der Seite an. „Es wird Zeit, daß wir uns wieder einmal um Kunst, Kultur und Wissenschaft kümmern!"

Rhodan lächelte zurück. Aber in seinem Blick lag Entsagen.

„Wenn es die ‚Banausen' nicht gäbe, lieber Freund, dann würde niemand im Solaren Imperium kulturelle Werte schaffen können. Dennoch gebe ich dir recht; aber zuerst kommen die Meister der Insel. Dann, das verspreche ich euch, wird auch die Kultur wieder zu ihrem Recht kommen!"

Sekundenlang schloß er die Augen und stellte sich vor, ein Klavierkonzert von Tschaikowsky zu hören – oder die Schicksalssymphonie von Beethoven, in einem richtigen Konzertsaal, unter Hunderten festlich gekleideter Menschen . . .

Die Alarmsirenen unterbrachen mit erschreckendem Mißklang die Vorstellungen friedlicher Genüsse.

„Achtung!" ertönte Cart Rudos dröhnende Stimme aus allen Lautsprechern der Rundrufanlage. „Vier Sekunden nach dem letzten Linearmanöver wurde die verfolgte Sphäre entdeckt. Sie befindet sich, nach Kurs und Geschwindigkeit zu urteilen, im Anflug auf einen dunklen Himmelskörper. Alle Mann begeben sich sofort auf Gefechtsstation. Wir verzögern und versuchen, den Dunkelplaneten auszumachen!"

Noch bevor Oberst Rudo zu Ende gesprochen hatte, waren Rhodan, Atlan und Marshall aufgesprungen. Sie liefen auf das Hauptkontrollpult zu. Aus den Nebeneingängen der Zentrale eilten andere Männer, unter ihnen auch Icho Tolot.

Als die Sirenen verstummten, befand sich jeder an seinem Platz. Es war fast völlig still geworden. Nur die Angaben der Ortung und die Zielmeldungen der Feuerleitzentrale hallten in regelmäßigen Abständen aus den Lautsprechern.

Das Ziel war gefunden.

Doch das Schlimmste stand noch bevor . . .

Die vier Superschlachtschiffe pirschten sich vorsichtig heran. Der Dunkelplanet war bisher nur eine Vermutung. Aber ein hoher Prozentsatz an Wahrscheinlichkeit sprach dafür, daß es hier, 11 210 Lichtjahre von den Grenzen des Betanebels entfernt, eine Welt ohne Sonne gab.

Perry Rhodan hatte die Leitung der „Operation Dunkelwelt", wie sie inoffiziell genannt wurde, persönlich übernommen.

Die Sphäre verzögerte immer noch. Nur aus diesem Grunde hatte man sie überhaupt einholen können. Ihr Kurs begann allmählich in eine flache Ellipsenbahn überzugehen.

Perry Rhodan befahl die Teilung des Schiffsverbandes. Er wollte unter allen Umständen starke Energieentladungen vermeiden. Darum sollten die CREST II und die NAPOLEON die hypothetische Dunkelwelt von rechts umgehen und dabei ganz allmählich verzögern, während die IMPERATOR und die ALARICH das gleiche Manöver links des Planeten ausführten.

In der Ortungszentrale wurde unterdessen fieberhaft gearbeitet. Die Anwendung jeglicher anmeßbarer Ortungsstrahlen war verboten worden. So lange wie möglich sollte die Anwesenheit der terranischen Schiffe dem Gegner verborgen bleiben. Übrig blieben praktisch nur noch die Infrarotmeßgeräte sowie die Energie-Radioskope. Mit Normaloptiken ließ sich eine Dunkelwelt nicht erfassen.

Perry Rhodan wurde über die Ortungsergebnisse laufend durch Projektionsübertragungen informiert. Doch auf den entsprechenden Bildschirmen hob sich bisher nur die fliehende Energiesphäre ab. Das seltsame Fahrzeug hatte inzwischen eine halbe Ellipsenbahn beschrieben. Der vorausberechnete Bahndurchmesser betrug anderthalb Millionen Kilometer. Die Positronik schloß daraus, daß die Dunkelwelt entweder einen ungeheuerlichen Umfang besäße oder daß die Sphäre auf eine Wartebahn geschickt worden sei.

Gucky tauchte plötzlich erneut auf. Er materialiserte auf Rhodans Schoß und blickte den Großadministrator treuherzig an.

„Du solltest mich springen lassen, Perry. Atlans Parasprinter können in der gegenwärtigen Situation nicht helfen."

Rhodan strich dem Mausbiber sanft über das Nackenfell.

„Wohin willst du denn springen, Kleiner? Wir wissen ja überhaupt noch nicht, ob wir es mit einem Planeten zu tun haben."

„Natürlich haben wir es mit einem Planeten zu tun. Ein Raumschiff oder ein künstlicher Stützpunkt wäre längst auf den Infrarotschirmen aufgetaucht. Nur ein völlig erkalteter Himmelskörper erklärt die bisherigen Mißerfolge in der Ortung."

Perry Rhodan schüttelte den Kopf.

„Geduld, Kleiner. Noch sind wir mehr als fünfzehn Millionen Kilometer von der Sphäre entfernt. Falls sich im Brennpunkt ihrer Ellipsenbahn tatsächlich die vermutete Steuerzentrale befindet, gibt es dort auch genügend Energieerzeuger. Sobald wir näher heran sind, sollten wir sowohl Streustrahlung wie auch Infrarotbilder erhalten können."

„Ich weiß nicht, ob es klug von uns ist, so lange zu warten", warf Atlan ein. Das Gesicht des Arkoniden drückte ernste Sorge aus. „Wir riskieren zuviel, Perry. Denke an die grausame Mentalität unseres Gegners. Wenn dort ‚unten' eine Falle auf uns wartet, wird sie gewiß schneller zuschlagen als wir. Ich rate dringend dazu, die Dunkelwelt mit Gravitationsbomben zu vernichten."

Perry Rhodan dachte sekundenlang an die furchtbare Waffe, welche die alten Arkoniden hervorgebracht hatten. Gravitationsbomben waren Massenvernichtungsmittel wie Arkonbomben. Im Unterschied zu jenen brauchten sie aber nicht mit Raumtorpedos ans Ziel befördert zu werden, sondern wurden in Form einer Energiespirale aus großer Entfernung abgestrahlt. Beim Auftreffen wurde das Ziel – ganz gleich, ob es sich dabei um ein Raumschiff oder einen Planeten handelte – aus dem energetischen Gerüst des vierdimensionalen Raumgefüges herausgeschleudert.

„Nein!" entgegnete er fest. „Wenn wir G-Bomben anwenden, ohne absolut in Notwehr zu handeln, sind wir nicht besser als die Meister der Insel. Nur falls alle anderen Mittel versagen und die Dunkelwelt tatsächlich eine so große Bedrohung darstellt, wie angenommen, dann ist die restlose Vernichtung gerechtfertigt."

„Deine Humanität bricht dir noch einmal das Genick, Perry!"

Rhodan überging die Bemerkung schweigend. Es war sinnlos, darauf zu antworten, denn Atlan kannte die Antwort ebensogut wie er, Rhodan, selbst. Rhodans Überzeugung war, daß auch ein guter Zweck nicht alle Mittel rechtfertige. Ganz abgesehen davon, daß er nichts von gewaltsamen Eroberungen hielt. Die Aktionen gegen Andromeda waren lediglich ein Akt der Notwehr gegen die Bedrohung durch die Beherrscher Andromedas.

„Du hast recht, Perry", flüsterte Gucky. Offenbar hatte er einen Augenblick der Unaufmerksamkeit ausgenutzt, um in Rhodans Gedankeninhalt zu lauschen. „Aber Atlan meint es ja gar nicht so. Er hat nur Angst, du könntest zu unvorsichtig werden."

Rhodan lächelte still in sich hinein. Auch das war eine Tatsache. Oft genug hatte sich herausgestellt, daß Atlans drastische Vorschläge nur rhetorisch gedacht waren. In Wirklichkeit empfand der Arkonide die brutale Gewalt gleichermaßen unmoralisch wie Rhodan auch.

„Achtung!" gab die Ortungszentrale bekannt. „Die Sphäre verkleinert ihre Ellipsenbahn. Es wird angenommen, daß sie endgültig zur Landung ansetzt."

„Immer noch keine Planetenortung?" fragte Rhodan ungeduldig.

„Nein. Bis jetzt noch ... Achtung! Wir erhalten plötzlich eine Menge Impulse energetischer Streustrahlung. Dort ‚unten' müssen Maschinen auf atomarer Basis angelaufen sein!"

Perry Rhodan sah es im gleichen Augenblick auf dem Schirm der Energieortung. Die Streustrahlung hing wie ein hellgrüner Fleck in der Schwärze des Leerraums – und die Sphäre stieß genau darauf zu. Doch von dem Planeten selbst war noch nichts zu sehen.

„Wir gehen bis auf zehn Millionen Kilometer heran!" befahl Rhodan.

„Aha!" murmelte Atlan grimmig. „Der alte Leichtsinn bricht wieder einmal durch."

„Wir müssen die Dunkelwelt auf die Schirme bekommen, Atlan!" Rhodans Gesicht glich wieder einmal einer undurchdringlichen Maske. „Ich kann keinen meiner Leute dort hinunterschicken, wenn ich nicht ungefähr weiß, was sie dort erwartet."

Die vier Raumgiganten schwenkten mit schwachleuchtenden Triebwerksstrahlen ein. Sie schlossen wieder dichter auf. Dabei näherten sie sich in langsamer Fahrt dem Punkt, von dem die Streustrahlung ausging und auf den die Sphäre noch immer zuhielt.

Als der Verband sich bis auf elf Millionen Kilometer genähert hatte, zeigte sich zum ersten Mal ein ganz schwacher Schimmer auf den Schirmen der Infrarotortung. Es mochte sehr kalt dort unten sein, aber doch nicht so kalt wie der umgebende Leerraum.

Bei zehn Millionen Kilometer Distanz hielten die Schiffe an. Mit abgeschalteten Triebwerken schwebten sie bewegungslos im Nichts. Die Antigravfelder hielten sie relativ zur Dunkelwelt an einem Punkt fest.

Die Vergrößerung zeigte den Planeten als schwachglimmende Scheibe von 10 200 Kilometer Durchmesser. Der etwas dunklere Rand rings um die Scheibe deutete auf eine starke Eisdecke hin. Der Planet mußte früher einmal eine gasförmige Atmosphäre besessen haben. In der Kälte des Leerraums hatte sie sich als Eis niedergeschlagen.

Mitten auf der Planetenscheibe lag der helle Fleck der Streustrahlung. Die Energiesphäre war als gleißend heller Punkt zu erkennen, der sich dem Fleck immer mehr näherte. Dann huschte der helle Punkt über die Planetenscheibe, verschmolz fast vollständig mit dem Fleck der Streustrahlung – und verschwand.

„Unterirdischer Hangar“, kommentierte Atlan. „Ich möchte wissen, wie viele Sphären noch unter der Oberfläche warten.“

„Bald werden wir es wissen“, sagte Rhodan orakelhaft.

Die Meister der Insel mußten sehr nervös geworden sein. Der rätselhafte Vorfall mit der einzelnen Sphäre hatte anscheinend genügt, sie unsicher und erneut mißtrauisch zu machen.

Ich war überzeugt, daß sie mir nie ganz getraut hatten. Wahrscheinlich würden sie jetzt ihr Mißtrauen in erster Linie auf mich richten. Wen anders sollten sie auch verdächtigen! Die Roboter der Kontrollstation ganz bestimmt nicht. Roboter waren stets loyal ihren Herren gegenüber. Die Meister hatten zudem in teuflischer Weise dafür gesorgt, daß niemand an ihrer Programmierung herummanipulieren konnte. Ein derartiger Versuch hätte zu einer atomaren Explosion geführt.

Meiner Meinung nach würden die Meister sich nicht damit begnügen, vorsichtig zu sein.

Selbstverständlich konnte ich mich nicht offen gegen meine Unterdrücker wenden. Sie würden nicht zögern, ihre furchtbare Drohung wahrzumachen. Mein Volk wäre in dem Augenblick verloren, in dem ich den geringsten Fehler beging.

Nur mit dieser Drohung hatte man mich seit langer Zeit dazu gezwungen, zu gehorchen und widerspruchslos alle Befehle auszuführen. Wie lange das her war, wußte ich nicht mehr. Stets ins Innere Moduls verbannt, hatte ich fast jeden Zeitbegriff verloren. Woran hätte ich mich auch orientieren sollen! Es gab weder Kalender noch Uhren hier. Und selbst, wenn ich die Oberfläche Moduls betreten dürfte, was sollte mir das nützen? Die astronomischen Bezugspunkte für eine Zeitmessung fehlten. Modul hing tief im Leerraum. Nur einen Zwergnebel und die Andromeda-Galaxis konnte man mit bloßem Auge erkennen. Ich mußte schon sehr alt sein. Dennoch ließen weder meine physischen noch meine psychischen Energien nach. Vielleicht hing das mit der Fähigkeit zusammen, die ich Energie-Transformation nannte.

Mit meinen Geisteskräften war ich in der Lage, Energie in Materie umzuwandeln. Anfänglich geschah das mehr instinktmäßig als bewußt. Wahrscheinlich waren die Umweltbedingungen meiner Vorfahren daran schuld. Vielleicht hatten sie nur überleben können, wenn sie tödliche Energie umwandelten, vielleicht aber brauchten sie die erzeugte Materie auch zum Leben. Ich wußte es nicht. Ich ahnte nur, daß meine Fähigkeit, auch bewußt und gezielt diesen Vorgang zu steuern, selbst beim Volk der Moduls eine Ausnahme gewesen sein muß. Andernfalls hätten die Meister der Insel nicht nur mich für ihre verbrecherischen Zwecke mißbraucht.

Eigentlich mußte die zurückbeorderte Sphäre in jedem Augenblick eintreffen. Ich hatte nicht den Fehler begangen, den rätselhaften Vorfall auf sich beruhen zu lassen oder gar zu verheimlichen. Mir war klar, daß in der Zwerggalaxis Fremde eingedrungen waren, die mit den Sphären vernichtet werden sollten. Zwar waren die Fremden mir schon allein dadurch sympathisch, daß die Meister sie als Gegner ansahen. Aber ich hatte zu oft erfahren, wie schnell meine Unterdrücker mit ihren Feinden fertig wurden, als daß ich die Existenz meines Volkes für eine unsichere Chance riskiert hätte. Ich konnte den Fremden nicht helfen. Im Gegenteil: Ich mußte alles tun, um ihre Vernichtung zu beschleunigen. Alles andere wäre nicht nur sinnlos und gefährlich, sondern auch unnötig grausam gewesen.

Wieder einmal ertönte das Signal, das mich zur Berichterstattung rief. Mir war es unverständlich, warum die Meister der Insel wegen eines so geringfügigen Zwischenfalls so aufgeregt waren. Gewiß, ich selbst war von Natur aus überaus leicht erregbar. Doch das traf auf meine Unterdrücker gewiß nicht zu. Bisher hatten sie bei allen Aktionen immer größte Kaltblütigkeit bewiesen.

Mein Weg führte quer durch die Landehalle, eine kreisrunde Fläche unterhalb des langen Landeschachtes. Die wartenden Roboter beachteten mich nicht. Sie interessierten sich nur für die zurückkehrende Sphäre. Im Vorbeigehen versuchte ich wieder einmal, einen dieser Kolosse herauszufordern. Der Robot ähnelte entfernt einem Modul. Aber er war doppelt so groß und besaß vier Arme statt zwei. Vier Augenzellen verliehen ihm eine ideale Rundsicht.

Mich beachtete er trotzdem nicht. Er wich nicht einmal aus, als ich ihn anrempelte. Nur seine Augenzellen begannen ein wenig heller zu glühen. Anscheinend sah er mich nicht als Gefahr an.

Von einem Augenblick zum anderen verlor ich die Kontrolle über mich. Ich sprang den Koloß an und hämmerte mit beiden Fäusten gegen seinen stählernen Leib. Dabei schrie ich wie besessen.

Mit leisem Schnurren bewegte sich plötzlich einer der Greifarme auf mich zu. Ich wurde ergriffen, einige Schritte weit davongetragen und stehengelassen.

Die Ernüchterung kam sofort. Leute wie ich waren sehr sensibel; aber sie wußten das auch. Dementsprechend hätte ich mich verhalten müssen. Beschämt erkannte ich, daß der Roboter um meine Schwäche wußte. Nur so war seine sanfte, geradezu nachsichtige Reaktion zu erklären.

Nur mit Mühe unterdrückte ich einen neuen Zornesausbruch. Ich eilte in den Kommunikationsraum. Von den Wänden blinkten mich tote Bildschirme an. Die Meister der Insel hatten sich noch niemals gezeigt. Ich wußte nicht, welche Gestalt sie hatten – und ob sie überhaupt eine Gestalt besaßen. Nur dann, wenn ich mit Angehörigen eines Hilfsvolkes zu sprechen hatte, waren die Bildschirme in Betrieb.

„Berichte, Baar Lun!" hallte es aus den Lautsprechern.

Ich lauschte dem Klang nach. Doch er war so unmoduliert wie immer gewesen. Es war nichts Lebendiges in dieser Sprache. Wahrscheinlich ließen die Meister einen Roboter sprechen. Wie diese indirekte Kommunikation erfolgte, war durchaus vorstellbar. Sie funktionierte wahr-

scheinlich nach dem Prinzip des Simultan-Translators. Rätselhaft und unverständlich für mich blieb jedoch immer wieder, warum meine Unterdrücker den Klang ihrer eigenen Sprache abschirmten. Was konnte es ihnen ausmachen, wenn ich sie direkt sprechen hörte ...?

Ich berichtete, was ich wußte. Viel war es nicht. Aus den letzten Meldungen war den Meistern das Wesentliche bereits bekannt.

Sie verrieten mir nicht, ob sie zufrieden mit meinem kargen Bericht waren. Sie schalteten einfach ab. Das hieß, das Gespräch war beendet. Ich konnte wieder gehen.

Als ich in die Landehalle zurückkam, sah ich sofort, daß sich etwas verändert hatte. Ein tiefer Summton lag in der Luft. Die Abfangprojektoren waren angelaufen.

Ich beeilte mich, aus der Halle zu kommen. Die leuchtenden Warntafeln sagten mir genug. Die Ankunft der Sphäre mußte unmittelbar bevorstehen; das bedeutete, daß sie bereits optisch auszumachen war. Bald würde der Landeschacht sich öffnen. Die Luft entwich langsam genug in den Weltraum, um Beschädigungen der Einrichtung und der Roboter zu verhindern. Aber mich hätte der Sog hinausgerissen.

In meinem Kontrollraum angekommen, schaltete ich die Bildübertragung der Landehalle ein.

Ich konnte mir nicht verhehlen, daß ich selbst sehr gespannt war. Von meinem Kontrollraum aus hatte ich nur festgestellt, daß sich Fremdkörper in der Sphäre befanden. Entsprechend meinen Weisungen war das Fahrzeug von mir zurückbeordert worden. Dazu hatte ein einziger Schaltimpuls genügt. Bei den nur instinktintelligenten Androiden mußte mit Zwischenfällen gerechnet werden.

Allerdings nicht mit solchen, wie sie in dem Zwergnebel geschehen waren!

Der Tonkanal vermittelte mir den Eindruck eines Orkans, als die Schleuse des Landeschachtes sich öffnete. Sekundenlang verwischte sich das Bild auf dem Übertragungsschirm. Dann flimmerten starke Energiefelder. Sie waren dazu gedacht, zurückkehrende Raumfahrzeuge sicher auf dem Hallenboden abzusetzen.

Mit lautem Rumoren fielen die Pumpaggregate ein. Die Halle füllte sich erneut mit Luft. Demnach hatte die Sphäre den Eingang bereits passiert. Jetzt sah ich das grelle, giftgrüne Licht, das von dem energetischen Bündelfeld ausging. Gleich darauf sank die Sphäre aus der Schachtmündung. Sanft setzte sie auf dem Hallenboden auf. Unwill-

kürlich hielt ich den Atem an. Energiesphären waren nicht für weiche Landungen gedacht, sondern dafür, beim Aufprall auf ein Ziel ihre gebündelte Energie freizugeben und das Ziel blitzschnell zu vernichten. Falls die Abfangprojektoren einmal versagten, würde Modul sich in kaum meßbarer Zeit in einen Glutball verwandeln.

Doch es schien alles gutzugehen. Das Leuchten der Sphäre verblaßte allmählich. Die Ladeaggregate in den Hallenwänden zogen die gebündelte Energie äußerst behutsam ab, so daß es zu keinem plötzlichen Zusammenbruch kam. Noch einmal wurde das Licht grell, als die stabilisierten Schichten der Steuerzentrale freigelegt waren. Die Ladeaggregate gaben schrille Pfeiftöne von sich.

Dann wurde es schwarz vor meinen Augen.

Nur langsam gewöhnte ich mich wieder an die normale Beleuchtung der Halle. Meine Augen waren durch das grelle Leuchten der Sphäre regelrecht geblendet worden. Als ich wieder sehen konnte, erkannte ich die Lenkbank der ehemaligen Sphäre, den Behälter des Androiden – und zwei Wesen, die mir bekannt vorkamen.

Sie lagen reglos auf dem Hallenboden. Ihre Gestalt ähnelte der meinen. Doch sie waren viel größer, fast so groß wie die Roboter, die sich über sie beugten. Als man sie hochriß, erkannte ich sie. Es waren Maahks.

Meine Überlegungen, wie die offenbar toten Methans in die Sphäre hineingekommen waren, wurden jäh durch das Aufblitzen einer Energiewaffe unterbrochen.

In sinnloser Wut ballte ich die Fäuste. Einer der Roboter hatte den anscheinend besinnungslosen Androiden mit seiner Energiewaffe zerstrahlt. Wieder einmal wurde mir bewußt, daß die Roboter der Modul-Station mit der Mentalität ihrer Herren ausgestattet waren. Sie respektierten anderes Leben nur so lange, wie es ihnen Nutzen bringen konnte. Was nichts mehr taugte, versagt hatte oder lästig war, wurde vernichtet. Mitleid schien man nicht zu kennen. Dabei war das Ganze so furchtbar sinnlos. Ein Androide konnte der Station nicht gefährlich werden. Diese Retortenwesen waren harmlos, solange sie keinen Vernichtungsbefehl erhielten. Doch sie waren immerhin lebende Kreaturen und keine Roboter. Meiner Meinung nach durfte man auch künstlich gezeugtes Leben nicht sinnlos morden. Aber meine Meinung zählte ja nicht.

Eines Tages würde es mir ebenso gehen wie dem bedauernswerten Ungeheuer.

Die Meister der Insel hatten jedoch meine technischen Kenntnisse und Fähigkeiten unterschätzt. Das Bedürfnis zu wissen, was über mich verhandelt wurde, war Anlaß für mich gewesen, die Abhörvorrichtung zu schaffen.

Schon vor langer Zeit hatte ich eine vorübergehende Stromkreisunterbrechung im Kommunikationsraum dazu benutzt, einige Mikrogeräte zu installieren. Seitdem erfüllten die Bildschirme dort zwei Funktionen. Eine davon war, alle geführten Gespräche mit nur pupillengroßen Mikrophonen aufzunehmen und in meinen Kontrollraum zu übertragen. Gleichzeitig filmten die in den Manuellreglern der Schirme verborgenen Miniaturkameras alle Vorgänge innerhalb des K-Raums. Mir entging nichs, was dort geschah.

Auch jetzt, als die Roboter mit den reglosen Maahks im K-Raum erschienen, sah und hörte ich mit. Die Übertragung wurde einfach auf einen meiner normalen Beobachtungsschirme gelegt – nur daß sie auf einer Frequenz erfolgte, die niemand außer mir kontrollieren konnte. Allein ich war in der Lage, den zusätzlich installierten Schwingkristall zu stabilisieren.

Diesmal leuchteten die riesigen Bildschirme im Kommunikationsraum auf. Die üblichen stationären Roboter wurden gezeigt. Sie stellten auch die Fragen. Die Meister blieben unsichtbar im Hintergrund.

Die Stationsroboter berichteten. Zwischendurch hielten sie immer wieder die beiden uniformierten Maahks vor die Aufnahmegeräte. Erst aus dem Bericht erfuhr ich, daß die Wesen vom Volk der Methans wirklich tot waren. Aus den Zwischenfragen und Antworten der Robots auf den Bildschirmen konnte ich entnehmen, daß die Meister der Insel an den Angriff einer revoltierenden Maahk-Gruppe glaubten. Die Maahks mußten aus einem ähnlichen Zwergnebel gekommen sein wie die zurückkehrende Sphäre.

Ich entsann mich, daß meine Unterdrücker schon immer Schwierigkeiten mit diesem tapfersten aller Hilfsvölker gehabt hatten. Andererseits wußte ich auch, daß die Maahks den Meistern technisch weit unterlegen waren. Wenn sie tatsächlich die Revolte angezettelt und den Überfall auf das Zwergsystem verübt hatten, waren sie jetzt schon so gut wie tot – so wie diese beiden.

Die beiden Toten bereiteten mir Kopfzerbrechen. Aus den Kontrollmeldungen der Sphären-Automatik wußte ich, daß das Fahr-

zeug nicht gelandet war. Das wäre auch schlecht möglich gewesen. Der Androiden-Pilot konnte keine weiche Landung vornehmen. Aber wie sollten die Maahks sonst in die Sphäre gelangt sein? Sie konnten keine Wände – und erst recht keine energetischen Wände durchdringen. Soviel wußte ich von den Fähigkeiten dieser Wesen.

Ihre Anwesenheit war und blieb ein Rätsel.

Die Meister der Insel schienen ähnlich zu empfinden. Jedenfalls sah ich plötzlich eine Gruppe Sanitätsroboter auftauchen. Sie schoben einen Antigrav-Seziertisch vor sich her.

Aber weshalb wollte man die Maahks untersuchen? Die Meister wußten doch, wie diese Wesen innerlich beschaffen waren.

Die Befehlsstimme aus den Lautsprechern beantwortete meine unausgesprochene Frage.

Man wollte lediglich feststellen, woran die beiden Maahks gestorben waren. Ich kicherte leise vor mich hin. Natürlich mußten die Maahks tot sein. Die Sphäre enthielt keine Wasserstoff-Methan-Atmosphäre, sondern war nur zwecks Stabilisierung mit Stickstoff gefüllt.

Andererseits: Warum waren die Maahks so unvorsichtig gewesen, ohne Raumanzüge in ein unbekanntes Fahrzeug zu steigen . . .?

Ich erkannte die vielen Fragen, die damit aufgeworfen wurden. Plötzlich war ich sehr gespannt auf das Untersuchungsergebnis.

Blanke Instrumente blitzten auf. Die Roboter zerschnitten behutsam die Uniform. Offensichtlch legte man größten Wert darauf, die Körper unversehrt zu betrachten.

Ich konnte jede Einzelheit genau sehen. Darum entging mir nicht, daß einer der Roboter mit dem Stilett auf einem Plastikriemen ausglitt. Das scharfe Instrument ritzte die Haut des Maahks nur.

Aber im selben Augenblick verwandelte sich das Wesen in einen heißen Glutball. Beide Maahks verschwanden in der hellen Glut, und mit ihnen der Antigravtisch, die Sanitätsroboter und ein in der Nähe stehender Wachrobot.

Ich kniff die Augen zusammen, um nicht zu sehr geblendet zu werden. Mit einem ausgeprägten Sinn für technische Raffinessen erkannte ich sofort, was geschehen war. Die revoltierenden Maahks hatten sich konsequent abgesichert. Diejenigen, welche die beiden Getöteten geschickt hatten, wollten um jeden Preis einen ungewollten Verrat verhindern. Sie versahen sie einfach mit einer winzigen, atomaren Brennladung, die gezündet wurde, sobald jemand oder etwas das periphere

Nervensystem verletzte. Speziell bei Psychoverhören mußten die Haarsonden diesen Effekt hervorrufen.

Jetzt lachte ich ungehemmt. Die Meister der Insel würden nicht einmal zwei tote Maahks überlisten können. Ich gönnte meinen Unterdrückern diese Niederlage. Diesmal hatte ihnen ihre kalte Logik nichts genützt.

Vielleicht aber waren sie auch nur zu nervös geworden, um völlig logisch denken zu können. Wer konnte das wissen. Ich jedenfalls sah keinen Grund zur Nervosität. Die ausgesandten Energiesphären würden systematisch alle Planeten des Zwergnebels vernichten. Damit waren auch alle Angreifer, die sich dort versteckten, zum Tode verurteilt. Mir taten sie leid. Aber ich konnte ihnen nicht mehr wünschen, als daß alles recht schnell ginge.

Als die Glut in sich zusammenfiel, war von den beiden Maahks nichs mehr zu sehen. Von den Robotern zeugte nur noch eine dampfende Lache zerschmolzenen Metallplastiks.

Aus den Lautsprechern drang kein Laut mehr. Die Meister hatten wieder einmal abrupt abgeschaltet, nachdem es nichts mehr zu sagen gab.

Ich beschloß, mich in meinen Privatraum zu begeben. Wer weiß, was die nächste Zeit alles brachte. Etwas Ruhe würde meinen aufgepeitschten Nerven guttun.

Aber ich hatte mich noch nicht einmal erhoben, da gellte der Großalarm durch die gesamte Station.

„Nichts!“ meldete Major Notami. „Jedenfalls nichts davon, daß man uns geortet haben könnte. Alles ist ruhig. Die fünfdimensionale Streustrahlung stieg für den Zeitraum von einer Minute ein wenig an, dann verschwand sie völlig. Dafür wurde sie von einer geringeren Strahlung abgelöst. Es handelt sich dabei offenbar um die fünfdimensionalen Streufelder sechsdimensionaler Energieerzeuger.“

„Wie sieht es auf der Oberfläche aus?“ fragte Rhodan.

„Leer“, erwiderte Notami lakonisch. „Keine Atmosphäre, keine Hinweise auf technische Anlagen, nur kilometerdickes Eis.“

„Ausgezeichnet!“ Perry Rhodan schaltete ab und lächelte Atlan aufmunternd zu.

Der Arkonide schüttelte sich.

„Mich friert, wenn ich diesen Gesichtsausdruck sehe, Perry. Danach hat es stets Ärger gegeben. Was hast du vor?“

„Keine Sorge, Freund. Unsere Schiffe halten Distanz. Es wäre aussichtslos, mit vier Raumgiganten unbemerkt näher herangehen zu wollen. Die Basis der Energiesphären dürfte mit guten Ortungsgeräten ausgerüstet sein. Wenn man uns bisher noch nicht entdeckt hat, so ist das nur auf die Beschränkung unseres Energieverbrauchs zurückzuführen. Ich habe nicht die Absicht, diesen Vorteil aufzugeben.“

Er schaltete den Interkom ein.

„Captain Henderson zu mir, bitte!“

Der Mausbiber, der bisher still in einem Sessel gehockt und an einer Mohrrübe geknabbert hatte, stieß einen empörten Pfiff aus. Er schleuderte seine Mohrrübe telekinetisch gegen die Schachtverkleidung des Antigravs.

„Aber, aber!“ murmelte Rhodan vorwurfsvoll. „Das ist Verschwendung.“

„Verschwendung!“ entrüstete Gucky sich. „Ist es etwa keine Verschwendung, wenn du die Fähigkeiten deines besten Mutanten brachliegen läßt? Warum willst du Henderson auf die Dunkelwelt schicken und nicht mich? Ich brauchte nicht halb so lange, um alles auszukundschaften. Außerdem kann ich jeder Gefahr aus dem Wege gehen, indem ich teleportiere. Wenn eine Sphäre auftaucht, schleudere ich sie telekinetisch in die Sonne und ...“

„... und vergißt dabei, daß es hier überhaupt keine Sonne gibt!“ beendete Rhodan den Satz.

„Das ist unwichtig. Wenn ich will, dann ... dann ... ähem!“ Er schwieg verlegen, weil er nicht weiter wußte.

Perry Rhodan verzog ironisch die Lippen.

„Wenn du willst, wirst du dich nach meinen Befehlen richten, Gucky. Und du wirst wollen, sonst ist es aus mit deiner Mohrrübenkur.“

„Pfui!“ schimpfte Gucky. „Das ist Erpressung!“

„Nenne es, wie du willst, Kleiner.“ Rhodans Lächeln verschwand abrupt. „Ich unterschätze deine Fähigkeiten keineswegs. Eben deshalb halte ich dich noch zurück. Der Gegner darf vorläufig nichts von unseren – Verzeihung – von deinen Parafähigkeiten erfahren. Wenn du dich allerdings wie ein normaler Zweibeiner verhalten willst und deine Beine zur Fortbewegung benutzt, bitte ...“

Guckys Nackenfall sträubte sich, als er etwas von Laufen hörte.

„Nein, nein!“ wehrte er bescheiden ab. „Ich gönne Henderson den Ruhm, der erste auf der Dunkelwelt zu sein. Du hast recht. Es wäre Verschwendung, mich hinunterzuschicken, wenn ich meine Fähigkeiten nicht anwenden darf.“ Er dachte eine Weile angestrengt nach.

„Aber es könnte ja sein, daß Henderson in Schwierigkeiten gerät. Ich will nichts gegen den Mann sagen, aber er ist schließlich nur ein normaler Mensch.“

Perry Rhodan nickte ernsthaft.

„Und du bist seine Rückversicherung, Kleiner.“

Er stoppte den weiteren Redefluß des Mausbibers mit energischer Handbewegung ab, als er Henderson aus dem Lift treten sah.

Der 1,88 Meter große, blonde Hüne sah so aus, wie die Jugend auf Terra sich einen harten Raumsoldaten des Imperiums vorstellte. Über die Halsringe des Raumanzuges blickte ein stets ironisch lächelndes, braungebranntes Gesicht mit markanten Zügen. Die wasserblauen Augen blitzten vor verhaltener Energie.

„Sie können sich wahrscheinlich schon denken, welches Ihr Ziel ist, Captain . . .?“ begann Perry Rhodan.

„Jawohl, Sir. Es kommt ja nur die Dunkelwelt in Frage.“

„Gut. Dann passen Sie auf. Mit den großen Raumschiffen können wir nicht näher herangehen, ohne entdeckt zu werden. Eine Space-Jet dagegen hat weitaus bessere Aussichten. Völlige Sicherheit gibt es jedoch nicht. Ihr Auftrag lautet, blitzschnell zur Dunkelwelt vorzustoßen und den Planeten im Tiefflug mehrmals zu umkreisen. Unter Tiefflug verstehe ich in diesem besonderen Fall eine Höhe von maximal hundert Metern. Nur so können Sie einer Ortung entgehen. Ziel des Flugs ist es, eventuelle Bauten zu registrieren und besonders nach einem Eingang in die unterirdisch angelegte Station zu suchen. Es bleibt weitgehend Ihnen überlassen, ob Sie dazu landen und zu Fuß erkunden. Nur, riskieren Sie nicht zuviel. Vorläufig können Sie mit unserer Unterstützung nicht rechnen. Ist Ihr Auftrag erfüllt, kehren Sie auf einem Umweg zurück. Die entsprechende Kursberechnung holen Sie sich nachher beim Ersten Navigator ab. Es muß vermieden werden, daß der Schiffsverband als Ihre Ausgangsbasis entdeckt wird. Wiederholen Sie bitte!“

Sven Henderson rasselte die Anweisungen abgehackt herunter. Er ließ jedoch nichts Wesentliches aus. Perry Rhodan nickte zufrieden.

„Sie wissen, daß Sie Kommandounternehmen ablehnen ...“
„Ich bin informiert und habe keine Einwände.“
„Vielen Dank, Captain. Und Hals- und Beinbruch!“
Henderson stiefelte davon.

26.

Die HHe-Meiler der getarnten Space-Jet liefen noch im Leerlauf. Lautes Lachen schallte aus der Zentrale, als Sven Henderson im Achslift nach oben glitt. Anscheinend hatte Bron Tudd wieder einen Witz vom Stapel gelassen.

Das Dröhnen der Meiler nahm zu, während die gerichteten Antigravfelder den Captain durch Deck 2 trugen. Die Kraftanlage war rings um diesen Teil des Antigravschachtes angeordnet. Aber mit keinem Gedanken dachte Sven an die ungeheuren Energien, die dort gespeichert waren. Die Gewöhnung hatte ihn abgestumpft. Nur wenn er im Pilotensessel saß und das Raumschiff durch den Raum schoß, empfand er das Wunderbare und erhebend Schöne einer ausgefeilten Technik.

Auf Deck 3 befanden sich nur die Feldgeneratoren des Lifts und die Mannschaftsräume. Zwar gehörte auch die Hauptzentrale mit der Steueranlage, den Ortungsgeräten, der Waffenkontrolle und der Positronik zu Deck 3. Aber die Zentralekuppel war auf einer erhöhten Plattform angebracht und besaß einen separaten Liftausstieg.

Sven Henderson mußte husten, als er sich aus der kreisrunden Bodenöffnung des Schachtes schwang. Er wedelte die blauen Dunstschwaden ärgerlich mit der Hand auseinander.

„Leutnant Burdick!“

Ray Burdick schwang mit seinem Kontursessel herum und nahm die Pfeife aus dem Mund.

„Sir ...?“

„Schalten Sie Ihren verflixten Räucherapparat aus. Sie Heupferd! Man kann ja noch nicht einmal die Instrumente ablesen.“

„Ausschalten ...?“ Burdick ließ verblüfft die Pfeife fallen. „Mann!“

ächzte er. „Haben Sie aber komische Vorstellungen vom Rauchen." Er hob seine Pfeife auf, stelzte zum Abfallvernichter hinüber und klopfte sie aus.

Bron Tudd spie einen Strahl Tabaksaft auf die verschüttete Glut. Es zischte.

„Leichtsinn!" brummte er. „Das ganze Schiff hätte abbrennen können!"

„Henderson verkniff sich ein Grinsen, als er seine Mannschaft musterte. Von feinen Manieren konnte man – zumindest bei dreien von ihnen – bestimmt nicht reden. Sie waren Rauhbeine, aber unter der rauhen Schale steckte ein guter Kern. Andernfalls wären sie nie auf die CREST II gekommen. Und vor allem waren sie Allroundmänner, ausgezeichnete Könner, die sich fast immer zu helfen wußten.

Finch Eyseman stand ein wenig verloren in einer Ecke und kämpfte offenbar mit seinen Gefühlen. Finch war der Gentleman unter den Männern, und eigentlich gehörte er gar nicht zum Jägerkommando. Doch seit Horror pflegte Henderson ihn für besonders schwierige Sondereinsätze „loszueisen", wie er sich ausdrückte.

„Alles klar?" fragte Sven.

Taka Hokkado, der bisher still auf dem Sitz des Navigators gehockt hatte, drehte sich um.

„Alles klar. Wir warten nur noch auf den Startbefehl."

„Hokkado, Sie bleiben im Navigatorsitz. Eyseman und Burdick übernehmen das Impulsgeschütz. Tudd, Sie bleiben hier und sind für die Ortung verantwortlich."

Er erklärte ihnen kurz den Auftrag, den Rhodan erteilt hatte. Danach nahm jeder seinen Platz ein. Finch und Ray verschwanden im Antigravschacht und eilten zum Geschütz. Henderson setzte sich in den Pilotensitz.

Dann meldete er Oberst Rudo die Startbereitschaft der SJ-101C.

Eine Minute später kam der Startbefehl. Die Männer schlossen die Helme ihrer Raumanzüge und schalteten auf Helmfunk um. Mit scharfem Klicken rasteten die Magnethalterungen der Sicherheitsgurte ein.

Auf dem Bildschirm verschwand plötzlich ein Stück der Hangarwandung. Ein riesiges, finsteres Loch entstand: der Leerraum. Augenblicklich begannen die Ortungsgeräte der Space-Jet zu arbeiten.

„Ich habe ihn!" meldete Bron Tudd. Mit gelassener Ruhe gab er die Koordinaten an Sven Henderson weiter.

Langsam, dann immer schneller werdend, setzte der diskusförmige Aufklärer sich in Bewegung. Bevor er das Hangartor passierte, versetzte das Abstoßfeld ihm einen so heftigen Schwung, daß die Andrucksabsorber in höchsten Tonlagen zu wimmern begannen.

Sie befanden sich bereits weit draußen im Raum, als die Impulstriebwerke einsetzten. Schneller und immer schneller jagte der winzige Körper dahin. Henderson, Tudd und Hokkado arbeiteten mit äußerster Konzentration. Die Scheibe des Dunkelplaneten wuchs innerhalb weniger Minuten zu einem Ungeheuer an, das den ganzen Bugschirm ausfüllte.

„Hm . . .!" brummte Bron Tudd.

„Wie bitte?" Henderson zog fragend die Brauen hoch.

„Ach, nichts", murmelte der Sergeant. „Ich muß nur unwillkürlich daran denken, daß der Planet wie ein riesiges Stück Kautabak aussieht." Anscheinend lief ihm beim Gedanken daran das Wasser im Munde zusammen, denn er öffnete den Helm und spie verstohlen unter seinen Sessel.

„Noch zweihunderttausend Kilometer", meldete Hokkado trokken. „Wollen wir das Ding rammen?"

Sven lächelte. Er wartete noch einige Sekunden, dann drückte er die Space-Jet nach Backboard hinüber. Der Schatten im Frontschirm wanderte zur Seite. Bei einer Distanz von hunderttausend Kilometern setzte Henderson die volle Schubkraft der Impulstriebwerke und Antigravtriebwerke für die Bremsmanöver ein. Diesmal vermochten die Andruckabsorber nicht alle entstehenden Beharrungskräfte zu kompensieren. Die Männer wurden gegen die Anschnallgurte gepreßt, bis ihnen fast die Luft wegblieb. Die Schiffszelle ächzte und stöhnte, als wäre sie ein lebendes Wesen. Als der Druck nachließ und das Wimmern der Absorber zu beruhigendem Summen absank, war die Planetenoberfläche nur noch fünftausend Kilometer entfernt. Die Space-Jet näherte sich ihr in flachem Anflug und in Schräglage.

„Ortung?" schrie Henderson.

„Nichts!" rief Bron Tudd zurück. „Nicht einmal eine Laus läßt sich blicken. Ich wollte . . ." Er verstummte jäh.

Henderson fragte nicht. Er reagierte sofort. Er riß die Space-Jet scharf aus dem Kurs und schlug die Faust gegen den Schubhebel.

„Abwehrforts!" meldete Bron seelenruhig.

Der erste Abwehrstrahl zuckte durch die Schwärze. Er verfehlte den Aufklärer um mindestens fünfzig Kilometer. Henderson drückte die Jet in steilem Winkel nach unten und bremste erneut.

„Finch! Ray!" brüllte er. „Raufkommen!"

Wieder schoß ein gleißender Strahl heran. Ein zweiter folgte. Diesmal lagen sie bedeutend besser. Trotz eingeschalteter Schutzschirme wurde das Fahrzeug kräftig durchgeschüttelt.

Eyseman und Burdick taumelten aus dem Schacht und schnallten sich wortlos in den Reservesesseln fest. Henderson registrierte es mit grimmiger Erleichterung. Die Zentrale war besser geschützt als die Waffenstände. Aber bei einem Volltreffer würde das auch nicht viel nützen.

„Tausend Meter Höhe", meldete Tudd. „Kein Landefeuer."

Ray Burdick begann meckernd zu lachen. Sorgfältig verstaute er die Pfeife in einer Beintasche seines Raumanzugs.

Bron Tudd spie seinen Kautabak aus.

„Damit ich ihn nicht verschlucke", erklärte er trocken.

Sven Henderson beobachtete mit verkniffenem Gesicht die Instrumentenanzeigen. Am liebsten wäre er jetzt schon zum Tiefflug übergegangen. Doch dafür war die Fahrt noch zu hoch. Leicht konnte die Jet an einem Hindernis zerschellen, bevor der Ortungsimpuls es gemeldet hatte.

Den vierten Energiestrahl sahen sie nicht. Es wurde nur übergangslos Nacht . . .

„Kein Peilstrahl mehr!" meldete der Chef der Funkzentrale.

Perry Rhodan wurde blaß. Hendersons Aufklärer hatte befehlsgemäß einen scharf gebündelten, auf den Standort der CREST gerichteten Peilstrahl gesendet. Dieses System war vielbewährt. Man wußte in etwa, wo die eigenen Leute steckten, und riskierte trotzdem keine Ortung.

Natürlich hätte das Aussetzen des Peilstrahls auch bedeuten können, daß die Space-Jet hinter dem Planetenhorizont untergetaucht war. In diesem Falle würde eine Automatik den zwecklos gewordenen Strahl abschalten. Aber im Zusammenhang mit dem beobachteten Energiefeuer lag eine andere Auslegung näher.

Der Aufklärer war abgeschossen worden.

Rhodan fuhr alarmiert herum, als hinter ihm ein Geräusch entstand, als wäre ein Luftballon geplatzt.

Gucky war fort.

„Wohin ist er . . .?"

Atlan starrte immer noch wie gelähmt auf die Stelle, an der der Mausbiber eben noch gestanden hatte. Langsam hob er den Kopf und sagte schleppend:

„Ich sah eine Bewegung aus den Augenwinkeln. Als ich mich umwandte, verschloß Gucky gerade seinen Helm. Im nächsten Augenblick teleportierte er. Könnte das bedeuten, daß er die telepathischen Hilferufe der Jet-Mannschaft aufgefangen hat?"

„Und hinuntergesprungen ist . . ?" Rhodan zuckte die Schultern. „Wer will das bei einem so ausgeprägten Individualisten wie Gukky schon mit Sicherheit sagen!"

„Auf jeden Fall hätte er mich mitnehmen können", protestierte Melbar Kasom. Der Ertruser war eben erst aus der Funkzentrale gekommen und verschloß mit hastigen Bewegungen seinen Raumanzug.

„Daß er es nicht getan hat, beweist, wie eilig es ihm war", sagte Atlan.

„Vielleicht hätte ich Henderson doch nicht schicken sollen!" murmelte Perry Rhodan. „Ich frage mich, ob es nicht zweckmäßiger gewesen wäre, unter einer Feuerglocke Kampfroboter zu landen."

„Und was dann?" warf Atlan ein. „Die Roboter wären niemals an einen Eingang herangekommen. Gegen schwere Energiegeschütze sind auch sie machtlos. Nein, die Sache mit dem Kommandounternehmen war die einzige, die einen Erfolg versprach. Leider gibt es dafür keine Sicherheit. Ich hoffe nur darauf, daß Gucky bald zurückkommt und uns sagen kann, was mit Henderson und seiner Mannschaft geschehen ist."

„Und dann?" fragte Rhodan gedehnt.

„Dann sollten wir tatsächlich G-Bomben einsetzen, Perry. Wir haben es nicht mit einer friedlichen Welt zu tun. Dort unten lebt keine Zivilbevölkerung. Der Dunkelplanet ist eine einzige Festung. Entsprechend solltest du handeln."

Rhodan lächelte nur.

„Ja, ich weiß schon!" brauste der Arkonide auf. „Du bist viel zu neugierig auf das, was du eventuell da unten finden könntest, als daß du logischen Argumenten zugänglich wärst!"

„Es ist möglich, daß wir den Planeten zum Schluß noch zerstören müssen, Freund. Aber vorher möchte ich wenigstens wissen, was ich zerstöre. Wenn wir die Meister der Insel besiegen wollen, brauchen wir alles Wissen, dessen wir habhaft werden können."

Er hatte den Satz kaum zu Ende gesprochen, als wieder einmal die Alarmsirenen ertönten.

Auf den Ortungsschirmen wirkte die Dunkelwelt plötzlich wie ein luftgefüllter Behälter, den man unter Wasser taucht. Gleich Luftblasen aus einem Loch quollen die Energiesphären aus dem Schatten des Planeten. Es waren Tausende.

Sekundenlang schwankte Perry zwischen dem Entschluß zu fliehen und dem, den Kampf mit der Übermacht aufzunehmen. Der Gedanke an Gucky und die Besatzung der verschollenen Space-Jet bewog ihn, sich für den Kampf zu entscheiden. Es würde ein Kampf auf Leben und Tod werden. Darüber war er sich klar. Mit einigen hundert Sphären konnten vier Superschlachtschiffe es ohne weiteres aufnehmen, aber nicht mit Tausenden von ihnen.

Oberst Cart Rudo benötigte keine besonderen Befehle. Er hatte längst seine Anweisungen an die Kommandanten der Schwesterschiffe gegeben. Die Raumgiganten schlossen sich zur Igelstellung zusammen.

Der Doppelkopfmutant Iwan Goratschin meldete sich aus der oberen Polkuppel der CREST II. Dort hatte er durch eine besondere Panzerplastkuppel Direktsicht auf die Angreifer und konnte seine Zünderfähigkeit ungehemmt einsetzen.

Rhodan ließ das Feuer eröffnen, sobald die ersten Sphären sich auf zwei Millionen Kilometer genähert hatten. Die Breitseiten rissen gewaltige Lücken in die Front der Feinde. Auf den Schirmen bot sich ein grauenvolles Bild. Perry Rhodan war froh, daß in den Sphären keine vernünftigen Lebewesen saßen. Die Androidenmonstren konnten bestenfalls Instinktintelligenz besitzen.

Aber trotz des pausenlosen Feuers rückten die Sphären näher und näher. Lücken wurden fast augenblicklich wieder aufgefüllt. Es war relativ leicht zu errechnen, wann die ersten Sphären gegen die Energieschirme der Schiffe stoßen würden.

Glücklicherweise griffen sie in breiter Front an. Hätten sie die Raumschiffe eingekreist, wäre ihnen ihre Absicht geglückt.

„Distanz nur noch hunderttausend Kilometer!" ließ Cart Rudo sich vielsagend vernehmen.

Perry Rhodan wußte, was der Epsaler meinte. Bei der Geschwindigkeit der Sphären mußten sie in zwei Minuten so nahe gekommen sein, daß ein Abschuß gleichbedeutend mit der eigenen Vernichtung gewesen wäre.

„Linearraummanöver!" befahl er.

Die vier Raumgiganten ruckten gleichzeitig an. In steiler Kurve zogen sie über die Masse der Sphären hinweg, beschleunigten mit Höchstwerten und verschwanden zehn Minuten später in der schützenden Zwischenraumzone.

Rhodan mußte ununterbrochen an Gucky denken. Wenn der Mausbiber jetzt zur CREST II teleportieren wollte, mußte er unweigerlich inmitten der verwirrten Sphärenflotte landen. Das konnte seinen Tod bedeuten. Aber es wäre sinnlos gewesen, zusätzlich noch achttausend Mann – die Besatzungen der vier Raumschiffe – zu opfern.

Sie blieben nur zehn Sekunden im Linearraum. Jenseits der Dunkelwelt stürzten sie ins Einsteinuniversum zurück. Zwischen ihnen und den Angreifern lagen jetzt neunzig Millionen Kilometer. Der Planet konnte bereits nicht mehr ausgemacht werden, jedenfalls nicht mit Infrarotortung. Rhodan befahl, sämtliche Ortungsstrahlen aller Arten spielen zu lassen.

Der Erfolg stellte sich rasch ein. Die Hyperortung machte schon sechs Minuten später die Flotte der Sphären aus. Sie kamen ebenfalls durch den Linearraum.

Wieder igelten die Raumschiffe sich ein. Wiederum wehrten sie sich, bis sie fliehen mußten. Nach etwas mehr als zehn Minuten trafen die Schiffe wieder an der alten Position ein.

Perry Rhodan wunderte sich, daß von der Dunkelwelt keine neuen Sphären mehr aufstiegen.

Zwar näherten sich bald wieder die Verfolger von der anderen Seite des Planeten, aber sie griffen nicht mehr an.

Es waren etwa fünftausend Energiesphären, die sich gleich einer lockeren Kugelschale von Miniatursonnen um die Dunkelwelt wölbten.

Niemand konnte sich dieses Verhalten erklären. Auch die Positronik brachte keine einleuchtenden Motive dafür. Nicht einmal Icho Tolot wußte Rat.

Nur die Ahnung blieb, daß bald etwas Entscheidendes geschehen mußte.

Gucky war völlig verwirrt, als er sich am Grund einer tiefen Eisspalte wiederfand.

Er hatte bis zuletzt einseitigen gedanklichen Kontakt mit Captain Henderson gehabt. Eine große Hilfe war dabei das Wissen um die jeweilige Position der Space-Jet gewesen. Der Peilstrahlempfang zeichnete ja eine genaue Wiedergabe der Bahnkurve auf den Zielverfolgungsschirm.

Als der Kontakt mit Henderson abriß, war der Mausbiber augenblicklich teleportiert. Zur Zeit bereute er seine unüberlegte Handlung. Die Chance, tatsächlich bei der Space-Jet anzukommen, war von Anfang an minimal gewesen. Gucky mußte in vier Etappen teleportieren. Dabei verlor er die Orientierung fast völlig – und nach dem letzten Sprung war er zwar auf der Dunkelwelt gelandet, jedoch nicht bei Henderson.

Guckys Verwirrung ließ schnell nach, als er feststellte, daß er unverletzt geblieben war. Auch sein Raumanzug war noch heil, obwohl es einen bösen Sturz gegeben hatte.

Der Mausbiber richtete sich auf und esperte mit seinen Parasinnen. Da er sich nur auf die Besatzung der Space-Jet konzentrierte, entging ihm die gedankliche Ausstrahlung eines fremden Geistes. Nach fünf Minuten telepathischen Lauschens senkte Gucky enttäuscht den Kopf. Die Männer der Jet waren entweder bewußtlos oder tot. Er konnte keinen einzigen Gedanken von ihnen auffangen.

Schon wollte er aus der Eisspalte heraus an die Oberfläche teleportieren, als plötzlich sein rechter Fuß ein Stück in den Boden einsank.

Neugierig geworden, schaltete Gucky die Stirnlampe seines Druckhelms ein und beugte sich vor. Der Boden unter ihm bestand ebenfalls aus Eis. Aber dieses Eis war von Rissen durchzogen; und dort, wo sein Fuß eingesunken war, klaffte ein Loch. Der Mausbiber beugte sich noch weiter vor. Dadurch richtete sich der Lichtkegel seiner Helmlampe direkt auf die Öffnung.

Darunter war – nichts.

Gucky stieß einen überraschten Pfiff aus. Eine Höhle im ewigen Eis des Dunkelplaneten! Natürliche Vorgänge konnten sie kaum zustande gebracht haben. Es gab weder freies Wasser noch Temperaturschwankungen.

Gucky überlegte, ob er in die Höhle teleportieren sollte. Doch er konnte keinen Grund erkennen. Deshalb verzichtete er darauf. Mit der Kraft der Telekinese erweiterte er das Loch, bis es etwa einen halben Meter durchmaß. Schon wollte er sich telekinetisch absinken lassen, da entdeckte er im Schein seiner Lampe einen Felsvorsprung.

Er sah genauer hin. Es war wirklich festes Gestein und kein Eis!

Der Mausbiber überlegte nicht lange. Mit einem kurzen Sprung teleportierte er auf den Vorsprung – und befand sich am Eingang eines Felsstollens.

Im nächsten Augenblick hatte er seinen Kombinationsstrahler gezogen. Mißtrauisch esperte er in den Gang hinein. Er vermochte keinen Gedanken aufzufangen. Doch das beruhigte ihn nicht. Oft genug hatte er schlechte Erfahrungen mit Robotern gemacht. Roboter ließen sich nicht telepathisch finden.

Als nach einer Minute immer noch alles ruhig geblieben war, drang Gucky zu Fuß in den Stollen ein. Seine Helmlampe leuchtete hundert Meter weit. Das erschien ihm ausreichend, um gegen Überraschungen einigermaßen gesichert zu sein. Aufmerksam musterte er die Felswände. Sie waren so glatt und eben, daß eine manuelle Arbeit ausschied. Entweder hatte man den Stollen mit Thermogeräten in den Fels gebrannt, oder eine hochstehende mechanische Technik war am Werk gewesen.

Nachdem Gucky zweihundert Meter zu Fuß zurückgelegt hatte, kam ihm das Laufen doch ziemlich mühsam vor. Kurz entschlossen teleportierte er bis zum Ende des Lichtkegels.

Kaum hatte er materialisiert, wich er erschrocken einige Meter zurück. Vor ihm, höchstens zehn Meter entfernt, spiegelte sich das Licht seiner Lampe im metallischen Glanz einer Tür.

Langsam schlich der Mausbiber sich näher. Äußerlich war nichts von einem Öffnungsmechanismus zu erkennen. Aber Gucky war nicht umsonst ein hervorragend begabter Telekinet. Er streckte seine Parasinne aus und tastete die Tür ab. Zu seiner grenzenlosen Verblüffung enthielt sie tatsächlich keinen Öffnungsmechanismus.

„Komische Tür!“ murmelte er. „Wozu überhaupt eine Tür, wenn sie sich nicht öffnen läßt!“

Er versuchte noch einmal, sie telekinetisch zu bewegen. Doch sie rührte sich nicht. Er atmete tief ein – und sprang. Im nächsten Augenblick fand er sich an der gleichen Stelle des Stollens wieder. Erschrokken betastete er seine Glieder. Doch es war alles heil geblieben, obwohl er mitten in fester Materie materialisiert hatte. Die Unmöglichkeit, die ursprüngliche Atomstruktur wiederherzustellen, hatte automatisch die energetischen Bestandteile der übergeordneten Körperform zurückgeschleudert. Das war kein Phänomen. Gucky hatte ähnliches oft genug erlebt. Ihn verblüffte nur die Tatsache, daß er zwei Meter weit gesprungen war – und dabei nicht über die Tür hinauskam.

Er folgerte daraus, daß er es nicht eigentlich mit einer Tür, sondern mit einem Verschluß zu tun hatte, mit einer Art Propfen, der den Gang dahinter gegen das Vakuum davor abschloß.

Nun wurde Gucky neugierig. Der Verschluß deutete darauf hin, daß sich dahinter etwas befand, was empfindlich gegen Vakuum und Weltraumkälte war. Und was war empfindlicher dagegen als lebende Wesen...?

Ein neuer Sprung brachte den Mausbiber endlich hinter die Tür. Wachsam sah er sich um. Er war nicht in seiner Fortsetzung des Stollens, sondern am Rande einer niedrigen Halle gelandet. Aber die Halle war leer. Es gab weder eine Einrichtung noch Atemluft.

Schon wollte Gucky enttäuscht umkehren, als ein schwaches Glitzern seine Aufmerksamkeit auf sich zog. Etwas lag dort, wohin der Lichtkegel fiel.

Zu spät bemerkte der Mausbiber, welche magische Kraft von jenem wasserklaren Glitzern ausging.

Im nächsten Augenblick befand er sich in einer Phantasiewelt.

Die mechanische Stimme eines Warnrobots verkündete, daß ein feindliches Raumfahrzeug sich der Kontrollstation Modul näherte.

Im ersten Augenblick erschrak ich heftig. Ein feindliches Raumfahrzeug bedeutete Kampf – und wenn der Angreifer stärker war als die planetare Abwehr, würde er Modul vernichten.

Und irgendwo an der Oberfläche oder in Städten unter dem Eis wohnte ein Teil meines Volkes. Zwar hatte ich keinen meiner Leute mehr zu sehen bekommen, seitdem ich hier unten für die Meister der Insel arbeitete. Aber ich war in einer kleinen Höhlenstadt großgeworden. Soviel wußte ich noch. Wie es dort aussah, wie man lebte und wovon man lebte, das war aus meiner Erinnerung verschwunden. Das lag nicht an der langen Zeit, die seitdem verstrichen war. Die Stationsroboter hatten mir mit Hilfe eines komplizierten Gerätes einen Teil der Erinnerung geraubt. Auch jetzt noch mußte ich in regelmäßigen Abständen unter das Psychogerät. Aber nur ich wußte, welche Farce das geworden war. Schon beim zweiten Konditionierungsversuch hatte ich mit meiner Fähigkeit des Energietransformers einige wichtige Schwingkristalle des Apparates verändert. Seitdem wirkte das Gerät nicht mehr auf meinen Geist.

In Wirklichkeit besaß ich mehr Macht über die Kontrollstation, als die Meister ahnten und als ihnen lieb sein konnte. Nur die Drohung mit der Ausrottung meines Volkes hatte mich vor offener Revolte zurückgehalten.

Ich nahm wieder in meinem Sessel im Kontrollraum Platz und betätigte einen Geheimkontakt. Das bewirkte nichs weiter, als daß in der Maschinenhalle eine Wandlerbatterie mit leicht veränderten Werten arbeitete. Die freiwerdende Streustrahlung besaß jetzt eine Frequenz, die störend auf die Logikschaltungen von Positroniken wirkte. Positronische Gehirne gab es überall in der gigantischen Station. Sie würden trotz der Störstrahlung ihre Arbeit wie bisher ausführen – oder fast wie bisher. Eigentlich wirksam wurde die Frequenzüberlagerung erst bei den Zielautomaten der Abwehrforts. Eine geringe Verzögerung der Schaltungen, die nicht mehr ausgeglichen werden konnte, mußte zu Zielungenauigkeiten führen. Das machte die Abwehrforts keineswegs wertlos. Ich erreichte nicht mehr, als daß sie nicht schneller reagierten als organische Geschützbedienungen.

Völlig klar war ich mir über meine Motive nicht. Aber mir war die Diskrepanz zwischen den unvorstellbaren Machtmitteln der Meister und der Tatsache, daß sich ein feindliches Raumfahrzeug der Kontrollstation nähern sollte, eigenartig vorgekommen. Schon kurz nach dem Zwischenfall mit der Energiesphäre hatte ich vermutet, daß die Meister der Insel sich nicht damit begnügen würden, die Vorgänge in der Station über ihre Bildschirme zu verfolgen. Derartige Informationen waren immer ungenügend und brachten bestenfalls ein verzerrtes Bild der wirklichen Ereignisse.

Nein, die Herren Andromedas würden sich nicht auf Bildübertragungen verlassen!

Was lag näher, als daß sie Inspekteure nach Modul entsandten?

Offen auftretende Inspekteure allerdings gewinnen niemals ein völlig wirklichkeitsgetreues Bild. Es gibt zu viele Verschleierungstaktiken. Anders wäre es, wenn die Inspekteure gar nicht als solche erkannt würden. Wenn sie zum Beispiel in der Rolle von feindlichen Kundschaftern auftraten . . .

Ich beschloß, den Spieß umzudrehen.

Es war ein feindliches Raumfahrzeug gemeldet. Gut. Ich wollte dafür sorgen, daß es nicht völlig vernichtet wurde. Eine Beschädigung mußte genügen. Damit waren die „Inspekteure" von jeder Funkverbindung mit den Meistern abgeschnitten. Sie konnten ihre Lage nicht beschreiben.

Ich würde sie jagen lassen, bis ihre physischen und psychischen Kräfte aufgezehrt waren. Danach konnte ich sie sicher mit Erfolg verhören. Waren sie Beauftragte meiner Unterdrücker, würden sie durch einen „zufälligen" Schaltfehler beim Psychoverhör sterben. Man konnte mir nicht nachsagen, ich hätte nicht völlig loyal meinen Herren gegenüber gehandelt, denn offiziell waren die Leute des fremden Raumschiffes als Feinde deklariert worden.

Eine neue Ortungsmeldung bestätigte meinen Verdacht. Draußen im Leerraum waren vier abenteuerlich aussehende Raumgiganten aufgetaucht. Nun wurde es zur Gewißheit, daß die Meister der Insel wieder einmal eine ihrer teuflischen Intrigen spannen. Ich mußte lachen, wenn ich an ihre Ahnungslosigkeit dachte. Sie sollten sich noch wundern.

Zwanzigtausend Energiesphären lagen startbereit in den zahllosen Hangars des Stützpunktes. Ich ließ die Androiden-Piloten indoktrinieren und gab den Startbefehl. Gleich ausgehungerten Ungeheuern rasten die Sphären in den Raum hinaus und stürzten sich auf die vermeintlichen Feinde.

Deren Reaktion bestätigte meinen Verdacht. Anstatt zu fliehen, wie es die Aussichtslosigkeit ihres Widerstandes geboten hätte, verharrten sie unbeweglich auf ihrer Position. Anscheinend rechneten sie nur mit Scheinangriffen.

Zu meiner Verwunderung kämpften sie tatsächlich. Viele Sphären gingen verloren, aber mehr als genug griffen weiterhin an. Die Raumgiganten änderten ihre Taktik. Sie vollführten zwei sinnlose Linearraum-

manöver. Merkten sie nicht, daß die Sphären ihnen überallhin folgen konnten?

Ausgerechnet als ich den entscheidenden Angriff befahl, geschah etwas sehr Merkwürdiges. Der Warnrobot meldete das Auftauchen eines Fremden in einem Raum, der nur von Robotern betreten werden konnte. Es sollte sich um ein kleines Wesen mit pelzbedecktem, spitzem Kopf handeln. Weitere Einzelheiten waren durch einen Raumanzug verdeckt.

Das Wesen richtete innerhalb kurzer Zeit furchtbare Verwüstungen in der Robot-Aufladestation an. Vierzehn Roboter wurden schwer beschädigt. Ein Ladeaggregat explodierte. Als die anderen Roboter das Wesen ergreifen wollten, verschwand es einfach.

Ich konnte es nicht glauben. Kein organisches Wesen durfte die Aufladestation betreten. Verborgene Automatwaffen hätten es in Augenblicksschnelle getötet. Und erst recht konnte sich niemand einfach in Luft auflösen.

Mein Unglauben wurde erschüttert, als die zweite Alarmmeldung eintraf. Ein Wesen, das dem zuerst entdeckten völlig glich, war in einer soeben startenden Energiesphäre aufgetaucht und hätte sie beinahe zum Absturz gebracht. Starke Abstoßfelder schleuderten die Sphäre im letzten Augenblick in den Raum. Der Androide darin schrie um Hilfe. Es war jedoch nicht zu erfahren, ob das seltsame Wesen sich noch in der Sphäre befand.

Ich war sicher, daß die beiden Fremden zu dem ersten anfliegenden Raumfahrzeug gehörten. Die Abwehrfotos gaben keine Abschußnachricht durch. Aber das taten sie nie. Sie erfüllten nur eine einzige Funktion. Damit war es getan.

Offenbar hatte das Fahrzeug einigermaßen weich landen können. Der erste Teil meines Planes war also gelungen. Nur waren die Inspekteure anscheinend viel gefährlicher, als ich vermutet hatte.

Ich blies die Aktion gegen die Raumgiganten ab.

Die Sphären kehrten zurück und sperrten Modul nach innen und außen. Jetzt saßen die Inspekteure in der Falle. Ihre Freunde draußen im Raum konnten ihnen nicht helfen. Und gegen das, was ich vorhatte, würden sie nicht lange ankommen.

Ich mobilisierte eine Unzahl von Androidenverbänden. Sie waren „Selbstformer“. Ihre Zellverbände waren so konstruiert, daß sie auch ohne Schutzanzüge im Vakuum existieren konnten. Sie würden die

Inspekteure in den Wahnsinn treiben, selbst wenn sie sie nicht ergreifen konnten.

Danach mußte ich mich wieder um die Produktion von Sphären-Androiden kümmern.

Gucky materialisierte auf dem Kartentisch und riß eine Schüssel herunter.

Melbar Kasom sprang empört auf. Voller Enttäuschung starrte er das am Boden liegende Fleischkonzentrat an.

Erst dann sah er den Mausbiber. Im Nu war sein Zorn verflogen. Behutsam nahm er das zitternde Wesen in seine mächtigen Hände und drückte es an die Brust.

„Beruhige dich, Kleiner!“ flüsterte er. „Du bist in Sicherheit.“

Gucky klappte seinen Helm zurück und atmete tief ein. In seinen Augen flackerte immer noch ein Funke des Entsetzens, doch er wurde zusehends ruhiger.

Kasom setzte sich wieder und nahm den Mausbiber auf den Schoß. Er streichelte die bepelzten Ohren und murmelte dabei beruhigende Worte. Der ertrusische Riese zeigte in diesen Augenblicken sein wahres Gesicht. Kein anderer hätte liebevoller und besorgter sein können.

Perry Rhodan und Atlan blickten den Mausbiber gespannt an. Aber sie warteten geduldig.

Endlich richtete Gucky sich auf. Er seufzte. Mit traurigen Augen erwiderte er Rhodans ruhigen Blick.

„Ich fürchte, ich habe versagt, Perry“, meinte er kläglich.

Rhodan schüttelte den Kopf.

„Immerhin bist du heil zurückgekommen, Kleiner. Das ist die Hauptsache.“

„Vielen Dank!“ flüsterte Gucky. Er schniefte ein paarmal, dann berichtete er ausführlich von seinen Erlebnissen auf der Dunkelwelt. Allerdings wußte er nicht, was er nach dem Verlassen des unterirdischen Saales getan hatte. Seine Erinnerung daran glich schrecklichen Alpträumen. Der Mausbiber konnte jedoch logisch denken. Er wußte, daß er die Alpträume nicht wirklich erlebt hatte. Aber an der Erschöpfung seiner Parakräfte vermochte er zu ermessen, daß er sowohl telekinetisch wie auch teleportativ tätig gewesen war.

„Ich kam innerhalb einer Energiesphäre zu mir“, berichtete er. „Mitten im Raum. Es war nicht leicht, mich zu orientieren. Zusätzlich mußte ich den Androiden telekinetisch festhalten, sonst wäre er über mich hergefallen. Mit drei Sprüngen kehrte ich dann hierher zurück. Das ist alles.“

„Alles...?“ fragte Atlan gedehnt. „Von Henderson und seiner Mannschaft hast du nichts erfahren können?“

Gucky senkte traurig den Kopf.

„Sie sind entweder bewußtlos oder tot.“

„Nein, Gucky. Keines von beiden“, warf eine ruhige Stimme ein. John Marshall trat aus dem Antigravlift. „Ich habe vor einer Minute schwachen Kontakt mit Henderson gehabt. Seinen Gedanken nach leben sie alle noch. Aber die Space-Jet ist unbrauchbar. Sie befinden sich auf der Flucht.“

„Flucht...?“ echote Atlan fragend.

Marshalls Gesicht verdüsterte sich.

„Ja. Auf der Flucht vor zehn Meter großen, menschenähnlichen Giganten.“

„Dann sind sie verloren“, sagte Atlan.

Perry Rhodan blickte auf den Panoramaschirm, auf dem sich die Dunkelwelt mit der Hülle der Energiesphären deutlich vom schwarzen Hintergrund des Leerraums abhob. Es schien unmöglich, diese tödliche Sperre zu durchbrechen.

„Nein“, sagte er fest, „sie sind nicht verloren. Wir lassen sie nicht im Stich.“

27.

Sie waren Ungeheuer, ja.

So monströs wie sie war der Prozeß, der sie schuf. Gigantische Aufbereitungskessel ließen das aus einem intelligenten Wesen gerissene Plasma zu einer zähflüssigen, willenlosen Masse werden. Aus den dampfenden Schlünden der Kessel wälzte sich anschließend ein Brei wie flüssige Lava. Bevor der Abkühlungsprozeß fortschreiten konnte, schlugen metallene Stangen hernieder. Genau abgewogene Stücke der flexiblen Masse wurden aus dem zähen Fluß gehämmert. Während all das Überflüssige wieder in die Kessel zurückglitt, kippten die rohen Stücke eins nach dem anderen in die klaffenden Trichter monumentaler Biobänke.

Der letzte Teil eines verbrecherischen Pseudo-Schöpfungsaktes begann.

Je nach Grundeinstellung liefen in den Biobänken die Formprozesse ab. Von riesenhaften Amöboiden über tentakelbewehrte Quallenmonstren bis zu zweibeinigen, zweiarmigen Giganten reichte die Skala des Schreckens.

Aber nicht die Äußerlichkeiten verkörperten das Grauen an sich. An sie konnte man sich gewöhnen. Das Grausige und Verbrecherische waren die Pseudogehirne, die jenen Wesen mitgegeben wurden. In ihnen gelangte ein vager Schimmer des Bewußtseins zum Durchbruch, des Kollektivbewußtseins, das dem Urplasma so etwas wie Beseeltheit verliehen hatte, als es noch eine körperliche Einheit gewesen war. Die Erinnerung daran wurde von den aufgezwungenen Handlungsschablonen eingekapselt, aber nicht völlig verdrängt.

Ich durfte nicht daran denken, welche seelischen Qualen im Hintergrund der künstlichen Hirne nisteten. Andernfalls wäre ich wahnsinnig geworden. Mir kam einzig und allein die Aufgabe zu, durch meine Gabe der Energietransformation die fünfdimensionalen Schwingkristalle zu erzeugen, die den Androidengehirnen den Funken sinnlosen Scheinlebens verliehen. Diese Schwingkristalle bestanden aus fünfdimensional schwingenden Mineralien, die sonst weder natürlich noch künstlich vorkamen.

Ich bin einsam. Ich habe keinen Kontakt zu den anderen Angehörigen meines leidgeprüften Volkes. Ich entsinne mich nur, daß sie in kleinen Ansiedlungen unter dem ewigen Eis und der ewigen Nacht Moduls ein freudloses Dasein fristen. Ein anderer Teil meines Volkes vegetiert auf einem Planeten jenes Zwergnebels, den ich oft in den Teleskopen vor dem gleißenden Hintergrund Andromedas beobachtete. Die Erinnerung an Einzelheiten meiner Kindheit wurde unter dem Psycholator gelöscht. Darum weiß ich kaum, wie mein Volk lebt. Aber ich entsinne mich noch gut der Überlieferungen. Danach lebte das Urvolk der Moduls einst auf einem Planeten des Zwergnebels. Man nannte diesen Planeten die „Welt der ersten Verbannung", worunter ich mir aber nichts vorstellen kann. Ein Kristall sollte schuld daran sein, daß mein Volk seine Heimat verlassen mußte. Es wurde zerrissen. Einen Teil verbannten die „Meister der Insel" auf die „Welt der Gesänge", einen anderen Teil unter das Eis des Leerraumplaneten Modul.

Unwillkürlich riß ich die Hände hoch und preßte sie gegen meine Ohren, als das schrille Heulsignal ertönte. Es ist ein Erbübel meines Volkes, daß wir sehr heftig und spontan reagieren.

Das Heulen kam von Biobank vier. Es war das Zeichen dafür, daß die Gehirne und Körper der nächsten hundert Monstren fertig waren – fast fertig, denn noch fehlte ihnen nur der Kristall . . .

Auf der Antigravplatte fuhr ich hinauf zum Sphären-Lenkraum, der gleichzeitig mein Kontrollraum für die „Belebung" der Androiden war. Mit dumpfem Schlag schloß sich die Luke hinter mir. Das marternde Geräusch der Kessel und Biobänke blieb draußen. Der 4-D-Projektor arbeitete und projizierte die Leuchtzeichen der Arbeitskontrolle über mein nach oben gewandtes Gesicht. Eine Art technischer Hypno-Effekt zwang meine Sinne zu höchster Aufmerksamkeit. Gleichzeitig formte er die abstrakten Lichtmuster zu den Botschaften, die meinen Geist erreichten und mir ein genaues Imago-Bild der Androidengehirne vermittelten.

Rein automatisch arbeiteten meine Hände an dem Schaltbrett. Die mechanische und die parapsychische Arbeitsleistung mußten genau koordiniert werden, sollten die Monstren zu pseudointelligentem Leben erwachen.

Das, was danach in meinem Gehirn und mit den Plasmagehirnen der Androiden vor sich ging, kann nicht mit Worten erklärt werden. Es handelte sich dabei stets um einen nur halb bei Bewußtsein erlebten Vorgang. Die eigentliche Kraft der Transformierung von Energie in Materie kam aus den tiefsten Abgründen meines Unterbewußtseins.

In Schweiß gebadet, tauchte ich aus dem alptraumhaften Zustand auf. Die Pulsationsmuskeln meiner Adern pumpten das Blut rascher durch den Körper als gewöhnlich. Schweratmend lag ich in der Sitzschale. Ich begann innerlich zu beben, als ich das Ergebnis meiner Arbeit überprüfte. Wieder waren hundert Androidenmonstren fertiggestellt. Auf stummelähnlichen Tentakeln wankten die Quallengeschöpfe vorwärts, in die wartenden Energiesphären hinein.

Auch die Sphären waren letzten Endes Produkte meiner Parafähigkeit. Ohne die von mir produzierten Schwingkristalle konnten sie ihre todbringende Aufgabe nicht erfüllen.

Ich fühlte mich selbst als Ungeheuer, als die hundert Sphären den Startschacht verließen. Doch mir blieb keine Zeit zur Austragung des Kampfes, der sich zwischen meinem Gewissen und der Furcht vor dem Ende meines Volkes abspielte. Die Biobänke sechs und sieben meldeten gleichzeitig den Vollzug des Formprozesses.

Insgesamt mußte ich fünftausend weiteren Monstren zu ihrem „geliehenen" Leben verhelfen. Fünftausend Sphären begaben sich auf den Weg zum Zwergnebel, um die dort aufgetauchten Feinde Andromedas zu vernichten. Millionen waren bereits dort – und viele Tausende hatten ihr grausames Werk inzwischen vollbracht.

Danach gönnte ich mir eine Ruhepause. Ich begab mich in meine private Unterkunft. Dort stellte ich den Nahrungsautomaten ein. Kurz darauf erschien in der runden Tischöffnung eine flache Schüssel. Lustlos stülpte ich die Unterlippe vor und löffelte damit die lauwarme, graugrüne Brühe. Es handelte sich dabei um Synthesenahrung. Sie schmeckte dennoch äußerst gut und enthielt alle Vitamine, die mein Organismus benötigte. Ich entsann mich, daß mein Volk diese Flüssigkeit als „Pilzschaumsaft" bezeichnete. Dort, woher wir stammten, mußten Pilzkolonien die Hauptnahrungsquelle gewesen sein.

Vergeblich versuchte ich, mir diese Welt vorzustellen. Die Überlieferungen sprachen nur von Pilzwäldern und gigantischen Pilzsümpfen, von drei roten Riesensonnen und bläulich fluoreszierender Lufthülle. Was eine Sonne war, wußte ich zwar, auch, was ich mir unter Fluoreszenz vorstellen sollte – doch Wälder und Sümpfe waren lediglich Worte ohne Inhalt. Zeit meines Lebens hatte ich nur Kälte, Halbdunkel, abgestandene Luft, Fels und irgendwelche Unterkünfte kennengelernt. Die Psychobehandlung machte die Eindrücke vage und unbestimmt. Dennoch wußte ich, daß es unter dem ewigen Eis Moduls weder eine blaue Lufthülle, noch Pilzwälder oder Pilzsümpfe gab.

Nach der Nahrungsaufnahme hätte ich ruhen sollen. Es war ein weiteres Erbübel meines Volkes, daß ich vor nervlicher Anspannung nicht schlafen konnte. Alles in mir fieberte der nächsten Aufgabe entgegen . . .

Zwanzigtausend selbstwandelbare Riesen-„Amöben" aus belebtem Plasma befanden sich auf der Eisdecke Moduls. Ihr Auftrag stand fest: die Eindringlinge mit allen Mitteln psychisch zu zermürben, bis sie den Tod als Erlösung betrachteten. Leider konnte ich nur bedingt in das Geschehen an der Oberfläche eingreifen, da ich keine Sichtverbindung nach „oben“ besaß. Ich würde es nicht verhindern können, daß die Spione von den Ungeheuern getötet wurden. Ihr Leben mußten sie selbst schützen.

Ich begab mich in den Kontrollraum und nahm die stereotypen Meldungen der Androiden entgegen. Meine Augen begannen wie im Fieber zu glänzen.

Die Jagd hatte begonnen!

Er war nahezu menschenähnlich, fast zwei Meter groß, feingliedrig und sehr schlank. Die zartblaue Hautfarbe kontrastierte eigentümlich mit der gelblichen Iris seiner heliumgefüllten Augäpfel. Mit seinem Kahlkopf hätte er wie ein alter Mann von der Erde gewirkt, wenn seine nervöse Lebhaftigkeit nicht gewesen wäre – und er die wulstige Unterlippe seines erschreckend breiten Mundes nicht hin und wieder löffelartig vorgestülpt hätte.

Loor Tan war der einzige Überlebende der auf Gleam entdeckten Intelligenzwesen.

Don Redhorse hatte ihn als Geisel benutzt, um der Gefangenschaft zu entrinnen. Nun war Loor Tan selbst ein Gefangener.

Rhodan räusperte sich.

Loor Tan fuhr zusammen und starrte ihn aus glitzernden Augen an. Der Gleamor hatte seinen typischen breiten Reifrock abgelegt. Auf der CREST II brauchte er das rein zweckbedingte Kleidungsstück nicht. Jetzt trug Loor Tan die schmucklose Arbeitskombination eines terranischen Wartungstechnikers. Das machte ihn bedeutend menschlicher, wenn auch die Beinkleider viel zu weit für seine dürren Glieder waren.

Eine Handbewegung Rhodans schickte den Wachtposten aus der Kabine. Nicht ohne Grund hatte der Großadministrator seinen privaten Aufenthaltsraum als Ort des Gesprächs gewählt. Er wollte versuchen, die unsichtbare psychische Schranke zwischen sich und dem eigenartigen Wesen niederzureißen.

Mit einem Knopfdruck schaltete er den Translator ein.

„Bitte, Loor Tan, nehmen sie Platz!“

Der Gleamor sank langsam in einen Gelenksessel.

„Sie sollten aufhören, sich als Gefangener zu betrachten, Lebewesen unserer Art sind miteinander verwandt, auch wenn ihre Entwicklung sich durch einen Abgrund getrennt vollzogen hat", begann Rhodan. „Ihre wirklichen Gegner sind die Herren Andromedas. Es sind auch unsere Gegner. Wenigstens auf dieser Basis sollten wir zu einer Verständigung kommen."

Wachsam musterte er das nervös zuckende Gesicht seines Gegenübers.

„Man hat Ihnen den toten Androiden gezeigt...?"

Ein tiefer Seufzer drang aus Loor Tans Brust. Anschließend schüttelte sich der Gleamor.

„Ich kenne Ungeheuer dieser Art nicht."

Perry Rhodans Stimme füllte sich mit tiefem Ernst, als er entgegnete: „Ähnliche Ungeheuer gab es zu Tausenden und aber Tausenden auf dem Mond Ihrer Welt, Loor Tan. Nachdem Siren explodiert war, fielen sie durch den Weltraum über Gleam her. Es gilt als gesichert, daß sie die letzten Überlebenden Ihres Volkes umbrachten."

Loor Tan schnellte aus dem Sessel, als wäre die Sitzfläche plötzlich glühend geworden. Er atmete heftig. Dabei stülpte er seine Unterlippe in kurzen Intervallen heraus und zog sie wieder zurück. Ohne Zweifel raubte die typische hochgradige Erregung dem Gleamor die Sprache.

Endlich beruhigte er sich wieder.

„Was macht es schon aus, daß mein Volk nicht mehr lebt!" sagte er müde. „Wir auf der Welt, die ihr Gleam nanntet, waren nur noch wenige. Außerdem befanden wir uns im letzten Stadium der Degeneration." Er setzte sich wieder. „Von mir können Sie nicht viel erfahren. Suchen Sie die *Mächtigen.* Sie allein können Ihnen helfen, die Feinde unserer beiden Völker zu finden."

Perry Rhodan seufzte resigniert. Da war es wieder, dieses ominöse Wort. Die *Mächtigen* – wo lebten sie, und worin bestand ihre Macht...?

Darüber hatte Loor Tan nichts aussagen können. Er selbst bezeichnete sich und die umgekommenen Gleamors als völlig degenerierte Nachkommen eines ehemals großen Volkes.

Rhodan zwang sich zur Ruhe. Die Nervosität des Gleamors wirkte ansteckend. Kurz berichtete er, was Loor Tan seiner Meinung nach über die Entdeckung der Dunkelwelt, die Sphären und die Monstren wissen mußte.

Danach zwang er den Gleamor, ihm in die Augen zu sehen. Alle

Willensenergie legte Rhodan in seinen Blick. Manche Leute sagten ihm nach, daß dieser Blick hypnotische Kraft ausstrahlte. Das stimmte zwar nicht, aber so sensible Naturen wie Loor Tan spürten den unbändigen Willen – und beugten sich.

Perry Rhodan wußte, daß Loor Tan die Wahrheit sprach, als er angab, keine Erklärung für die Ereignisse zu haben.

Er erhob sich und ging mit schweren Schritten auf den zurückweichenden Gleamor zu. Obwohl er dessen innerliches Sträuben spürte, legte er ihm beide Hände auf die Schultern.

„Hören Sie gut zu!“ sagte er beschwörend. „Wir sind keine Feinde, Loor Tan. Eigentlich sollten wir sogar Freunde sein. Doch ich weiß, daß so etwas seine Zeit braucht. Wenn ich gewisse Sicherheitsmaßnahmen treffe, so nur deshalb, weil ich aus Prinzip nicht anders handeln kann. Es wäre mir jedoch lieb, wenn Sie sich nicht als Gefangenen betrachten würden. Sollen Sie einen Wunsch haben, so lassen Sie es mich wissen.“

Er ließ die Hände sinken und ging zur Tür.

„Sergeant!“ rief er den Wachtposten an. „Begleiten Sie Loor Tan zu seiner Kabine. Ich wünsche jedoch, daß er zuvorkommend behandelt wird. Richten Sie sich bitte danach. Ihren Posten vor Loor Tans Tür nehmen Sie selbstverständlich wieder ein.“

Der Sergeant bestätigte.

Da Loor Tan sich nicht im geringsten sträubte, fiel seinem Bewacher die Aufgabe relativ leicht. Er ging neben dem Gleamor den Gang entlang, als ob sie beide zur normalen Besatzung der CREST II gehörten.

Mit undeutbarem Lächeln blickte Perry Rhodan hinter ihnen her.

Der große Panoramabildschirm in der Hauptzentrale war auf die Hypertaster geschaltet. Demzufolge zeichnete sich ein gestochen scharfes Abbild des Dunkelplaneten darauf ab.

Icho Tolot stand breitbeinig vor dem Halbrund des Kontrollpultes. Seine drei rotleuchtenden Augen blickten unverwandt auf den Bildschirm.

Auf der Schulter des Haluters saß Gucky. Mit der linken Hand stützte er sich auf den Kopf des Giganten.

„Hast du immer noch nicht herausgefunden, was die Sphären eigentlich wollen?“ unterbrach er das bisherige Schweigen.

Aus Tolots gewaltigem Brustkasten stieg ein dumpfes Grollen empor. Nur wer den Haluter kannte, wußte das donnerähnliche Geräusch richtig zu deuten. Es war ein Ausdruck verhaltener Zärtlichkeit.

„Noch nicht, Kleiner. Wenn man von der naheliegenden Annahme absieht, daß sie den Zugang zum Planeten versperren."

„Das tun sie gründlich", warf Perry Rhodan ein und trat neben den Haluter. „Selbst mit vier Superschlachtschiffen dürfte diese Barriere nicht leicht zu durchbrechen sein."

„Für Raumschiffe ist sie unüberwindlich!" stellte Gucky kategorisch fest, dabei sanft auf seine Teleporterfähigkeit anspielend.

„Irrtum!" entgegnete Rhodan trocken, wechselte aber sofort das Thema. „Auf der Oberfläche der Dunkelwelt dürfte es nicht ganz so finster sein wie anfangs. Die Sphären erfüllen ganz nebenbei die Funktion künstlicher Sonnen. So hell wie jetzt strahlen sie für gewöhnlich nicht ...

„Zum Jagen braucht man Licht ..." sagte Tolot gedehnt.

Perry Rhodan preßte die Lippen aufeinander, bis sie nur noch blutleere Striche waren. Die Anspielung des Haluters war nicht zu überhören gewesen. Dort unten befanden sich seit vierundzwanzig Stunden fünf Terraner auf der Flucht vor Androidenmonstern. Vor einer Stunde waren die letzten Notsignale von Henderson empfangen worden, die ausgesagt hatten, daß die Gruppe noch am Leben war.

Guckys spontane Aktion war wertlos gewesen – bis auf eine Erkenntnis, die besonders Rhodan sehr nachdenklich stimmte ...

Die Begegnung mit einem funkelnden Etwas, das hypnosuggestive Kraft ausstrahlte, war nicht die erste ihrer Art gewesen. Sie erinnerte unwillkürlich an die Illusionskristalle, die Leutnant Finch Eyseman auf einer Welt entdeckte, die Greenish-7 benannt worden war. Auch die Illu-Kristalle zogen den Betrachter in ihren magischen Bann. Sie gaukelten ihm eine Phantasiewelt vor und ließen ihn gleich einem Schlafwandler in zwei Existenzebenen denken und handeln. Die eine Existenzebene war rein imaginärer Natur. Es gab sie nicht wirklich, sondern sie wurde dem Betreffenden nur vorgegaukelt. Während er sich durch „seine" Traumwelt bewegte, existierte er gleichzeitig körperlich in der wirklichen Welt. Das Eigenartige und gleichzeitig Beruhigende an dem Vorgang war, daß der Betreffende sich so innerhalb seiner Traumwelt „bewegte", daß alle seine Handlungen mit den

Fakten der realen Welt übereinstimmten. In dieser Hinsicht konnte man die Illu-Kristalle als harmlos einstufen.

Außerdem war es einem Mutanten oder einem geistig besonders geschulten „normalen“ Menschen möglich, seinen Geist gegen die Einflüsse des Kristalls abzuschirmen. Sogar Menschen, die sich bereits im Banne des Kristalls befanden, wurden sofort daraus entlassen, wenn sie sich ihres „Traumes“ bewußt wurden.

Deshalb sprach Gucky nicht mehr gern von seinem Erlebnis. Er, der infolge seiner ausgeprägten Parabegabung in der Lage sein sollte, den Einfluß des Kristalls mühelos abzublocken, war wie ein Säugling in die Falle getappt. Freilich mußte man ihm zugute halten, daß er auf der Dunkelwelt niemals die Anwesenheit eines Illu-Kristalls vermuten konnte. Greenish-7 war 14 840 Lichtjahre von der Welt im Leerraum entfernt. Der Mausbiber war überrascht worden, wie wahrscheinlich jeder andere auch überrascht worden wäre.

Die Frage, wie ein solcher Kristall auf die Dunkelwelt gekommen sein konnte, bewegte Rhodan mehr, als er sich selbst eingestand. Unwillkürlich versuchte er eine Verbindung zwischen beiden Welten zu konstruieren. Es gelang ihm nicht.

Offenbar hatte er so intensiv gedacht, daß sein mentaler Abschirmblock durchlässig geworden war. Gucky nickte ihm jedenfalls ernsthaft zu. Dabei wäre er beinahe von Tolots Schulter gefallen.

„Sachen gibt's, die gibt's gar nicht!“ piepste er mit seiner hohen Stimme. „Zerbrich dir nicht weiter den Kopf darüber. Ich werde schon noch herausbekommen, was es mit den Illu-Kristallen auf sich hat.“

Perry Rhodan verzichtete darauf, den Mausbiber wegen seiner telepathischen Lauscherei zu tadeln. Er schüttelte nur ablehnend den Kopf.

„Gar nichts wirst du tun“, sagte er. „Ich werde dich tatsächlich dort hinunter schicken, aber nur unter einer Bedingung: Du kümmerst dich zuerst nur um Henderson und seine Männer. Außerdem wirst du nicht von hier aus direkt zur Dunkelwelt teleportieren, sondern von Bord einer Space-Jet, die dich unmittelbar über die Oberfläche des Planeten bringen wird. Ich halte dies für notwendig, da du eine ganze Menge Ausrüstungsmaterial mit dir schleppen wirst, so daß mir eine Teleportation über die jetzige Distanz zu riskant scheint. Verstanden?“

Gucky ließ seinen Nagezahn blitzen, hatte ihm doch Rhodan soeben eröffnet, daß sein Einsatz unmittelbar bevorstand.

„Jawohl! Aber überlege es dir nicht zu lange. Henderson dürfte ganz schön in der Tinte sitzen."

Perry Rhodan brummte etwas von vulgären Ausdrücken, ließ sich jedoch nicht näher über dieses Thema aus.

„Selbst wenn Henderson nicht dort ‚unten' wäre, müßten wir schnell handeln. Es steht fest, daß die Fabrikationsstätte der Energiesphären und ihrer monströsen Piloten auf der Dunkelwelt zu finden ist. Hierher ist die geraubte Substanz des Urplasmas verschleppt worden. Wenn wir diese Höllenküche nicht schnellstens stillegen, gibt es bald keinen einzigen Planeten mehr in Andro-Beta. Aber noch können wir nicht massiv vorgehen, ohne das Leben der fünf Vermißten zu gefährden. Abgesehen davon möchte ich wissen, was dort ‚unten' wirklich vorgeht und wer diese Kontrollstation der Meister der Insel leitet."

„Wahrscheinlich nur Roboter, wer sonst!" fiel Gucky abfällig ein.

„Nein", sagte Tolot. „Roboter würden den Sphärenangriff auf unsere Schiffe so lange fortgesetzt haben, bis sie uns entweder vernichtet oder vertrieben hätten. Nur ein organisches Gehirn kann sich trotz taktischer Nachteile für eine defensive Strategie entscheiden."

Perry Rhodan blickte noch einmal auf die von den Sphären beleuchtete Welt. In seinen Augen brannte das Feuer des Wissenden, der sich seiner relativen Unwissenheit nur zu gut bewußt ist.

„Wir werden es schon noch herausbekommen", murmelte er. Die Frage, was er damit gemeint hatte, blieb unbeantwortet im Raum stehen. Nur Gucky, der einen winzigen Zipfel von Rhodans Gedanken erespert hatte, fühlte eisige Schauer seinen Rücken hinabrinnen.

28.

Das bläulich schimmernde Eis schien zu gespenstischem Leben aufzuerstehen.

Von überall her krochen schlangengleiche Fangarme, stapften gigantische Androiden menschenähnlichen Aussehens heran. Die fünf Männer verdankten es nur ihrer Besonnenheit, daß sie noch lebten.

Hätten sie sich je auf einen verzweifelten Kampf eingelassen, die Übermacht wäre mit dem Gewicht Tausender von Tonnen über sie hergefallen. So beschränkten sie sich darauf, eine Gasse durch das grauenerregende Pseudo-Leben zu schießen.

„Wir sollten uns ein neues Versteck suchen!" Die Stimme Taka Hokkados klang heiser und erschöpft. Seit vierundzwanzig Stunden waren sie auf der Flucht. Kein Versteck war vor den Androiden sicher.

Henderson musterte aus zusammengekniffenen Augen die glitzernde Eisfläche. Zur Rechten türmte sich ein Gebirge aus ineinander verschachtelten Schollen auf. Vielleicht hatte sich dort einst die sturmgepeitschte Fläche eines Ozeans erstreckt, bevor der Planet in die Kälte des Leerraums verschleppt worden war. Unwillkürlich erschauerte Sven. Er mußte daran denken, daß diese Welt möglicherweise reiches Leben getragen hatte. Welche Tragödie mochte sich hier abgespielt haben, als die wärmende Sonne für immer versank und die Atmosphäre sich kristallisierend niederschlug. Unter dem Leichentuch des Eises mochten sogar die Überreste einer alten Kultur liegen. Die Meister der Insel hatten noch nie Rücksicht auf das Leben anderer Wesen genommen, wenn es um ihre Sicherheit ging.

Der Captain lachte rauh. Das Schollengebirge bot keine Sicherheit. Im unregelmäßigen Licht der glühenden Sphären waren die zwischen den Schollen wogenden Schatten nicht zu übersehen: synthetisches Leben, zum Töten geschaffen und zum Sterben verurteilt . . .

„Weiter!" befahl Sven Henderson.

„Auf einen halben Meter heruntergehen!"

Die Männer in den plump wirkenden Kampfanzügen sanken tiefer. Lichtreflexe huschten irrlichternd über die durchsichtigen Druckhelme und die Läufe der Kombiwaffen.

Sehnsüchtig schaute Henderson nach oben. Die schimmernde Ellipse des Betanebels stieg allmählich über den Horizont. Über ihr breitete sich das strahlende Feuerrad des Andromedanebels aus. Die sternfunkelnden Spiralarme hoben sich scharf gegen die Zonen der Leere und der Dunkelwolken ab. Dort gab es mindestens dreihundert Milliarden Sonnen – und hier nicht eine. *Planet der Verlorenen . . .!* schoß dem Captain ein ironischer, schmerzlicher Gedanke durch den Kopf. Unwillkürlich ballte er die Fäuste, schüttelte sie in Richtung Andromeda.

Wir werden euren Hochmut brechen, die ihr fremdes Leben verachtet und mit Füßen tretet!

Doch das gleißende Sternenrad gab keine Antwort. Es würde bleiben, auch wenn alle längst vergangen waren. Gute wie Schlechte. Dieser Gedanke tröstete Sven Henderson und flößte ihm wieder Zuversicht ein. Was bedeutete schon die Herrschaft der brutalen Unterdrücker, die sich „Meister" einer ganzen Sterneninsel nannten, gegenüber dem ewigen Lauf des Universums! Sie würden daran nicht einen Deut ändern können. Es gab eine Schranke, an der die Macht intelligenter Geschöpfe endete, vor der sie nichts war als toter Sternenstaub im All.

„Androiden von vorn!" kam ein Zuruf Bron Tudds aus dem Helmempfänger.

Henderson kehrte übergangslos in die Wirklichkeit zurück. Er erkannte die Bewegung am Horizont. Wie viele Kreaturen mochten dort wieder auf sie warten?

„Kurs beibehalten!" ordnete er an.

Er lächelte, als er die zornige Verwünschung Hokkados vernahm, dem neuaufgetauchten Feind auszuweichen. Aber Sven war sicher, daß sie dann nach kurzer Zeit auf eine andere Welle der Ungeheuer gestoßen wären. Nein, es gab nur eines: vorwärts! Alle Ausweichmanöver nutzten nur den Verfolgern.

Einmal hatten sie versucht, die Linie der Androiden einfach zu überfliegen. Einmal – und nie wieder. Als sie über zwölf Meter Höhe hinausgekommen waren, hatten verborgene Abwehrforts zu feuern begonnen. Seitdem galten zwölf Meter als maximale Höhe und als Grenze, jenseits der ein rascher und heißer Tod lauerte.

Allmählich hoben sich die wankenden Gestalten der Androiden deutlich gegen den Hintergrund Andro-Betas ab. Sorgenvoll beobachtete Henderson die grauweiße, scheinbar miteinander verschmelzende Masse künstlicher Leiber. Die nächsten Minuten würden wieder hart werden.

Und die Hälfte der Energiemagazine war verbraucht ...

Finch Eyseman stieß plötzlich einen schrillen Schrei aus.

Im ersten Augenblick erschrak Henderson. Die Furcht, der junge Leutnant könnte unter der seelischen Belastung die Nerven verloren haben, griff wie mit eiskalten Fingern nach seinem Herzen. Doch Eysemans nächste Worte beruhigten ihn.

„Eine Spalte, Sir!"

Finch steuerte dichter an den Captain heran und warf ihm durch die

Helmscheibe einen beschwörenden Blick zu. Gleichzeitig deutete sein ausgestreckter Arm nach vorn.

Hendersons Herz begann laut und schmerzhaft zu schlagen.

Zwischen ihnen und den heranquellenden Monstren klaffte ein viele Meter breiter Spalt. Die Ränder wirkten, als hätte eine titanische Kraft das Eis an dieser Stelle auseinandergerissen. Soweit das Auge blicken konnte, erstreckte sich die Kluft nach hüben und drüben. Sie war nichts anderes als ein Dehnungsriß, wie es sie überall auf der Dunkelwelt gab. Dieser Planet war einst abrupt aus einer Zone starker Schwerkraftfelder in ein Gebiet der relativen Gravitationsleere versetzt worden.

Die Kluft vor ihnen mußte ein sehr alter Dehnungsriß sein. Sven Henderson kam ein Gedanke. Vielleicht reichte der Spalt bis hinunter auf die eigentliche feste Oberfläche der Dunkelwelt. Vielleicht gab es dort natürliche Höhlen und Schluchten, in denen sie sich besser gegen die Übermacht der Androiden verteidigen konnten.

Er entschied sich in Bruchteilen einer Sekunde.

Am erleichterten Aufstöhnen seiner Männer merkte er, daß sie den gleichen Gedanken gehabt hatten.

Die Androiden waren nur noch zwei oder drei Kilometer entfernt, als die fünf Männer scharf herumschwenkten und in dem klaffenden Spalt untertauchten.

In seinem Kontrollraum registrierte ein einsames, menschenähnliches Lebewesen die Ratlosigkeit der pseudointelligenten Plasmagehirne. Mit höhnischem Lachen griff er nach dem Schaltbrett.

Bald würden die Spione der Meister reif sein für die letzte Phase . . .

„Und zwei tragbare Desintegratorgeschütze!“ schrillte Guckys Stimme erbost. „Ihr Gehör läßt wohl nach, Major Bernard“, fügte er spitz hinzu.

„Außerdem brauche ich noch drei Energiegewehre und die dazugehörigen Magazine. Sagen wir einmal: je acht Reservemagazine. Dann natürlich Konzentratverpflegung Klasse S für sechs Mann. Ich hatte an eine Monatsration gedacht. Zusätzlich zehn Dosen Spargelspitzen und . . . was haben Sie denn, Major?“

Verwundert blickte er auf den Hauptzahlmeister herunter. Major Bernards Wangen waren blau angelaufen. Aus dem offenen Mund drangen röchelnde Töne hervor.

Gucky seufzte heuchlerisch.

„Ihn hat der Schlag getroffen. Schade! Nun muß ich mir die Ausrüstung selbst zusammensuchen ..." Er machte Anstalten, seinen Platz auf Bernards Schreibtisch zu verlassen.

Im nächsten Augenblick fuhr der Major entrüstet hoch.

„Unterstehen Sie sich, Sonderoffizier Guck! Ach, Sie bringen mich noch ins Grab mit Ihren kleptomanischen Anwandlungen! Von wegen selbst zusammensuchen. Das könnte Ihnen so passen." Er schaltete das positronische Anforderungsgerät ein. „Also, was möchten Sie haben? Ein Energiegewehr ..."

Sein ausgestreckter Zeigefinger erreichte die Schalttaste plötzlich nicht mehr. Von einer unsichtbaren Kraft angehoben, schwebte Major Curd Bernard zur Decke seines Büros empor und blieb mit ausgebreiteten Armen darunter hängen.

Gucky sagte nichts. Er teleportierte in den Besuchersessel zurück, verschränkte die Ärmchen vor der Brust und blinzelte scheinbar desinteressiert zur Decke hinauf.

„Zwei Energiegewehre ...", gab der Major nach. Er bekam keine Antwort. „Das ist glatte Erpressung!" schimpfte er von seiner luftigen Höhe herab. „Also schön ... drei Energiegewehre."

Als der Mausbiber vollbepackt in der Zentrale der Space-Jet 102 materialisierte, landete er genau vor Captain Don Redhorses Füßen. Im selben Augenblick rutschte der Tragriemen eines Desintegrators von seiner schmalen Schulter. Die vierzig Kilogramm schwere Waffe prallte im Sturz gegen Redhorses Schienbein. Der Captain stieß einen kurzen Schmerzenslaut aus und begann auf einem Bein zu hüpfen, sich das andere dabei mit beiden Händen haltend.

Gucky ließ den Rest seiner Last behutsamer zu Boden gleiten und sah Redhorse interessiert an. Dann klatschte er in die Hände.

„Großartig, Don! Schon immer habe ich mir gewünscht, einen echten Indianertanz zu sehen."

Der Cheyenne humpelte zu seinem Sessel und ließ sich schwer hineinfallen. Seine Mundwinkel waren noch immer schmerzlich verzerrt, ansonsten jedoch verstand er es ausgezeichnet, seine Gefühle zu verbergen.

„Original Großer Freudentanz!" stieß er atemlos hervor. Er entblößte seine schimmernden Zahnreihen zu einem absichtlich abstoßenden Grinsen. „Wird immer dann aufgeführt, wenn die Marter eines Bleichgesichtes bevorsteht. – Auch vorlaute Mausbiber zählen zu den Bleichgesichtern...", setzte er drohend hinzu.

Gucky wechselte rasch das Thema.

„Tut mir leid, Don. Hast du große Schmerzen?"

„Überhaupt nicht", log der Captain. Er lächelte ironisch. „Wie kann man nur einen so kleinen Pelzzwerg mit einigen Zentnern Ausrüstung bepacken!"

Gucky blinzelte verlegen.

„Wann starten wir, Don?"

„In zehn Minuten. Aber ich würde dir raten, vorher deinen Raumanzug zu holen. Auf der Dunkelwelt soll es ziemlich wenig Luft geben."

„Überhaupt keine", zwitscherte der Mausbiber und entmaterialisierte.

Redhorse beugte sich zum Hauptschaltpult nieder und begann mit der letzten Startkontrolle. Stereotyp klangen die Meldungen der anderen Besatzungsmitglieder aus dem Lautsprecher des Interkoms. Es war alles in bester Ordnung. Ohnehin wurde jedes Raumfahrzeug an Bord terranischer Schiffe laufend gewartet.

Fünf Minuten später begann die Luft neben ihm zu flimmern. Der Mausbiber trug einen der neuesten Kampfanzüge. Allerdings handelte es sich um eine Sonderanfertigung, denn sie saß so vollkommen wie ein maßgeschneiderter Abendanzug. Am hinteren Ende des Schwanzfutterals blinkte eine rote Lampe.

Gucky sah Redhorses verwunderten Blick und erklärte:

„Damit mir die Androiden nicht auf den Schwanz treten. Auf der Dunkelwelt soll es ja von ihnen wimmeln."

„Hat man neue Nachrichten, Kleiner?"

„Nein. Die letzte Meldung gab Henderson während einer Ruhepause ab. Danach scheint es wieder ziemlich rundgegangen zu sein."

„Du solltest diese Ausdrücke nicht gebrauchen", meinte der Captain stirnrunzelnd. „Sie passen nicht zu dir." Er blickte zur Uhr. „Los, anschnallen! In zwei Minuten starten wir!"

„Immer mit der Ruhe!" zwitscherte Gucky. Aufreizend langsam begann er sich mit den abgelegten Ausrüstungsgegenständen zu beladen. Dabei gebrauchte er zweifellos seine telekinetischen Kräfte, sonst hätte er nicht ein Zehntel der Ladung tragen können.

Im letzten Augenblick vor dem Start teleportierte er in seinen Kontursessel und ließ die Lehne zurückgleiten.

„Für die Gurte ist kein Platz mehr“, sagte er gleichmütig. „Aber mach dir keine Sorgen um mich, Don. Ich falle schon nicht heraus.“

Don Redhorse warf ihm noch einen zweifelnden Blick zu. Dann gab er das Startsignal.

Die getarnte Space-Jet schoß mit rasch zunehmender Geschwindigkeit aus der Hangarschleuse – genau auf den Ring der glühenden Sphären zu, die gleich einer Hülle aus künstlichen Sonnen über dem Dunkelplaneten schwebten.

Sie hatten nicht lange zu überlegen brauchen, als Ray Burdick den Höhleneingang fand. Die Verfolger nahmen ihnen die Entscheidung ab.

Finch Eyseman blickte dem verblassenden Schein der Helmlampen nach. Dann steckte er vorsichtig den Kopf aus der Höhle. Die Plasmaungeheuer hatten sich nicht die Mühe gemacht, auf ihren Pseudofüßen zum Grund der Eisspalte hinabzusteigen. Zu kugelförmigen Ballen verschmolzen, waren sie fünfhundert Meter tiefer gestürzt. Eine Wirkung des harten Aufpralls war nicht zu erkennen. Unheimlich schnell nahmen sie wieder ihre menschenähnliche Riesengestalt an und begannen mit der Suche nach den Geflüchteten.

Obwohl die Androiden ohne jede Systematik vorgingen, gab Finch sich keinen Hoffnungen hin. Früher oder später würde die Spur gefunden werden. Alles kam nur darauf an, den Kameraden Zeit genug zu lassen, damit sie die günstigste Fluchtrichtung in dem weitverzweigten Gangsystem herausfanden.

Eyseman überlegte, ob Hendersons Notsignal die wartende CREST erreicht hatte. Unwillkürlich dachte der Leutnant an den Mausbiber. Gucky war der einzige, der ihnen in ihrer extremen Notlage helfen konnte. Wenn er es nicht schaffte . . .

Finch zog den Kopf ein, als ein Schatten dicht an ihm vorbeihuschte. Wieder war ein Androide auf seine Art abgestiegen. Eyseman blickte auf die wimmelnde Masse am Grund der Eisschlucht. Selbst die leuchtenden Sphären schickten nur wenig Licht bis hierher. Die Bewegungen der Monstren waren mehr zu ahnen als wirklich zu sehen. Es mußten viele Tausende sein.

Ein zweiter Schatten tauchte vor der Höhle auf. Dieser aber stürzte nicht nach unten; er blieb. Es dauerte einen Atemzug lang, bis Finch begriff, daß ihr Unterschlupf entdeckt war. Mit einer ruckhaften Bewegung des Kinns schaltete er den Helmsender ein.

„Hier Eyseman! Wie weit sind Sie gekommen, Henderson? In spätestens einer Minute muß ich sprengen."

„Wir stehen vor zwei Abzweigungen", drang die ruhige Stimme Hendersons an Finchs Ohr. „Beide scheinen gleich gut geeignet zu sein. Wenn es sein muß, handeln Sie, Eyseman. Lassen Sie sich nicht von den Ungeheuern erreichen, mein Junge."

„Nein, Sir!" Finch preßte die Lippen zusammen, als die Masse der Androiden zur Höhle hin abschwenkte. „Es geht los!"

Er warf sich herum, als ein Plasmaarm nach ihm griff. Eine riesige, fladenhafte Hand rutschte über den Rand des Höhleneingangs. Finch Eyseman schaltete seinen Energieschirm über den Mikro-Antigravprojektor seines Kampfanzuges ein und glitt tiefer in den Gang hinein.

Als er die erste Biegung passierte, begann das Peilsignal in seinem Helm zu piepsen. Gleichzeitig glomm oberhalb seines Gesichts ein grünes Dreieck auf. Die Spitze zeigte in einen der hier abzweigenden Gänge. Dort hinein mußte Finch.

Er warf noch einen Blick zurück. Der Höhleneingang war nur knapp zwei Meter hoch. Dennoch schob sich einer der Androiden ruckweise hinein. Eis splitterte von der Decke. Pseudoaugen glühten gelb und gierig aus dem gedunsenen Gesicht des Ungeheuers.

Finch Eyseman wartete, bis der Androide seinen Oberkörper in die Öffnung gezwängt hatte. Dann schaltete er seine Helmlampe an und glitt in ihrem Schein in den vom Peildreieck bezeichneten Gang. Nach hundert Metern langte er nach dem flachen, rechteckigen Impulsgeber. Mit zusammengebissenen Zähnen preßte er den Daumen auf die Sendetaste. Der vorbereitete Kurzimpuls jagte aus der nicht sichtbaren Antenne. Finch beschleunigte seinen Flug.

Eine Ewigkeit schien vergangen zu sein, als der erwartete Effekt eintrat. Blutrotes Licht flackerte plötzlich über die glitzernden Eiswände und verwandelte sie scheinbar in zuckende Flammen. Im nächsten Augenblick wurde es wieder finster wie zuvor. Nur Eysemans Helmscheinwerfer geisterte noch über das Eis und beleuchtete die eben erst entstandenen zahlreichen Risse, Sprünge und Spalten.

Finch zog in einer Reflexbewegung den Kopf zwischen die Schultern, als geisterhaft lautlos ein neuer Sprung quer über die Gangdecke eilte. Dann lachte er rauh und humorlos. Zehn Meter hinter ihm brach die Decke herab.

Vorläufig brauchten sie die Androiden nicht mehr zu fürchten. Die Sprengung hatte nicht nur den Haupteingang verschüttet. Auch die Decken der Nebengänge waren zusammengebrochen. Falls die Verfolger in der Lage waren, die Eistrümmer beiseite zu räumen, würden sie nicht wissen, wohin die Fliehenden sich gewandt hatten.

Nach zehn Minuten stieß Finch Eyseman auf seine Gruppe.

„Wir haben noch für zweiundsechzig Stunden Atemluft", stellte Sven Henderson sachlich fest. „Während dieser Zeit sollte es uns gelingen, entweder mit der CREST Verbindung aufzunehmen oder in die unterirdische Anlage des Planeten zu gelangen."

Burdick war bereits zwanzig Schritte vorausgegangen. Der Lichtkegel seiner Lampe glitt von einer Seite auf die andere, als wäre er unschlüssig, wohin er sich richten sollte.

„Hier gibt es wieder zwei Abzweigungen", gab er bekannt. „Ein Gang führt schräg nach oben, der andere geht ziemlich steil nach unten. Welchen nehmen wir, Captain?"

Henderson schaltete die Energiehülle ab. Die anderen folgten seinem Beispiel. In der Enge des Höhlenganges behinderten sie sich nur gegenseitig damit. Fast gleichzeitig kamen sie bei Burdick an.

Sie machten finstere Gesichter.

Der Gang teilte sich nicht in gewohnter Weise. Es gab keine Erweiterung wie sonst. Demzufolge besaß jeder der beiden neuen Gänge nur die halbe Breite des bisherigen. Das waren knapp anderthalb Meter.

„Wir nehmen den Gang nach unten", entschied Henderson. „Bron, Sie rutschen als erster hinunter." Er lächelte flüchtig. „Vielleicht vermag die Reibungswärme das Vakuum aufzuheizen . . ."

Tudd murmelte etwas Unverständliches. Bedächtig rückte er das Gürtelhalfter mit der Kombiwaffe nach hinten, löste die Anzug-Kombinationsschaltung aus der Magnetklemme und nahm sie in die behandschuhten Finger. Dann ging er in die Hocke und schnellte sich ab. Er rutschte auf dem Bauch, denn die Rückseite des Kampfanzuges war mit Ausrüstungsteilen behängt. Innerhalb weniger Sekunden war Bron außer Sichtweite der Helmlampen.

„Taka, Sie sind der nächste!"

Sergeant Hakkado schob seine massige Gestalt nach vorn. Mißtrauisch blinzelte er aus seinen schmalen Augen in die eisglitzernde Tiefe. Dann warf er sich wie ein Schwimmer nach vorn.

„Jetzt Sie, Eyseman“, befahl Sven. „Los!“

Auch Finch hatte seine Kombinationsschaltung in die Hand genommen. So bewahrte er das kostbare Gerät seiner Ausrüstung davor, an einer Unebenheit des Bodens beschädigt zu werden. Außerdem mußte der Energieschirm jederzeit eingeschaltet werden können. Ein Funkimpuls der AK-Schaltung würde dazu genügen.

Als Eyseman verschwunden war, wandte Henderson sich zu Ray Burdick um.

„Sie machen den Schluß, Leutnant. Sollte mir unterwegs etwas zustoßen, übernehmen Sie das Kommando.“

„Aye, Sir“, schnarrte Burdick ungerührt.

Henderson fragte sich, was Leute vom Schlage eines Ray Burdick überhaupt erschüttern konnte. Dann sprang auch er.

Während die das Licht reflektierenden Eiswände an ihm vorüberhuschten, fiel ihm auf, daß niemand der Vorausfahrenden bisher eine Meldung abgesetzt hatte.

Die Zelle der Space-Jet bebte, als wollte sie jeden Augenblick auseinanderbrechen.

Gucky versuchte nicht zu denken, daß nur wenige Meter unter ihm die gebändigten Gewalten atomarer Verschmelzungsprozesse tobten. Er warf einen Seitenblick auf das Gesicht des Kommandanten. Don Redhorse saß mit leicht nach vorn geneigten Schultern auf dem Pilotensessel. Sein rötlich-braunes Gesicht wirkte wie aus Stein gemeißelt. Mit der Wachsamkeit eines anschleichenden Pumas glitten seine Augen über die Vielfalt der Instrumente und Ortungsanzeigen. Nur diese verhalten glühenden Augen schienen zu leben. Die Bewegungen der Hände und Finger erfolgten so schnell, daß der Mausbiber sie nur schemenhaft wahrnahm.

„Achtung, Linearmanöver!“ krächzte die Stimme des Kommandanten im Helmempfänger. Redhorses Mund hatte sich beim Sprechen kaum bewegt.

Gucky schob telekinetisch einen Proviantbeutel beiseite und spähte zum Bildschirm der Rundumerfassung. Völlige Dunkelheit.

„Austritt! Feuer frei!“ kommandierte Redhorse.

Der Mausbiber spürte die wilden Sprünge, welche die aus dem Buggeschütz feuernde Space-Jet vollführte. Gleichzeitig entdeckte er die grünschillernden, blasenähnlichen Gebilde auf dem Schirm.

Die Energiesphären ...!

Im nächsten Augenblick preßte mörderischer Andruck ihn tief in den Kontursessel zurück. Eine Warnglocke schrillte kurz und brach wieder ab.

„Tut mir leid!“ kommentierte Don Redhorse den Vorfall. „Hartes Ausweichmanöver.“

Wieder wummerte das schwere Impulsgeschütz los. Im Bildschirm tauchte eine gigantische Wolke glühender Gase auf. Sekundenlang wurde das kleine Fahrzeug davon eingehüllt. Entladungsblitze zuckten durch den gestaffelten Schutzschirm.

Dann war die Jet hindurch.

„Entfernung?“ fragte Gucky, während er sich auf den Sprung konzentrierte. Die Oberfläche der Dunkelwelt tauchte als blaßblaue, schirmausfüllende Scheibe auf. Das Leuchten der Todessphären erhellte die ewige Nacht.

„Hundertfünfzigtausend“, erwiderte Redhorse.

„Bei hunderttausend springe ich“, gab der Mausbiber bekannt. Er heftete seine Blicke auf eine Stelle des Planeten. Gleichzeitig konzentrierte er seine telekinetischen Kräfte auf die Ausrüstung. Nur mit seinen Körperkräften hätte er sie nicht festhalten können.

„Hunderttausend!“ meldete Redhorse. „Hals- und Beinbruch, Kleiner!“

Als er den Kopf wandte, war Guckys Platz leer. Mit erleichtertem Aufatmen griff der Captain in die Steuerung. Der Schub der Impulstriebwerke wurde hundertprozentig umgelenkt. Gleichzeitig traten die Projektoren des Antigravtriebwerks in Aktion. In einer irrsinnig engen Kurve schoß die Space-Jet fünfzigtausend Kilometer über die Dunkelwelt hinweg, richtete sich auf und tauchte erneut im Linearraum unter.

Als sie nach wenigen Sekunden in den Normalraum stieß, hätte eigentlich Guckys Meldung eintreffen müssen. Doch der Mausbiber schwieg.

Er schwieg auch noch, als die Space-Jet in ihren Hangar zurückglitt.

Gucky materialisierte etwa zweihundert Meter über dem Eis. Zornig piepsend versuchte er, die Ausrüstung beisammenzuhalten, während er sich telekinetisch in der Schwebe hielt.

Nur darum überraschte ihn der Traktorstrahl vollkommen. Der Mausbiber fühlte sich von einer unsichtbaren Gewalt vorwärts gezogen. Ein Blick zur Seite zeigte ihm die Panzerkuppel eines Abwehrforts. Vorhin war sie noch nicht dagewesen. Folglich mußte sie sich aus dem Eis geschoben haben, nachdem man ihn geortet hatte.

Gucky gratulierte sich dazu, daß der Gegner nicht mit Energiewaffen auf ihn schoß. Dann teleportierte er und tauchte auf der Panzerkuppel wieder auf. Hier fühlte er sich vorerst sicher. Niemand kann schließlich die Fliege sehen, die sich auf seinen Kopf setzt. So dachte er ...

Er schloß die Augen und suchte mit seinen Parasinnen nach Gedankenimpulsen. Das hätte er lieber nicht tun sollen. Gerade glaubte er, ein bekanntes Gedankenmuster entdeckt zu haben, als ein unbestimmbares Gefühl ihn warnte. Er riß die Augen auf und starrte verblüfft auf die vier Roboter, die mit vorgestreckten Metallklauen auf ihn zukamen.

Hastig riß er die Ausrüstung telekinetisch an sich heran und teleportierte aufs Geratewohl.

Er landete mitten zwischen den spitzen Zacken und zerbrochenen Schollen eines Eisgebirges. Schon wollte er Inventur machen, als sich ein vierarmiger Roboter von einer leicht geneigten Eisscholle erhob.

„Nanu?“ wunderte sich Gucky. „Wo kommst du denn her? Oder bist du nur ein Gespenst?“

Die Sprünge und Risse, die unter den schweren Tritten des Robots im Eis entstanden, überzeugten Gucky sehr rasch von der Realität der Erscheinung. Offensichtlich hatte er den Robot aus Versehen in den telekinetischen Wirkungsradius miteinbezogen, als er von der Kuppel teleportierte.

„Man wird wohl alt“, murmelte der Mausbiber mißmutig. Seufzend richtete er seine Augen auf die Maschine und konzentrierte sich. Der Roboter wurde unsanft in die Höhe gehoben. Gucky wollte ihn aus fünfhundert Meter fallen lassen. Einem solchen Sturz war nicht einmal der beste Robot gewachsen.

Doch die Arbeit wurde ihm zur Hälfte abgenommen. Ein Energiestrahl zuckte heran und löste die Maschine in eine rasch niedersinkende Gaswolke auf.

„Schönen Dank für die Warnung", bemerkte Gucky trocken. „In Zukunft werde ich mich vor ‚Höhenflügen' wohl hüten müssen."

Er stützte sich auf seinen breiten Schwanz und holte die Inventur nach.

„Zwei tragbare Desintegratorgeschütze ... drei Energiegewehre ... zwei Säcke mit Konzentratverpflegung ... Wassertabletten ... Energiemagazine." Verblüfft richtete er sich auf. „Wo ist denn der Hyperkom? Ich hatte ihn doch bei mir ..." Er begann noch einmal von vorn. Aber der Hyperkom blieb verschwunden. Allmählich begann Gucky an sich selbst zu zweifeln – da entdeckte er einen schwarzen Fleck auf dem Eis. Voll böser Ahnungen watschelte der Mausbiber darauf zu.

Der Fleck war der Hyperkom – oder vielmehr das, was einmal ein nagelneuer Hyperkom gewesen war. Quer durch den Trümmerstaub zog sich ein breiter, rechteckiger Abdruck, von dessen Rändern Risse durch das Eis liefen.

„Das fängt ja gut an", murmelte der Mausbiber kleinlaut. „Ausgerechnet so ein überschwerer Robot muß auf meinem Gerät herumtrampeln!"

Er starrte in den Himmel und sandte eine telepathische Botschaft aus. John Marshall, der Chef des Mutantenkorps, war ein ebenso guter Telepath wie Gucky. Er befand sich an Bord der CREST II, und eigentlich hätte er die Botschaft hören müssen. Doch der Mausbiber wartete vergeblich auf eine Antwort. Wieder und wieder sandte er seinen Ruf aus – vergebens. Offenbar ging von den Energiesphären eine Strahlung aus, die Gedankenimpulse zerstreute.

Gucky zuckte die Schultern. Er entsann sich, daß auch Henderson mit einem tragbaren Hyperkomsender ausgerüstet war. Wenn er ihn fand, konnte er seine Meldung an Perry Rhodan immer noch nachholen.

Er stützte sich auf seinen Schwanz, schloß die Augen und konzentrierte sich auf Hendersons bekanntes Gehirnwellenmuster.

Es dauerte ungewöhnlich lange, bevor er den ersten Gedankenimpuls auffing. Und dann vermochte er ihn nicht einmal zu identifizieren, so schwach und wenig ausgeprägt war er.

Nach fünf Minuten öffnete Gucky die Augen und schüttelte ratlos den Kopf. Sofort entschwanden die Impulse seiner Wahrnehmung. Wieder konzentrierte er sich – und wieder erfaßte er keinen klaren Impuls.

So etwas gab es doch gar nicht!

Sollten die Sphären etwa auch den Telepathiekontakt auf der Planetenoberfläche behindern? Das war schlecht möglich. Dann wäre die Strahlung wahrnehmbar gewesen. Es mußte sich um etwas handeln, das zwischen ihm und der Henderson-Gruppe lag.

Unwillkürlich dachte Gucky an die Androidenmonster, die Jagd auf die fünf Terraner machten. Sollten sie es sein, die seine telepathische Suche behinderten? Sicher, bei den Androiden auf Siren und Gleam hatte er keinen ähnlichen Effekt beobachten können, doch hier konnten die Verhältnisse anders liegen. *Diese* Androiden konnten ohne weiteres über Fähigkeiten verfügen, die sein telepathisches Tasten abblockten.

Aber die telepathische Fähigkeit versagte nicht völlig. Schwache Impulse hatte er aufnehmen können. Und seine beiden anderen Paragaben wurden überhaupt nicht eingeschränkt. Vielleicht darum, weil die Monstren nicht in seiner, Guckys, Nähe waren.

Heißer Schreck durchfuhr ihn.

Waren sie nicht in seiner Nähe, dann höchstwahrscheinlich in unmittelbarer Nähe der fünf Vermißten!

Die Sorge um Henderson und seine Männer spornte Gucky zu schnellem Handeln an. Seit jeher hatte Gucky seine Sicherheit zugunsten Hilfebedürftiger zurückgestellt. Wenn andere in Gefahr waren, kannte der Mausbiber keine Bedenken.

Nachdenklich überschaute er den Ausrüstungsstapel. Alles konnte er nicht mitnehmen, da er mehrmals würde teleportieren müssen. Angesichts der Telepathieschwierigkeiten durfte er seine Kräfte nicht verzetteln. Er mußte sich ausschließlich auf die Suche konzentrieren.

Gucky entschloß sich, nur eines der Energiegewehre mitzunehmen. Alles andere konnte hier warten, bis er die Vermißten gefunden hatte. Danach würde es ein Kinderspiel sein, die übrigen Versorgungsgüter nachzuholen.

Telekinetisch beförderte er die Ausrüstung in einen klaffenden Spalt und packte eine große Eisscholle auf die Öffnung. Danach hängte er sich das sperrige Energiegewehr am Riemen um den Hals, klammerte sich daran fest – und teleportierte.

Zur eigenen Überraschung materialisierte er in völlig übersichtlichem Gelände. Von hier konnten die Gedankenimpulse also nicht gekommen sein. Dann hätte er die Vermißten sehen müssen. Aber auch von irgendwelchen Androiden war nichts zu entdecken.

Sinnend musterte der Mausbiber den feinen Eisstaub, der die glasharte Oberfläche bedeckte. In dieser Schicht waren die parallel verlaufenden Streifen nicht zu übersehen. Es wirkte, als wären Hunderte oder gar Tausende von Traktoren durch den Staub gefahren und hätten mit ihren Gleisketten breite Bahnen freigelegt. Doch dieser Vergleich stimmte nicht. Eher wirkten die Streifen wie Schleifspuren.

Gucky fiel es wie Schuppen von den Augen.

So etwa könnten die Spuren riesiger Androiden aussehen, die sich schlurfend über das Eis bewegt hatten!

Da alle Spuren in einer Richtung verliefen, brauchte Gucky nicht lange über ihre Bedeutung zu rätseln. Die Androiden hatten etwas gejagt: Hendersons Gruppe!

Leider konnten die Spuren sowohl nach links als auch nach rechts führen. Gucky versuchte erneut, anpeilbare Gedankenimpulse aufzufangen. Wie durch eine imaginäre Wand hindurch empfing er schwache Gedankenfetzen. Es schien, als würden sie durch diese „Wand" gebrochen und zerstreut wie Lichtstrahlen in einem Prisma.

Der Mausbiber seufzte. Für eine Richtung mußte er sich entscheiden. Nach einem weiteren Seufzer teleportierte er nach rechts.

Er fand sich am Grunde einer tiefen Eisschlucht wieder. Es wimmelte von riesenhaften, menschenähnlichen Androiden. Tausende mußten hier sein. Rasch schlüpfte Gucky hinter einen hausgroßen Eisblock und spähte um die Kante.

Aufatmend stellte er fest, daß niemand von ihm Notiz nahm. Die Ungeheuer waren zu beschäftigt. Der Mausbiber versuchte herauszufinden, womit die Riesen beschäftigt waren. Sie wankten umher, stießen gegeneinander und drängten sich alle vor einer bestimmten Stelle des steilen Eishangs. Anscheinend wühlten und kratzten sie mit ihren ungeschickten gigantischen Händen an der Eiswand herum, als wollten sie ein Loch graben. Sie behinderten sich infolge ihrer großen Zahl und ihrer Stupidität mehr, als sie einander unterstützten. Immer wieder rissen die Nachdrängenden die Vordersten zurück und rollten mit ihnen den Abhang hinab, während Eisblöcke und Krümel lawinengleich hinterherschossen.

In einem solchen Augenblick entdeckte der Mausbiber den halb freigelegten Höhleneingang!

Er schüttelte den Kopf und wollte sich an die Stirn tippen. Ärgerlich brummte er, als er an den Druckhelm stieß. Dann wandte er seine Aufmerksamkeit wieder den Timpetus zu.

Weshalb nur wollten sie eine verschüttete Höhle freilegen? Sie brauchten doch offensichtlich keinen Schutz vor der tödlichen Umwelt.

Gucky stieß einen schrillen Pfiff aus.

Warum war er nur nicht gleich darauf gekommen? Natürlich hatte Hendersons Gruppe sich in einer Eishöhle verborgen. In ihrer Lage konnten die Vermißten gar nichts Besseres tun als das. Und selbstverständlich waren die Androiden, nachdem sie Hendersons Fluchtweg entdeckt hatten, darauf versessen, den Leuten zu folgen. Daß sie derart im Eis wühlten, konnte zweierlei Ursachen haben: entweder war der Gang für die Giganten zu eng – oder, was Gucky mehr einleuchtete, Henderson hatte den Eingang gesprengt.

Zehn Minuten später war die Schlucht wie leergefegt. Gucky hatte die Ungeheuer gruppenweise mit seinen starken telekinetischen Kräften ergriffen und senkrecht nach oben steigen lassen. Alles Weitere erledigten die anscheinend automatisch arbeitenden Abwehrforts für ihn.

Von den etwa zweitausend Androiden blieb nichts übrig. Irgendwann würden neue Verfolger auftauchen. Bis dahin aber, so nahm der Mausbiber sich vor, sollte der Hauptteil seiner Arbeit bewältigt sein.

Wieder esperte er - und diesmal hemmte keine imaginäre Mauer seine Parakräfte.

Der erste, klar empfangene Gedanke verursachte bei Gucky allerdings einen Lachanfall.

Jemand hatte mit unglaublicher Intensität gedacht – und ausgerechnet an Kautabak!

Als der Mausbiber sich wieder beruhigt hatte, suchte er in den Gedanken Hendersons nach der genauen Position der Gruppe. Schon nach wenigen Sekunden vermochte er sich den Gang mit den beiden Abzweigungen genau vorzustellen.

Er prüfte sorgfältig seinen Kampfanzug. Es war alles ordentlich und vorschriftsmäßig. Dann schaltete er die Positionslampe der Schwanzhülle an.

Die Männer würden Augen machen, wenn er so vor ihnen auftauchte!

Noch einmal peilte Gucky Hendersons Standort an – und sprang. Seine Gestalt verschwamm und verschwand lautlos im Nichts . . .

Etwas Unvorhergesehenes war geschehen. Zweitausend Androiden waren meiner Kontrolle entglitten.

Kurz zuvor hatten die Monstren noch versucht, einen gesprengten Höhleneingang freizulegen. Dann setzten plötzlich die Kontrollimpulse gruppenweise aus.

Aus den Wahrnehmungsreflexionen der Ungeheuer wußte ich über alles Bescheid, was sie mit ihren Pseudoaugen sahen. Um so rätselhafter erschien mir der Vorfall. Die Spione der Meister waren nicht aus ihrem Eisversteck hervorgekommen. Sie hatten also ihre Verfolger nicht vernichten können. Zum ersten Mal bedauerte ich, daß die Androiden keine Intelligenz besaßen. Als unausbleibliche Folge dieses Mangels blieben die Widerspiegelungen ihrer Umwelt vage, verschwommen und instinkthaft verzerrt. Es war durchaus möglich, daß ich mich täuschte, wenn ich annahm, die letzten Impulse der Ungeheuer hätten auf ein abruptes Aufsteigen hingewiesen, das plötzlich im Nichts endete. Ganz abgesehen davon, daß die Androiden nicht fliegen konnten – und im Vakuum schon gar nicht –, hätte die Weltraumkälte ihrem künstlichen Metabolismus nicht das geringste anhaben können. Ihr Verschwinden war und blieb ein Rätsel für mich.

Vergeblich versuchte ich mir einzureden, daß mir das alles völlig gleichgültig sein müsse. Ich, Baar Lun vom Volke der Moduls, war doch nur ein Sklave der Herren Andromedas. Alles, was den Meistern der Insel schadete, hätte mich mit Freude erfüllen sollen.

Leider lagen die Dinge weitaus komplizierter. Irgendwo im Innern der Eisdecke befanden sich fünf Spione der Meister, verkappte Inspekteure, die nach offizieller Version Feinde waren, in Wirklichkeit jedoch nur unauffällig meine Ergebenheit gegenüber den Meistern testen sollten. Soviel war mir klar, obwohl es keinen Beweis dafür gab.

Ich durfte sie nicht in die eigentliche Kontrollstation eindringen lassen. Zweifellos hätten sie einige Dinge entdeckt, die mich bloßstellen mußten. Meine Manipulationen mit dem Psycholator beispielsweise, die das Gerät seit einiger Zeit wirkungslos für meinen Geist werden ließen

– oder die Installation einer geheimen Tonbildkontrolle im Kommunikationsraum. Zweifellos würden die Meister sich für meine Unbotmäßigkeiten an meinem Volk rächen – wenn sie dahinterkamen. Also hatte ich dafür zu sorgen, daß die Spione gefaßt und unschädlich gemacht wurden. Damit würde ich – da die fünf Fremden nach offizieller Version Feinde der Meister waren – sogar völlig loyal und im Sinne meiner Unterdrücker handeln.

Doch das alles mußte schnell gehen. Die Meister durften keine Gelegenheit erhalten, ihre Spione zu retten oder ihren Tötungsbefehl zurückzunehmen.

Die ganze Entwicklung schien jedoch darauf hinzudeuten, daß sowohl die erste Version beibehalten als auch die Aktion der Spione durchgeführt werden konnte. Diese fremden Wesen aus einem Hilfsvolk der Meister verfügten anscheinend über Waffen, die sie für meine Mittel unangreifbar machten.

Oh, ich konnte durchaus mit den Eindringlingen fertig werden! Doch dann hätte ich eines meiner sorgsam gehüteten Geheimnisse verraten müssen. Die Meister der Insel ahnten nicht, daß ich auch außerhalb des hypnomechanischen Einflusses des Sphären-Lenkraums bewußt meine Gabe der Energie-Transformation einsetzen konnte...

Aber mußte ich überhaupt zu diesem Mittel greifen?

Mir fiel eine andere Möglichkeit ein. In der Kontrollstation existierte eine Sicherheitsschaltung. Sie wurde wirksam, sobald mehr als zwei Drittel der Kampfroboter ausfielen. In einer solchen Situation würde Modul sich in eine gigantische Falle verwandeln. Leider entglitten die Ereignisse dann meiner Kontrolle.

Ich grübelte noch, als das Heulen der Biobänke mich wieder an meine verhaßte Arbeit rief. Neue Ungeheuer mußten belebt werden.

Doch das Signal schien eine Blockierung in meinem Denken beseitigt zu haben. Plötzlich wußte ich, daß es eine Möglichkeit gab, die Falle in Aktion treten zu lassen und gleichzeitig eine Kontrolle der Ereignisse auszuüben. Ich mußte ja die erforderlichen zwei Drittel der Kampfroboter nicht wirklich ausfallen lassen. Für meine Zwecke würde es genügen, eine neue Störung in den Wandlerbatterien herbeizuführen, wie ich es bereits einmal getan hatte. Die Streustrahlung mußte so stark werden, daß die meisten positronischen Steueranlagen ausfielen – und damit auch die Gehirne der Roboter.

Sobald ich es für richtig hielt, brauchte ich nur die entsprechenden Wandlerbatterien stillzulegen, und schon würde die Falle desaktiviert.

Das Heulen der Biobänke machte mich nervös. Bebend vor zorniger Erregung schaltete ich die Akustik ab. Es wurde still in meinem Kontrollraum. Mir kam gar nicht zum Bewußtsein, welches Verbrechen ich in den Augen der „Meister“ begangen hatte. Noch niemals war es mir eingefallen, die Produktion zu blockieren.

Aber in jenen Augenblicken dachte ich nur noch an meinen verwegenen Plan...

Eben noch hatte der Schein der Helmlampe sich in glitzerndem Eis gebrochen – im nächsten Augenblick schlug völlige Dunkelheit gleich einer Woge über Finch Eyseman zusammen.

Finchs Reaktion kam mit der Präzision einer Automatik. Er schaltete den Prallfeldschirm seines Kampfanzuges ein. Den Antigravprojektor getraute er sich jedoch nicht zu aktivieren. Bevor er es nicht besser wußte, mußte er annehmen, sich immer noch in rasender Fahrt durch den abschüssigen Gang zu befinden. Plötzliches Anhalten oder auch nur eine Verzögerung konnte zur Folge haben, daß ein Hintermann mit furchtbarer Wucht gegen ihn prallte.

Es vergingen einige bange Minuten, die Finch wie Ewigkeiten vorkamen. Wenigstens vermochte er das Leuchtzifferblatt seiner Uhr zu erkennen, so daß er einen Maßstab für die Zeit besaß. Nur der Helmscheinwerfer funktionierte nicht mehr. Das heißt, er strahlte wohl noch Licht aus, aber der Lichtkegel endete sehr abrupt dort, wo vor Minuten noch blankes Eis gewesen war. Eyseman überlegte, woraus ein Stoff bestehen müsse, der das Licht völlig schluckte. Eine so vollkommene Schwärze herrschte vielleicht im Innern eines Dunkelnebels; aber auch da hätte man wenigstens etwas von dem lichtschluckenden Staub sehen können.

Erst nach vier Minuten kam Finch auf den Gedanken, über Helmfunk nach seinen Kameraden zu rufen. Er machte sich allerdings von Anfang an keine Illusionen. Wenn die Funkverbindung noch funktionierte, hätte er längst einen Ruf auffangen müssen. Es war nicht anzunehmen, daß die anderen ebenso lange damit gewartet hatten wie er.

Der vollständige Mißerfolg bestätigte seine Vermutung: Es gab keinen Funkkontakt mehr.

Angesichts der grünleuchtenden Funkkontrollampe zog der Leutnant den naheliegenden Schluß, daß er entweder sehr weit von den Gefährten entfernt war oder daß etwas zwischen ihm und ihnen lag, das die Funkwellen schluckte.

Zwei Minuten später wagte er es, den Antigravprojektor einzusetzen. Äußerst behutsam bremste er sein Dahingleiten ab, bis die Kontrollen ihm anzeigten, daß er still und fast schwerelos auf der Stelle schwebte.

Finch hielt den Atem an. Wenn die anderen ihre Gleitfahrt nicht ebenfalls abgebremst hatten und sich noch in dem Eisstollen befanden, mußte der Aufprall jetzt erfolgen. Nein, sagte er sich gleich darauf: Dann wäre der Aufprall längst erfolgt. Also war er allein in dem Stollen. Die Gefährten mußten in einen Nebenstollen geraten sein. Oder *er* war irgendwo anders!

Eyseman erkannte, daß er mit Überlegungen nicht weiterkam. Solange er reglos auf einer Stelle schwebte, würde er niemals erfahren, wo er sich befand und wie es weitergehen sollte. Vorsichtig betätigte er die Steuerung des Antigravprojektors. Inmitten der Energiehülle begann er nach unten zu sinken. Gespannt verfolgte er den Leistungsmesser. Nur daran konnte er einigermaßen sicher feststellen, welche Strecke er in einer bestimmten Richtung zurücklegte. Alle anderen Orientierungsmittel versagten.

„Zwei Meter . . . drei . . . vier . . . zehn . . . fünfzehn . . . zwanzig . . .“ Verblüfft brach Finchs Stimme ab. Schweiß trat ihm auf die Stirn, als er auszurechnen versuchte, wie tief er zwischen dem Augenblick gefallen war, als die Eiswände verschwanden, und dem Moment, in dem er den Antigrav einschaltete.

Einige hundert Meter – oder einige Kilometer . . .?

Entschlossen schaltete er den Antigravprojektor auf AUfWÄRTS. Zu seiner maßlosen Verblüffung prallte er bereits nach fünfundzwanzig Metern gegen ein Hindernis. Finch wurde heftig durchgeschüttelt, blieb aber unverletzt. Nur seine Gedanken begannen in Verwirrung zu geraten. Die bisherigen Ergebnisse seiner „Auslotungsversuche“ widersprachen jeder Logik.

Der Terraner wurde plötzlich von unbändigem Zorn erfüllt. Ohne jede Überlegung schaltete er auf Horizontalflug um und beschleunigte voll. Erst nach zehn Minuten kam ihm die grobe Fahrlässigkeit seiner Handlungsweise zu Bewußtsein. Wenn in seiner Flugrichtung ein festes Hindernis gewesen wäre, hätte es unbedingt einen tödlichen Aufprall gegeben.

Schlagartig kehrte die ruhige Überlegung zurück. Die erste Krise war überwunden. Finch Eyseman behielt die einmal eingeschlagene Flugrichtung bei, drosselte jedoch die Geschwindigkeit auf zwanzig Stundenkilometer.

Fünf Minuten später gratulierte er sich zu diesem Entschluß. Vor ihm tauchte aus der tiefschwarzen grundlosen Dunkelheit ein gelblich schimmernder Lichtfleck auf. Finch war sich bewußt, daß dort statt der Freiheit ebensogut eine neue Gefahr lauern konnte. Aber selbst hundert Androidenmonstren hätten ihn nicht davon abgehalten, auf den gelben Fleck zuzufliegen.

Der Lichtfleck wurde rasch größer. Eyseman verringerte seine Fluggeschwindigkeit erst auf zehn und kurz danach auf fünf Stundenkilometer. Aus dem gelben Fleck schälten sich die Konturen eines strahlenden Ringes heraus – und hinter dem Ring glänzten marmorweiß und verheißend die Schollen und Quader einer Eislandschaft.

Finchs Zweifel schwanden. Woraus auch immer der gelbschimmernde Ring bestand, er war das Tor zur Oberwelt. Dort draußen würde sich die Eisfläche des Dunkelplaneten dehnen, erhellt von dem Licht der strahlenden Sphären. Und vielleicht waren die Gefährten lange vor ihm dort angekommen.

Eyseman schoß durch das „Tor“ hindurch – mitten hinein in eines der seltsamsten und gefährlichsten Abenteuer, die Menschen je bestanden hatten . . .

Verwundert drehte der Mausbiber sich im Kreise. Die eingeschaltete Helmlampe beleuchtete glatte Eiswände, einen nicht minder glatten Boden und zwei Stollenmündungen.

Nur von den Vermißten war nichts zu sehen.

Schon wollte der Mausbiber seinen Helmsender einschalten, als sein Blick auf eine der Stollenmündungen fiel. Erst jetzt sah er, daß dieser Gang ziemlich steil nach unten führte – und daß an seinem Rand Kratzer wie von schweren Stiefeln waren.

Er überlegte, ob er den Männern auf dem gleichen Wege folgen sollte. Doch dann verzichtete er darauf. Eine Rutschpartie auf glattem Eis war nicht nach seinem Geschmack. Außerdem hätte das lange, sperrige Energiegewehr ihn dabei behindert.

Erwartungsvoll entblößte er seinen einzigen Nagezahn und begann zu espern. Sekunden später ließ er den Nagezahn wieder verschwinden. Sorgenfalten zeichneten sich auf seinem Stirnfell ab. Einen einzigen Impuls hatte er auffangen können, und einen seltsamen Impuls dazu. Jemand hatte an ein gelbschimmerndes Tor gedacht und an die Eiswelt, die dahinter lag. Dem Gedankenmuster nach mußte es Finch Eyseman gewesen sein. Aber in der nächsten Sekunde waren die Gedankenimpulse abgebrochen.

Wie konnte jemand, der eben noch voll froher Erwartung gewesen war, plötzlich zu denken aufhören?

Selbst wenn Finch überraschend umgekommen wäre, hätte sein Unterbewußtsein einen letzten starken Impuls aussenden können!

Gucky spürte, wie sein Nackenfell sich steil aufrichtete. Er ahnte, daß im Eis der Dunkelwelt eine Gefahr lauerte, die größer war, als der Verstand es sich vorzustellen vermochte. Was war mit Finch, mit Henderson und den anderen wirklich geschehen?

Der Mausbiber hätte viel darum gegeben, jetzt Perry Rhodan bei sich zu haben. Perry hätte bestimmt Rat gewußt. Oder auch Atlan ... oder Icho Tolot.

Im nächsten Augenblick schämte Gucky sich seines Kleinmuts. Stolz richtete er sich auf – und blieb dabei mit dem Lauf des Energiegewehrs an einer Bodenunebenheit hängen. Vor Zorn piepsend, kam er wieder auf die Beine und schleuderte die unhandliche Waffe davon. Sie würde ihm ohnehin nichts nützen in einer Lage, die mit normalen Sinnen nicht zu begreifen war. Mochte der Strahler hier liegenbleiben, bis er die Vermißten gefunden hatte! Er, Gucky, brauchte ihn nicht. Außerdem besaß er noch seinen Kombistrahler. Zusammen mit seinen Parakräften würde das genügen, jede Lage zu meistern.

Der Mausbiber war voller Tatendrang, als er sich auf die Stelle konzentrierte, von der Finchs letzter Gedankenimpuls gekommen war. Dann teleportierte er.

Er materialisierte in völliger Dunkelheit.

Weder von Finch Eyseman noch von einem gelbschimmernden Tor war etwas zu sehen. Es war überhaupt nichts zu sehen. Und das, obwohl Guckys Helmlampe brannte.

Gucky schaltete den Energieschirm seines Kampfanzuges ein, verzichtete jedoch auf die Anwendung des Antigravprojektors. Er wollte möglichst viel von dem vermeiden, was die Vermißten in der gleichen Lage getan haben könnten. Völlig blind – denn die Finsternis gab keine Anhaltspunkte – teleportierte er. Eine Sekunde später wußte er, daß es so nicht ging. Er hatte das typische Gefühl einer Fehlteleportation gehabt, das heißt, sein Körper – oder vielmehr die energetische Form, in der sein Körper sich während einer Teleportation befand – war innerhalb fester Materie angekommen und zum Ausgangspunkt zurückgeschleudert worden.

Gucky überlegte angestrengt. Über ihm mußten sich etwa fünfhundert Meter Eis befinden. Wenn er also fünfhundert Meter senkrecht nach oben teleportierte, würde er auf der Oberfläche des Dunkelplaneten herauskommen. Vorsichtshalber legte er noch zehn Meter zu . . .

Als er materialisierte, schwebte er wenige Meter über dem Eis der gefrorenen Atmosphäre. Telekinetisch sank er auf die Oberfläche herab. Die Enttäuschung machte ihn niedergeschlagen. Auch hier war von den Vermißten weder etwas zu sehen noch zu hören.

Sehnsüchtig blickte Gucky in den Himmel. Dort oben hingen die gleißenden Lichtpunkte Tausender von Energiesphären. Noch weiter draußen im Raum aber warteten vier Schiffgiganten auf seine, Guckys, Nachricht. Wie sollte er sein Versagen erklären, wenn er sich nicht einmal bemerkbar machen konnte?

Gucky wölbte die Brust vor, stemmte die Fäuste in die Seiten, konzentrierte sich auf die Stelle, von der er gekommen war, und teleportierte.

Diesmal fand er sich in einer Wolke schwach grünlich glimmenden Lichts wieder. Es dauerte einige Sekunden, bis er eine Erklärung für das Phänomen fand. Das, was er für eine leuchtende Nebelwolke gehalten hatte, war nichts anderes als ein stetiger Entladungsvorgang, wie er bei geringer Energieeinwirkung an der Hülle eines Energieschirmes entstand.

Gucky ließ sich auf den Boden sinken. Es gab wirklich einen Boden. Mit einiger Anstrengung ließ sich durch das grünliche Glimmen hindurch eine halbkugelige Halle erkennen. Eine Tür war nicht zu sehen, aber rings um die Innenwand verlief eine breite Konsole, auf deren Oberfläche in gleichmäßigem Rhythmus farbige Lämpchen aus- und angingen. Roboter oder Lebewesen waren nicht zu entdecken.

Gucky fragte sich, welcher Art die Energieeinwirkung auf seinen Hüllschirm war. Vielleicht handelte es sich um bloße Wärme, die mühelos vom hermetisch dichten Kampfanzug abgewehrt werden konnte. Dennoch wagte er nicht, seinen Schirmfeldprojektor abzuschalten. Mit Hilfe des Antigravs bewegte er sich schwebend auf die Konsole zu. Doch infolge des grünen Leuchtens vermochte er nur verschwommene Eindrücke zu erhaschen. Soviel stand jedenfalls fest: Es handelte sich bei diesem Raum um eine Schaltstation oder Kontrollanlage. Von den Maschinen selbst, die kontrolliert wurden, war nichts zu sehen.

Nach einigen Minuten, in denen sich buchstäblich nichts ereignet hatte, überwand der Mausbiber endlich seine Bedenken. Er war jedoch nicht so leichtsinnig, sein Mißtrauen zu unterdrücken. Darum konzentrierte er sich zuerst auf eine Stelle an der Planetenoberfläche, bevor er den Energieschirm abschaltete.

Gespannt und fluchtbereit wartete er. Fast enttäuscht stellte er fest, daß von dem, was auf den Energieschirm eingewirkt hatte, nichts mehr zu spüren war. Theoretisch konnte keine schädliche Strahlung existieren. Das hätten die Detektoren des Kampfanzuges augenblicklich angezeigt. Aber etwas anderes, ebenso Unerwartetes, stellte Gucky kurz darauf fest. Der Kontrollraum im Eis war mit einer Atmosphäre gefüllt, wenn auch nur mit einer Stickstoffatmosphäre. Die Lufttemperatur – oder vielmehr die Temperatur des gasförmigen Stickstoffs – betrug minus zwanzig Grad Celsius.

Der Mausbiber schob energisch alle sekundären Überlegungen beiseite. Es galt zuerst, Hendersons Gruppe zu finden. Die Aussichten dafür erschienen allerdings minimal. Abgesehen von der Tatsache vielleicht, daß Gucky einen Kontrollraum vorgefunden hatte, wo wenige Minuten zuvor nur finsteres Nichts gewesen war. Leider konnte er trotz angestrengten Nachdenkens mit diesem Phänomen nichts anfangen. Und an hypnosuggestiv erzeugte Trugbilder wollte er nicht glauben – denn wie hätte er unterscheiden sollen, was Wahrheit und was Vorspiegelung war . . .?

Wie hätte er die beiden unterscheiden sollen?

Guckys Nagezahn tauchte blitzartig auf. Natürlich konnte er unterscheiden! Eine Vorspiegelung würde niemals auf parapsychische Kräfte reagieren. Folglich . . .!

Der Mausbiber pfiff schrill und falsch den Einzugsmarsch der Gladiatoren. Seine dunklen Augen richteten sich auf die Konsole. Irgendwo mußten Kontakte unter der Verkleidung verborgen sein. Wenn man die Verkleidung abheben könnte . . .

Krachend löste sich eine dünne Platte, schoß gegen die Decke und zerbarst anschließend vor Guckys Füßen. Der Mausbiber war unwillkürlich zusammengezuckt. Nach so langem Aufenthalt im Vakuum mußte er sich erst allmählich wieder an ein schalleitendes Medium gewöhnen. Doch schnell gewann die Kaltblütigkeit wieder die Oberhand. Innerhalb von fünf Minuten bedeckte sich der Boden des Kontrollraums mit zerbrochenen Kunststoffplatten, und die Schaltelemente der Konsole lagen frei.

Gucky trat näher heran, bis er einen Blick in das mechanische Innenleben werfen konnte. Die Vielfalt der bunten Leiter und Kontakte verwirrte ihn. Für solche Dinge hatte er nie viel übrig gehabt. Jetzt wünschte er, die zahllosen Gelegenheiten zur Erweiterung seines technischen Wissens genützt zu haben.

Vorsichtig schloß er einige Kontakte. Nichts geschah. Allmählich verlor der Mausbiber die Geduld. Wahllos griff er mit seinen telekinetischen Paraströmen in das Innere der Schaltkonsole und schloß Strombrücken.

Das half.

Plötzlich stand ein immer mehr anschwellendes Brummen in der Luft. Es kam nicht aus der Schaltkonsole, aber es veränderte irgend etwas innerhalb des Kontrollraumes. Gucky sah die Veränderung nicht, aber er fühlte, daß etwas vorging – mit dem Kontrollraum und mit ihm selbst.

Dann gab es einen Klang, als wäre eine straffgespannte Violinsaite gerissen. Gucky verlor das Bewußtsein. Als er wieder zu sich kam, stürzte er mit wahnwitziger Geschwindigkeit auf eine weiße Fläche zu . . .

29.

Finch Eyseman flog noch etwa hundert Meter, dann ließ er sich zu Boden sinken und schaltete den Prallschirm aus. Als er zurückblickte, war das gelbschimmernde Tor verschwunden.

Finch atmete auf. Das undeutbare, unsichtbare Grauen lag hinter ihm. Hier hatte er wenigstens festen Boden unter den Füßen, auch wenn es nur Eis war.

Erst jetzt spürte der Leutnant, daß seine Knie zitterten. Erschöpft und glücklich zugleich setzte er sich, warf einen Blick in den Himmel – und erstarrte . . .

Gelblichweiße Wolkenschleier zogen gleich hauchzarten Seidengespinsten über den Himmel. Sie vermochten das Licht der grünlich strahlenden Sonnenscheibe nicht abzuhalten. Körnige Eiskristalle wirbelten dicht über den Boden, bewegt von einem Wind, den es ebenso nicht geben durfte wie die Sonne und den zartgrünen Himmel.

Sekundenlang drehte sich die Welt vor Finchs Augen. Dann sprang er auf und starrte mit geistesabwesenden Blicken um sich. Nun erkannte er auch den Unterschied zum Eis des Dunkelplaneten. Während dort die Schollen und Blöcke unberührt wie am ersten Tage nach der Schöpfung waren, zeigten hier der Boden und die Felsen aus Eis deutliche Spuren der Verwitterung.

Und die Außenmikrophone am Helm übertrugen das stoßweise Winseln des Windes, das Rascheln treibender Eiskörner und das Knistern bizarrer Felsformationen.

Das war eine ganz andere Welt!

Eyseman federte einige Male auf den Zehen. Seine reichhaltige Erfahrung bewies ihm, daß diese Welt weniger als ein Gravo Schwerkraft besaß. Doch das war unwichtig. Wichtig war die Beschaffenheit der Atmosphäre. Jeder Teilnehmer eines Kommandounternehmens führte ein winziges Analysatorgerät mit sich. Finch hatte es sich an eine der Halteschlaufen des rechten Ärmels geklemmt. Er brauchte die Werte nur abzulesen.

„Methan, Ammoniak, Wasserstoff", murmelte er. Die Anteile interessierten ihn bereits nicht mehr. Es genügte zu wissen, daß er die Atmosphäre dieser Welt nicht würde atmen können. Und – er warf einen Blick auf die Uhr – in einundfünfzig Stunden war sein Vorrat an Atemluft erschöpft.

Einundfünfzig Stunden Gnadenfrist . . .

Der Leutnant lachte, ärgerlich über seinen Pessimismus. Irgendwie war er auf diesen Planeten gekommen – und auf dem gleichen Wege müßte er auch die Dunkelwelt wieder erreichen können.

Das schimmernde Tor fiel ihm ein.

Was konnte es anderes gewesen sein, als das Kraftfeld eines Transmitters! Er wußte genug über Transmitter, um sich einen Plan zurechtlegen zu können. Das Kraftfeld – oder, wie es auch hieß: der Durchgangsbogen – eines Transmitters befand sich stets in unmittelbarer Nähe des Energiespeichers. Und der Energiespeicher wiederum war meist mit der Justierung gekoppelt. Folglich mußte der eigentliche Transmitter dort sein, wo das gelbschimmernde Tor geschwebt hatte. Er brauchte ihn nur zu finden und auf Rückkehr einzustellen.

Einundfünfzig Stunden hatte er Zeit dazu – minus der Zeit, die er benötigte, um auf der Dunkelwelt geborgen oder mit neuer Atemluft versorgt zu werden. Die letztere Spanne widerstand allerdings jedem Kalkulationsversuch. Sie mochte nur eine Stunde betragen – konnte aber auch weitaus länger sein als alle Zeit, die ihm zur Verfügung stand. Finch erkannte, daß er eigentlich überhaupt keine Zeit hatte. Je länger es dauerte, wieder von dieser Welt wegzukommen, desto schlechter wurden die Aussichten einer Rettung.

Leutnant Eyseman schritt mit sorgenvoll gerunzelter Stirn den Weg zurück, den er so voller Hoffnung geflogen war. Leider hatte er sich keinen markanten Geländepunkt gemerkt, was ihm nun die Suche der Stelle erschwerte, über der das Transmittertor geschwebt hatte.

Nach zehn Minuten glaubte er die Stelle einigermaßen genau bestimmt zu haben. Aufmerksam zu Boden blickend schritt er sie ab, wobei er allmählich immer größere Kreise zog, um ja keinen Fleck auszulassen.

Nach einer halben Stunde war er seiner Sache sicher: Es gab weder einen offenen noch einen verborgenen Eingang zu dem gesuchten Transmitter.

Allmählich befaßte Finch sich mit dem Gedanken an seinen Tod. Er blieb gefaßt dabei, auch wenn sich alles in ihm sträubte, auf diese Art und Weise zu sterben.

Langsam ließ er sich auf einen fast quadratischen Eisblock nieder. Er fühlte die Müdigkeit. In den letzten fünfzig Stunden hatte er knapp drei Stunden Schlaf gehabt.

Nach fünf Minuten sank ihm der Kopf auf die Brust. Im letzten Moment konnte er den Schlaf noch einmal vertreiben. Er erhob sich und überlegte, ob er mit dem Impulsstrahler das Eis wegbrennen sollte, um einen eventuellen verborgenen Transmittereingang zu finden.

Doch bevor er zu einem Entschluß gekommen war, ließ ihn ein schriller Schrei zusammenfahren.

Der Schrei war aus seinem aktivierten Helmfunkgerät genommen. Voll neuer Hoffnung blickte Eyseman sich um.

Waren die Gefährten ebenfalls hier?

Verblüfft blinzelte er mit den Augen, als sich aus einer Säule flimmernder Luft dicht vor ihm die vertraute Gestalt des Mausbibers schälte.

Er schluckte und starrte fasziniert auf die blinkende Lampe an Guckys Schwanzfutteral. Dann lachte er befreit auf und streckte die Hand aus.

„Ich wußte, daß du uns nicht im Stich lassen würdest, Gucky. Gott sei Dank!“

Der Mausbiber winkte verdrossen ab.

„Du hast dich zu früh gefreut, Finch. Ich stecke genauso in der Klemme wie du.“ Er machte eine weitausholende Handbewegung. „Was ist das hier für eine Welt?“

Der Raumfahrer ging nicht auf die Frage ein.

„Was ...?“ hauchte er. „Willst du etwa sagen, du wärest nur durch Zufall hierhergekommen?“

„Was sonst?“ fragte Gucky unfreundlich. „Oder bist du absichtlich an diesen schönen Ort geflogen?“ Er schüttelte den Kopf. „Das kommt davon, wenn man zu neugierig ist. – Wo stecken die anderen: Henderson, Burdick, Tudd und Hakkado?“

„Keine Ahnung. Ich dachte, du wüßtest es.“

Der Mausbiber murmelte etwas Unverständliches, dann sagte er:

„Ich glaube, wir kriegen bald Schnee. Es wird Zeit, daß wir bis dahin ein Dach über dem Kopf haben. Das schönste Dach wäre für mich allerdings die CREST II.“

„Na schön“, ging Finch auf den Ton ein, „laufen wir hin, Gucky.“

Der Mausbiber hob warnend den Zeigefinger.

„Werden Sie nicht vorlaut gegenüber einem alten Mann, Leutnant! Ich bin immerhin mindestens fünfhundert Jahre älter als Sie. Aber Scherz beiseite: Das ist eine verflixte Sache, in die wir geraten sind. Wenn wir wenigstens wüßten, *wo* wir uns befinden . . .“

Eyseman zuckte die Schultern.

„Ich weiß es auch nicht. Wenn ich auch so eine Ahnung habe, als . . .“ Er winkte ab. „Mit Ahnungen ist uns auch nicht gedient.“

Gucky entblößte seinen Nagezahn.

„Greenish-7 . . .? Davon habe ich eine Menge gehört. Hm!“

„Wie kommst du darauf?“

„Ich habe etwas in deinen Gedanken gelesen, Finch. Entschuldige bitte. Aber ich war neugierig auf deine Ahnung. Zum Unterschied von anderen Leuten gebe ich nämlich etwas auf Ahnungen. Denk einmal nach! Stimmen alle Fakten mit denen von Greenish-7 überein?“

„Vollständig sogar“, murmelte Leutnant Eyseman. „Die grünliche Sonne, die Methan-Ammoniak-Wasserstoff-Atmosphäre, das Eis . . .“ Von einer Sekunde zur anderen verzerrte sich sein Gesicht zu einer grimmigen Fratze. „. . . und die Illu-Kristalle!“

Gucky hatte plötzlich den Kombistrahler in der Faust und schaltete auf Paralyse.

„Wo haben Sie Illu-Kristalle gefunden, Leutnant Eyseman . . .?“

Finch grinste beruhigend.

„Steck deine Waffe ruhig wieder ein, Gucky. Ich bin erstens nicht beeinflußt – und zweitens würde sich das niemals negativ auswirken. Vorläufig habe ich noch keinen Kristall entdeckt.“

„Aha“, sagte der Mausbiber gedehnt. Langsam versenkte er den Strahler wieder im Futteral. „Du bist derjenige, der diese Teufelsdinger in sein weiches Herz geschlossen hat. Habe ich recht?“

„Was heißt ‚ins Herz geschlossen‘!“ wehrte Eyseman verlegen ab. „Ich habe lediglich ein wenig damit experimentiert, und ich behaupte, daß sie relativ ungefährlich sind. Einzig und allein die ins Unterbewußtsein verdrängten Wünsche und Sehnsüchte des Menschen gestalten den . . . hm . . . Traum.“

„Da muß mein Unterbewußtsein neulich ziemlich komische Sehnsüchte gehabt haben“, murmelte Gucky und dachte an die Zeit auf der Dunkelwelt, von der ihm die Erinnerung fehlte. „Was nicht negativ ist, muß noch lange nicht positiv sein, mein Lieber."

„Hm!" machte Finch und schritt langsam auf einen Hügel aus verschachtelten Eisklötzen zu.

„Du bist verrückt!" stammelte Gucky.

Der Leutnant wandte sich um und lächelte ein kaltes, an ihm ungewohntes Lächeln.

„Vielleicht, Gucky ...", sagte er schleppend. „Ja", beantwortete er die unausgesprochene Frage, „du hast richtig gehört." Er machte eine Pause und holte tief Luft. „Die Illusionskristalle versetzen den Menschen nicht in eine beliebige Traumwelt. Sie gaukeln ihm stets eine Realität vor, die ganz bestimmte Reaktionen von ihm fordert – Reaktionen, die auf die Abwendung wirklicher Gefahr abzielen. Dr. Wai-Ming, der seinerzeit mit mir auf Greenish-7 war, bevor die CREST von den Moby-Twonosern aufgebracht wurde, verdankt den Kristallen sein Leben. Er hatte einen Unfall, bei dem sein Raumanzug beschädigt wurde, während er sich im Banne eines Illu-Kristalls befand. Hätte der Kristall ihn nicht durch seine hypnosuggestive Kraft in Tiefschlafstarre versetzt, wäre er in der giftigen Atmosphäre dieses Planeten umgekommen."

Der Mausbiber schüttelte zweifelnd den Kopf.

„Du hoffst, im Banne eines Kristalls den Zugang zum gesuchten Transmitter zu finden, in einer Traumwelt, die ... Nein, daran kann ich nicht glauben."

„Es ist unsere letzte Chance!" erinnerte der Leutnant ernst.

Er wandte sich ab und schritt weiter auf den Eishügel zu. Dabei murmelte er unverständliche Worte vor sich hin.

Gucky hörte ihn noch erzählen, als er um die Ecke des Eishügels bog. Doch dann verstummte Eyseman abrupt. Der Mausbiber versuchte, die Gedanken des Leutnants zu lesen, stieß jedoch gegen eine unsichtbare Barriere. Er spürte sein Herz plötzlich mit ungewohnter Heftigkeit klopfen.

Dann faßte er einen Entschluß und teleportierte.

Als er sich hinter dem Berg aus Eisklötzen wiederfand, erstarrte er. Finch stand vor ihm, mit einem Gesicht, in dem sich kein Muskel regte. Die Augen wirkten, als sähe er in eine unbekannte Ferne. Auf den behandschuhten Händen funkelte ein oktaederförmiger, grünschimmernder Kristall. Das grüne Licht der Sonne Greenish brach sich tausendfach darin und hüllte ihn in eine Aureole, deren überwältigende Schönheit den Mausbiber gleichermaßen anzog wie abstieß.

Gucky fühlte die imaginären tastenden Finger in seinem Geist. Schon wollte er sich dagegen abblocken – doch dann öffnete er seinen Geist weit und ließ das Fremde, Unerklärliche eindringen.

Ein rauschender Akkord hüllte ihn ein und riß ihn mit sich fort in eine andere Welt . . .

Als ich von den Wandlerbänken in die riesige Produktionshalle zurückhastete, schlug mir infernalischer Lärm entgegen.

Eine schwefelgelbe, undurchsichtige Wolke lagerte über den brodelnden Biobänken. Die vielfältigsten Geräusche drangen daraus hervor. Es hörte sich an wie ein Konzert entfesselter Höllenbrut.

Und eine Höllenbrut war es, die sich aus dem Dunst auf die Transmitter zubewegte. Riesige, ineinander verschlungene Schlangenleiber, auf langen Pseudogliedern hüpfende Kugeln, sich schmatzend und gurgelnd windende Walzen, fratzenschneidende Amöben und andere Ungeheuer wälzten sich in langem Strom auf die Oberflächentransmitter zu.

Ich schrie in panischem Entsetzen. Anschließend ergriff mich Übelkeit, und ich übergab mich. Das, was ich sah, ging über meinen Verstand. Woher nahmen diese Monstren ihr Leben? Ich hatte es ihnen nicht gegeben. Ich hatte die Wandlerbänke verstellt, anstatt die Schwingkristalle zu schaffen, die zur Belebung der geschaffenen Ungeheuer notwendig waren. Wieso konnten die Biobänke selbständig handeln, neue, schreckliche Formen schaffen und beleben?

Die Hände vor mein Gesicht gepreßt, kämpfte ich mich durch die Dunstschwaden hindurch zur Liftplatte. Ich fuhr in den Sphären-Lenkraum. Sofort wurde ich wieder von den hypnomechanischen Effekten umschmeichelt und aus der Wirklichkeit herausgerissen. An den einmal ausgestoßenen Ungeheuern konnte ich nichts mehr ändern. Aber ich mußte verhindern, daß noch mehr Exemplare dieser Höllenbrut geschaffen wurden!

Als ich mit dem Lift wieder nach unten fuhr, befanden sich zehntausend neue Androiden auf dem Weg zur Oberfläche, um dort die Spione der Meister zu jagen.

Ich aber eilte in meinen Kontrollraum, um die Aktion indirekt zu verfolgen. Die Wahrnehmungsimpulse der Androiden kamen so klar an, wie es von rein instinktintelligenten Kunstwesen zu erwarten war. Wenn ich den Wahrnehmungen glauben sollte, dann waren die Spione von Modul verschwunden.

Das konnte nur eins bedeuten: Die aufgebaute Falle – deren Wirkung ich selbst nicht kannte – war zugeschlagen. Die Gejagten waren gefangen.

Leider gab es nur eine einzige Möglichkeit, sie zu verhören. Die Roboter mußten erneut aktiviert werden. Sie allein vermochten die Gefangenen zu finden und zu mir zu bringen, denn sie allein kannten die geheime Falle Moduls.

So schnell ich konnte, begab ich mich zurück zu den Wandlerbänken.

Bald würde ich die Spione vor mir sehen . . .

Der Akkord verklang.

Dennoch erschien es Finch, als schwängen die gläsernen Türme der großen Stadt gleich angeschlagenen Stimmgabeln nach und sandten ihm einen zarten, einschmeichelnden Hauch unirdischer Melodien als Willkommensgruß herüber.

Finch Eyseman lächelte. Zärtlich umfingen seine Blicke das vertraute Bild. Die Stadt lag in einem flachen Tal, mitten zwischen blauroten Hügeln, an denen die gläsernen Bauten gleichsam emporklommen. Die grünliche Sonne stand hoch am Himmel und zauberte eine Vielfalt bunter Lichtreflexe auf die flachen Dächer der kubischen Bauten und auf die nadelspitzen Höhen der Türme.

Maa Duun . . .

Das Lächeln lag noch immer auf Finchs Gesicht, als er den Fuß auf das üppige, blaurote Gras setzte und mit weiten, federnden Schritten den sanftgeneigten Hang hinabging.

Er lächelte auch noch, als er die ersten Häuser erreichte. Doch dann stockte sein Schritt. Das Lächeln erlosch jäh. Irritiert fuhr er sich mit der Hand über die Stirn.

Wo waren die gelben Haarvögel, die sonst zu Hunderten und Tausenden die gläsernen Dächer bevölkerten . . .? Wo ihr lieblicher Gesang? Wo waren die Kinder, die um diese Tageszeit die blühenden Parkanlagen durchstreiften?

Die vollkommene Stille fiel mit der Wucht eines Hammerschlages über Finch Eyseman her. Wie tote Augen gähnten die leeren Fensterhöhlen ihn an. Kein Windhauch spielte auf den gläsernen Harfen der Türme. Kein Schritt hallte über die verlassenen Plätze und Straßen.

Finch duckte sich unter dem Eindruck der unheimlichen Ruhe. Seine Augen drückten völliges Nichtbegreifen aus. Er wollte rufen, doch kein Laut drang aus seiner Kehle.

Mit leisen Schritten, um sich spähend wie ein Dieb, schlich Eyseman an den Wänden der Häuser dahin. Jedesmal zuckte er zusammen, wenn zu heftiges Auftreten einen hallenden Laut hervorrief. Nach einer Weile begann er zu laufen, als jagten unsichtbare Furien hinter ihm her. Hohl dröhnten die Schritte auf dem gläsernen Belag der Straße.

Mitten auf dem „Platz des Vergessens" blieb er stehen. Die gläsernen Brunnenfiguren schienen ihm beschwörend zuzuwinken: Kehre um!

Wie unter einem Zwang wandte der einsame Mann sich um – und erstarrte. Hinter ihm – war nichts . . .

Die gläsernen Kuben, an denen er eben noch vorübergelaufen war, die gläserne Straße, auf der seine Schritte gedröhnt hatten, der Hügel, von dem er, heimkehrend, herabgestiegen war – alles war verschwunden! Eine Wand aus undurchdringlicher Finsternis lag hinter ihm.

Finch atmete schnell und keuchend. Er hämmerte mit den Fäusten gegen seine Brust. Allmählich aber begann er sich zu beruhigen.

Nein, das alles war nur ein böser Traum! Es konnte einfach nicht wahr sein. Sie hatten doch vergessen – und die Macht des nächtlichen Spiralnebels hatte sie vergessen!

Finch Eyseman wandte sich den zum Himmel gerichteten Mündern der Brunnenfiguren zu. Nichts von dem bläulichen Flimmern war zu sehen, das sonst von den hauchdünnen Energiekaskaden ausging.

Finch lachte rauh. Nun war er sicher, nur zu träumen. Nur im Traum konnten die Energiekaskaden erlöschen.

„Du irrst, Bruder . . .!"

Die Stimme drang wie klirrendes Eis in Eysemans Bewußtsein und ließ ihn erschauern. Langsam drehte er sich um, blickte auf die schlanke Gestalt im blauen Umhang, die von der anderen Seite des Brunnens herankam.

Er erkannte das Gesicht und die Symbole des Umhangs. Es war Soor vom Klan der Luns . . .

„Alles, was du siehst, ist Wirklichkeit“, fuhr Soor fort. „Die Macht des Spiralnebels hat unser Volk verschleppt, weil sie die Traumkristalle fürchtet. Wir sind die letzten hier – und du mußt dem Volk folgen, wenn du nicht mit dieser Welt sterben willst.“

Finch schüttelte den Kopf, während er Soors Worten nachlauschte. Etwas daran erinnerte ihn an ein anderes Leben, an ein Leben jenseits der Wirklichkeit. Oder war es umgekehrt? War das andere Leben wirklich – und dies hier nur ein Traum?

„Was geschieht, wenn ich hierbleibe, Bruder?“

Soor hob die Hand und wies auf die Wand aus Dunkelheit hinter Finch.

„Die Finsternis wird dich verschlingen, Bruder. Bald gibt es hier keine Luft mehr, die du atmen kannst, kein Wasser und keine Nahrung, die dein Körper aufnehmen könnte. Eine große Wandlung geht vor sich. Die Macht des Spiralnebels sorgt dafür, daß niemand vom Volk zurückbleibt – wenigstens nicht lebend.“

„Ich bleibe hier – und wenn ich sterben muß!“ entgegnete Finch Eyseman hart.

Soor lächelte wissend.

„Du wirst gehen, dorthin, wo das Volk ist – oder ein Teil des Volkes eines Tages sein wird. Es ist vom Schicksal so bestimmt, Bruder.“

„Du sprichst nur von mir“, sagte Finch fragend.

Soor entgegnete nichts darauf, sondern wandte sich wortlos ab. Er gab Finch einen Wink, in dem so viel Autorität lag, daß es keinen Widerspruch mehr gab.

Eyseman schritt schweigend hinter Soor her.

Die Dunkelheit folgte ihnen . . .

Nach einer halben Stunde etwa erreichten sie den „Tempel des Gedächtnisses“. Vor dem Eingangsportal verhielt Finch den Schritt. Niemand außer den Häuptern des regierenden Lun-Klans durfte den Tempel des Gedächtnisses betreten. Er barg, wie man sich zuflüsterte, ein Geheimnis, das dem, der es erfuhr, den Irrsinn bringen konnte.

Soor drehte sich um, als Finchs Schritte verstummten.

„Folge mir“, sagte er ernst, „und sieh dich nicht um. Dann wird dir nichts geschehen.“

Eyseman zögerte noch immer. Zaudernd glitt sein Blick zurück zur gläsernen Stadt – und wurde starr. Die Stadt war nicht mehr. Es gab nur noch Dunkelheit – und den Tempel des Gedächtnisses.

Rasch wandte Finch Eyseman sich um und lief hinter Soor her, hin zu dem einzigen Ort, den das Furchtbare noch nicht verschlungen hatte.

Er blickte zu Boden, während er dem Klanführer folgte. Am Widerhall der Schritte erkannte er, daß sie abwechselnd durch enge Korridore und durch weite Hallen gingen.

Licht wechselnder Farbe fiel auf den Boden, und von irgendwoher kam eine klagende Melodie.

„So, wir sind da“, sagte Soor nach einer Zeit, die Finch wie eine der langen Nächte vorkam. „Sieh auf, Bruder!“

Eyseman hob den Kopf.

Soor stand am Rande eines gelblichen Lichtkreises, der über dem Mosaik des düsteren Raumes zu schweben schien. Innerhalb des Lichtkreises war es heller. Doch das weiße Licht versperrte den Blick auf den Mosaikboden. Es wirkte fremd – und kalt.

Soor wies in den Lichtkreis.

„Tritt hinein, Bruder!“

„Und du . . .?“ fragte Finch zaghaft.

Soor vom Klan der Luns schüttelte den Kopf.

„Ich muß hierbleiben und warten.“ Er lächelte rätselhaft. „Wie solltest du mich sonst einst finden, Finch Eyseman . . .!“

Wie betäubt schritt Finch auf den schimmernden Ring zu und trat hinein.

Im selben Augenblick verschwand der Mosaikraum, versanken die Düsternis und der Klanführer . . .

Finch Eyseman hatte das Gefühl des Fallens. Doch bevor er den Antigravprojektor einschalten konnte, schlug er auch schon auf. Er fühlte etwas unter seiner Stiefelsohle zersplittern und blickte sich mit weitaufgerissenen Augen um.

„Tölpel!“ schrillte ihm Guckys Stimme aus dem Helmempfänger entgegen. „Meine schöne Positionslampe!“

Immer noch völlig verwirrt, trat Finch beiseite und betrachtete sich das, worauf er gelandet war. Es war Guckys Schwanzfutteral, und die Scherben der roten Glimmlampe lagen verstreut im Eis.

Eyseman schluckte. „Ich bitte um Entschuldigung!"

„Schon gut!" Gucky winkte gönnerhaft ab. „Ein Glück nur, daß das Futteral unter Druck steht. Du hast ziemlich lange geträumt, wie?"

Erst jetzt sah Finch seine Umgebung bewußt. Er stand in einer grottenähnlichen Eishöhle, die vom Schein einer abmontierten Helmlampe schwach erleuchtet wurde. Neben dem Mausbiber lagen Proviantsäcke und Energiegewehre. Dahinter bewegten sich schemenhafte Gestalten.

Unwillkürlich griff Eyseman zur Waffe.

„Nicht schießen, bitte!" bat die vertraute ironische Stimme Bron Tudds. „Es wäre schade um meinen Kautabak."

Gucky kicherte.

„Schöne Überraschung, was? Na, wenn wir etwas mehr Zeit haben, können wir uns unsere Träume erzählen. Oder hast du etwa auch von hausgroßen Tabakknollen geträumt wie Bron?"

Leutnant Eyseman schüttelte den Kopf.

Aus dem Hintergrund kam die hünenhafte Gestalt Hendersons auf ihn zu.

„Freut mich, Sie heil vorzufinden, Eyseman." Er schüttelte Finchs Hand. „Gucky hat mir schon berichtet, welcher verrückte Einfall Sie beide von Greenish-7 zurückholte."

Er lachte, aber es klang nicht echt. „Wir waren auch dort. Müssen an einer anderen Stelle herausgekommen sein. Auch uns haben die Illu-Kristalle gerettet – aber wir haben uns nicht freiwillig in ihren Bann begeben. Es war furchtbar!" Er schüttelte sich.

Eyseman lächelte.

„Die Traumebene entspricht immer den verborgenen Wünschen des Unterbewußtseins . . ."

„Ja, ich weiß. Gucky sagte es. Er hat übrigens von . . ."

„Still!" piepste der Mausbiber dazwischen. „Wäre ich nicht so benommen gewesen, hätte ich überhaupt nichts verraten. Jetzt bewahren Sie es wenigstens als Geheimnis, Captain."

Henderson zuckte die Schultern und wechselte das Thema.

„Gucky hat mir versprochen, einen brauchbaren Plan auszuarbeiten."

„Ich habe ihn schon“, sagte Gucky.

„Ich muß mir nur noch überlegen, wie ich ihn geistig tieferstehenden Wesen verständlich machen kann.“

Finch Eyseman lachte. Er fühlte sich plötzlich geborgen und in Sicherheit. Der eigenartige Humor des Mausbibers war wirklich nicht mit Gold aufzuwiegen.

„Sie haben insgesamt noch neunundzwanzig Stunden Zeit“, begann der Mausbiber. „Angesichts der Androiden und der Transmitterfallen, die es hier gibt, können wir nicht viel unternehmen. Außerdem hemmen die Gehirnausstrahlungen der Androidenmonstren meine telepathische Fähigkeit. Wenn ich mich zu weit von Ihnen entferne, verliere ich möglicherweise wieder den Kontakt. Sie müssen also auf jeden Fall in dieser Höhle bleiben, Henderson. Deren Koordinaten kenne ich auswendig. Hierher finde ich immer wieder zurück. Also, Sie halten die Ausgangsstellung, und ich springe und kundschafte das Innere der Dunkelwelt aus.“

„Es gefällt mir zwar nicht stillzusitzen und zu warten“, sagte Henderson. „Aber ich sehe ein, daß es unsere einzige Möglichkeit ist. Nur frage ich mich, warum Sie überhaupt noch erkunden wollen, Sonderoffizier Guck.“ Der Mausbiber reckte sich, als er wieder einmal mit seinem Titel angesprochen wurde. „Die Dunkelwelt ist eine Kontrollstation der Meister der Insel“, fuhr der Captain fort. „Von hier kommen die Todessphären, und von hier aus wird die Vernichtung des Betanebels gelenkt. Wäre es unter diesen Umständen nicht besser, wir würden uns abholen lassen und zur Vernichtung dieser Welt raten?“

Gucky nickte.

„Ich würde selbst dazu raten, wenn ich nicht etwas entdeckt hätte...“ Er schwieg und blickte sich um, ob die Männer ihm auch gehörige Aufmerksamkeit zollten. Dann sagte er mit geheimnisvoll klingender Stimme: „Ich habe die Gedankenimpulse eines intelligenten Wesens entdeckt. Sie waren so stark, daß sie die Mauer der Androidenausstrahlungen eindeutig klar durchdrangen...!“

Henderson sprang auf.

„Was ist es für ein Intelligenzwesen? Gehört es zu den Meistern der Insel?“

„Nein“, erwiderte der Mausbiber schrill. „Im Gegenteil. Es haßt die Herren Andromedas, denn sie sind gleichzeitig seine Unterdrücker und die Unterdrücker seines Volkes.“

Er warf Eyseman einen undeutbaren Blick zu.

„Baar Lun vom Volke der Moduls ist unser Verbündeter – wenn wir ihn davon überzeugen können, daß wir keine Spione der Meister sind."

Aufgeregt begannen die Männer durcheinanderzureden. Nur Finch Eyseman saß still da und starrte vor sich auf den eisigen Boden. Seine Gedanken überschlugen sich.

In erster Linie waren es zwei Namen, die sein Interesse bis zum Grund aufwühlten:

Soor vom Klan der Luns, der ihm den Rückweg gezeigt hatte – und Baar Lun, der Geheimnisvolle der Dunkelwelt . . .

„Ganz recht, Finch", sagte Gucky und bewies damit, daß er wieder einmal in fremden Gedanken gelauscht hatte. „Der Zusammenhang drängt sich förmlich auf. Ich bin gespannt auf den letzten der Moduls."

„Wieso auf den letzten . . .?" fragte der Leutnant verwundert. „Soor – auch wenn er nur eine Traumgestalt war – sprach von einem ganzen Volk, das von Greenish-7 verbannt wurde. Die anderen müssen doch irgendwo geblieben sein!"

„Hier auf Modul, wie Baar Lun die Dunkelwelt in seinen Gedanken nannte?" fragte der Mausbiber zurück. „Hier gibt es außer diesem einen intelligenten Gehirn nur die Androidenmonstren. Vielleicht woanders. Ich habe da eine ganz bestimmte Ahnung, oder einen Verdacht, wenn du so willst. Aber warten wir ab."

Henderson legte Gucky die Hand auf die Schulter.

„Die Sache ist gefährlich. Wäre es nicht besser, wir würden zuvor Rhodan verständigen?"

„Was sollen wir ihm sagen, Sven? Nein, zuerst müssen wir greifbare Ergebnisse vorweisen können. Ich verschwinde jetzt."

„Einen Augenblick!" rief Henderson. „Wenn du in einer Stunde nicht zurück bist, rufe ich die CREST an."

„Sagen wir zwei Stunden", erwiderte Gucky. Im nächsten Augenblick war sein Platz leer.

„Wenn das nur gutgeht!" orakelte Bron Tudd.

30.

Ich überlegte gerade, warum die Roboter immer noch nichts von den gefangenen Spionen entdeckt hatten, als ich einen schwachen Luftzug im Nacken verspürte.

Zuerst hielt ich das Gefühl für eine Täuschung. Mein Kontrollraum war hermetisch abgeschlossen, und die Lufterneuerungsanlage befand sich vor mir. Aber dann nahm ich ganz deutlich wahr, daß jemand atmete.

Ich fuhr herum.

Im nächsten Augenblick hatte ich das Gefühl, als hätte mir jemand einen Kübel Eiswasser über den Kopf gegossen. Hinter meinem Platz stand ein kleines, graubraun bepelztes Tier. Es hatte die spitz zulaufende Schnauze geöffnet und zeigte einen einzigen großen Zahn. Das Sonderbarste an dem Tier war jedoch die Kleidung, in der es steckte. Es mußte sich um einen Vakuumanzug handeln, wie auch ich einen für Notfälle besaß. Der Helm war zurückgeklappt und hing kapuzengleich über den schmalen Rücken. Im Kreuzungspunkt der Brustriemen war ein flaches, schachtelähnliches Gerät befestigt.

Und aus diesem Gerät drang eine fremdartige, hohe Stimme an mein Ohr.

Einige Atemzüge lang saß ich reglos und mit offenem Mund da. Dann begann mein Gehirn wieder zu arbeiten. Mit meinem ausgeprägten Sinn für Technologie brauchte ich nicht lange, um die Bedeutung des kleinen Gerätes zu verstehen. Es hatte typische Merkmale eines Funksprechgeräts – und zugleich die typischen Merkmale einer Miniaturpositronik. Im Zusammenhang damit betrachtet, daß das Pelzwesen zu dem Gerät sprach und gleichzeitig damit die Töne aus diesem flachen Apparat drangen, gab es nur einen logischen Schluß: das Gerät war ein Translator.

Natürlich war der beste Translator wertlos, wenn ich ihm keine Gelegenheit zur Analysierung meiner Sprache gab. Und ich war neugierig geworden.

Nachdem ich einige Sätze gesprochen hatte, leuchtete eine grüne Lampe an dem Gerät auf. Kurz danach sagte das Pelzwesen einige Worte in seiner Sprache – wie konnte ein Tier überhaupt eine Sprache haben? – und das Gerät übersetzte:

„Ich grüße dich, Baar Lun von Modul!" Das Tier legte die Hände über der Brust zusammen und verneigte sich. Dabei sah ich den breiten, flachen Schwanz. „Mein Name ist Gucky. Ich habe eine Botschaft für dich."

Nur mit Mühe vermochte ich meine Heiterkeit zu verbergen. Ein Tier, das sprach – und es wollte eine Botschaft für mich haben!

Doch dann stutzte ich.

Woher kannte dieser Gucky meinen Namen?

Mir kam ein ungeheuerlicher Verdacht. Hatte vor drei Schlafperioden der Warnrobot nicht das Auftauchen eines kleinen, pelzbedeckten Wesens gemeldet? Zweimal war ein solches Wesen aufgetaucht. Beim letztenmal hätte es beinahe eine Energiesphäre zum Absturz gebracht. Sollte es sich um das gleiche Wesen gehandelt haben, wie das, was jetzt vor mir stand? Dann gehörte es zu den Spionen der Meister.

Ich mußte es töten, bevor es wieder entkam!

„Das wirst du hübsch bleibenlassen, Baar Lun", sagte das Tier, das sich Gucky nannte. Gleichzeitig zog es eine Energiewaffe aus dem Gürtelfutteral.

Ich lachte es offen an. Eine so schwache Energiewaffe bedeutete keine Gefahr für mich. Bedenklicher stimmte mich schon die Tatsache, daß das Wesen meine Gedanken erraten hatte. War es vielleicht doch intelligenter, als es aussah?

„Sehe ich wirklich so unintelligent aus?" murmelte das Tier und reckte sich, damit es in die spiegelnde Verkleidungsplatte eines Kontrollgeräts blicken konnte. Danach stieß es einen schrillen Pfiff aus.

„Das Äußere ist unwichtig, Baar Lun! Für menschliche Begriffe bist du ebenfalls keine Schönheit mit deinem Kahlkopf, dem farblosen Haarfleck auf dem Hinterkopf und deinem breiten Froschmaul. Auch wenn du ansonsten keine üble Figur abgibst", fügte es hinzu.

„Ich werde dich unter den Psycholator bringen lassen", sagte ich nachdenklich. „Es interessiert mich, was in deinem Kopf vorgeht." Gemächlich langte ich nach dem Rufknopf für die Kampfroboter.

Aber so sehr ich mich bemühte, der Knopf ließ sich nicht eindrücken.

Allmählich geriet mein Blut in Wallung. Ich zweifelte nicht daran, daß jenes Tier mich hinderte, die Roboter zu rufen, wenn ich auch nicht wußte, wie es das zuwege brachte. Mit solcher Macht konnten nur die Inspekteure der Meister ausgestattet sein. Ich mußte es sofort töten; die Gefahr war zu groß.

Ich sprang aus meinem Sessel.

Im gleichen Augenblick schoß das Tier.

Mühelos transformierte ich die Waffenenergie. Es konnte sich nur um eine relativ schwache Schockwaffe gehandelt haben, denn es entstand nur eine kleine Wolke neutralen Wasserstoffs.

Langsam wich das Tier vor mir zurück. Es schien fassungslos zu sein, schaltete aber außergewöhnlich rasch.

„Bleib stehen, Baar Lun!" rief es mit seiner schrillen Stimme. „Ich bin nicht der, für den du mich hältst. Auch ich kämpfe gegen die Meister der Insel. Wir sollten uns verbünden."

Ich blieb stehen.

„Gut ausgedacht", erwiderte ich spöttisch.

„Es ist die reine Wahrheit. Du arbeitest für die Meister, weil sie dir mit der Ausrottung deines Volkes drohen, Baar Lun. Aber dein Volk lebt nicht mehr. Du bist betrogen worden. Höre mir zu!"

Ich lachte schallend.

„Gut, ich höre. Aber das ist deine letzte Frist. Kannst du mich nicht überzeugen, werde ich dich töten. Beginne!"

Und das Tier erzählte . . .

Es gab sich die redlichste Mühe, mich zu überzeugen. Das mußte ich ihm lassen. Es sprach von einer Welt mit dem Namen Greenish-7, von der Verbannung meines Volkes, das einstmals dort gelebt haben sollte, und von der Umwandlung jener Welt in eine kalte Gifthölle. Dann berichtete es von der Entdeckung eines Planeten, den man Gleam genannt hatte. Die degenerierten Nachkommen meiner Vorfahren sollten dort in geringer Anzahl gelebt haben, bis sie durch die Explosion des Mondes und die Androiden von Siren umkamen. Und es sprach von Modul, unter dessen Eis angeblich kein Leben sei.

Alles, was das Wesen sagte, klang logisch. Aber ich hätte die Heimtücke der Meister nicht so genau kennen dürfen, um diesen Worten zu glauben. Allmählich begann ich den Plan meiner Unterdrücker zu durchschauen. Sie wollten mich auf die Probe stellen, indem sie mich in Versuchung führten. Sobald ich mich mit dem Spion verbündete, würde er seine Maske fallen lassen.

Das Wesen schwieg. Es hatte seinen „Bericht“ beendet. Nun sah es mich aus dunklen, traurig glänzenden Augen an. Diese Heuchelei empörte mich noch mehr.

„Ich glaube dir kein Wort!“ sagte ich. „Du hättest so schlau sein sollen, mir Beweise zu bringen. Deine Lügen sind zu durchsichtig, als daß Leute wie ich darauf hereinfielen. Solange ich den Willen der Meister erfülle, wird mein Volk leben. Selbst wenn es einst untergeht – du wirst es nicht mehr erleben!“

Mit einem Satz stürzte ich mich auf das Pelzwesen. Es krümmte und wand sich unter meinem Griff. Plötzlich spürte ich die Energieströme, die von dem Geist des Tieres ausgingen. Es war dabei, ein fünfdimensionales Kraftfeld um sich herum aufzubauen.

Ich ließ die Hände sinken und faßte mit meinem Geist nach dem Kraftfeld, um es in Materie zu transformieren.

Ein gellender Schrei ertönte.

Dann stürzte die Luft knallend in ein Vakuum. Das Wesen war verschwunden, war durch einen hyperdimensionalen Raum entkommen.

Panik ergriff mich. Doch sie hielt nur kurz an. Dann begann ich, alle Androidenreserven für den letzten Schlag zu mobilisieren.

Die vier Raumschiffgiganten schwebten in konstanter Entfernung zur Dunkelwelt im Leerraum.

Die Triebwerke waren längst verstummt. Nur ab und zu liefen die Antigravprojektoren für kurze Zeit an, um die Schiffe an ihrer Position zu halten.

Perry Rhodan wandte müde den Kopf, als Atlan aus dem Schacht des zentralen Antigravlifts stieg.

„Ausgeschlafen, Freund?“

Der Arkonide schüttelte den Kopf und ließ sich schwer in einen Sessel am Kartentisch sinken.

„Ich konnte nicht einschlafen, Perry.“ Er seufzte. „Ist immer noch keine Nachricht eingetroffen?“

„Nichts. Ich warte noch eine Stunde, dann befehle ich den Angriff. Doch diese Lösung ist keine Lösung. Ganz abgesehen, daß ein Angriff auch Gucky und Hendersons Gruppe in höchste Gefahr bringt, wir müßten wieder einmal nur zerstören, ohne zu wissen, was wir zerstören.“

Atlan lächelte spöttisch.

„Neuerdings zeigst du einen Hang zur Pedanterie, der mich erschreckt, Perry. Dort unten befindet sich eine Kontrollstation der Meister der Insel, die für die Vernichtung Andro-Betas verantwortlich ist. Und du fragst, was wir mit der Dunkelwelt vernichten ...?"

Perry Rhodan zuckte die Schultern.

„Du solltest nicht ausschließlich den Logiksektor deines Gehirns bemühen, Atlan. Auch das Gefühl gibt manchmal wertvolle Fingerzeige. Und mein Gefühl sagt mir, daß wir dort unten einen wichtigen Fingerzeig erhalten können, wenn wir klug genug vorgehen."

„Was verstehst du unter klug?" entgegnete Atlan heftig. „Vielleicht die Tatsache, daß du passiv bleibst, obwohl weder Henderson noch Gucky sich gemeldet haben!"

„Henderson hatte sich schon einmal gemeldet", korrigierte Rhodan. „Darum schickten wir ja den Mausbiber hinunter."

„Warum machst du dir dann überhaupt Sorgen ...?" dehnte Atlan.

„Du weißt es ganz genau", sagte Rhodan bitter. „Es wäre ein leichtes für Gucky, eine Teleportation zur Oberfläche auszuführen und eine Nachricht abzusetzen. Wenn er Rafferkode verwendet, braucht er sich nur eine Sekunde oben aufzuhalten. Folglich muß er in größeren Schwierigkeiten stecken, als wir ahnen können."

„Schicken Sie mich hinunter!" dröhnte eine grollende Stimme. Es war Icho Tolot, der gesprochen hatte. Mit seinem typischen wiegenden Gang kam er näher. Die drei rotleuchtenden Augen bewegten sich rasch hin und her, ein Zeichen großer Erregung bei dem Haluter.

„Niemand kann dort unten ohne gründliche Feuervorbereitung landen", wehrte Rhodan ab. „Auch Sie nicht, Tolot. Gegen die Explosion eines Raumschiffes nützt auch eine wandelbare Körperstruktur nichts."

„Gucky ist dort!" grollte der halutische Gigant. Wenn man diesen Koloß ansah, konnte man kaum glauben, daß er eine derart rührende Sorge um den Mausbiber empfand.

Perry Rhodan nickte. Sein Gesicht verdüsterte sich. Dann schob er trotzig das Kinn vor und griff nach dem Interkom.

„Mr. Marshall bitte zu mir in die Zentrale!"

„John?" fragte Atlan. „Bisher hat er keinen telepathischen Kontakt mit Gucky bekommen können. Meinst du, jetzt hätte er größeren Erfolg?"

„Wir müssen es versuchen."

Einige Minuten vergingen in dumpfem, niederdrückendem Schweigen. John Marshall kam nicht. Ungeduldig blickte Rhodan zur Uhr.

„Er hätte längst hier sein müssen ..."

In diesem Augenblick stürzte der Telepath aus dem Liftschacht. Mit gerötetem Gesicht und wirr in die Stirn hängenden Haaren lief er herbei. Aber seine Augen strahlten.

„Kontakt!" schrie er, bevor er noch herangekommen war. Vor Rhodan blieb er stehen. „Soeben Kontakt mit Gucky gehabt! Alle sind gesund. Aber die Androiden greifen jetzt verstärkt an. Der Mausbiber bittet um unsere Hilfe."

Perry Rhodan war aufgesprungen.

„Gucky soll uns den Standort der Gruppe mitteilen. Dann greifen wir mit allen vier Schiffen an. Los, John. Rufen Sie zurück!"

John Marshall schüttelte langsam den Kopf. Allmählich beruhigte sich sein Atem. Offenbar war er gerannt.

„Kein Angriff. Gucky bat ausdrücklich nur um Entsendung des gefangenen Gleamors. Redhorse soll ihn mit der Space-Jet bis auf hunderttausend Kilometer an Modul heranbringen. Dann will Gucky springen und Loor Tan mitnehmen."

„Modul ...?" fragte Atlan gedehnt.

Marshall lächelte flüchtig.

„So heißt der Dunkelplanet. Guckys telepathischer Botschaft war zu entnehmen, daß er auf ein intelligentes Wesen mit dem Namen Baar Lun gestoßen ist. Dieser Baar Lun hätte ihn beinahe getötet. Aber er ist nicht unser Gegner."

„Das verstehe ich nicht", murmelte Rhodan. „Warum wollte dieses Wesen Gucky töten, wenn es nicht unser Gegner ist?"

„Ich weiß es auch nicht. Gucky hatte nicht viel Zeit. Er wollte noch eine Meldung über Hyperkom geben, weil die telepathische Verbindung sehr unsicher ist. Bisher hat er immer vergeblich nach mir gerufen."

„Meldung von der Funkzentrale", sagte Icho Tolot. Die Stimme des Giganten dröhnte noch lauter als sonst. Er konnte seine Freude nicht unterdrücken.

Rhodan aktivierte den Interkom und schaltete die beiden Zusatzlautsprecher ein, als Guckys Meldung durchgegeben wurde.

Danach blickten sich Atlan, Marshall, Tolot und Rhodan stumm in die Gesichter. Sie fühlten, wie sehr ihre Gedanken übereinstimmen, obwohl nur zwei von ihnen Terraner waren.

Endlich brach Rhodan das Schweigen, indem er sagte:

„Atlan, du wirst bitte mit Tolot zusammen einen Angriffsplan entwerfen. John, Sie kommen bitte mit. Wir müssen mit Loor Tan sprechen." Vor dem Lifteinstieg wandte er sich noch einmal um. „Atlan, gib Redhorse Bescheid, daß in zehn Minuten ein neuer Einsatz beginnt!"

31.

Der Mausbiber sprang sofort zu Hendersons Gruppe zurück, nachdem er den Funkspruch abgesetzt hatte.

Er sah auf den ersten Blick, daß ihre Lage hoffnungslos geworden war. Die Androidenmonstren griffen nicht mehr nur von einer Seite an, sondern hatten von einer zweiten Höhle aus einen Durchbruch geschaffen. Nur mit Hilfe der beiden tragbaren Desintegratorgeschütze konnte die Gruppe sich halten. Auf dem relativ eng gewordenen Raum wäre der Einsatz von Impulswaffen Selbstmord gewesen.

Gucky watschelte zu Henderson. Der Captain stand neben einem der Desintegratoren, der von Burdick und Eyseman bedient wurde. Der hauchzarte, kaum erkennbare Waffenstrahl schoß flimmernd auf die heranquellende Masse der Ungeheuer zu. Dort, wo er traf, löste sich die Kristallfeldstruktur des betreffenden Körpers augenblicklich in grüne Schwaden molekularen Gases auf. Aber mit bornierter Sturheit drangen die nächsten Androiden nach. Ihre Anzahl mußte gewaltig sein, und einmal würden sie die Verteidigung einfach erdrücken. Schon jetzt gewannen sie allmählich an Boden, wenn auch nur zentimeterweise.

„Wir müssen umziehen!" stellte der Mausbiber fest.

Henderson lachte heiser.

„Natürlich, Kleiner. Zeige mir die Tür, durch die wir hinausgehen können!"

„Schon mal etwas von Teleportieren gehört?“ gab Gucky spitz zurück.

„Ich kenne einen Platz, an dem wir einige Zeit ungestört sein werden. Nun, wie ist es?“

„Hm! Hoffentlich liegt der Platz nicht wieder auf Greenish-7. Immer werden uns die Kristalle . . .“

„Richtig, Kistalle!“ sagte Gucky. „Du erinnerst mich an etwas. Dort liegt ein Kristall. Ich werde ihn wegbringen müssen, bevor ihr dort einzieht. Ach was, ich stecke ihn einfach in eine Tasche. Wenn man ihn nicht sieht, passiert überhaupt nichts.“

Sven Henderson richtete sich auf. Der Lichtkegel seiner Helmlampe wies auf die Decke der Höhle. Deutlich waren einige Risse zu erkennen, die vor einigen Minuten noch nicht dagewesen waren.

„Ich glaube, du mußt dich sehr beeilen, Gucky.“

Der Mausbiber konzentrierte sich auf die niedrige Halle im Felsgestein Moduls, die ihn während der ersten Phase der „Operation Dunkelwelt“ so arg in Verlegenheit gebracht hatte. Dann teleportierte er.

Die Halle war so leer, wie er sie in Erinnerung behalten hatte. Nur der einzelne Illusionskristall lag noch in der Mitte. Jetzt brauchte Gucky nicht mehr zu rätseln, woher der Kristall gekommen war. Die Verbindung zwischen Greenish-7 und Modul war offenbar geworden.

Rasch schob er ihn in eine Außentasche seines Kampfanzuges. Dann sprang er zu Henderson zurück. Die Risse in der Decke waren unterdessen zu klaffenden Spalten geworden. Ab und zu kroch der verformte Arm eines Androiden gleich einem fingerdicken Schlangenleib daraus hervor und versuchte, sich an einem der Männer festzuklammern.

Der Mausbiber stellte befriedigt fest, daß Henderson die Evakuierung gut organisiert hatte. Die Desintegratoren waren nur noch von jeweils einem Mann besetzt, und Henderson selbst hantierte an einer Sprengladung herum.

Gucky ergriff die beiden freigewordenen Männer. Es waren Taka Hokkado und Finch Eyseman. Er sprang in die Halle und kehrte sofort wieder zur Höhle zurück. Henderson riß ihn zur Seite, kaum daß er materialisierte. Dicht neben ihnen prasselten Eisblöcke herunter. Der Captain schoß mit Narkosestrahlen auf den pendelnd herabtauchenden Riesenarm. Das Plasmagebilde begann zu zittern und erstarrte.

„Burdick und Tudd, los!“ befahl Henderson.

Die beiden Männer wollten die Desintegratorgeschütze mitnehmen, doch der Captain winkte ab.

„Keine Zeit dafür!“

Der Mausbiber fragte nicht lange und brachte auch Burdick und Tudd in die Halle. Nur insgeheim dachte er an Major Bernards Gesicht, wenn der Verlust der Waffen gemeldet wurde.

Als er erneut in der Höhle auftauchte, führte Henderson einen verzweifelten Kampf gegen die nun von drei Seiten vordringenden Ungeheuer. Wäre Gucky eine Sekunde später gekommen...

In der Eile verkalkulierte der Mausbiber sich um einen Meter. Aneinandergeklammert stürzten er und der Captain auf den harten Boden der Halle. Gucky rieb sich das geprellte Hinterteil und humpelte zu einem halbgeleerten Proviantsack.

„Komische Höhle hier“, stellte Bron Tudd abfällig fest. „Vollkommen dicht. Aber Luft gibt es hier nicht. Wozu das?“

Der Mausbiber vergaß seine Schmerzen und richtete sich auf. Brons Bemerkung hatte seine Neugierde wieder geweckt. Noch ein wenig hinkend, ging er eine der Wände ab.

Plötzlich blieb er stehen.

„Kommen Sie her, Henderson! Ich glaube, ich habe eine Tür gefunden. Vielleicht läßt sie sich öffnen.“

Der Captain ging auf das „Sie“ ein. Bei Gucky wechselte die Form der Anrede beständig, und man tat gut daran, sich anzupassen.

„Warum teleportierten Sie nicht einfach auf die andere Seite?“

„Schlechte Erfahrungen!“ kommentierte der Mausbiber kurz angebunden. „Strengen Sie Ihren Grips auch mal ein wenig an, Captain. Hier ist eine ovale Stelle, die sich ein wenig von der Umgebung abhebt. Das könnte ein Wärmeschloß sein, nicht wahr?“

„Hm!“ machte der Captain und preßte die Hand auf den hellen Fleck. Er hatte wohl nicht damit gerechnet, daß das Schloß noch funktionierte, denn er sprang mit einem Satz zurück, als die Tür seitlich in die Wand schnellte.

Die Männer des Kommandotrupps bewiesen ihre übernormale Reaktionsschnelligkeit, indem sie fast im gleichen Augenblick flach auf dem Boden lagen und die Waffe auf die offene Tür gerichtet hielten.

Der andere Raum lag im Dunkeln.

Sven Henderson nestelte an seinem Gürtel, dann schleuderte er einen kleinen eiförmigen Gegenstand durch die Öffnung.

„Lampen aus!“ befahl er.

Eine zuckende Flamme erschien im Dunkel des Nebenraumes. Dann breitete sich gleichmäßig Helligkeit von einem Punkt aus und beleuchtete jeden Winkel.

Das Licht war grausam und unerbittlich. Es nahm keine Rücksicht auf Gefühle oder Pietät. Erbarmungslos legte es den Inhalt einer riesigen Gruft bloß. Die Tausende von Leibern wirkten wie Schlafende. Nur die eisbedeckten, weitoffenen Augen straften diesen ersten Eindruck Lügen.

Im Schein der Leuchtbombe traten die Männer einer nach dem anderen durch die offene Tür. Sie hielten die Waffen mit spitzen Fingern, als schämten sie sich, bewaffnet in die Ruhestätte im Fels zu treten. Finch Eyseman schob den Kombistahler mit einem Ruck ins Halfter zurück. Er faltete die Hände.

Einige Minuten verharrten sie schweigend. Dann wandte Gucky sich um.

„Sie sind keines natürlichen Todes gestorben“, flüsterte er. „Man hat sie ermordet und dann in diese Vakuum-Kammer gebracht.“

Leutnant Eysemann schluckte.

„Sie sehen aus wie Baar Lun, nicht wahr?“

Gucky nickte stumm.

„Die Meister der Insel haben das ganze Volk der Moduls ausgerottet – bis auf den einen, den sie für ihre scheußlichen Pläne mißbrauchten. Es ist wohl die abscheulichste Heuchelei, daß sie Baar Lun mit dem Hinweis auf sein Volk erpreßten, obwohl sie es längst ausgerottet haben.“

„Auch Baar Lun wird das erkennen ...“, murmelte Ray Burdick.

„Wie?“ fuhr Eyseman auf. „Sie wollen ihn doch nicht etwa hierher bringen? An das Grab seines Volkes?“

„Es muß sein“, erwiderte Leutnant Burdick ernst. „Gewiß, es erscheint grausam. Aber grausamer wäre es, die Wahrheit zu verschweigen. Wenn Baar Lun den ersten Schock überwunden hat, wird er erkennen, daß er frei ist, frei von dem jahrelangen oder jahrzehntelangen Druck – und frei von dem Zwang, Ungeheuer zu produzieren.“

„Burdick hat recht“, sagte Henderson. Wenn Baar Lun *das* gesehen hat, ist Andro-Beta gerettet. Auch das müssen wir bedenken.“

„Das sehe ich ein", flüsterte Finch. Fester fügte er hinzu: „Dennoch sollten wir auf die Gegenüberstellung mit Loor Tan nicht verzichten. Anders bekommt Gucky ihn nicht hierher."

Der Mausbiber nickte und sah auf seine Uhr.

„In vier Minuten müßte Don Redhorse eintreffen. Ich werde schon zur Oberfläche springen." Er streckte die Hand aus. „Ihren Telekom bitte, Captain."

Henderson reichte ihm das flache Gerät, und der Mausbiber verschwand.

„Hoffentlich finden uns die Androiden nicht so bald", murmelte Taka.

Die Roboter hatten Verdacht geschöpft.

Ich wußte nicht, wie es den Maschinen möglich war, die Zeit zu registrieren, in der ihre Positronengehirne zur Inaktivität verurteilt worden waren. Vielleicht hatte die Störstrahlung der Wandlerbänke nicht ausgereicht, ihr Bewußtsein völlig auszuschalten – oder sie besaßen so etwas wie ein positronisches Unterbewußtsein.

Jedenfalls bewiesen ihre Handlungen, daß sie mißtrauisch geworden waren. Sie stellten Posten an allen Geräten auf. Danach marschierten einzelne Abteilungen in die Waffenkammern. Mit überschweren Strahlwaffen und fahrbaren Schnellfeuer-Raketengeschützen kamen sie wieder zum Vorschein. Ein Teil von ihnen ließ sich von den Transmittern zur Oberfläche befördern, die anderen verschwanden durch die Lasten-Liftschächte. Offensichtlich bereiteten sie sich auf eine Verteidigung der Kontrollstation vor.

Mich ignorierten sie völlig – oder doch fast völlig.

Zwei der riesigen Kampfmaschinen begehrten Einlaß in meinen Kontrollraum. Mir blieb nichts anderes übrig, als die Tür zu öffnen. Schritt um Schritt wich ich vor den Robots an die gegenüberliegende Wand zurück. Ich bereitete mich darauf vor, die Energie von Strahlschüssen zu transformieren. Allerdings gab ich mich keinen Illusionen hin. Wenn beide Roboter zur gleichen Zeit schossen, überstieg der Energieanfall meine Transformkapazität bei weitem.

Doch sie beachteten mich überhaupt nicht. Einer von ihnen blieb stehen und starrte mich mit seinen rötlich schimmernden Augenzellen ausdruckslos an. Der andere stellte seinen Strahler auf Minimal-Kapa-

zität und gab einen Schuß auf die Schaltung für Androidensteuerung ab. Das genügte, um das Gerät für immer unbrauchbar zu machen. Danach wandten die Maschinen sich um und verließen mich wieder.

Ich war einigermaßen ratlos.

Warum hatten sie das getan? Wenn sie mir mißtrauten, hätten sie mich doch nur zu arretieren brauchen. Dann wäre ich nicht in der Lage gewesen, die Androiden-Aktion abzubrechen. Aber die Roboter hätten jederzeit in die Handlungen der Monstren eingreifen können. Weshalb beraubten sie sich dieser Möglichkeit?

Ich konnte mir das unlogisch scheinende Vorgehen nicht anders erklären, als daß die Roboter nach dem Schema einer Sicherheitsschaltung handelten.

Gerade als mir auffiel, daß die Meister der Insel sich lange nicht mehr gemeldet hatten, begann das bekannte Signal zu schrillen. Überall, in jedem Raum der Kontrollstation, ertönte es. Die Herren Andromedas warteten nicht gern.

Ich fuhr auf dem Gleitband bis zum Landeschacht. Dort endete das Band. Ich mußte die Halle des Landeschachtes passieren, um zum Kommunikationsraum zu gelangen. Mir war eigentümlich zumute, als ich zwischen den Robot-Posten hindurchging. Aber die Maschinen beachteten mich nicht.

Vor dem Eingang zum Kommunikationsraum legte ich eine Pause ein. Ich spürte die Erregung, die mich ergriffen hatte. Wahrscheinlich zitterte ich am ganzen Körper. Ich bangte um die Zukunft meines Volkes.

Der Gedanke daran gab mir meine ruhige Überlegenheit wieder. Keinesfalls durften die Meister etwas von meiner Angst spüren. Ich mußte mich geben wie sonst.

Als ich den hallenartigen Raum betrat, schloß ich geblendet die Augen. Von den zahlreichen Wandbildschirmen blickten rotleuchtende, schwebende Kugeln auf mich herab. „Blickten" war vielleicht nicht der richtige Ausdruck, denn die Kugeln besaßen keine Augen. Dennoch war ich sicher, daß sie mich sahen.

Niemals zuvor waren diese leuchtenden Kugeln als Gesprächspartner aufgetreten. Ich spürte, wie das kalte Entsetzen meinen Nacken heraufkroch.

Waren das die Meister der Insel . . .?

Ich verneinte die unausgesprochene Frage sofort. Die Herren Andro-

medas hatten es bisher vermieden, selbst auf den Bildschirmen zu erscheinen. Es gab keinen plausiblen Grund, warum sie es plötzlich anders halten sollten. So wichtig konnten weder ich noch die Kontrollstation Modul in ihren Augen sein.

„Baar Lun“, sagte eine kalte, unmodulierte Robotstimme, „zweimal hat die Automatenwarnung angesprochen. Sie meldete Geschehnisse, die mit der Sicherheit Moduls unvereinbar sind. Was hast du dazu zu sagen?“

Ich berichtete, soweit mir die Tatsachen unverfänglich genug erschienen, um mich nicht zu belasten. Wohlweislich verschwieg ich die Zerstörung der Androidensteuerung. Man hätte zweifellos eine Erklärung dafür verlangt, warum die Roboter mißtrauisch geworden waren.

„Die Produktion der Energiesphären und Androiden läuft planmäßig“, schloß ich meinen Bericht.

Eine Weile geschah nichts. Unbeweglich schwebten die rotleuchtenden Kugeln auf den Schirmen. Dann kam die gleiche unmodulierte Stimme und sagte:

„Der Plan entspricht nicht mehr den Realitäten, Baar Lun. Die Produktion und der Einsatz der Sphären müssen auf das Fünffache gesteigert werden – und zwar sofort. Einwände werden nicht anerkannt. Erfülle deine Pflicht, oder dein Volk ist verloren.“

Mit schwachem Klicken brach die Verbindung ab. Die Bildschirme erloschen übergangslos. Stille herrschte im Kommunikationsraum.

Mit hängenden Schultern ging ich hinaus. Die Produktion auf das Fünffache steigern – das war einfach unmöglich. Bestenfalls würde ich sie auf das Dreifache erhöhen können. Größer war die Kapazität der Biobänke nicht. Die Meister der Insel mußten das wissen. Aber vielleicht wollten sie mich nur erneut quälen, mir ihre unumschränkte Macht zeigen und mich dadurch um so willfähriger machen.

Ich wußte nicht, wie ich in meinen Kontrollraum gekommen war. Die Erregung machte mich blind für meine Umgebung.

Erst als ich eintrat und die beiden Geschöpfe entdeckte, kehrte mein Geist in die Wirklichkeit zurück . . .

Eines der beiden Geschöpfe war das Pelzwesen, das sich Gucky nannte. Es starrte mich mit seinen dunklen Augen erwartungsvoll an, wie es mir schien.

Das zweite Geschöpf glich mir völlig - bis auf einige Kleinigkeiten. Es war zartgliedriger und schlanker als ich. Sein Kopf war vollkommen kahl, während ich einen farblosen Haarfleck besaß. Der Mund war größer, die Unterlippe wulstiger. Aber vor allem unterschied es sich von mir durch seine Hautfarbe. Ich war völlig weißhäutig, nur einige hundert kleine Pigmentflecken bedeckten meinen Körper. Jenes Geschöpf jedoch besaß eine zartblaue, leicht schimmernde Haut.

Ich war erstarrt, fassungslos und unfähig zu sprechen.

Mein blauhäutiges Ebenbild schien ebenso fassungslos zu sein. Nur beherrschte es sich viel schlechter als ich. Es zitterte an allen Gliedern, und hätte das Pelzwesen es nicht gestützt, wäre es sicher umgefallen.

„Das ist Loor Tan", sagte Gucky schrill. Der Translator machte die Worte verständlich. „Loor Tan ist der Beweis, den du verlangtest, Baar Lun."

Ich atmete tief, um meinen Blutkreislauf wieder zu stabilisieren. Mir war klar, daß zwischen Loor Tan und mir eine Verwandtschaft bestand, auch wenn Umweltbedingungen gewisse erbliche Mutationen hervorgebracht haben mußten. Wenn es aber so war, dann sollte Loor Tan auch die Sprache meines Volkes beherrschen, das Maaduuna.

„Schalte bitte den Tranlator aus, Gucky!" bat ich.

Das Pelzwesen zeigte wieder einmal seinen einzigen Zahn. Anscheinend war das bei ihm ein Ausdruck der Zufriedenheit. Es kam meiner Bitte sofort nach.

Nun mußte es sich zeigen, ob Loor Tan zu meinem Volk gehörte. Ich wandte mich ihm zu und sagte langsam in Maaduuna:

„Gruß dir, Bruder! Lange habe ich nichts mehr von meinem Volk gehört."

Loor Tan riß die Augen weit auf und sank zu Boden, die Handflächen mir zugewandt.

„Ich verehre dich, Mächtiger!*" flüsterte er.*

Ich lauschte den Worten nach. Sie waren verständlich gewesen. Aber ich hatte die Bedeutung erst aus dem Zusammenhang der Worte erkannt. Nun, das war verständlich. Die Sprachelemente unterlagen ebenso entwicklungsmäßigen Veränderungen wie alles andere.

Ich richtete meine ganze Aufmerksamkeit wieder auf Gucky. Das Pelzwesen hatte davon gesprochen, daß Loor Tan ein Beweis sei. Nur – wofür, fragte ich mich.

Gucky schaltete den Translator ein, als er sah, daß ich zu ihm sprechen wollte.

„Du warst sehr leichtsinnig, in die Falle zu gehen", sagte ich ironisch.

„Ein zweites Mal wirst du nicht durch einen hyperdimensionalen Raum entkommen, Gucky. Es sei denn, du kannst mir deine Theorie wirklich beweisen. Im Augenblick sieht es jedoch danach aus, als bewiese Loor Tan genau das Gegenteil – nämlich, daß mein Volk lebt!"

„Es tut mir leid", erwiderte das Pelzwesen so leise, daß ich es kaum verstehen konnte. „Es tut mir leid, daß ich dir Schmerz bereiten muß, Baar Lun. Aber es ist notwendig, um dir deine Freiheit wiederzugeben, die die Meister dir nahmen. Bitte, stelle Loor Tan deine Fragen. Verhöre ihn meinetwegen. Aber mache dich auf eine gräßliche Wahrheit gefaßt!"

Guckys Worte hatten mich ein wenig unsicher gemacht. Dennoch glaubte ich ihm nicht. Auch ein Spion der Meister würde ohne Mühe einen Angehörigen meines Volkes vorweisen können, wenn er das für nötig hielt. Aber ich zweifelte nicht daran, daß Loor Tan sich in den Fallstricken meiner Fragen verfangen würde. Er hatte große Angst vor mir. Das gab mir von vornherein einen Vorteil.

Nachdem das Pelzwesen den Translator erneut ausgeschaltet hatte, begann ich mit dem Verhör . . .

Sehr bald bekam ich heraus, daß Loor Tan die Wahrheit sprach. Aber es war eine so furchtbare Wahrheit, daß ich mich nur mit äußerster Anstrengung beherrschen konnte.

Als Loor Tan geendet hatte, konnte ich nicht mehr an mir halten. Der Haß gegen die Meister der Insel drohte mich zu ersticken. Diese Wesen mußten die größten Teufel sein, die die Schöpfung hervorgebracht hatte.

Es traf mich wie ein Hammerschlag, als ich endgültig erkannte, daß es gerade „meine" Geschöpfe waren, die die Überlebenden meines Volkes ausgelöscht hatten. Androidenmonster, die ich im Auftrag der Meister der Insel zum Leben erweckt hatte. Alles in mir schrie vor Verzweiflung. Obwohl mir eine innere Stimme versichern wollte, daß ich für die Taten dieser Androiden nicht verantwortlich war, da sie, nachdem sie von Modul weggebracht worden waren, nicht mehr unter meiner Kontrolle standen, war ich nicht in der Lage, meine Gefühle in geordnete Bahnen zu lenken. Ich habe diese Monster erschaffen! Was spielte es dabei schon für eine Rolle, daß sie an ihrem Einsatzort von jemandem anderen gelenkt und auf ihre spezielle Tätigkeit programmiert wurden!

Meine Muskelvenen und -arterien pumpten das Blut wie rasend durch *den Körper. Rote Kreise begannen vor meinen Augen zu tanzen. Ich wußte nicht mehr, was ich tat. Mit einer Kraft, wie sie nur unbändiger Haß verleiht, begann ich Deckplatten vom Kontrollpunkt zu reißen, Instrumente zu zertrümmern und Kabel zu zerfetzen. Wahrscheinlich habe ich dabei geschrien wie ein Wahnsinniger, denn hinterher war ich völlig heiser.*

Endlich zwang mich die Erschöpfung einzuhalten. Ich sank kraftlos in meinen Sessel und atmete schwer. Mein Wutanfall hatte mich geschwächt; gleichzeitig jedoch hatte er mir psychische Erleichterung verschafft.

Als mein Atem wieder ruhiger ging und das Blut nicht mehr in den Ohren rauschte, hob ich den Kopf und blickte Gucky an. Stockend und leise sagte ich zu ihm:

„Ich bin geneigt, die . . . Wahrheit zu glauben, so furchtbar . . . sie auch ist. Aber . . . Loor Tan berichtete mir nur von einer . . . degenerierten Seitenlinie meines Volkes. Über die Verbannten von . . . Modul wußte er nichts. Wie könnte ich mich gegen die Unterdrücker wenden, solange sie den Rest meines Volkes als Pfand haben . . .“

Gucky sah mich lange an. Dann schüttelte er den Kopf.

„Selbst wenn es so wäre – wir könnten den Rest deines Volkes vor dem Untergang bewahren. Unsere Kampfschiffe sind stark genug, Modul in einer Blitzaktion zu besetzen. Aber leider irrst du dich. Es gibt außer dir keinen Modul mehr. Loor Tan können wir nicht rechnen. Der Teil deines Volkes, der auf Modul lebte, ist schon lange tot.“

„Das kann ich nicht glauben!“ begehrte ich auf – und ich wußte doch schon, daß meine letzte Hoffnung zerschlagen war.

„Dann folge uns, Baar Lun. Du hast ein Recht darauf, den letzten Beweis zu sehen.“

Ich lachte bitter.

„Selbst wenn ich wollte – ich kann nicht aus der Kontrollstation hinaus. In dieser Hinsicht haben die Roboter sehr strenge Anweisungen.“

Das Pelzwesen watschelte unbeholfen auf mich zu. Den Gleamor – wie er Loor Tan nannte – zog er hinter sich her. Gucky ergriff meine Hand, und ich ließ es nach anfänglichem Widerstreben geschehen.

„Wir werden teleportieren“, sagte er. „Ich kann euch beide mitnehmen.“

Ich stimmte zu. Mir war ohnehin alles gleich. Wenn ich umkam, was war damit schon verloren!

„So solltest du nicht denken“, widersprach Gucky tadelnd. Erklärend fügte er hinzu: „Wundere dich nicht: ich kann Gedanken lesen. Praktisch bin ich ein Para wie du auch, nur meine Fähigkeiten sind anderer Art. Kopf hoch, Baar Lun. Wenn du schon dein Volk nicht retten kannst, so solltest du wenigstens mithelfen, daß seine Mörder bestraft werden können.“

„Ich werde mein Volk rächen“, murmelte ich.

„Nicht rächen“, verbesserte Gucky, „sondern richten wollen wir die Verbrecher.“

Er packte fester zu. Der kleinen Hand hätte ich soviel Kraft niemals zugetraut.

Dann verschwamm die Umgebung vor meinen Augen – und im nächsten Augenblick fand ich mich in einer Blase aus Energie wieder.

„Ruhig Blut!“ sagte Gucky. „Die Energieblase ist notwendig, denn wir befinden uns im Vakuum.“

Ich sah mich um. Fünf in Vakuumanzüge gehüllte Wesen standen abwartend in dem kahlen Raum. Die Ähnlichkeit zwischen ihnen und mir verblüffte mich. Nur die Gesichter hinter den Helmscheiben zeigten Abweichungen.

Einer von ihnen schaltete an einem Gerät. Die Energieblase mit Gucky, Loor Tan und mir schwebte auf eine Öffnung zu, auf eine Tür in der Wand. Jemand warf einen Gegenstand in den dahinterliegenden Raum. Gleich darauf wurde es hell.

Das Entsetzen schüttelte mich. Aber ich hatte nicht mehr die Kraft zu einem neuen Zornesausbruch. Vielleicht gelang es mir auch nur, mich besser zu beherrschen als zuvor, da der Anblick nicht überraschend kam.

Nun war es endgültige, unwiderrufliche Gewißheit: die Bestien aus Andromeda hatten nie die Absicht gehabt, mein Volk am Leben zu lassen. Ihnen genügte es, daß sie mich erpressen konnten. In jenen Augenblicken wurde ich hart. Wer wäre das angesichts der Toten und dem Offenbarwerden der scheußlichen Lüge nicht geworden!

Hier, in der Gruft, schwor ich den Meistern der Insel Rache.

Niemand sprach. Niemand unterbrach meine düsteren Gedanken und meine Trauer. Ich selbst war es, der sich nach einer halben Ewigkeit umwandte und sagte:

„Ich stehe von nun ab auf eurer Seite. Alles, was ich tun kann, euch zu helfen, das werde ich tun. Nicht nur, weil wir einen gemeinsamen Feind haben, sondern weil ihr in eurem Fühlen und Denken verwandt mit mir seid."

32.

Wir waren in die Kontrollstation zurückgekehrt. „Wir", das waren der Mausbiber Gucky, ein junger Terraner, der sich Finch Eyseman nannte, sowie ich, Baar Lun.

Es war immer noch ein seltsames Gefühl, wenn der Mausbiber meine Hand ergriff und wir dann durch den hyperdimensionalen Raum teleportierten. Ich erkannte, wie sehr ich dieses Pelzwesen anfänglich unterschätzt hatte. Es schien sogar unter den terranischen Kommandoleuten eine bevorzugte Sonderstellung einzunehmen. Jedenfalls wurden seine Anweisungen widerspruchslos befolgt. Ich war froh, daß er mir nichts nachtrug.

Wir waren auf alles gefaßt, als wir in meinem Kontrollraum materialisierten. Gucky und Finch wirbelten mit schußbereiten Waffen herum und suchten jeden Winkel des Raumes ab. Auch mir hatte einer der Terraner eine Waffe gegeben, einen kleinen Strahler, der jedoch von furchtbarer Wirkung sein sollte. Ich war entschlossen, diese Waffe anzuwenden.

Doch wir waren allein. Kein Roboter hatte meinen Kontrollraum betreten. Nur die Robotposten standen überall in der gewaltigen Produktionshalle.

Ich lachte leise, als ich die Liftplatte erblickte. Sie schwebte reglos dicht über dem Boden der Halle. Zwei schwerbewaffnete Roboter standen daneben. Anscheinend sollten sie Sabotageakte verhindern. Nun, wenn die Sabotage von mir ausging, würden sie gar nichts verhindern können. Sie mußten mich zum Sphären-Lenkraum lassen, sollte die Produktion von Androiden und der Einsatz der Sphären nicht lahmgelegt werden. Und sie konnten mich nicht kontrollieren. Die Antigravplattform trug keinen Roboter!

„Du solltest dich nicht unnötig einer Gefahr aussetzen, Baar Lun", sagte Gucky.

Offenbar hatte er wieder in meinen Gedanken gelesen.

„Ich verstehe", erwiderte ich. „Aber diesmal möchte ich noch auf die Teleportation verzichten. Ich muß eine Neueinstellung der Maschinen vornehmen, wenn ich die Produktion neuer Androiden und Sphären verhindern soll. Das wird auf jeden Fall bemerkt – auch von den Robotern. Sie würden sofort argwöhnisch werden, wenn sie mich nicht im Lenkraum wüßten. Nein, ich gehe lieber zu Fuß."

Finch Eyseman räusperte sich durchdringend, als ich zur Tür schritt.

„Ich würde den Kombistrahler hierlassen, Baar Lun."

Verlegen legte ich die Waffe auf eine Kontrollbank. Beinahe hätte ich eine Dummheit begangen. Die Roboter wußten, daß ich keine Waffe besaß . . .

„Was geschieht, wenn wir in den Lenkraum teleportieren?" fragte Gucky und deutete dabei auf sich und den Offizier.

„Was soll geschehen?"

„Gibt es keine Alarmanlage dort?"

„Nein. Wenn Sie vorausteleportieren wollen – ich habe nichts dagegen."

Der Mausbiber nickte mir zu und ergriff Eysemans Hand. Bevor ich die Tür geöffnet hatte, waren beide verschwunden. Sie hatten sogar meine Waffe mitgenommen.

Die beiden Roboter blieben reglos stehen, als ich vor der Liftplatte ankam. Ich stellte mich auf die Plattform und blickte die Maschinen höhnisch an.

„Na, wollt ihr nicht mitkommen?"

Sie rührten sich nicht. Nur der eine von ihnen schnarrte mit mechanischer Stimme:

„Wir bedauern, Baar Lun. Aber unser Gewicht ist zu groß."

Ich lachte noch, als ich bereits in die Halbkugel des Lenkraumes kletterte.

„Sie sind sehr leichtsinnig", bemerkte Finch Eyseman.

„Warum?" gab ich zurück. „Diese Roboter sind nicht in der Lage, Gefühle zu deuten. Gelächter stellt für sie nur eines von vielen scheinbar sinnlosen Geräuschen dar, wie sie organische Wesen von sich geben."

„Hoffentlich!" erwiderte Eyseman kurz angebunden. Ich las ihm die Sorge vom Gesicht ab. Tatsächlich, er sorgte sich um mich!

„Bitte, stören Sie mich jetzt nicht!" bat ich, während ich in die Sitzschale stieg. „Ich muß mich völlig auf meine Aufgabe konzentrieren."

Zum erstenmal, seit ich hier arbeitete, gab ich mich willig dem technischen Hypno-Effekt der Lichtmuster hin. Meine Finger huschten über das Schaltbrett und stellten die zeitlose Verbindung zwischen den Energiesphären und den Androidenpiloten her. Die Befehlserteilung ging völlig lautlos vor sich. Die Maschine erfaßte meine Gedankenmuster, wandelte meine Willensäußerung in überlichtschnelle Kodeimpulse um und jagte sie in der Form von Symbolsprüchen aus den Antennen.

Millionen von Sphärenpiloten erhielten den zwingenden Befehl, die Vernichtungsaktion gegen Andro-Beta abzubrechen und in den Leerraum zurückzukehren, wo sie sich selbst vernichten sollten. Die Androiden würden weder in der Lage sein, mißtrauisch zu werden, noch sich gegen die eigene Vernichtung aufzulehnen, der sie ja ohnehin geweiht waren. Ihre künstliche Instinktintelligenz reichte nur zur Ausführung von Befehlen.

Die zurückführenden Kontrollimpulse bewiesen mir im nächsten Augenblick, daß meine Befehle befolgt wurden. Auch die Energiesphären, die bis dahin Modul abgeschirmt hatten, setzten sich in Bewegung und eilten der angegebenen Stelle der Vernichtung zu.

Ich war erschöpft, als ich damit fertig war. Zugleich jedoch fühlte ich den Druck von meiner Brust weichen. Erstmals hatte ich meine Fähigkeiten für einen sinnvollen Zweck anwenden dürfen.

Aber noch war die Aufgabe nicht beendet.

Wieder tanzten die Lichtmuster vor meinen Augen, wieder sank ich in einen Trancezustand.

Ich durfte die Produktion der Androidenmonstren nicht völlig unterbrechen. Die Meister der Insel würden zweifellos durch die Automatwarnung davon erfahren. Aber ich konnte mit der Gabe der Energietransformation die neuentstehenden Monstren so beeinflußen, daß sie keiner Handlung mehr fähig waren. Was die Biobänke verließ, würde von jetzt an nur noch äußerlich künstlichen Wesen gleichen. In Wahrheit würde es nur eine tote Masse sein.

Taumelnd erhob ich mich. Finch Eyseman hielt meinen Arm und musterte besorgt mein Gesicht.

„Fertig!" gab ich bekannt. Ich lachte humorlos. „Leider kann ich

die auf Modul herumkriechenden Monstren nicht mehr beeinflussen. Mit denen müßt ihr selber fertig werden."

„Keine Bange!" stieß Gucky hervor. „Iwan Goratschin wird unter ihnen aufräumen."

Ich wußte zwar nicht, wer oder was Iwan Goratschin war, aber ich vertraute Guckys Zusicherung. Die Terraner, wie sich die modulähnlichen Wesen nannten, entwickelten eine unglaubliche Aktivität. Wenn es ein Volk gab, das mit den Meistern der Insel fertig werden konnte, dann waren sie es.

Ich streifte meinen Vakuumanzug über, den ich im Sphären-Lenkraum aufbewahrte. Dann ergriff ich die kleine Hand des Mausbibers.

„Beeilen wir uns", sagte ich. „Bald werden die Roboter merken, was hier gespielt wird. Dann beginnt die Hölle."

Perry Rhodan schaltete den Hyperkom aus und griff nach dem Mikrophon des Interkoms. Auf der Bildscheibe erschien Oberst Cart Rudos breites Epsalergesicht. Die gespannte Miene redete von langem Warten auf diesen Augenblick. Die Stimme klang dennoch beherrscht, wenn auch in der gewohnten Lautstärke.

„Ihre Befehle, Sir ...?"

„Angreifen – und Feuerschlag auf feindliche Abwehrforts. Beim ersten Anflug Raumzerstörer ausschleusen. Zerstörer haben feindliche Stellungen durch Punktfeuer auszuschalten. Beim zweiten Anflug Vernichtungsschläge gegen die restlichen Abwehrforts – gleichzeitig Korvetten und Jets ausschleusen. Landekommandos gegen bekannte Schlüsselpunkte einsetzen. Bitte folgenden Hinweis beachten, Oberst: Wir kämpfen nur gegen Roboter und seelenlose Androiden. Dementsprechend kompromißlos handeln, um die eigenen Leute zu schonen. Ist Standort der Gruppe Henderson bekannt?"

Cart Rudos Gesicht entspannte sich zu einem grimmigen Lächeln.

„Ist bekannt. Habe alles verstanden. Beginn, Sir?"

Perry Rhodan warf einen Blick zur Uhr. Dann erwiderte er Rudos Lächeln.

„Operation Schlußpunkt beginnt genau 3.44 Uhr Bordzeit. Machen Sie Ihre Sache gut, Oberst!"

„Danke. Hals- und Beinbruch, Sir. – Bitte, seien Sie vorsichtig!"

Rhodan erhob sich und wandte sich zu Atlan um.

Der Arkonide lächelte befreit.

„Endlich geht es los, Perry. Hoffen wir, daß Modul die letzte Festung der Meister der Insel im Raume Andro-Beta ist.“

„Das hoffen wir alle, Freund. Wo sind die anderen? Schon in Redhorses Space-Jet?“

„Nur wir beide fehlen noch, Perry.“

Rhodan nickte und ließ seinen Blick noch einmal durch den Saal schweifen, der die Hauptzentrale der CREST II war.

„Beeilen wir uns. In zehn Minuten gibt Rudo das Angriffssignal.“

Während ihrer Fahrt über die Gleitbänder begegneten sie zahllosen Soldaten und Offizieren, die zu ihren Gefechtsposten eilten. Perry Rhodan erwiderte die Grüße und musterte die Gesichter der Männer. Sie waren ernst, fast alle Leute der CREST besaßen Kampferfahrung und wußten, daß sie nicht zu einem Spazierflug starteten. Aber aus allen Gesichtern leuchtete der Wille, die Erde und die Menschheit zu verteidigen, wo auch immer das sein würde.

Die Space-Jet 102 befand sich bereits im Vorraum der Hangarschleuse. Soeben erst hatten Wartungstechniker und Reparaturroboter die Überholung beendet, wie sie nach jedem harten Einsatz üblich war. Das Fahrzeug glänzte wie neu. Die Besatzung und die „Passagiere“ waren zehn Meter vor dem offenen Mannluk der Bodenschleuse angetreten. Rhodan und Atlan grüßten stumm und stellten sich daneben auf.

Melbar Kasom und Icho Tolot ragten gleich Türmen aus den anderen hervor. Tolot glich einem Tank auf zwei Beinen, während Kasom eher mit einem wohlproportionierten Riesen zu vergleichen war. Diese beiden Kämpfer waren für mindestens zwanzig Mann gut. Nur Iwan Iwanowitsch Goratschin, der Zündermutant mit den beiden Köpfen, kam annähernd an Kasoms Körpergröße heran. Doch Goratschins Vorzüge waren nicht physischer Natur. Der Mutant war in der Lage, durch Konzentration seiner Geistesströme beliebige Kohlenstoff- oder Kalziumverbindungen zum explosionsartigen Fusionsprozeß anzuregen. Doch nichts hätte ihn dazu verleiten können, seine Macht zu mißbrauchen. Gerade deshalb war er Rhodan so ergeben; er wußte, daß der Großadministrator die gleichen ethischen Grundsätze besaß wie er selbst.

Die Gesichter seiner beiden Köpfe lächelten zuversichtlich, als sie Rhodans Blick begegneten.

Als die Techniker und Roboter die Space-Jet verlassen hatten, stiegen die Männer ein. Perry Rhodan ließ der Besatzung den Vortritt. Dann erst folgte er an der Spitze des elf Mann starken Einsatzkommandos. Sie nahmen im Laderaum Platz. Zwei Shifts standen bereit. Aber nur jeweils drei Mann kletterten in die Flugpanzer. Rhodan, Atlan, Kasom, Tolot und Goratschin blieben draußen. Sie würden die Oberfläche Moduls nur in ihren Kampfanzügen betreten. Ihre Aufgabe war, gemeinsam mit den Einsatzkommandos weiterer vier Space-Jets und einer Korvette zum Versteck der Henderson-Gruppe vorzustoßen und von dort einen Weg in die Kontrollstation zu suchen.

Eine Minute nach dem Schließen des Mannschotts meldete sich Don Redhorse über Mikrokom.

„Die Aktion beginnt, Sir. Die CREST beschleunigt bereits mit Höchstwerten."

Rhodan dankte lächelnd. Das Brüllen der Triebwerke und die Vibration drangen auch bis zum Laderaum vor.

Noch fünf Minuten vergingen, dann mischte sich unter die Triebwerksgeräusche der dumpfe Trommelwirbel schwerer Energiegeschütze.

Der Kampf um Modul hatte begonnen!

Am liebsten hätten die Terraner schon jetzt versucht, die Tür hinter der Gruft aufzubrechen. Ich hatte davon abgeraten. Wie gut dieser Rat gewesen war, wurde wenige Augenblicke darauf offenbar.

Die Roboter mußten gemerkt haben, daß die Biobänke nur noch wertlose und tote Gebilde lieferten. Jedenfalls berichtete Gucky von seinem Beobachtungsposten an der Oberfläche, daß die Geschützkuppeln der Abwehrforts ausgefahren wurden und Kampfroboter aus zahllosen Schleusen ausschwärmten.

Man suchte uns – oder zumindest mich.

Ich fragte mich, ob die Meister der Insel bereits über meine Sabotage informiert waren, und wenn, was sie jetzt unternehmen würden. Doch wenn sie einen Schlag gegen Modul planten, kamen sie zu spät.

Der Mausbiber materialisierte in unserem Versteck und berichtete. Demnach hatte er die Nachricht erhalten, daß der Angriff der terranischen Raumschiffe unmittelbar bevorstehe.

„Du wirst sehen", wandte er sich mit glänzenden Augen an mich, „in

einer Stunde ist der ganze Spuk vorbei. Wenn vier Superschlachtschiffe zuschlagen, werden die Robotforts glatt hinweggefegt.“

Ich lächelte nachsichtig. Inzwischen hatte ich herausgefunden, daß das kleine Pelzwesen Übertreibungen liebte.

„Selbst wenn das stimmt“, gab ich zu bedenken, „bleiben immer noch die Fabrikationsanlagen unter der Oberfläche, die Roboter und die Androidenmonstren.“

Gucky winkte mit schrillem Auflachen ab.

„Die Roboter nehme ich mir allein vor. Hast du schon einmal fliegende Robots gesehen, Baar Lun? Ich meine solche, die nicht aus eigener Kraft fliegen?“

Verständnislos blickte ich ihn an. Wollte er mich zum Narren halten? Diese Übertreibung war doch ein wenig zu stark. Er beantwortete meine stumme Frage nicht. Erst später sollte ich erfahren, daß er in diesem Punkte nicht übertrieben hatte.

Als die erste Erschütterung durch den Boden lief, sprangen wir alle auf. Keine Atmosphäre trug den Schall zu uns, aber wir brauchten die Explosionen nicht zu hören; wir fühlten sie.

Immer heftiger wurden die Beben. Der Raum, in dem wir uns befanden, schwankte hin und her. Ich fürchtete schon, der Planet würde bersten. Doch die Männer warfen mir beruhigende Blicke zu. Meine Achtung vor den Waffen der Terraner stieg. Sie hatten nur vier Schiffe. Außerdem schonten sie unseren Standort, wie ich von Gucky wußte. Dennoch zitterte der ganze Planet unter den intervallartigen Feuerschlägen. Sand, Staub und Gesteinskrümel rieselten von der Decke.

Ruckartig brachen die Erschütterungen ab. Fragend blickte ich zu dem Mausbiber hinüber. Er saß, bequem an die Wand gelehnt, auf dem Boden und blinzelte mir zu.

Erst da merkte ich, daß meine Glieder vor Erregung zitterten. Ich begann schallend zu lachen. Das erleichterte mich.

Einer der Einsatzleute stiefelte auf mich zu und blickte mir durch die Helmscheibe ins Gesicht. Ich erkannte ihn. Es war Bron Tudd, der Mann mit dem Narbengesicht.

„Du bist sehr kitzlig, wie?“ fragte er mit seiner rauhen, stets etwas ironisch klingenden Stimme. „Ich kenne da ein gutes Gegenmittel.“ Er öffnete den Mund und zeigte mir die schwarze, zerkaute Rolle darin. „Kautabak, Freund!“

„Pfui, wie gräßlich“, sagte ich. Worauf alle in brüllendes Gelächter ausbrachen. Bron zog sich knurrend zurück.

„Gönnt doch dem Baby den Lutscher!“ schrie Taka, der Gelbgesichtige.

Bron Tudd brüllte etwas zurück, doch niemand hörte mehr darauf. Wieder begannen die Wände zu schaukeln. Der Boden bedeckte sich noch mehr mit Staub.

Henderson, der Führer des Einsatztrupps, erhob sich schwerfällig.

„Es ist soweit!“ sagte er mit seiner dröhnenden Baßstimme. „Gucky, würdest du uns bitte nach oben bringen!“

Der Mausbiber nickte und streckte die Hände aus. Finch Eyseman und Bron Tudd liefen auf ihn zu. Im nächsten Augenblick lösten sie sich in Nichts auf.

Für einige Zeit konnte ich den Gesprächen der Terraner folgen. Bisher hatte Guckys Translator die vom Helmempfänger aufgenommenen Worte übersetzt und an mich weitergesendet. Aber ich hoffte, die Sprache dieser Wesen bald zu erlernen. Schon jetzt vermochte ich einige Wörter sinngemäß zu erfassen.

Ich schloß die Augen, als ich mich auf der Oberfläche wiederfand. Der Himmel wurde von unaufhörlichen Explosionen erhellt. Lodernde Brände lagen wie ein feuriger Kreis auf dem Horizont. Feuerspeiende Ungeheuer schossen wieder und wieder aus der Nacht des Leerraumes heran und zerschlugen die Bereitstellungen der Modul-Roboter. Manchmal glaubte ich einen kugelförmigen Schatten über den Himmel ziehen zu sehen, von dem gleißende Blitze ausgingen. Doch das beruhte sicher auf einer Täuschung, hervorgerufen durch die überreizten Nerven.

Deutlich konnte ich erkennen, daß unser Standort im Umkreis von vielen Tausenden von Fußlängen kein Feuer erhielt. Nach und nach schien sich der Beschuß überhaupt auf wenige Punkte zu konzentrieren.

„Noch eine Minute“, sagte Henderson.

Ich reckte den Kopf. Soviel ich herausgehört hatte, wollte der terranische Großadministrator selbst auf Modul landen – hier, bei uns. Der Begriff war mir fremd, aber aus der Hochachtung, mit der von ihm gesprochen wurde, schloß ich auf eine sehr hochstehende Persönlichkeit. Vielleicht handelte es sich sogar um das Oberhaupt dieses Volkes.

Das, was Captain Henderson eine Minute genannt hatte, verstrich sehr schnell. Während das Feuer der Schiffsgiganten sich ausschließlich auf genau begrenzte Punkte konzentrierte, glühten mehrere blendend helle Lichter am Himmel auf, sanken tiefer – und dann schälten sich die Schatten mehrerer Raumfahrzeuge aus der Finsternis.

Die Explosionen und Brände schufen eine gespenstisch flackernde Kulisse. In ihrem Licht gleißten die metallenen Hüllen der landenden Fahrzeuge.

Es waren fünf flache, buckligen Scheiben gleichende kleine Raumschiffe und ein größeres, kugelförmiges Gebilde, die lautlos in unmittelbarer Nähe aufsetzten. Landeteller preßten sich gegen das Eis, und im gleichen Augenblick öffneten sich große Luken. Tankähnliche Fahrzeuge mit Gleisketten und Stabilisierungsflossen schossen daraus hervor und sicherten die Landestelle in weitem Kreis ab. Hinter den Tanks marschierten Männer in Raumanzügen heraus.

Aus einer Gruppe wahrer Giganten lösten sich zwei unscheinbare Männer und kamen auf unsere wartende Gruppe zu. Zuerst beachtete ich sie nicht weiter. Mein Interesse galt nur dem Großadministrator.

Sollte etwa einer der beiden unscheinbaren Männer . . .?

Sie kamen heran, mit federnden Schritten und dennoch einer gewissen Lässigkeit. Trotz der Kampfanzüge war die Hagerkeit ihrer Körper nicht zu verkennen. Fast sah einer wie der andere aus; auch ihre Bewegungen harmonierten nahezu völlig miteinander.

Der Mausbiber kam mir mit seinem Translator zu Hilfe. Er stellte sich neben mich und flüsterte:

„Der rechte ist Perry Rhodan, der Großadministrator. Der linke ist Lordadmiral Atlan, ein Arkonide und Rhodans Freund.“

Die Männer waren herangekommen. Ich versuchte einen Blick auf Rhodans Gesicht zu werfen. Es war nur undeutlich hinter der Helmscheibe zu erkennen. Doch die Augen stachen glitzernd aus den vagen Umrissen des Gesichts hervor. Sie zogen mich sofort in ihren Bann. An ihnen spürte ich das Fluidum der Größe, die von jenem Terraner ausstrahlte.

Und dann vernahm ich zum ersten Male die Stimme Rhodans. Sie war leise, aber doch fast hypnotisch zwingend.

„Baar Lun . . .! Ich grüße Sie.“

„Willkommen auf Modul!“ erwiderte ich knapp.

Ein leises Lachen ließ mich zu dem Mann herumfahren, der Atlan hieß. Seine Augen ähnelten denen Rhodans, aber sein Blick war tiefer, unergründlicher. Mir war, als sähe ich in einen Abgrund.

Der Lordadmiral lachte erneut.

„Baar Lun – ein Mensch!"

„Der letzte vom Volke der Moduls", berichtigte Gucky. „Baar Lun ist kein Mensch, auch wenn er humanoid ist."

„Natürlich", ließ Rhodan sich vernehmen. „Kein Mensch der Erde – aber sind nicht alle Geschöpfe des Universums mehr oder weniger miteinander verwandt, ganz gleich, wo ihre Wiege stand? Noch dazu, wenn sie sich nicht nur geistig, sondern auch körperlich gleichen . . .?" Er streckte mir die Hand entgegen – und ich ergriff sie.

„Vielen Dank", sagte ich und erwiderte seinen Blick. „Ich akzeptiere Ihre Worte. Dennoch gehöre ich nicht zu Ihrem Volk. Mein Volk war einst ein großes und gutes Volk. Ich werde immer ein Modul bleiben."

„Niemand wird das anfechten, Baar Lun", erwiderte Rhodan.

Atlan lachte schon wieder sein leises, rätselhaftes Lachen.

Der Lordadmiral drückte ebenfalls meine Hand.

„Auch Perry Rhodan und ich bekämpften einst einander", meinte er mit ironischem Unterton, „und er gewann, weil er der bessere Verlierer war." Er wurde ernst. „Kampf zwischen Wesen unserer Art ist immer sinnlos, Baar Lun. Ich freue mich, daß wir so bald zusammengefunden haben."

„Ich auch", sagte ich knapp. „Aber wir verschwenden kostbare Zeit. Unter uns existieren noch zwei Armeen: die der Roboter und die der Androiden. Auch auf der Oberfläche müssen noch Androiden sein. Über die Transmitter kann jederzeit Nachschub kommen."

Wie zur Bestätigung meiner Worte begannen plötzlich die Kuppelgeschütze des Kugelschiffes zu feuern. Die Waffen der kleineren Raumfahrzeuge und der Flugpanzer folgten. Ein ultrahell leuchtender Kreis begann sich um unseren Standort zu ziehen. In seinem Schein erkannte ich eine unübersehbare Masse von Androidenmonstern, die furchtlos gegen das Glutmeer anbrandeten.

„Die letzte Reserve!" bemerkte ich. „Es sind zwei Millionen Ungeheuer. Lange werden selbst Energiegeschütze sie nicht aufhalten können – jedenfalls nicht die wenigen, die hier verfügbar sind."

Unbemerkt hatte sich ein Gigant mit zwei Köpfen genähert. Jetzt lachte er dröhnend mit beiden Mündern.

„Keine Sorge. Wir werden mit ihnen fertig." Er wandte sich Rhodan zu. „Wenn Sie erlauben, beginne ich jetzt. Würden Sie bitte zuvor die Mannschaften zurückziehen und die Schutzschirme der Schiffe aktivieren lassen?"

Perry Rhodan nickte. Er schaltete am Halsansatz seines Druckhelms. Gleich darauf bewegten sich seine Lippen. Offenbar sprach er auf einer anderen Frequenz.

Ich bemerkte, wie die Mannschaften sich in unsere Nähe zurückzogen. Nur die Flugpanzer blieben stehen und feuerten ununterbrochen. Kurz darauf begann sich über den Raumfahrzeugen ein schwach flimmernder Dom zu wölben. Die Schutzschirme der einzelnen Schiffe verschmolzen zu einer riesigen Glocke, die auch uns mit einschloß.

Ich sah mich nach dem Doppelköpfigen um. Doch der war schon verschwunden.

Wenige Augenblicke später entstanden unzählige schillernde Energieblasen, wie sie für atomare Explosionen im Vakuum typisch waren. Der Vormarsch der Androiden geriet ins Stocken.

„Iwan Goratschin säubert die Oberfläche", bemerkte Gucky.

Perry Rhodan schaltete wieder an der Sendeeinstellung. Gleich darauf übersetzte der Translator seine Worte.

„Es ist soweit. Alle Landungsgruppen sind an ihren Einsatzpunkten angekommen. In einer Minute beginnt der Angriff auf die eigentliche Kontrollstation. – Baar Lun, sind Sie bereit, uns zu führen?"

Schweigend wandte ich mich um. Jetzt, da ich die verhaßten Anlagen zerstören durfte, bekam ich Hemmungen. Schließlich war es ein Wunderwerk der Technik, das vernichtet werden sollte, auch wenn es einem schlechten Zweck gedient hatte.

Aber ich war bereit.

Ein Techniker hatte meinen Vakuumanzug inzwischen mit zusätzlichen Aggregaten versehen. Nun verfügte ich praktisch über einen gleichwertigen Kampfanzug.

Gruppenweise sprangen wir über den Rand der Eisspalte und glitten mit eingeschalteten Energieschirmen in die Tiefe. Hinter uns ließen wir ein atomares Inferno zurück – ein Inferno, das bald auch unter uns entfacht werden würde . . .

Schwefliger, zäh dahinkriechender Qualm versperrte uns die Sicht. Keiner sah den anderen. Nur die grellen Blitze der Impulswaffen zeigten den jeweiligen Standort an.

Unter meiner Führung hatten wir uns durch die Fabrikationshallen hindurchgekämpft. Die Roboter waren keinen Schritt zurückgewichen. Auf engem Raum hatten die Energieentladungen eine Hölle entfacht, die durch die schalltragende Atmosphäre noch grauenhafter geworden war.

Ich wunderte mich am meisten über mich selbst. Das chaotisch erscheinende Durcheinander eines erbitterten Kampfes war für mich völlig fremd. Eigentlich hätte ich zum schreienden Nervenbündel werden müssen. Aber seit dem ersten Schuß war eine eiskalte Ruhe über mich gekommen, die mich selbst erschreckte. Die erwartete Todesfurcht blieb aus. Vielleicht hatte ich sie mir aber nur ebenso aus dem Leib geschrien wie die anderen Männer. Vielleicht war es auch, weil wir nur gegen Maschinen kämpften.

Die Terraner hatten sich mit unaufhaltsamem Ungestüm in den Kampf geworfen. Manchmal war ich kaum schnell genug mitgekommen.

Doch jetzt kamen wir nicht weiter.

Vor uns lag der Kommunikationsraum. Trümmer explodierter Roboter türmten sich an seinen Wänden: aber als wir den Widerstand der Maschinen gebrochen hatten und stürmen wollten, öffneten sich in den stählernen Wänden Hunderte von Geschützluken. Angesichts dieser Feuerüberlegenheit hatten wir uns überstürzt zurückgezogen und hinter den zerstörten Biobänken verschanzt.

Ich sah keine Möglichkeit, das Feuer der Automatwaffen niederzukämpfen. Wir hatten genug damit zu tun, zusammenbrechende Deckungen zu verlassen und unsere Haut zu retten. Schon jetzt war der Zeitpunkt abzusehen, an dem unsere Deckung endgültig zertrümmert war.

Eine Möglichkeit des weiteren Rückzuges gab es nicht. Wir hätten eine zu große deckungslose Fläche überwinden müssen und niemals das andere Ende der gewaltigen Halle erreicht.

Selbst Icho Tolot, der Gigant, der gegen die Roboter oft mit bloßen Fäusten erfolgreich vorgegangen war, mußte den stärksten Strahlschüssen ausweichen. Obwohl seine Handwaffe bereits vier feindliche Geschütze ausgeschaltet hatte, würde er die Lage nicht ändern können. Wir saßen in einer Falle, aus der es kein Entkommen mehr gab.

Als der Trümmerblock vor mir sich in Energie auflöste, setzte ich unbewußt meine Transformgabe ein. Doch ich konnte nur einen Bruchteil der entfesselten Energien materiell binden. Mit einigen Sprüngen zog ich mich hinter die Stanzenblöcke zurück. Erst als ich schon auf dem Boden lag, bemerkte ich, daß ich mich neben Perry Rhodan befand. Auch Atlan und der Mausbiber waren hier. Gucky hielt einen eiförmigen Gegenstand in der Hand.

Rhodan nickte mir flüchtig zu. Dann wandte er sich wieder an den Mausbiber. Infolge des eingeschalteten Translators verstand ich, was er sagte.

„Ohne Zweifel gibt es auch innen Abwehreinrichtungen, Kleiner. Also richte dich einmal genau nach meinem Befehl: hinspringen, die Bombe loslassen und sofort wieder zurück!"

„Schön!" schrillte Gucky. „Ich will es tun. Aber nur, um dich zu beruhigen."

Ich sah, wie er einen roten Stift niederdrückte, und erkannte sogleich den Mechanismus. Sobald der Zündstift losgelassen wurde, begann die Verzögerungszündung zu laufen.

Atlan forderte die Männer des Kommandos auf, volle Deckung zu nehmen.

Dann teleportierte der Mausbiber.

Ich sah ihn zu einem verblassenden Schemen werden – und bevor meine Augen das endgültige Verschwinden registrieren konnten, entstand seine Gestalt erneut. Sein Raumanzug war geschwärzt. Offenbar hatte ein Energiestrahl seinen Hüllschirm überlastet, was zu einem Hitzestau im Innern führen mußte. Ansonsten schien er jedoch gesund zu sein, denn er schrie mich an:

„Nimm deinen Kahlkopf runter!"

Ich gehorchte ohne Widerrede. Inzwischen hatte ich herausbekommen, daß Gucky eine gewisse Narrenfreiheit genoß und seine Bemerkungen niemals böse gemeint waren.

Kaum hatte ich mich eng an den Boden gepreßt, raste eine gewaltige Erschütterung durch den Metallplastikbelag. Ich wurde emporgehoben und über die freie Fläche gewirbelt. Nur dem eingeschalteten Energieschirm hatte ich zu verdanken, daß ich den Anprall gegen die Hallenwand überstand.

Kommandos in meinem Helmempfänger rissen mich aus der Benommenheit. Ich taumelte hoch und sah die Terraner unter Trümmerteilen hervorkriechen und zum Sturm auf den K-Raum ansetzen. Fast mechanisch trugen meine Beine mich hinter ihnen her.

Kein einziger Energiestrahl schlug uns entgegen. Nur brodelnde Metallplastik und einzelne Brandherde behinderten unser Vordringen noch. Mit den Strahlern schnitten wir die Falltür aus dem kochenden Boden. Von mir wußten die Terraner, daß sich darunter die letzten Vorräte von Urplasma befanden.

Als wir in die riesige Vorratshalle stürmten, kamen uns erneut Roboter entgegen. Doch diesmal waren es terranische Kampfroboter. Kurz darauf traf ein anderer Einsatztrupp ein. Aus ihren Berichten und aus den Funkmeldungen, die der Großadministrator erhielt, ging hervor, daß es keinen Widerstand mehr gab. Auch die Androiden existierten nicht mehr.

Eine unangenehme Aufgabe stand uns noch bevor. Wir konnten das Plasma nicht zurücklassen. Es mitzunehmen, erwies sich bei der ungeheuren Menge ebenfalls als unmöglich. Ich spürte, wie schwer Perry Rhodan der einzig richtige Entschluß fiel. Darum ging ich zu ihm und sagte:

„Vernichten Sie es, Sie tun ein gutes Werk damit. Das Plasma lebt zwar, aber es ist sich seiner Existenz ebensowenig bewußt wie eine Pilzkultur. Nur durch eine spezielle Behandlung wird ein Pseudobewußtsein erzielt, das für das Plasma aber nichts als Qual bedeutet. Wenn es jetzt stirbt, ist das nicht anders, als wenn Sie eine Amöbe töten, aus der ja auch – unter bestimmten Bedingungen und im Laufe einer langen Entwicklung – bewußtes Leben werden könnte. Wir sollten verhindern, daß die Meister das Plasma erneut mißbrauchen."

Er blickte mich lange und rätselhaft an, dann nickte er.

Als wir die Halle verließen, wußte ich, daß die Menschen zu Siegern über die Herren Andromedas bestimmt waren. Wesen, die selbst unintelligentes Leben achteten wie sie, waren unüberwindlich.

Modul versank rasch hinter uns in der eisigen Tiefe des sonnenleeren Raums. Er war wieder zur Dunkelwelt geworden, seit die letzten Brände erloschen.

Bis zuletzt starrte ich auf den Ortungsschirm. Meine Augen brannten, als ich die Welt zurücksinken sah, auf der ich geboren wurde und auf der meine Ahnen begraben lagen. Ich würde sie nie vergessen, obwohl ich dort die furchtbarste Zeit meines Lebens zugebracht hatte.

Wir flogen in Richtung Andro-Beta. Perry Rhodan wollte dafür sorgen, daß die Energiesphären, die sich nicht selbst vernichtet hatten, unschädlich gemacht wurden. Außerdem gab es in diesem Zwergnebel zwei Stützpunkte der Terraner.

Als wir in den Zwischenraum gingen und Modul endgültig verschwand, sah ich auf. Ich spürte die Blicke der Männer am Kartentisch auf mir ruhen: Perry Rhodan, Atlan, Gucky, Melbar Kasom, John Marshall und Icho Tolot. Ihre Namen hatte ich auswendig gelernt.

Lächelnd lehnte ich mich im Kontursessel zurück. Ich wußte, was man von mir erwartete. Aber ich war erschöpft. Heute würde ich meinen Bericht auf wenige Stichworte beschränken.

„Ihre Astronomen haben mir erklärt, mein Alter betrüge umgerechnet sechshundert Terra-Jahre. Ich weiß, daß das selbst für Moduls eine ungewöhnlich lange Lebenszeit ist. Aber Ihre Biologen und Mediziner werden schon noch herausfinden, woran das liegt. Zumindest aber verdanke ich mein langes Leben und meine geistige und körperliche Frische keinem Zellaktivator . . .“

Atlan lachte.

„Auch Gucky besitzt keinen Zellaktivator, Baar Lun. Dennoch ist er mindestens fünfhundert Erdjahre alt und hält sich immer noch für einen jungen Mann.“

Verblüfft starrte ich den Mausbiber an. Er zwinkerte mir zu und zeigte seinen einzigen Zahn.

Ich räusperte mich.

„Nun, ich wollte damit auch nur klarstellen, daß wir Moduls kein Volk von Unsterblichen waren. Ursprünglich nannte sich unser Volk anders. Das war, als es noch vereint auf einem Planeten lebte. Man nannte diesen Planeten die ‚Welt der ersten Verbannung‘. Das könnte bedeuten, daß wir uns nicht dort entwickelten, sondern von den Meistern der Insel verschleppt worden waren, vielleicht aus dem Andromeda-Nebel. Doch davon erzählten die Überlieferungen nichts.

Die ‚Welt der ersten Verbannung‘ muß eine schöne Welt gewesen sein. Man berichtete von großen gläsernen Städten, von einer hochstehenden Kultur. Die Fähigkeit der Transformierung von Energie in Materie war die Grundlage der Zivilisation.

Leutnant Eyseman wird von seinem Traum berichtet haben . . .?“

Perry Rhodan nickte.

„Ja, er hat eine Tonspule besprochen. Diese Illusionskristalle... wozu wurden sie von Ihrem Volk benutzt, Baar-Lun?"

„Den Überlieferungen nach mußte jeder Modul in regelmäßigen Abständen seinen Geist klären. Wir sind... wir waren ausgesprochen hypersensible Wesen und dadurch stark von neurotischen Krankheiten bedroht. Mit Hilfe der Illusionskristalle, die wir auf der Welt der ersten Verbannung vorgefunden hatten, gelang es uns, die Aggressivität durch sogenannte Illusionsträume zu kompensieren. In der Folge stellte dies ein Mittel der psychohygienischen Reinigung dar. Leider betrachteten die Meister der Insel diese Wechselwirkung zwischen uns und den Illusionskristallen als Bedrohung ihrer Macht. Das erscheint lächerlich, ist aber zweifellos auf ein psychopathisch übersteigertes Sicherheitsbedürfnis zurückzuführen. Die Herren Andromedas scheinen unter Verfolgungswahn zu leiden.

Sie entführten uns von dieser Welt, die von Ihnen Greenish-7 genannt worden ist, und sorgten dafür, daß Sauerstoffatmer niemals mehr dort leben konnten. Danach wurde mein Volk zerrissen. Ein Teil – darunter auch meine unmittelbaren Vorfahren – lebten viele Generationen lang auf der ‚Welt der Gesänge'. Loor Tan ist einer der degenerierten Zurückgebliebenen, Sie nennen diesen Planeten heute Gleam.

Was auf Gleam geschah, ist nicht überliefert worden. Eines Tages erschien eine große Flotte und vernichtete viele meines Volkes. Ein Teil blieb auf Gleam zurück, der weitaus größere Teil wurde nach Modul verschleppt. Ich selbst wurde auf Modul geboren. Man hat uns also nicht sofort umgebracht. Da meine Gabe der Energietransformation besonders stark ausgeprägt war, entführte man mich mit meinen Eltern in frühester Jugend.

Ich wurde in die Kontrollstation gebracht. Mit der Drohung, mein Volk zu vernichten, wenn ich nicht für die Meister arbeitete, erpreßte man mich."

Ich schlug die Hände vors Gesicht, als könnte ich so die aufsteigenden Bilder des Grauens abwehren.

Eine schwere Hand legte sich auf meine Schulter.

„Das ist vorbei, Baar Lun."

Ich blickte auf und sah das Gesicht Perry Rhodans.

„Nur noch eine Frage, danach müssen Sie ruhen: Was wissen Sie über die Verteidigung Andro-Betas?"

„Fast alles", sagte ich. Die Gesichter der Anwesenden verzogen sich in ungläubigem Staunen. „Ich habe die Gespräche der Meister angezapft", fügte ich erklärend hinzu, „und fast alle Anweisungen und Berichte liefen über den Großsender Modul."

Ich zählte auf, was ich vom Verteidigungssystem des Betanebels wußte. Aber alles, was ich vorbrachte, wurde von den Terranern als erledigt, ausgeschaltet oder vernichtet abgetan. Meine Hochachtung vor dem Können dieser Wesen wuchs.

„Wie steht es mit dem Sonnentransmitter?" fragte ich zum Schluß. Gespannt wartete ich auf die Antwort. Damit waren die Terraner gewiß nicht fertig geworden.

Aber Rhodan lächelte nur undurchsichtig.

„Die Meister der Insel haben den Transmitter zerstört, indem sie eine der Sonnen zur Nova werden ließen."

Zuerst erstarrte ich vor Fassungslosigkeit. Doch dann begann ich brüllend zu lachen. Ich vermochte mich nicht mehr zu beherrschen. Die Tränen liefen mir die Wangen herunter.

Völlig atemlos lag ich endlich in meinem Kontursessel und schwieg.

Erst nach einigen Minuten vermochte ich die fragenden Blicke zu beantworten.

„Ihr habt gewonnen", erklärte ich den staunenden Zuhörenden. „Mit der willkürlichen Vernichtung des Beta-Transmitters haben die Meister der Insel sich selbst den direkten Weg in den Zwergnebel abgeschnitten. Von nun an seid ihr die Herren Andro-Betas – denn die Sphären und ich waren die letzte Abwehrwaffe . . ."

PERRY RHODAN-Buch Nr. 27 „Andromeda"
erscheint am 15. 5. 1987

EINHEITS-RET

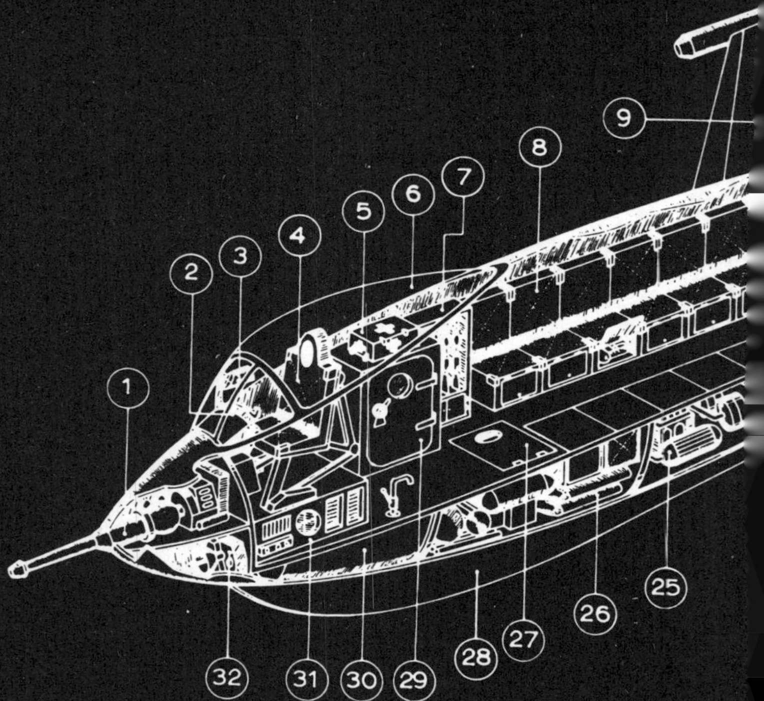

Allgemeines:

Das Rettungsboot findet Verwendung in allen Handels- und Explorer-Schiffen. Es ist zwölf Meter lang und besitzt eine Tragflächenspannweite von siebeneinhalb Metern. Rettungskapazität: 15 Mann. (Ein Pilot und zwei Sitzreihen zu je sieben Mann).

Technische Daten:

1. Leichte Impulskanone mit Energiespeicher
2. Instrumentenbrett mit Steuer- und Triebwerkshebel
3. Zieloptik
4. Pneumatischer Pilotensitz
5. Verbandsmaterial
6. Kanzel mit Panzerplastscheibe
7. Waffenschrank
8. Sitzreihe für 7 Mann einschl. Haltegurten und darunterliegenden Schränken mit leichten Raumkombinationen
9. Hyperfunkantenne mit Hyperfunkgerät
10. Obere Steuerdüse